U0772528

太古足音

# 庖牺

王容芬 著

中央编译出版社
CCTP Central Compilation & Translation Press

# 出版前言

　　"太古足音"由《燧人》、《庖牺》、《有巢》三卷组成，分别与新石器时代晚期对人类文明做出重大贡献的三位首领——教族人钻燧取火的燧人、推广种五谷养六畜的庖牺和带领族人造巢筑屋结束穴居野处的有巢，亦即传说中的三皇。新石器时代的人类群体是母系氏族社会，由此决定了三皇的性别。希腊神话中领导生产和生活的也是女人，圣火女神维斯塔、农业女神得墨忒尔和建筑女神赫斯提娅。只是到了父系社会，神三皇才跟人五帝一道变成了男身，罗马女神也成了宙斯的下属，优娴贞静的维斯塔甚至被盗天火烧圣林的莽夫普罗米修斯替代。

　　《燧人》写火的发明，以黑龙江嘉荫和江苏马陵山大贤庄石器考古发现为依据，以河套文化为背景，以一万年前女首领燧人坎坷的人生和爱恨情仇为主线，叙述了这位发明钻燧取火技术的远古传奇人物带领燧人氏战胜艰苦的自然条件求生存的故事。

《庖牺》的历史依托是甘肃大地湾八千年前新石器时代遗址挖掘的坑、穴、灶、窖、墓、沟、房、窑址和近万件文物，尤其是最早的农作物标本黍。华夏的农业先驱，传说中或叫神农，或叫伏羲，或叫庖牺。庖牺这个符号最生动，传递的信息最多，由此成为书中教先民结罘网、造弓箭、养六畜、庖牺牲、种五谷的主人公。这位有多种重大技术发明的女首领，身后被庖牺氏立为庖牺娘娘。

由穴居到筑居是人类文明史的一大飞跃，《有巢》借助浙江河姆渡的考古发掘，还原了5000年前此地先人们的生产与生活，女首领有巢带领族人渔猎、栽培水稻、烧制彩陶、打井取水，特别是建筑干栏房，使有巢氏脱离了穴居野处，进入文明新阶段。

"太古足音"系列以考古发现为依据，以传说为素材，通过叙述填补文字历史的空洞，重构当时社会的生产与生活，再现新石器时代晚期的华夏文明。作品脱离神话与宿见，描写艰苦卓绝的劳作、失败中的觉悟、成功的喜悦、人际与族际关系中的爱恨情仇。书中融合科技史知识与社会人情，意在将传说中的神三皇还原成血肉之人。故事情节跌宕，语言通俗，引人入胜。

# 书里书外

《燧人》的序是苗子先生写的，我想请先生再提携一回。先生没有回绝，却讲了个故事："我花了好几年写《八大山人年谱》，两年前把手稿给汪世清先生过目。汪先生看后，写了四十页意见。不久，汪先生过世了。我无以回报，对汪夫人说，今后有什么事，可以找我。事情真来了，出版社拿着汪先生生前收集的一千首石涛的诗找我写个序，一千首诗啊，要写出意见来。这序我至今没写成，夜里做梦都出冷汗。"我脸皮再厚，也不好意思得寸进尺了。早在写《燧人》时，郁风先生就诚恳建议："我知道你一定有话要说，应该跟读者说清楚。"那时懒了，后来果然有读者问为什么要写《燧人》。

《庖牺》是"太古足音"的中卷，前有《燧人》，后有《有巢》。整个系列的酝酿和写作都有年头儿了，不是现写现卖。

说起来话长，一九六六年九月，我冒昧卜书，不幸入狱。铁窗时间不计日月，年复一年，睁开眼背语录，闭上眼捯腾历史。燧人、庖牺、有巢，这些星星，隔着历史的光年，七千年、八千年、一万年之后，依然灿烂夺目。这些名字都有内容，钻燧取火，种五谷养六畜，筑巢造屋……它们闪烁的是太古先进技术的光辉，这才是历史，这才是文明史。

十年以后，在晋东南山沟儿一孔黄土窑洞里，我已视死如归，只是遗憾死得太不值，遂于心中默念："只要不死，有出去的一天，我就会讲这个理，把三皇五帝到如今争个明白。"

一九七九年三月，我被宣判无罪释放。一晃十二年半，出狱后，我如狼似虎读史书，补功课，一把年纪出国写博士论文，求索人类历史上重大灾难的理论根源。补完最后的史学教育，便着手收集史料，考察三皇五帝之源。《史记》以【五帝本纪】开篇，司马迁在【货殖列传】中说了不写三皇本纪的理由："神农以前，吾不知已。"太史公不知的史料，所幸两千年后从地下发掘出来一部分。不足以著史，但可作为历史小说之本。小说虽属稗类，也有所本，《庖牺》本的是甘肃大地湾八千年前新石器时代遗址挖掘的坑、穴、灶、窖、墓、沟、房、窑址和近万件文物，尤其是最早的农作物标本黍。对应这个时期的历史人物，是神话了的三皇，在希腊则有盗天火给人间的普罗米修斯和农业女神得墨忒尔、狩猎女神黛安娜。

关于三皇，各说不一，但任何版本中都有一位农业先驱，或叫神农，或叫庖牺，或叫伏羲。庖牺这个符号最生动，传递的信息最多，至少有猎、畜、陶、火。我就选择了庖牺作为主人公的名字。新石器时代早期的社会形式是母系氏族，首领自然是女人，而且是有领导生产能力的女人，这个有许多重大技术发明的人，就是庖牺氏的女首领庖牺。有了时间、地点、人物、事件，情节自然发展出来，八千年前的生活场景再现出来了。母系氏族是一种血缘和利益的群体，与外族难免产生利益冲突、打斗甚至杀戮，群体内部遇到需求与现实的差距，也难免人际冲突，甚至闹出命案来。模拟原始社会生活的情节发展经常出乎我自己意外，打碎了学生时代接受的原始共产主义社会的幻想。不过，无论氏族间的冲突还是氏族内的冲突，都是人性和利益使然。那时没有契约和暴力机构，维系社会和谐的是对神的敬畏和对首领魅力的帖服，首领权力来自她过人的能力，给族人带来实际利益的能力，庖牺就是这样的魅力权威，她靠对自然界的正确认识，发明了提高族人生存能力的先进技术，教民制弓箭、结网罟、养六畜、种五谷，使庖牺氏的生活有了质的飞跃。这才是社会进步的动力，这才是历史。首领犯了错误，给族人造成重大损失，她的魅力也就没了。小说写了庖牺的一个重大失误，氏族死人过半，生者离开了庖牺，推举那个力阻错误行动的人当了新首领。魅力权威依托人的能力，本事没了，也就没有权威了。

世风日下，文学作品中的性描写越来越生猛，本该引导阅读的文学如今跟着市场走，竭力迎合。这样的性叙述是作者在设想读者的需求的基础上虚构出来的，远离现实，扭曲了生活，违背了文学创作的原旨。写原始社会，尤其是母系社会，不能回避先民先祖繁衍后代绵延种族这一面。再现新石器时代的生育习俗，不能靠流行的"群婚制"理论来虚构。我有幸在为稻粱谋的工作中，考察过中国历史上的生育制度，也做过几年城乡婚俗的田野调查，有点民俗学根基。对我写性习俗帮助最大的，是两次去山西发现的晋人一种古老的习俗。一次是二十世纪六十年代，我住在村民家里，日子长了，人家也不回避了，还告诉谁跟谁"过着"，整个村子有一张清清楚楚的性关系图，一点不乱。这个结构是村民生活的重要支撑，夫妻双方都尊重对方的性自由，子女也视父母的性伙伴为亲戚长辈。我到过的几个村子，无一例外。第二次是在看守所和监狱中，我经常代人写家信，这些信有给"爱人"的，也有给"朋友"的，经常是一个人同时写两封。狱方视为正常，只要不谈案情，一律放行。可笑的是，监狱工作人员也有这种生活方式，很公开，两家孩子长得难以分辨，被人混淆了，就笑着解释"我是谁的，他是谁的"。我把这种习俗揉进云南纳西族的从舅居作为小说中原始人的生活方式，似乎比"群婚制"更符合八千年前的民风，所谓群婚和乱伦，在动物界也少见，何况是人类。

原始人受自然界威胁多多，寿命很短，《庖牺》里写了两代备受族人赞誉的巫婆，巫婆的造型取自传说中尝百草的神农，母系社会的神农应该也是女人吧？第二代巫婆是庖牺的好友，她淡泊权力，施医舍药，也是氏族进步的动力。庖牺晚年得了不治怪症，生不如死，痛苦不堪。她的继承人希望她活着，家人不忍，庖牺本人也愿意了结。巫婆尊重庖牺的选择，给她吃了大量苦杏仁儿，算是早期的安乐死吧。

庖牺死后，她的继承人把她立成了神，族人有了膜拜和求告的偶像。

《庖牺》和整个"太古足音"系列都不是重写神话，而是重现活人的历史，力求每一个事件，每一个情节都能在历史和生活中找到依据。

遥思祖先之博大坚韧、自强不息，愿与今人共勉。

作者记于 2006 年

# 目录

## 第一回

# 雪娘娘舞白坳中坳
# 火姐姐烧红天外天

八千八百年前，黄河和长江的上游，清泉汩汩，百河分流，大自然的奶汁儿滋补着大片大片丰盛的水草地。这些大大小小的河川如今都还在，沿着古老的河道默默汇入声重名显的大河。流进渭水的有清水河、粘河、榜沙河、葫芦河、牛头河、永川河……渭水卷着滚滚黄沙往东流，托住了打北边儿直冲而下的大河；还算清澈的大河打这儿变了方向，也变了颜色，成为东去的黄河。流进嘉陵江的有麻沿儿河、清泥河、永宁河、红崖河……嘉陵江往南流，投奔了打西面过来的长江。黄河、长江这一对千古知音，南北唱和，东奔不息，载着百川之水，冲刷着千秋岁月，积淀起万里文明。

清水河是两河的骄子，上游更是得天独厚，这儿春天雷特别多，滚滚的雷震破了天，天上的水化成春雨，盈河润泽养育大地。在这片土地上生息的先人，为了感谢老天爷的恩泽，就管他们的家乡叫"雷泽"，管自个儿叫"雷泽人"，他们的部落也就成了"雷泽氏"。

雷泽氏里后来出了个女能人，那时候女人能干，女人当家，祖祖辈辈传下来的都是女酋长，人们管酋长叫"大娘"，这个可不是"婶子大娘"的"大娘"，而是"最能干的女人"，一个族里只有一个大娘。男人成家叫"找女人"，男人跟着女人过日子，男的管女的叫"当家的"，女的管男的叫"那谁"，或者指着孩子叫"他爹"。一族的人都是亲戚，叫起来全是"啥啥姥娘"、"啥啥姨姨"、"啥啥姐"、"啥啥妹子"，男人，不兴叫爷爷、伯伯、叔叔，也不兴叫姥爷、姨父、姐夫、妹夫伍的，不管是家里的，还是过来的，都叫姥舅、舅舅、哥哥、兄弟，反正全都是娘的亲戚，都是一家子。

雷泽的这个女能人教给人结罘网、养六畜、种稼禾，雷泽人从此不再是茹毛饮血的野人了。他们杀自个儿养的畜生做熟了吃，这可是了不得的进步，救了男人的命啊，他们不用再干那追逐奔波的悬乎活了，命也活得长了。雷泽老少告别了一顿吃饱了好几天挨饿的日子，啥时候想吃啥时候杀，日子过得好了，人活得强了。自古吃猎获，无所获就吃不上，雷泽人庖牺而食，刀把子攥着畜生的生死，多硬气多自豪啊！雷泽人成了庖牺人，雷泽氏成了庖牺，女能人也得了庖牺之名，当上了庖牺氏的酋长。

说完楔子说故事，故事老得不能再老了，打庖牺小时候说起，妮子下生儿的时候叫"雪妮子"，这名儿一直叫到她当上头人，"庖牺"是族人按照她对族里的重大贡献送给她的称呼。

清水河边儿一棵老榆树，老得都不知道多老了。瞎姥娘是雷泽最老的人，听瞎姥娘说，她小的时候，还有眼的时候，老榆树就已经这么老了。年长日久，风刮雨水冲，树走了土，露了根儿，暴凸的老筋给人们踩脱了皮，疙疙瘩瘩，磨得像一堆光石头，根根结结铺盘出去老远，周围的榆树都跟老根儿有干系。老榆树两根粗大的枝丫向清水河横伸过去，不知哪一年伸到了河那一边儿，给雷泽氏的先人搭了一座示范桥。先人们仿照这个样儿，在旁边儿造了一座架在石头墩子上的木头桥，木头桥得于老榆树的启示，就落了个"老榆树桥"的名儿。

原来的榆树桥成了孩子们的桥，孩子们追逐戏耍着跑过河去，又跑回来。直到有一天，一个孩子掉下河去淹死了，大娘才叫人砍了榆树桥。

榆树桥虽然砍了，可是，过了河的榆树枝杈垂到地上，着了湿，竟扎了根儿，长出了小树，树又生根儿，盘延伸张，年复一年，对岸起来一片榆树林儿。瞎姥娘没见过这片林子，那是她眼瞎了以后的事了。

雷泽氏老少三千来口儿，靠捕鱼打猎过日子。女人们在清水河边儿用削得尖尖的长棍子叉鱼，雷泽人靠清水河养着，河干了抓螺蛳，河冻了砸冰窟窿等鱼冒泡儿，瞅准了，一棍子叉下去。男人们拿石头球和尖棍子在清水河北边儿的草地树棵子里追麋鹿、滩羊、狍子、豪猪、河狸，拿小石头蛋儿拽成群的黑尾巴狗、耗子和水湾里的鸭子伍的。雷泽人管他们打猎的这片灌木草地叫"雷泽"，一说"雷泽里"、"去雷泽"，就是指这一片地儿。

孩子们没那么大劲儿打猎叉鱼，干的是采野果儿挖野菜伍的轻活儿，老天爷啥时候给啥，雷泽人啥时候就吃啥，地里的苣荬菜、马齿菜、刺儿菜，树上的毛桃儿、苦杏儿、杜梨儿、板栗、核桃采回来都能填肚子。秋天，孩子们剥了苎麻搓成绳子，好把兽皮捆在身上，这就是"衣裳"了。绳子除了绑东西，还有个非常大的用处，就是系疙瘩记事儿，大事儿系个大疙瘩，小事儿系个小疙瘩。好记性不如烂绳头儿，家家墙上都挂着根记事儿的绳子，大娘家里绳子更多，大大小小的疙瘩记着一族的事儿。

清水河南岸屏着叠次的群山，这些山都叫南山，山皱皱里圪蹾着一个不小的坳子，坳子西南高，东北低，一层一层往上全是窑洞，雷泽人把大自然改造得蔚为壮观，家家有一块儿日没栖息之地。一股清溪绕了东边儿半拉坳子下来，在老榆树桥底下钻进清水河，人们管这溪叫"清水溪"。傍着清水溪有一条盘山道，是山洪冲出来的，也是人踩出来的。弯弯曲曲的土道像一根儿铰不断的脐带，把南山坳跟下头的清水河和河北边儿的雷泽连成一体了。

跑不动站不住的残人在坳子里磨石头，干这活儿的只有残人，那时候没有"老人"一说，那时候的人沟沟坎坎太多，一个蹦不过去，命就到头儿了，很少能活过四十岁的。三十多岁的"老人"不呆不傻，牙不缺眼不花，只要不缺胳膊不少腿儿，跑前跑后干这干那一点儿也不输给十几二十几的。磨的石头有的是从河边儿捡来的，有的是从花石山上采来的。河里捡来的石头，圆的长的都有个形儿，就着原样儿能磨成一捧大的石球、巴掌大的两头尖的石核、指头肚儿大的石弹子，石球、石核是男人们打猎的武器，弹子是打鸟使的。山上采来的石头片儿和石头棒子磨成石刀和见棱儿见角儿的石扦、石锥、凿子；石头块磨成斧子、锤子、锛子，这个难点儿，磨好了还得凿出装把儿的窟窿眼儿来，凿劈了就废了。石扦、石锥、凿子、斧子和锤子都是打磨刮削石头的家什，手巧的连凿带刮能锛出鹤嘴儿一样的石锄来，孩子用锄挖地里的甜草根儿。剩下的碎石头片儿也有用，稍微把刃儿磨一磨就是一把快刀，削棍子、割肉都行。不过雷泽人用的刀讲究多了，刀刃儿又快又长，大砍刀的刃儿比一条胳膊还长，安上木头把儿，能砍能剁。

一大早儿，东北边儿树跟天相连的山边儿上，起了一抹藤花儿晕，灰蒙蒙的天映着，黑黢黢的树衬着，紫得分外绚活。绚紫色儿的边儿徐徐托起一层薄薄的粉红，这红越来越厚，越来越艳，越来越红，一会儿就燎着了杂树林子边儿上一片树梢儿，呼呼烧红了东边儿的天，火在林子里乱窜，烁烁撩眼。红光透过密密的枝枝叶叶，忽闪忽闪掉到地上，迸出千片万片大大小小晶晶亮亮的碎花瓣儿，连觅食儿的鹿都不忍去踩，蜷起两条后腿儿大步蹦过去。

朝霞裹着一个水红的小妮子，往西边儿窑洞扑过来，霞光笼着一个剔透的童话，小妮子跟只雀儿似的激灵灵叫着："娘！娘！燧娘娘显灵啦！燧娘娘显灵啦！"脆生生的小嗓儿蹦蹦跳跳撞在一层层窑洞上，在坳子里嗡咙嗡咙转悠，最后落到清水溪里，碎成一圈圈水花花儿。妮子下巴颏儿糊着一层水雾，托着呼呼冒白汽儿的厚嘴唇儿，白的更白，红的更红；冻红了的小脸蛋儿潮乎乎的，像带着露水儿的果子；眼睫毛儿托着细小的水珠儿，蒙住了一对沉甸甸的大眼睛。

妮子的娘起来了，娘脑门子上印着雷泽里的七事儿八事儿，眉间竖着刻着任条咋也展不开了的道道儿，一对好看的细眼也给衬成了大马眼。娘脸上的道道儿全在上头，脸光乎乎的没道道儿，高兴的时候凹下俩小坑儿，坑儿里头窝着好看的笑。娘的下巴像一块刻出来磨好了的石头，石头下头挂着一串儿好看的贝壳儿，个儿挺大，花纹已经磨得光乎乎的了。娘脖子上还挂着一只骨头刻出来的哨儿，白光的哨儿系在乌黑的皮绳儿上。两圈儿古怪的挂饰给主人的脸增添了不少威风，一看就是个能干的主儿。

妮子的娘就是雷泽氏的大娘，大娘脖子上挂的是威严和权力。还有一样东西她没带，那是一只剔透的犀角，吹起来嗡嗡的，平常挂在窑壁上，有急事才吹，谁都能吹。

雷泽大娘点上火把，插在地上，脸儿朝东跪下，敬拜燧娘娘。每当起朝霞时，大娘都要插上火把敬拜燧娘娘。燧娘娘显灵的日子，大娘不下山去做活儿，雷泽人也都不下山。燧娘娘显灵的日子，是一家人在一块儿的日子，雷泽人管这叫"过阴天儿"。

好好儿的红的白的蓝的天，不知打哪儿爬上来一堆又一堆乱哄哄的云窝窝，好像畜生掐架，一群黑熊跟一群灰狼，张牙舞爪，追着，扭着，咬着，跺着，呼呼转着……一会儿就把天踢腾得不成样了。天再有容也难兜住这群畜生，气得黑青的脸耷拉下来。

吃了前晌饭，天上捻下雪糁儿来。雪糁儿比沙粒儿还细，踮着脚尖往下跳，着地就不见了。风把雪糁儿吹成了雪絮，雪絮斜着飘呀飘，轻盈地落到地上，洒下星星点点的白。风越来越大，雪絮变成了雪片片，旋着舞，转上好几圈儿才落下来，把薄薄的地全补白了。

雪越下越大，下到半后晌儿，一层层巴掌大的雪片儿絮成了雪垫子，大块大块往下压，压到地上一层一层垛起来。树梢上、树枝上压了三指厚的雪，上头白下头黑，像一幅炭画儿。地上的雪越来越厚，踩一脚一个深窝窝儿。接在手心里，是一颗颗小星星，三瓣儿的、四瓣儿的，对着也有一两个六瓣儿的，那瓣儿是一根儿根儿的小白棍儿。枞树枝儿被雪压弯了，枝枝上的白叶叶也跟接到手里的雪花一样儿，全是三瓣儿的雪花儿，不过大多了。

雪妮子家窑洞门口儿的石头台儿上蒙上了二指厚的雪，妮子捏了一疙瘩雪，抬头向上看：哈，足有半天的星星，一大堆晶莹的小眼睛忽闪忽闪眨着玩儿，雪团儿一搁嘴里就全没了，还不够咽一口唾沫的。妮子爽性抓了一大把雪，捏成团儿塞嘴里了，凉凉的，甜甜的，舌头卷起来挤几下儿就没了。雪妮子一把一把抓着，捏着，吃着，眼睫毛儿盖着一个梦，让甜甜的雪水儿往心窝儿里流……

妮子瞧见了浑身是雪的雪娘娘，雪娘娘长得像姥娘，就是身子比姥娘高，头发比姥娘长，雪娘娘的头发飘呀飘，天上地下全是雪……

西北风把雪吹进树皮皱里，树干全都白了半拉脸，在白茫茫的坡上插起一道稀罕的黑白景儿。山道儿成了一条盘旋的大白蟒，道边儿雪里钻出黑黢黢的枯草枝儿，妮子瞅着憋不住乐，嘻嘻，真像爹下巴上的胡子，娘拿石头片片给爹拉完了的胡子，就是这样儿，长的长短的短，黑黢黢的一堆。

天冻得厉害，雪妮子等半天也没等出一个伴儿来，嗷，全猫在窑儿里烤火呢。连爱喳喳的山雀儿和呱啦呱啦的老鸹都没影儿了，只有绕山转悠的清水溪跟妮子哗啦哗啦说着话儿。两边儿的雪把清水溪挤窄了，溪里的水草、石头变成了毛茸茸的白羊、白兔子。雪花儿落到溪里就没了，小溪的嗓门儿越来越大，哗啦哗啦淌的小溪变成了哗哗哗哗奔流的小河。

清水溪边儿的雪地踩上去咯吱吱响，雪底下的薄冰碎了，扎破了妮子的小脚丫，"哎哟!"一声尖叫，白雪窝窝儿里洇出朵小红花儿。

娘耳朵尖，跑到窑洞口喊："雪妮子，看冻烂了脚巴丫儿，快家来!"娘嗓门儿大，低沉得像男人声儿，一声吆喝在山里回旋了半天，半坳子的人都听见了。孩子们知道了雪妮子在外头玩儿，有那不怕冷的，跟爹娘磨烦来磨烦去，得到了应许，也跑出来了。孩子们一出来，就把爹娘给的护脑袋的桦树皮扔了，抓起雪攥成蛋蛋拽着玩儿，跑呀追呀笑呀打呀。一群小小的生命，像灰里迸出来的炭火儿，落在白天白雪罩着的白坳子里，添了笑声儿添了彩儿，雪景儿活了。雪妮子咯咯儿笑着跑啊跑，身上跑热了，脚也不疼了。

十一年前，也是这样一个大雪天，姥娘把她接到世上来，给她起了"雪妮子"这个名儿。一年前，也是这样一个大雪纷飞的日子，雪下白了地，下灰了天，天一直往下沉，沉到接了地，拉起好几天睡不醒的姥娘走了，姥娘打那儿再没回来。

雪妮子想姥娘，娘说姥娘看燧娘娘去了。娘也想姥娘，一想眉毛就往一疙瘩儿挤，想多了，眉毛当间儿挤出来仨道道儿。有了这仨道儿，娘好看的脸不如从前好看了，老像在生气。黑间睡下，雪妮子的指头老去娘眉心儿摩挲，可是到了儿也没摩挲开。

啥事儿就怕惯了，惯了就改不过来了，娘这会儿有事儿没事儿眉毛都爱往一疙瘩儿挤。那仨道道儿挤进肉里头刻在骨头里了，成了三道儿沟儿。

那一年冬天，清水河冻成了石头，姥娘叉鱼的时候脚下一滑，"咕咚"摔了个仰八脚儿，一条腿出溜儿到冰窟窿里，腰硌到窟窿边儿上的新冰碴子上，一阵撕心裂肺的疼，以后就啥都不知道了。姥娘好了以后成了瘫子，打腰往下动不了了，也不知道疼，尿了拉了都不知道，那条残腿拧成麻绳都没知觉。

姥娘下不了山了，在家里磨石头，没明没黑地磨……胳膊、手能动，多大的福气啊，不动白不动。每逢过阴天儿，姥娘老是一边儿磨石头，一边儿给雪妮子讲燧娘娘的事儿，说燧娘娘在天上，主地上的事儿，姥娘说她快上天了。雪妮子问："姥娘，您上了天也主地上的事儿吗？"姥娘呵呵笑："我还主地上的事儿呢，呵呵，一个半截儿人，哪儿能主啥事儿啊？姥娘是去服侍燧娘娘的。燧娘娘叫了好几回了，我一直说走不走的，我舍不得我的雪妮子啊。"

姥娘是雪妮子最亲的人，她最怕听姥娘说上天去，每回都求姥娘别走。姥娘嗨嗨叹气，说："清水河的冰窟窿冻死了我下半截儿，燧娘娘瞧不下去，早就要收回我这上半截儿了。嗨，我又残又老，真不该在坳子里抢嘴吃了。人老了就得回去，要不就成了老妖精了。"说着把嘴紧紧地闭起来，下巴变成了核桃，鼻子纵成一头蒜，直着脖子吓唬她，嘴里"呜呜"哼哼。雪妮子吓得捂起脸来，从指头缝儿里看见姥娘得意地把脸又变回来了，才敢挪开手。

姥娘越来越老了，人说一过四十就成了妖精了，姥娘都四十二了，脸上有了枯皱纹儿，头发晒得退了色儿，嘴里掉了仨槽牙，门牙也锛了一块儿，露着个豁儿，说话漏气儿，跟刮大风似的。雪妮子慢慢地也觉得姥娘该上天去了，就跟她商量："姥娘，您啥时候走呀？"姥娘说："快了。""姥娘走的时候叫上我，我跟您一块儿走。"姥娘呵呵笑了："你小孩子家家跟着我干吗呀？""跟您做伴儿好上天啊。""你上天干吗去啊？""上天瞧瞧燧娘娘啊。"

那个天昏地暗的大雪天儿，姥娘说走就走了，忘了叫上她的雪妮子。

雪妮子想姥娘，娘说："姥娘不回来了，姥娘在天上主事儿啦。"雪妮子纳闷儿了，姥娘说了是去侍候燧娘娘的呀，咋这么快就主开事儿啦？就问娘："咦，姥娘在天上主啥事儿呀？"娘说："燧娘娘让姥娘主下雪，姥娘这会儿成了雪娘娘啦。"雪妮子问："那我还能瞧见姥娘吗？"娘说："嗯，姥娘一想你，就下雪。你要是真心实意想姥娘，下雪天就能看见姥娘，姥娘站在天上，一把一把地往下撒白雪。"

雪妮子今天瞧见姥娘了，姥娘站起来了，两条腿长长的，浑身是白，被白云窝窝围着，灰白的头发在雪白的云窝儿里飘。姥娘抓一团云，撕得碎碎的往下攘，再抓一团云撕碎了攘下来……云越来越多，姥娘两只手忙不过来了，抓一团云，好歹撕两下儿就扔下来。雪片儿越来越大，就像一群一群的蛾儿在半空里舞。舞着舞着蛾儿就小了，越来越小，小得看不见。姥娘也不见了，白茫茫的天遮着一团儿模模糊糊的光，日头懒懒的，不情愿这日子露脸儿。雪妮子想，姥娘准是太累了，胳膊准酸了。从前姥娘胳膊酸了，老是雪妮子给揉，她这会儿真想上天上去给姥娘揉揉胳膊，再帮着姥娘撕一会儿云彩。

"雪妮子，快家来，吃爆栗子啦！""哎！"雪妮子答应得那叫脆生，裂瓜咬枣儿似的，雪妮子披着一身雪，脸蛋儿跟下巴颏儿红得像半朵儿杏花儿。娘拿了把狼尾巴草绑的笤帚，给她扫了头上和身上的雪，这才攥着她冰凉的小手儿，拉进窑洞里。

一股热气扑到脸上，妮子抹一把脸上的水，坐到火堆边儿上，黑炭儿似的头发贴在头上、脸上，一绺儿一绺儿滴答小儿，溅到火里"噗儿"、"噗儿"地响。娘把她的腿搬过来，放在自个儿磕膝上，给她揉搓僵了的小脚丫儿，俩手一边儿攥着一个小脚丫儿使劲儿揉搓，浑身晃悠，晃得雪妮子也跟着颤悠儿。"娘，我瞧见姥娘了！"娘问："你瞧见姥娘是坐着还是站着？""站着，两条腿好长呀，姥娘真成了雪娘娘啦。"娘又问："姥娘说话儿了吗？""嗨，姥娘光顾着撒雪了，哪儿顾得上说话儿啊？"

爹拿着一根树枝子，一边儿在火堆里扒拉，一边儿说："可不是嘛，今儿的雪真大啊！"雪妮子往外瞧，嚯，姥娘又攘下大雪片子来了，雪片子打着旋儿往窑洞里钻，洞口湿了一摊雪水儿。"瞧，姥娘怕咱不知道她当了雪娘娘，给咱报信儿来啦，嘻嘻。"雪妮子说着又要往外跑，娘一把拽住了，说："跑野啦？连爆栗子都不吃啦？"

火堆噼啪噼啪地响，进出熟栗子的香味儿。爹拿树枝子往外扒拉，伸手去捏栗子，爹的手指头上有老皮，不怕烫，俩手指头一拨捻，"噗儿"一捏，栗子爆了皮儿，跑出来一个黄灿灿的雀儿，咧开壳儿的雀儿。雪妮子张着嘴，等着爹把黄黄的栗子放进去，闭上嘴，长长地"嗨"了一声儿，好吃呀！爹剥出来一个，她的嘴里就腾出来接了。爷儿俩一个手不停，一个嘴不停，紧着忙乎了好一阵子，爹说："我说馋妮子，咱得有个够啊，要吃，自个儿烤自个儿剥吧，爹得干会儿活儿了。"娘把雪妮子的脚丫放回去，说："行啦行啦，再吃肚子就撑破了，缝不起来。"又冲爹说："惯吧惯吧！瞧瞧，惯得没样儿了吧？"

爹出去拿石头，窑洞外头一大堆石头块，大的半人高，小的拳头大，都是爹从花石山背回来的。爹搬进来一块大石头，一看就是河里捡的。他要磨成一个大圆球，手里的球都太小，打猎使不上劲儿。爹对雪妮子说："出去撮上些雪，回来烧锅水。"雪妮子答应一声，拿上锅出去了。

娘找出麻来，擗成细细的批儿捻绳儿。雪妮子一会儿就端进瓷瓷实实一锅雪来，抓了一碗雪，放在娘手底下。娘三根儿指头蘸着雪捻麻批，一会儿就捻出老长。娘嘴里叼着绳头儿，左手三根指头夹着分开的麻批儿，右手三根指头同时剥捻起两根儿麻批来。娘一有工夫儿就搓麻绳儿，长绳儿、短绳儿，有粗的，有细的。这些绳子都是雷泽大娘记事儿用的，长绳儿记的是族里的事儿，大事在粗的长绳儿上头系个疙瘩，小事儿在细的长绳儿系个疙瘩，事儿完了就把疙瘩解开；短绳儿记的是族里人的错儿，有别人举报的，有自个儿报的，大错儿在粗短绳儿上头系个疙瘩，小错儿在细短绳儿上系个疙瘩，改正了错误就把疙瘩解开。疙瘩不是好话，心里头烦，说"心里有疙瘩"，有病叫"长疙瘩了"，谁跟谁闹别扭儿，叫"他俩有疙瘩"，有仇儿叫"结疙瘩"，仇深了叫"解不开的愁疙瘩"。雪妮子的娘喜欢解疙瘩，不待见结疙瘩，瞧着绳子上有几个粗疙瘩心里就别扭得慌。

　　红红的火映着娘的脸，娘的脸跟燧娘娘显灵时候东边儿的霞一样儿好看。雪妮子缠着娘："娘，咋不说燧娘娘了？说燧娘娘啊！"

　　燧娘娘的故事，雪妮子听了不知多少遍了，姥娘在的时候，白天讲燧娘娘的故事哄她玩儿，晚上讲燧娘娘的故事哄她睡，不像冷妮子的姥娘，动不动就讲老虎吃娃娃吓唬冷妮子。姥娘讲得回回儿不重样儿，说过的话从不说二遍。姥娘故事里的燧娘娘跟雪妮子一样大，是个火一样的小妮子，红头发、红眼睛、红脸膛儿，打雷天跟着她姥娘去找火种，晴天跟着她娘去山上打石头，下雪天去一个一个石头洞里给人家送火种。

　　姥娘上天以后，雪妮子有一回听住在下头的瞎姥娘讲燧娘娘的故事，冷妮子也在，还有几个妮子。冷妮子说："我姥娘不叫说燧娘娘，说要是说了就没有火了。"雪妮子说："哼，我姥娘说了一辈子燧娘娘的故事，火也没灭。我就待见听燧娘娘的故事。"冷妮子说："我姥娘说：'燧娘娘只能敬拜，不能说。'我姥娘天天磕头敬拜燧娘娘。"别的孩子也说自己家里怎么敬拜燧娘娘，疙瘩妞儿家一天敬拜两次，早起拜，晚上睡觉前又拜，霜儿家一天敬拜一次，早起来拜了晚上就不拜了，雨儿家几天才敬拜一次，反正家家儿都敬拜燧娘娘。雪妮子说："我姥娘上天了，我娘不天天敬拜，只有燧娘娘显灵的日子才插火把敬拜。"她问瞎姥娘："姥娘，您天天儿敬拜吗？"瞎姥娘说："呵呵，燧娘娘在我心里，我时时都敬拜哩。"

瞎姥娘说的燧娘娘也是小妮子，起头儿，雪妮子跟瞎姥娘争竞："我姥娘说燧娘娘是红头发、红眼睛，您咋说是黑的呀？"瞎姥娘说："你姥娘说得对呀，燧娘娘的头发和眼睛叫火映着，自然是红的了，红就是火的颜色啊，呵呵。燧娘娘是个俊妮子，头发黑炭儿似的，眉毛跟眼睛也是黑炭似的，脸蛋儿粉嘟嘟儿的，嘴唇儿才是红的。"冷妮子瞅着雪妮子，问瞎姥娘："姥娘您说的不就是雪妮子吗？"瞎姥娘看不见，喜兴地说："哈，咱雪妮子长得这么俊呀！"

每逢过阴天儿，雪妮子就缠着娘讲燧娘娘的故事。娘今儿说的燧娘娘成了大闺女，跟着她娘上山打石头了，她打的石头冒火星子。爹说："妮子你瞧！"说着拿两块石头使劲咣咣咣地打了几下儿，擦出了火星子。雪妮子说："噢，燧娘娘就是这么找着火的呀！""哪儿有这么容易啊！他爹，你取个火儿叫妮子瞧瞧！"

爹拿过来一根削平了的木头板儿，上头挖了一个浅浅的坑儿，爹坐在地上，俩脚踩住扁平的木头板儿，手里拿着一根削尖了的棍子，把棍子尖儿顶住板儿上的坑儿，俩手来回搓。雪妮子眼盯着那坑儿，坑儿里出来了木头花儿。爹搓得更快了，钻出来的木头花儿冒出了火星儿。娘拿一把干草对住火星儿，呼呼地吹，几下子就把干草吹着了。

雪妮子说："真不容易呀！燧娘娘一个小妮子能搓出火儿来真不容易呀！"

娘说："这有啥不容易？当然那时候没有这么容易，那时候要是这么容易，燧娘娘就不叫燧娘娘了，呵呵。"

"娘，您说，燧娘娘为啥叫燧娘娘啊？"

"因为她用燧石钻木头找着了火。"

"娘，燧石是啥啊？"

"是咱老家燧石山上的石头。"

"娘，咱老家在哪儿啊？"

"在雷泽北边儿。"

"娘，咱多咱回老家？"

"老家太远了，出了雷泽，得过好多好多条河，翻好多好多道山，才能瞧见大河，顺着大河往下走，瞧见大河要拐弯儿了，赶紧过河那边儿去，一过河就是咱老家燧石山。咱老祖宗从燧石山下来，走了好几年才走到雷泽，咱回老家去也得走好几年啊，呵呵，得走烂了好几双脚丫子呢，就你这俩小脚丫儿，还想回老家呀？咋回呀？"

雪妮子想了半天，也没想出咋才能回老家来。

夜里，雪妮子梦见回老家了，过了一条河又一条河，翻了一道山又一道山，过了好多好多条河，翻了好多好多道山，终于瞧见了大河。大河宽得望不到边儿，深得瞅不见底儿。雪妮子下了一只脚探探，立时叫大河咬住了往下拽，她得亏抓住了一只树杈子，才拔出脚来。大河野得像狮子像老虎，又是踢腾又是吼叫，雪妮子知道过不去了，可是这么远来了，为的是见见燧娘娘，不能就这么回去啊。

雪妮子可着嗓子朝看不见的边际喊："燧娘娘！燧娘娘！我是雪妮子，来瞧您了。"喊了一阵子，大河里冒出个小黑点儿，黑点儿越来越近，越来越大，慢慢儿能看见是个小人儿了。小人儿在大河的波涛里忽上忽下，时现时没，可把雪妮子吓坏了，干着急，救不了人家。直到小人儿到了岸边儿，才看清原来是一个喜眉喜眼儿的俊姐姐，俊姐姐说："我在那边儿听见你喊，就过来接你了。"俊姐姐背起雪妮子过了大河，上了燧石山。俊姐姐给雪妮子看怎么用燧石钻木头取火，俊姐姐钻出了火星星儿，她拿着一把干草对着吹，火呼呼地着了，燧石山着了，大河也着了，连天都着了，熊熊大火把天烧得红红的，跟姐姐的脸儿一样儿好看。

# 第二回

# 有能耐贵人福万世
# 没根基危树害当前

天还没亮，雪妮子就醒了，跑出来看天儿，天像清水河，河里荡着一牙儿翘翘的月亮，远远地激起一个小水花儿样的小星星。她眼巴巴地望着，盼着东北边儿的天露出一点儿紫色来，东北边儿也是灰不啦唧的。慢慢地，灰蒙蒙的天里露出了浅浅的蓝，下头拱出来一条翻白的鱼肚儿，一阵烟飞过，把灰的、蓝的、白的天抹匀了，却没有一丝儿诱人的紫色。林子里也慢慢儿白了，黢黑的树干之间透出灰白的亮儿。西边儿的天还是灰不啦唧的，天底下画着黑黢黢的树、黑黢黢的山。

雪妮子等啊，等啊，直等到月亮飘得没影儿了，四面儿的天全大白大亮了，青天上涂了一片一片的蓝，又抹上了几道儿灰不刺啦的烟，才死了心，唉，燧娘娘今儿个不会显灵了。

地上的雪成了豹子皮，点着一个儿一个儿的小眼儿，圆弧儿的、长弧儿的、方块儿的、说圆不圆说方不方的。昨儿个林子里的白雪世界今儿也不纯不白了，露出了星星点点的黄叶子。昨儿开满雪花的枞树的枝儿今儿全绿了，水珠儿沙沙沙沙往下砸，树干上一点儿白都看不见了。清水溪边儿的雪全没了，溪里的白羊、白兔儿也不见了，溪喝了一宿雪水，撑成了大胖子。洼子里的雪化了，呼啦呼啦往溪里灌，灌得清水溪跟清水河似地壮实，吼吼地往下奔。

雀儿全出来了，比着叫唤。数那黄毛儿白眉毛的花舌头儿来劲儿，掐尖了嗓子往高处儿逼，"吱儿吱儿"没个完。细一听，嗨，是两只花舌头儿逗贫嘴玩儿呢，没准儿是说别的雀儿都没它们能干。雪妮子最见不得张狂显摆，最恨这种使劲儿"吱儿吱儿"的破鸟儿，她捡了块土坷垃朝树上拽过去。花舌头儿扑啦啦飞了，不只俩，是一家子哩。雪妮子嘴里还愤愤的："臭显摆啥呀？这么大林子全让你们家霸了，合着别的雀儿都不是雀儿了？哼，这会儿出来练嗓子来啦？昨儿干吗去啦？燧娘娘再显灵把你们全都冻死，哼！"

吃了饭，雪妮子跟着爹娘往山下走。娘给她的两只脚包了花豹子皮，裹得严严实实的，拿麻绳儿捆住了脚心、脚背、脚脖子。过冷妮子家，她娘她爹娘和姥娘都出来了，跟着下山干活儿去。往常雪妮子去跟瞎姥娘做伴儿，老是叫上冷妮子，今儿冷妮子说道儿不好走不去了。

越往下走，道儿越泞，化了的雪水儿跟黄土一掺和，搅成了烂泥潭，踏一脚，溅两腿。快到坳子口儿上，道儿倒干净了，这是瞎姥娘又行好儿了，大早起来撒了沙子。瞎姥娘住的窑洞口儿上老是备着一堆干沙子，永远撒不完。人们从清水河过来总忘不了抓一把沙子，过来时添到沙子堆上。

瞎姥娘没儿没女，三年前有眼的瘫老伴儿也没了。雷泽大娘截长补短儿让女儿去跟老人做个伴儿，帮着拾个柴打个水儿。雪妮子爱去，因为瞎姥娘有一肚子故事。瞎姥娘是坳子里的巫婆儿，巫婆儿可不是一般人，通天知地晓人体，啥啥都知道，坳子里老的小的都敬着瞎姥娘。瞎姥娘给人瞧病儿说事儿，不干别的活儿。人们得了吃的，先想着给瞎姥娘留出一份儿来，瞎姥娘窑里从来不缺吃不短喝。

雪妮子才到窑洞口，瞎姥娘就说："是雪妮子吧？快进来烤烤脚巴丫儿！"

雪妮子答应着坐到火堆旁边儿，一边儿解脚上的绳儿，一边儿说："姥娘，您猜，我黑间梦见谁了？"忍不住一肚子得意，嘻嘻笑。

"哟呵，多么大点儿个人伢子，就会做梦啦？梦见谁啦？准是梦见你姥娘了吧？"

"不是，哈，姥娘，我梦见燧娘娘啦！"雪妮子咋忍也兜不住一脸的喜气，连瞎姥娘都觉出来了，好像看见了蓝天里的白云窝窝儿。

"呵呵，人儿不大梦大，咱雪妮子梦见燧娘娘啦！妮子，快给姥娘说说，燧娘娘长得好看吗？"

"燧娘娘是个俊姐姐，红扑扑的圆弧脸儿，光笑，笑得可好看啦。燧娘娘背着我过大河，又背着我上了燧石山。燧娘娘背了我一道儿呢。"

"哟，雪妮子回咱老家啦？"

"嘍嘍，姥娘您不知道我过了多少条河呢，最后到了大河边上，一点儿劲儿都没了。大河跟疯了的狮子似的，'吼吼'叫唤，尥蹶子踢腾，说啥也不叫我过河。我就喊，可着嗓子喊燧娘娘。燧娘娘听见了，跑过来，背我过了大河。燧娘娘还背着我上了燧石山，拿燧石给我钻木头来着，钻出了火星星儿，我给吹着了，连天都烧着了。"

"嘍嘍，这么说雪妮子是真见着燧娘娘啦，好大的福气啊！啧啧！"

"姥娘，您啥时候儿见过燧娘娘啊？"

"唉，我敬拜了一辈子，也没捞着见燧娘娘一面儿。雪妮子，你是贵人啊，跟你姥娘、你娘一样儿，你们都是贵人啊！"

"嗯？"雪妮子不明白了，"姥娘，啥叫贵人啊？"

"贵人啊，就是能叫人过上好日子的人，贵人就是像燧娘娘那样儿的人，燧娘娘找着了火，叫人们吃上了熟肉熟饭，天冷了冻不着。"

"姥娘，还叫人不怕黑呢，点上松明子啥啥都看得见。"

瞎姥娘吸溜了两下儿鼻子，"嗨"了一声儿。雪妮子说："姥娘您要是能瞧得见多好啊！姥娘，您说，我姥娘跟我娘也是贵人，她们咋是贵人啊？因为她们是雷泽大娘，是吧？"

"呵呵，翻了个儿啦，妮子！人哪，先得成了贵人，才能叫她当上雷泽大娘。你想想啊，不是贵人咋能当大娘啊？是个人就能当大娘，那还不乱了？你娘可不是皆为你姥娘养的才当上大娘的，而是皆为你娘是贵人，才当上了大娘。待会儿冷妮子他们来了，我给你们说贵人的故事儿。"

"姥娘，他们今儿来不了了，道儿不好走，忒泞。"

"噢，我说呢，咋这咱了还不来。"

"姥娘，说贵人吧！您先给我一人儿说，我记下了，赶明儿我再给他们说，一样的。"

"嗨，姥娘给你一人儿说贵人。贵人呢就是有能耐的人，刚才说燧娘娘是贵人，是因为燧娘娘给人们找着了火，这是多大的能耐啊！你不是梦见燧娘娘啦？瞧出燧娘娘的能耐没有？"

"开头儿没瞧出来，后来燧娘娘一拿燧石钻木头，我就瞧出她真有能耐了。我梦见的燧娘娘是个喜眉喜眼儿的俊姐姐，她小时候准叫喜妮子，要不就叫俊妮子，脖子上没有我娘挂的串儿，也没带哨儿。"

瞎姥娘呵呵笑起来，笑得窑洞里嗡嗡响。"嘿咿，叫你说着了，燧娘娘小时候就是叫喜妮子啊，呵呵。后来她用燧石钻出了火，当上了族里的大娘，脖子上才挂上了宝贝串儿，带上了哨儿。咱老家的乡亲们都叫她燧娘娘，乡亲们跟燧娘娘学会了用燧石钻木头取火，也都成了燧人，咱老家的部族就叫燧人氏。"

雪妮子此时才知道是这么回事儿，"噢，闹了归齐，咱的老祖宗都是燧人啊！姥娘，咱老祖宗干吗不挨老家住？干吗上雷泽这儿来啊？又是爬山又是过河的，走那么远的道儿。"

瞎姥娘慢慢儿絮叨开了："燧娘娘当了燧人氏的大娘后，她想让天下的人都用上火，天天能吃上熟肉，冬天不怕冷，黑夜不怕黑，就叫燧人们带上燧石，可世界传播活的火种儿。于是燧人们就带着燧石，往四面八方走了。要是不会取火，人们想离开老家也不行啊，没走几步火种儿灭了，可咋活呀？咱们的老祖宗过了大河，一直朝南走，过了一条河又一条河，走到哪儿饿了，就打了猎取火烧肉吃。后来老祖宗来到天河交汇的雷泽，走不动了，瞅这儿挺好，就留下来了。后来人家都叫咱雷泽人，咱的部族就成了雷泽氏。其实，咱老家是燧人氏，咱的老祖宗是燧人，咱的神神是燧娘娘。天下会使火的人，都敬奉燧娘娘。"

雪妮子长长地"噢"了一声儿，好像一下子明白了好几千年的事儿。窑洞里静了下来，只听见火堆噼啪地响。半天，雪妮子才又张开了嘴："姥娘，您刚才说我姥娘跟我娘也是贵人，这是咋回事儿啊？我姥娘跟我娘又没找着火。"

"呵呵，你姥娘可是大贵人呢。从前，咱们不住在这南山上，而是住在北边儿、东边儿和西边儿的好几个山里，哪儿有石头洞就往那儿住。大洞住的人多，小洞住的人少。你姥娘教会了人们在南山坳黄土坡上掏窑洞，愿意掏多大就掏多大，愿意掏多深就掏多深，愿意掏多少孔就掏多少孔。这么着，咱雷泽一族的人才住到了一处，一家人也能住在一个窑洞里了。窑洞冬暖夏凉，比石头洞强多了，打这，咱才跟猴子老虎不一样了。你姥娘是咱雷泽氏的大贵人，老雷泽大娘就把脖子上的宝贝串儿摘下来，给你姥娘戴上了，这么着，你姥娘才当上了咱雷泽氏的大娘。"

雪妮子想起了娘脖子上的宝贝串儿，就问："后来我姥娘咋把宝贝串儿给了我娘啦？您不是说，我娘也是贵人吗？我娘干了啥贵事儿了？"

"是啊是啊，因为你娘也是贵人，你姥娘才把宝贝串儿给了你娘。嗯，你娘咋成了贵人了呢？你娘有能耐啊，教人们使上了锅碗儿盆儿啊，你说这是多大的能耐啊！"

"那人们从前不使锅碗儿盆儿，使啥呀？"

"使瓢啊。"

"瓢咋能烧饭啊？"

"哈，你还真要把姥娘给问住了，瓢能舀不能烧。我都忘了从前咋烧饭了，呵呵。想起来了，呵呵，从前啊，在地上挖个坑儿，灌上水，拿麻叶儿、苇子叶儿伍的把狼尾巴草籽儿包起来，搁水坑儿里头，再把烧红了的滚烫的石头压到上头，水咕嘟咕嘟开了，叶子包的草籽儿就这么烫熟啦。我小时候儿都这么烫草籽儿吃，多少年不烧石头了，都快忘了。"

"真好玩儿！后来我娘咋弄出锅碗儿盆儿来了？"

"你娘啊，小时候儿淘气，爱玩儿土，拿掏窑洞掏出来的黄土和泥巴玩儿，捏成果子、栗子、核桃，分给妮子小子们过家家玩儿。有一回啊，她把泥栗子、泥核桃跟真栗子、真核桃一块儿扔进火里。光顾玩儿了，把烧的东西忘了，等火灭了，灰都凉了，才想起来，扒拉出来一瞧，真栗子真核桃全成了灰儿，就剩下泥栗子、泥核桃了，全成了掰不动的死疙瘩。你娘就把这些死疙瘩扔水里泡，想化成泥再捏着玩儿，可是死疙瘩化不开，泡了几天也没化开。你娘脑瓜儿一下子开了壳儿，就捏了一堆大的小的泥瓢，放进火堆里烧，烧好了的瓢盛水不漏。这就是碗跟盆儿。后来她捏的瓢越来越大，捏好了就放在一个没人住的窑洞里，等满了就点上大火烧，烧了几天。这回烧出来的大瓢不怕火烧，人们就用这样的大瓢烧水，这就是锅。等你娘长大了，你姥娘就把宝贝串儿给她戴在脖子上了。你瞧，你姥娘和你娘都是贵人啊，你大了一准儿也是贵人，呵呵。咱雷泽就是出贵人，有了贵人，人们的日子才越过越好了。世上要是没有贵人，那可就惨喽，没有火，没有窑洞，没有锅碗瓢盆儿，日子咋过啊？"

雪妮子还是头回听说娘的故事，心里喜一阵儿，紧一阵儿的。"啊？娘小时候就这么有心眼儿？可自个儿光会瞎玩儿，还贵人呐，整个儿一浑人！"雪妮子心里头骂自个儿。瞎姥娘说："你大了，比你娘准不差。甭瞧我没眼，瞅人准着呢。"

雪妮子听着张着嘴乐，又问瞎姥娘："姥娘，我娘那宝贝串儿是打哪儿弄来的呀？"

"这个呀，是一辈儿一辈儿的大娘传下来的，到你娘脖子上，已经传了一百多辈儿啦。"

闹了半天是这么回事儿啊！怨不得宝贝串儿锃亮锃亮的，磨得那么光溜儿，蛤蜊纹儿都磨得快看不见了。

可是，雪妮子还是想知道宝贝串儿的来历，就又问了一回："姥娘，那最早的宝贝串儿是打哪儿来的啊？"

瞎姥娘这回听明白了，"哈，你可真能刨根儿，你问的是这个呀？宝贝是海里的贝的壳儿制成的。"

"嗯？姥娘，海在哪儿呀？"

"呵呵，妮子今儿个带着小石镐儿来啦，真会刨啊，都刨到海啦。嗯，你问海啊，好多好多好多多年以前，咱们老家那儿就是海，后来，海里的山长出来了，越长越高，越长越大，把海里的地也带出来了，就成了今天这样儿。海里的贝壳儿多了去啦，可是过了这么多年，海变成了地，能找着的贝壳儿就很少了，所以人们管海贝壳儿叫宝贝。一大串儿宝贝来得不容易，一族就一个大娘，只有大娘才有宝贝串儿。"

"照姥娘这么说，合着再也找不到宝贝啦？"

"那也说不定啊，花石山里就压着不少宝贝哩，我有眼那时候儿，瞧见过打那儿采来的石头里夹着宝贝，大的小的长的短的都有，年头儿久了，宝贝都跟石头长一块儿了，成了石头宝贝。甭管还有没有，甭管有多有少，反正这东西来之不易，所以就以稀为贵了。"

雪妮子也见过这样儿的石头，石头里长了东西，只是没往宝贝上头想，瞎姥娘瞧不见，可是啥都知道，还知道花石山里头有宝贝石头，瞎姥娘真能，怨不得是巫婆儿呢！她羡慕地瞅着瞎姥娘说："姥娘，您咋成了巫婆儿的啊？您咋啥啥都知道啊？我咋就啥啥都不知道哩？"

"哈哈哈哈，巫婆儿就是老妖精啊。人老成妖，老了，知道的多了，就成了巫婆儿了。嗨，小时候跟我一块堆儿玩儿的，大了跟我一块堆儿叉鱼的，全都走啦，连你姥娘也不愿意跟我做伴儿了，就剩下我个老妖精了。唉，活这么老干吗啊？你姥娘活得最长了，可你姥娘是大贵人啊。连你姥娘那样儿的贵人都走了，留下我个煮不烂的老龟，唉唉！人家二十三十就走了，我都四十三了，再活下去没意思了，没意思了。"

"要是您也走了，咱雷泽没了巫婆儿了，那才没意思呢。"

"瞎说！我走了，咋就没意思了呢？"

"姥娘一走，把一肚子宝贝都带走了，人要有个病儿，找谁给瞧呀？"

"呵呵，人咋能把自个儿交到巫婆儿手里呢？人的身子是自个儿的，自个儿最知道哪儿好哪儿坏，咋好咋坏了，平时在意着点儿，病就少点儿，病了也知道是打哪儿病的。病见的多了，就成了巫了，就会给人瞧病了，呵呵。咱雪妮子大了，没准儿也是个巫婆儿呢。就冲你这刨根儿问底儿的劲儿，我肚里攒了一辈子的东西，用不了几天儿，就叫你掏空了。"

"我？我哪儿能知道那么多事儿啊？姥娘啥啥都知道，我刨一辈子也刨不够啊。"

“像你这么勤谨的，哪儿用得了一辈子啊。听的多见的多了，知道的自然也就多了，呵呵。”

“说是这么说，哪儿那么容易啊？坳子里那么多人，谁有您知道得多啊？谁都不知道哪儿哪儿有宝贝。姥娘您刚才说清水河边儿也有宝贝，要是女人们都串个宝贝串儿挂脖子上，那不就都成了雷泽大娘了吗？”

瞎姥娘呵呵笑起来，没了门牙的嘴里露出两块儿鲜亮的红肉儿，就跟凉妮子姐姐家才下生的小娃娃似的。“河里的蛤蜊壳儿、螺蛳壳儿，甭管这壳儿那壳儿，统统不是宝贝。那些壳儿啊，又薄又糙，经不住磨，挂不了几天儿就碎啦。这样的串串挂满脖子也成不了雷泽大娘。呵呵……”瞎姥娘笑啊笑啊，开了一脸碎花儿，闪闪的。

晌午的日头挤了瞎姥娘半个窑洞，雪妮子朝外瞧了一眼，外头的天好高好蓝，一朵淡淡的云彩朝她挥了挥手，慢悠悠地飘走了。窑洞里的火堆露出了灰不楚楚的炭榾柮儿，雪妮子跟瞎姥娘商量：“姥娘，外头天儿挺好的，咱出去拣柴吧！”“行啊，你肚子饿了吗？要不吃上点儿再出去？”“不饿，离吃后晌饭还早哩，走吧，姥娘！”雷泽人一天吃两顿饭，一顿前晌饭，日出之前吃；一顿后晌饭，日没之后吃，晌午都不兴吃东西。

还是外头好，空气新鲜透了，吸一口，就跟早上刚睡醒起来似的，脑门子清清凉凉的。瞎姥娘提了一桶沙子，雪妮子要了过来，一边儿走一边儿撒。路边儿的雪化了，露出了掉下来的树枝子。瞎姥娘拿脚趄着了，就圪蹴下，扒拉扒拉捡起来。

“姥娘，咱不要这个。”“妮子，挺好的枝子啊，留着回去烧火。”“姥娘，地下的柴又湿又烂，不好烧，还有股难闻的味儿。姥娘您在道儿上等着，我上树上掰些杈子下来。”

右坡边儿上全是圪针，左边儿是清水溪，溪后头是大林子，啥树都有。雪妮子拽了一棵倒了的死树，架到溪上当桥，颤颤悠悠过去了，爬上枞树撅杈子。林子密，树全争着往上蹿，去抢阳光。只有快到顶儿了见得着日头，叶子才长得住，下面的叶子连枝都掉了，剩下光杆儿树和张牙舞爪的秃杈子。

雪妮子爬到上头，抱住树干，左脚定在一个杈子上，右脚使劲儿往一个杈子上跺，一路倒换着手脚跺了下来，一会儿就清了一棵大枞树。她收拾起地上的杈子，给瞎姥娘送过去，回来又上了一棵树。就这么上上下下来来回回忙活了半后晌，瞎姥娘一个劲儿喊："够啦！够啦！雪妮子，回来吧！"

雪妮子正在兴头上，骑在树杈子上，俩手拢在嘴上朝道边儿上喊："姥娘，再干一会儿，天还早呢！"喊完"噌噌"几下子又上了一棵树。还没到半截儿，只听见那树咯吱吱地响起来，震得耳朵嗡嗡地。雪妮子想，这可是咋啦？"嘎吭吭"一声吓人的巨响，树歪了，她紧紧地抱住树，脚悬着，不能上也不能蹬了。"轰"的一声，树倒了，雪妮子重重地摔到地上，头上又挨了一闷棍子，眼一黑，啥都不知道了。

"雪妮子！雪妮子！你在哪儿啊？……雪妮子！雪妮子！……出——啥——事——啦？雪——妮——子！雪——妮——子！……"很远很远的地方传来瞎姥娘断断续续的喊叫，像是隔了好几道山、好几辈儿人。雪妮子费劲地睁开眼睛，眼前横七竖八好几截儿断木头，她刚才上的那棵好几人高的枞树从根儿上折了，摔成了三四段儿，旁边儿一棵枥树给啃掉一层皮，瞧那样儿是哪一棵树倒下来时碰着了这一棵树，给进了回去，才折成了几截儿。她摸着头上肿起来的大包想，准是叫哪一榾柮儿折木头进回来打的。

瞎姥娘不停地喊，音儿都劈了。雪妮子这会儿听真着了，使足了劲儿喊："姥娘，我——在——这儿——呐，没——事儿。您别怕！"吃奶的劲儿都使出来了，喊出来的音儿还没有耗子叫的声儿大。她想站起来，浑身疼得动不了窝儿。

"妮——子，扎——挣——着——爬——起——来，活——动——着，千——万——别——坐——热——窝子。"瞎姥娘说这话自有她的道理，姥舅儿，就是瞎姥娘的男人，那年摔了，一时没站起来，后来再也没站起来，瞎姥娘侍候他侍候到死，死了才把他的两条腿掰直了。瞎姥娘一边儿急赤白脸地喊叫，一边儿瞎摸合眼往这边儿紧走。

"姥娘，别过来！沟深水大，您过不来。"雪妮子一急站了起来，腰疼得像撅折了一样，她赶紧扶住一棵枞树。又是一阵咯吱咯吱的响，她猛地一推那树，转身跳到对面一棵高大的山毛榉后头，不敢再扶哪一棵树了。轰隆轰隆一阵巨响，眼前的枞树倒下去了，压倒了前面的树，前面的树又往前压过去，"轰隆轰隆"滚雷似地倒下一片。雪妮子一动也不敢动，那么壮实的好几人高的大树，说倒就倒，成了沙子捏起来的，倒下去摔成好几段儿，又跳起来互相打，碰着哪棵哪棵倒。倒是下刚才擦了皮的那棵树还立在那儿，挡住了后面一片树。

"雪妮子！雪妮子！"瞎姥娘的嗓子嘶嘶的，雪妮子不敢搭腔儿，怕震着了哪一棵没心没根儿的烂树，又呼啦啦撞倒一片。她挣扎着慢儿慢儿爬到清水溪边儿上，却不见了瞎姥娘。现在她倒担心起瞎姥娘来了，瞎么合眼的，可别掉沟里了！她可着嗓子喊："姥娘！姥娘！您在哪儿啊？"喊声够大的，鸟儿都惊得扑啦啦飞起来了。

山里传来回声，是雪妮子自个儿的声音，她翻身撑着坐起来，道儿上哪儿有瞎姥娘的影儿啊！也许瞎姥娘掉到清水溪里了？她急得站起来，往前头溪水里看，脚下却吃不住劲儿，扑通栽倒了，顺着陡坡儿叽里咕噜滚到溪里。本来就浑身疼，凉水一激，更疼了，可是雪妮子心里却踏实了，总算躲开了那片说倒就倒的树，大树能砸死人，清水溪可淹不死人啊。这么一想，她就不那么揪心了，只是担心瞎姥娘摔在哪儿了，到底年纪太大了啊！担着的心提溜到嗓子眼儿，不住地往外蹦，"姥娘！姥娘！您在哪儿啊？姥娘！姥娘！"

"雪妮子！你在哪儿啊？"到底儿有了回音儿，是娘的声音，娘的低嗓子这会儿却尖得像叫石头片儿拉了似的。"雪妮子！嗨！雪妮子！嗨！"瞎姥娘也气喘吁吁地跟着娘喊叫。

"娘！娘！快过来呀！我掉水沟儿里啦，娘快来呀！"雪妮子有了依托，撒起娇来。人还是有娘好啊，有娘托着，她就是在半天空里，也不怕摔下来了。

娘几步就跑过来了，"噌噌"大步下来。"娘，别摔着了！"娘一手抓住一棵砍了的杨树根上滋出来的条子，一手伸出去，雪妮子俩手拽住了娘的手。娘一下子就把她拉上来了，抱起来，转过身往上爬，一只手抓住棵小树儿，也顾不得硌针扎手了。

娘紧紧地抱住她，在娘怀里真好啊，又暖和又软乎儿。雪妮子搂住娘的脖子，脸磨着光滑细腻的宝贝串儿，娘呼哧呼哧喘气，吹到她脸上凉飕飕的。这时她才松下心来，不用害怕，不用挣扎了，可是身上却疼得厉害了，她忍不住哼哼开了。"哪儿疼啊？摔着哪儿了？"娘的声音颤颤的，跟细麻批儿拴了块石头似的吊着。"呜呜，哪儿哪儿都疼，呜呜，腰折了，腿疼，屁股疼，胳膊疼，脑袋疼，前头疼，后头疼，呜呜……""一会儿我瞧瞧，不要紧，不怕，妮子乖！"娘哄着她，脚底下跑起来，一颠儿一颠儿的。瞎姥娘跟着紧跑，竟然撵过了娘，跑到前头去了。娘一个劲儿喊："姨姨，用不着慌，小心摔了！"瞎姥娘只顾跑她的，一边儿跑一边儿说："摔不着，这道儿我趟熟了。"雪妮子头一回见瞎姥娘这么跑，真替她害怕。

娘抱着她进了瞎姥娘的窑洞，瞎姥娘已经在地上铺好了一张狼皮，娘把她放到狼皮上。呀，软软的真好受，原来狼皮下头垫了厚厚的干草。瞎姥娘在火堆里添了几块柴，就来侍弄雪妮子，瞎姥娘会接骨，族里有跌打损伤的都来找她。她把雪妮子身子翻过来，俩手六根儿指头从脖颈一直往下揾，一边儿揾一边儿不停地问："这儿疼吗？""咋个疼法儿？扎着疼？刺着疼？跳着疼？扯着疼？"雪妮子摇着头说："浑身跳着疼，哪儿都疼，一碰就疼，跟挨了一顿打似的。好姥娘哎，别碰我啦！"瞎姥娘好像没听见，接着揾下去，揾到腰眼儿上，雪妮子疼得直叫娘，把她娘吓得腿登时就软了，攥着她小手儿的大粗手又凉又黏。

瞎姥娘蜷起一根指头敲了一下儿，雪妮子"哇啊"一声大叫，龇牙咧嘴直吸溜，吸得她娘脊梁上直冒凉气。瞎姥娘轻轻地揾了揾，手底下硬邦邦的。雪妮子咳嗽了两声，眼泪儿扑扑簌簌直掉："姥娘，呵呃，呵呃，疼得受不了了，扯着疼。"瞎姥娘"嗯"了一声儿，一路揾下去，揾到俩脚后跟儿，雪妮子哼哼嗨嗨不住嘴地叫唤。

瞎姥娘又从颈子捋到手指头尖儿，雪妮子只是哼啊嗨地叫；瞎姥娘帮她翻过身来平躺着，从俩肩膀儿揾到两头儿脚趾头上。雪妮子只觉得可世界都疼，就跟躺在酸枣儿棵子上似的浑身扎得疼，还好不像腰疼得那样要命。娘轻轻摸着头上的大包问："这儿疼吗？"哪儿能不疼呢？可是瞎姥娘说："那地方儿不碍事儿的。脑袋要是有事儿，她早不是这样儿啦。呵呵。""噢，姥娘知道，那我就放心了。"

瞎姥娘去外头找来一块巴掌大的石头，叫雪妮子趴着，把石头压在她腰上疼得最厉害的那块儿。雪妮子给凉石头一激，嘴里忍不住嘶啦了两声儿，往后却觉摸着好受多了。瞎姥娘在腰那儿摆治了一通，叫她坐起来，她试了试，娘赶紧扶她，能坐起来了，可是疼得哎哟哎哟地喊叫。

瞎姥娘把她的俩手心儿推倒胸前，大拇指头往胳膊肘弯儿那儿掐下去，指甲掐进肉里，还不松手。雪妮子疼得"啊——呀"一声儿尖叫，后来就觉腰上冰凉，好受多了，俩手扶住腰，腰能动了，扭了两下儿。娘瞧着她的腰，上头渗出了一片大汗粒子，像早起草叶儿上的露珠儿。

瞎姥娘对娘说："燧娘娘保佑，没伤着骨头，腰那儿扭了点儿筋儿，没大碍了。你晚上再给她拿凉石头冰冰，明儿我上山去摆治。伤筋动骨一百天，活动的时候小心着点儿。"娘千谢万谢的，瞎姥娘不过意，说："妮子还不是为了给我找柴火才遭了这罪？雪妮子，姥娘对不起你啊！"雪妮子说："姥娘说得不对，您喊我回来我没听，又上了一棵烂树，才摔下来了。"

娘问："妮子，到底儿咋回事儿啊？"雪妮子就把那树怎么"咯吱咯吱"响起来，怎么晃悠，怎么倒了把她摔下来，树摔成几截儿说了一回。瞎姥娘说："这妮子命真大！"娘说："那树准是叫虫儿蛀空了，往后可别乱上树啦！"雪妮子说："可是，那树瞅着好好的，树皮跟好树的一样儿，树顶儿上绿绿的。"娘说："不能光瞧顶儿，还得瞧树根儿，根儿空了，顶儿再好看，树也长不住了。""娘，那儿好几棵空了根儿的树呢，我抓住一棵扶了一下儿，它就'咯吱咯吱'晃悠起来，往下倒，'轰隆轰隆'撞倒了好几棵。娘，我今儿可瞧见树打架啦，吓啊，野着呢！你碰我，我撞它，乱打一气，全摔得一截儿一截儿的，摔了蹦起来还打，打得昏天黑地稀里哗啦，还把我脑袋上撞了一大包。"

娘听了心里一惊，说："不好，这一片林子遭了虫儿了。明儿就叫你爹他们全给砍了，省着砸着人了。"眉毛当间儿仨道道儿又拧成了个黑疙瘩。

雪妮子只能直着身子躺着，动一下儿就疼得要命，腰里又硬又烫，手都不敢碰。

瞎姥娘天天儿打下头爬上来给雪妮子摆治腰，先帮她翻过身来。翻身就跟切肉似的，雪妮子牙咬着嘴唇儿受这大罪，心里想着好日子永远过去了，往后就是受罪了。翻过来了，瞎姥娘轻轻儿揣揣，手指头来回划拉划拉，雪妮子好受得直掉泪儿。瞎姥娘又把她翻过来了，这回雪妮子可是疼得掉泪儿了，龇牙咧嘴不敢出声儿。瞎姥娘托着腰帮她抻抻动动，问她疼不疼。雪妮子说："直着还行，就是打不了弯儿，一弯就疼。"瞎姥娘笑了，说："嗨，光直不弯是病啊。"雪妮子急得说："别这辈子都弯不了腰了，这罪可咋受啊！"瞎姥娘呵呵儿笑："多大点个人儿，就敢说这辈子的事啦。要是你这辈子弯不了屈不了，姥娘可就栽你手里啦，呵呵。"雪妮子惊喜地叫："您说我这腰还能弯能屈？"瞎姥娘说："当然啦，这回知道了吧，一个人能受委屈是享福儿哩，光直不弯才是活受罪。"雪妮子说："姥娘说得真好，我这腰啥时候才能不受这活罪了啊？"姥娘说："说快也快，说慢也慢，就瞧你听不听话啦。只要你听话，三五天就好了；要是不听话，怕要这么着挺一辈子哩。"雪妮子慌里说："我听话，姥娘，我一定听话。"

　　瞎姥娘给雪妮子腰底下垫了块凉石头片儿，镇着，石头焐热了，再拿一块凉的换上。雪妮子觉着挺好受，瞎姥娘说是得消几天肿。要说还挺管用，过了三天，雪妮子腰不肿了。瞎姥娘又把石头烤烫了，裹块皮子放在她腰上煴，说是不让筋血淤住了，煴热了淤血就化了。

　　雪妮子腰疼得一天比一天轻了，慢慢儿能坐起来了，就靠墙坐着给娘搓个绳儿伍的，窑洞墙上挂满了粗的细的长的短的绳子，娘还老是怕绳儿不够了误事儿。瞎姥娘说靠着腰吃劲儿，怕又不好了，就扶着她慢慢儿往起起。雪妮子试了多少回，到了儿站住了，站住了就能走动了，来来回回走，还要出去走。

　　瞎姥娘说："妮子，你那腰还没好利落，动大发了又回去了，见好儿就收吧。"雪妮子敢在爹娘跟前撒娇儿耍赖，瞎姥娘的话可不敢不听，连瞎姥娘不在的时候也不敢出去走了。谁都知道瞎姥娘通神知人，要是不听瞎姥娘的，准没个好儿。

　　雪妮子天天儿猫在家里，好在冷妮子和一块儿摘果子拾柴火的剩儿、霜儿、雨儿、疙瘩妞儿、辣妮儿几个妮子天天来她这儿，一块堆儿搓绳儿，还不闷得慌。小姐儿几个说这说那，嘴不闲手不闲，雪妮子家窑洞里着实热闹了几天。

等腰好得差不离儿了，雪妮子对瞎姥娘说："姥娘我全好了，您用不着上来侍候我了，再过两天，我下去给您拣柴火去。"瞎姥娘呵儿呵儿地笑了："你爹带着人砍了一大片虫儿咬了的树，人们膈应蛀虫，谁家都不要烂木头。我说我反正瞧不见蛀虫，有多少也不在乎，他们就全给了我啦。嘿咿，堆了好几大垛子，一年也烧不完，呵呵。朽榾柮干松，可好烧啦，不用引柴，一点就着了。你们谁家要是缺引柴，就上我那儿抱点子朽榾柮去。"妮子们想起蛄蛹蛄蛹的黑肉虫子，一个个儿直吐舌头："咦，虫子怕巫婆儿，咱可是怕虫子。"瞎姥娘说："虫子吃树，又不咬人，这么大的妮子怕个虫儿，嗤！"冷妮子说："肚里的虫儿比树虫儿大多了。肚里长了虫儿可得赶紧往下打，饿着虫儿，别吃东西。"孩子们吓得都怕肚里长虫儿。

冷妮子告诉雪妮子："树砍了，露出来一大块空场儿，等你好了，咱去那儿玩儿。"雪妮子直摇头，说："唉，我是叫树打架打怕啦，想起来就浑身疼，我可不敢再去那儿了，你们也甭去找不自在！"冷妮子告诉她："长虫儿的树全砍了，还砍了一大圈儿好树，剩下的都是好树啦，几个人都推不动。去吧，甭怕！"

雪妮子还是害怕："别你一推，呼啦啦又倒下一大片来。"

"嘿，雪妮子，我会瞧是好树还是坏树，你信不信？"

"咋瞧呀？"

"抠一小块儿树皮，就瞧见啦，虫儿咬了的树是白的，酥得掉面面儿；好树是湿的，结结实实的。"

"呵呵，你可真能干儿！赶明儿接瞎姥娘的活儿，当巫婆儿吧。小巫婆儿，你咋知道这么多啊？"

"我扒开砍了的烂树榾柮看了，又抠开好树的皮看了，嘻嘻，就是不一样儿。"

"行，小巫婆儿，等我腰好了，咱就去那儿玩儿。"

# 第三回

## 疑胸疾妮子露大怯
## 结网罨雷泽捞小鱼

雪妮子的腰好了，她没去瞎姥娘窑洞里，也没去砍了树的空场儿玩儿，而是跟着娘去了清水河。女人们都在那儿叉鱼，冷妮子的娘和姥娘也在那儿。娘叫她拿石头片片挖湿地里的蛐蛐儿，挖出来的蛐蛐儿剁折了，扔到河里招鱼。雪妮子挖了一大堆蛐蛐儿，扔到河里招来一群鱼。她拿一根尖棍子，学着娘的样儿去叉鱼。这活儿瞅着容易，叉起来可难多了，眼要瞅得准，手要出得快，棍子还不能掉了。雪妮子叉了十几回才叉着一条鱼，喜欢得直蹦。她挖了一大堆蛐蛐儿，剁折了，一点儿一点儿省着往河里扔，留着多招几拨儿鱼来。

整整一天，雪妮子叉住了一条鱼，个儿倒是不小。她拿马莲叶儿穿了鱼鳃，说是给瞎姥娘的。各家儿叉的鱼都拿马莲叶儿穿了四五条，回家路上，给那些做不动的人家送上一两条，谁家管谁家都是分好了的，三四家管一家，今儿你给，明儿我给。到瞎姥娘门口儿，雪妮子甩搭着大鱼进去了。

"哟，雪妮子知道我想吃鱼啦？"

"姥娘，是我叉的，给您搁哪儿啊？"

"嗐，能干儿的你！就扔火里吧，吃个新鲜，嘿咿！"

雪妮子把鱼扔进火堆里，火堆刺啦啦冒出呼呼白汽，窑里弥漫着新鲜的鱼腥。

"姥娘，往后您天天儿吃我叉的鱼吧！"

"呵呵，姥娘没儿没女儿，老了老了，得了咱雪妮子的济了。我说妮子，你那腰全好利落了？还疼吗？"

"嗨，全好利落了，一点儿都不疼了。"

"身上别的地方也不疼了？"

"哪儿哪儿都不疼啦，这回得亏守着姥娘，没耽误了，要不是姥娘给摆治，没准儿成了我姥娘那样儿了。"

"你姥娘那是摔到要命的地界儿了，能活下来算她命贵。你那腰不过是摔了皮肉扭了筋，哪儿就跟你姥娘一样儿了？只要不疼了，就没事儿啦。"

"一点儿也不疼啦，姥娘，没事儿啦。"

刚说一点儿也不疼了，谁知道从瞎姥娘那儿出来，往上走了不大一会儿，左边儿胸口就隐隐地疼，真是说嘴打嘴！回去找瞎姥娘？自个儿刚才不是瞎说八道了吗？嗨，多半儿是上山揪的。

回家吃了后晌饭，胸口还是疼，不过也没大碍，她想，多半儿是今天叉鱼使劲累着了，歇一宿就好了。

黑间睡下，左边儿胸口胀着疼，她摸了摸，捏住一个疙瘩儿，不大，可是挺硬。雪妮子害怕了，怕是那回摔着了内里，长了脓了，这会儿脓疙瘩肿起来了。她知道凉东西震着能消肿儿，就出去找了块凉石头，回来压到胸口上。

娘好生纳闷儿，问她："妮子，你咋啦？身上不好受？"

"嗨，胸口疼，兴许是今儿个叉鱼使猛了劲儿，累着了。"

"嗐，头一天干活儿，不该太猛了，赶明儿悠着点儿就好了！"娘说。

过了两天，右边儿胸口也疼起来了，黑间睡下，雪妮子胸口一边儿压了一块凉石头，还是疼，就跟娘商量："娘，想明儿下山的时候去瞎姥娘那儿瞧瞧。"

"哪儿不好？"

"还是胸口疼。"

"疼得厉害？"

"也没那么厉害，就是涨着疼，没时没晌儿地疼。胸口里头肿了，先是左边儿起了个小疙瘩，胀疼胀疼的。这会儿右边儿也染上了，我怕浑身都串上疙瘩，还是叫瞎姥娘给瞧瞧放心。怕还是上回摔着了没好利落，这会儿肿起来了，动不动都疼。"

娘说："上回摔着的是腰，咋会串到胸口去了？"

"兴许上回瞎姥娘没瞧出来。上回又摔又碰地，哪儿哪儿都疼，脑袋上不也撞一大包来着？"

娘点了点头，又问："咋个疼法儿？抻着疼？还是跳着疼？"

"都不是，是胀着疼，憋得慌。"

娘也怕了，伸过手来问："哪儿疼？叫娘摸摸。"

雪妮子把石头拿开，把娘的手放在一边儿胸口上，胸口很凉把娘的手凉得一激灵。雪妮子抓着娘的手说："娘，您捏捏，里头有个挺硬的疙瘩儿，就这儿，摸着没有？"

娘摸了摸，捏住了，问："是这儿吗？""嗐，就是这儿。"娘又摸了摸另一边儿，也捏住了一个硬疙瘩儿，问："这儿也疼吗？""嗐，跟那边儿一样儿，隐着胀着疼，一捏更疼。"听了雪妮子的话，娘笑了，哈哈哈笑得止不住。雪妮子生气了："娘真是的，人家难受，娘还笑！敢情您不疼啊。"

"还嫌我笑了，叫人能不笑吗？傻妮子，那是长奶儿啦！过几天长成大奶儿了就不疼啦。你呀，都快成大人了，还是啥都不知道，这话要是传出去了，还不叫一坳子的人笑话死啦，不光笑话你，还得笑话我这当娘的，唉，你呀！叫我说你个啥好哩？"

闹了归齐是这么回事儿，雪妮子也觉得自个儿够傻的，又埋怨娘："您干吗不早告诉我啥时候儿长呃儿啊？""要么说人家也得笑话我这当娘的嘛，嗨，傻娘傻妮子。天不早了，快睡吧，傻闺女！"娘说着，提溜上两块石头出去扔了。

雪妮子睡到天亮，醒了纳闷儿，咋一宿光梦见这个喜妮子了？明白了，是燧娘娘托梦点拨自个儿来了："都这么大了，还啥事儿都不懂，光知道玩儿！你也该学着思磨事儿了。"打这以后，雪妮子觉着喜妮子姐姐老是跟着她。她一下子长大了，人出落得好看了，胸口那俩疙瘩不硬了，胸脯儿挺起来了，底下见了红，雪妮子是个小女人了。


滚滚的雷送来了春天的雨，雨不大，没有雷神气。毛毛儿雨下了一宿，到早上还没有停的样子，人们乐得在家里过阴天儿。"别以为毛毛儿雨不是雨，毛毛儿雨带下来的水比哗哗的大雨还多。"这话是瞎姥娘说的，瞎姥娘的话都是对的，有时候听着别扭，一试，就知道不会错了。雪妮子在外头走了没多大会儿，人就浑身湿透了，可是真过瘾。雨中的空气，掺着新鲜的泥味儿土味儿，凉丝丝的真提神儿。

山上的和坳子里的雨水从四面儿八方汇到清水溪里，溪里滚起黄汤，欢腾着奔向山下的清水河，有点儿高低的地方儿水哗哗地成了小瀑布。被夹裹的黄泥无可奈何地哼哼唧唧，深知生离故土，即是死别。大树张开枝丫，能接多少雨水就接多少，树枝上的芽苞儿喝得饱涨涨的，憋出一兜儿绿。水洼里却又是一番情景：快要没顶儿的小草儿凄凄摇摇，用尽气力地呼唤被水拆散的娘亲，那是整个冬天精心护孵它们的落叶。哭肿了黄脸的娘亲在水面儿上扎挣，欲救不能，抱怨老天爷把雨惯坏了，任着他残害生灵。

雪妮子心里感慨：一场雨下来，喜怒哀乐都有啊！

最惨的是树上的蜘蛛网，横着结的，从上往下挂的，还有隔着几棵树拉起来的，白花花一片蜘蛛网全叫毛毛雨给灭了。雪妮子不禁可怜那些干活儿的小虫儿来，吐着心血辛辛苦苦织出来的东西就这么叫雨给泡了，也不知道它们这会儿在哪儿躲着哭呢。

她突然瞧见了啥，抿着嘴儿，歪着脑袋，眯细着眼，眼神儿落在树杈之间，那儿有一个大盆样儿的乌鸦窝，枝枝杈杈错综编成的，伸出来的枝杈盘下苫着一只大大的蜘蛛网，上面挂着两只不怕冷早早儿钻出来的蝇子，翅膀儿却看不见了。

雪妮子细细儿瞧那蛛网，一圈儿，一圈儿……瞧了一阵儿，她跑回家去，拿了一把麻绳儿，回来照着那网结起扣儿来。她跟娘学的结扣儿，结扣儿就是打疙瘩。娘记事儿的扣儿是用短绳头儿结在长绳上的，她却是把一根儿长绳儿对折起来，隔老远结一个扣儿，两根儿绳头儿不断地往下续。不一会儿，雪妮子把刚才搓好的几根儿麻绳全用完了，结成了一张跟那蛛网一样的网，当然她的网粗多了，大多了，也结实多了，拽都拽不破。她又搓了一根儿长长的绳儿，穿进最外面一层的网眼里，一拽那根儿绳儿，网就收起来了。她把网张开，套在自个儿头上，网口儿正好罩住了脖子。她一抻绳头儿，网口儿便收紧了，眼睛睁着啥都瞧得见，头却甭管咋挣扎都出不来了。

雪妮子头上套着网跑回家去，爹见她这么个怪样儿一边儿笑一边儿说她："你也老大不小的，还这么淘气！"娘气得说："好容易搓的绳儿，留着记事儿记错儿使的，哪是叫你瞎玩儿的？快都给我解开！"雪妮子就怕娘生气，赶紧说："娘啊快别生气了，我这是个网鱼的网，专门儿给娘结的！"说着摘下头上的网，一甩一收，"瞧，就这么网鱼，比拿棍子又强多了。"爹要过网来，手伸进去，连胳膊一块儿从大窟窿眼儿里出来了，"就这，能网得住鱼？别说小鱼儿啦，大鱼也跑啦，哈哈哈哈！"

娘真生气了，板着脸说："绳子是族里记事儿用的，不是叫你玩儿的，快都给我解开！要不给你系一个大疙瘩！"雪妮子怕了，族里只有几个人给系过大疙瘩，都是犯了大错儿的，有两个是打架两败俱伤的，有一个是打猎时手不准把石头扔到人脚上了，还有两口子不小心失了火，火一直烧到左邻右舍……雪妮子真怕跟他们一样落个大疙瘩，赶紧乖乖地一个扣儿一个扣儿地解起来，哪知道疙瘩好结不好解，解一个费半天劲。娘要过来，一边儿解一边儿骂："系的都是死疙瘩，吃饱了撑的，没事儿找事儿！"娘骂得有理，当大娘的都是这样儿，喜妮子的娘不是也说喜妮子画那石崖上的火"不当吃不当穿"的吗？可是等喜妮子找到了火，她娘不是立马儿变了好脸儿了吗？雪妮子也要让娘有一天变好脸儿说好话。

雪妮子怕娘骂起来没完没了，瞅个空子跑了出来，一口气跑到老鸹窝下头，仰着脑袋瞧那蜘蛛网。她纳闷儿，就是照着这网结的，咋它能网得住蝇子，自个儿的连爹的胳膊都漏了呢？她瞅瞅手里的渔网，再瞧那蜘蛛网，一样儿一样儿的，蜘蛛网有多少圈儿，渔网有多少圈儿；蜘蛛网有多少道儿，渔网也有多少道儿。蜘蛛网能网住那么大点儿的苍蝇，渔网咋就网不住鱼呢？

她搬了块石头扎着，脸儿快贴到蜘蛛网上了，她要细细地瞅瞅那蝇子是咋给网住的。一出气儿，蜘蛛网忽闪忽闪地飘悠，蝇子也跟着飘悠。这下儿看明白了：原来上头的蝇子是叫蛛丝儿粘住的，难怪它们跑不了！

手里的网粘不住鱼，要想网住鱼，只能把网眼儿结得密密的。雪妮子一个儿一个儿解开了网扣儿，捋直了一把绳儿。

雨住了，娘已经领着人叉鱼去了。雪妮子欢天喜地跑到清水河边儿，娘一见她就嚷嚷："这半天你都干吗去啦？不叉鱼也不挖蛐蛐儿。等着回家给你系个绳疙瘩，哼！把绳子都给我！"说着一把夺过她手里的绳儿。

雪妮子说："娘，您把绳儿都给我，我再给您结个好网，这回准能网住鱼。"

娘气呼呼地嚷嚷："你要是再挨这儿搅乱，明儿就不叫你来了，还回坳子里磨石头去吧！"

雪妮子真想搓一大堆麻绳儿，好好儿结一张密密实实的网。家里的麻批儿都是娘秋天擗的，不多了，她就是跟娘要，娘也不会给，何况都搓了也不够结一张网，要是网眼儿密实了，连个小不点儿的网都不够。

雨没住多大工夫儿，又下起来了，小哨儿"嘟儿嘟儿"响了，雪妮子对娘说："娘先回吧，我去河边儿擗点儿麻秆儿回去搓绳儿。"娘说："傻不傻呀？麻芽儿才长出来，麻还没长成呢，擗哪门子麻秆儿啊？魔怔！"雪妮子说："河边儿还有不少去年的麻秆儿，就擗那些个。"娘鼻子里哧哧笑："去年的麻秆儿这咱还等着你擗呢？早就又朽又烂了，烧火都点不着。嗤！"

雪妮子心里起了火儿，想干点儿正事咋这么难啊？爹笑话娘数落，老天爷都不帮忙！

吃后晌饭的时候，她问娘："娘，啥时候才能剥麻秆儿啊？"娘说："进了夏天麻就长成了，那时候儿剥一回，秋后还能剥一回。"得，还得等一个春天，就是剥了麻秆儿擗了麻批儿搓了绳儿，娘也不准叫她拿着糟践。

爹瞧出了她的心事儿，问："妮子，你是想搓绳儿结网吧？"雪妮子想，准是娘告爹说了，她感激又讨好地望着爹说："可不是嘛。"既然爹懂她的用心，她干脆央告爹："爹给我找块黄羊皮，拉皮条儿当麻绳儿也能使。"爹摇摇头说："那得要多少张黄羊皮啊？还得把好好儿的羊毛全都刮了。我给你出个主意吧。""啥主意？"雪妮子想不出来，除了麻绳儿和皮绳儿还有啥能当绳儿。

爹说："你得先跟娘说好了，不糟践绳儿，搓出绳儿来先紧着娘使唤。"雪妮子赶紧讨好娘："只要有批儿，娘使多少绳儿。我给您搓多少绳儿。"娘说:"行了!"

爹拿起一口带齿儿的石头大片儿刀,说:"走,咱砍一棵香花儿树去!"娘说:"砍树干吗呀?"爹说:"剥皮搓绳儿。我小时候儿淘气,剥过香花儿树的皮啃着吃,里头净丝丝,咬不动。"娘说:"得亏咬不动,要不几棵树早叫你啃光了。可别砍树,你剥下条儿树皮来先试试。"

清水溪边儿有七八棵香花儿树,到了夏天,一树树的白花儿像漫山遍野的云,到处都是好闻的花味儿,招来成群的蜂儿啊蝶儿的。这会儿树上才憋出嫩芽儿来,闻不见香味儿。爹一气儿剥了一棵香花儿树,雪妮子说:"娘见剥了这么多树皮,又该嚷嚷啦。"爹说:"没事儿,她不叫砍树,咱又没砍树。剥一条儿树皮,管啥用啊?娘还是愿意叫你结网,才叫剥树皮哩。一条儿也是剥了,一棵也是剥了,不剥白不剥。"

有爹担着,雪妮子就不怕了。树皮通长,比人还高,她抠了抠说:"要是擗出批儿来,可真够长的!"爹说:"瞧你娘咋摆治了,她会擗麻批儿。"

爹跟雪妮子把树皮抱回家里,爹说:"剩下的活儿就是你们娘儿俩的了。"娘抠了抠,说:"太生了,还是跟沤麻似地沤上吧。"沤了一天一宿,树皮还是树皮,擗不出批儿来。雪妮子说:"娘,肉煮熟了才吃得出丝丝来,咱煮一条子树皮试试,没准儿就行了。"娘添了一大锅水,坐到火堆上,攥着长长的树皮放进大锅里,等水热了,锅里的树皮软了,再一点儿一点儿往里送。爹给烧火,火堆呼呼地烧,锅一会儿就开了。雪妮子瞧着俩大人为她忙活,特别是娘,那么耐心,她心里热乎乎的,说:"娘,您忙您的,我瞧着锅煮树皮吧。"

煮了的树皮变软了,晾凉了,用手揉搓揉搓,分出二十好几张张皮来。一张一张揭开,再一丝儿一丝儿擗开,哈,比麻批儿还长!娘把剥来的树皮全给煮了,跟雪妮子说:"剩下的活儿你自个儿干吧！不够了，再叫你爹剥一棵香花儿树。这会儿的皮生，不结实，夏天的许好点儿。性急没好的，凑合着使吧！"这么好了还说不好？雪妮子是知足又知足了。

她先搓了一根儿绳儿，一头儿交给爹，一头儿递给娘，让俩大人使劲儿拃。绳儿没拃折，行了，挺结实，能使。可是她不待见一截儿一截儿接起绳儿来结网，不待见新网上带一大堆绳子头儿，显得破破烂烂的，再说撒网也不利落。香花儿树皮的批儿比麻秆儿的批儿长多了，对折儿起来能捻到两胳膊长。雪妮子还是想把树皮批儿搓得要多长就多长，就跑出去，先是套在树杈上，跑过去老远对着撮。绳儿长了，可是长的有限，还得一个疙瘩一个疙瘩地续下去，这么着，一张大网上还是少不了一堆疙瘩。

在外头待上一会儿，人就淋得精湿了。娘喊她："雪妮子，下着个雨，别紧着往外跑啦，不就搓根儿绳儿吗？回来搓吧！娘帮你拃着。"

娘说是帮着拃着，可是没多大工夫儿就不行了，要舀水了，要做饭了，这了那了老是坐不住。爹说："得了，爹把脚趾头借给你使使。好在爹磨石头的时候脚不动换。"雪妮子把批儿勾在爹脚趾头上，爹的脚比香花儿树的皮还糙。过了一会儿，爹的脚麻了，要起来活动活动。爹的脚在地下，雪妮子一直凑合着，本来这姿势就够别扭的，这会儿她说："算了，不用爹那汗脚丫子啦，把网熏臭了，鱼都不来了。"

窑里没有能套批儿的地方，雪妮子只好把搓好的树批儿绑在一块石头上，石头放在这一头儿，人走到那一头儿，搓起来。搓到后来，石头跟着转起来，搓好了的绳子都转到石头上。雪妮子心里亮了，把绳子在石头上套个结儿定住，又把刚才捻好的绳儿擗开，右手仨有用的指头上吐了唾沫，大拇哥跟中指拨捻一阵儿，再跟二指头拨捻一阵儿。两披儿都上了劲儿，右手捏住绳头儿，左手一转石头，就捻出一小截绳儿来。石头从套结儿里钻出来，缠几圈儿，再套个结儿，接着续批儿，接着拨捻，接着转……一会儿石头上就缠了一大团绳儿。一根绳儿可以不断地捻下去，结网时用不着打一大堆疙瘩了。

雪妮子捻绳子捻上了瘾，顾不得结网了，找来石头定住绳头儿不停地捻，满了转不动了再换一块儿。娘说："妮子这个'定子'好，又省劲儿搓得绳儿又长。"娘也找了块石头"定子"拴好了，跟着转起来。一天工夫儿，娘儿俩就把一棵香花儿树的皮擗出来的批儿全转成了绳儿。雪妮子说："娘留下系疙瘩使的，剩下的叫我结网吧！"娘说："这么长的绳儿，留着结网吧！"

雪妮子先拿绳头儿结了几个扣儿眼儿，扣眼儿太密，绳子锭子穿不进去了，她又把绳子锭子捯腾开了，分成几截儿，缠成瓷实的小团儿，凑合着穿。这下儿好了，想长就长，想短就短。

毛毛雨不停地下，雪妮子不住手儿地结网扣儿，这回结得密实，能伸进根小手指头儿。网是打当间儿往外一圈儿一圈儿结的，开头儿挺快，越往外越费劲，半天结不出一圈儿来。雪妮子烦了，摞一边儿不想结了，说："先结个小网，上清水溪里捞几条小鱼儿试试。"

爹说："清水溪里的小鱼毛儿还没草叶儿粗，别说网不住，网住了也不能吃。"

娘拿起结好的来瞧了瞧，一点儿一点解起扣儿来。雪妮子急了："好容易结了这么多，娘别拆了，我接茬儿结就是了。"娘说："不拆不行，你这是绝后网，太密了，鱼苗儿都网住了。再说也忒费绳儿了。"雪妮子赶紧说："娘，我拆，拆了重结。"

拆比结费事儿多了，拆到后来，指甲盖儿都抠饬劈了。雪妮子生自个儿的气："嗨，没事儿跟自个儿过不去，结的全是解不开的仇疙瘩。"娘说："这不就学会了？下回别系这么死了，想拆就拆。"雪妮子说："都拆两回了，这还不够？"娘说："娘这辈子还没经过一回就成的事儿哩。妮子，你这网且得拆呢。"爹说："一回成的不能说没有，少就是了，一回砸的可多了去了。好事儿多磨，妮子，拆也没白拆，只当是磨性子了，嘿嘿！"

拆完了，从头儿结。还真叫他们说着了，几圈儿下来，又得拆，外圈儿太紧了，成了兜儿。好在这回没系死疙瘩，拆起来不算费事儿。下一回又太松了，外头几圈儿扣眼儿太多，跟开了花儿似的。雪妮子要样儿，拆了结，结了拆。娘说："差不多就行啦，别拆上瘾了！"雪妮子说："网眼儿太大了，鱼都跑了。"娘两根儿指头伸进网眼儿，撑了撑，说："不大，半大草鱼、胖头鱼都能网住，连小鲫瓜子都跑不了。别瞎拆！"娘说行就行了，雪妮子把网扣儿一个儿个儿拀了，一点儿点儿理着结下去。她还是不敢打死扣儿，瞅哪儿不顺眼了，就拆了重来。

爹跟娘说："咱妮子知道要好，这点儿可比你强多了。"

娘说："我咋啦？"

爹说："不是我说，你呀，净瞎凑合。"

娘也有的说："只要事儿做成了就行了，样儿不样儿的不要紧。"

爹说："这倒也是，妮子这点儿还得学你娘，甭管好赖，要做就做完。"

娘说："半不拉拉不干了，还不跟没干一样儿？"

日头露脸儿时，一张网结成了，不算大，可挺是样儿。娘一脸的笑，说："瞧咱家这回这阴天儿过的！"

撒网这天，女人们欢天喜地，挖了一大堆蛐蛐儿，绑到网眼儿上。网撒到清河里，一会儿就招来一群鱼，钻到网底下，乌泱乌泱的。雪妮子心里头这个乐呀，小声儿叫娘拉网。娘摇摇头，想等鱼都进到网里，再拉。

瞧着差不多了，娘慢慢儿拉起网来，只觉得手里轻飘飘地。拉起来一看，一条鱼也没有，那群鱼吃完了蛐蛐儿，还等着，等到网一拉，都从水底下跑了。

人们说三道四："自古拿棍子叉鱼，谁见过网鱼的？""嘿，咱今儿喂鱼来啦！""我一瞅就知道不行，那网在水上漂着，鱼就是想进去也找不着口儿啊。"

女人们一劲儿拱火儿，大娘突然嚷道："就你们能干！没人把你们当哑巴！"女人们不说了，气氛更难受，雪妮子恨不得跳进清水河去，脚底下使劲儿一踢，一块石头飞进河里，"嘭！"溅起一片水花儿。

雪妮子突然叫起来："娘，咱往网里装一块石头，网不就沉到水里了？"人们都说："对呀，装块石头试试！"雪妮子这才瞅见，刚才瞎喳喳的也就几个人。

人们又挖起蛐蛐儿来，雪妮子撅了几根儿柳条儿，编了个小篓儿，把蛐蛐儿全搁篓儿里，又穿根儿柳条儿封了口儿。大娘往网里装了块石头，又蛐蛐儿篓儿搁进去，才把网下进水里，这回网沉下去了。冷妮子娘说："来，咱俩一人拽住一头儿，别叫网沉了底儿，鱼钻进来多少，咱手里能掂量出来，心里好有个数儿。"娘说："月儿姐这主意好！省着鱼进来没进来都不知道。给，咱把网口儿抻大点儿！"

娘把粗绳子的一头儿扔给冷妮子娘。雪妮子眼里浮现一张大网，从这岸甩到那岸，两边儿好几个人拉绳子，鱼都奔着蛐蛐儿来了，乌泱乌泱钻进大网里，网一个劲儿往下沉……

拉网的俩女人手里加了分量，"起！"娘一声嚷，把雪妮子从幻想里拽了回来。网拉了上来，人们呼啦啦围过来，雪妮子心一下子跳得快了，突突突突往嗓子眼儿蹦。

网拽上来了，网底儿白花花的鱼搅成一疙瘩，一条条尾巴奋力挣扎着。娘嚷着："快拿桶来，盛上水！"人们赶紧去河里舀水，一会儿凑过来好几个水桶。冷妮子娘攥着网扣儿，娘伸进胳膊抓鱼，一条条闪着白光的鱼进了水桶。这一网捞上来二十几条鱼，个儿不大，可都活蹦乱跳的。

女人们轮着下网，捞一网换换地儿，一天捞了七八网，水桶里装满了活鱼。早早儿地大娘就吹响了小哨儿，说："瞧见了吧？网鱼比叉鱼强多了。家里还有麻的，回去都搓了绳儿，两家儿结一张网，就像我跟月儿姐这样，俩人拽一个网。"人们叽叽喳喳，都说没那么多麻。大娘说："有多少算多少，两家儿凑不够三家儿凑，三家儿不够四家儿凑，凑不成大网就凑小网。有就比没有强，咋着也比叉得多。"

雪妮子心里笑，嘴上可不敢说，这么点儿的网能干吗呀？哄大人过瘾玩儿呢？等新麻熟了，她要结大大的网，撒下去拦住清水河，一天下一网就够了。

剩儿她娘穗儿姨心细，掰扯着网瞧了又瞧，问："这么大个网，密密实实这么多扣眼儿，没少使绳儿，咋瞧不见几个绳疙瘩儿啊？"大娘说："穗子要不问，我还忘了说了，是这么着，先搓根短绳儿，拴块石头，往上续批儿的时候转石头，捻好的绳儿缠石头上，要捻多长就捻多长。"人们嘴里啧儿啧着，心里说："要不人当大娘，就是跟咱不一样儿啊。"

雪妮子提溜了半桶鱼，跟着大伙儿往回走，到了瞎姥娘门口儿，喊道："姥娘，活鱼来了，给您搁哪儿啊？"瞎姥娘问："今儿是咋了，叉住的鱼没死了？"外头冷妮子娘听见了，说："姥娘，今儿的鱼不是叉的，是网的。大娘结了个网，一网捞一大堆鱼，全是活的。"大娘赶紧说："可不是我结的，光顾着捞鱼了，忘了说了，这网是我们雪妮子结的，连转石头捻绳儿也是我们妮子想出来的。今儿鱼多，妮子，多给姥娘几条！"人们嘴里一直"啧啧"，瞎姥娘耳朵里就像飞过来一群啄食儿的鸟儿，她高兴地说："这妮子，我早就瞧着是块料，嗨，没眼咋瞧啊？我是说，我眼瞎心不瞎，呵呵。妮子，给我两条就够了，扔水缸里吧！"雪妮子说："姥娘，网的鱼可没叉的鱼个儿大，全是些小鲫瓜子。"瞎姥娘说："鲫瓜子才香呢，比胖头鱼好吃多了。"大娘说："妮子，给姥娘挑五条大的！"雪妮子问："姥娘，我帮您弄死吧？"瞎姥娘说："别价，先养几天儿新鲜新鲜，跟我作个瞎伴儿。没准儿还能长大呢，呵呵，小鲫瓜子。"

# 第四回

## 开小窑烧瓦烧深子
## 织大网系纲系浅标

要开春窑了，烧窑就在雪妮子家旁边儿的洞里。女人们捏好了泥锅、泥瓮、泥盆儿、泥碗儿，拿竹刀儿刮光了，抹平了，再把麻绳儿摁在上头轧出好看的绳纹儿。雪妮子揉了一大堆泥球儿，当间儿拿骨头针儿扎透了。娘瞅着，又是摇头又是叹气，说："多大的人了还玩儿这个？唉！"雪妮子说："娘，这可不是玩儿的。"娘说："不是玩儿的，是吃的？"雪妮子嘻嘻笑了："等出了窑，娘不怕硌牙，就吃吧！"娘还是瞧不出来，说："你不说清这些球球儿是干吗的，我可不叫进窑。"雪妮子说："这球球儿是往渔网上坠的，省着石头坠破了网。"娘"噢"了一声儿，说："你咋不早说啊？"雪妮子说："娘咋不早问啊？早问，我不早说啦？嘻嘻。娘，窑里还有地儿吗？""有，你还有啥好东西啊？"

雪妮子捏了一个两头儿粗当间儿细的东西，瞅了瞅，把当间儿又捏了捏，瞅瞅捏捏，捏捏瞅瞅，最后捏成俩，一个是圆盘儿上头插了根棍儿，一个是两头儿的小圆盖儿夹着一根棍儿，圆盖儿又尖上去。圆盘儿底下特意盘上细绳儿，压出了绳纹儿。娘一眼就瞧出来是干啥用的了，指着两头儿有盖儿的说："这锭子好看，也烧成瓦？"雪妮子答应着："嗯，还不知道能使不能使呢。"娘说："先捏几个烧出来瞧瞧，好使了，再捏一大堆，烧上一整窑，分给妮子们，叫她们都跟上你学弄瓦。"

"弄瓦？说得真好！娘，妮子们弄瓦，小子们弄啥呀？"

"磨石头的活就交给小子们了，这算弄，弄啥呀？弄璋吧！"娘脱口而出，随后脸上就晕起了红晕。

雪妮子莫名其妙，问："娘，璋是啥物件儿呀？"

娘回答得也莫名其妙："半拉石头！"

雪妮子不明白娘说的是啥，爹倒是叫石头，可是半拉石头是咋回事儿啊？她没法儿明白，那是娘和爹之间的私话儿。

还没雪妮子的时候，爹还没跟娘在一块儿的时候，他俩还是妮子跟半大小子的时候，那时候儿爹就待见娘，磨了一块儿石头送给娘。娘看着这块磨得光光亮良的石头，上头圆乎乎的，下头却是方的，就问："这是啥物件儿呀？"爹脸红红的，憋了半天才说："妮子你别生气啊，我磨的那是个龟脑袋，石头不够，没磨成盖儿，你就把它当成'龟'吧。"娘扑哧儿乐了："石头你磨啥不好？偏磨个龟脑袋！"爹说："千年的王八万年的龟，图的是长长久久。妮子，这是给你磨的，长大了咱俩一块儿长长久久过吧！"娘气得啐了一口，可是把那"龟"收了。娘摩挲了好几年，"龟"里头渗进了娘手上的油和汗，变得晶莹剔透。

后来俩人都长大了，娘不小心把"龟"给摔了，摔在一块大石头上，"龟"的圆头儿摔豁了，下头俩角儿也磕了。娘眼睛红红的，把"龟"还给爹说："石头，咱俩过不成啦！"爹花了几天工夫儿，把摔了的"龟"磨平了半拉，瞧着活像一尊山嶂。爹嘻着嘴，把半拉"龟"又送给了娘："妮子，你瞧，我把半拉'龟'磨成一块嶂啦！有这山嶂护着咱了！"娘喜得说："这下儿可好了。"后来他们有了雪妮子，可是娘一直藏着那块"嶂"，只有爹瞧得见，雪妮子从来没见过。

雪妮子不知道半拉石头咋就成了嶂，只是觉得挺好玩儿，说："好啊，往后就叫小子们弄嶂磨石头吧，笨手笨脚反正也弄不成瓦，就配弄个嶂，哈哈！"雪妮子开心，因为等锭子瓦烧成了，她就能教给妮子们弄瓦了，她们再也不用没完没了磨石头了。

雪妮子捏瓦，娘跟着揉泥球儿、穿窟窿眼儿，娘扎得窟窿眼儿大，说："小了，一烧就粘一块儿了。"雪妮子想着以后要结大网，还得用泥球儿，娘想着女人们结好了网，哪个网都得坠泥球儿，俩人揉了好大一堆球球儿。别看泥球儿小，还挺占地儿的，摞起来全粘一块儿了，只能摆一层儿，还得留开缝儿，不让滚一块堆儿去。一堆泥球儿几个瓦，占了整整一窑，哪儿还搁得进去锅、碗儿、瓮、盆儿！雪妮子说："这也太费了，要不撑几块石头隔开了，多码几层儿，挤挤！"娘说："不行，石头一倒全砸碎了。就这就挺好，东西不多，不费火。咱先开个小窑儿，明儿锅、碗儿伍的再烧一大窑，瞧着费了，其实是省，甭啥都想烧，啥都烧不成。"雪妮子想着，也是这么回事儿。

烧出来的泥球儿挺结实，拽地下都不碎。雪妮子怕网眼儿禁不住，想搓根儿粗绳子，穿在网腰里，再坠一圈儿石头球儿。可是家里没麻也没香花儿树皮了，她去香花儿树上刮了一绺儿皮，回家煮了。娘说："往后别动那几棵树了。"

没用多少泥球儿，剩下一大堆，堆到雪妮子家窑旯旯儿里了。

网上坠了一圈儿泥球儿，渔网撒出去就匀匀地沉下去了，网口儿张得大，进来的鱼多，也有了大鱼。人在上头虽然看不清水里的动静儿，可是手里惦得出分量来，估摸得出来啥时候儿该拽网。一网捞上来的鱼比先前多了，女人们知道了泥球儿是雪妮子的主意，又都"啧啧"起来。雪妮子心里好笑，那么点儿的网，没意思，等拦河大网上拴上一大圈儿泥球儿沉下去，拽上来好几百条扑棱扑棱的大鱼，那才带劲儿呢！

她连做梦都梦见大网，天天儿盼着麻秆儿快点儿熟。

天慢慢儿长了，人们身上暖和起来了。香花儿树上出满了白豆豆，豆豆里开出了白花儿，一树一树的白花儿如云如雾，洁白的香气在山里潇洒地飘着漾着，过一阵小风儿就涌上来一阵浓郁的香气，悠悠溢了出来，是剥香花儿树皮擗批儿的时候儿了。

山上的香花儿树吸了一春天的水分，一棵棵要多水灵有多水灵，树皮往外渗水珠儿，散发着清新的水味儿。水越多皮越嫩，外边儿的皮一掐都是丝儿，里头的准更软。雪妮子磨好了刀，刃儿又薄又长。可是娘不叫剥树，说："瞧瞧春天剥的那棵树，一直半死不活的。整个坳子里就这几棵树，死了就绝了。等着吧，过几天麻秆儿就熟了，到时候你愿意剥多少剥多少。"爹的话雪逆子敢不听，娘的话她可不敢不听。娘管着雷泽，管着清水河，管着南山坳，就是一根儿草，娘要是不叫拔，谁也不敢拔。娘能给人系疙瘩，系个草疙瘩，到分草籽儿的时候，就把疙瘩给扣了；系个肉疙瘩，就分不上鱼跟肉了。"吃疙瘩"就是饿肚子，谁也不敢拿自个儿的肚子顶撞雷泽大娘，雪妮子更不敢，她要是敢顶，现时现报，当天儿就吃不上饭了。

麻秆儿一点儿一点儿黑上来了，麻秆儿黑到一多半儿就是熟了。今年的麻出来的多，长得也好，要说还是春天那场毛毛雨积下的好儿。清水河北岸一大片黑骏骏的麻秆儿，风一吹"咯吧咯吧"响成一片，像是叫人们快来扯麻。

麻秆儿快黑到根儿了，手掐掐梢儿，掐不断了，女人们知道是该扯麻了。年年这时候女人们紧着干上几天，扯了晒，晒干了又泡，泡净了剥皮刮麻，收的麻够一年搓绳子结网用的。

扯麻不是件容易活儿，稍微一不经意儿，麻皮儿能勒破了指头，勒到骨头里去。女人们扯麻的那一只手，两根吃劲儿的指头上都缠着羊皮条儿，防备伤了。扯麻的时候，人得弯着腰儿，一只手攥住麻秆儿下头，吃上劲儿的是裹着羊皮条儿的那只手，比到磕膝盖儿上头那么高儿，嘎巴往下一窝，麻骨就折了，麻皮儿裂了缝儿。裹了羊皮条儿的手撑开裂缝儿插进去，使劲儿往后一勒，麻秆儿上头半片麻皮跟麻骨分了家，然后俩手一扯，把下头的两半片麻皮扯下来，一只手攥着，一只手上头的半片麻皮跟麻骨扯开，剥成宽窄均匀的两片，一根儿麻秆儿就算剥完了。叶儿、花儿、籽儿都跟着撸掉了。有那本事大的，能三根儿两根儿麻秆儿一齐扯，一撇一把麻批儿。

女人们扯完了麻皮儿，一把一把搂起来，到后晌绑成一大捆，背上回山里了。年年扯完了麻皮儿，女人们接着就砍麻秆儿，把地里拾掇干净了，等着秋天再收一茬儿麻。今年的麻多，干不过来了，大娘叫女人们回山里晒麻、泡麻、刮麻，剩下的活儿她带着男人们盖罗了。男人们一人一把快刀，弯着腰，齐地把麻秆儿一削，喊里咯喳倒下一大溜，捆起来也背回去了，麻秆儿可是好引柴，家家门口儿堆了一大垛。

上了山，女人们把麻秆儿在各家门前摊开了晒上，得晒二十几天，才能干透了。麻秆儿干透了，麻壳儿脆了，就好剥皮儿了。剥下来的麻皮儿泡进清水溪里，为的是把不干净的东西都泡出来，等泡出来灰乎乎黏糊糊的一层东西，一撕开麻秆儿就看见麻网了。女人们泡干净了的麻皮捞出来，搁在青石上头，拿木头棒槌使劲儿锤上一气，然后一把一把放进木桶里，等着刮，再把木桶上头扣个盆，省得干了。

该刮麻了，最苦的活。一人一把石头刀，麻皮儿搭在刀上，来回来去地抽拉，把麻壳儿拉断了，摘出去，剩下成片的麻批儿。女人苦啊，两条胳膊悬在半空里拉上一天，先是酸疼，后来木了，都不是自个儿的了，晚上躺下，咋搁着都不好受，翻过来掉过去睡不成觉。早上起来歇过来点儿了，胳膊不木了，却胀得生疼。吃了饭又得去刮麻，石头刀刮秃了一把又一把，女人们手上裂得一道子一道子的血口子，大热天一出汗歃进肉里，疼得嘶啦嘶啦咧嘴。

一天下来，雪妮子蔫儿，浑身散了架，胳膊就跟没了似的。她央告娘："娘啊，实在干不了了，咱歇两天儿吧！"

大娘心疼闺女，可是有啥法儿？"歇不得呀妮子，你累，谁不累呀？你一歇，娘还能不叫人家歇吗？"

"娘啊，非这么刮麻啊？这哪儿是人受的罪啊。"

"这日子口儿上，老天爷说变脸儿就变脸儿，一场雨下来，这么多人辛辛苦苦刮出来的麻就全沤烂了。妮子，这会儿不光不能歇，还得紧着干才行。"

雪妮子无奈地叹了口长气："嗨，有啥法子呢？干就干吧！"

娘说："孩儿啊，谁让你摊上了这么个狠心的娘呢？谁让咱又赶上今年收了这么多麻呢？咬咬牙干吧，没有过不去的沟儿。娘也是这么过来的，头回刮麻苦，往后惯了就没事儿了。"

麻多也好，给一族的大娘当闺女也好，说来说去其实都是好事儿。雪妮子想着这些好儿，刮麻就不觉着那么苦那么累了，一边儿刮，一边儿琢磨开了织大网的事儿。

锭子瓦早就分到了各家儿，有摔了的，就拿石头仿着样儿再磨一个，也有使木头抠饬，甭管啥抠饬的，都叫"瓦"。

雷泽的妮子们都在雪妮子家窑洞前头学弄瓦，捯了细细的麻批儿，蘸着唾沫捻几下，拴到瓦锭子上，仨指头轻轻拨捻，转上了劲儿，绕到钉子上；再续上一批儿，打个结儿，转上劲儿，绕上去……绕满了，再换一个瓦锭子。披儿绕好了，再把俩钉子上的合成两股儿，转着捻着绕到一个钉子上；两股儿合成四股儿，四股儿并成八股儿，锭子越绕越大，绳儿越捻越粗。

细绳儿粗纲都有了，雪妮子就教给她们挽扣儿结网。这个好学，妮子们一会儿就结出好几圈儿去，都伸过来给雪妮子瞧，问行不行。雪妮子一劲儿夸："不错不错，比我开头儿强多了。"瞧了几个，她说："行啦行啦，都拆了吧！"

妮子们不知道雪妮子要干啥了，一片喊喊喳喳，不愿意拆。岁数儿大点儿的剩儿说："又没错儿，拆个啥呀？"雪妮子问："剩儿姐你说，不拆留着干啥呀？"剩儿说："接茬儿结渔网呀，你那大网不就是打从当间儿一圈儿一圈儿往外结的吗？"雪妮子好笑，说："那也叫大网？这回咱才要结大网哩！"剩儿问："一网捞三四十条鱼，还不叫大网？你还要结多大的？"雪妮子说："打这岸拉到那岸，拦住清水河，一网进去半河的鱼。"妮子们听了哗地笑了，冷妮子说："嘿，你可真不怕风大闪了舌头！我问你，就算能结得出来那么大的网，谁又能拽得起来啊？"雪妮子说："一人儿当然拽不起来啦。一边儿十个人，二十个人，三十个人，两边儿一顺儿拉，还能拉不起来？"

这回把妮子们镇唬住了，谁也不喊喊喳喳了，冷妮子伸出来的舌头半天缩不回去，说："我算是服了你啦！"雪妮子说："这会儿就服啦？忒早了！七灾八难还多着，我就等着你们骂哩。甭废话啦，拆吧！拆了一人一份儿，合伙儿结大网。"

妮子们也都结的死扣儿，拆起来都叫唤："费劲死了！"雪妮子说："拆就是比结费劲，往后别一上来就系死疙瘩啦。也费不了多大劲，不就结了两三圈儿吗？"冷妮子说："两三圈儿，好几十个扣呢。你知道死疙瘩不好拆，干吗不早说啊？"雪妮子说："我也想早说来着，可是，不经过，你们哪儿知道死疙瘩不好解呀？这会儿拆一点儿都不晚，我那个小网结了拆，拆了结，拆了十几回，才结成了那样儿。"

妮子们没得说了，解起疙瘩来，拆完了，等着雪妮子分份儿。

雪妮子说："要是想叫我省事儿，就一人分一个角儿，从尖儿上往外结，越结越宽。我从当间儿结个小网，然后再把你们的一片儿一片儿缝上去。"

剩儿说："这个太难了，这么多人，最后结完了，哪儿那么容易片儿片儿一般儿大呀？到时候儿你往一块儿缝可就抓瞎啦。要想我们都跟你似地拆上十几回，恐怕没那么容易，就算拆了，也不容易取齐了。一块儿枯皱一块儿松的，不叫个东西。"

人们都说不好，雪妮子说："这个不好，咱就不用它了。我还有一个主意，就是咱都结方块儿，多大的扣儿，多长的边儿，全都一样儿。最后，我给缝一块堆儿。"

冷妮子说："缝一块堆儿，那不是个方的吗！"人们都乐了。

雪妮子说："我没说完呢。你们管结方块儿，我呢，先结外边儿的，这个不容易，不是哪块儿都一样儿……"

她还没说完，人们都说这个好。剩儿说："就这么着吧。委屈你了，一块儿一个样儿，多拆几回就找齐了。"

雪妮子说："行，你们愿意省事儿，我就麻烦点儿。咱先做个制子。"她顺手撅了根儿树枝儿。"全都两根儿树枝儿长，四四见方，扣眼儿大小将能进去两根儿指头就行了。一百块儿就够了，算我还多着六个人，剩儿姐、冷妮子、辣妮儿，你们仨跟我一块儿结外头的边儿。来，咱先一块堆儿画画这边儿是个啥样儿。"

几个人圪蹴下，在地上画来画去，最后发现用不了一百块儿整的，八十八块儿就够了，可是边儿上得二十八块儿，这二十八块儿又不都一般儿大，起边儿都是制子那么长儿，往外一共有七样儿，挺麻烦的呢。

雪妮子在地上画好了边上的样儿，又叫出十二个人来，添上冷妮子跟辣妮儿，说："你们几个包边儿，一人儿两块儿，一块儿大的，一块儿小的。剩儿姐，后头的活儿都是咱俩的，这会儿没事儿，咱先搓挂泥球儿的纲绳跟收口儿的长绳子。"剩儿说："到底儿叫你把我给算计进去了，呵呵，到时候缝不到一块堆儿可别怨我啊。"雪妮子说："你那双巧手，天跟地都能缝到一块堆儿，我就摽上你啦，甭想出溜儿了！"

剩儿挺上心，撅了根儿树枝儿，跟雪妮子的制子比齐了，两指两指排过去，到头儿正好儿。雪妮子瞧着说："对，隔两指挽一个扣儿，两根指头能伸进去。"剩儿说："这不紧点儿？"雪妮子说："没事儿，这会儿扣儿挽得松，最后抻紧了，就进去了，这么大网眼儿正好。"妮子们刚开了个头儿，还没结出一行来，扣儿也挽得松，喊里咯喳一会儿就拆完了。"得亏说得早，好拆。"说话的是雨儿。剩儿瞅着雪妮子笑："谁叫你嘴那么快来？"大伙儿都嘻嘻哈哈儿说："剩儿姐，可不兴制人啊！"雪妮子说："谁制谁呀？到后头还不是制住她跟我！"

妮子们结出一行来，就叫雪妮子跟剩儿瞧瞧行不行。这回好多了，雪妮子说："就这样儿，挺好的，别再密了。我上回那小网，开头结得太密实了，娘说是绝后网，非叫拆了。"妮子们哗地都笑了，把雀儿都惊了起来。

剩儿搓绳儿，四股儿的、八股儿的、十六股儿的。

雪妮子砍了棵竹子，劈成片儿，拉成块儿。剩儿一直斜眼儿瞅着，捉摸不透，到底儿问了："嘿咽，贼妮子肚子里头又转啥花活肠子啦？"

雪妮子说："剩儿姐，你再搓根儿八股绳儿，在网口儿下头六七行那儿穿一圈儿，等我穿了眼儿，把小竹片儿拴上去。"

剩儿说："竹片儿轻，下了网在水上漂着。"

雪妮子说："是这么着，竹片儿是个标志，等网里头有了鱼，竹片儿就往下沉了。小网能靠手掂量里头有多少鱼，大网掂不动，就靠看这一圈儿竹片儿了，鱼越多，沉得越深，瞧着一圈儿竹片儿沉到哪儿了，就知道网里有多少鱼了。一圈儿坠网的泥球儿，一圈儿浮网的竹片儿，嘿，大网就齐了。"

妮子们嘴里不住地"啧啧"，听完雪妮子这番话，剩儿说：

"贼妮子,把你这脑壳儿分给我半拉吧!"

雪妮子说:"行啊,半拉脑壳儿换剩儿姐一只手,咱也沾点儿巧气儿。"

冷妮子说:"不行,这世上的好儿不能叫你们全占了,凭啥我就该又傻又笨呢?"

"这是又傻又笨的人说出来的话?"剩儿嘿儿嘿儿乐,问大伙儿,"你们见过这样儿又傻又笨的吗?"

冷妮子说:"哼!她这是成心恶心我呢,当着瘸子说歪话,留神哪天摔折了腿!"

雪妮子呸了冷妮子一口说:"小巫婆儿,还早呢!一边儿待着去!等又傻又笨的全都死绝了,才轮着你出来装傻充笨哩。"

四四方方的大网片片攒起厚厚的一堆,雪妮子跟剩儿拿鸟儿骨头磨的针儿穿了绳儿一片儿一片儿缝起来,外头的边圈儿也严丝合缝,连成了一张大圆网。网片儿是两股绳儿结的,两股绳儿缝的。网太大了,雪妮子怕不结实,通直穿了几道四股绳儿,外圈儿再结上长长短短几行,找补圆弧儿了,最外面两圈儿用八股绳儿结,穿竹片儿的纲绳是八股儿的。收网索子和穿泥球儿的纲绳特别粗,都是十六股绳儿,大网要多结实有多结实。

大网成了,横竖叠了好几折搭在一根粗棍子上,棍子担在两棵大树杈子上,叫大网压得颤颤悠悠的。收工回来的女人们见了,全都围过来看,大娘说:"明儿就抬下去撒上一网。"

雪妮子做了个乱七八糟的梦,有的没的全梦见啦。

天上下着小雨儿,满地都是蛐蛐儿,她在网眼儿上挂满了蛐蛐儿,扛着大网去了清水溪。大网一撒下去,就招来一群小鱼儿,竹片儿片儿往下沉了。雪妮子赶紧拽拽网,捞上来一大网小鱼儿小虾。她喜得扯起嗓子喊:"爹,娘,快来呀!网住鱼啦!网住虾啦!"

　　娘先跑过来的，一把提溜起大网来，把小鱼儿小虾全都倒回清水溪里，几条大点儿的鱼扒住网不下来。娘扛起网说："走，去清水河捞一网大鱼去！"娘儿俩在前头跑，爹在后头追着喊："这娘儿俩疯啦？头晌饭也不吃了？""他爹，走，一块儿堆去，回来再吃。"爹夺过网来扛上了，娘和雪妮子提溜着俩大木头桶在后头跟着。人们见这一家子顶着雨下山，不知出了啥事儿，也相跟上走。娘抻着网说："这是雪妮子她们结的大网，瞧见里头的鱼啦？是我们妮子才从清水溪里捞上来的。走啊，咱下去试试，捞一网大鱼。呵呵。"人们看着网里乱扑棱的几条鱼，都拿了木头桶，跟着他们往下走。

　　越往下走，人越多，人们从自家窑洞出来，瞧见雪妮子爹扛着的网，看见这么多人拿着桶跟着大娘，都不知出了什么事，先奇怪地问："咋？今儿个不过阴天儿啦？""这么早就去呀？你们都吃了饭啦？""呀，这是嘛物件儿啊？""你们拿桶干吗去啊？"先来的就说："那是大娘家雪妮子结的大网，瞧不见网里头的鱼？才打溪里捞上来的。走啊，下去网大鱼去！走吧走吧，带上个桶，回来分鱼吃，过阴天儿。"人群越聚越大，喊喊喳喳比鸟儿会还热闹。

　　雪妮子跟着爹，瞧着那网，走几步儿往上拽拽，坠着的鱼就扑腾一阵子。到了瞎姥娘洞口儿，她叫爹等等，从瓮里舀了盆水，把几条鱼放到盆里。瞎姥娘鼻子尖，闻见了鱼腥儿，问："都捞回鱼来了？老了老了快死了，晕晕乎乎儿睡了一天都不知道。"人们都笑她糊涂，大娘说："姥娘，还早呢，都还没吃前晌饭呢。雪妮子她们结了个大网，在溪里捞上来的小鱼儿，给你撂盆里啦。这会儿大伙儿去清水河下网捞大鱼去，呵呵。"瞎姥娘喜得说："我早就看出来了，这个雪妮子能耐大着呢。"雪妮子说："姥娘，不是我一人儿结的。"瞎姥娘说："反正是你的主意。"雪妮子嘱咐她。"姥娘，盆里是活鱼，小心着点儿，别叫鱼咬着手了!"

　　大娘见人太多,怕老榆树桥受不了,就在清水河南岸立下了。男人女人全都跟了过来,全要看看怎么下大网捞鱼。大娘发了话:"都别闲着呀,挖蛐蛐儿,挖出来往网眼儿上绑!"人多干活儿快,一会儿网上就挂满了蛐蛐儿。

　　大娘把网理顺了收到胸前,猛地张开两只胳膊往河上撒出去,张开的网像一层薄雾、一朵硕大的天花徐徐落下去,落水的刹那,石头球球儿激起一小圈儿白色的水花儿,接着竹片儿片儿又激起一大圈儿水花儿。雨不知道啥时候住了,日头刷地射过来千道万道白光,来助声势。不大一会儿,外圈儿的竹片儿片儿沉下去了一点儿,这是有鱼咬饵的征兆,人们瞪大眼看着,谁也不敢出大气儿。

　　日头出来了,娘一身都红了,咦?不是娘啊,是喜妮子姐姐!喜妮子俩手拽着网索,朝立在身边儿的雪妮子努努嘴儿,雪妮子点点头,摆摆手,喜妮子姐姐也点点头。雪妮子虚拉着网索,俩眼一瞥,瞧见娘在南岸,爹在北岸,都虚拉着网索。竹片儿片儿沉得看不见了,雪妮子身子突然打了个晃儿,喜妮子大喊一声:"拽!"几个人猛一使劲儿,网露出来了,又拽了几下,总算把网拖上岸来。好家伙,小树冠似的一网鱼!好几个人上去接过收来,把网拖到岸边儿草地上。

　　人们喜得喊呀叫呀,大娘喊:"分鱼喽!快拿桶来!"

　　立时就有人拿过桶来,有的帮着分鱼,有追着抓蹦到地上的鱼,有的拎着桶去河里舀水,回来往别的桶里倒……喊声、笑声闹成一片。那个一身红的喜妮子姐姐却不见了。

　　雪妮子心里有事儿,人醒得早,依稀还记得梦里拴在大网上往下沉的竹片儿。睡不成了,她轻轻儿出了门儿。天上落着小雨儿,听不见声儿,却湿了头发。雪妮子想:"糟了,今儿下不成大网了。"她折了几根儿细树枝儿，编起篓儿来。天微微明了，瞧得见地了，傻傻的蜗牛儿满地乱爬，蛐蛐儿也拱出来了。她编了个不小的篓儿，捉够了蛐蛐儿。

吃了前晌饭，妮子们都来了，张罗着要下去撒大网。大娘说："忙活了这么些日子了，趁着过阴天儿，都歇歇儿吧！"妮子们都说不过了，吵吵着央求大娘这会儿就下去撒大网。雪妮子爹说："你们结的大网好啊，可是撒大网就不是妮子家干的活儿了，弄不好掉河里。等天儿晴了，我叫上打猎的男人们，你们指点我们干。"妮子们说："干吗非等天儿晴了啊？您说都谁能撒网？我们这就叫去。"雪妮子娘说："不光差人，还差着活儿哩。"雪妮子说："娘，大网全缝好了，沉的球儿浮的片儿全都穿上去了，索子纲全都结实极了，不差活儿了。"

大娘问："这么大的网，咋往河里撒呀？"雪妮子早就想好了，说："撒网的人站在老榆树桥上头往卜撒，河两岸都是拉网的，拉起网来挎着往前走就是了。"

大娘说："站到老榆树桥上往下撒？老榆树桥比咱家窑高多了？甩不过去咋办？"

雪妮子给问住了，想了想说："那就人跳到水里去，往两边儿送。找几个水性好的下去。"

爹说："别捞不上鱼来，人倒喂了鱼。我找人砍几棵竹竿，摽起来绑结实了，人站在上头比在水里保险。"

娘说："这才是正主意哩，还是大人有法子。你们赶紧削竹楔儿、搓绳子、熬鳔胶，给人家打下手。"

妮子们都佩服雪妮子爹有法子，说，"行，石头舅快把'法子'做出来，早点儿下河撒网。"

雪妮子爹找了十几个人，跑到清水河边儿，一气儿砍了一片粗壮的竹竿，磨平了粘鳔胶，掏了窟窿楔楔子，拿绳子上上下下绕着绑，二十几根竹竿摽到了一块儿，做成了一个大"筏子"。

　　"筏子"推到河里，拴在河边儿树上，雪妮子爹领着做"筏子"的人站到上头。"筏子"解开了，人们怕摔了，都拄着大棍子。有人把棍子撑到水里，"筏子"动了……

# 第五回

## 鼠磨牙咬烂麻绳网
## 雀啄粒拱翻竹簸箩

大网下水那天坳子里狠着热闹了一气，一大早儿人们就来到雪妮子家门口儿空场儿上，里三层外三层围住了担在两棵树上的大网。剩儿她爹硬硬不知啥时候砍了一根又粗又长的大竹竿，扛着下头，把上头给雪妮子爹，俩人扛着竹竿，矬下身儿来。雪妮子、冷妮子、剩儿她们好几个妮子把横着竖着折了好几层儿的大网挪到竹竿上。大娘帮着往两头儿抻开了点儿，叫众人让开道儿。雪妮子爹吆喝了一嗓子"起喽！"俩人抬起了大网。众人有叫好儿的，有嘴里打响哨儿的，有跑到头里开道儿的，有在后头跟着跑的，男男女女又挤又闹，喜欢得差点儿没把坳子颠得翻了个儿。

人们前呼后拥到了下头，男人不打猎了，女人不捞鱼了，今儿个全听大娘指挥。她一气儿点了三溜儿身强力壮的男人："硬硬，你带上一溜儿人在这边儿站着。浑浑，你领上一溜儿人去河那边儿等着。她爹，你跟剩下的一溜人上筏子。"

女人们喊喊喳喳的，听不清谁说啥。冷妮子娘突然大声问："网给了他们，那咱干啥呀？"好些个女人跟着问："是啊，他们捞鱼，咱还干啥啊？"

大娘笑得朗朗的："呵呵……瞧你们急得那样儿！嘿咿，有人给咱干活儿还不好啊？河边儿累了多少日子了，也该歇歇儿了，今儿个都桥上、河边儿找个好地儿，赌等着瞧热闹儿吧！呵呵呵……"

女人家一哄而散，追着笑着各找各的地方儿去了。

男人们分了三下子，雪妮子爹叫他的人从南岸上了筏子，十几个男人把一个个装满蛐蛐儿的封口儿篓子塞进网里，把网索理出来，跟一根儿通直的纲绳一块儿交给岸上的人。雪妮子爹这才解了拴在树上的网绳，一个大步跳上筏子，大竹竿子撑到水里。筏子就地儿转了半圈儿，雪妮子爹捯腾顺了手，一杆子插下去，带起哗哗的一筒子水，筏子忽忽悠悠奔了北岸。北岸的人接了网索的另一头儿和一根通直的纲绳，筏子又回到河当间儿，雪妮子爹握着竹竿转到后头，指挥头里的人："把网顺开，一点儿一点儿往河里抖搂，别弄瞎了！"

大娘站在老榆树桥上，瞧着筏子上没了网，便给两边儿岸上的人下了拉网的口令。两岸的男人拉着网索朝西走去，女人们、男人们、妮子们、半大小子们呼啦啦让开了道儿。日头也出来看热闹儿了，在河面儿上撒下一大片菱花儿，菱花儿闪闪烁烁，撩得人眼花缭乱。

大娘俩胳膊高高举起来，使劲儿往下一劈，吆喝了一嗓子："行啦！"两岸拉网的人站住了。大娘又喊："绷！使劲儿！绷紧了！"喊一声挥一下手，脑袋也跟着一下儿一下儿地点。牵纲的浑浑和硬硬，一个在北岸，一个在南岸，俩人都背对着河，背起大纲，胳膊上、脊梁上的腱子肉绷成了一块块黑亮的疙瘩。大网当间儿陡然凸起一道小山儿似的埂儿，蛐蛐儿篓儿翻上来，毫不掩饰地招摇，埂儿底下，一前一后张开了两张簸箕大嘴。鱼群奔着蛐蛐味儿游过来，乌泱乌泱往里挤，大网呼噜呼噜往里吞。纲上的一大圈竹片儿一点儿一点儿沉下去，背纲的人一点儿一点儿地松着背上的粗绳子，那道凸埂儿慢慢儿跟着沉下去的竹片儿消失了。

日头转到了头顶儿上，看不见水里的竹片儿的影儿了，大娘问筏子上的人："网里头差不多了吧？"岸上的人瞧不见水里的动静儿，筏子上的人却瞧得清清楚楚，瞅着竹片儿沉到了哪儿，能估摸出网里的鱼有多少。圪蹴在筏子边儿上的雪妮子爹站起来了，扭着脑袋冲桥上摆摆手儿，又圪蹴下了，死死盯着水里的竹片儿。过了一阵子，雪妮子爹又站起来，朝桥上比了个手势，俩胳膊平伸到前头，手往后扒。大娘吆喝一声："收！"船上的人合力拉着网索，两岸的男人扛着索绳往东拉。最后，大网拽到了筏子上，白花花的鱼在网里挣扎，钻出去的只有贴着网的小白条儿，大点儿的再咋折腾也出不去了。

这一大网，好家伙，比女人们三十几个小网捞两天收的鱼都多，还净大鱼。男人们那个美呀，拍着胸脯儿咧着嘴吹："嘿咿，要说，还得靠咱哥们儿！女人没尿，哪儿攒得下劲儿啊？""女人家都回家结网去吧，吃鱼的事儿咱哥们儿包下啦！"哥们儿长哥们儿短地吹唬。

女人们哪儿服这个呀，有的冲着男人叫唤："谁叉的鱼把你们喂大了的呀？这会儿抢功劳来了，哼！""才捞了两条鱼，至于得吗？""美个啥呀？捞鱼是我们的活儿，明儿个还叫你们回雷泽伺候畜生去！"有的朝大娘嚷嚷："咱的活儿，干吗叫他们干呀？瞧这一个个儿的，成啥了！""这一回就够了，赶明儿可不能再叫他们碰咱的网啦！"

大娘说："咱姐们儿受累受到头了，坳子里有的是甜活儿干，犯不上跟他们争竞这个。男人家爱闻腥味儿，往后就叫他们闻吧。"又冲男人们嚷嚷："瞧你们也是，美啥呀！大网是人家妮子们织的，没有大网，你们傻男人家再有力气也白搭！"这句话男人女人听了都服气，本来就是人家妮子们的功劳嘛！人们这才想起夸妮子们来，尤其是夸起头儿结网的雪妮子，倒把大娘夸得不好意思了，直说："甭提她！甭提她！她跟人家妮子不一样儿，是个魔怔。"

大网不像小网，天天儿能带来带去，收了工只能挂在河边儿一溜儿榆树的杈子上，下头甭拉在草地上，摊开了吹着，省着沤烂了。就这，网还老是湿的，要晒干了，得两三天工夫儿。大娘叫雪妮子她们再结一张一模一样的大网，好换着使，都能见见湿见见干儿。这回雪妮子没找那么多人，十几个妮子花了四五天工夫儿，又结成了一张大网。俩网轮着使，三天打鱼，两天晒网。

摊在地上的网，碍了田鼠儿的事儿，天天儿都绊住些田鼠。田鼠跑不出来，就咬网绳儿磨牙，一咬就是一片。见天儿补网窟窿成了雪妮子的活儿，补了没几天，她就烦了，跟爹娘嘟囔："凭啥该着我天天儿伺候耗子啊？"

娘说："你不伺候该谁伺候啊？"

雪妮子气哼哼地说："谁伺候不成啊？娘就瞧着我好使唤，是吧？"

娘一听就来气儿，训她："咋？还不叫使唤了是咋地？告你说：咱雷泽可没这规矩！"

爹赶紧过来两边儿胡噜："这妮子净说糊涂话！你娘使唤谁不行啊？不是瞧你好使唤，是瞧你手巧心儿灵。俩大网都织出来了，补个窟窿还算个啥啊？呵呵。"

雪妮子气更大了，冲着爹嚷嚷："你们是瞧着我闲得慌了，天天儿弄几个窟窿逗我玩儿是吧？"

好脾气的爹这会儿也有点脾气了："妮子你这叫咋说话的？窟窿是我们啃的？合着我们都成了耗子啦？惯坏啦，惯坏啦，越来越不是你啦！"

雪妮子还是不依不饶："窟窿是耗子啃的，网可是你们挂的，干吗非奔拉到地上让耗子啃啊？"

爹说："那你说咋挂？网这么大，树就那么高，不奔拉下来还卷起来？那还叫晒网吗？"

雪妮子说："咋这么死心眼儿啊？活人非得叫尿憋死了？就不能多搭在几棵树上？抻展了一大片，透气儿通风儿，干得也快点儿不是？"

爹气更大了，张嘴就顶了回去："不是！说嘴啥时候都容易，你没见过天天儿咋晒网，问问你娘，容易吗？树上枝枝杈杈，挂一溜儿都够麻烦的，挂网、摘网的工夫儿够捞一网鱼的。要是再搭成一片，就甭捞鱼啦，三天挂网，两天摘网，哼！你当人们吃饱了撑得没事儿干啦？"

娘一边儿听一边儿琢磨，突然说："她爹，你找几个人，明儿砍出河边儿一片树来，四边儿留出来，再修修枝杈儿，一棵上头留出一两个挂网眼儿的来就行了，往后长出来了再修。"

雪妮子一拍巴掌儿，说："娘真行！我咋就没往这上想呢？"

爹眼睛也亮了，也说："嘿咿，我咋就没想到呢？天天儿为了耗子咬网操心，就没多想想咋挂网才不招耗子，嗨！"

娘一点儿也没当回事儿，说："这么点儿事儿，谁也能想得到，你们俩光顾着生气拌嘴了，没往正地儿上想呗。明儿砍树的时候记着先量量大网，该砍到哪儿，做出一圈儿记号来，省着少了不够多了费树。"

清水河边儿方方正正砍出一片地来，里头干干净净，连桩子都掀了搬回去烧火了。外头一圈儿榆树，全都砍了脑壳儿，再往外又砍了一大圈儿树，地也垫得平平整整地，两边儿树着一圈儿过道儿。大网清清爽爽撑开了，搭出个有顶儿有面儿的棚子来。棚子里头，菱花的网帘儿给外头的山、树、河、人蒙上了一层恍恍惚惚的晕，日头在地上勾勒出一层跳跃的菱花儿，一阵儿阵儿过景儿，云过来菱花儿暗了，云走了又明了。

收工的时候，晒着的大网干了。大娘问："她爹，要不要换下来晒湿网？"雪妮子爹说："天天儿又摘又挂的，太麻烦了，两天一换也沤不了。"晌午挂的网，坠下来一截子，又耷拉地上了。大娘眉间三道沟儿纵成一疙瘩，说："还是摘下来吧，省着黑间又叫耗子咬了。"雪妮子爹抬了抬胳膊，只觉得又酸又沉，不愿意动弹了，说："今儿就算了吧，不费这劲儿。耗子咬也就是咬个边儿，不碍事儿，反正鱼漏不出来就行了。"大娘长眼一瞪，怪吓人的："嗨，咱可这儿说好了，要是耗子咬了，明儿可得你补窟窿，甭给妮子找事儿！"雪妮子爹连忙说："没说的，没说的，不就是搭根儿绳儿结几个扣儿吗？明儿有多少窟窿我补多少，你就赇好儿吧，嘿嘿嘿。"

大娘叨叨了一道儿，回到家里还没完没了。雪妮子一听，火儿就上来了："真气人！费了半天劲，还是喂耗子！你们就不能往起拽拽挂高点儿？能费多大事儿啊？非得害我明儿补一天！"说着起来就走。她娘喊她："妮子你给我回来！不差这一会儿，吃了饭娘跟你一块儿下去拾掇。"雪妮子头也不回，气呼呼地说："吃了饭？吃了饭耗子也啃够了，哼！"爹"哧"了一声儿，说："这会儿天还亮着呢，耗子且不出来呢。我说小祖宗儿，你就回来把饭吃了吧！待会儿爹给你挂去。"雪妮子这才不走了，鼻子里还是气哼哼的："嗷！那就快吃吧！网是叫打鱼的，不是叫喂耗子的！一个扣儿一个扣儿结起来，您当结一张网容易啊！"

一家儿三口儿忙忙叨叨稀里糊涂吃了饭，就下去挂网。雪妮子多了个心眼儿，带上了两团儿补网的两股儿绳儿。爹说："我就不信，这么会儿工夫就咬出窟窿来了，甭这么事儿事儿的！"鼻子里"哼哼"着，不以为然。雪妮子说："哼啥呀哼？等咬出窟窿来了就晚了！哼！"娘小声儿说："你们俩撑的啊？你一声儿我一声儿哼过来哼过去的，让坳子里人听见了，说这家子干吗呢？"爷儿俩这才不吭气儿了。

过老榆树桥的时候，雪妮子就瞧着大网不对劲儿，三步并成两步跑下去，到了河边儿一看，可了不得了，大网扯下半拉来，上头透了天儿！她想，有多少耗子啊？这么大的劲儿，这么一会儿工夫儿就把个大网给扯了，成了精啦！

雪妮子跑过去，近了一看，嗨！哪儿是耗子干的啊！一只卷毛儿大滩羊正挨那儿"砰砰砰砰"凿着前蹄儿，愤怒地刨地，一对弯犄角套在乱七八糟的网眼儿里，底下越刨，上头纠缠得越乱。扯下来的网片儿里头传出咩咩的羊叫，细声细气，气息里散着股甜丝丝的奶味儿。雪妮子圪蹴下，去解叫网缠住的小羊羔儿。缠住犄角的大羊不顾一切朝她冲过来，把吊着半拉的网片子整个给拽了下来。大羊绊倒了，蒙在网里还拼命挣扎，眼珠子鼓得像一对儿石头疙瘩，恨不得蹦出来，砸死这个夺她孩子的生人。

爹赶过来了，娘在后头跟着跑。爹掰住大羊的弯犄角喊："她娘，快搬石头，砸死畜生！"

雪妮子说："别，千万别砸啊！"

爹一脸惊讶，说："差点儿没把你给顶死，还不叫砸，不砸咋着？莫非还要抱回去当祖宗供养？"

娘搬起一块石头来，雪妮子一把夺过来摔地上，翻翻着大马眼说："养起来咋了？羊又不是狮子老虎狼，不吃人！"她已经把小羊羔儿择出来了，递给娘："娘先抱会儿！"娘抱着一团白白的绒毛儿，一只手止不住胡噜开了，一边儿胡噜一边儿说："她爹，妮子说得对啊，留下这两条命儿吧，大的还是母的呢，可怜见儿的！"爹气得愤儿愤儿的，说："瞧畜生这股子蛮劲儿，能养得了？"娘说："你使劲儿掰它犄角，它能不蛮吗？"爹还在叨叨：

"养这干吗呀？真是闲得没事儿干了！"没人理他了。

雪妮子已经搓好了一根粗绳子，跟娘那样儿胡噜大羊儿脊梁，羊不闹了。她把绳子拴在大羊脖子上，拔了一把草，递到羊嘴边儿上。羊吃了，舔她的手心儿，舔得她手里黏糊糊的直痒痒。

羊套住了，雪妮子说："得，没绳儿补网了。"

爹说："反正明儿也不使这网，明儿再补吧！咋着？你们说，真的牵回去？"

雪妮子娘说："牵回去拴咱门口树上，地上有的是草，吃完了再换棵树换块地儿，让吃个够。"

爹说："也行，那就依了你们，牵回去，养肥了宰了它，一样儿。"

雪妮子说："才不一样呢，赶明儿再逮着只公的，母羊又能养活小羊儿了。"

爹嘿儿嘿儿直乐："说得那么回事儿似的，甭逮，那公的今儿黑间就找上来啦。"说着就去往起拽那网，娘也帮着拽。

雪妮子："这网也甭往起拾掇，就这么摽着，说不定明儿又有撞网的呢！"

爹说："正不想拾掇哩，反正网也烂了，左不得再织一张，又省事儿又好看。"

娘怕雪妮子生气，爷儿俩又饿饿起来，斜刺里剜了他一眼，嗔道："站着说话不腰疼，敢情你省事儿了！"爹不说话了，雪妮子却好像啥都没听见，呆呆地想事儿。

羊牵回去了，娘怕黑间羊叫唤吵得四邻睡不着觉，就把它俩关到烧窑儿里了，推上了石头门儿，留了一道儿细缝儿。雪妮子给薅了一篓子草，撒到窑儿里，又舀了一盆水。有吃有喝，羊也没咋闹腾。

夜里，雪妮子梦见一网白花花的大鱼，网坐在河边儿一个大坑里，鱼扑棱扑棱往外蹦。她去抓鱼，攥住了的鱼出溜了，变成了一只斑斓大老虎，大老虎一会儿又变成了大尾巴黄狼，大尾巴狼又变成了俏花狐狸……最后变成了一条黄底儿黑花儿的大蛇，大花蛇蹿过来，吐着信子要咬她。她拼命跑啊跑啊，跑得没了劲儿，大花蛇扑了上来，趴在她肩膀儿上，凉了吧唧的……

娘晃着她的肩膀儿叫："妮子，醒醒！快醒醒！"

雪妮子吓醒了，呼哧呼哧喘气，头上身上全是凉汗。

娘抹去她肩膀儿上的凉汗，问："做怕梦了吧？"

雪妮子定了定神儿，醒透了，嘻嘻乐了，说："娘，今儿可是做了个好梦，嘻嘻。"

娘嗔说："魔怔！还好梦哩！吓出一身汗来，连呼哧带喘的。翻个身儿，别趴着睡了，压住心口爱做噩梦。"

雪妮子说："娘，真的是个好梦，燧娘娘进梦里头点拨我来了。娘，明儿咱就结网，套老虎、狮子、狼伍的。"

娘愣怔了一下儿，突然说："好主意！好主意！"又去摇晃雪妮子爹："嗨！嗨！别睡啦，别睡啦！"

爹翻了个身儿，瞄了一眼黑黢黢的门缝儿，嘟囔了一句"疯魔！"又睡了。

娘俩手掰着爹的脑袋摇晃："死鬼，快起来，听听妮子说啥！"爹噌地爬起来，声都变了："妮子，啊，出啥事儿了？"

娘摇着雪妮子的胳膊说："妮子你大声点说，让你爹听听！"雪妮子刚要张嘴，娘又说："咱家妮子说了，这网不光能捞鱼，打猎的也能拿这网套狮子、老虎、狼伍的。"

爹"呼"地出了一口气，说："好模样儿的，你吓唬我干吗啊？还当是妮子咋了哩。"

娘说："净瞎打岔！跟你说正事儿哩，没听见是咋着？"

爹说："听见了，可是咋套啊？你们还当畜生都跟今儿那羊那么笨啊？"

娘说："那是只母羊！"

爹烦了："甭管公的母的，一群羊不就套住了一个半不长眼的嘛？别瞎琢磨啦，快睡觉吧！"

娘气嘟嘟地说："谁瞎琢磨啦？不说你笨，听不明白，哼！"

爹嘟囔着："愿意做梦接茬儿做，说不定又捞上一大网狮子来哩！"翻过身去，只顾睡觉。

娘把爹的脑袋一拧，狮子吼似地嚷："嗨嗨！"爹赶紧转过来，说："得，这一宿是不叫睡了。"娘气得骂："又尿又懒，一说正事儿，就缩乎儿。清水河里的王八知道有事儿还会探探头儿哩！你就会缩脖子，噘！"

爹说："嘹嘹，瞧你，跟母狮子似的一通儿叫唤，干吗啊？别吓唬人玩儿！咱可不尿，哪天不打两大网鱼啊？往后，咱显本事的地方儿还多着呢，你呀，别瞎叫唤啦！惹急了叫你吃不上鱼吃不上肉！嗷嗷！"

娘说："嗷嗷啥呀？尿不尿的咱就不说了，回到正事儿上来！雪妮子说的拿网套兽物的事儿，你打过猎，给说说，妮子的主意到底儿能行不能行。"

爹接过茬儿来说："我话还没说完呢，你就抢过去了。还是听我接着说吧，我问你们：这渔网咱能撒到水里，那畜生网可往哪儿撒呢？狮子、老虎、豹子、狼伍的又不傻，明明瞅见是个网，它还会往里头扎吗？妮子，我倒要听你给咱说说哩！"

爹给自个儿找回了脸儿，也给雪妮子鼓上了劲儿。雪妮子说："嗨，是这么着，爹，咱先挖个坑儿，有半人深就行了。然后咱把网下到坑儿里头，再摆上些畜生爱吃的剩骨头、死耗子伍的。咱人攥住网索藏起来，见有东西掉进网里了，把索子拽紧了，它就没跑了。嗨，我这也是瞎琢磨的，没打过猎，不知道想的沾边儿不沾边儿。爹，娘，你们说说吧，哪儿行哪儿不行都说说。"

娘说："行啊，咋不行哩？咱专找那能藏住人的土疙瘩树坷子，就在近处儿挖坑儿埋网。畜生贪腥儿，闻见了腥味儿，还有不上套儿的？她爹，你说呢？"

爹没说话，托着腮帮子琢磨。雪妮子说："爹是打猎的，知道的多。爹就说说吧！"

爹这才说："嗯，我看也行，捕畜生的网就不用这么密实了，拳头大的窟窿眼儿都行，只要畜生的脑袋钻不出来就行了。"

娘说："网小点儿，窟窿眼儿大点儿不要紧，结网的绳子可得结实点儿，要不几嘴就给咬烂了。"

爹说："嘿，瞧你说的！还给它工夫叫它咬烂了？见畜生落网了，咱一收绳子，上去喊里喀喳砸死就得了。"

娘说："这倒也是，只要畜生掉坑里了落网里了，它就死定了。"

爹说："对，照准了先把畜生脑袋拍扁了，然后捆好了，拖出来，让人们练练扎棍子的功夫儿，扎中眼珠子的算真本事，嗨！"

娘笑道："脑袋都扁了，还分得出眼珠子来？"

雪妮子说："要拍脑袋，那也得分套住的是啥了，要是吃草的，羊呀鹿的，就别拍了，咱先养起来，留着母的下小的，留着公的养肥了再杀。"

爹仿佛看见了由猎人们摆治的困兽，说："行啊，不叫杀就不杀。明儿你就跟妮子们结捕畜生的网。有了网，我也不在筏子上捞鱼了，打猎才带劲儿呢，呵呵。"

娘说："你甭回去，还是撒大网吧，这阵子咱三千多口子就靠吃鱼了。你离豺狼虎豹远点儿，我心里也踏实点儿。"爹说："别价，咱性子野，就愿意在雷泽里跑，跟豺狼虎豹斗。"娘劝不住他，只好说："由你去吧！活该我天天儿担惊受怕。"爹说："我在筏子上你倒不担惊受怕了？不知道我没水性儿啊？还是躲远点儿安全。"

雷泽里水性最好的是硬硬，这头儿游到那头儿，踩着水在河当间儿走，能一口气憋半天，沉到河底儿抓蛤蜊，没有比他功夫更好的了。娘这才听出来，这人敢情是跟硬硬闹别扭儿呢，只嗔嗔地说了声儿："小心眼儿！"酸酸地剜了他一眼。当着个半大孩子，俩大人都不说这事儿了。

睡起来，雪妮子先去搬开烧窑儿的石头门儿，一进去又膻又臊，嗷，吃了喝了没忘了给拉给尿！她牵着大羊，抱着小羊儿奔了清水溪，先叫它们在溪边儿喝够了水，然后把大羊拴树上，想了想，没拴小羊儿，反正它也离不开娘。

伺候完了羊，雪妮子就去叫剩儿、冷妮子、雨儿她们吃了前晌饭拿着绳子团儿来她家门口儿结网。这几个人又去找人，人找人，不大工夫儿，该叫的人都叫到了。吃了前晌饭，头回结大网的百十个妮子全都拿着绳子团来了，冷妮子鼻子尖，缩缩鼻子皱皱眉，说："啥味儿啊这是？这么臊，都能把人熏一跟头了！"她一说，人们都闻见了，有说是狐狸的，有说是黄鼠狼的。雪妮子啥也不说，抿着嘴儿乐。剩儿说："你们的鼻子也忒娇贵了，管它啥呢？咱来是结网的。"

手快的起了头儿，一溜儿往下结起扣儿来。

雪妮子跟她们说："别急呀！今儿个咱不结捕鱼的大网，咱要结的是捕畜生的小网。"说着撅了根带杈儿的树枝子。

妮子们一听，全都愣住了，立时又都喊喊喳喳叫唤起来："没听说过拿网捕畜生的。""狮子老虎又不是鱼，拿网就能捞住了？""咋着？先把畜生赶河里去，再下大网捞？""嗤，畜生就那么听话，叫它下河它就下河？""就算是下了河，也不能拿网捞啊？""嘿嘿，雪妮子今儿准是把狼尾巴草籽儿熬糊涂了，没吃，一锅粥全灌脑袋了里，哈哈！"

妮子们一阵哄笑，惊起了地上找食儿的雀儿，扑啦啦飞到天上，挤挤闹闹落到树枝儿树杈子上，又呼啦啦回到地面儿上。

剩儿到底儿比别人大着两三岁，这时候就显出来了，她打住众人说："你们有完没完呀？还没听人雪妮子说完，就吵吵起来了。谁说把畜生往河里赶了？谁说拿网捞畜生了？谁这么想，她才是脑袋灌了糊涂了。都别吵吵了，雪妮子，你也犯不上跟她们生气，你给咱说说，结啥样儿的网？咋捕畜生？"

雪妮子才没生气哩，听着她们吵吵得比雀儿还热闹，心里头一直笑，手底下缠绕着树枝子结扣眼儿，一会儿织成了个大拍子。她圪蹴下，举起拍子来，照着扎堆儿的雀儿猛地拍下去。坳子里的雀儿从来不怕人，也不知道躲，雪妮子这一拍子下去，拍住了仨。雀儿扑啦啦全惊起来了，在天上叫着绕圈儿。拍子底下的雀儿吱吱尖叫，拼命挣扎，翅膀儿从网眼儿里透出来，还想飞呢。剩儿拑折了根儿绳头儿，把翅膀儿俩俩地拴起来。

雪妮子举起拍子来，仨雀儿坠在网上动不了，叫得越发尖了。"瞧见了吧？这也是个网。不过，逮畜生的网跟拍雀儿的可就不一样儿了。"

谁都不说话了，静静地等着雪妮子说下去，连树枝树杈子上的雀儿也不喳喳了，不敢飞起来，也不敢落下去，缩着脑袋挤成了一道道景儿，就跟树上结了长毛儿的怪果子似的。

雪妮子接着说："逮畜生的网可不往河里下，"人们轰地笑了，"下到挖好的坑儿里，坑儿比畜生大，掉进俩也盛得下。下了网，往坑儿上头虚着搭上些个细树枝儿啊草叶儿伍的，人藏在旁边儿，等着畜生往坑儿里掉，到时候一拉索子，畜生本事再大也跑不了了。"

人们一下子明白了，这个问："这网咋结呀？还是分着结，最后你往一块儿缝？"那个问："这回结多大个儿啊？"

雪妮子说："这回不合着干了，各人结各人的，一人一张网，打当间儿起头儿，一圈儿一圈儿往外结，记住，结一圈儿就得加几个眼儿，匀开了加，越往外，加得越多。网眼儿有孩子拳头大就行了，网得能罩住俩人那么大，宁叫大了别叫小了。最后穿一根儿粗索子，可得够长儿啊，得攥到藏起来的俩人手里，宁叫长了，别叫短了。就这啦，动手干吧！"

天上的雀儿不知道啥时候又都回到了地上。剩儿瞅着肥嘟嘟的雀儿，说："妮子，要不咱先绕个拍子练练手？"雪妮子说："行啊，我刚才也是想起来瞎编的，你们瞧着咋好就咋编吧，后晌吃烧雀儿，呵呵。"

妮子们都去撅树枝子去了。有的学着雪妮子刚才的样儿，绕着树杈儿结扣眼儿，有那舍不得麻绳儿的，就撅了细数枝儿，跟编篓儿似的编拍子。雪妮子瞅瞅这个，瞧瞧那个，突然跑进她家窑里，一会儿拿出个竹篾儿编的浅簸箩，手里攥了一把啥，张开手撒了一小堆儿，是草籽儿，拿簸箩扣住了。剩儿问："这干吗呀？"雪妮子说："剩儿姐，把你手里的粗树枝儿先给我使使。"剩儿扔给她一根儿树枝儿，她撅了一截子，把簸箩掀起来，簸箩往前挪了挪，树枝儿支在那一小堆儿草籽儿前头。簸箩馇起来了，张着个大嘴，让人一下子想到绷紧了的大网。妮子们停了手里的活儿，互相"嘘嘘"着，叫别人别出声儿，一个个儿死死盯着簸箩。

两只雀儿"嗒嗒"蹦进去了，人们憋住气儿，只听得"嗒儿嗒儿"啄草籽儿的声儿。一会儿又蹦进去几只，啄到最后，"啪"一下子，簸箩倒了，里头的雀儿全给扣住了。

妮子们憋着的气松了，一个个儿叫起来，冷妮子拍着大腿叫："死妮子，真有你的！眨巴眼儿就是一主意，比狐狸还精呢你！"

雪妮子说："这个，谁都想得到，不算。"

剩儿说："雪妮子，把你这脑瓜子借我半拉使使吧！"

雪妮子说："又来啦，今儿借半拉，明儿借半拉，我还使啥？我还嫌脑瓜子不够使唤呢，你们的脑袋瓜子都有富裕，借给我点儿使吧！"

剩儿骂了声："魔怔！"

雪妮子说："魔怔了还不够使唤呢，哪儿敢跟你们似的找相好的啊？今儿一个明儿俩，有多少脑袋瓜子才够使啊？"

妮子们轰地一下子炸了，辣妮儿急得都结巴了："啥尿人啊你？你、你得说、说明白了，谁、谁找相、相好的了？"霜儿脸都气青了，说："别仗着你娘是大娘就瞎说八道，随着意儿糟践人玩儿！"臭妮儿说："你瞅见谁找相好的来？还今儿一个明儿俩的，说得跟你见了似的。是谁？你倒说出来呀！甭'你们你们'的，一杆子把一筏子人都打河里！"心虚的也跟着起哄："真没劲，呸！"你呸一口，她呸一口，气氛僵了。

剩儿赶紧劝和："没找就没找呗，找了也不犯味。"又扣着雪妮子脑门子说："小贱人儿，你可是犯了众怒啦。你呀你，啥都不知道，可啥都敢说！再有的没的瞎咧咧，瞧大伙儿不把你脑袋瓜子拍扁了！"

雪妮子吐了吐红红的舌头，连连告饶："嗨，说个耍话你们就急了，我见谁了？我瞎说哩，我啥都没见。尒说这个了！不说这个了！"剩儿说："该干吗干吗吧！"雪妮子赶紧就坡儿下来了："得了，你们也甭编拍子了，簸箩家家儿都有，回去撒把草籽儿支根棍儿就得了。今儿咱还是快着结网吧，打猎的等着使唤呢。"她算知道厉害了，这辈子记住了啥话不能明说了。得亏有剩儿罩着，要不还不叫她们给撕了！

吃了心的红着脸半天下不去，没事儿的早忘了，扔了手里的枝子附和雪妮子："就是吗，天天儿吃鱼都吃腻了，快套住些个畜生，换点儿肉腥儿吧！"结了扣儿的收了起来，留着回家拆或接着编。

远处儿传来"咩咩"的叫声。辣妮儿说："羊！"人们也都听见了。辣妮儿抄了根棍子，吆喝一声："走啊，打羊去！"雪妮子扑哧儿乐了，说："打啥呀？那是我养的羊！"人们一听，哗地笑开了。辣妮儿说："甭听她瞎说！她养的羊这么半天连一声儿都不叫？"雪妮子说："你们一来就嚷嚷臊，告你们说吧，不是狐狸也不是黄鼠狼，昨儿黑间一大一小俩羊在烧窑儿里吃喝拉撒来着，能不臊吗？羊不叫，还不是叫你们吓的！"人们半信半疑，辣妮儿斜楞着眼说："说的跟真事儿似的，问你，你哪儿来的羊啊?"雪妮子得意地说："网住的啊，要不今儿叫你们来结网！我得瞧瞧羊去了。"

妮子们呼啦都起来了，全要跟着去瞧雪妮子的羊。

# 第六回

## 挖陷阱设罘套野味
## 养滩羊挤奶烹鲜食

雷泽里布满了大大小小的陷坑，虽然表面儿看不出来，但掉进去摔不断腿也得崴了脚。除丁猎人们，谁都不许过来了，孩子们也不能上这儿剜菜了。

猎人们使上了网，陷坑挖出来了，天天儿就是下网的活儿了。网上拴着细麻绳儿，绑着骨头、肉皮伍的。贪腥儿的刨两下儿就掉进去了，有蹄儿有爪子也不能自拔。

雪妮子爹带着人黑间在雷泽里守着，天天儿早起都能抬回点儿东西来，死猪死狼死老虎死獐子，麻绳儿拴住前后腿儿，杠子一穿就抬回来了。

自古以来剥皮分肉是大娘的活儿，这活儿说难也不难，就在拿捏一个公平，系在绳子上疙瘩叫人信得过。大娘剥皮剔肉，爹跟雪妮子打下手儿，紧着忙活一气，赶在后晌饭前头把肉分了，多的时候，能让坳子里一半儿人当天吃卜口新鲜肉。鱼吃多了上火，肉成了好东西，于是乎男人都争着当猎人。

打猎这活儿辛苦，直直守一宿不说，雷泽里黑灯瞎火，一步儿没走好，就能掉陷坑里，时时都得加着十二分小心。一宿等着了，能抬回去十几二十几只，赶上少的时候，也有抬回来一只两只的。最倒霉的是白等一宿，连根儿畜生毛儿都没见，遇上这日子，猎人临走得撒泡热尿，冲冲晦气。这招儿还真管用，下一宿多半儿都有畜生过来，多半儿还是狼，就是奔着尿臊味儿来的。

入秋了，夜里干守着陷坑，猎人们这心里可就不平了，想想当家的这阵子正搂着筷子上相好儿的，身子压着身子，腿儿缠着腿儿，心里酸溜溜地凉，一个个骂："咱也算个人！长着屌也长着尿，天天儿黑间挨这儿担惊受怕挨饿受冻，就为等畜生！""咱也有当家的，也有相好儿的，舍了窑儿里的，晾了外头的，闲着屌没用，挨这儿受罪！"有人干脆跟雪妮子爹说："啥事儿也得有个头儿，该跟他娘的筷子上的换换啦，石头哥，你回去跟大娘说说，不能福都叫他们享了，罪全叫咱们受了。"雪妮子爹听不了男人这种牢骚，说："来这儿也是你们上赶着来的，我可没央求谁。不等畜生，几千口子吃啥呀？要是搂着女人睡觉能睡饱了肚子，你们就回去睡吧！"

其中有个大个儿后生，没爹没娘，个儿长得大，其实还没闻过女人味儿。大个儿一直不惯白天睡觉黑夜守着，早就琢磨开了：干吗非得一宿一宿这儿守着啊？这会儿他把琢磨好了的说了出来："石头舅，咱要是把坑儿挖深点儿，畜生掉进去咋也爬不上来，咱也用不着挨这儿守着了，白天来收，您瞧行不？"

冷妮子爹也想到了这上头，脱口而出："咋不行哩？"人们都跟着说："行啊，行啊，挖深点儿，不挨这儿守着了。"雪妮子爹说："行，就这么着了，说干就干，挖吧！紧着点儿干，天亮就挖出来了。"

好在挖坑的家伙就在雷泽里放着，人们跳进坑里，吭哧吭哧挖开了。二顺儿年轻有力气，不到天亮就挖了一人多深，耳朵跟地面儿齐了。他刚要问这么深够不够，贴着坑边儿的耳朵里突然传来轻微的"嗒嗒"声，急得喊："石头舅，您听见了吗？远处儿过来啥了！"雪妮子爹把耳朵往地上一贴，也听见了，"嗒嗒"声越来越近了。

朦胧中，远远儿过来一群黑影儿。雪妮子爹叫人们赶紧打坑里出来，又叫把手里的绳子全都接起来，接成长绳儿。黑影儿越来越近了，听见声儿了，是一群獠牙猪，呼哧呼哧拱着地，拱拱走走，走走拱拱，咣唧咣唧地吃，哗啦哗啦地尿。夜风刮过来一股儿一股儿的臊臭，直往鼻子里扎，呛得人嗓子痒痒，又不敢咳嗽。

雪妮子爹把人拉过来，离开陷坑老远，叫往两边藏起来，俩人儿拽一根绳儿，他跟冷妮子爹在最头上，接着是大个儿跟二顺儿，隔开三步远儿，一根儿一根儿排过来。说好了，让猪过去，里头的人先拽紧了绊住，挨个儿往外头绊。没绳子的人找石头，见绊住了就上去砸。

猪越来越近了，吭哧吭哧拱地，翻土里的树子儿跟虫子吃。雪妮子爹赶紧比划着让人们先把绳子抬高了。

猪过来了，只顾拱地翻土找食儿，黑天里没瞧见半空中的绳子。前头的猪把地整个儿翻了个个儿，才又拱着往前走了。猪这东西顾前不顾后，前头的仨猪一劲儿朝前拱，雪妮子爹让过去了；又过来四只，也让过去了，一会儿又过来俩，一拨儿一拨儿都不多，全让过去了，直到一下子过来十来只，才拽了绳子。呼啦啦绊倒了一大溜儿，绊倒了的猪、前头掉坑里的猪，吱啦哇啦没了命似的尖叫，叫得人汗毛都立起来了。后头的猪一见前头出了事儿，扭头要跑，也给绊住了，只有最后头的几只慢猪跑了。

绊住、套住的猪，归了包堆有二十好几只。男人们这下子过足了瘾，噼里啪啦砸得猪脑浆子乱溅，又趁着亮儿扎眼珠子，扎够了，才抬回去。不好的是，几个人叫挣扎的猪咬了，最惨的是蛋蛋，腿叫獠牙给豁了一条子肉，麻绳儿捆住了，一瘸一拐地蹦跶。雪妮子爹叫把他跟猪一块儿抬回来了。

猪抬回来了，大娘的活儿更累，跟十几个有劲儿的女人忙着烧水烫猪皮，煺了毛开肚子，大娘一人儿一连摆治了三口猪，两条胳膊上全是血。先给几个叫猪咬伤了的分了一拨儿肉，他们家都分的双份儿。分完了，大娘说："没劲了，吃了后晌饭再分肉吧。"吃了后晌饭，该分掇肉的人家儿都来了，女人们拾掇猪，大娘只管分肉了。雪妮子跟好几个妮子给女人们打下手儿，掰着两条后腿儿，男人们在一边儿帮忙儿嚯嚯磨刀。

最后一只是口老母猪，肚皮好几层厚，全是白油。冷妮子娘豁开老母猪的肚子，就没劲儿了。雪妮子说："月儿姨，叫我试试吧！"冷妮子娘把刀给了她。猪肚子里头有好几根儿指头大的肉条子，雪妮子拿起一条儿来仔细看，辨出了头脚，是猪崽儿，还没长鼻子、眼。她磕膝盖儿一软，脸白了。

大娘瞅着不对，问："妮子，你不好受？""娘，这母猪肚里怀着崽儿呢，可怜见儿的！"雪妮子转过来又央告爹："爹，往后绊住了，别往死里砸了！"爹笑了："呵呵，你可真是魔怔！活着抬回来也是杀了，还不跟砸死一样儿？死了抬回来省事多了。"雪妮子说："爹，不一样儿，公猪杀吃了，母猪咱留着下崽儿。"娘笑话她："傻妮子，没有公猪，母猪上哪儿怀崽儿去啊？""娘，要依我，但凡够吃了，就别杀了，甭管公的母的，能留下的都留下。"娘跟爹都没把她说的当回事儿，留下这青面獠牙的东西养活？谁敢碰啊？也就是说说笑话吧。

自打挖深了陷坑，猎人们用不着黑间在雷泽里守着了，能跟别人一样睡个囫囵觉了。人们起来，他们也起来，去收拾陷坑里的畜生，有的往回抬，有的重新布置陷坑。白天也有畜生过来，雪妮子爹嫌一根绳子绊得不利落，上回好几个人叫猪咬了，就叫人们练两根粗索子扭着绊，俩人一上一下抻着两根儿绳子，接别人扔过来的一溜儿树枝子，练了些日子，一绊一个准儿了。

这一天雷泽里过滩羊，索子绊倒了四五十只。人们刚要砸，雪妮子爹说："人家可有话儿，不叫砸吃草的畜生，说是养着，养肥了再宰肉吃。咱也省点儿劲儿，套住脖子牵上，有腿儿有蹄儿的，让它自个儿走吧！"

说得容易，咋牵啊？大羊小羊挣扎了一道儿，又踢又闹，"咩咩咩咩"叫得人心烦。

到了清水河边儿，碰见大娘跟筏子上的人，雪妮子也挨河边儿补大网，大娘这个喜欢呀，一劲儿夸他们："嘿嘿，真有你们的！一下子逮住这么多羊！好好儿养起来！"雪妮子爹说："养起来，养起来，牵回去了，往哪儿养啊？"雪妮子嘴快："现成儿的，砍虫子树砍出来的空场儿上啊，把羊拴树上不就得了？"

爹问她："妮子你说得轻巧，这羊可是会跑的，拴树上行吗？咱家那俩羊可是烧窑儿里养着的。别我们这儿好容易绊住了，吭哧吭哧牵回来了，临了儿临了儿又都跑了。"

"爹，全都拴树上，拴得结结实实的，还能跑得了？"

"嗯，十只八只拴树上成了，这么多往哪儿拴啊？拴得近了还不尽顶犄角打架啦。"

大娘说："你跟个孩子讨啥主意啊？你们回去，先把羊拴空场儿树上，腾出手来，砍一片树，圈起来，圈高点儿，羊就跳不出来了。"

雪妮子说："爹，有多少羊我都给你养起来，叫一群妮子小子给它们割草。"

爹不以为然，笑话她："呵呵，羊还要人伺候？没听说过！"

"爹，咱又不白伺候，羊吃了草长肉，下小羔儿。到了没肉吃的日子，再杀也不晚。"

"他爹，别紧着耽搁了！回去照我说的，砍树，最外头一圈儿空当儿里，密密实实地插上些树杈子，再拿树枝子编筐似的编编，严严实实围起来。"

大娘的话就是命令，雪妮子爹领着人牵着羊回去了。雪妮子说："娘，我也回去瞧瞧。"大娘问："网补完了吗？"雪妮子说："还没呢。"大娘说："先补网，补完了再去！"雪妮子嘟囔了一句："补完了天就黑了！""天黑了更好，省得你过去跟着瞎掺和儿。往后不许支使大人干这干那！"雪妮子说："对的也不叫说啊？"大娘说："犟嘴！我说对的也不叫说啦？啥时候学会支使人了？往后再见你支使人，我可要系疙瘩了。你瞧瞧，三四千口子，谁敢像你这么说话？"

雪妮子肚里说："还不是跟你学的！"可是又不敢不听，只好乖乖地补网。大娘说："明儿不用你补了，明儿个你找上冷妮子、岨儿他们，叫上十来个妮子跟半大小子，这群羊就归你们伺候了，往后网也不用你补了。"

雪妮子哪儿还能等到明儿个啊？没吃后晌饭就找了五个妮子五个小子，最大的是岨儿。

牵回来的羊放到圈起来的树林里，树还没砍完，圈不起来。孩子们不放心，下去查了查，把每只羊又都捆了一遍，脖子上捆结实了，树上也捆结实了。夜里光听见咩咩的羊叫了，雪妮子喜欢得不能睡，折腾了多半宿，天快明了才合上眼。刚迷瞪了一会儿，孩子们喊喊喳喳找她来了，嘿，都惦记着牵回来的羊呢！

一说起羊来，雪妮子"噌"地蹿起来，先去烧窑儿里牵出两只羊来，就跟着妮子、小子们去了拴羊的空场儿。娘在后头喊："疯妮子，你不吃饭啦？""娘，您跟爹先吃吧！我回来再吃，先带羊吃草去啦，天可怜见儿的一群羊，整整儿饿了一宿了。"娘说："又魔怔了，净说傻话！羊饿了一宿咋啦？谁又吃了一宿啦？你吃了一宿？""娘，人家不是咱逮来的吗？又惊又吓又饿的，可怜见儿的。"娘问："吃了饭再去也不晚，羊要是饿急了还能不叫唤？这会儿不叫唤了，准是睡着了。"雪妮子说啥也要下去看看，孩子们也是一股新鲜气儿，岨儿说："大娘，我们牵上羊去河边儿吃上一气喝上一气就回来。"大娘嘱咐："可别走远了，溪边儿饮饮就行了！"孩子们刚走，她又喊："你们要是往河边儿走，四五十只羊，你们几个人牵得过来吗？"岨儿说："够了，一人儿牵五只羊，没说的。"大娘这才说："去吧，早点儿回来吃饭！天长着哩，不在这一会儿。"

空场儿上的羊闹腾了一宿，这会儿全卧着打盹儿。羊跟前儿的草都给吃秃了，连树皮都啃了一圈儿。岨儿对雪妮子说："还是你娘说得对。要不，叫它们睡吧，咱先回去吃前晌饭，吃了饭再牵上羊去清水河。"

雪妮子把自家的两只羊也拴到树上，跟大家伙儿回去了。

有了新鲜事儿，时候过得就快了，吃了饭牵着羊出来，一会儿就到后晌了。日头乏了，一个劲儿打哈欠……日头顶不住了，要回去睡觉了。日头临走打了个大哈欠，熏红了西边儿的天，映衬得草滩更绿，羊群更白。羊吃圆了肚子，孩子们的肚子咕噜起来了，牵着羊往回走。身后一片大人们的喷喷声，打猎的抬着死狼死猪，打鱼的人提着一桶一桶的鲜鱼也回了。

十一个妮子、小子一块儿放羊，羊挺乖，都跟着头羊走，到了滩里就自个儿吃草，不用人费劲管着。岨儿待见羊，过了些日子顺了手儿，跟大伙儿说："这羊，我一人管就行了，你们该干吗干吗去吧！"孩子们不信："你一人管得了四十多只羊？"岨儿拍着一只老羊的脊梁说："嘿，这是这群羊的头羊，我跟头羊混熟了，羊群瞧它，它瞧我，我不跑，羊群就跑不了。有啥尿活儿啊？不就是吃了前晌饭赶下来，吃后晌饭赶回去吗？"头羊弯弯的角绕着耳朵，在岨儿腿上蹭来蹭去。岨儿说："尿的头羊说啦：'对，我跟着岨儿，我们全都跟着岨儿。'"嘿咻，还真像那么回事儿，孩子们都给逗乐了。沟儿嘶啦着嗓子说："万一碰见一群狼，你一人就招呼不过来了，还是咱俩管吧！遇着啥事儿我还能去报信儿喊人。"憨小儿说："我也跟岨儿哥哥放羊。"

沟儿长得黑不溜秋的，嗓子正往粗里变，他比岨儿小一岁，可是人却比岨儿整整大出一圈儿。岨儿待见又粗又壮的沟儿，跟沟儿在一块儿有个仗势，憨小儿傻了吧唧的，尽受外人欺负，他愿意跟着放羊也好，就说："行啊，雪妮子，这事儿还得求你回去跟大娘说一声儿，这赶羊的活儿我们仨包了。"雪妮子说："干吗求我啊？你自个儿说去不就得了？"岨儿说："我去说也行，只是，大娘要是不让，这条道儿就死了。你先说去，不行了我跟沟儿他们俩再去。"雪妮子说："行啊，我只管说，我娘让不让你们仨管，我可就管不着了。"沟儿说："嘿，雪妮子你就说去吧，只要你一说，大娘一准儿答应。"岨儿说："就算是大娘不答应，我们也承你的情儿，准不怨你。"

雪妮子回去说了，娘说："仨半大小子管四五十只羊，里头还有一个半精不傻的，这咋能行啊？""娘，我瞧着能行，这些日子羊跟人熟了，不跑不闹，自个儿在滩上吃草。岨儿心细，沟儿有劲儿，憨小儿老实肯出力气，旁边儿还有那么多筏子上的大人，万一遇上虎啊狼的，也能照应。本来岨儿要一人儿管的，添上沟儿他们俩更安全了。"娘见她这么说，就答应了："让他们仨先试乎几天，不行了再添人手。"娘又想起什么，说："那几只大肚子的母羊就别跟着跑了，你跟妮子们在家捻绳儿结网，顺便照看它们。"雪妮子想起啥来，说："嗯，还是娘想得周到，这两天有几只大肚子母羊不爱吃草，前腿儿老是趴着，老'咩咩'叫。"娘说："许是快下羔儿了，走，你领我去瞧瞧是哪几只。"

到了圈里一看，有几只羊发躁，站不住卧不下的，见有人来了，"咩咩咩咩"叫了起来。雪妮子说："就是这几只，肚子都那么大了。"娘过去胡噜胡噜一只大肚子羊的毛,拍拍肚子。羊后腿儿往外撇着卧下了,两边儿肚子也跟着塌了下去,肋条一根儿一根儿显历历的。娘圪蹴下查看,羊的奶子涨得老大,粉红的奶头儿支棱起来。娘握住了,指头肚儿轻轻儿一捏,挤出来几滴浅黄的奶汁儿,再一瞅羊屁股,尿尿的那儿红得吓人,还流出一股白汤儿来。娘皱起眉头说:"这只要下羔儿了,你快去端盆水来,顺便给我找把刀。"雪妮子去了,娘看了看另外几只,也都是屁股又红又肿,奶子胀得鼓鼓的,看来都是一两天里的事儿了。娘惊喜之余顿时紧张起来,伺候羊的活儿来了!

雪妮子端来了水,嘴里衔着一把石头刀。娘接过刀,叫她再去找些干草来。

雪妮子抱着干草回来时,圈里多了一股热乎乎的腥气,地下一团血糊糊的东西。雪妮子圪蹴下要抱那团发出细细的"咩咩"声的血肉,娘正从大羊屁股里往外轻轻拉另一团血肉,说:"快,先给地上的羔儿擦擦鼻子、嘴!我这儿忙得顾不上了。"

小羊羔儿脑袋黏黏地糊成一疙瘩,瞧不见哪儿是眼睛、鼻子、嘴。雪妮子把那些黏糊糊的东西擦了,羊羔儿嘴里就出来细细的咩咩声儿,眼也睁开了,清得瞅得见底儿。她撩着水给羊羔儿洗净身上的血,一盆水一会儿就成了红汤,羔儿变得雪一样白,绒毛儿贴在身上,耳朵耷拉着。

"咩咩",羊羔儿叫了,细得像轻轻儿挠痒痒儿。又是一声"咩咩",细得几乎听不见,是打娘手上那只羔儿嘴里出来的。

眼瞅着大羊不下羔了,娘这才顾上给手里的羊羔儿擦去一嘴一脸黏糊糊的东西,撩着老大用过的水给它洗洗。娘把羊羔儿递给雪妮子,去铺干草。雪妮子怀里,一声声儿细细颤抖的"咩咩咩"一呼一应,喜得她咧着嘴一劲儿乐:"娘,它俩认亲了,说话儿哩,嘻嘻。"

突然一声尖厉的惨叫,是母羊,呀,又一只羊羔儿露头儿了!

娘扔下干草，赶紧去拽。这只出来了，母羊才疲惫地卧下了。雪妮子把一只羊羔儿放到它眼前，母羊一点儿一点儿地舔着它孩子的毛儿，直到一身绒毛儿松松地挓挲起来，又去舔另外一只。雪妮子看得着了迷，娘说："别这儿愣着啦！去，把脏水泼了，换盆净水来！"

等雪妮子换回水来，听不见细声细气的咩咩了，她一怔，心提到了嗓子眼儿。过去一看，仨白团团儿扒在母羊肚子上，两只吧嗒吧嗒地撮，叼不着咂儿的那一只呜呜哦哦地拱啊挤的。

娘叫雪妮子把水盆端到母羊跟前，说它渴坏了。母羊前腿儿支起身子，后腿儿跪着，羊羔儿够不着吃咂儿了，咩咩叫起来，母羊只好就和着塌下身子，挺别扭地把嘴凑到盆里，吧嗒吧嗒地喝，咕咚咕咚地咽。

雪妮子问娘："您也没养过羊，咋啥都会呢?"

娘说："养活一个你，就啥都会了，羊跟人差不到哪儿去。"

"嘿咦，小羊羔儿吃饱了拉屎了！又黑又粘的屎，就拉在它娘肚皮上，那两只，也不知道是它兄弟还是妹子、姐，也不嫌脏，拱着嘴头子去舔黑屎。娘赶紧把那俩馋嘴的傻羔儿抱起来，雪妮子抓把干草把那泡胎粪给抹了。

老有套住的羊，圈里的羊越来越多了。这些日子，好几只母羊接二连三地下羔儿，会下的下四只、五只、六只，不会下的才下一只。娘把羊羔儿分了分，十二只是母的，二十一只是公的，凡是公的，就拿细麻绳儿紧紧地勒住蛋蛋。雪妮子问："这干吗呀?"娘说："不叫长呗，省着它们长大了找母羊胡闹。"雪妮子知道，娘叫人摆治过疯子六蛋舅，后来六蛋舅死了，就问："小羊羔儿摆治了蛋蛋，不会跟六蛋舅似的死了吧?"娘说："六蛋舅是疯死的，小羊羔儿打小儿就没蛋蛋，吃的都长肉上了。"

甭管下多的下少的，母羊的奶水儿都足足的，奶子涨得粉透了。雪妮子抱起一只羔来，在脸上噌噌，就是一股儿香甜的奶味儿，一看它娘的奶头儿，还滴答呢，手指头伸到底下接一滴，嘬一下儿，甜丝丝的。她跑回去拿了个碗，回来伸到母羊奶子下头，左手端着碗，右手握住热乎乎的奶子，奶子立时胀得鼓鼓的。她不忍心挤，只用大拇哥和两根指头一下一下地轻轻碰碰，羊奶滋滋地喷出来，一会儿就接了一满碗，喝一口，一嘴的香，羊羔儿原来这么享福呀。

羊羔儿吃，雪妮子挤，一天下来接了一锅奶。吃后晌饭时一家子喝新鲜羊奶，娘问："几只羊出了这么多奶啊？""一只。"娘说："咱不能喝独份儿。""娘，我也这么想来着，可是一锅奶咋分啊？等攒多了再分吧。""我是说，应该把有奶的羊分了，几家分一只，哪怕一人一口呢，不怕少，就怕不均，少了没人埋怨，有多有少就有是非，我这个大娘就不好当了。"

分了奶羊，小羔儿就得跟它们娘走，雪妮子舍不得，求娘："要不还是我天天一家儿一家儿送羊奶吧，结绳疙瘩记仕，不会有多有少。""不行，一天到晚光伺候羊了，伺候了母羊伺候羔儿，啥事儿都干不成了。"娘说得也是，雪妮子这些日子也是昏天没日头地围着羊转，羊半夜里一闹，娘就得起来，看是不是要下了。嗯，分就分吧，分了也好。

羊真是好东西，养着母羊有奶喝，有毛用，杀了公羊有肉吃，有皮穿，羊皮比啥皮子穿着都舒服，又软乎又暖和。妮子们会用锭子捻三股儿毛绳儿了，密密实实地结上一片网扣儿，结儿打得松松的，披着裹着比羊皮还舒服。管羊比打猎、打鱼轻省多了，就是赶着点儿下山上山的活儿，奶羊分了，剩下的百十只羊，岨儿他们仨跟玩似地就管过来了。大人孩子都管岨儿叫"羊岨儿"。后来猎人们绊住的羊直接就交给清水河边儿的羊岨儿他们了。他们早就不用绳儿牵羊了，羊听得懂岨儿的吆喝，叫起就起，叫歇就歇。

养了半年羊，陆陆续续杀了些公羊和老羊，回回儿都是雪妮子娘宰羊分羊，这是她当大娘份儿内的活儿。开头儿，爹和雪妮子给她帮忙儿，爹把羊捉来，四条腿儿绑起来，雪妮子帮他按住，娘拿石头刀割羊的脖子。后来羊不用绑了，就不用爹了，娘一人儿按着羊，雪妮子到时候把刀子递上去，帮着按住羊腿就行了。

后来大娘一人儿宰羊，一堆人围着瞧，里三层外三层，瞧大娘宰羊分肉成了坳子里的大事儿。后来大娘不叫这么多人瞧了，怕羊受惊，只叫轮到分羊肉的人家站旁边儿瞅着。大娘把羊牵过来，嘴里衔着石头刀，俩手胡噜胡噜羊脑袋，拍拍羊脊梁，羊俩后腿儿就跪下了。大娘瞅准了，一刀捅进脖子，血就出来了。出了血，大娘在羊腿上划个小口儿，拿根儿树枝儿捅捅，趴下，深深吸一口长气，鼓着腮帮子对着那口子吹进去，眼瞅着羊鼓了起来。大娘在羊身上划上几刀，不费什么事儿就把整张羊皮剥下来了。接着石刀儿捅捅，挑几下儿，扒拉扒拉，羊头和四个蹄儿就下来了，然后石刀顺着腔子划下来，肚子就开了，大娘三下两下拽出了肠子、肚子、五脏，卸下前腿儿、后腿儿，剩下的整羊横竖几刀，分得匀匀地，最后剩下一小块切成两半儿，分别搭在两条前腿上。人们都看呆了，张着嘴只会啧啧，大娘的大嗓门儿把他们喊了回来："拿吧，一家一份儿，羊头和四蹄儿算一份儿，肠子肚子随便儿拿！"羊皮是家家轮着拿，娘全用绳儿记着，一家一根儿绳儿，分一块肉结个细疙瘩，分一块皮子结个粗疙瘩。

头回宰羊的时候，还是岨儿抓的羊，岨儿还帮忙儿摁着羊腿儿来着。羊惊得瞪着眼看他，像是问："岨儿你干吗呀？"等到大娘抽出了刀，羊明白过来了，一声不吭了，冲着岨儿点点头，流下了两行清泪。大娘攘着石头刀，"哧"地一下捅进羊脖子，血贴着刀细细地流出来，羊到死都瞪着鼓鼓的大眼，愣是不叫一声儿。岨儿瞧了这一回宰羊，好几宿睡不成觉，一闭上眼，就瞧看见羊脸上的两行泪儿，往后他再也不敢瞧宰羊了，连羊肉也不吃了。

雪妮子知道了问他："岨儿，你真不吃羊肉了？"一说起宰了的羊来，岨儿眼圈儿就红了："吃不下去，羊不能伺候，一伺候了就舍不得了，羊舍不得我，我也舍不得羊。"雪妮子哭不得笑不得："要说伺候，我也伺候来着，帮着娘从羊肚子里拉出羔儿来。后来分羊分羔儿，我也舍不得来着。舍不得又咋？该咋着就得咋着呗，岨儿，你咋这么想不开啊。"

"可你娘也太狠了，就那么一捅，唉，她咋就下得了手呢？"

"你问我她咋就下得了手？我还问你她咋就下不了手呢？猪羊一刀肉，咱人费劲把羊逮来养起来，不就是为的吃它的肉吗？像你这样儿，养羊不成了养娃娃啦？"

岨儿鼻子里哼哼着说："'就为了吃它的肉'，亏你说得出来！我说你咋这么待见羊呢，羊多好呀，又不伤人，还献出肉来让人吃。嗷，我看世上没有比人再狠的东西了，老虎、狼也吃羊，撕扯几下吃了，人可好，哄着它喂着它，养大了才杀。羊把人当成恩人，到死才知道上了人的当，可怜的畜生儿，不定在哪儿骂我呢！一想到反正得宰了，我真不想放了。"

雪妮子驳了回来："不宰咋着？不为了吃羊肉，你说，咱养羊图了个啥呀？合着是养着玩儿啊？你那么大个人，不打鱼不打猎，整天哄羊玩儿啊？"她用手比到自个儿腰那儿，"这么大点儿的妮子都搓麻弄瓦呢，嘿呷，你好意思吗你？"

岨儿倒是认骂，说："唉，我知道你说的对，我这人是没啥尿出息，那回羊一哭，我磕膝盖儿就软了，好几宿都梦见羊脸上那俩泪道道儿。"

雪妮子说："其实羊跟了你一场，也算福气了，比野羊好过多了，用不着躲豺狼虎豹，见天儿不慌不忙在草地上吃草，比人过得还滋润呢。最后那一刀，疼那么一下子就过去了，比叫老虎、豹子撕着啃着咬死强多了。再说，谁又不死呀？咱人还有个死呢，这能怨谁啊？养羊就是为了吃它的肉哇，你咋连这都不明白啊?"

岨儿说:"咱养羊当然是为了叫人吃羊肉,这我还不明白?"

雪妮子说:"岨儿,明白就好。告诉你吧,羊肉可好吃哩,我爹他们去西海扛回盐来,捏一撮儿撒到肉里,嘿咿,一吃一嘴香。肉里撕出来的白条子,上火一烤,吱吱啦啦流油,要多好吃有多好吃。嘿咿,我娘熬了羊油,拿野蒜苗儿炮羊肉,又嫩又香,撒上点儿盐,好吃死啦!岨儿,啥时候你也尝尝吧!"

岨儿眉头皱成个黑疙瘩,使劲儿摇头:"得啦,你们吃吧,我眼不见心不烦。唉!"

雪妮子说:"不吃羊肉,那你喝我们家的羊奶吧!真的,羊奶又甜又香,可好喝呢。"

岨儿生气了:"你爱喝你喝去,我又不是羊羔儿!"雪妮子见他骂自个儿是羊羔儿,气得骂道:"不通气儿的傻小子!不知好歹的笨东西!你当谁爱管你呢?爱吃不吃,爱喝不喝!"岨儿叹了口气,又说起人比什么都狠的话:"说人家狮子老虎狼,哼,狮子老虎哪比得了人狠呢,狮子老虎吃羊就是吃羊,哪像人啊,先养人家,养大了一刀捅了,一块儿一块儿分了,烤了煮了撒上盐才吃,还撕出油来烤。我那羊到死都不明白,它为啥要挨这一刀。"雪妮子听不得他老叨叨这个,觉得跟他掰扯掰扯理儿:"得了得了,我说岨儿,别尽着翻过来掉过去说傻话啦,这世上就是强的吃弱的,能的吃笨的。人就是比狮子老虎狼厉害,咱祖宗要是都跟你一个样儿,世上早就没有人了。"岨儿不说话了,雪妮子偷着乐,哼,他就是说不过理儿嘛!

岨儿这人就是呆,他嫌雪妮子家门口儿石头台上老宰羊杀猪血腥太重,下山上山都不打这儿过了,愣是早早儿就跳过清水溪走上一大段儿,等过了她家老远,才又跳回来,好几回掉到水里湿了半截腿。

雪妮子笑话岨儿是"羊痴儿",也是个魔怔。他倒也有话:

"你娘宰那么多羊，也不怕有一天羊找来报仇?""哈哈，妞儿，这你可错啦！我娘说了，等她上天的时候儿，她送上天去的羊都会来接她，她这辈子杀的羊越多，到时候来接她的羊群就越大，像满天的白云托着她上天。你呀，傻小子，你上天的时候没有一只羊来接你，老老实实腿着走吧，看不累死你个不吃羊肉的傻小子！哈哈哈哈……"

# 第七回

# 看羊群憨小说浑话
# 寻猪迹沟儿道趣情

**沟**儿不跟岨儿和憨小儿一块儿放羊了，当起了猪头儿。要不是身高力大的沟儿在雪妮子娘跟前拍了胸脯儿，一口包下放猪的活儿来，雪妮子再咋央告，她娘也不会留下长嘴獠牙一身黑的猪来叫养着。

雪妮子原来也没有想到养猪，瞧着岨儿他们仨羊放得挺好，供着坶子里吃肉，她就想再养点儿别的畜生，养大了也跟羊似的宰了吃肉。起头儿她想到的是养鹿，因为鹿是畜生里头最傻的，最容易给捉住，以往猎人打的最多的是鹿，人们吃得最多的是鹿肉；再有就是鹿跟羊一样儿是素畜生，不会伤人。

娘听雪妮子一说就夸她这主意好，叫爹再捉住了鹿别弄死，能带回多少只就带回多少只来。爹也一口答应下来，鹿这东西比羊还招人待见，胆儿小怕人，养鹿跟养娃娃似的，有意思。

想得挺好，其实蛮不是那么回事儿，爹带着猎人们试过好几回，从来没有牵回来过一只活鹿。套住的鹿，宁肯一头撞树死了，也绝不叫人牵回去。捆绑不成，猎人们只好掰着鹿犄角，几个人连推带搡弄着一只鹿回去，一百五十多猎人对付二三十只鹿。好容易到了老榆树桥上，人们小心呵护，前呼后拥招呼着。谁知最前头的那只犄角最花哨的老鹿到了桥中间儿，一扭身子，"砰"跳进了清水河，那叫一个决绝。后头的鹿全都学着老鹿的样儿，上了桥的从桥上往下跳，没上桥的义无反顾往河里奔，等打捞上来，全都死绝了。后来又试过几回，全都白搭，被追逐的鹿，知道没有活路了，见树撞树，遇水投水，临崖跳崖，反正不让人捉住。爹说："算啦，鹿这东西不是叫养的。咱想善待人家，人家还瞧不起咱呢！别看鹿胆儿不大，心可是又硬又高，就算捉住只活的，咱也伺候不起人家。"

雪妮子一根儿筋，想着干吗，就非干吗不成，养不成鹿，就养别的。她想到了养狼和豺，因为落网的畜生里头数豺和狼多。从前猎到了豺呀狼的，都是先砸死了，再抬回来拾掇了吃。她就想，套住了活的，不如拴起来赶回来，也跟羊似地圈起来养着，还能下小的，哈时候缺肉了再余了吃。

她跟娘和爹一提养豺养狼的事，娘先就说不行："伺候又臊又臭的豺狼？这东西成宿嗷嗷儿乱号，还叫不叫一坳子的人睡觉了？魔怔！"爹说："哈哈，想往坳子里招豺狼，妮子你行啊！豺狼是吃肉的，先把咀儿跟沟儿那一群羊喂了人家，接着让人家把咱们都吃了，都吃干净了，这南山坳就归了豺狼了，哈哈！养吧养吧！"娘说："这妮子越活越傻了，都知道'远豺狼，近鸟鱼'，你咋偏偏想到要养豺养狼呢？"雪妮子说："我啥都想养，只要养肥了能杀肉吃就行。"娘说："等不到杀肉，先把你吃了。亏你想得出来！整个儿一魔怔！"雪妮子知道这时候自个说啥也是白说，干脆想别的主意去了。

秋天的日头懒懒地半睁着眼，瞅得草滩都没精打采的，羊群倦倦地卧着，岨儿抓着五根指头给羊梳毛，沟儿把梳下来曲曲卷卷的白羊毛捋好了，蘸着唾沫在大腿上搓毛绳儿。憨小儿困得脑袋一栽一栽的，两人逗着他说话儿，岨儿说："憨小儿，这会儿就冲开盹儿啦？"沟儿一脸坏笑："又是叫你娘折腾得没睡好吧？"憨小儿哈气连天，厌烦地说："可不是嘛，才睡着了，就给闹尿醒了。"沟儿说："说说，说说，咋个闹尿法儿？"憨小儿揉着眼问："叫我说尿啥呀？上半夜还是下半夜？"岨儿绷着嘴儿乐，说："啥都行，快说你的吧！"沟儿说："先说上半夜儿，说完了上半夜儿，再说下半夜儿。"

憨小儿说开了："上半夜儿娘不叫爹睡，说她肚子疼，非把爹拽到她身子上压着，下半夜儿爹走了，戳根儿舅来了，压着娘'嘌唧嘌唧'拍肚皮，拍打得山响，闹得人一点儿都不能睡。刚睡着了，又叫嘌唧嘌唧拍醒了，直直拍打了一宿，真没劲！"憨小儿眼半睁不睁的，一边儿说一边儿张着大嘴打哈欠。岨儿问："他俩光拍打肚皮？说啥来着？"憨小儿说："他俩累得呼哧呼哧喘，哪儿还顾得上说啥呀？戳根儿舅刚下来歇会儿，又叫娘给拽上去了，这就又拍打开了。困死了，不说了。"憨小儿又冲开了盹儿，沟儿嘻着嘴问岨儿："知道你小子就想听淫声浪气儿的！嗨，硬硬舅跟你娘拍肚皮的时候说啥来着？"岨儿说："别瞎说，浑浑才是我舅舅。"沟儿说："我弄糊涂啦，老把硬硬舅跟浑浑舅混了。想起来啦，对啦，硬硬舅是雪妮子的舅舅。"

雪妮子来河滩上找沟儿，听见个话尾巴儿，就问："说我啥来着？"岨儿跟沟儿只管笑，憨小儿俩眼儿睁不开了，脑袋一上一下磕着，啥也听不见了。雪妮子瞧他们仨好自在，就笑话他们："呵，瞧闲得你们，给羊梳开头啦！"沟儿嘿嘿笑着说："妮子，你来得正好儿，你瞧这么些羊毛，给咱捻捻毛绳儿啊？捻够了给咱也结一件背心，贴着身子穿上，嘿嘿。"岨儿笑得前合后仰：

"呵呵呵呵，沟儿急着跟人儿啦，快跟了妮子吧，跟了人家，就有毛绳儿背心儿穿了，呵呵呵呵。"雪妮子脸上飞起两片红，骂道："猪嘴里吐不出好东西来！羊岨儿你也不是个好东西，哼，瞅哪一天把你们俩的獠牙掰了！我可是来找你们说正事儿的，没工夫听你们拌臭舌头！"

"呵呵，闹了半天是有正事儿啊，说吧，嘛正事儿啊？"沟儿眼睛翻了一下儿，又眯了起来，望着那两片红云出神儿。岨儿说："有正事儿你咋不早说啊？还当是你想我们仨了，颠颠跑下来找我们玩儿呢，嘿嘿嘿！"

雪妮子说："噢，坳子里三千多口子，谁像你们仨这么闲啊？晒着日头给羊梳头拉闲话儿，美死你们啦！"说着，推了一短一长打着呼噜儿的憨小儿。憨小儿舔了舔嘴角的哈喇子，呼噜儿地更响了。

沟儿笑得坏坏的："呵呵，我说有啥正事儿呢，闹了半天你是想叫梳头了啊？行，行，这可是天大的正事儿，这就给你梳。呵呵，是叫岨儿梳呢，还是叫我梳啊？憨小儿不行，光顾做梦了，呵呵呵呵！"

雪妮子听不得这个，骂道："死猪嘴，再瞎嚼咕我可走了！"

"别价！别价！妮子咋不识耍啊？嘿咿，快说正事儿吧！"沟儿朝她扬了扬下巴颏儿，嘴角儿咧到了耳朵根儿，俩眼儿眯得瞅不见黑眼珠儿了。

"岨儿，这群羊，你跟憨小儿俩人放得过来吗？"

"干吗呀？你想跟我们抢沟儿啊？那你得先问问人沟儿，瞧他愿意跟我还是愿意跟你，呵呵呵呵。"岨儿笑得那个讨厌样，差点儿没把雪妮子气走了。

沟儿一拳头捣到岨儿肩膀儿上，说："瞧你小子笑得那股子邪性劲儿！没听人家说有正事儿吗？我当然得先干正事儿啦。妮子，甭听他扯臊，叫我干吗你就说吧！咱俩谁跟谁呀？嘻嘻。"

"真孬，没一个好人！你们不怕燧娘娘刮大风煽你们的臭嘴巴，就只管造孽！"

"别价呀，妮子家嘴这么狠可不好啊。嗨，我说妮子，你到底儿有啥正事儿找我啊？"沟儿总算不嬉皮笑脸了。

"沟儿，是这么，你想不想赶豺赶狼？"

"赶豺赶狼？行啊，赶狮子赶老虎也行啊。妮子，你叫我赶啥我就赶啥，嘿嘿。"

"那你这就去跟我爹说去！"

"你叫我跟你爹说啥啊？"

"说你会赶豺养狼，求我爹套住了豺狼别再砸死了，交给你赶，就跟岨儿赶羊似的。"

岨儿笑得拍了手拍大腿："呵哈哈哈哈，呵哈哈哈哈……"

沟儿吐了口唾沫，骂道："笑，笑，笑！有本事的赶狮子、虎、豹，赶豺赶狼，没本事的赶羊。哼，好好儿当你的羊哥哥吧！走，咱这就找你爹去。"

俩人说走就走，剩下个岨儿在那儿笑个不住："嘿嘿，坳子里出了俩神神，哈哈哈哈，赶豺赶狼啊。嘿嘿，这俩神神比燧娘娘还能干儿啊，呵哈哈哈哈……"憨小儿叫岨儿给笑醒了，揉揉眼，也莫名其妙跟着呵呵傻笑。雪妮子回过头来，冲他俩嚷嚷："你们俩等着吧，非赶给你们瞧瞧！"

俩人过了老榆树桥往雷泽走，雪妮子问："刚才你们仨说啥来着？见我来了咋就不说了？"沟儿脸一红，说："憨小儿说他娘那点儿骚屎事儿，见天儿说，没尿劲！"雪妮子说："噢，还不是你们想听，成心引逗那傻小子！"沟儿说："憨小儿他娘也骚得怃厉害了，歇响那么一会儿工夫儿，也巴儿巴儿跑下来，把戳根儿舅引到树棵子里闹腾一阵子。"雪妮子一撇嘴："这你也知道？有的没的瞎说，瞧得罪人！"沟儿说："真的，我撒尿去撞见了一回，俩人正抱着闹腾……"雪妮子听不下去了，劈嘴打住了："别说了，恶心死了！"沟儿马上改了嘴："就是，不说了，不说了，妮子，你找我啥事儿啊？"

雪妮子说："我爹我娘都是死不通气儿的榆木疙瘩，我跟他们把嘴皮子都磨破了，他们就是不叫留下豺狼养起来。"

"嘴皮子磨破了？心疼死我了！来，叫我瞧瞧你的嘴皮子，哪儿破了？没破呀！"

"死皮！跟你说正事儿呢，你要是放臭屁熏人，甭跟着我！趁早儿回去找岨儿给羊梳头、听憨小儿说混话去！"

"哎哎，说正事儿，说正事儿！妮子你先别急，听我慢儿慢儿说，行不行？"

"我可没工夫儿听你放屁啊。"

"我是说好话，你咋这么说呢？"

"啥好话？快说！"

"妮子，真的，这豺狼实在留不得。你别急，听我说啊，豺狼吃人吃羊，咱吃不着它的肉，倒先叫它把咱给吃了。不是我不帮你，这豺狼真的养不得啊！"

"算了，算了，这话我早听得够多的了，用不着你跟我说。早知道你也这么胆儿小，我才不颠儿颠儿跑下来求你呢。去！去！去！放你的羊去吧！"

"妮子，你说我啥骂我啥都行，可是得听我把话说完了。我是跟你说正事儿呢，真的。咱可不能胡来，做不到的事儿不能硬做，硬做反倒坏了事儿。真的，妮子，不是我胆儿小，咱好好儿商量商量，不养豺狼，养点儿别的啥行不行？"

"嗷！别的养啥？连豺狼都怕，还敢养狮子、老虎、豹？去你的吧！我可没工夫儿跟你逗着玩儿。"

"你瞧，你这人就是爱急，还没听我说完，就急了。其实，你刚才一提养啥，我就想好了。"

"想好啥了？羊有了，鹿养不了，豺不敢养狼不敢养，还能养啥呀?"

"嘿咻,妮子,咱养猪!你瞧行不行?"

"你说啥?养猪?别逗了你!猪那獠牙豁了你的肚子,扒出肠子来!"

"呵呵,又是豁肚子又是扒肠子的,你可真会吓唬人玩儿。我就知道猪肉好吃,羊肉膻,狼肉酸,猪肉一嘴香半年。上回绊住那群猪,分了肉,我拿盐腌了,吊起来吹干了,一天吃一小口儿,吃了好些日子。嘿咻,妮子咱就养猪吧!"

"猪可不是羊,谁敢管呀?你管得了?"

沟儿重重地拍了一下子胸脯儿,四指一扣,留下一根大拇哥直直地竖着,朝前一伸:"咱拍了胸脯儿,就做得到!"

雪妮子拉上他,说:"走,找我爹说去!"俩人到了雷泽里,却看不见一个人影儿,正纳闷儿呐,听见有人喊:"妮子,你们俩快回去,千万别往前走,前头全是陷坑!"喊话的正是雪妮子爹,急得音儿都变了。

"爹,我们俩找您有事儿。"

"有事儿回家再说。躲一边儿去!快走!"

"走吧,妮子!咱在这儿碍人事儿啦。"沟儿说着拉了拉雪妮子的手。

"走就走,咱找我娘说去!"

俩人一路上商量着捉猪的事儿,一会儿就到了山上,只听见一阵阵咩咩的羊叫。"又下了小羔儿啦,娘该骂我啦!沟儿,快,抱两抱干草回去垫羊圈!"

离家老远,雪妮子就大声喊叫:"娘,娘,沟儿找您有事儿!""死妮子,跑哪儿耍去了?这半天快累死我了!"大娘一头大汗两胳膊血,瞧见俩人抱着干草,把要骂的话咽回去了。仨人把干草铺到下羔儿的母羊身子下头,剩下的往圈里撒了撒。

把圈里的活儿忙活完了,大娘想起沟儿来准有事儿,就问他:

"沟儿，羊群出事儿了？""没，大娘。""娘，沟儿要跟您商量养猪的事儿，他都想好了。"大娘大睁着眼，不错眼珠儿瞅着沟儿："啊？养猪？你说是养那獠牙长嘴一身黑的猪？"沟儿叫大娘瞅得直发毛，话都不敢说了。雪妮子直催他："沟儿，你倒说呀!"沟儿只好说："大娘，其实这也不是我的主意，是你家雪妮子的主意，我只管赶猪，给了我猪，我保管给咱养肥了。"

大娘鼻子里哼哼了两下儿，冲雪妮子说："我就知道又是你的馊主意，不是早说了猪养不得吗？咋又想起来了？魔怔!"雪妮子不愿意说是沟儿的主意，一时想不起来咋说，就说："娘，我思摸着，羊能养，猪也就能养，除了吃肉，还能挤奶刮毛……"大娘给气乐了，说："你还打算挤猪奶捻猪毛啊？奶就别说了，猪这东西一窝下十几个，连猪娃儿吃的奶都不够呢。猪毛硬得能扎死人，就这破毛还整天在石头上蹭，蹭得一块有毛儿一块秃的，刮啥毛啊？猪跟羊可不·样儿，不是养的东西，养不得!"

沟儿听大娘说不让养猪，急了，一急，就不怕了，说话也利落了："大娘，是我想养猪来着，才叫雪妮子领着找您说来了。猪肉好吃，咱别老吃羊肉了，吃得人身上又臊又膻。咱捉几只猪留下，哪怕是小猪崽儿呢，养大了也能杀肉吃。"

"养大了杀肉吃？哼，说得容易，养大了，猪鼻子嘴上长出大獠牙来，看不先吃了你!"

"大娘，我也知道不容易，养猪跟赶羊不一样儿。大娘，您就先让我试试，要是猪把我吃了，咱雷泽人就永生永世不吃这猪肉了。"

沟儿没爹没娘，一个管他吃管他穿的姥娘今年春上也没了。听他说这话，雪妮子娘心里头酸酸的，劝他："沟儿，猪这东西是兽里一霸，要多恶有多恶，咱要不捅死砸死它，它非咬死人不行，谁也不敢招惹这么厉害的东西。沟儿，听大娘的话，好好跟着妞儿放羊，可别听雪妮子诿你!"

沟儿赶紧说:"大娘,不是雪妮子诿我,是我真想管猪。"

雪妮子也说:"娘,就叫沟儿试试吧,沟儿准管得了。"

沟儿拍着肚皮说:"大娘,我不怕猪,给我几只最厉害的猪,我也跟岨儿那样见天儿赶出去放,准叫猪都怕了我!"

大娘笑了:"不行,我怕猪吃了你。"

沟儿也嘿嘿笑:"猪吃我?咱瞅着谁吃谁吧!大娘哎,咱先试试,捉住了,把公的杀了,把母的留下,叫我给您养着,这行了吧?"

大娘说:"自打上回套住那三十几只猪,雷泽里就没再见过猪毛儿。捉不着猪,拿啥养啊?"

沟儿说:"大娘,咱不能赌等着猪来,它不来,咱找它去呀。上回绊住的那一群不是打东头儿过来的吗?后来跑回去几只,我往东走找它们去。猪走不了远道儿,兴许就在东边儿山根儿底下,远不了。"

大娘见他这么有主意,就叫他跟雪妮子先去探探哪儿有猪:"今儿晚了,明儿你们俩吃了饭早点儿去。远远儿瞧见了就往回走,千万别招惹那青面獠牙的东西!"沟儿自是一百个答应,雪妮子也连连答应。

第二天吃了前晌饭,沟儿跟雪妮子就去找猪了。雪妮子说:"咱俩分开找,你打这儿往东走,我过了桥往东走,咱俩隔着河喊话。你找着了叫我回来,我找着了叫你回来。"沟儿说:"别价,你一人儿走,我不放心,万一有啥事儿,我没水性,过不了河,干着急。咱还是今儿找一边儿,明儿找一边儿吧。不在这一天工夫儿,小心没大差。"雪妮子说:"行,你说先找哪一边儿?"沟儿说:"这一边儿傍山,树多,能遮住猪窝,也能藏住人,还是先打这一边儿找吧。"雪妮子说:"行,你说咋就咋,这边儿没有,咱明儿再过河找去。"

沟儿撅了根树杈子,掰了旁枝儿给雪妮子当棍子,又给自个儿撅了一根，一边儿扒拉草棵子一边儿走。雪妮子也学着样扒拉，走了一会儿说："你扒拉靠河边儿的，我扒拉靠山根儿的。"沟儿说："行，开头儿趟着走就行了，走出一段儿再细扒拉。"

快到半晌午的时候，沟儿找着了草里陷下去的猪蹄子印儿，先是三三两两的，越往前越多，有过来的，有回去的。雪妮子也找着了好几溜儿。沟儿圪蹴下细细瞧了一会儿，又弯着身子来回数了数，连河边儿的带靠山根儿的，居然说出是一群猪两天前留下的，有十五头母猪、八头公猪和四、五十头小猪儿，还知道有两头母猪肚里有了崽儿了。

雪妮子听他说得太邪乎了，就说："你就吹吧，能得你，连公母儿都分出来了？"沟儿挺得意，说："嘿嘿，这个太容易了，猪蹄儿是朵花儿，圆瓣儿的印儿是公猪的，尖瓣儿的印儿是母猪的，最深的尖蹄子印儿就是大肚子老母猪的。小猪儿的也能按圆瓣儿的尖瓣儿的分出来公母儿来，就是小点儿。"他这一细说，雪妮子才服了。

两人顺着猪蹄子印儿往东走，沿路草皮都叫猪群拱起来了，成堆的圪针窝子拱翻了个儿，大丛的竹子也给拱得东倒西歪，河边儿的桐树都给拱倒了，桐果儿吃了，树根儿啃了，连树上的老鸹窝都拱烂了。雪妮子骂道："真下作，没它不祸害的！"沟儿嘿嘿笑了，说："妮子，你没见过的还多着呢，吃蝎子、追长虫，见过吗？"雪妮子直皱眉头，打住他说："得了得了，甭说了，恶心死了！"

远远儿瞧见了一大群猪，正在河边儿拱地呐。沟儿说："瞧见了吧？都出来拱地收秋了。猪鼻子灵着呢，地里埋着啥子儿啥果儿它都闻得见。"

"嘿呀，沟儿你可真是个猪通儿啊，往后我就叫你猪沟儿啦，猪沟儿哎！"

"哎！就这么叫吧，妮子。我爱听，嘿！"沟儿心里头麻酥酥好受。

俩人又走了一段儿，沟儿说："行了，妮子，再近了，该挨猪咬了。"

"要是人多就好了，呼啦上去全捉住了，多好!"

"妮子，告你说吧，人多也不行。风往前头刮，它闻见这么多人的味儿，扑腾扑腾就下河了，再想捉它可就晚啦，早跑河那边儿拱食儿去了。"

"行啦行啦，我不听啦，瞧你把猪吹呼成啥啦! 猪又不是大鱼，还能下河? 别唬人啦你!"

"没唬你啊，猪真能下河，一下到河里，猪身上的味儿就全泡水里了，后头啥屎味儿也闻不见。猪就这么着把追着要吃它的狮子、老虎、狼伍的全给甩了。"

"猪沟儿你又瞎说吧? 狼还能吃了猪?"

"能啊，别瞧狼比猪小，精着呢，先上去把猪群冲散了，瞅准了一只笨猪，一群狼追上去，这还有追不上的? 追上了，这个一嘴那个一嘴，撕吧撕吧就地儿就吃了。"

"哟，那猪不会叫呀? 别的猪也不管它?"

"哪儿能不叫呢? 嘿，叫狼追上的猪扯着破嗓子尖号，叫得天上都能听见。别的猪? 哼，光顾自个儿跑了，哪儿还管掉狼嘴里的伴呀! 猪这东西是孬种，不跟狼似地护群儿。嗨，妮子，你瞧见那边儿的猪窝没?"沟儿手往山上一指。

"哪儿呀? 我咋瞧不见啊?"雪妮子伸着脖子东瞧瞧西望望。

沟儿指着南山坡儿说："山坡儿上，那一团黑尿尿的尖东西就是，是用树枝子架起来的。下雨了猪就钻进窝去，挤在一块儿凑暖和。就这猪窝，结实着呢，你踩上去都跳不塌。"

雪妮子说："废话，谁能站在那尖儿上跳啊?"

沟儿手指着山坡上头，说："你仔细瞧，往远处儿瞧，树林里黑尿尿的全是猪窝。"

雪妮子找了半天才瞧见，说："这群猪既然挨这儿搭了窝，就不会轻易跑了。你说呢？"

"我想也是，这群猪跟你爹他们灭了的那群猪不是一码事儿，不知道有危险。"沟儿说着，突然皱起鼻子，使劲儿闻了几下，问雪妮子："嗨，你闻见了没？上头刮下来的。"

雪妮子皱皱鼻子，闻了一阵儿，说："我一瞎鼻子，啥都没闻见。"

沟儿说："行啦，找着啦，咱回吧！"

雪妮子问："上头还有猪？"

沟儿应了声儿："嗨。"

雪妮子问："多吗？"

沟儿说："反正不是三只五只的。"

雪妮子问："你咋知道的？"

沟儿说："三只五只的，风一吹，臊味儿就飘过去了。这臊味儿太重，撞鼻子，没完没了。"

雪妮子说："不用再上去瞧瞧啦？"

沟儿说："再瞧也是这么回事儿，见好就收吧，上头的猪在暗处儿，咱在明处儿，叫猪瞅见咱可就麻烦了。"

回家路上，沟儿问："妮子，你见过猪下山吗？"

"猪下山咋啦？还不跟羊一个样儿？一群猪挤着，哼哼唧唧往下走呗。"

沟儿咧了咧嘴，说："嘿咻，一听就知道你没见过。要是跟羊一样儿，我还问你干吗？"

雪妮子说："那你说说，猪咋下山？可不兴瞎说哄人！"

沟儿说："猪才哄你呢！告你说吧，猪下山好玩儿着呢，先吸一口长长的气，把肚子胀鼓了，圆了，就地儿打个滚儿，叽里咕噜就滚下来了。 下来肚了山瘪了，赶紧使劲儿拱着吃，有啥吃啥，连蚂蚁都不放过去。"他一边儿说，一边儿鼓腮帮子鼓肚子，逗得雪妮子差点儿笑岔了气儿。

笑够了，雪妮子说："嘿，你可真是个猪沟儿！真有你的！你咋啥都知道啊？"

沟儿嘿嘿儿乐了："我可知道啥呀，除了猪，别的啥都不知道了。"

雪妮子说："你咋就知道这么多呢？就跟挨猪群儿里长大的似的。"

沟儿说："不是挨猪群儿里长大的，也跟这差不多。我小时候淘气，姥娘也管不了。没事儿我就追着猪瞧，越瞧越有意思。信不信由你，猪的事儿能说上三天三宿不带打盹儿的。我小时候这儿就有猪窝，上回你爹他们打的是那一群，我还以为是这儿的呢。昨儿在你娘跟前儿拍胸脯儿那工夫儿，我想的是把跑了的那几只猪找回来。今儿来了才知道，那群猪是远来的，不是这一群。不过，跑了的几只也许插到这一群里头了，吓得这一群也不敢上雷泽里找食儿了，呵呵。"

雪妮子说："猪沟儿真懂猪啊！"

沟儿得意地说："要不我敢撺掇你养猪？嘿嘿，不知道的咱可不敢瞎养。"

老远瞧见了渔筏子，雪妮子说："快跑，早点儿告诉我娘，叫大人们准备好了就来捉猪。"

沟儿说："甭跑，反正这群猪跑不了，先让它们自个儿养活着自个儿，咱省一天事是一天。"

# 第八回

# 弯竹弓围捕青獠兽
# 磨骨簇射杀花羽禽

连着两天跟雪妮子在一块儿，沟儿心里美得跟啥似的，瞧见天上过雁阵，捡了一块石头子儿，掏出别在腰里的绷弓子，朝天举起，拉开了，"当"！一只雁掉到草地上。雁阵乱了，凄凄地叫，在他们头顶儿上绕了一阵儿，往南山去了。雪妮子呆呆地立着，瞪大了眼瞅着地上的死雁。沟儿拾起雁来说："给你，拿回家烧吃了吧！"雪妮子不要，说："你打下来的，自个儿拿回去烧吃吧！"沟儿说："嗨，就是给你打的，干吗不要啊？"雪妮子说："我想要你那绷弓子，你舍得给我吗？"沟儿递过绷弓子，一迭连声儿说："舍得，舍得，给，给，你待见绷弓子，我再给你绑一个好的。"雪妮子接过来说："不用啦，这个就挺好的。"

那绷弓子是个树上掰下来的丫杈，三个叉儿，两头儿绑了根儿掰开的羊皮条儿，羊皮条儿当间儿宽点儿，正好包住石头子儿。左手拿着下边儿的杈儿，右手捏着石头子儿，把皮条儿往身子里拉直了，一松手，石头子儿就绷出去了。

雪妮子瞄着树上的老鸹窝，绷了几下儿，石头子儿都是半道儿就掉下来了。她又瞄了一回，把皮条儿使劲儿往后拉，"嘎巴"，绷弓子折了。沟儿说："这个使旧了，我再给你做个结实的。"雪妮子闹得挺尴，说："不是绷弓子不结实，是我太笨啦，使些个傻劲儿。瞧这样儿，你那工夫儿不是三天两天练出来的。"沟儿说："嗨，有啥啊？一个玩儿的，不用学。"说完了又怕雪妮子生气，赶紧找补："妮子，真的不难。待会儿做个新的，我说给你咋使，你准一学就会，嘿嘿。"

雪妮子瞧着沟儿掰树杈儿，撅短了，磨齐了，拿块尖石头钻眼儿。沟儿说："就这个难点儿，钻不好就劈了。别人都不钻眼儿，绑上去就得了，可是爱秃噜。我挑的杈儿结实，经得住钻，手底下悠着点儿就劈不了了。"

雪妮子照着样儿做了几个绷弓子，羊皮条儿有松的有紧的，越做越好，也越会使了。最后一个，她没使羊皮条儿，搓了根儿麻绳儿穿在一头儿的窟窿眼儿里，双起来四股儿搓上了劲儿，拗紧了，绑住那一头儿。这回没包石头子儿，而是比着绷弓子的杈弯儿到麻绳儿的长短儿，削了一根儿略微长点儿的小棍儿，一头儿尖尖的，顶在杈弯儿里，一头儿分了叉儿，别在麻绳儿上，绷得紧紧的，手往后一拽麻绳儿，小棍儿"嗖"地飞了出去，"当"地扎在一棵树上。成啦！

雪妮子把能射尖棍儿的绷弓子送给了沟儿，教给他咋使。沟儿射了一根儿，说："行呀！妮子，往大里绑，就能射猪了。我给你掰大杈子去。"

沟儿掰大杈子，削小尖棍儿，雪妮子搓麻绳儿，一个大绷弓子做成了。沟儿举起大绷弓子，试着拉了两下儿麻绳儿，说："呵，比我那绷弓子可沉多了，一下子还把不准，我得练练。"说着搭上尖棍儿，瞄住了一个老鸹窝，使劲儿一拉麻绳儿，尖棍儿

"嗖"一下子飞出去，"乓"！老鸹窝破了，哐当！掉地上碎成了
一堆土。雪妮子喜得直叫："沟儿你真行啊，还没练呢就掏了个老
鸹窝，嘿！"沟儿说："啥行啊？还不是老鸹窝碰到我的'尖'上
了，呵呵。"

一对儿老鸹扑啦啦啦飞上天去，又飞回来，绕着树梢儿呱啦
呱啦叫。雪妮子说："嘿呀，听见没？老鸹骂你呢！"沟儿说：
"哪儿是骂我啊？你连这都听不出来？是俩老鸹拌嘴呢。"雪妮子
扑哧儿乐了，说："嚯嚯，能得你！连老鸹拌嘴都听出来啦？"沟
儿说："就是拌嘴呢，母的嫌公的没把窝筑结实，白白摔了几个
蛋；公的骂母的吃得太多，长得太肥，把窝压烂了。"雪妮子给逗
得咯咯儿笑起来，笑够了，突然觉得不对劲儿，眉毛一竖眼一挑，
冲着沟儿嚷起来："你个死猪嘴，转着弯儿骂人呢？"沟儿吓得赶
紧分辩："没，没呀，我哪儿敢骂你呀，你就是我的神神娘娘，拜
还拜不过来呢！"

沟儿说的是真话，自打雪妮子结了渔网，他就知道这妮子不
是平常人了。后来雪妮子编了逮畜生、捕鸟儿的网，又兴起养羊
来，沟儿越发佩服她了。今儿一瞅见大绷弓子和"尖"，沟儿真
是愧得无地自容，自己玩儿了好几年绷弓子也没有想到这里，这
妮子瞅了一眼就做出来了，莫非她是燧娘娘派下来的？他心里把
她当神神娘娘拜了好几拜。

人不能走得忒近了，忒近了就叫人起腻，雪妮子开始腻歪沟
儿了。沟儿不知道自个儿做错了啥，说错了啥，可人家老爱答不
理的，他也不不好意思老上赶着，就又跟岠儿放羊去了。

开头儿仨人儿说说这，说说那，挺热闹的。沟儿给他们俩说
找猪的事儿，逗得俩人嘎嘎笑。过了两天，该说的话都说完了，
沟儿突然觉得好没意思，不愿意张嘴了。倒是憨小儿老问这问那，
说了还问，就跟没听见似的。沟儿烦了，说："说了八百回了，你
咋还问呀？有完没完啊？"后来憨小儿再问，他干脆不答理了，真

的，他一听憨小儿说话就起腻。这会儿沟儿突然明白了，雪妮子是腻歪他了，才不爱理他了。

雪妮子躲开了沟儿，在家里经心经意给爹绑了个大绷弓子。爹回来见了，问："妮子又琢磨出啥好东西来了？"雪妮子说："爹瞅着这个像干吗的？"爹说："大绷弓子，是叫打猎使的吧？"雪妮子说："对啦，"说着拿出"尖"来比划，"爹，咱就拿这个射獠牙猪啦。"

爹拿过大绷弓子来，摸摸瞧瞧，扒拉了两下儿麻绳儿的弦，弦嗡嗡响。爹又拉了拉，说："挺好，挺好！是个好物件儿，妮子行啊！"

雪妮子说："那我可就找人做了，您说要多少吧！"

爹说："先别急着找人做，咱先做出一个来试试。"

雪妮子说："这不是做出一个来了吗？我试了，能使。"

爹说："走，出去试试去！"

一出来，雪妮子就举起大绷弓子来，搭上一根儿箭，瞄准了一棵树，一拽麻绳儿，箭飞出去，剻到了树上。爹走过去，拔下箭来，指头抠了抠树皮。雪妮子跑过来，一脸得意，问："爹，还行吧？"爹说："射个雀儿伍的还行，要是射猪可就差得远了。"雪妮子不服气，问："咋差得远？"

爹说："你这个才射出几步儿远儿，这么近，不等你射猪，猪先把你给吃了，呵呵。再说啦，你那啥箭也太软，剻进树皮连一指都不到，成了给猪挠痒痒了，呵呵。依我说，这弓子、麻弦和箭都还得改，把一个反反复复改好了，改得能使了，再照着样儿做一大堆。射猪的事儿先不着急，反正猪也跑不了，先让它们自个儿把自个儿养肥了。"

"爹，我都改了不下四十回了，真的不知道咋改了。爹光说改，这儿也得改，那儿也得改，您倒是说说咋改呀？弓子咋改？弦咋改？'尖'咋改？"雪妮子一口气倒了一大堆牢骚。

爹说："行，咱一块儿想想咋改。就说这弓把子吧，又沉又硬又笨，再说也不结实，得换换材料儿。"

"爹说得对，可是，还有啥比树权子更结实呢？"

道儿边儿的竹子在风里摇曳，爹说："咱试试拿竹子做弓，看是不是好点儿，至少比树权子轻。"爹撅了一根竹子，回家劈了，拿石头蹭光了毛碴儿，在火上搋弯了，两头儿取齐了，来回窝了窝。雪妮子也看出竹子好来了，说："爹，剩下的是我的活儿了。"她拿细石头把弯弓当间儿磨平了，两头儿又拿尖石头烫了俩窟窿眼儿，来来回回穿了四股儿麻绳儿，拽得紧紧的，又拿两股儿细麻绳儿绕紧了。剩下的竹片儿也没扔了，削出了几根儿尖尖的箭，尾巴上分了岔儿。

爹拽了拽弦，一扒拉"嘣嘣"响，说："这回能使上劲儿了！"朝着远处一个树梢儿瞄了瞄，一拉弦，箭飞了出去，"哧"一声响。雪妮了说："透了个雀儿窝！"

爹欢喜得小雀儿似的，立时砍了好几根竹子，跟闺女儿说："行了，就这样儿啦。快叫妮子们搓绳儿拧弦子，小子们做弓、削箭。""哎！"雪妮子答应得脆脆的，问："爹要多少？"爹说："猎人们一人一只大弓，箭是越多越好哇！先一人十根儿，做好了，咱就去打猪。"

爹在娘跟前一个劲儿夸闺女："咱这妮子神了，今儿一主意，明儿一主意，全是好主意，赶上你那时候啦！"娘叹了口气："唉，女人一辈子也就这一两年光景儿，我那时候也是想啥是啥，做啥成啥。后来一管起族里的事儿来，就没这心思了。"爹说："可不是吗，当了大娘倒不出活儿了。赶明儿可别叫咱妮子管事儿，还是叫她好好儿琢磨事儿吧！别可惜了这块材料儿！"娘说："这是命，由不得我，也由不得她。一瞧她这魔怔劲儿，就想起了我小的时候儿。可她这爱张罗劲儿，怕是跟我一样儿的命。说了她好几回了，她嘴上说改，我瞧她是骨子里爱管事儿，改不了了，命啊！"

妮子小子们紧着忙活了两天，做出了一百多张弓和一大堆箭。不知道谁做的箭尾巴上还沾了两根儿雀儿毛，雪妮子说："这根儿是谁做的啊？咋长了翅膀儿了？"沟儿说："我瞎尿做的，想试试这样儿是不是轻点儿，飞得远点儿。"雪妮子说："多沾了东西，咋会轻呢？"沟儿说："可是没了削出来的箭尾巴，雀毛儿总比竹片儿轻吧？"雪妮子爹拿起沟儿这根箭来，照着一棵树剡过去，又试了一根儿不沾雀儿毛儿的，说："还是有雀毛儿的这个好，就跟长了翅膀儿似的。"大伙儿都去找雀毛儿，削箭尾巴，沾雀儿毛儿，箭后头上花里胡哨儿啥毛儿都有。

雪妮子特地给爹做了一张大弓，细细的批儿搓成三十二股儿弦，不显粗，可是倍儿结实，绷紧了一拨"嘣嘣"响。她给爹削的箭，尾巴上全沾着喜鹊毛儿。爹举起弓来，试着拉了两下儿弦，说："嘛，带劲儿！这才是射猪的家伙呢！"

弓和箭分给了打猎的人，箭没处儿放，别在腰里硌得慌，人们就捆成捆儿拎着。第二天再见面儿，却没一人儿夸一捆箭，人人腰里拴了个皮袋子，箭就头儿朝下插在里头，露着五颜六色的雀毛儿，比原先还多了。本来都想显摆显摆，这会儿只有互相瞧着乐了。

雪妮子爹领着人天天儿在雷泽里练射箭，练得人人都会开弓拉弦放箭了，瞅见啥射啥，原来的尖棍子、尖石头、圆石头一下子全都没用了。

要捉猪了，这可不是个容易活儿，雪妮子跟爹说："您可一定得叫上沟儿，他啥都知道，知道哪儿有猪，还知道猪的脾气秉性儿，箭也射得准。"爹说："没见他跟着练射箭啊？连弓都没分给他，你咋知道他射得准呢？"雪妮子说："人家自个儿做了张大弓，比咱的可强多了，弦绷的是羊肠儿！那小子能琢磨着呢，您忘了往箭尾巴上沾雀儿毛儿就是他兴的啦？"

爹跟沟儿商量捉猪的事儿，一听沟儿说话儿，就知道这是个猪通儿。沟儿说："石头舅儿，猪这东西，鼻子比啥畜生都灵，还没瞧见人，就闻见人味儿了。咱要藏是藏不过去的，蒙咱自个儿蒙不了猪。猪鼻子连地底下有啥都能闻见，别说气儿里的人味儿啦，甭想藏着躲着就能套住它网住它。要捉猪，得趁有风的日子，刮东风的日子，咱闻得见它，它闻不见咱。别看他四条小短腿儿，可是跑得比啥都快，跑上一天都不累，人甭想追上抓住它。不过，猪这东西懒，天生的爱吃爱睡，所以要捉它，只能趁它吃东西、睡觉的工夫儿下手。"

听沟儿一说，雪妮子爹心里有了底儿，快夏天了，刮不起西风来，只要一起风，就能下手了。

盼了几天，夜里起了风，"呼呼"地跟过驴阵似的。雪妮子爹推醒了当家的，说："起风啦！"大娘说："嗨，明儿捉猪。"早上起来风却住了，雪妮子爹说："算了，明儿黑间再起风，就黑间起来招呼人去。"大娘说："急啥哩？再等等吧。妮子不是说猪都在坡上搭了窝了吗？跑不了。"

雪妮子立在外头，攥着一把麻批儿，平举起胳膊。麻批儿微微晃着，她胳膊不动手不动，麻批儿还是小晃悠着。雪妮子喊："娘，爹，今儿有风！"娘瞧瞧她手里的麻批儿，又瞧瞧树梢儿，说："她爹，今儿个捉猪！"

老榆树桥前头拦起了几道双索，十几个人藏在两边儿树棵子里。他们都是筏子上的，想先回去下网，等瞅着猪过来了，再上来拉索子。大娘最忌讳一心二用，给这几个人下了死令："甭管猪来不来，你们今儿个都得挨这儿守着，没活儿干，就拃着索子练绊猪，干别的可不行！猪要是打这儿跑了，你们一人儿吃一个大肉疙瘩，空上三回再分肉！"筏子上的人怕了，老老实实守着绳子，不敢动窝儿。

大娘又叫了几个人："你们也甭下网了，都去砍小树儿，削成

棍子，留着抬猪使。"人们问："砍多少啊？"大娘说："能砍多少
砍多少，不怕剩下，就怕不够。"她心里有数儿，棍子啥时候儿都
用得上。

一百五六十个猎人一早儿就动身了，肩膀上全挎着大弓，腰
里扎着麻绳儿，挂着皮箭袋子。冷妮子爹领着四十几个人下了山，
过了老榆树桥往东走。雪妮子爹领着大队从南山半腰往东走，沟
儿也在里头。绕过一片猪巢，朦胧中传来滩上哼哼呜呜吭哧吭哧
的声音，猪群早就下去拱地找食儿了。根儿和大个儿带着三十几
个人留在山坡儿上，沟儿和剩下的人跟着雪妮子爹斜插下去，抄
到了猪群前头，藏在背阴儿里等着。这是沟儿出的主意，西北风
儿把又臊又臭的猪粪、猪尿味儿直往人鼻子里灌，猪的鼻子却一
点儿也闻不见猎人的味儿。

东边儿露出了一片雀儿毛色儿的天，渐渐能瞧见河滩上的猪
了，仨一群儿俩一伙儿，在人们眼里成了一个个儿大大小小的黑
疙瘩。沟儿小声对雪妮子爹说："石头舅，下得手了！"雪妮子爹
叫人们散开，散成一溜儿，等人们摆开了阵势，说："前头的等会
儿，先别动，听沟儿的。后头的慢慢儿瞄，瞅准了，听我的一齐
射！"人们瞄好了，等雪妮子爹一发令，山坡儿上的箭直冲着猪飞
过去，一拨儿跟着一拨儿。一阵尖煞煞的嗷嗷号叫扯破了天，猪
群乱了，死命往东边儿亮处儿跑。

只听沟儿大喊一声："开弓，射屙屎的！"前头的迎着乱跑的
猪嗖嗖发箭，后头的跟着雪妮子爹冲到山下，堵住回头跑的猪，
追着射。猪没了退路儿，只好拼命朝西跑。

沟儿带着人在山坡上追着射了一段儿，远远儿瞧见了等在前
头的根儿跟大个儿他们，就喊："咱们下了，下去拾掇！"一下来，
瞧见几个中了箭的猪，在地上打滚儿，号得人心烦。有人又要拉
弓，叫沟儿止住了："这回要的是活猪，不许射了，都捆起来！"
说得容易，真捆可就难了，猪又踢又闹，人根本近不到跟前儿。

沟儿说："几个人对付不了一头猪，瞧我的！"说着捉住一头猪踢蹬的后腿儿，喊："摁住脑袋，再捉前腿儿！快，拿绳子！"有人上来把俩后蹄儿捆到一块儿，沟儿说："勒，使劲儿勒，别让它再踢蹬开了。"

雪妮子爹他们也在后头捆猪，没沟儿他们利索，一口老母猪蹿起来，咬了二顺儿的胳膊，得亏蛋蛋手快，抄起后腿儿来。人们气得要砸死老母猪。雪妮子爹说："我也想统统砸死，可是人家有话不叫砸，特别是母猪，还叫留着下崽儿。咱都留着点儿神就是了。"

沟儿他们拾掇完了前头的，跑回来帮后头的，捆了几口猪，麻利多了，俩人抄后腿儿，俩人摁脑袋，俩人捉前腿儿，还有俩人专管捆，喊里咔喳就捆好了一只。瞅着还真不算难，雪妮子爹说："架不住咱人多，再不济十个对付一个，还怕捆不过来？"人多手快，一会儿就都捆起来了。这下子，猪叫得更厉害了，就跟要挨杀了似的。

根儿跟大个儿们又射倒了一片，还在追着射。"嗖嗖嗖嗖"的箭声和尖利的猪叫声不绝于耳。夼在前头的猪脑袋上中了箭，凄厉尖叫着倒下了。猪群慌乱不堪，"嗷嗷"乱号，蒙头转向，有劲儿的能挤的先下了河逃命。对岸的箭顺着北风飕了过来，河里的猪惨叫着扑腾了几下子就沉下去了。猪群只能戗着风又朝回跑。

后头的人又要对付跑过来的，又要对付地下躺着闹腾的，还得去捞河里的，雪妮子爹一时招架不过来了，急得骂："日了鬼啦！都压咱们这头儿来了！"沟儿招呼他的人："都跟着我射！"说着举起弓来，"当"一箭剟住了跑过来的一头大猪的脑门子。几十只箭跟着射出去。沟儿缓过一口气儿来，对雪妮子爹说："石头舅，我领着人在前头堵，河里的您甭管，有根儿舅那边儿叫人下河了，您只管带着人收拾地上的死猪活猪。"雪妮子爹才松了一口气，说："行啊行啊！它们跑不了了。"

猎人们从山上、对岸和后头追着射箭，猪没命地往前奔逃，冷妮子爹领着人们一路捆绑过来，捆得紧紧的，剿了又剿，前腿儿拴好了挽个套儿，后腿儿拴好了挽个套儿。一路全是捆起来的猪，动不了的猪叫得更凶，破嗓子尖得恨不得把天全给扎成窟窿眼儿。

顶能跑的几头猪一直奔到老榆树桥，最后蒙头蒙脑撞到拦猪的索子上，绊倒了再也爬不起来了，连号的劲儿都没了。沟儿他们追过来了，喊里喀喳捆了猪。根儿他们也下来了，不知道打哪儿下手，跟筏子上的人一块儿瞧沟儿他们捆猪，都瞧愣了。

大娘问："后头的人还磨蹭啥哩？"沟儿说："拾掇猪呢，捆猪挺费事儿的。"大娘对筏子上的人说："该你们干活儿啦，把棍子全都拿上，清水你们几个过河那边儿接去，剩下的都去前头，快都抬猪去，别丢道儿上再跑了！"

沟儿算了算，说："这边儿的人不够，咱也一块儿回去抬去吧！"大娘说："后头有的是人，你们就别跑了。那谁，把棍子留下几根儿！"沟儿说："眼面前儿的我们抬回去，大娘，回去拴哪儿啊？"大娘说："就先拴羊圈吧！"沟儿说："这么一群号死的畜生全拴羊圈里，岨儿准不乐意。"大娘说："他不乐意，可除了羊圈往哪儿拴啊？又没别的地方儿。"沟儿说："行喽，那我们先占地儿去啦，省着羊回来了打架。"

这回死的猪不算多，开头儿迎面射死了几只，从河里捞了上来十几只，总共二十来只死猪。吱啦哇啦号的都是叫箭剿住了的，其实都只伤了点儿皮肉，有的连皮肉都没伤着，箭碰着猪鬃就滑了。满地捆着的猪来回打滚儿，瞧见人叫得更凶。人们把棍子往套儿里一杵，抬起来就走。

归了包堆抬回去七十二口活猪，先套住脖子拴树上，再解开捆前后腿儿的绳子。一解开，猪更是撒着欢儿叫唤，比嗓子似地号，也不知道个累。

几十口猪拴在树上，又踢又刨又叫唤，直直儿号了一宿，闹得一坳子的人没睡成觉。到了早起，闹累了的猪呼呼睡了，无精打采的人们一肚子气，都来找大娘，吵吵着要求杀猪。大娘说："拾掇猪比不得拾掇羊，羊一吹胀了皮就离了，煺猪毛可费劲死了，几个人吃了后晌饭一直干到天黑，死猪还没拾掇完呢，胳膊到这咱都抬不起来。大伙儿将就将就，让畜生再活两天吧，吃完了死猪再杀活的。畜生儿昨儿中了箭，又是换了个新地方儿，免不了闹腾闹腾，等惯了就好了。"

岨儿也抱怨，猪闹得他的羊没法儿歇，他不愿意叫猪占着羊圈。沟儿说："羊圈太大了，猪没圈，住不到一块儿，干脆分屎了吧，当间儿插一道篱笆。"岨儿得放羊去，央告沟儿："你把篱笆插了吧，让你那霸道猪多占点儿地儿，我认了。"沟儿又去央告雪妮子，叫妮子们帮忙找树枝子杈子，粗粗地编起来，他砍了树打成桩子，把编的篱笆拴在桩子上，把猪和羊分开了。

猪睡醒了，又吱啦哇啦叫开了。沟儿削了根尖尖的棒子，专门儿摆治猪，听见哪只叫，就拿棒子戳，戳了几回，猪不敢叫了，哼，这畜生有记性哩，不是光记吃不记打。

一群猪把个圈拱得翻了个儿，地里头的树籽儿、虫虫吃完了，就拱绑着它们的树的根，也不怕麻绳儿勒脖子。雪妮子领着妮子们采来了橡树籽儿喂它们，畜生吧唧吧唧吃得欢，小尾巴儿来回拨棱，吃完了仰着头伸着嘴还要，白眼睫毛眨巴眨巴地讨妮子们的好儿，逗得妮子们好一顿笑。

过了些日子，猪跟沟儿熟了，沟儿要赶上它们下山找食儿去。谁知道这群东西吃现成儿的挺舒服，不愿意动了。沟儿气得骂："屙屎的，一天到晚吃了睡，睡了吃，谁光伺候你们这群懒屙啊？起来！屙屎的都起来！"抡起棒子抽了一顿，猪一阵尖号，跟挨宰似的。叫是叫，但总算蠢了吧唧地动弹起来。

沟儿赶上了猪群，手里老拿根棒子，大伙儿都跟着雪妮子喊起他"猪沟儿"来。后来陆陆续续又杀了二三十头猪，留给猪沟儿的多是母猪，为了配种儿，还有几口特别壮的公猪。猪沟儿的猪群很快就大起来了，母猪不光能下猪崽儿，还能勾引野猪，在河滩上常常有闻着母猪的味儿追过来的野猪，跟沟儿的猪一块儿拱地，天黑跟着猪群上山，过些日子母猪的肚子就大了。也有公猪招来的母猪，混大了肚子干脆留下来不走了。

养起来的猪还是逮啥吃啥，草也吃，虫儿也吃，偷鸟儿蛋，叼小鱼儿，舔娃娃拉的屎，连圈里的羊粪都不放过，要多恶心有多恶心。冬天猪拱地里的橡果儿、松子儿和别的树种儿，比羊好养活多了，岨儿跟憨小儿早早儿就给他的羊备下草了。猪比羊懒，吃饱了就不动窝儿了，不是蹭皮子就是睡，一天到晚吃了睡，睡了吃。岨儿说沟儿："真舒坦啊！"沟儿说："眼气呀？眼气咱换换，我一人儿管羊，你们俩管猪来，也舒坦舒坦。"憨小儿急得说："不换不换，我才不管屙猪呢！"沟儿嘿嘿乐了，说："就我一人儿这点儿尿活儿，再添俩人儿你们也干不过来！"岨儿说："你可真不怕风大闪了舌头！"

沟儿是个闲不住的人，猪一歇，他就用啃了肉的猪骨头、羊骨头磨箭头儿，磨好了，插一片儿竹子，尾巴上沾两片雀毛儿，就是一根儿利箭，这样的箭射出去，别说猪鬃了，连骨头都能扎进去。雪妮子爹一见就喜欢上了，说："嘿，你这箭好，使了还能再使，左不得箭杆儿折了换个箭杆儿。这根儿给我吧。"沟儿说："舅舅要多少都行，我反正闲着也是闲着。"雪妮子爹说："你还有闲的工夫儿？一大群猪还不够你忙的?"

雪妮子爹拿了沟儿的带骨头箭头儿的箭给当家的看，大娘说："好东西，好东西！你这榆木脑瓜子也能琢磨出好东西来，嘿!"雪妮子爹说："夸错人儿啦，是人沟儿琢磨出来的。我拿来叫你瞧瞧，往后骨头都留着，家里的做不动的就给我们磨箭头儿吧。"大娘说："行，行，再咋说磨骨头也比磨石头省事儿，也省着你们三天两头儿往坳子里背石头了。"

没几天儿，猎人们都使上了带骨头箭头儿的箭，这可比竹子头儿的箭厉害多了，剿住畜生就没跑儿，疼得吱啦哇啦叫唤。不能养的就地儿勒死，抬回来，能养的套住脖子牵回来，箭头儿抹抹血照样儿使。

人们管骨头箭头儿叫"簇"。吃了肉留下骨头磨簇，削箭杆儿，捡喜鹊毛儿、老鸹毛儿、野鸭子毛儿粘箭尾巴成了小妮子、小小子们的活儿。没人儿磨石头了，因为没人儿使石头了，打猎的挎张大弓，腰里挂个箭袋子，箭头儿朝下，露出尾巴上花里胡哨儿的毛儿来。在外头比的是谁的弓硬，谁的箭袋子好看。弓是自个儿经心经意儿玧的，箭袋子是当家的、相好儿的给缝的，比的是东西，衬的是做出东西来的人。

沟儿不算猎人，可肩上老是挎着一张大弓，腰里挂着插满了箭杆儿的皮袋子，皮袋子是雪妮子给他缝的，他当宝贝似地带着。沟儿专射长翅膀儿的，甭管天上的地下的，叫他瞄住了准没命儿。沟儿每天都能带回去点儿猎物儿，花里胡哨儿的鸭子、鸡，黑不溜秋的老鸹、黄嘴儿贼，最不济也有几只麻雀儿。有的鸟儿他不打，喜鹊不打，鹦哥儿不打，黄雀儿不打，会唱调调儿的都不打，留着给人们解闷儿。

沟儿一人儿烧猎物儿没意思，就回回儿拔了毛儿，送到雪妮子家。大娘招呼他一块儿吃后晌饭，他也心安理得。自打捉了猪以后，雪妮子爹越来越待见沟儿了，吃饭的时候俩人说不完的话儿。大娘更是待见沟儿，不光是因为他天天儿都能带回野物儿来，她是打心里心疼这个没爹没娘的孩子。慢慢儿的，沟儿觉着自个儿有了个家了。

# 第九回

## 庖牺牲尽享一刀肉
## 织麻布唯图千户福

**猪**越养越多，截长补短儿就杀一口，大娘杀猪分肉在坳子里不算新鲜事儿了。杀一口猪能分给四五十家吃肉，今儿杀了分给这四五十家儿，明儿杀了分给那四五十家儿，分完了就在各家儿的绳子上挽个疙瘩，哪家分了几回肉，记得清清楚楚。

猪沟儿一人儿赶着百十口猪，全仗着手里头的响鞭儿。为这鞭子，他可是费了心思费了劲了。他先撅了根儿两指头粗的杜梨树枝子，抠饬出来一根儿光乎乎儿的杆儿，把八股绳儿绑在杆儿上，绳子跟杆儿一般儿长。他把绳头儿跟手攥着的杜梨杆儿的那一头儿比齐了，抡起杆儿来，让绳子在空中飞舞。绳子轻飘飘地没一点儿劲儿，他狠着甩了两下子，杜梨杆儿"嘎巴"折了。梨木最结实了，咋这么容易就折了呢？折了的半截杆儿咋撅都不折了，沟儿明白过来了，木头直硬，细长易折。可是太短了又不好甩，啥东西又长又折不了呢？瞧着弯了腰的竹竿儿，他撅了一根儿，抡起来，抽下去。嘿咻，攥在手里就不一样儿，颤颤悠悠的，甩起来带风，咋甩都不折。

竹竿儿天生是当杆儿的料，不用抠饬不用磨。沟儿把八股绳儿绑在细头儿上，手攥着粗头儿，晃了几下儿，抡起来，抽下去，只听见竹竿儿呼啸，绳子却使不上劲儿，软不塌塌像条甩不掉的鼻涕。起头儿猪不知道他要干啥，慌慌地瞅着他，后来见啥事儿没有，就只顾拱食儿，由着他一人儿甩着玩儿。

沟儿长这么大还没让谁小瞧过，这群猪这么瞧不起他，他憋得慌。本来想镇唬猪，猪却不把他当回事儿，他沟儿还能叫猪沟儿吗？可是想想也是，猪是吃麻蔸儿的，一眼瞧不见，就往麻地里拱，麻绳儿哪能镇唬住猪啊？

啥东西能镇住猪呢？畜生里头最大的是牛，姥娘在的时候分过一块牛皮，硬得像块板子，不能披不能裹，一直铺在身子底下。沟儿拿石头片儿把牛皮上的毛刮净了，拉成窄条儿，窄得不能再窄了。他想拿牛皮条儿当麻批儿，捻成牛皮绳儿，可是咋拨捻也捻不到一块儿。跟雪妮子借了块瓦，也不行，转上几圈儿，一松手又转回来了。雪妮子说："这不行，牛皮不是麻批儿，别瞎掰啦！"脑袋一扬，辫子从后头甩到前头，辫稍儿打在腮帮子上，挺疼。

"嗨，有啦，我给你编个牛皮辫子，不就成了吗？"雪妮子说着，拿了三根儿牛皮条儿，绑到一块儿，系了个死疙瘩，然后编起来，编到头儿，又系了个死疙瘩。沟儿拿过来甩了两下儿，说："太细了。""你要多粗？""八股绳儿那么粗。"雪妮子说："好说，先编几根儿细辫子，再把几根儿辫子编到一块儿，就有八股绳儿粗了。这活儿不难，你自个儿编吧！"

沟儿照着雪妮子说的，又编了两根儿辫子，然后把三根儿辫子系起来，编到一块儿，打了个死疙瘩。辫子够粗了，比八股绳儿还多着一股儿，可是，通常的皮条儿编了两回，变成短短一截儿，疙疙瘩瘩不叫个东西。咋才能编长了编光乎儿了呢？沟儿又去问雪妮子。

雪妮子说："要长的呀？好说，续呀，绳儿都是续起来的。"说着编起来，编到半当腰儿，就捋着续起来，越编越长。

沟儿拍着脑袋说："我咋这么笨呢？成了猪啦！屎！"

雪妮子说："嗨，你不是没干过吗？要叫我赶猪，我更笨。你还说啥来着？要编光乎儿了，这我也不会，得慢慢琢磨。"

沟儿说："都是个琢磨，我干吗不能先琢磨琢磨？实在琢磨不出来了再麻烦你也行啊。"

沟儿还真有股子琢磨劲儿，手上一天到晚绕着三根儿牛皮条儿，编了拆，拆了编，皮条儿摆治得跟麻批儿似的软乎。见了的人都说他魔怔了，他挺爱听，雪妮子不也是魔怔吗？魔怔了才琢磨得出事儿来。

拆来拆去，到底儿给他琢磨成了！皮条儿绕着圈儿编，密密匝匝地编，里头是空的，编成大拇哥那么粗，越编越细，编到跟竹竿儿一般儿长了就到梢儿了，系起来使劲儿一勒，嘿，成啦！

沟儿把编好的牛皮骨碌儿捋了捋，顺到梢儿上，跟竹竿儿攮一块儿，来回窝了几下儿，撒开牛皮骨碌儿，攮住竹竿儿大头儿，绕了几圈儿，甩起来"叭儿叭儿"地，抽下去"叭儿叭儿"响，猪群吓得嗷嗷叫。打这起，猪一见沟儿扬起来手里那物件儿，就吓得哆嗦。这物件儿是按照编辫子的样儿编起来的，就有了个名儿："鞭子"。

别小瞧了细了吧唧的鞭子梢儿，抽起来数梢儿厉害，落到猪身上就是一溜血印子。谁说猪记吃不记打？抽过两回捣蛋的，吱啦哇啦叫唤一阵，剩下的全老实了。猪群里一有动静儿，鞭子一甩，都服服帖帖的了。沟儿想着岨儿，跟他说："你找块牛皮来，我也给你绕根儿鞭子。"岨儿说："得啦你歇着吧，我可不拿这东西吓唬羊！"

　　岨儿不领情儿，有领情儿的。猪沟儿放猪的时候不磨骨头箭头儿了，磨箭头儿这会儿成了小妮子跟小小子们的活儿了。沟儿放猪的时候磨开了刀，是给大娘磨的杀猪刀。大娘这会儿使刀费了，杀一口猪最少要换三把刀，沟儿磨的刀刃儿又长又薄又尖，比雪妮子爹磨的还好使。大娘打心眼里待见这个猪沟儿，见他一人过日子有一顿没一顿的，就叫他天天赶猪回来一块堆儿吃后响饭，吃了还给他带上明儿白天吃的。见天的，成了大娘的规矩，一说就是："赶猪的活儿累人，赶那么一大群猪走老远的道儿，又得防着别的畜生儿，又得跟猪较劲儿，前响一顿到天黑，顶不下来。沟儿啊，吃吧！多吃才治得住一大群猪呢。"

　　羊岨儿不能见宰羊，猪沟儿可不怕见杀猪，回回儿大娘杀猪他都早早儿回来打下手儿。杀猪比宰羊麻烦多了，先得烧上大柴火堆，坐上几锅水，备下一只烫猪的大木头桶。等水快烧滚了，猪沟儿也把猪捉来了。换个人捉，猪会撒泼咬人，雪妮子爹就叫猪咬住过手，打那他再没碰过猪。这还是好的呢，猪这东西孬透了，见了生人就往人胯下头拱，咬住命根子不松嘴，绳绳舅的一个蛋子就叫獠牙猪咬掉了，这是好些年前的事儿了。

　　沟儿会捉猪，猪不防着他，他先猛地捉住一条后腿儿，提溜起来，剩下那条后腿儿就好捉了。猪可不像羊那么老实，睁着眼静静儿地等着叫杀，才一捉住后腿儿，它就吱啦哇啦叫起来，嗷嗷地且叫呢，要不说"好种的羊孬种的猪"哩。一听见猪叫唤，坳子里都知道大娘又要分肉了，也知道轮到哪一家儿了，家家儿都有根系疙瘩的绳儿，分嘴的大事儿，谁都记得明明白白，差不了。

　　沟儿提起两条后腿儿来，倒着拖那猪，猪的前腿儿撒着欢儿乱蹬，猪头在地上来回拨棱，号得要多难听有多难听。沟儿知道那是骂他，就跟猪比着嗓子骂："叫啥呢叫！劁了你啦？惯坏了你啦！还没捅你哪，至于就叫成了死样儿！"沟儿把猪拖到柴堆旁边儿，按倒了，一个磕膝盖儿跪上去压住。雪妮子过来拽住两片猪耳朵，大娘拿着一根儿麻绳儿，在猪的长嘴上绕几圈儿，使劲儿一勒。猪登时叫唤不了了，只能打鼻子眼儿里哼哼儿。这时候就不用担心这东西伤人了。

雪妮子和大娘俩人跟沟儿倒过手来，一人捉住一条后腿儿，沟儿换到前头，胳膊弯儿搂住猪头，仨人把猪抬到雪妮子家吃饭的石头台儿上，叫它肚皮朝下趴着，猪头露在石头台儿外头。沟儿死死地摁住猪脖颈子，雪妮子端个瓦盆儿，半蹲着接在猪脖子下头。大娘嘴里抿着杀猪刀，左手提溜起拴着猪嘴的麻绳儿，右手去探猪脖儿，摸着了喉头，瞅准了，抽出嘴里的刀子，斜刺里捅进猪脖儿。刀在猪脖子里转了几下子，拔出来，一股热嘟嘟的浓血喷了出来。雪妮子已经端着瓦盆儿等在底下了，血喷到她脸上，溅到身上，热气糊住了眼，她闭紧了眼，紧紧抱住瓦盆儿，生怕洒了，一动也不敢动。

放完了血，仨人让猪头朝下，摇晃着把没了气儿的猪放进一个预备好了的大头木桶里。大娘一瓢一瓢地舀着滚水往猪身上浇，这活儿讲究，只能人娘干。猪毛烫嫩了不行，烫老了不行，烫嫩了，刮不动毛，烫老了，咋也刮不干净。大娘烫的猪毛不老不嫩，刀刮上去曛曛的，刮得又白又净。

瞧着白光光的猪干净得不能再干净了，沟儿就叫众人闪开："大娘要割活猪头了，闪开闪开，猪急了咬住谁可不管啊！"小孩儿们害怕，全跑了，大人们哄着笑着，呼啦啦闪开了。

大娘割了猪舌头，接着开膛破肚，麻利地掏出心、肝、脾、肺、腰子、肠子、肚子，扔进清水桶里，卸下前腿儿、后腿儿，剔了肋骨，举起斧子剁了腔骨，掏出板儿油来，把肉剁了，匀匀地分了份儿，一份儿一份儿搭上板儿油，再把猪头一劈两半儿，最后吆喝一嗓子："分肉啦，都快拿吧！拿吧！半拉猪头顶一份儿肉，爱吃啥拿啥，拿吧！"人们一份儿一份儿拿走了，大娘又喊：

"桶里还有肠子肚子，随便儿拿，随便儿拿！"有那爱吃五脏下水的，随手拽一嘟噜儿。最后剩下一个尿泡没人儿要，猪沟儿拿过来，在水里涮涮，揉搓揉搓，然后鼓起腮帮子，一口气吹成了一个鼓鼓的大球，跟娃娃们踢着玩儿。

猪沟儿跪地上帮忙儿摁猪，回回儿捅刀子的时候喷一身一脸猪血，魔一样地吓人。后来不杀猪他也抹一脸猪血，吓唬人玩儿，说是老虎见了他都吓跑了。这以后人们不叫他猪沟儿了，干脆叫他猪魔。他可一点儿都不生气，先一龇牙，再一拱嘴，扮个猪头模样儿，嘴里哼哼着，却从鼻子里出声儿，真跟猪似的。孩子们一见他就喊："猪魔，哼一个！"

猪比羊下得多，一窝能下十五六个崽儿，一年下两窝。小猪儿长得也比羊快多了，几天不见就成了大猪，原来的母猪转眼儿成了姥娘猪、老姥娘猪。坞子里隔三差五能分回猪肉吃，要说还是猪肉香，油水也大，一过阴天儿大娘就叫上几个女人一块儿杀猪，多杀几口，好给大伙儿解解馋。

从猪身上虽然挤不出奶来，可是猪身上有一样东西用处大了，就是猪血，起头儿是拿猪血泡渔网，沾了血的渔网特别结实。这还是猪沟儿鼓捣出来的呢，他身上裹的羊毛绳儿片片蘸了猪血，下雨下雪都湿不了。他把这事告诉了雪妮子。再杀猪时，雪妮子事先把才结好的渔网摆到大瓦盆里，让猪血往上喷，捞出来，挂干了，硬邦邦的。渔人都夸蘸过猪血的网结实，雪妮子跟爹说："猪血能降住水，咱干脆把筏子也拿猪血涂涂吧！"爹说："好主意，水怕猪血，筏子就泡不坏了。"涂了猪血的筏子真地结实多了，咋泡也不烂。

人们都知道猪血是宝贝了，一听见猪叫唤，知道要杀猪了，好些人就端着盆提着桶来接猪血，回去涂杌墩儿，撒上盐做血糕。上岁数儿的爱喝猪血粥，熬的时候儿加上猪油，说是吃了身上不刺痒。每逢大娘杀猪，雪妮子都给接个大木头桶。猪血冒着热气咕嘟咕嘟流到桶里，大娘再分给要猪血的人家儿，血比肉还宝贝，分了血的就少分点儿肉。

　　一冬天不抬眼皮儿的日头慢慢有了精神，打个哈欠都是暖和的了。雷泽万物就靠着日头活，日头有了精神，清水河上的冰跟着化了，大片的草绿了，北岸老榆树桥西边的一大片苎麻苊儿发了苗儿，憋出了紫红的叶儿。雪妮子还记得去年秋天扯麻的时候，娘老是喊："别踩坏了麻苊儿，踩坏了明年就发出不来苗儿了。"瞧，今年麻苊儿全都发了出了苗儿！没踩坏吧？

　　麻秆儿抽出来了，粗了，高了，一人多高了。叶儿大了，绿了，巴掌大的叶儿两面儿脸，明面儿绿油油的，筋脉舒张，背面儿却是苍白的，那苍白其实是无数白色的茸毛儿。大叶子旁边儿一左一右开出了两小串儿又碎又小的花儿，四个羞涩的小花瓣儿，黄中带着绿，像是生来为了陪衬那大叶子的。一群群艳丽的蝴蝶儿扑来了，蜂儿也嗡嗡飞来了，它们好像都看透了虚伪的大叶子，理都不理那娇绿的诱惑，只管跟不起眼儿的小花儿嬉闹，这边儿亲一口，那边儿挠两下，闹得麻地里薰薰的。

　　娇绿的麻叶儿经不住冷落，蔫儿，黄了，干了。麻花儿本来是陪衬麻叶儿的，这会儿赶紧收敛，也蔫儿下来，肚里包了几个不起眼儿的小籽儿，还是蜂啊蝶儿们起哄闹出来的。花儿不是花儿，叶儿不是叶儿，麻秆儿也一点儿一点儿黄了，黑了，跟天黑下来似的，从上往下压着黑下来。

　　日头毒花花地，晒得人头昏脑涨。冷妮子娘拽了一把青草，编了一方草苫，蘸湿了顶在头上，好受多了。女人们都跟着她学编，人人头上顶了一块儿绿绿的草苫。有人编了两块儿，一块儿薄的顶在头上，一块儿厚的垫在屁股底下。人们又一窝蜂学开了编草垫子，越编越厚，越编越大，能铺地上躺在上头歇息了。人们就管这草垫子叫席子。

　　雪妮子想，等麻擗出来了，也照这样儿把麻批编起来，编成一大块。收了麻，她真试着编起来了，先竖着摆好了麻缕儿，再拿一根横着的麻缕儿一根儿上一根儿下地穿过竖麻缕儿，织出来的麻片儿比草席软多了，都能盖在身上了。爹和娘一个劲地夸这东西好，爹摸着麻片儿说："光光乎乎的，不粘身子，又透气儿又吸汗，好东西啊！这叫个啥呀？"雪妮子含着一口水，想说叫"苎"，一口水喷出来，说成了"布"，"跟月儿姨学的。"

　　大娘说："今年麻多，叫女人妮子们都在家里编布吧！"雪妮子嫌这"布"不够好，又粗又硬扎得慌。大娘说："这还粗？还硬？你还要多细多软啊？"雪妮子说："娘，容我琢磨琢磨，琢磨出来了咱再编也不迟。早早儿把麻批儿都编成了这又粗又硬的东西，再拆就麻烦了。"大娘就待见闺女儿琢磨，说："行啊，妮子你好好儿琢磨吧！""娘，我慢慢儿琢磨着，就甭耽误大伙儿的事儿，您先叫人把麻批儿擗了吧，能擗多细就擗多细，只要折不了就行，麻批儿细了编出来的布就软乎儿了。"

　　擗麻是个工夫活儿，女人们耐着性儿，把麻擗得跟头发丝儿一般儿细，雪妮子跟着娘早烧出了一窑瓦，分给众人。她叫人们把麻擗儿一边儿捻一边儿接长了，厚厚地缠在瓦上。天长了，一个人一天能捻满三四个瓦的麻丝儿。

　　别人捻麻批儿的时候，雪妮子刮了两根儿半人高木头棍儿，插在地里头，棍子上撑开拴了两道麻绳儿，当间儿隔了三揸远儿。她在两根麻绳上绕麻丝儿，一道儿挨着一道儿，密密匝匝绕了四百多道儿，绕完了就坐在地上，拿了根缝皮子的骨头针，针眼儿里穿上了麻批儿，从右往左上一道儿下一道儿地穿起来，穿到左边儿又从左往右一道儿上一道儿下穿回来，一根儿丝儿快穿完的时候，打个疙瘩又接上一根儿，刭了针接着穿。妮子们看着好玩儿，都想试试手，于是就一人儿穿一根儿丝儿，穿完了续丝儿换人。有人左手不顺，该往回穿的时候就绕到后头，一样儿往右穿。

一前晌纫了百十回针，穿出了四指宽一条儿布。

大娘问雪妮子："妮子，这就是你要的又细又软的布啊？"雪妮子说："嗨，就是这样儿的布，可是这么穿来穿去也太慢了，可不能老使这笨招儿，我还得琢磨琢磨咋省事儿。"

雪妮子琢磨，别人也琢磨，人人架了两根儿棍儿，绕上麻丝儿穿开了布。呵，雨后出笋子，没两三天儿工夫儿，女人们脖子上都搭了一条儿布。这东西又细又软，天热，正好儿擦汗。又过了一两天，男人们脖子上也搭上了又细又软的汗巾。

雪妮子还在走火入魔，嘴上起了燎泡，剩儿琢磨出新招儿来了。她把一根儿棍子架在两棵树的杈子上，从一个个瓦里抻出来麻批儿来，两根儿两根儿接起来挂在棍子上头，一对一对的瓦垂在地下，把麻批儿绷紧了。剩儿叫人给她帮忙儿，俩人拿一个瓦，站在两头抻紧了当横丝儿，她自个儿把瓦捶儿一对儿一对儿在横丝儿下头拧个过儿。交缠完了一根儿横批儿，拿横批儿瓦的俩人从交缠的缝儿里把瓦倒腾过来，又横上了一根麻批儿。剩儿就又一对儿一对儿地交缠竖批。

上回雪妮子拿骨头针儿是动横不动竖穿布，这回剩儿拧瓦垂儿是动竖不动横织布。人们都说，还是竖着织出来的布好，又宽又细密，织起来又快又省眼睛，不用一根儿一根儿纫针结疙瘩了，织出来的布也整装。女人们于是仨人一拨儿，倒替着织开了布。

剩儿这法子挺好，就是非得仨人，蹲着站着累得慌。雪妮子思磨：咋才能一人儿织布，要是能坐着织就更好了。剩儿这样儿织布，要一个人两只手不停地拧瓦垂儿交缠竖批儿，还要两个人抻紧横批儿，还得穿横批儿。她想，要是一个人的两只脚和身子也用起来，不就能腾出俩人来了吗？

她把麻批儿捻上了劲儿，拿瓦转成了两股的丝儿，然后把几十根两股丝儿拴在两棵树上，一根儿一根儿理平了，一头儿再插一根棍儿，分出上下两层儿。她只于拿着瓦从两层缠中间儿穿过来，这瓦里的缠儿也是两股儿的，穿过去以后，拿根儿又细又尖的棍儿，把下面一层麻丝一根儿一根儿挑到上面来，好在不多几根儿，挑着还不算费事儿，挑完了，再把瓦穿回来。就这样儿来来回回挑缠穿瓦，一天下来，织成了一条四指宽的带子，拽了几下儿，挺结实。剩儿瞧了一会儿，问："这个做啥用？"雪妮子说："织布用呀。"剩儿不明白，说："咦？这个咋织布呀？这不是织好了的布吗？就是窄了点儿。"雪妮子说："是织好了的布，再织可就不这么费事儿了。反正我这会儿也说不明白，等都做好了，你一看就明白了，准比你的省事儿。"剩儿说："我也嫌那么织太麻烦，就是琢磨不出更好的来。你快做吧！"

雪妮子砍了一根粗竹子，削下靠根儿的两节来，成了一根筒子。她在筒子上烧满了上下对头儿的小窟窿眼儿，用细细的竹枝儿穿透。嘿，上下交错，竟然穿了一百根儿细竹签儿，两面儿一透，筒子上钻出二百个尖尖的竹头儿来。这些是留着系麻批儿用的，系的是竖批儿。另外一头儿还得有一根竹竿，比这头儿长点儿，用不着这么粗，也用不着烧窟窿眼儿，磨光了就行了，这根留着卷织好了的布用。横批儿呢，拐着绕到一根儿两头儿削尖了的竹枝儿上，像一个细长的大枣儿核儿。

挂横批儿和竖批儿的物件儿都有了，该做最重要的东西了，这是自打用针穿布、穿瓦织布以来还没有用过的，也是雪妮子琢磨了这些日子才琢磨出来的。这是两排拢头发的梳子那样儿的东西，雷泽人管梳子叫"杼子"，这东西也就叫杼了。为了做杼，雪妮子劈了两片竹片，每一片上用石头片片刀儿抠饬出密密麻麻一百个细长的箅眼儿，留着分别让竹筒上下两面儿的竖批儿穿过。她又砍了一根儿细长的竹竿儿，一头儿削成尖尖的，留着挑竖批儿用，最后又削了一块跟挂竖批儿的竹筒一般长的竹板。

一直在旁边儿看的冷妮子看不出这块板子有啥用处，就问："呀，这板子可打谁呀？"雪妮子得意地说："等着吧，到时候想打谁就打谁。嘿嘿！"冷妮子一撇嘴："哟呵，瞧厉害得你！"雪妮子举起板子来，喝道："别老耍贫嘴，帮我干活儿，小心挨板子！"冷妮子鼻子里哼哼着说："干吗干活？快说！"雪妮子说："不行，还得来四个人！"一下子过来好几个妮子，雪妮子说："就剩儿姐、霜儿、雨儿跟疙瘩妞儿吧。"

冷妮子嘻嘻笑着说："这回好了，我们五个对你一个儿，瞧你还厉害得起来！"雪妮子突然"嘎嘎"叫了两声，吓得几个人同声问："雪妮子，你咋啦？"剩儿吓得说："可别是真魔怔了吧？"雪妮子乐了："咋也不咋，我学那只硬嘴鸭子呐。"说着又"嘎！嘎！"叫了两声。人们全都哈哈大笑，冷妮子鼻子一皱，眼一眯，俩手钩住嘴角儿把脸蛋儿往上一推，活生生一只小狐狸脸！雪妮子举起竹板子来，冷妮子在妮子们的笑声里，"嗷嗷"学着狐狸叫跑。剩儿说："别胡闹了，快干活儿吧，都等着瞧你咋织新布哩。"

雪妮子叫剩儿她们四个人坐定了，霜儿跟雨儿拿一根杼，剩儿跟疙瘩妞儿拿一根杼，她跟冷妮子分别往两根杼的筘眼儿里穿麻丝儿。

小姐儿俩说着逗着，从一个个瓦里抻出一根根麻批儿，打筘眼儿里穿过去，系在竹筒两面儿的二百根儿竹签儿上。丝丝入筘，上下两排竖批儿立时齐齐整整。冷妮子说："嘿，亏你咋想出来的！"雪妮子说："瞧着你这一脑袋好看的头发想出来的呗，嘻嘻。""哈，小狐狸儿，你敢笑话我？我这一脑袋头发哪儿有你那一脑袋头发好看呀！看得猪沟儿眼睛都直了，嘻嘻！"雪妮子举起竹板子来，吓得冷妮子躲到她娘身后头去了。剩儿嚷道："一百多号儿人干活儿，就瞧你们俩闹腾啦！这会子摆治啥哩？摆治好了没？光知道耍了，嗨！"

雪妮子说："还没好哩，剩儿姐你没瞧见冷妮子光气人，咋摆治啊？"剩儿说："我可是眼睁睁瞧着你抢着板子要打人家来着。"

又把冷妮子推过来说："快摆治吧，摆治好了，大伙儿好学着做。"雪妮子就势儿喊："死妮子你给我过来!"冷妮子嘻嘻笑着，问："厉害人儿，叫我干吗啊?""叫你过来梳头!""呵呵，小狐狸儿要招人儿啦!""叫你帮着给麻梳头来，死妮子再瞎尿说，瞧我不撕了你的嘴!""嗷，小狐狸儿你就厉害吧！看坳子里哪个男人还敢跟你过日子！赶明儿非给你配个豹子不行!"冷妮子嘟囔着，声儿小得只有她自个儿能听得见。

俩人把瓦里的麻批儿都捯了出来，扽紧了。雪妮子叫拿杼的四个人来来回回把两层麻批儿梳好了。麻批儿梳得齐齐整整，杼停到了前头。雪妮子喊冷妮子："小懒人儿，干活儿啦!"冷妮子问："厉害人儿，叫我干吗?"雪妮子说："先把丝往筒子上绕绕，太长了，爱乱。"冷妮子掰住筒子两头儿慢慢儿往前卷，卷得只剩下筘眼儿外头一截儿了，问："行了吧?""行啦。""还干吗?"雪妮子已经拿出织好了的带子，给了冷妮子一根儿骨头针，说："来，我抻着，你纫上针，把麻批儿一根儿一根儿缝到带子上，不许缝乱了啊!"冷妮子一边儿缝，一边儿问："这干吗呀?""叫你缝你就缝呗，缝好了就知道了。"

冷妮子把二百根儿竖的麻批儿全都缝在了带子上，说："缝完了，还是不知道这是干吗的。""笨！不知道干吗的，给你也没用，就不给你了，哈!"雪妮子说着把带子系到自个儿腰里，往地下一坐，脚正好儿蹬住绕满了麻批儿的竹筒子。人们呼啦啦围了过来，等着瞧她织布的新招数儿。

雪妮子坐定了，俩手把两道杼往后推了推，然后左手拿那根儿尖尖的长竹竿儿，挑起一排批来，右手趁势儿把缠满了麻批儿的"大枣核儿"从挑起来的空档里送到右边儿，一根横批穿了过来。人们眼珠儿不错瞅着她的两只手，只见她俩手把下头的杼提了起来，原来在上头的杼就到了下头，这会儿她右手拿竹竿儿挑起批来，左手趁势儿把"大枣核儿"送过来，又一根儿横批儿穿了过来。雪妮子每穿一回横批儿，就"咔嚓"一下，上下颠倒一回杼，穿了几道以后，再用竹板子把织好的几道往腰里打打，打紧了。冷妮子说："哈，才知道这玩意儿是打她自个儿的腰的，雪妮子你腰疼啊？我给你揉揉！"逗得大伙儿又一阵唧唧嘎嘎笑。

雪妮子解下腰带来，对冷妮子说："我腰不疼啦，该你啦！"冷妮子系上腰带，坐在地上，俩脚蹬住竹筒子，学着雪妮子的样儿，上下颠倒着杼，来回送起枣核儿来，她心里不想事儿，手底下比雪妮子快多了。雪妮子在那一头儿把竹筒上的批松了半圈儿，喊："小懒人儿，该挨打啦！"冷妮子赶紧拿竹板子打紧了才织好的一小截儿布。雪妮子拿过卷布的竹竿儿来说："嘿，够卷一圈儿啦！"织出来的布卷到竹竿儿上，放在冷妮子大腿上。霜儿她们都闹着要系腰带织布，冷妮子只好下来了。

人们把这织布的新家什叫"腰机"，没几天儿，坳子里的女人们都有了腰机，一天到晚咔嚓咔嚓织开了布。天凉了，男男女女老老少少都穿上了麻布衣裳，一个个儿喜欢得啥似的。坳子里的人都穿上了布衣裳，只有沟儿身上还是裹着块皮子。大娘可怜他，给他缝了件儿布衫儿，上头缀了俩布袋。沟儿知道布是雪妮子织的，白天黑夜贴身儿穿着，暖暖的。

有那能干儿的，把织出来的麻布跟马蓝一块儿煮，煮成了蓝布。还有把布跟凿子籽儿一块儿煮的，捞出来成了黄布。慢慢儿的，人们找出了各种各样的能染布的草，茜草能染红布，栗子壳儿和橡子儿能染黑布。

秋麻熟了，人们紧着扯、晒、泡、刮。这回人们不等着染布，先染麻缕儿了，染成了红的、黄的、青的、蓝的。有那特别讲究的，嫌麻的本色儿土不啦唧的不好看，跑到白石山找来石灰，加上水煮麻缕儿，煮好了，摊在芦苇编的帘子上，然后铺在水桶上，上头晒着，下头泡着，几天以后，麻缕儿变得雪白。系批儿织布的时候儿，人们配好了竖丝儿的颜色，织出了五颜六色的彩条儿条儿布。女人身上好看了，一个个儿比着穿，瞧谁身上绚乎儿。有那巧人把麻批儿麻线用米汤浆了，织布的时候儿不折批儿，织出来的布挺括括的，穿在身上挡风，暖和。

# 第十回

## 种火麻始晓公和母
## 孵水蛋方知鸡与鸭

女人们会染线织布了，就可世界找麻，等着明年多擗些麻批儿，多织些儿布。男人们也帮着找，雪妮子爹领着人顺着清水河往上走，雪妮子也跟着去了。嘿，找到了一大片戳着的干秆儿，撕开有麻一样儿的丝丝，不过都脆了，不能使了。干秆儿上的干叶子比手还大，人们就叫这东西"大麻"，把大麻秆儿捆起来，扛回家去烧火。

麻秆儿麻叶儿一烧，出来一股儿香味儿，吸一鼻子好受得不行。一会儿叶儿烧完了香味儿就没了，大人们就把叶儿先撸下来，揉搓成面儿面儿，捅在竹竿儿里，点着了，打另一头儿嘬。一冬天，坳子里的人靠嘬大麻叶儿过瘾，都想着明年秋上说啥也得多摽点儿，留着过一年的瘾。

大麻籽儿像清水河里的大砂子小石子儿，灰灰的皮儿上有好看的白的、黄的花纹儿。娃娃们把火麻籽儿顶儿上的皮儿抠破了，搁碗里，点着一个个儿白白的麻仁儿，跟抓了一把萤火虫似的，黑夜里像一盏小灯儿。孩子们管这好玩儿的小籽儿叫火麻仁儿，管大麻叫火麻。

冬天没菜吃，人们都火大，好几天拉不出屎来，喝凉水不管用，把热水凉水混成阴阳水儿，喝了也不管用。瞎姥娘跟雪妮子要了一把火麻籽儿，剥了皮儿吃了，肠子通了。有谁上火不通，她把这招儿告给人家，倒也管事儿。

雪妮子知道火麻是好东西，可这东西跟织布使的苎麻不一样儿，根儿上没有麻蔸儿，明年不会从根儿里长出新麻秆儿来，就看掉到地里的火麻籽儿发不发芽儿了。她爹抽火麻叶儿抽得上了瘾，也盼着春天多出些个火麻，俩人儿说起来挺来劲。

娘瞅着爷儿俩一天到晚迷着火麻，忍不住泼了盆凉水："又不是闲着没事儿干，瞎折腾个啥呀？该打猎的打猎去，该织布的织布去，别把闲事儿当成正事儿！"雪妮子说："这不是想多收些麻，多织些布吗，咋叫闲事儿呢？"娘说："想多收，明年早点儿去火麻地里瞧着点儿，熟了就叫人收。瞎种个啥呀？咱雷泽老祖宗啥时候也没往地里种过东西，黄土里长啥收啥，不也过来了？苎麻是谁种的？咱还不是年年儿扯了麻捻绳儿？苎麻要是不够捻线织布的，还有香花儿树呐。老天爷给咱的不少了，人啊，该知足的时候不知足，到头儿来啥也落不下。你一起了种火麻的意，就该想想，要是种不成呢？就算种成了，要是织不成布呢？凡事儿先往坏处儿想想，就不至于出错了。"

雪妮子听着娘的话要多别扭有多别扭，平常听说听道的她，这会儿跟娘争竞起来："咱雷泽老祖宗没住过窑洞，姥娘不是挖出来了？咱雷泽老祖宗没使过锅碗儿，娘不是和泥烧出来了？开头儿结网，养羊，养猪那阵儿，娘回回儿都帮我来着，这回咋说开我啦？凡事不试试，咋知道就成不了呢？"

娘说："头回挖窑洞，姥娘一个人偷偷儿试乎的，连你姥舅都没叫帮忙儿，打猎要紧，大娘哪能叫一干人跟着挖洞啊？捏土烧窑，你姥娘帮我点了一把火，也没动用别人。开头儿结网，你自个儿知道，是你一人儿试乎起来的。后来我瞧着打鱼好使就让拿网打鱼，打猎好使就拿网打猎。养羊开头也是几个妮子小子，后来岨儿一个人就养了。捉猪是用了不少人，可也就一天工夫儿，后来都是人沟儿一人儿赶猪。种火麻可就不一样儿了，得多少人找麻籽儿、种麻、管麻伍的，好几个月的工夫儿干老天爷干的活儿，要是成了，没说的，要是砸了，咱咋见坳子里三四千口子啊？咱是过日子，不是过家家儿，我这个当大娘的不能领着一族的人瞎干。你要是一人儿在咱家窑门口儿种几个籽儿试乎，我帮你浇水捉虫儿，要是拉人大片儿的种，我可不依！"

雪妮子知道娘的难处儿了，就说："那行，我不拉人大片儿种，一人儿种几棵也没意思，种成了，又得等一年。干脆，我跟几个妮子找块地试乎试乎，娘您就当啥也没见，啥也不知道，也不用爹管。成了，坳子里的人多穿点儿，砸了是我们几个人的事儿，算姐儿几个闹着玩儿了。"

爹不管了，娘不问了，雪妮子带上剩儿、冷妮了、雨儿、霜儿、臭妮儿、疙瘩妞儿、辣妮儿一干妮子们，人人肩上夸个布袋，可世界去找火麻籽儿去了，娃娃们也跟着她们找。雪妮子说："咱可说好了，这是找春天往地里埋的籽儿的，谁找着的都得搁一块儿。"娃娃们本来想找着了当萤火虫儿玩儿，听她这一说，就说："行，我们今年捡了的都给你，可是明年收了麻仁儿，你得还我们。"雪妮子说："行，今年要谁一个火麻仁儿，明年还给他俩。快拣吧，看谁捡得多。"

一场春雨淅淅沥沥下了三天三夜，天晴了，处处是生机，清水河北岸拱出来一大片嫩芽儿。自打埋了火麻籽儿，雪妮子见天来瞧瞧，扒开土又埋上，埋上又扒开过多少回了，浇了多少水都顶不上老天爷下一场雨。

　　小苗儿长得挺快，憋着的芽苞儿，抖搂出叶儿了，绽开了，长长的把儿托着一把拤掌着的尖尖的手指头，少的三根儿五根儿，多的十二三根儿，针尖儿样的指头上还都长着尖尖的小牙儿，看惯了苎麻那样儿肉嘟嘟儿的大胖叶儿，再瞧这尖咻呼啦张牙舞爪的火麻叶儿，咋瞅咋不像。雪妮子肚里犯开了疑，这东西是麻吗？

　　雪妮子天天守着麻地，松松土，拔拔草，不好的拔了，太密的苗儿间间。她眼尖，瞧出火麻苗儿有两样儿，叶子颜色儿浅的，那把手指头又尖又窄，顶梢儿也是尖的；叶子颜色深的，那把手指头就胖点儿，不那么太尖，顶梢儿也圆弧儿。她纳闷儿了，一片地里采来的火麻籽儿，咋会出来两样儿苗儿呢？

　　更叫她纳闷儿的是，麻秆儿变样儿了，先不说那色儿，灰不灰绿不绿的，就说这秆儿，咋瞧咋不是样儿：根儿那儿还是圆弧儿的，长着长着就成了棱棱儿的了，四道沟儿把麻秆儿夹出了四道儿棱儿。雪妮子见的树啊草的不少，还真没见过这样的棱棱秆儿。她问爹："这东西是麻吗？"爹说："咋不是呢？"掐了个叶，凑到鼻子上使劲儿闻了闻，一点头："嗯，没错儿，就是火麻。"顺手儿又掐了几个叶儿。"爹，这麻长得怪怪的，叶儿不是叶儿，秆儿不是秆儿的，我心里头不踏实。""这麻是跟苎麻不一样儿，要不咋叫火麻呢。妮子甭二乎，就等着夏天扯好麻吧！"爹时不时来地里瞧瞧，掐些叶子回去，回回儿告诉雪妮子："没错儿，是好麻！"别人要来掐叶子，他可不让，眼盯得紧着呢。

　　火麻火大，叫水叫得厉害，守着清水河还不知足，几天不下雨，大巴掌叶子就抽抽成鸡爪子了，风一吹，麻秆儿喀吧乱响，一个火星儿能点着一大片。

　　雪妮子领着妮子们一桶一桶从河里提水，手不停脚不停地直直浇了一整天。火麻叶儿又张牙舞爪起来了。妮子们本来半截儿胳膊都举不起来了，见火麻有良心，也不觉得累了，第二天又提溜着木头桶来浇水了。火麻真行，一宿工夫儿直棱棱拔起一大截儿来，密密的一片全跟削直了的棍儿似的。妮子们来了一看，还以为走错了地儿呢。雪妮子喜得有点结巴："瞧这事儿！密密麻麻一大片！"她这一结吧，叫冷妮子逮了个口子："嘻嘻，麻长得密就叫密密麻麻啊？一大堆妮子就叫密密妮妮，一大堆花儿叫密密花儿花儿，真有你的，哈哈哈哈……"雪妮子说："死妮子，你就不会有走嘴的时候儿？你也知道我说的是'密密的麻一大片'，你就成心糟践人吧。"冷妮子逗她："我才不会糟践人呢，嘻嘻，密密麻麻多好呀！"一群妮子"密密麻麻"地叨叨来叨叨去，唧唧嘎嘎乱笑。过了好几天，还有人拿"密密麻麻"逗乐子。啥话说多了，就挂嘴上了，打这以后，人一说啥东西又密又多，就说"密密麻麻"。

火麻开花了！大花穗子上挤满了黄里透绿的小碎花儿，一层压一层，像摘下来满天的星星，全缀到穗子上了。妮子们喜欢坏了，这么多穗子，得打多少火麻籽啊！雪妮了说："别空喜欢，快伺候人家吧！"一连几天，妮子们一桶一桶地从清水河里拎水浇地，谁都灌了百十桶水。

人越是待见它，它越是给人争气，火麻"噌噌噌噌"往上蹿，长得比人都高了，还打不住，吓啊，这是要戳天去呢！也不是根儿根儿都这么争气，也有那蹿不起来的，才到人腰里，花儿也不像个花儿，根本瞧不见穗子。雪妮子纳闷儿，一块地里找来的火麻籽儿，咋就差这么远呢？细一瞅，长不起来的，都是叶子颜色深的，不那么尖的，顶梢儿圆弧儿的；蹿得高的，都是叶子颜色浅的，又尖又窄的，顶梢儿尖尖的。她叫给长不起来的多浇些水，可是咋浇都不管用。她心里又嘀咕开了：打小儿就长得不一样儿，莫非真是俩种儿的麻？

疙瘩妞儿说："趁早儿把那些小矬子都给拔了得了，省得它们抢人家地方儿。"雪妮子说："别啊，都是籽儿里出来的，人还有个高矮呢，来世上一趟不容易，还是叫活着吧。又不吃你家的饭，干吗这么小气啊?"疙瘩妞儿一脸火疙瘩憋得发亮,急赤白脸说:"你说,是我小气还是这些小矬子小气?喝了我十几桶水了,连个花儿都不给开,秆儿也长不起来,要它们烧火啊?"剩儿说:"谁说小矬子不开花儿来?疙瘩妞儿你细看看,在叶子岔儿那儿有没有花儿?"

剩儿这一提醒儿,妮子们都找开了,叶子岔儿那儿果然有细小的花串儿,花儿跟叶儿一个色儿,连花瓣儿都瞧不出来,难怪妮子们都没瞅见。疙瘩妞儿怪腔怪调地叫起来:"哎哟,没吃过猪肉还没见过猪走啊?这也叫花儿?这叫啥花儿呀?要色儿没色儿,要样儿没样儿,哼!你再瞧瞧人家那花儿开的,一个穗子上密密麻麻多少朵儿?数得出来吗?花儿得有个花儿样儿,你再细瞧瞧人家那花儿,芯儿是芯儿,瓣儿是瓣儿。依我说,趁早儿拔了没用的,给有用的腾地方儿。"

雪妮子问她:"这会儿你就知道哪个有用哪个没用啦?"冷妮子大模样儿估了估,有一半儿矬的,一半儿高的,心想,这得拔到哪辈子去呀?就说疙瘩妞儿:"我瞧你是撑得慌,没活儿找活儿干。"妮子们都不愿意拔,说:"好容易种的,又费劲去拔了,瞎折腾啥呀!"见大伙儿都不顺着她说,疙瘩妞儿只好算了,撂了一句:"你们这会儿就懒吧!到扯麻的时候,你们就知道这些废物多碍事了。"

高个儿的花穗子开得更绚乎儿了,大穗子上花儿挤花儿,花儿压花儿,那叫一个爆!蜂儿啊、蝶儿啊都来了,虫儿可不像人势利,亲近高秆儿上美丽的大穗子,也不冷落矬秆儿上不起眼儿的小花儿串儿,这儿扒扒,那儿捯捯,紧着忙活。

雪妮子瞧着蜂儿蝶儿忙活,突然一阵嘎嘎嘎嘎的叫声把她的眼光儿从麻地里引到河里,一群鸭子嘻嘻闹闹游过去了,公鸭子的毛儿花里胡哨儿,得意地闪闪发光;母鸭子秃了吧唧的,看不出个色儿来。雪妮子突然想,这火麻莫非也分着公母儿?高秆儿的是公的，矬秆儿的是母的？蜂儿啊蝶儿的把公花儿里的粉捯腾到母花儿的包包儿里头，嘿，这不就打籽儿了吗？这么一想，瞧高秆儿的、矬秆儿的都顺眼了。可是她不敢说，倒不是怕妮子们笑话，而是想等到矬秆儿真打了籽儿，那时候儿才好说，妮子们也才信。

香花儿树的皮熟了，剥了，披了，捻成了线，织成了布。

苎麻的秆儿黑了，苎麻熟了，妮子们全跟着女人们去苎麻地里扯麻去了，把火麻地留给了忙忙叨叨的蜂儿和蝶儿。

苎麻扯完了，晒干了，泡净了，剥好了，擗了批儿，捻成了线。都理批织布了，火麻还没熟，甭管高的矬的，顶梢儿一掐都折了。真是麻不一样儿，处处儿不一样儿啊。雪妮子每天吃了后晌饭都来火麻地里看看，捏捏麻秆儿的梢儿，手指甲一掐就折了。一个麻一个样儿，急也没用，等着吧！总有熟的时候。

左等不熟，右等也不熟，雪妮子心里不踏实了，一早儿一晚儿往火麻地里跑，回回下手掐麻梢儿之前都求告燧娘娘："燧娘娘显显灵吧，这回可别叫麻梢儿再折啦！"可是火麻不争气，甭管公的母的，回回儿一掐就折了，且没熟呢。到后来，雪妮子一碰麻梢儿，手指头就哆嗦得掐不下去。

日头发了一天威，也有累了的时候，打了个哈欠，下去歇了。没了日头的天还是热，日头的剩下的劲儿一点儿也不含糊，人给热气熏得动不动一身汗，脖子上那条子麻布了跟打水里捞出来的一样儿。雪妮子才从火麻地里回来，这时候了麻还不熟，她心里躁，汗呼呼冒，大红脸上的粉刺疙瘩一个个跟要爆了似的。

爹回来了，沟儿还没过来。雪妮子去清水溪提溜了一桶水，搁在石头台儿旁边儿，勒上腰带织起布来。一会儿腰里就刺痒得难受，守着一桶水，她一会儿透透手巾，擦擦脸和脖子，刚擦完，汗又冒了出来。"爹，桶里的水都烫了，给我换一桶吧！"大娘说："妮子，歇歇儿吧，大热的天儿，都焐出一身痱子来啦。""娘，不焐也是一身痱子，爱咋着咋着吧！"

早过了吃后晌饭的时候了，沟儿还没回来。爹从清水溪里提溜来一桶凉水，一家三口儿洗了把脸，擦了擦身上的汗，还不见沟儿回来，就先吃了。

吃了饭半天了，沟儿还没回来，大娘说："这孩子，今儿个是咋啦？这么晚了还不回来，真叫人着急！"爹说："你这人，急个啥呀？半大小子贪玩儿，家里又没人，想啥时候儿回来啥时候儿回来呗。他谁也不惦记，你倒惦记起他来了。"大娘说："他家里要是有人，我不就不惦记他了嘛？"爹说："嗨，你这人，惦记有啥用啊？你信我的，到时候儿他就回来了。"雪妮子嘟囔着："到时候！到时候！这都啥时候儿啦，还不回来，准是出了啥事儿了！"娘嫌她嘴愣，气得说："妮子别瞎说！能出啥事儿？"

又过了一阵子，沟儿还没回来，大娘说："别不会真出了啥事儿吧？"雪妮子爹说："他那么大个人，能出啥事儿啊？大热的天儿，你们娘儿俩别没事儿找事儿了！沟儿他今儿个兴许是走远了，过一会儿就回来了。"

天快擦黑了，沟儿还是没回来，大娘心里头越来越不踏实了，叫雪妮子："你这就去去沟儿住的洞里瞧瞧，要是没有，再去瞧瞧岨儿回来没有。"雪妮子去了，一会儿就回来了，后头还跟着岨儿。一见俩孩子的样子，大娘心里"咯噔"一下子，脸刷地白了，一个劲儿咬嘴唇儿，问："沟儿还没回来？"岨儿说："大娘，您先别着急，沟儿说不定正往回走呢，我这就跟雪妮子下山迎迎他去。"大娘说："去也不能就让你们俩去。"雪妮子爹说："再等等，到天黑了沟儿要是还不回来，咱一块儿下去找他去。"

天黑了，大娘不能再等了，摘下墙上的犀角说："不行，咱得下山了！"雪妮子爹点上了松明子，大娘握犀角，凑到嘴边儿，嘴唇儿哆嗦着。夜空里，呜呜的角声像一把剜心的刀子，听得人瘆得慌。

坳子里的乡亲们举点着松明子，带着弓箭，呼啦啦赶来了，一个个儿急着问大娘："出啥事儿啦？"大娘定了定神儿，说："沟儿赶着猪群走了一天了，这会儿还没回来。咱下去找找他去，先下山，再分头去找，雪妮子爹领着人去雷泽，有根儿哥过了河领着人往东找，岨儿领着人往你放羊的地方儿走，跟着我的下了山直奔东边儿。"四个领道儿的人在前头走，后头跟着两千多口子，松明火把像一条长长的火蛇往山下爬去。

雪妮子眼尖，刚到山底下，就看见东边儿有个星星似的亮点儿，慢慢往这边儿晃悠，她扯着嗓子喊朝那边儿喊："沟儿！猪沟儿！"岨儿也跟着喊，人们齐声喊起来，喊声随着清水河漂去。亮点在后头晃悠，沟儿的声音却赶到了头里："哎——！我——在——这儿——呢！"

山上的人还没全下来，大娘回过身来朝山上喊："回来啦，沟儿回来啦，大伙儿都回吧！"人们陆陆续续回了，剩下雪妮子一家三口儿和岨儿。雪妮子对爹娘说："你们也回吧！我跟岨儿迎迎他去。"说着，跟岨儿朝东边儿跑了。

火把跟火把碰了头儿，照见沟儿脖子上挂着一串蔫了毛儿的老鸹，一直奓拉到磕膝盖儿，身上一圈儿一圈儿出汗印下的白，腰里鼓鼓囊囊围了块皮子。岨儿赶紧接过来，说："瞧你这份儿罪受的！"沟儿骂道："这群懒屄瞎捣乱，尽着耽误工夫儿，要不早回来啦。"

岨儿说："为几只老鸹也不至于耽误到这时候呀，你小子今儿个准是走远了。"

沟儿不好意思笑了："嘿咻，叫你说着啦。今儿个猪挑食儿，不肯在近处儿拱了，尽着往远处儿跑。这可好，赶上事儿就回不来了。"

雪妮子问："啥事儿叫你赶上了，连家都顾不上回？"岨儿瞥了她一眼，绷着嘴笑了，雪妮子脸上腾地红了，剜了岨儿一眼，低下了脑袋。

沟儿说："嘿咻，赶上怪事儿啦。我瞧着天儿不早了，就赶上它们往回走，猛地听见蒿草丛里鸭子叫，一声接一声叫得挺瘆得慌，却不见鸭子飞出来。我就顺着嘎嘎的叫声找过去，瞧见一只野鸭子，俩翅膀儿趴在地上滑叫唤，不动窝儿。离鸭子不远儿，一条胳膊粗的七步大花蛇正吐着信子吓唬它呢。"人要是叫七步蛇咬了，走不出七步儿就没命了，雪妮子吓得叫道："傻小子，还不快跑！"

沟儿像是啥也没听见，接着说他的鸭子："这鸭子真笨，长着翅膀儿咋就不飞呢？蒿草丛里拉不开弓，我只能一点儿一点儿往前挪，瞅冷子再下手。尿的七步蛇可不等我，一甩尾巴缠住了鸭子，把它卷起来，越缠越紧。我这才瞧见，笨鸭子原来是在抱窝呢，为了护蛋不要命了。等我捉住七步蛇的脊梁，尿的整个地往下吞鸭子呢。我拿根儿箭剜住了屌尿的命根儿，鸭子吐出来了，也死了。我就把那堆鸭蛋拾掇起来，带回来了。死鸭子有毒，我没要。"

雪妮子看见着他腰里鼓鼓囊囊的，皮子外头系了两道麻绳儿，哈哈大笑："我说咋跟怀了孩子似的，走道儿扭扭儿地！真有你的，也不怕焐出痱子来！"岨儿哈哈地笑，说："小尿你这是孵小鸭子呐，再焐几天就出来了。"

沟儿说："可不，好容易全掖腰里了，走道儿怕碰破了蛋，身子不敢扭一下儿，慢慢儿往回蹭，才蹭到这会儿。这罪受的！"雪妮子要帮他拿鸭蛋，他说："黑灯瞎火的，别摔了！到家再掏出来给你们瞧。嘿嘿，别说我小气啊！"

到了雪妮子家，沟儿啥都顾不上，大娘说啥问啥他都听不见，只顾倒腾腰里的鸭蛋了。他先轻轻解开腰里上头一遭儿麻绳儿，一个儿一个儿掏出鸭蛋来，递给雪妮子，那腰里一片密密麻麻的红疙瘩。雪妮子把蛋放进篮子里，沟儿一个劲儿嘱咐："留神点，别摔了啊！"一会儿掏出半篮子蛋来。

岨儿要走了，沟儿给了他一只老鸹，又拿了俩蛋。雪妮子说："把蛋留下吧，我还要拿它孵小鸭子呢。"岨儿说："能得你！孵出来小鸭子别忘了还给我两只！"

沟儿吃了饭，要走了，雪妮子说："沟儿，明儿你再碰上鸡啊鸭的，别射人家了，甭管公的、母的、大的、小的，都想法儿活着弄回来，留着养活吧！"沟儿说："那东西扑棱扑棱地，咋往回拿呀？"雪妮子说："明儿你过来吃前晌饭，我给你个盛鸡鸭的物件儿。"大娘也说："沟儿，往后前晌饭也过来吃吧，一个人冷呵呵的没意思。"

第二天早起，沟儿过来吃前晌饭，大娘炖了一大锅老鸹肉，盐搁多了，好吃，可是叫水，四个人喝了一桶水。吃了饭，雪妮子拿出一个柳条儿编的篓了来，叫沟儿背起来，说："篓子里有的是麻绳儿，你捉住了鸡鸭，绑起翅膀儿和腿，搁篓子里，要是再捡了蛋，也搁里头，可别再往腰里掖啦。"沟儿说："嘿，这东西好啊，啥啥都能往里头装了。妮子，合着你一宿没睡觉啊？"雪妮子笑笑说："哪儿用得了一宿啊！瞧你说的，我就那么笨？"大娘往沟儿的篓子里放了俩熟老鸹，嘱咐他："到了河边儿多喝点儿水，别齁住了！"

沟儿带回来的是十二个蛋，雪妮子一个个儿摸过来摸过去，琢磨开了孵小鸭子的事儿。她还没见过孵鸭子孵鸡的，就拿了个鸭蛋，想找个鸟儿窝放进去。过了清水溪往林子里走，眼前一个白东西一亮，她蹲下拾起来，嘿咿，是半拉老鸹蛋壳儿，掬在手里还温乎儿呼，抬头一看，大榆树上有个挓挓挲挲的老鸹窝。

雪妮子把鸭蛋含在嘴里头，"噌噌"几下子上了榆树，老鸹窝搭在高处儿的一个树杈儿上，她上到窝底下的一个树杈上，蹬在那儿刚好儿够着看老鸹窝。想啥就让她赶上啥了，窝里有块湿乎乎的肉在蚰蛹，"吱吱扭扭"响，细一瞅，是个才出壳儿的小老鸹，正叫呢，刚才她拣的蛋壳儿就是这东西顶出去的。大老鸹出去找食儿去了，窝里还有仁蛋，有个蛋还蚰蛹呢，蛋壳儿上有了道儿细细的缝儿。雪妮子把嘴里的鸭蛋拿出来，放进老鸹窝里头，撅了根儿树枝儿轻轻敲那只蚰蛹的蛋上头的缝儿，"叭儿"！蛋壳儿破了一小块儿，一只小黄嘴儿哮出了壳儿，湿漉漉的脑袋钻了出来，带着血丝丝，瞅不见眼睛，小脑袋费了很大劲，硬把那一对儿比麻批儿还细的小眼儿撑开了，里头是两汪儿露水儿，雪妮子照见了自个儿的脸儿。

小老鸹儿使劲儿在蛋壳儿里头蚰蛹，蚰蛹了一会儿把脖子拖出来了；又蚰蛹了一会儿，蜷着的翅膀儿挣出来了，跟着肉身子也挤出来了，皮儿薄得能看见细细的血丝儿。小老鸹儿扭着，蚰蛹着，"咔嚓"一下，蛋壳裂了，两只小黄腿扎挣着往起站，晃晃悠悠地站了起来，又趴下了，又站起来，屁股顶着蛋壳儿，出溜儿掉了，趴下又顶起来……折腾了好几回，到了儿把空壳儿顶出了窝。剩下的俩蛋也蚰蛹开了，听见了嘚儿嘚儿的哮壳儿声儿，雪妮子帮着敲开了壳儿。

天上传来"呱啊呱啊"的叫声，听见俩大老鸹回来了，雪妮子出溜溜儿下了树，在树根儿拴了根儿麻绳儿当记号儿，跑了。

她想着央了沟儿捉活鸡活鸭，就撅了一堆树枝子，编了个大大的篓子，横躺下就是个窝，里头铺了干草，把还剩下的十一个鸭蛋放在上面，外头还拴了个门儿。

沟儿不到晌午就回来了，老远就高一声低一声地喊。雪妮子听见他背上的篓子里头"咕噜儿咕噜儿""唧唧唧唧"叫，喜眉笑眼儿地问："沟儿，今儿个捉住啥啦？"沟儿从篓子里拿出一只母鸡来，说："这回好了，有给你孵鸭子的啦！"雪妮子接过来，解开了绑着翅膀儿和鸡腿的麻绳儿，把"咕噜儿咕噜儿"的母鸡放进盛鸭蛋的窝里，拴住了门儿。

沟儿说："还有哩！"又从篓子里抓出好几只毛茸茸的小鸡儿来，小鸡儿唧儿唧儿叫，沟儿嘿儿嘿儿笑："才嗥出壳儿来的，好看吧？"雪妮子说："才嗥出壳儿来的小鸡儿可没这么好看，就跟跟锅里捞出来的小老鸹儿似的，毛儿全贴在皮上，还带着血丝丝。你这些个，出来少说也有两三天了。"沟儿瞅着她乐了："嘿咻，你咋知道的？说的跟真事儿似的！"雪妮子这回有的显摆了："本来就是真事儿，我今儿个瞧见小老鸹儿嗥壳儿了，还帮着敲破了壳儿，可真有意思啊！"

雪妮子抓了把野谷子撒地上，小鸡儿们都跑过来，争着挤着啄谷子，脑袋扎不进去的就去啄别的小鸡儿，你啄我一嘴，我啄你一嘴，唧唧唧唧叫成一片。窝里的母鸡急得"咕咕咕咕"叫个不停，雪妮子开开门儿，母鸡扑啦啦了两下翅膀儿，没飞，也跟着啄起来了。吃完了，雪妮子给它们舀了一碗水，它们吧唧吧唧喝了。

沟儿说："这窝太小了，盛不下这么多鸡，再说鸭蛋搁那儿也不好，别让鸡给踩了嗥了。咱好好儿搭个鸡窝，就像猪窝那样儿。"雪妮子说："行啊，就是别要猪窝那么尖。"俩人找树枝子，编篱笆，快吃后响饭的时候，搭好了一个大鸡窝，沟儿怕不结实，里头外头还给抹了泥。

雪妮子做后响饭，在石头台上捣了草籽儿，拌成糊糊摊煎饼。大娘拎着两条大鱼回来了，说："沟儿今儿回来得早啊。"沟儿说："回来早了，可是今儿没肉吃。"大娘说："我这不带回鱼来了？今儿不吃明儿就臭了。"雪妮子一边儿拾掇鱼一边儿说："娘，沟儿今儿捉回来一只母鸡，还有好几只小鸡儿，连鸡窝都给搭好了。"大娘说："光顾着说话儿了，这会儿才瞧见，嗻，这一大家子鸡！"小鸡儿都在石头台儿底下吃草籽儿壳儿呢。

天黑了，鸡窝还湿，雪妮子把原来那个窝里的鸭蛋拣出来，娘儿俩把大鸡小鸡儿一只一只捉进窝里，拢住了门儿。

天还没亮，母鸡"咕咕咕咕"叫，小鸡儿也"唧唧唧唧"跟着叫开了，一家三口儿谁也睡不成了。爹一起来就没好气，说："鸡窝哪儿能跟人在一块儿啊，今儿搬出去！"雪妮子说："这不是头一天儿嘛，谁知道鸡这东西不是整宿睡觉啊，眯盹一会儿醒一会儿，醒了就叫。我起来瞧了好几回，它们原来是一条腿儿立着睡觉的。鸡睡觉这么警醒，搁外头也出不了事儿。再说，今儿后晌大鸡窝也该干了，黑间就不叫鸡进来了。"说着把鸡窝搬了出去。娘叹了口气说："这妮子，前儿为了编篓子，没睡个囫囵觉，昨儿又折腾了一宿，这么下去可不叫个事儿啊！"爹说："她这两天养鸡孵鸭子的心气儿正高呢，魔怔！说她也没用，由她去吧！缺点儿觉不算啥，困了就补上了。"

雪妮子开了鸡窝的门儿，大鸡小鸡"扑啦"跑了出来，"叽儿叽儿"地踔地，从地里啄出虫子来，咽了。雪妮子拿起一只小鸡儿，俩手掰着看是公鸡还是母鸡，碰到小母鸡儿，就用石头片儿刀把冠子给拉了。小鸡疼得"吱吱啦啦"叫，老母鸡飞起来啄破了她的手。她不敢再拉小母鸡的冠子了，心想，长大了还能顶个大冠子？到时候分出公母儿来了。

大鸡窝干了，雪妮子把鸭蛋搁到旮旯儿里，想着母鸡也许会孵蛋。那知母鸡根本不管窝里的鸭蛋，整天带着一群小鸡到处找虫子吃。过了十来天，母鸡下开蛋了，它更容不得窝里那些大鸭蛋了，俩抓子倒腾，拿屁股一个儿一个儿往外顶，就跟那俩顶蛋壳的小老鸹一样儿。

雪妮子想起了放在老鸹窝里头的那个鸭蛋，这会儿也不知道咋样了，就去找那个老鸹窝。找着了那棵树做了记号儿的榆树，树尖儿上的老鸹窝还在。她爬上树去，蹬到树杈子上往窝里头看，窝里只有一个大鸭蛋，窝底下透着亮儿，老鸹早离开好几天了，走的时候儿把里头絮的羽毛儿都衔走了。雪妮子把鸭蛋又拿了出来，叹着气说："唉，可怜可怜，你娘死了，母鸡不要你，老鸹不管你，你可咋好呢？"她忆起了沟儿那天把蛋围在腰里头，妲儿笑话他说他这是孵小鸭子的话来，想：要不自个儿把鸭蛋焐在身上得了，可是，谁知道要焐多少天啊？这么热的天，还不把肉焐烂了？再说，夜里咋睡觉啊？弄不好全压碎了。

母鸡天天晌午都下个蛋，然后跑出来"咕咕咕咕"显摆半天。有十几天了，窝里存了十好几个蛋。雪妮子不叫动，大娘想，攒着也好。

不知道是咋了，母鸡突然不下蛋了，也不"咕咕咕咕"显摆了，整天蹲在窝里不出来。雪妮子怕它是病了，开开门儿把它捉出来。这下可了不得了，它叫得就跟见了长虫似的。雪妮子抓着鸡的手觉得滚烫，这鸡是病了，鸡毛乱蓬蓬的，翅膀儿没一点儿劲儿，肚皮上的毛儿秃得一疙瘩一疙瘩地。喂它，它不吃也不喝，可把雪妮子急坏了。

还不到后晌，沟儿就回来了。雪妮子纳闷儿，问他："今儿咋这早呢？"沟儿说："我是回来给你送东西的，一会儿还下去。"说着，从篓子里掏出一只鸭子一只鸡来，笑呵呵儿地说："这回我给配好对儿了，一公儿一母儿。公的是鸡，母的是鸭子，嘿嘿。"雪妮子愁地说："往哪儿搁啊？咱那母鸡病了，一整天趴在窝里，不吃也不喝。"沟儿说："我瞧瞧去！"

雪妮子一打开鸡窝的门儿，母鸡惊恐万状，"咕咕咕咕"大叫起来，可就是不动窝儿。沟儿乐了，说："跟我那天瞧见的抱窝的鸭子一个样儿，这鸡是抱窝啦，你没见它拿翅膀儿使劲儿护着肚子下头的蛋吗？"雪妮子一下子明白过来了："闹了半天是抱窝啦，我说它肚皮上的毛儿咋都没了呢！"

沟儿说："母鸡抱窝了，这么多小鸡儿吵它，又来了一只鸡一只鸭，妮子，我不下去了。来，咱找树枝子搭个大点儿的窝，鸡呀鸭的，谁愿意进哪个窝就进哪个窝。"雪妮子问："你不下去，猪咋办？"沟儿说："我来的时候把它们交给妲儿跟憨小儿了，连鞭子都给了他们。猪没事儿，咱快点儿搭窝吧！"

沟儿这主意好，俩人去砍了一大堆树枝子，栽了桩子，围起来一个四面儿的篱笆，前头留了个门儿，篱笆越往上头越尖，外头看着跟野猪窝似的。沟儿说这样儿不存雨水，又在外头糊了泥，里头没抹。窝里头铺了厚厚的干草，雪妮子往里头撒了把野谷子粒儿，小鸡儿们呼啦啦全进去了，公鸡和鸭子也进去了，雪妮子把门儿拴住了。

过了一会儿，里头闹腾开了，小鸡"咕咕唧唧"，公鸡"咯儿咯儿"，母鸭子嗓门儿最大，"呱啊呱啊"叫个不停。沟儿说："都闹着要出来呢！"雪妮子说："小鸡儿放出来没事儿，这俩新来的得关上几天，才能熟了。"沟儿想了想说："我见过野鸡窝，没见过野鸭子窝，鸭子没窝，就在水洼里的草丛里头睡觉。咱也给这鸭子挖个水洼吧！"

俩人在离鸡窝不远儿的地方儿，就着一堆草棵子挖了个浅浅的坑，从清水溪里打来了水倒里头。坑儿不大，也不深，可是倒了好几桶水都渗走了。雪妮子说："这坑儿挖得不是地方儿，存不住水。"沟儿说："是这些日子旱的，地底下都是干土，渗透了就存住了。"俩人来来回回灌了足有一百桶水，坑儿里才蓄住了水。清清的一洼水映着人影儿树影儿，给酷热的山里添了点儿清凉。雪妮子掬一捧清水，洗了把脸，脑袋刺闹得难受，就解了辫子，扎进水里，揉搓了一阵子，好受多了。

鸭子"呱呱呱呱"像骂她："呱啊呱，呱啊呱，偷我的水，洗头发！"她赶紧去开了大鸡窝。鸭子扑啦啦飞出来，落了地，拖着个大屁股，摇摇摆摆直奔水洼儿去了，一边儿扭，一边儿"呱啊呱啊"骂骂咧咧。一下了水洼儿，不骂了，黄脚片子拨着水花儿玩儿起来了。

沟儿在清水溪里洗了个澡，回来一瞧鸭子在水里头玩儿得高兴，就对雪妮子说："鸭子离不了水，你这会儿就是撵它，它也不走。晚上就躲草棵子里头睡了。"雪妮子说："得亏你告诉我，要不，鸭子这大扁嘴呱啦呱啦得骂上一宿，嘻嘻。"

鸭子上来了，摇摇摆摆扭到草地里，一会儿"呱呱呱呱"出来了，又下水里玩儿去了。沟儿纳闷儿，它刚才干吗去了？跑到草地里一瞧，嘿，拣了个大鸭蛋！

雪妮子过水洼里来洗菜，沟儿把鸭蛋给了她。雪妮子问："哪儿来的？"沟儿说："刚下的，你没听见它刚才'呱呱呱呱'一通儿叫？"雪妮子喜得小雀儿似的，把这个蛋跟先前的十二个蛋搁一块儿了，搁在一个垫了干草的篮子里，就去做饭了。

沟儿把那水洼儿又挖大了一圈儿，提着水桶来来回回跑了好几十趟，又给洼里灌满了水。鸭子"呱呱呱呱"叫得好听多了，沟儿高兴地说："妮子听见没有？鸭子夸我呢。嘿嘿。"

大娘先回来的，一见水洼儿和鸭子，还以为走错了地方儿，及至听见雪妮子跟她说话儿，才明白是怎么回事儿，一个劲儿夸俩孩子能干，也在水洼里洗了把脸儿。沟儿说："我得下去了。"大娘说："该吃饭了，咋走了？"沟儿说："那群猪还叫岖儿跟憨小儿看着呢，他们俩赶不回来，我得接去。"

雪妮子说："娘，还有好事儿呢。"娘问："还有啥好事儿啊？又是沟儿干的吧？"雪妮子说："娘是啥好事儿都往沟儿身上连啊，哈哈，沟儿他再能也干不了这样的好事儿。哈哈！"沟儿刚走几步儿，回过头来也跟着笑，说："大娘，你家的母鸡抱窝啦！趴在一堆鸡蛋上孵小鸡儿呢。"大娘说："好事儿！好事儿！这可是大好事儿，妮子，快把你那些鸭蛋找出来。"

雪妮子急了，说："娘，这几个鸭蛋可不能吃啊，还留着孵小鸭子呢。"

"傻妮子，谁要吃你的鸭蛋啊？我叫你找出鸭蛋来，把窝里的鸡蛋换了。"

雪妮子又糊涂了，说："沟儿今儿个才捉回来一只鸭子。"

"我一回来就瞧见了。"

"娘，那鸭子是母的，刚才还在草地里下了一个蛋呢。"

"哟，那敢情好了，往后赊等着吃鸭蛋吧！"

"娘，先别急着吃鸭蛋，明儿我往水洼旁边儿草地里铺上些干草，叫鸭子孵小鸭子不结了？咱干吗换人家的鸡蛋啊？"

大娘呵呵笑了："傻妮子，这母鸡是个寡妇，它下的蛋孵不出小鸡来。那鸭子正下蛋呢，还抱不了窝。你听我的，快去把你那鸭蛋都找出来，咱这就把母鸡哄出来，瞅冷子给它把蛋换了。"

雪妮子这才明白过来，把鸭蛋篮子拿出来，说："添上今儿这个，十三啦。"

大娘抓了把草籽儿，放进一个浅碗里，又舀上了些水，嘴里"咕咕咕咕"叫着。雪妮子开了鸡窝，母鸡惊慌地叫起来。雪妮子轻轻把它抱出来，它饿了一整天了，见了吃的才不叫了。趁着母鸡啄草籽儿喝水的工夫儿，大娘和沟儿把鸡蛋全换成鸭蛋。

母鸡吃了喝了，雪妮子抱着它去水洼儿里泡了一会儿，这么热的天儿，老憋在窝里哪儿行啊。那鸭子不知是好意还是恶意，"呱呱呱呱"好一阵子叫唤，吓得母鸡也"咕咕咕咕"叫起来，身子哆嗦成了一团儿。雪妮子骂了鸭子一顿，抱着母鸡把它送回窝里。一进了窝，母鸡又蹲那儿了，夯拉着翅膀儿护住一堆蛋，一动不动了。

# 第十一回

## 憨鸡婆孵蛋尽职守
## 懒鸭母丢儿不抱窝

拾鸡窝的绳子上结了一大堆疙瘩，打从母鸡孵鸭蛋那天起，雪妮子就记开了数儿，见大儿早起开鸡窝门儿的时候系一个疙瘩，已经系了二十五个疙瘩了。雪妮子一天开好几回鸡窝门儿，拴好几回鸡窝门儿，这么麻烦干吗呀？早起开了，晚上拴住不就行了吗？要是没那只大公鸡，就犯不上开了拴，拴了开，怕的就是它钻进母鸡窝里捣乱。大公鸡真不是个东西，连小母鸡儿都不放过，瞅准了一只，就追着"咕咕儿"叫唤，一直把小母鸡儿追趴下了，踩上去撒一顿野，然后"哏儿哏儿"得意大声叫。可怜的小母鸡儿站起来，使劲儿抖搂沾在翅膀儿上的土，以为这样儿就能抖搂掉刚才的屈辱。雪妮子吓唬了公鸡多少回了，可它还是满世界追小母鸡儿，天天儿得踩俩仨的。要是这个时候叫这东西闯进母鸡孵蛋的窝里来，那还不炸了窝啦！

母鸡一天到晚蹲在窝里，不肯出来。雪妮子把狼尾巴草籽儿泡在水里，端了送到鸡窝里，下回来的时候，见那碗根本没动。母鸡不吃也不喝，连眼皮儿都不睁一下，跟害了大病一样儿。雪妮子想，这么下去哪儿行啊？就硬掰开嘴喂它。这么着母鸡一天能多少吃上点儿了，可是回回儿掰着嘴喂，它就不干，它一使上强劲儿，雪妮子咋掰也掰不开那尖尖嘴儿了，只好顺了它。只要它一天吃上一回，饿不死就行了。

母鸡不吃不喝，雪妮子一天还是开好几回鸡窝。她实在心疼这只傻鸡，怕它热坏了，回回儿拿着一块席片子，站在鸡窝门口儿，使劲儿呼扇上一阵子。窝里进来点凉风儿，鸡毛给扇了起来，可怜的鸡，肉皮红得跟被开水烫了似的，都焐发了。唉，这么热的天儿，活动着还怕闷死呢，这母鸡愣是死守着一堆鸭蛋，一动儿也不动。鸡这东西不会出汗，身上多热也散不出来，只能呼哧呼哧张着嘴，挓挲着翅膀儿。雪妮子真怕母鸡热死闷死了，她算是服了它这股傻劲儿了，唉，憨鸡婆儿给人家鸭子孵蛋，这么尽忠尽职，它可图了个啥呀？她这么想想，又怨自个儿蒙了母鸡，对不起人家。

吃了后晌饭，天又闷又热，雪妮子心里躁，身上也刺闹得难受，撂下碗就下山了。娘说："又干吗去啊？早起不是去河北边儿瞧过了吗？还不到一天工夫呢，你也太心急了。要是瞧能瞧熟了，你一天瞧八百回我也不说了。""娘，不瞧了，不瞧了。实在热得不行，我下去兜个风儿，泡泡水儿就回来。"雪妮子说着径直走了。娘在后头喊："早点儿回来啊！瞧不见要变天儿啦？"雪妮子抬头看了看天，天灰蒙蒙的，像一块没边儿的大石头，压得人难受。她回过头来答应了一声："哎，一会儿就回来！"

说是不瞧了，雪妮子还是忍不住去了清水河北岸的火麻地里。苎麻早就收了，火麻尽着不熟，她心里头可不踏实了。跟妮子们头回种这东西，这也是雷泽人有史以来头回种东西，雪妮子不能不经着心。她还有不少打算呢，要是今年火麻种成了，往后她还想在河南边儿草地上种狼尾巴草，种菜。万一这回种砸了，下回她再说种啥，妮子们不会跟着干了，娘也不会再给她兜着了。这回种火麻，她自个儿拿的主张，说是跟妮子们种着玩的。好在姐儿几个都愿意，娘不好说啥，可是没让女人们去火麻地。就这，雪妮子心里还着实感激娘呢，当年燧娘娘试乎钻木头取火，还不是天天晚上等人都回家了，一人儿留在山上试乎的？她跟好几个妮子试乎种了这么一大片麻地，娘经着多大的心啊！火麻要是收不回来，她可是把娘的脸丢尽了。

火麻秆儿长得挺快，低秆儿的花串儿包了籽儿，雪妮子拽住一根儿麻秆儿，捏了捏梢儿，梢儿折了。高的麻秆儿快俩人高了，她捡地边儿上的，抓住一根儿，慢慢窝下来，够着梢儿了，俩指头捏捏，也折了。唉，咋都还不熟呢？一股燥热忽地涌上来，她眼也干，嗓子也干，都要着火了似的。

她一纵身儿跳到清水河里，泡了一会儿，搓去了一身的躁，心里也清静了点儿。一上来，叫火麻地里的热气一熏，比刚才还热还躁，心里烦得像一团扯乱了的麻，越理越乱，越乱越烦。天往下压，压得人憋得慌，心快从嗓子眼儿挤出来了。

怕娘在家里着急，雪妮子快快地回来了，瞧着天儿不早了，就去开了鸡窝，使劲儿给母鸡扇了一阵子风。鸡也知道好歹，一个劲儿磕打头儿。雪妮子这时候跟这母鸡特别亲，鸡这会儿在成就一件事儿，她也在成一件事儿。她们俩都有难处，鸡比她可难多了，瞧那一地的鸡毛，就知道鸡为了成事儿花了多少心血了。它的心在肚子底下的那堆蛋上，只要蛋壳一天不�破了，它就经着一天心，受着一天罪。

伺候完了母鸡，雪妮子又去撵那一群鸡进窝。大公鸡今儿个光捣乱，说啥也不肯进窝，尽着躲她。大公鸡引开了头儿，一群小鸡儿也不肯进窝了，"咕咕咕咕"叫着满世界跑，雪妮子紧着追，看着快追上了，鸡扑啦啦啦飞了起来，追了半天，一只也没逮住。

天热得闷死人，雪妮子浑身就跟水洗了似的，呼哧呼哧喘不过气儿来。天黑了，她跟着鸡深一脚浅一脚地追，突然脚下绊了一跤，扑通栽倒了，刚要爬起来，谁知道脚窝住了，一动，疼得钻心，她忍不住哎哟哎哟叫起来。

娘和爹坐在石头台子旁边儿，一个捻麻，一个磨石头刀，听见闺女儿叫唤，撂下了手里的活儿，慌里慌张跑了过来。爹要扶她起来，她龇牙咧嘴直喊疼。娘问："妮子，说，哪儿疼啊？""娘哎，崴了脚脖子，哎哟！""哪一只脚？""左脚，哎咿……嗨咿……"娘抱住她的左脚摆治了两下，雪妮子疼得"吱啦哇啦"乱叫，跟杀了猪似的。爹瞧不下去了，说："算啦，算啦，别治聋子再给治成哑巴了，还是趁早儿找瞎姥娘去摆治摆治吧！"说着背起女儿来就往下走。

"你给我回来！"娘一声吼，爹赶紧站住了，问："啥事儿啊？妮子这脚可不能耽误啊！""要眼叫出气的啊你？你就瞧不见要变天儿啦？半道儿叫雷击了可咋好！"爹不以为然："你也是说风就是雨，哪儿来的雷啊？"娘急了，嘶啦着哑嗓子喊："回来！我说不许去就是不许去！"

跟着娘一声喊叫，天上蹿过一条锃亮的白蛇，刺得人睁不开眼。白蛇一蹿没影儿了，天比刚才还黑，黑得瘆得慌。"咔擦嚓"一声炸雷，雷滚着追那白蛇去了，"噼里啪啦"的雨点子跟着砸了下来。"嘿嘿，你娘真神了，说打雷就打开雷了。妮子，咱回啦！"爹说着笑着，背着闺女儿往窑儿里走。

雪妮子惦记着那群捣乱的鸡，直喊："爹，放下我来，鸡还没进窝呐！"娘又好气又好笑，说："傻妮子，下雨了，再傻的鸡也知道往窝里跑，还用你崴着脚去撵啊？"

"娘，刚才它们可说啥也不进窝，我就是撵它们进窝才崴了脚脖子的。"

娘说："妮子啊，这不得了？刚才鸡不进窝，你还瞧不出来要变天儿了？天闷雨，人难受，鸡也不好受啊，能不闹吗？你爹在雷泽里滚皮实了，你也没觉出来？"

雪妮子一想，对呀，吃了后响饭天就闷得不行，原来是闷这场雨的！天闷，鸡身上憋得慌，才闹着不肯进窝啊。她的脚这会儿动不了，就央告娘："娘，那您去把鸡窝给拴了吧，省得啥东西夜里钻进去祸害鸡。"娘说："行，她爹，你们快进去吧！"雪妮子赶紧央告："爹，别价，好容易盼来一场雨，先在外头凉快儿凉快儿！您要进去，就把我搁石头台上吧！"爹问："脚还疼吗？""不那么疼了，叫雨淋淋就好了，爹，快放下我，叫我试乎试乎，能不能走道儿。"

娘发话了："不行，试乎也得回窑里试乎去！脚脖子本来就有伤，再叫雨一淋，就摆治不好了。"娘的话爹不敢不听，背上雪妮子赶紧进了窑儿。

雨像天河决了口子，哗哗地往下灌，一会儿工夫地上就存了水窝窝儿。娘拴好了鸡窝紧着往回走，忽然听见"啪嗒啪嗒"踩在水上的声儿，她心往上一提，断定准是祸害鸡的啥东西来了。果然，"啪嗒啪嗒"的声儿去了母鸡窝。她抄了一根棍子，顺着那啪嗒声儿，蹑手蹑脚跟了去。天黑雨大，伸手瞅不见指头，地上啥也瞧不见，她只能探着慢慢儿走，不断给自个儿提着醒儿："慢点儿，可别跟妮子似的，不小心崴了脚脖子！"

挨到鸡窝门口儿，可叫她吃了一大惊："妮子，你咋来了？""娘，我来给傻母鸡透透气儿，叫它也凉快凉快。""你脚脖子不疼了？""不疼了，一点儿也不疼了。刚才窝住了，一个巧劲儿又过来了。亏得听了娘的话，没往瞎姥娘那儿跑，嘻嘻。""唉，你呀！往后走道儿当心点儿，别又崴了！""哎！""快拴住窝回吧，母鸡热了一天了，一下子叫激住了病了就麻烦了，那些个鸭蛋全仗凭它变鸭子呢！"

这母鸡真有耐性儿，整整二十八天了，它死死守着那堆鸭蛋，甭管天多热多闷，甭管刮风下雨，它就是一动不动。雪妮子想："嘿咄，一只鸡，比人还强呢，瞧人家，为了做成一件事儿，二十几天一动不动，比我可强多啦，我啥时候能练出它这样儿的功夫来就好了。"

雪妮子要系第二十九个疙瘩的时候儿，听见了窝里细微的"唧唧唧唧"声儿，一开门儿，瞧见了一堆来回蠕蛹的小东西，湿漉漉的毛儿有白的，有浅黄的，还有灰不溜秋的。她惊喜得睁大眼睛张着嘴，捏了一只放在手心儿里。小东西浑身黏糊糊儿的，湿了吧唧的灰毛毛儿贴在透亮儿的肉皮儿上，小翅膀儿还粘在身上；脑袋是个没毛儿的小秃球儿，浅黄的扁嘴儿上点着俩黑黑的小鼻子眼儿，发出"唧唧唧唧"声儿；一对火麻籽儿似的小黑眼睛贴在脸外头，一边儿一个，还没睁开呢。小灰鸭子在雪妮子手心儿里还站不起来，杏儿黄的小脚丫薄得透亮儿。雪妮子轻轻儿吹了一口气儿，小鸭子费劲儿地睁开了眼睛，眼底儿鲜莹纯明，闪着晶晶的光，就像日头底下的清水洼儿。

雪妮子回去端了半碗草籽儿，拿水泡了。母鸡这时候可真饿坏了，"嚼儿嚼儿"一会儿就啄光了半碗草籽，这会儿"吧唧吧唧"喝着碗里剩下的水。雪妮子想再端一碗草籽儿来，又怕母鸡一下子撑着了，咋说也是二三十天没好好儿吃东西了，肚子准软得不行，一下子吃太多，扎坏了可咋好？想了想还是一狠心，先不给它吃了。

雪妮子把灰毛儿小鸭子放下来，小鸭子一个劲儿蠕蛹，身子撑着，两条又短又细的腿儿使劲儿往起立，俩黄脚片儿好容易立住了，"啪"一下子又摔了。那透亮儿的肚皮一鼓一鼓地，两条小腿儿又扎挣着往起立了，才立到半截儿，跟旁边儿一个往起立的黄毛儿小鸭子一碰，"啪啦"俩都摔倒了。灰毛儿小鸭子还真倔，蠕蛹蠕蛹又往起立，这回立起来了，晃晃悠悠还想迈步儿哩，它想躲开它的那些伴儿们，省得又给碰倒了。"啪"，灰毛儿小鸭子又趴下了，这回谁也没碰它，它的脚踩到了半拉蛋壳儿上，一出溜就摔了。

一窝小鸭子太挤了，雪妮子把那些破了的半拉蛋壳都捡了出来，给小鸭子们腾腾地儿，让它们好好儿练着站起来。她想给它们洗洗，又怕水凉激着了，它们到底儿刚从蛋壳里出来啊，这会儿没了护着的壳儿，不定多难受多别扭呢。

雪妮子兴头儿挺大，那只母鸡却没了一点儿心思，它不想再照顾这窝小鸭子了，它们的扁扁嘴叫它太失望了。它不明白，这可是咋回事儿呢？它肚里下出来的蛋好好的，咋钻出来一群这样儿的丑东西啊？腿这么短，嘴这么扁，脚趾皮还连成片！不对，它们不是它的小鸡儿，它不要它们。

母鸡不愿意再看见这群扁嘴巴怪物，一气之下离开了这个窝，走了再没回来。大黑了，母鸡进了大鸡窝，这么多天没见，它的小鸡儿都长这么大了，越长越好看了，尖尖的嘴儿，长长的腿儿，亮亮的毛儿，利利的爪子，这才是它下的蛋里钻出来的鸡啊。鸡娘鸡娃儿"咕咕咕咕"说个没完，公鸡也时不时"咯儿咯儿"插上两嘴，大鸡窝里热闹得不行。

傍黑儿，雪妮子熬了半锅草籽儿汤，晾凉了倒在瓦盆儿里，端到鸭子窝里。小鸭子瞥也不瞥，雪妮子想，许是俩眼儿还没长全乎儿呢。鸭子不吃不喝，淡黄的小扁嘴儿可是挺忙乎儿，翻过来掉过去拾掇自个儿的几根儿绒绒毛儿。雪妮子怕夜里有啥东西来祸害小鸭子，就拢死了窝门儿。这群小东西才出世，就起来倒下，倒下起来，折腾了一天，可得好好歇歇儿了，它们在世上的头一宿，可不能出事儿。

雪妮子想着小鸭子，闭上眼也睡不着，一宿老是跟着那只灰毛儿小鸭子转悠，天快亮了才睡着了。

娘把她叫起来吃饭，她端了个碗就奔了鸭子窝，娘一个劲儿摇头："傻妮子这是魔怔了，魔怔了！"

雪妮子打开鸭子窝门儿，嘎嘎，小鸭子深黄的脚板儿全都能站住了，浅黄的扁扁嘴儿东啄啄西啄啄，昨儿的半盆儿草籽儿汤全给喝光了。雪妮子抓一把碗里的草籽儿，捻巴捻巴撒在鸭子窝外头草地上。小鸭子"呼噜噜"都出来了，一堆黄黄的扁嘴去唻地上的草籽儿，可是咋唻都吃不到嘴里。雪妮子这才瞧见，鸭子那扁嘴儿跟鸡的尖嘴儿不一样，不会啄草籽儿，就把草籽儿捞出来，捏成小指头肚儿大的团儿，撒在草地上。扁扁嘴儿这才能撮起来吃了，吃完了就仰起头来，张开嘴儿，一堆深深的红窟窿。雪妮子把草籽儿团儿扔过去，嘿咿，小鸭子一抻脑袋，草籽儿团儿正好儿掉进红窟窿里。别的也跟着学，一个个仰着脑袋张着红窟窿，把个雪妮子忙得，干脆蹲地上，俩手不停地捏一个，扔一个，小鸭子又抢开了，一个草籽儿团儿扔过去，十几个红窟窿一齐迎了上来，逗得雪妮子笑个没完，三十多天了，她还是头一回这么开心地笑。

瞧小鸭子吃草籽儿真开心，它们不会嚼，不停地伸脖子，把草籽儿团儿一点儿一点儿吞下去。扁扁嘴上粘上了草籽儿，堵住了鼻子眼儿，小鸭子就一个劲儿摇晃脑袋，到了儿把草籽儿甩到地上了。那只灰毛儿小鸭子在她手底下一个劲儿跳，够着了她的手，把黏着的几粒草籽儿唻到嘴里。扁嘴儿像一片树叶儿，蹭得她手痒痒得好玩儿。

母鸭子瞧见了一群小鸭子，就摇摇摆摆过来了，也跟着吃起熟草籽儿来，吃完了，迈着大脚片子，摇摇摆摆走了，小鸭子也跟着它走了。雪妮子看得愣了，心里说，还是啥找啥，鸡找鸡，鸭找鸭。只有一只小鸭子没走，仰起头看着雪妮子要草籽儿吃。雪妮子认出来是那只灰毛儿小鸭子，它跟那群鸭子不一样儿，睁开眼睛头一眼看见的不是别的鸭子，是雪妮子，这会儿还记着呢。

母鸭子领着小鸭子转了一圈儿，又回来了，这会儿，小鸭子全像母鸭子那样儿摇摇摆摆走道儿了。母鸭子哜出蛐蛐儿来，咬成好儿截儿，甩到草地上，小鸭子们"呼啦啦"上去抢，抢到嘴里的，就伸长了脖子，一下儿一下儿往下吞。

晚上变天儿了，风夹着雨点子，"噼里啪啦"砸过来。雪妮子把小鸭子一只一只捉回窝里，母鸭子也扭搭扭搭跟着进了窝。一群小鸭子扎在母鸭子肚子底下，蹭过来蹭过去，好亲呢。雪妮子拴了鸭窝门儿，走了老远还听见一窝鸭子"呱呱呱呱"地说话儿，它们可不管外头刮风打雷下大雨。

天太热了，母鸭子整天泡在水洼儿里头，只顾自个儿凉快，却不叫小鸭子下水洼儿。母鸭子倒是也管小鸭子，天天儿捉了蛐蛐儿咬折了，扔在草地上。小鸭子傻了吧唧的，也不知道个热，就知道哜蛐蛐儿，叼草叶儿。

到了第五天头儿上，天热得要把地烤着了，连小鸭子都知道热了，不吃也不喝，歪在蔫儿的草地上，跟死了一样儿，母鸭子叼来的蛐蛐儿全蔫了吧唧地蜷蜷着。母鸭子这才发了善心，领着小鸭子进了水洼儿。小鸭子一进水里就活了，扑打着翅膀儿欢蹦乱跳。母鸭子把蛐蛐儿扔到水洼儿里，小鸭子抢着吃，"咕嘟咕嘟"喝洼儿里的水。吃了喝了，母鸭子就把它们撵上来了。哪个不肯上来，它就叼住翅膀儿拽上来。

这母鸭子也太黑了，就顾自个儿凉快儿，也不怕热死了小鸭子，还是自个儿下的蛋里头钻出来的呢，真不像话！雪妮子瞧不下去了，张着俩胳膊把小鸭子往水洼儿里赶，嘴里还骂着："黑心鸭子，狠心鸭子，你算个啥娘啊！"小鸭子"叽里咕噜"都进了水洼儿，扑腾开了。

小鸭子摇摇摆摆刚下去，母鸭子又把它们赶上来了，挓挲着翅膀儿，冲着雪妮子"嘎嘎嘎嘎"一通儿叫唤。雪妮子也冲着它嚷嚷："好厉害啊你！今儿个我倒要瞧瞧咱俩谁厉害过谁了！"她张开俩胳膊，忽扇忽扇又把小鸭子轰到水洼儿里，然后叉着腰，冲着母鸭子一声儿接一声儿叫唤："我瞧你再把它们撺上来！我瞧你再把它们撺上来！"

母鸭子没理她，离了水洼儿，甩搭甩搭走了。小鸭子们也都上来了，跟着母鸭子走了。

雪妮子愣愣地瞧着，瞧着，瞧明白了。"咚！咚！"她狠狠地照着自个儿脑门子砸了两拳头，跺着脚儿骂："笨蛋！人家娘心疼自个儿的孩儿，鸭子小，怕它们头回下水，泡工夫儿大了不好，才往上撺的。你老跟人鸭子捣乱干吗？瞧，把鸭子都气走了吧？"

母鸭子除了不孵蛋，要说别的，都还挺像个当娘的样儿的。慢慢儿的，小鸭子跟母鸭子学会了几样儿本事，会在水洼儿里扑腾了，会从水里捞草叶儿和虫虫吃了，会游了，还会踩着水扑打别的小鸭子了。

雪妮子帮母鸭子挖蛐蛐儿，挖出一根儿就往小鸭子眼前儿一扔。小鸭子"呼啦啦"都跑过来抢，两只抢着了的，叼住蛐蛐儿两头儿使劲儿拖，又一只叼住当间儿，别的也不甘心，"呼噜呼噜"挤过来抢，那只灰毛儿的抢着了就跑，一边儿跑，一边儿往肚里吞，后头一群"呱呱呱呱"叫着追，逗得雪妮子哈哈笑，冲着小鸭子嚷嚷着，又扔过去一大条儿瓷瓷实实的蛐蛐儿："真不害臊！快都别抢啦，都有你们的。"

母鸭子过来，把蛐蛐儿咬折了，咬成一小截儿一小截儿的。一只小鸭子抢着了，别的鸭子就不从它嘴里夺了。雪妮子也把蛐蛐儿掐成了一小截儿一小截儿的，掐一截儿扔一截儿，小鸭子一个个儿接到嘴里。母鸭子瞧见，朝着她"嘎嘎嘎嘎"一阵儿叫唤。她不知道，"这是夸我呢，还是骂我呐？"小鸭子朝她"呱呱呱呱"一阵儿叫唤，她知道，"嘿咿，这是谢我呢！"

雪妮子不能光看鸭子，还得捻麻绳儿。绳儿瓦坠得很低，灰毛儿小鸭子凑过来，往起一蹿，叼住了麻绳儿，叼住了就不松嘴，拖着跑。别的小鸭子呼啦啦也过来了，你拖一嘴，我拖一嘴，满世界跑着玩儿，把捡好的麻绳儿捯腾得乱七八糟，拉得缠绳儿的瓦在草地上乱滚。雪妮子干着急，收不回来。还是母鸭子好，"嘎嘎嘎嘎"叫着，摇摇摆摆走了。小鸭子见娘走了，丢了缠着的麻绳儿，也跟着摇摇摆摆走了。雪妮子这才顾上拾掇一地的乱绳儿，打这以后，她可长了记性了，往后搓绳儿老是提得高高儿的，省得小鸭子再跟她扤着玩儿。

雪妮子光顾着收拾乱麻绳儿了，一眼没看住，得，出了大事了，一群鸭子全都没影儿了。这可把雪妮子吓坏了，她想，鸭子遭了祸害了？可是没见啥东西过来呀。她数了数鸡群，十六只小鸡儿，加上公鸡和母鸡，一只也没少，都在草地上找虫儿呢。突然那只大公鸡扑棱棱飞起来，吓得大母鸡小母鸡儿绕世界乱跑。雪妮子眉头皱起来，拣了块石头子儿朝那公鸡拽过去，公鸡"咯儿咯儿咯儿咯儿"叫着跑了。雪妮子嘴里厌恶地骂了句："真不要脸！下回再叫我瞧见犯贱，饶不了你！"她早就打算拾掇拾掇这讨厌的东西了，可是这会儿顾不上，她得赶紧找鸭子去。

母鸭子领着小鸭子去哪儿了？莫非是下了清水溪？咋听不见呱呱呱呱的叫声儿呢？雪妮子急了，三步并成两步儿跑着奔了清水溪。到了溪边儿一看，哪儿有鸭子的影儿啊！她"嘎嘎"叫了一通儿，也没个回音儿，急得她头上直冒火星子，深一脚浅一脚顺着溪水往下跑，一边儿跑，一边儿"咯咯嘎嘎"学鸭子叫，一直跑到山底下，也没见鸭子影儿。

清水溪在老榆树桥东边儿流进清水河，大娘正领着男人们在老榆树桥西边儿打鱼，雪妮子老远就喊："娘，娘，瞧见鸭子了吗？""啥鸭子啊？"雪妮子气急败坏地说："啥鸭子啊？咱家的鸭子呗，母鸭子领着一群小鸭子跑了，可世界找了，连个影儿都没见。"娘一听，挺纳闷儿："嘿咿，还有这事儿？哎，你们大伙儿听见没有？谁瞧见一群鸭子打这儿过啦？"人们都说没瞧见。雪妮子心里这个急呀，顾不得说别的话了，撒开脚丫子往东跑了。娘在后头喊叫："妮子，甭急！鸭子丢不了！"

一路上没见一个鸭子影儿，草地上没有，河里也没有。雪妮子一边儿跑，一边儿瞪着俩眼四下里寻摸，连根儿鸭子毛儿也没见着。跑着跑着看见沟儿的猪群了，雪妮子老远就喊："沟儿！沟儿！"沟儿也老远地喊："妮——子，啥——事儿——啊？""沟儿——，鸭子——跑啦！"沟儿往这边儿迎着，问："啥？妮——子——你——说——啥——跑——啦？""鸭——子！全——跑——啦！""跑——哪——儿——去——啦？"

两人这么喊话真够费劲的，雪妮子已经跑得上气不接下气了，只觉得肚子一阵儿拧得疼，喊不出来了，弯着腰儿，抱着肚子，跑不动了。沟儿也顾不上喊了，赶紧奔过来，到了跟前儿，急得直结巴："妮、妮子你、你咋、咋啦？""没事儿，刚才跑得急了，岔气儿了。""你、你先坐下，喘、喘口气儿。"雪妮子一屁股坐在草地上，"呼哧呼哧"喘着粗气。

"好点儿没？"沟儿这才不结巴了。

"好了，压根儿就没事儿。"雪妮子还是有点儿接不上气儿。

"慢点儿说，妮子你瞧见鸭子进了清水河啦？"

"没瞧见，我一路跑着找了下来，筏子上的人都说没见，我就追到这儿来了。"

"肯定没往这边儿来，一群鸭子'嘎嘎嘎嘎'叫着过去，我就算眼瞎了，也不能听不见一点儿音啊？"

雪妮子急得眼珠子勾儿了起来，像是问沟儿，更像自说自道："谁都没见，能去哪儿了呢？"嘴里不停地喘着短气。沟儿眼珠子来来回回转了几圈儿，说："能去哪儿呢？既是没下来，只能是往上走了。上头……"

沟儿接过来说："上头溪里有一堆石头，鸭子冲不下来！"雪妮子扭头儿就往回跑。沟儿在后头紧喊："妮子，等等，把这捎回去！"雪妮子头也不回只管跑，让风捎过话儿来："顾不得了，啥东西你自个儿带回来吧!"

雪妮子一路跑,听见娘喊她:"妮子,还没找着啊?"她一瞧,吓,这么会儿跑到老榆树桥了!就站住了,"呼哧呼哧"喘着粗气,扯下脖子上的手巾擦着满头满脸的汗说:"嗨,没找着,许是顺着清水溪往上头游过去了,我这就回去瞧瞧。"大娘劝她:"瞧你毛手毛脚的样儿,没往上头瞧瞧就往下跑。鸭子横竖还在上头,就别急赤白脸跑了。"雪妮子一边儿喘着气,一边儿直摇头:"不行,我得赶快回去瞧瞧,万一没有呢?"大娘说:"傻妮子,鸭子戏水,左不了这条沟儿跟这条河,下来往西逃不出我们这些人的眼,后头还有岨儿他们,往东有沟儿在那儿截着,还能往哪儿去啊?你说,一大群鸭子好好儿就能没了?"娘嗔叨得有理,可是雪妮子就是放心不下,还是急着上了山。后头飘来娘的喊声:"妮子你慢点儿走,瞧这风风火火的劲儿,别又崴了脚脖子!"

跑到半山腰儿,老远就听见"呱呱呱呱"的鸭子叫,雪妮子一颗悬着的心"砰噔"掉了下来,两条腿突然又沉又胀,迈不动步了。这回谁再叫她跑她也不跑了,她擦着汗喘气,慢慢地往上走,时不时也"呱呱呱呱"叫上一阵子。

沟儿和娘说得果然不错,水洼儿里,一群黄毛儿、白毛儿、灰毛儿、花毛儿的小鸭子嘎嘎呱呱叫着乱扑腾,你啄我一嘴,我亲你一口,追来追去,搅得水洼儿里全是圈圈儿。雪妮子瞧着它们,又气又笑,朝它们"呱呱呱呱"一阵儿叫唤,还问:"嗨,咋瞧不见你们那懒娘呢?"小鸭子好像听懂了,又没听懂,朝着她游过来,"呱呱呱呱"叫成一片,一个个扑棱扑棱翅膀儿,甩甩小脑袋儿上的水,摇摇摆摆都上来了。

咦,竟有这事儿?嘿咿,小鸭子通人性啦,小鸭子懂人话啦!嘿咿,天下真是没有焐不热的石头啊,连傻鸭子都知道人说啥啦!雪妮子心头儿热乎乎的。忽然身后头"嘎嘎嘎嘎"一通大叫,她一扭身儿,瞧见母鸭子跺着黄黄的大脚片子,摇摇摆摆扭过来了,小鸭子"呼啦啦啦"全都扑了上去。嘿咿，闹错啦，敢情人家是"呱呱呱呱"叫亲娘哩！

母鸭子却是真的朝着雪妮子叫的，一个劲儿"嘎嘎嘎嘎"叫，这是显摆它又下了蛋了。这浪婆子从来不在窝里下蛋，老是走哪儿下哪儿，还不在干地儿上下，不是下水边儿上草棵子里，就是干脆下到水里，下完了蛋就"嘎嘎嘎嘎"显摆上一阵子，天天儿这么着折腾雪妮子给它找蛋去。

雪妮子乐得听它支使，一听见母鸭子"嘎嘎嘎嘎"使劲儿叫唤，嘴先咧得老大，眯着眼颠儿颠地可世界给它找蛋去了。找蛋就跟玩藏猫儿似的，母鸭子下蛋没个准地方儿，想下哪儿下哪儿，好像成心让雪妮子找不着。要找，当然老是能找着，找的工夫儿越大，鸭子"嘎嘎嘎嘎"叫得越得意，雪妮子也呵呵呵呵笑得越开心。

# 第十二回

## 人逢运火麻降好事
## 鸡遭灾黄鼬行邪端

**天**一点儿一点儿变短了，连着下了好几天雨，人都窝在家里过阴天儿，窑洞里全是人出来的湿气儿，地气也洇上来了，铺的干草能攥出水来，墙上长了一层绿。雪妮子在家里待不住，一天往火麻地里跑好几回，回回儿淋得精湿。火麻老是不熟，她都要坐病了，今儿个又黑咕影儿里起来了，一出来，没雨，俩手朝天接了一会儿，手是干的。嘿，老天爷总算歇啦，她顶着雨后的习习凉气又往清水河跑去。

麻地里黑乎乎的，麻秆儿长得密密实实，有俩仨人高了。胆儿小的还真有点儿怵进麻地呢，雪妮子不怕，这么密的麻秆儿，啥东西进去也给逼直了，哪儿动弹得了啊？这是她的麻地，她是这儿的主人。她攥住地边儿上一根儿老高老高的麻秆儿，一股露水的清香顺着手指头钻进鼻子里。麻秆儿慢慢儿窝弯了，够着梢儿了，俩指头一掐，嘿，没折！

火麻熟啦！她心里这个喜啊，一颗心悬了二三十天，这才放下来了。她又窝下几根儿麻梢儿来，捏了捏，嘿，还都没折！熟啦，熟啦，真熟啦。麻根儿上都钻出了小芽儿来啦，在她眼里就像正啐壳儿的小鸭子嘴儿。她又想起了抱窝的母鸡，她这回"抱窝"差点儿蜕了一层皮，一宿一宿睡不着，天天儿早晨起来，脑袋底下一大堆掉了的大长头发。这会儿她俩手捋着头发，"愿意掉就掉吧，我帮你掉！"越捋头皮越舒服，这些日子的烦恼焦急全捋掉了。

矬秆儿的麻梢儿还没她高，她随手掐了根儿麻梢儿，折了。咋没全熟呢？她又掐了几根儿，有折的，有没折的。她索性钻进了麻地，给高的低的火麻秆儿前呼后拥着，费了老大的劲儿才腾挪开了，左掐一下儿，右掐一下儿，有折的，有不折的。掐了一会儿，她瞧出来了，熟了的都是高秆儿，矬秆儿一掐就折。她不敢掐矬的了，只拿高的试乎，掐一根儿熟一根儿。

有熟了的就好，麻不能等，老了一天，就撕不出来好麻了，常言说得好："吃了一顿饭，误了麻一片。"她试了试像扯苎麻那样儿扯火麻，可是火麻太结实了，扯不动，不像苎麻似的，一撼，"嘎巴儿"就折了；再说啦，这么高，也要不开呀。看这样儿，只能找刀子打根儿那儿割了。

雪妮子急星星跑回去，爹起来伺候鸡鸭去了，娘还睡哩。她喊醒了娘："娘，娘，河北边儿的火麻熟啦！"娘为火麻也经着心，不过不像雪妮子哪样儿挂在脸上，一听麻熟了，"噌"地坐起来，"呼"地出了一口长气，问她："妮子你说这会儿真能收麻啦？""嗯，该收啦，梢儿上都掐不折了。我刚才在地里试了试扯麻，可咋也扯不动，麻长得两人多高，得拿快刀儿割才行。"娘说："行，收麻的活儿半晌儿也不能耽搁，我这就招呼人去。"雪妮子说："我去招呼。"娘说："凡是做得动的，全都叫来。"雪妮子招呼了几个妮子，她们又分头去招呼人。一会儿人们都到了大娘家门前场子上。大娘发了话："河北的火麻熟了，一会儿吃了饭妮子们这几天全都跟着女人们过河去割麻。男人家打下手：磨刀，捆麻，往回扛，趁老天爷给了好脸儿，扛回来紧着晒了。"

种麻的时候儿，大娘没给一个人，小姐儿几个只当玩儿了。这会儿到了节骨眼儿上，大娘想开了，让坳子里能干活儿的男人女人都来了。火麻熟了，雪妮子就够高兴的了，娘又支持，一下子来了这么多人，这会儿她的心啊，就跟连天雨后的天儿一样，云净天高，要多晴爽有多晴爽。

女人们全拿着小刀儿来了河北麻地，一看，麻秆儿全都绿着呢，喊喊喳喳说开了："这就熟了？青生生的能剐出麻来？""这麻收回去还不烂？""这群妮子性子太急了，再等些天，麻秆儿黄了再收吧！"

大娘说："别瞎吵吵！这块麻是人妮子们种的，让人家说！"妮子们都叫雪妮子说。雪妮子搣下一根儿高麻秆儿，一掐麻秆儿没折，说："瞧瞧，这还不熟？再等可就等烂了。"妮子们自然信了，搂过来就割。雪妮子赶紧喊叫："嗨，慢着点儿，听我说完了再下手。"

妮子们都瞧着她，她说："矬的还没熟，矬的留着，咱光割高的。割的时候先掐掐梢儿，凡是没折的就割。"妮子们问雪妮子："这会儿就割了，咱不等着打籽儿啦？"雪妮子掐了一个蔫儿了的花穗子，瞅了瞅说："高秆儿的等不得了，再等麻就老了。嗨，等也是白等，反正也打不了籽儿了。咱先把高的麻秆儿都割了，留着矬的打籽儿。"女人们一听，吵吵开了："干吗这么分啊？真新鲜！""你咋知道高的打不了籽儿啊？""你咋就知道矬的能打了籽儿呢？"

大娘一直没吭气儿，掐掐高的，捏捏低的，这时候仨指头揉搓着刚才从高秆儿上掐的花穗子，说："都别吵吵了，你们瞧呀，这花穗子瘪了吧唧的，里头啥啥都没有。你们再摸摸矬的花串儿，就知道有啥不一样儿了。高秆儿上的花穗子随便儿掐，只要找出一个里头有籽的来，就算我说错了。找吧!"雪妮子真想抱住娘亲上一口。

妮子们和女人们抬头一看，还真是的，高秆儿上的穗子全瘪了吧唧的，谁都掐了好几个，里头啥也没结；再摸摸矬的花串儿，里头硬乎乎的，还真有东西了! 雪妮子说："矬的留着打籽儿，就别揉搓了，揉破了气，籽儿就老不了了。"

听雪妮子说完，大娘说："这儿太窄，耍不开，叫她们小姐儿几个在这儿收吧，咱都散开了去收。"大娘把女人们和后来的妮子们带开了。剩下几个种麻的妮子，这会儿都笑话开了疙瘩妞儿，剩儿说："你不是瞧不上这些小矬子吗? 人家打籽儿了，看你还说啥!"辣妮儿说："嘿，要是当初依了你，矬的全毁了，明年拿啥种啊?"雨儿说："哼，听她的，火麻就绝后了。"疙瘩妞儿说："这会儿轮着你们说闲话了，你们咋早不说把那没用的高个儿拔了呢?""哈哈哈哈……"人们一阵大笑。疙瘩妞儿气哼哼地问："笑个啥呀?"一脸粉刺疙瘩儿呲着要打架似的。妮子们只是笑，霜儿傻乎乎儿地问："真的，你们笑啥呀?"

雪妮子说："小屁妮儿，这都不知道啊? 那长得高的是公的，矬的是母的! 疙瘩妞儿这会儿又说，当初咋不把那没用的高个儿拔了，你想想，要是没有那一穗穗的公花儿，母的能打籽儿吗?"她这一说，妮子们哈哈大笑起来，笑完了，又要她说明白点儿。她就说："你们就没见热天蜂儿啊蝶儿的上头扒扒，下头扒扒?"疙瘩妞儿问："真有这事儿? 麻还分公母的? 我不信!"人们都张着嘴，瞪着眼，听雪妮子说啥。雪妮子说："分得才清楚呢，信不信由你。大伙儿都看见了看，公的比母的高好几出儿，母的可比公的胖多了。这会儿母的结了籽儿了，留着籽儿长饱了，公的撒够了野了，皮也长成了，赶快趁势儿全割了，留出地儿来叫母的好好儿长。"

冷妮子一拍脑袋，叫道："嘿咿，真的，这火麻是分着公母儿的，跟咱那苎麻不一样儿。一半儿公的配一半儿母的，嘿咿，能不打籽儿吗？"说着鼻子一皱，眼一眯，嘴角儿往上一勾勾儿，朝雪妮子扮了个狐狸脸儿："嘿咿！咱这小狐狸儿真成了精啦，咋啥都知道呢？"

雪妮子呸了她一口："死妮子嘴里又出妖蛾子了，你可是个啥精啊？"疙瘩妞儿这会儿全明白了，气得说："笑话了我半天，和着你们也不知道火麻分着公母儿啊？你们说，母的打了籽儿了，还要这公的干吗呀？"雪妮子说："打籽儿靠母的，扯麻啊，还得靠公的，你们瞧那秆儿多高多直啊，母的又矬权儿又多，甭管咋说，公的麻丝儿准比母的长。"

冷妮子瞅着雪妮子一个劲儿嘿儿嘿儿笑，雪妮子骂道："死妮子又憋啥坏呢？"冷妮子说："嘿，说得就跟两口子过日子似的，你咋知道这么多呢？呵呵！"雪妮子立即反唇相讥："哼，你不跟你爹你娘住一个窑里头啊？装啥呀你？"

大娘远远儿听见了，骂道："越说越难听了！这也是妮子家说的？"

冷妮子吐了吐舌头，小声儿说："你能干儿就是你能干儿呗，拉扯家里大人干吗呀？"雪妮子也低下声儿来骂："你那破嘴找撕啊？再撕可就咧后脖颈子去啦，哪个男人还敢跟你过日子啊？"冷妮子嬉皮笑脸地说："嘻嘻，我又不是个啥精，男人怕我个啥？"雪妮子说："还好意思问呢？怕你吃了人家啊，谁叫你长个大破嘴呢？"说着说着声儿又高了，忘了那些大人们。

冷妮子娘听见了，说她闺女："没事儿瞎斗嘴，又斗不过人家，还光想着占人家便宜。得，这回挨骂了，老实了。"冷妮子气哼哼地，弯下腰割麻，不说话儿了。雪妮子赶紧说："月儿姨，闹着玩儿呢，可不是骂过来骂过去找便宜嘛。"冷妮子就势儿说："瞧瞧，多机灵的小狐狸儿，捡了便宜装乖，还口闷呢，要不闷还不得把我吃啦？"她娘说："又来啦？别斗嘴了，快割麻吧！"

高秆儿的麻都有两人多高，撕出来的麻该多长啊！就这，雪妮子还叫人贴着地割，说："反正也没麻苋儿，用不着留啥，麻茬儿割得越低，麻丝儿越长。今年这块地儿的麻秆儿比去年咱采籽儿的那块地儿的麻长得高一大截子，明年咱换块地儿埋籽儿，还能长高了。"大人们都冲着大娘夸雪妮子："这妮子心儿就是灵，瞅着今年的，记着去年的，想到明年了。"大娘心里头喜滋滋的，说："瞧把她夸成啥啦！她就是个魔怔，再夸更疯了。今年好歹算没白费劲，明年就难说啦。"

女人们割下麻秆儿，就势儿撸了麻叶儿，把梢儿也削了。男人们也过来打下手儿了，把大叶子擦了，搁篓子里，麻秆儿一把一把捋齐了，送到地边儿上，地边儿上一大堆磨好了的石头刀。大娘的骨头哨儿嘟嘟响起来的时候，男人们背起大捆大捆瓷实的麻秆儿来，提溜着篓子，像一条滚动的长河，摇摇晃晃往家流去。晚上，坳子里全是烤麻叶儿的香味儿。

火麻熟得晚，可是晒的时候省事多了，早起摊开了，半后晌就干了。捏一把，心儿里头还没干，女人们守着，翻过来掉过去地晒。心儿干透了，秆儿还是绿的，打上湿水再晒，晒干了又打湿水，打湿水又晒干了。得亏日头给脸儿，大日头底下晒了好几天，火麻由青变黄了，黄得跟日头一个色儿。

该沤麻了，火麻秆儿长，木桶里搁不下，雪妮子爹带着男人们在清水溪旁边儿挖了好几个麻池子，把溪水引到池子里，火麻上头压着石头，不叫冲跑了。雷泽人对付火麻是头一回，谁也不知道该泡多少天，泡少了剥不下来，泡多了就烂了，要沤得不生又不过熟，得不时检点才行。雪妮子心里搁不住事儿，夜里睡不好觉，一宿起来好几回，跑到麻池子旁边儿，拽出一根儿来捏咕捏咕。

过了一宿，泡麻的池子里起了泡泡儿，雪妮子抽出一根儿来，从稍儿上往下撸，涩涩地撸不动。到了后晌，池子里泡泡儿满了，她又拽上一根儿来，这回撸动了，麻皮跟麻秆儿分了家，行了，该剥麻了，再泡就烂了。

高爽的鱼鳞天不知啥时候憋黑了脸，气呼呼地压下来。雪妮子慌了，跟她娘商量："叫人们把麻捞出来扛回家去吧？"大娘说："泡得水都冒泡儿了，湿着扛家去，那还不沤烂了？"雪妮子说："在池子里沤着更烂得快了，扛回去紧着剥了，烂得少点儿。"大娘仰头看着一块一块的黑云彩，说："这场雨一阵儿就过去了，还是赶快捞出麻来，一捆一捆绑好了立起来，叫天上的水给冲洗冲洗吧！"

大伙儿照大娘说的，从池里捞出麻来，一捆捆绑起来，全直直地戳在外头。刚打点好了，雨点子噼里啪啦砸了下来，一会儿就成了稀里哗啦的大暴雨。雪妮子心里这个急呀，老天爷，早不下晚不下，偏偏这时候下！要是这雨下上两天，麻可就全烂啦！白种了一场，白盼了一场，白弯着腰割回来，晒了泡了，唉，唉，全完了，全完了！人们都回家避雨了，她一人儿站在雨地里，绕着麻捆转腰子。大娘喊她："傻妮子，回来吧，听娘的，没错儿！一会儿雨就住了。"

到了晌午，雨还在下，大日头憋不住出来了，雨还不肯回去。雨到了儿扛不住日头，越下越小，最后化成了一道七彩虹，也算找够了面子。鸟儿都出来，配着彩虹唱出了调儿，一个儿比一个儿叫得花哨儿。

大雨洗过的天，灰蓝灰蓝的，没有一丝儿云，人的心也宽了。雨不但洗净了天，也把麻捆冲洗的干干净净，撕出来的麻洁白晶莹。女人们还没见过这么好的麻，又细又长又白，捻线省事多了。这么干净的麻，人们舍不得染了织，腰机上一码儿羊奶一样儿白净的纯麻。

这些日子雪妮子忙得四脚朝天，顾了这头儿顾不了那头儿，忽然想起矬麻秆儿上的火麻籽儿该熟了，跑到地里一看，都迸了一地了，可是，留在秆儿上的比迸了的多多了。雪妮子赶紧叫了妮子们下来采火麻籽儿。妮子们脖子上挂个布袋，一把一把往里搌。几个小孩儿们还记着冬天借给雪妮子的火麻籽儿，也跟着来了，找她要借的火麻籽儿："雪妮子姐姐，可是你说的，借了谁一个，收了籽儿还俩。那会儿你要了我们一大捧火麻籽儿，这会儿还我们两大捧吧！"

雪妮子笑了："呵呵，记得可真清楚啊。我才不像你们那么小气呢，地上的籽儿，随你们捡，谁捡的归谁。可不准动秆儿上的啊！"娃娃们一听，蹲下就拣开了，生怕慢了拣少了，连泥带土全往布袋里装。好在火麻把杂草全熏死了，麻地里干净，几个小孩儿紧着胡噜，回家再挑籽儿。

整整采了两天，才把火麻籽儿采完了。留足了明年下种儿的，大娘把火麻籽儿全分给了各家儿。

割了麻秆儿背回去晒了沤了，这回的麻可差远了，又短又糙，捻出来的线没法儿织布，只能搓绳子结网。可是没人说母麻不如公麻，因为家家儿都分了枕头大的两布袋火麻籽儿。

人们把火麻籽儿搁锅里，烧着小火儿慢慢儿炒，炒出了香味儿，用剥了麻的瓢子夹着，搁在石头上砸，砸出火麻油来。这么着砸出来的油，糟践得多，不知谁起的头儿，把下头的石头凿个凹槽儿，好多了。后来又有人把石头凿成了碗似的臼，捣的那块石头换成了一根儿下头粗的圆棒子，人们都跟着学，坳子里一片捣臼声儿。

菜里拌上了火麻油，要多香有多香。半碗火麻油泡上根儿细绳儿头儿，能点好几天。自打有了火麻油，家家洞里黑夜点油灯儿，再不插松明子。有了油灯儿，人们改了日没而息的习惯，晚上女人在油灯儿下捻线织布，男人们磨石头刀，削骨头箭头儿。一家子说话儿，也不用在黑咕影儿里了，人们也能点着火麻油灯儿说亮话了。

火麻籽儿砸出了油，有人照着样儿，从苋菜籽儿里也捣出了油，比火麻籽出的油还多呢。

有肠便不通的，就照瞎姥娘的方儿，把剥了皮儿的火麻仁儿捣碎了，跟狼尾巴草籽儿一块儿熬粥喝。喝了，肠子就通了。

火麻织出来的布，不光好看，穿着也比苎麻布舒服，透气儿。

雪妮子爹是汗脚丫子，雪妮子娘嫌他脚臭。夜里睡觉他拿一条儿火麻布把脚包了起来，雪妮子娘笑话他："天生的臭脚丫子，包多少层布也没用！"第二天早起来，雪妮子娘觉得少了点儿啥，想了半天才发现是少了脚臭味儿。雪妮子喜得惊叫一声："哇！"于是包脚的布袋有了名儿。娘可着爹的脚缝了俩布袋，取笑说："给你，把'哇'套上！穿上'哇'，没人笑话你的汗脚丫子了。"

这事儿传开了，雷泽人都用火麻布缝了'哇'穿。有那能干儿的，用捣了的草籽儿熬糊糊儿，把几层儿火麻布粘起来，晒干了，拿薄薄的石头刀刃儿拉成脚样儿，再用麻绳儿纳瓷实了，缝上帮儿做成鞋。鞋比袜子可禁穿多了，一时间女人们都纳开了鞋底儿，甭管汗脚的干脚的，人人都穿上了火麻鞋。

日子过得好好的，没想到鸡窝里出了大事儿。

半夜里，雪妮子听见鸡乱叫，有几声叫得特别揪心，是小鸡儿的叫声。她赶紧起来，点了根松明子，奔鸡窝去了。鸡窝拴得好好的，她想，许是哪只小鸡儿病了，打开鸡窝，只见一窝鸡挤成一疙瘩，"咕咕咕咕"叫得好可怜，干草上有一摊血，粘着鸡毛。她数了数，俩大鸡都在，小鸡儿只剩了十五只，少了一只小鸡儿。她觉得喉咙发热，血往上涌，一把揪出公鸡来，公鸡哆嗦成了秋风里的枯叶子，雪妮子掰着鸡毛细细看，这东西嘴上身上都没有血迹。她又揪过母鸡来，母鸡吓得"咕咕咕咕"大叫起来，她掰扯着瞧了半天，母鸡嘴上身上也没有血点子。

"妮子，出啥事儿了？"爹来了，娘举着松明子在后头跟着。

"嗨，咋把你们也吵起来了，真是的！出事儿了，少了一只小鸡子，门拴得严严实实的，今儿黑间真真见了怪了！"

娘举着松明子往地下照，照见鸡窝门口一溜血点子。爹问："妮子你把鸡窝门拴好了没？"

雪妮子拴了鸡窝门，拽了拽，挺紧。爹要过松明子来上上下下照着，把手探进去，来来回回摸了半天，摸到鸡窝门底下，探出来道缝儿。爹照着那道缝儿说："是黄鼠狼干的，没错儿。"雪妮子问："这么窄的缝儿，啥东西能钻进去？还能拖上只鸡出来？"爹说："妮子你是不知道啊，黄鼠狼骨头是软的，能缩，再窄的缝儿也能钻进去。鸡不是整着拖出来的，先开膛破了肚，没准儿正吃呢，听见人来了就拖上跑了。"

雪妮子心里一阵恶心，开了鸡窝门，揪出公鸡来一边儿抽打一边儿骂："没出息的死公鸡，就这么眼睁睁看着小鸡儿给祸害了，白长了大冠子了你！"公鸡吓得"咯咯咯咯"直叫唤，声儿都变了。娘说："大半夜的，看把众人吵起来了！你跟它治个啥气呀？"雪妮子把公鸡摔倒地上，那公鸡在地上打转转，却不进窝。雪妮子提溜起它来，骂道："你还有脸闹脾气？"狠狠地把它摔进窝里。公鸡把脑袋使劲儿往鸡群里头扎，拱得大鸡小鸡儿"咕咕咯咯"乱叫。

雪妮子瞧出来了啥，又把公鸡揪出来。娘说："你这可是干吗呀，非把众人都吵起来呀？"公鸡吓坏了，这回连叫也不敢叫了。雪妮子说："我是想知道它到底儿瞧得见瞧不见。"她伸出一根手指头，在公鸡俩眼么前儿一下儿一下儿戳着吓唬，公鸡只是哆嗦，眼睛没动，好像没看见她的手指头。她放了公鸡，挬挲着一只手在一只只鸡眼前晃来晃去，哪只都没动静儿。这会儿她全明白了："嘿咿，闹了半天是一窝夜瞎子！怨不得黄鼠狼这时候来祸害！"

爹娘也明白过来了，娘说："这黄鼠狼好精啊，咱养了这么些日子鸡，都不知道鸡是夜瞎子，它咋就知道呢？"爹说："我打了半辈子猎了，啥兽物儿都见过，啥兽物儿都逮着过，数这黄鼠狼鬼精鬼精的，一回也没逮着过。今儿个又叫它跑了，噉！"

娘找了根棍子把那道缝儿先堵住了，说："先回去睡吧，明天还一大长天呢。"雪妮子说："你们先回吧，我顺着这血点子找找去。"爹兴头儿正大，哪儿肯回啊，就说："她娘，我跟妮子一块儿去瞧瞧，你在咱窑里听着点儿。"

雪妮子忽然想起啥来，说："娘，说不定鸭子也是夜瞎子呢，您把鸭子窝也给堵堵吧。"娘答应着："行啊，啥时候小心都没大差。你们去去就快回来啊！""哎，娘，一会儿就回来。"

雪妮子举着松明子，跟着爹顺着血点子一路找过去，走到清水溪边儿上，照见树棵子里一堆鸡毛鸡骨头。黄鼠狼早没影儿了，爹呸了一口，说："屎尿的下三烂儿，噉！明儿我带上几个人过沟那边儿，去林子里搜搜。"

回来路上，雪妮子问："爹，黄鼠狼长啥样啊？""嗨，这畜生儿叫黄鼠狼，是因为它一身火烧黄毛儿。嗯，黄鼠狼，身子可没狼那么大，也就跟才下生的狼羔儿差不多大，还没一根胳膊长，瘦了吧唧的，小脑袋尖尖的，里头全是坏水儿。"

爹带着几个男人在清水溪那边儿林子里搜了一天，也没找着一根儿黄鼠狼的毛儿，倒是捉了一只大肚子母牛，可怜的畜生腿上挨了一箭，一瘸一拐叫人牵回来的，一路上"哞儿哞儿"叫个不停，牛还没到，雪妮子就听见了。

等牛到了，雪妮子可喜欢坏了，母牛一身焦红，日头底下像涂了一层鳔胶，油亮儿油亮儿的，身子一横，像一堵小山儿，站它旁边儿，对面儿有个人都看不见。牛头顶儿有个白疙瘩，白毛儿往下长，白脑门儿、白脸儿，白眼睫毛儿罩着鼓鼓的大黑眼睛，眼睛外头围着一圈儿淡粉色儿的肉，外面俩耷拉着的大圈儿跟身上的毛儿一个色儿，衬在白脸上跟哭似的。粉白的鼻子、嘴连成一片，嘴里抿出巴掌大的粉舌头，磨挤出绿沫子，又咽回去了。牛脖子和前腿儿当间儿，垂着一个大肉袋子，慢慢儿蛆蛹着。肉袋子前半拉跟身上一色儿焦红，后半拉跟脸上一个色儿，除了四个粉色儿的奶头儿，整个儿肚皮被曲曲弯弯的焦红圈圈围出一大片白，像地上开出来一片白花儿。尾巴也是俩色儿，上头焦红，有骨头有肉，下头散成一大把长长的白毛儿，白毛儿像根儿鞭子，左一下右一下抽打着爬在身上的小虫儿，哪儿痒痒往哪儿抽，往上抽的时候卷起个圈圈儿，抽上了劲儿。

雪妮子把牛拴到离她家不远的一棵杜梨树上，拔了一篮子青草，一把一把送到它嘴边儿，牛一抿，嚼都没嚼就咽了。喂完了草，雪妮子去清水溪拎来一桶清水，放到牛眼么前儿。牛低下头，"咕嘟咕嘟"喝了一大气，瞪着鼓鼓的眼睛瞧她。她手心摸摸牛的嘴，手背蹭蹭牛的脸，两下里算是交好了。吃了后晌饭，她又喂了牛一气，牛见她来了，伸长了脖子，"哞儿哞儿"叫了两声，这回好听了，是跟喂它的人打招呼儿呢。

伺候牛吃了喝了，天就黑了，鸡和都已经进了窝。雪妮子拴了鸡窝，在底下别了一根棍子，把缝儿堵严实了，又在鸡窝门口儿靠了根棍子。她怕鸭子窝也会出事儿，就照样儿安插了一番，才回窑儿里睡觉。

夜里，又听见鸡窝里乱叫，雪妮子赶紧起来，点上松明子奔过去。眼前的事儿叫她以为是在做梦，只见那只大公鸡背着一个白乎乎的东西跑，那个白东西咬着公鸡的后脖子，大尾巴不停地抽打鸡屁股。公鸡还真是瞅不见道儿，让那东西的尾巴指挥着，跌跌撞撞地左窜右窜。那东西一见人来了，赶紧松了嘴，"噌"一下子跳下来跑了。公鸡哆嗦成了一个蛋，雪妮子抱起它来瞧了瞧，除了后脖颈子上出了点血，哪儿都没伤。她抱着公鸡送回窝，才瞧见鸡窝门上的柳条儿给咬了个窟窿。

雪妮子不敢回去睡觉，抄起鸡窝门上靠着的棍子，躲在近处树棵子里头。

不出她所料，过了一会儿，那个白毛儿又回来了。雪妮子举着松明子，"蹭蹭"几步就跑过来了。她想捉个活的，瞧瞧它到底儿是个啥妖物儿。

谁想那白毛儿俩后腿儿着地，干脆坐下了，一动不动，两只前爪儿耷拉在胸前，好像跟雪妮子招手儿似的，一对黑豆儿似的小眼儿瞅着她，叽里咕噜乱转。

雪妮子一下子还真叫它给吓蒙了，以为遇上了啥妖精，过了好一阵子才想起来抡棍子。那东西"哧溜儿"扭过身子，放了个臭屁，跑得没了影儿。

雪妮子这个气呀，一屁股坐在鸡窝门口儿，豁出去了！这一宿不睡了，瞧你个白毛儿尿妖精敢再回来！

早起，大公鸡小公鸡"咯儿咯儿"把靠在门口儿的雪妮子叫醒了，她开了鸡窝，那股臭气还没散去，连鸡都受不了，挤挤闹闹逃命似地往远处儿跑。她个瞎鼻子啥也闻不见，找来柳条儿，把鸡窝门儿上的窟窿给补上了，回去抓了草籽儿，"咕咕咕咕"叫鸡。

吃早起饭的时候，娘鼻子皱皱，眉头纵成了黑疙瘩，说："啥味儿？这么臭！别不是夜里闹狐狸了？"爹嗅了嗅说："狐狸的味儿骚，这个味儿臭，不是狐狸的，我闻着像是黄鼠狼放的屁。打猎赶上过几回，回回儿都放个臭屁，这是它的绝招儿，熏得人受不了，顾不得它了，它就趁机逃了。那屁就是这么臭，过了好儿天雷泽里还有臭味儿，后来下了一场雨，才闻不见了，你说它有多臭吧！"

娘说："快别说了，恶心死了！"端起碗来朝下走。爹也端着碗跟了去，是得躲躲了，熏得人头都疼了。雪妮子也跟着爹下去了。

娘问："你黑间去哪儿啦？"雪妮子不好意思说昨儿夜里的事儿，只说："起来跑肚来。瞧见个白乎乎的东西，还没咱那公鸡大，肚子疼，没逮住它，白白叫它放了个臭屁。今儿黑夜我说啥也得逮住它，哼！"娘问："肚子这会儿还疼吗？"雪妮子红起脸来，说："拉出去了就没事儿了。"又问爹："爹，您说，我瞧见的那白毛儿就是黄鼠狼吧？"爹把头一点，说："没错儿，就是屎尿的！这时候的黄鼠狼毛儿是白的，冬天就又变黄了。嗨，咋闹起这妖孽来啦？今儿黑间我起来，非逮住它！"

白天，雪妮子把鸡窝门上柳条儿补的窟窿又拿麻绳儿密密实实一根儿挨一根儿穿好了，又砍了一大堆圪针，晚上把鸡窝鸭窝围了个严实。临睡觉前，她喝了一肚子水，只等半夜起来捉那祸害鸡的黄鼠狼。

不到半夜，雪妮子就憋醒了，没听见啥动静儿。她起来解了个手儿，悄悄儿走到鸡窝跟前，听见里头"咕噜儿咕噜儿"的声儿，鸡老是半睡半醒的，有鸡就有"咕噜"声儿。鸡挺警醒的，听见了动静儿，窝里慌了，"咕咕咕咕"乱叫，挤来挤去乱了窝。雪妮子想，也许因为夜里眼瞎，鸡才这么警醒吧？她抄过靠在门上的棍子，藏到近处儿的树棵子里。

那只白毛儿黄鼠狼到时候又来了，叫圪针扎了脚，疼得直蹦高儿，又不敢叫出声儿来。雪妮子心里这个乐啊，悄没声儿地过来，一棍子抢到黄鼠狼身上。只听见一声尖厉的惨叫，那东西就没声儿了。

爹举着松明子跑过来，肩膀上扛着大弓，一见白毛儿黄鼠狼死了，喜得嘴咧得老大："妮子，你打死的？""是它送上门儿来的，爹，小心，地下全是圪针，别扎了脚！""嘿，妮子，真有你的！爹打了一辈子猎，打死的狼虫虎豹没数儿啦，就是没逮着过黄鼠狼。嘿，今儿个爹也开眼了，瞧瞧这妖物儿啥样儿。""爹，我心急了，没捉住个活的。""嘁嘁，妮子你心也太高了，还要逮活的！嘿，逮着活的也得弄死，谁养活它啊？"

火光里，黄鼠狼全身灰白的毛儿闪着贼光，大尾巴白得瘆得慌，尾巴梢儿却毒黑毒黑的。那点儿小个儿还没公鸡长呐，比鸡可瘦多了，四条小短腿儿也没啥稀罕的。雪妮子一把抓起它来，惦在手里还没有那只母鸡重。突然她觉得手叫啥咬了似的挺疼，一瞧，手上出了几个血道子，她甩搭着手骂道："挨千刀儿的，死了，尖抓子还抓人，真是要多坏有多坏！"

雪妮子把黄鼠狼剥了皮，后晌炖了一锅肉，锅里扔了几头打雷泽里揪来的蒜，放足了盐。沟儿一回来就问："今儿个这是啥肉啊？还没进坞子就闻见香味儿啦。"雪妮子说："我说呢，清水溪咋涨水了？闹了半天全是沟儿的哈喇子啊！"沟儿一边儿吃一边儿吧嗒嘴儿："嘿咿，咋这么香啊！到底儿是啥肉啊？"雪妮子这才说："我爹昨儿黑间逮住了一只黄鼠狼。"爹说："听她的呢，哪儿是我逮住的呀，是妮子逮住的，连皮都是妮子剥的。"沟儿的眼睛瞪圆了，嘴张了半天没说出一句话来。雪妮子看着好笑，猛地"嗨"了一声儿，沟儿才转过神来，嘴里"啊"了一声儿，那是问她有啥事儿。雪妮子说："啊个啥呀？下巴掉啦！"爹和娘都呵呵笑起来。笑声裹着肉香在坞子里飘。

黄鼠狼的皮不大，雪妮子磨快了石头刀，把皮子顺直拉成了两半儿，对头儿缝起来，俩半根儿尾巴一系，正好儿当腰带。娘说："妮子家的，腰里系条毛哄哄的东西，不好看。把它给了沟儿吧！"雪妮子嘴一撇，说："干吗给他呀？娘老想着沟儿，我可是给爹缝的。"娘说："沟儿没见过黄鼠狼，给了他，他当宝贝。你爹见得多了，才不稀罕这个哩。"爹偏偏说："咦，你咋知道我不稀罕这个？"娘说："这有啥稀罕的？你虎皮、豹皮都上过身，还稀罕黄鼠狼的皮？"

爹嘿嘿一笑，说："这你就不懂啦，这时候的黄鼠狼皮最好啦，不粘水，又耐磨，没有比这更稀罕的东西了。妮子好不容易逮住的黄鼠狼，这腰带，你可别拿去送人情儿！妮子说是给我的，我就要啦，哈哈！下回再逮着了，你给沟儿缝一条，我不管。"娘撇撇嘴："没见过你这么眼皮子浅的，哪儿像个大人样儿啊，噢！"爹把腰带一勒，胸挺起来，问："咋样儿？"奶白的火麻布衫儿，配一条灰白的腰带，前头打个深色儿的结儿，靠色儿，瞧着挺养眼。雪妮子说："好看！爹系着就是好看，狮子豹子见了都得害怕。"娘鼻子里哼哼着，嘴快撇到脖子根儿了："好看个啥呀？还吓唬狮子豹子呐，别让人把你当成了黄鼠狼就好啦。都那么大岁数儿啦，臭美个啥呀？哼，谁瞧你呀？你瞧谁呀？"爹嘻着嘴笑："你瞧我呀，我瞧你呀，嘻嘻嘻嘻……哈哈哈哈！"雪妮子也哈哈哈哈笑起来，笑得喘不上气儿来，眼泪都憋出来了："娘、娘心里是真喜欢呀，要不，才、才不会说这么多晕、晕乎儿话呢，呵哈、呵哈哈、呵哈哈哈哈……"娘气得骂："疯了，疯了，都疯了！"

　　爹系上了黄鼠狼腰带，人倍儿精神，谁见了都说好，问是啥皮子。爹老是笑嘻嘻显摆："嘿嘿，没见过吧？这可是黄鼠狼皮啊，前儿黑间，贼畜生来祸害咱的鸡，叫我家雪妮子逮住了。这不，吃了肉，妮子还给我缝了条腰带。嘿嘿，系着腰里觉摸着硬挺挺的。"说着把腰使劲儿往起挺了挺。他人本来就魁梧，这么一挺，更像一棵大树了。

## 第十三回

# 意不合语恶女伤母
# 脐难断情亲牛舐犊

鸭子下蛋，鸡也下蛋，大娘叫雪妮子把鸡蛋单着搁，留着孵小鸡儿；又叫把鸭蛋跟以前那些寡妇鸡蛋一块儿攒着，等分肉的时候儿搭配着分了。雪妮子拿着蛋对着日头一个个照，照了鸡蛋照鸭蛋。娘问她："照见啥啦？""啥也没照出来，蛋壳儿太厚啦，里头啥也看不见。我是想看看寡妇蛋跟公鸡踩过的蛋有啥两样儿。"娘说："那得把蛋打了才能瞧出来，一样儿磕开一个儿比比，踩的蛋里准多了点儿啥。"雪妮子说："就这么几个宝贝蛋，我可舍不得磕了。"她心里早就有了数儿，从来没动自打有了公鸡以后母鸡下的蛋，那些踩过的鸡蛋全都留在鸡窝里头。

一天一天攒着，鸡窝里有了十六个蛋。母鸡又犯病了，跟上回一样儿，不吃不喝，蹲在一堆蛋里不动窝儿了，一身羽毛儿乱蓬蓬的，翅膀儿耷拉着护着那一堆宝贝蛋。哈，母鸡又抱窝啦！雪妮子早就等着这一天了，心里这个乐呀，眼前就像看见从蛋壳儿里唪出了十六只尖尖的黄色儿小鸡嘴儿。

沟儿捉回来的那茬儿小鸡儿越长越好看啦，公鸡的冠子又红又亮，就跟顶着一团儿火似的，公鸡的毛儿本来就比母鸡的好看，日头底下一闪一闪的，更绚乎儿了。天还不亮，公鸡就"咯儿咯儿咯儿"打起鸣儿来，一个接一个儿，一声接一声儿，"咯儿咯儿"成一片，回回儿打鸣儿，最后一声儿都拖得老长，还带拐弯儿的，直到把坳子里的人全叫起来了才算。打这以后，坳子里人起来的早了，吃饭早了，出去干活儿也早了。晚上鸡进了窝，人累了一大长天，也就跟着歇了。

小母鸡儿长成了大母鸡，也都会下蛋了，开头儿下了几天软蛋，雪妮子有心，把鱼刺鱼骨头砸了，碾成了面面儿，打成糊糊儿，拌上草籽儿喂它们。后来小母鸡儿下的蛋就不软了，天天儿半晌午时"咕咕咕咕"叫成一片，坳子里人都知道，雪妮子家鸡窝里又有蛋了。数那只铰了冠子的小母鸡儿能下蛋，差不多天天儿都下，有时候儿下来的还是一头带尖儿的双黄儿大蛋，每回下了双黄儿蛋，小母鸡儿都尽着显摆，叫得格外响。雪妮子知道它身子亏，赶紧端了草籽儿来给补上。

母鸡多了，打么几天儿就有抱窝的。经了两回，雪妮子心里已经有了数儿，早早儿就在鸡窝里混上了鸭蛋。大娘见了说："跟你说了，那是寡妇蛋，出不来鸭子，趁早儿别跟那儿裹乱！"雪妮子这才把鸭蛋拿出来了。母鸡抱窝到了二十一天头儿上，小鸡儿就唪壳儿了，比上回那一窝小鸭子早了五六天。才出壳儿的小鸡儿，一分出公母儿来，雪妮子就把小母鸡的冠子全给铰了，好让它们长大了多下蛋，下双黄儿蛋。

沟儿一下子给母鸭子配了俩公鸭子，打那儿起鸭子热闹得不得了。母鸭子不下寡妇蛋了，可是下多少蛋也不抱窝，只顾着跟公鸭子打情骂俏，挑得俩公鸭子掐过来斗过去，母鸭子"嘎嘎嘎嘎"笑个不停。回回儿都是母鸡替鸭子抱窝，可是一等小鸭子出了壳儿，母鸭子就领走了。大娘说："鸡婆儿孵鸭蛋，是燧娘娘派定好了的。"雪妮子不信："明着是母鸡太傻了嘛，母鸭子又太刁，这就跟人一样儿，人里有老实巴交的，也有奸猾难缠的。鸡鸭也是这么回事儿，傻母鸡上了赖鸭婆儿的当，上一回当不长心眼儿，下回还帮鸭子孵蛋，就是天生的傻了。"娘一拍手，说："这就是了，凡是天生的事儿，都是燧娘娘派定好了的。鸡婆儿孵鸭蛋，想变也不能变，呵呵。"

除了侍弄鸡，雪妮子天天儿去清水溪放鸭子，沟儿帮她就着清水溪挖了个老大的坑，成了个清水湾儿，湾儿里的水是活的，让清水溪绕了个弯儿，比先前挖的那个水洼儿强多了。沟儿天天儿赶猪回来背一篓子清水河里捞的水草，全都撒在水湾儿里，雪妮子捉了虫儿挖了蛐蛐儿，也都扔到水湾里，成群的鸭子"呱呱呱呱"追着抢着吃。

雪妮子的活儿不少呢，管着一群鸭子好几群鸡，还得看着牛吃草，给牛割夜草。天天鸡还没叫，牛就"哞儿哞儿"叫着要吃草了，她天不亮就得起来喂牛，白天天儿好，能牵着牛出来吃，赶上下雨，就得喂，晚上还得喂一回。牛一天吃的草跟个小山儿似的，也难怪，它身子那么大，肚里还有一头小牛儿哩。

牛才牵来时候，脾气拧，一路上没少挨打，男人们手重，连犄角都掰裂了。牛头一回见着雪妮子，瞪着鼓鼓的大眼睛，恨不得把她吃了。牛"哞儿哞儿"一叫，吓得雪妮子紧往后退。她每回去喂牛，老是前怕后怕，在前头怕牛顶她，在后头又怕牛踢她，离着老远把草轻轻往牛跟前推，推到了，赶紧就跑。一天见好几面儿，牛认识她了，脾气也好了，"哞儿哞儿"的叫声柔缓了。雪妮子跟牛慢慢儿熟了，也敢给牛刮刮毛儿伍了的，扠挈着十根指头把牛身上粘的乱草叶子、灰灰土土和掉了的毛儿刮下来扔了。

天冷了，牛不能在外头过夜了，烧窑儿说用就用，也不能叫牛住。雪妮子一家子，还有沟儿，四个人干了十来个晚上，给牛掏了个土窑儿。牛进了窑儿，雪妮子的活儿更多了，除了一天三趟喂水喂草，还得给牛打扫窑里地下，把牛粪铲出去，换上新干草。好在牛争气，自打来了没闹过病儿，要不更累人了。

牛快下犊儿了，娘说牛不能喝凉水了，给它熬了热草籽儿汤，牛喝了草籽儿汤，不爱吃草了。雪妮子按照喂鸡的法子，在草里拌上烤酥了的鱼骨头鱼刺儿，牛又爱吃了。她怕凉风吹了牛，在柳条儿门上包了两层麻布，地上铺了厚厚的干草。娘说："这牛有福气，我怀着你那工夫儿，也没叫人这么伺候过，养你头一天还在雷泽里带着人们追獾子。你姥娘养下我那时候儿就更不如了，娘是生在雷泽里的，差点儿没叫狼叼了去。"

雪妮子知道老辈子人都不容易，有了窑住了，女人也得出去干活儿，冷妮子就是大冷天生在冻了的清水河上的，孩子生下来那阵儿，月儿姨手里还攥着叉鱼的棍子呢；霜儿她娘跟着人们下山叉鱼，走到半道儿养下了霜儿，那天早起长了冻，她才落下个"霜儿"的名儿；雨儿生在大雨里头，她们的娘临生的时候儿都跟大伙儿一块儿干活儿。这头牛落在这儿算是有福气了，她要叫小牛犊儿也享上福儿。

瞧着闺女儿这么伺候牛，娘背地里跟她爹说："这妮子有情义，咱算没白养活她一场。"爹嘻着嘴笑："这就好，闺女儿这点儿随你，我放心。嗨，我是个没本事的人，这辈子沾了你们娘儿俩的光啦。"

鸡吃的草籽儿太多，把人的口粮都吃了，雪妮子家慢慢儿顶不住了，养不起这么多鸡。大娘张罗着分活鸡，吃了后晌饭，女人们都来了，家家儿都想要鸡，大娘说："不到一百只鸡，哪儿能家家儿有份儿啊？"肉疙瘩娘人矬，心儿灵，一边儿算，一边儿说："八十九只鸡，二百六十一家儿分，三家儿分一只，行啦。"雪妮子插嘴了："不行，大小不均咱先不说……"肉疙瘩娘说："大啦小的没说的，哪几家儿分了小的，大娘给记着，下回杀猪多分点儿肉。"雪妮子说:"我还没说完呢,公鸡母鸡咋分呀?"

人们一听,都说:"对呀,谁都愿意要下蛋的,公鸡给谁呀?"肉疙瘩娘说:"那就分了公鸡的下回多分点儿猪肉。"人们都瞧不惯肉疙瘩娘的张罗劲儿,这女人年纪不大,可老爱充人头儿,指划人。冷妮子娘说:"分鸡的事儿还是让一族的大娘拿主张吧。"肉疙瘩儿娘说:"我不过是给当大娘的出个主意,省着分不均了打架。"疙瘩妞儿说:"就你爱操心,出主意还轮不上你,人家雪妮子养了半年鸡,刚说个话头儿,你就抢过来了。还是让雪妮子说吧!"肉疙瘩儿娘涨红了脸说:"这不,还没分呢,就打起来了,哼,我不管了。雪妮子你说吧,反正咱这坳子里你们娘儿俩说了算。我本来就是多嘴。"

大娘说:"大妮子,你这话就不中听了,雪妮子算个啥?咋能说了算呢?这会儿是我说了算,日后谁说了算,还得瞧谁的本事大,给咱雷泽贡献大。分鸡的事儿,你的主意啊,我听了不行。"肉疙瘩儿娘瞪着豆豆儿眼问:"你倒说说,咋就不行?"大娘说:"咱养鸡还不是图个鸡下蛋,蛋孵鸡?咋能照你说的分寡妇鸡呢?"肉疙瘩儿娘鳖红了脸,还是不服:"说我的不行,那你说咋分?"大娘说:"六家儿分一对儿鸡,往后鸡大了蛋多了,你们六家儿自个儿再分。等到春天再孵出一窝鸭子来,把鸭子也分了,这回分了小鸡儿的,分鸭子的时候儿分大的,这回分了大鸡的,下回分小鸭子,背着抱着一边儿沉。那只老母鸡还得孵鸭子,我先留下了。谁要小鸡儿,先分。"

这下儿,肉疙瘩儿娘不张罗了。小鸡儿分完了,大娘在这些人家的绳子上都系了个小疙瘩儿。一会儿,大鸡也分完了,大娘在这些人家儿的绳子上都系了个大疙瘩。

还剩下三家人:瞎姥娘、沟儿和雪妮子家,除了那只老母鸡,还剩下两只公鸡。沟儿说:"嘿嘿,给我分了只光棍儿鸡!"雪妮子娘说:"你一口人就分只大公鸡?美得你!"冷妮子娘说:"雪妮子费劲养了一场，你就杀了，你们三家吃顿鸡肉吧！"大娘说："别价，留着陪我们家老母鸡，下了蛋还能孵出小鸡儿来呢。"冷妮子娘扑哧儿笑了，"嘿咿，敢情鸡跟人一样儿，也是母的厉害啊！一母的降住俩公的。"

瞎姥娘说话了："鸡都分了，我说句中听不中听的，这群鸡可是人雪妮子孩儿养起来的，天天儿操心费劲咱就不说了，你们会算的算算，这八九十只鸡吃了她家多少草籽儿啊？我说个主意，雪妮子往门口儿搁俩木桶，一家儿往里头放一把草籽儿，你们瞧行不行？"大伙儿都说："没说的，咱得叫大娘家过了冬。"

雪妮子说："姥娘跟大伙儿心疼我，怕我们家饿着了。我再说句不要脸的话，娘听了就别骂我了：大伙儿都给我家送草籽儿，越多越好！"

大娘骂道："这妮子咋这么不要脸啊？还说呢，我能不骂你吗？"又冲着众人说："刚才的话算她放屁，大伙儿可别把她的疯话当真！"

雪妮子说："瞧瞧，这就骂上了！又是不要脸，又是放屁，又是说疯话。我娘愿意骂啥，由她骂去，不过，我说的可不是疯话。我想着春天把火麻跟狼尾巴草一块儿种，可是，鸡把家里的草籽儿都吃了。我才跟大伙儿要把种儿。今年的火麻种成了，明年种草也能种成了，往后咱就吃自个儿种的草籽儿了。"

娘倒是听她念叨过种谷子的事儿，没想到她在众人面前说出来了，就接过话来说："刚才姥娘替我家跟大伙儿要吃的，我脸上就火烧火燎的，这会儿妮子又大张嘴，我不能不说两句了。种火麻的事儿，是妮子她们姐儿几个撺掇起来的，种成了，大伙儿都得了好处，咱明年接茬儿种，没说的，而且还要多种，女人们都去种。种草跟种火麻是两码事儿，种草的事儿，我还得思磨思磨，祖祖辈辈采狼尾巴草籽儿吃，谁也没种过。这个主意得我拿，妮子她刚才说的不能算数儿。"

人们嘁嘁喳喳说开了，有说该种的，有说不该种的，一时吵成了一锅粥，乱哄哄的，啥也听不清。

雪妮子拿了俩桶来，说："我娘是怕种不成草，赔了种儿误了大伙儿的工夫儿。谁也没种过草，保不齐种成种不成的，姨姨、姐姐们，谁要是愿意帮我试乎试乎种草，我求你们往这个桶里扔草籽儿，一把一撮儿都行，哪怕一粒儿两粒儿，我也领情儿。"她往桶里头插了根棍儿，又指着另一只桶说，"接济我们家吃饭的草籽儿，就搁这个没插棍儿的桶里。就这么分了，可别放错啦，插棍儿的是放草种儿的。"

大娘本来打算分了鸡，还让雪妮子给大伙儿说说咋喂鸡，啥时候抱窝伍的，谁知道她说起种草来了，就阴着个脸说："我家吃饭用不着接济，姥娘和大伙儿的心意我领了。今儿个天不早了，都回吧！"说完拎着那只空桶去了牛窑儿。

女人们都走了，大娘见雪妮子还在那儿，就说："你过来！"雪妮子过来了，问："娘叫我有事儿？"大娘说："你人大心大了，眼里还有我这个娘没有？肉疙瘩儿娘捣乱，你也跟着起哄，你到底安的啥心？"雪妮子愣了，说："娘，您这可是咋啦？我没起哄啊！"

娘气哼哼地说："肉疙瘩儿娘张罗分鸡的事儿，你张罗种草的事儿，你们冲着谁，不是清清楚楚吗？告诉你，我脖子上的宝贝串儿还挂着呢，轮不上你们操这份心！"

"闹了半天娘是生为这个生气呀？这个您说对了，分东西、安排活计都是当大娘的人的权力，轮不上别人插嘴。可是，我可没惦记您脖子上的宝贝串儿，也不配操这份儿心。您当着那么多人骂我'不要脸'、'放屁'、'说疯话'，您这也忒过分儿了吧？我长这么大没偷过谁家东西，没跟小子干过坏事儿，不尖不懒不馋不猾，我哪儿不要脸啦？您不痛快就这么拿人出气呀？我大小也是个人儿，您别拿肉人不当人！"

这下子可把她娘惹翻了，把分鸡的气也一股脑儿发作出来了："哼，不要脸还不是你先说的？你要不垫下这话儿，我也不会接这个茬儿！你今儿个炸窝啦你知道吗？连商量都不跟我商量一下儿，就在众人面前说起种草的事儿来了，还跟众人要草籽儿。哼，别仗着你是一族大娘的闺女，就说这说那，要这要那！咱雷泽可历来不兴这个，你也甭想在我这儿开这个例儿！你说我骂你啦，告诉你，今儿个我骂得还是轻的呢，下回再这么着，我可要动族里的老规矩啦！"

这老规矩可厉害啦，犯了规矩的人要给绑到雷泽里的树上，让狮子老虎豹活活儿吃了。雪妮子只是听说过，多少多少年以前谁谁跟人打架，拿石头砸死了人，犯了规矩，在雷泽里绑了三天，身上的肉给撕扯净了，剩下一堆骨头。她长这么大还没见对谁动过规矩，听娘这么一说，她的气儿可大了，嗓门儿也高了："哼，拿规矩吓唬谁呀？种草犯了啥规矩啦？您是您，我是我，我要起点儿事儿，您干吗老往您身上拉啊？您以为我愿意当大娘的闺女？大娘的闺女算个屁！"

这话像石扞子砸进她娘心里，一股热嘟嘟的血直往上冒，嗓子眼儿火辣辣的，脸都气紫了，咬着牙骂道："我，我没养出你这个屁来！"

雪妮子平时肉肉的，这会儿嘴皮子也知不咋这么利落，一句一顶："养了我这个屁又咋啦？我可不愿意当大娘的闺女，整天价这也不是，那也不是，骂过来骂过去，都快把人逼疯啦，我受得够不够的啦！"

这话像一大块冰砸在人脊梁上，她娘只觉得背后嗖嗖冒凉气，手脚冰凉，嘴唇儿都白了，哆嗦着说："我说妮子，做人说话可得凭良心，我逼你了，还把你逼疯啦，我罪过儿大了！今儿个我倒要听听，我是咋逼你的。"

"您自小儿就没疼过我，没管过我，自打姥娘没了，您想打就打我，想骂就骂我，在外头生了气回来往我身上出。自打种上火麻，我就咋都不是了，您逼我逼得差点儿跳了清水河，整整儿一个夏天，我过的叫啥日子啊？天天儿晚上在清水河边儿转腰子。我为了啥呀？还不是为了垧子里人穿得好点儿？您至于这么跟我过不去吗？"雪妮子越说越上劲儿，平常口闷，这会儿连个磕巴儿都不打，还越说越快。

她娘不住地摇脑袋，原来以为这妮子不过说句气话，听她这一通儿说，合着她心里真是这么想的啊！她娘这个气啊，苦水往肚里倒："这妮子叫黑泥焖住心啦！为她种火麻，我经着多大的心啊，她人咋能这么没良心呢？说我要逼死她，咋能这么瞎说八道啊？这妮子这么记仇儿啊，春天里为了种火麻吵了一架，她一直记恨着啊！不行，我得说说她。"娘运了半天气才说："妮子，你不能老听顺气儿的话，娘啥时候说你，不是为了你好啊？娘在你身上下了多少心血，还不是为了到时候能把这宝贝串儿拌在你脖子上？妮子你可真是不知道好歹啊。"

雪妮子气哼哼地说："嗷，我才不稀罕那烂宝贝串儿呢！"

这么毒的话都说出来了，娘气得浑身哆嗦，她费劲擎起来的一片天裂了，也许这片天将来能呼风唤雨，可是已经不是她的天了，她是不指望了。她突然非常冷静，冷得吓人，说出来的话冰冷冰冷的："妮子，你既然不知道好歹，我也犯不上为了你好得罪你了。往后，你就是粘了一脸的鼻涕往外跑，我也不会叫你洗脸。我们把你养活大了，你用不着我们了。你参咋想是他的事儿，我老了瘫了，用不着你管。我这辈子不欠你一点儿，可是叫你欠我一辈子。"

雪妮子笑了，笑声从鼻子眼儿里出来，带着瘆人的凉气："吓吓，我今儿个真算服了您啦，要让人欠您一辈子，做人做到这份上，我算服了您啦！"说完拽开门出去了。

风咣当着门，凉气嗖嗖钻进来，大娘的心凉透了，眼里涌起酸水，哗哗地下来了。"她，她竟然评判起我做人来了，忒不知道天高地厚啦！除了戆娘娘，这世上谁有资格评判别人？我也不过是就事儿说事儿，说打她两句，可从来没评判过她。她，忒狂啦，不知道自个儿是谁啦。"

雪妮子爹进来了，见刚强一世的人瘫成了一洼儿水，焦急得说："这可是为了个啥呀！"

大娘抹了一把泪，吸溜了一下鼻子说："她走了。"

"你说妮子啊？她去牛窑儿找我去了，妮子心疼我，叫我回来，她挨那儿挖呢。"牛快下犊了，原先挖的窑儿不够大，一家子天天儿吃了后响饭去掏上一阵子，把窑儿扩出来。今儿个女人们分鸡，沟儿家里没人，大娘把他也儿留下了，就剩下雪妮子爹一人儿挖窑了。

"行啊，她还认你这个爹。"

"你瞧你，说得这叫啥啊？娘儿俩咋又闹气儿了？"

"她跟你说的？"

"没，妮子啥也没说，一个劲儿抹泪儿，准是你又骂人家来着，孩子委屈得不行。"

"嗷！她还委屈得不行？你听听她说的：我打小儿就打她骂她，差点儿没把她逼疯了逼死了。我一天儿也没管过她，合着她是打石头子儿里蹦出来的。"

"嗨，人在气头儿上哪儿有好话啊，大人不记小人过，谁叫你是她娘来着？"

"唉，她以前不是这样啊，我那知冷知热的妮子哪儿去了？咋变成这样儿了呢？"

"咋说起这么糊涂的话来了？没听说女大十八变吗？只要还没变成大人，咱就得拉扯她。"

"我想着不但把她拉扯大，还要让她比别人强，所以才老说打她，谁知道她记恨上了。我一直以为我是咱雷泽最尽心的娘，没想到她把我看成黑心狠心的娘。最伤我心的是那句：'我才不稀罕你那烂宝贝串呢！'我当娘的一片心叫她当成啥啦！"

"她要是这么说，那是她不对。待会儿我说说她，哪儿能这么跟大人说话呢？"

"说也没用，你还是省了这份心吧！她今儿个把憋在心里的话都倒出来了，也好，省得我一直做傻梦了，往后再不操这份心喽。她人大心大了，爱干吗干吗去吧，只要不出雷泽的规矩，我就不管她。"

"这可就是你的不是了，妮子是你肚子里爬出来的，亲不亲，打折骨头连着筋，咱不就这三口儿人吗？咱老了靠谁呀？还不是靠闺女儿管吗？"

"你愿意靠你靠去，我不靠她！有瞎姥娘在那儿比着呢，人家能过，我也能过。"

"别这么说啊，你还有我呢，我靠她，你靠我，还是分不开。我说，你那母老虎脾气也得改改了，好心伤人你这是图个啥呀？你先睡，我去叫闺女儿回来。"

男人这话说到她心里了，是得改改脾气了，连自个儿生的养的都受不了，记恨成这样儿，别人不定咋恨呢。人啊，都爱听好话儿，说不得呀，我为她好，反招她恨，我可再不犯这傻喽！

听着爷儿俩过来了，她翻了个身子，脸儿朝墙，闭上了眼。

"娘，睡啦？"

她没搭腔儿，她不待见这种居高临下的姿态，女儿也没再说话。她就知道，准是她爹嘱咐的，回来赔个不是，说句软话儿。哼，等了半天，啥也没说！

娘儿俩好几天不说话，连沟儿都看出来了，问雪妮子是咋回事儿。雪妮子没好气，说："你管那么多干吗？操心多了长白头发！"沟儿嘿嘿笑笑没说啥，吃了饭就抢着帮大娘收拾。雪妮子有气，没人的时候讥他："我说你可真会显勤儿啊！"沟儿嘿儿嘿儿笑笑，说："妮子，你娘不容易，家里外头一人顶着，你就别气她啦!"雪妮子鼻子里哼哼，一脸的瞧不起："哼! 我气她? 你可真能琢磨啊!"沟儿心里不好受，说："我打小儿没个娘，妮子你可是身在福中不知福啊! 唉，你跟大娘都不是一般的女人，强人遇上强人，谁先显了软，才是真强呢。"嘿，小子这句话说得挺有味儿的，雪妮子想示个软了。

那天插了棍儿的桶里收回来了多半桶草籽儿，都是妮子们从家里倒腾出来的。另一只桶里没草籽儿，不是人家没送来，是大娘把桶收回去了。雪妮子觉得这是个茬口儿，吃后晌饭的时候儿就跟她娘说："娘，当种儿的草籽儿多了，留出些儿来咱吃吧。"娘说："也不算多，留着你种草吧! 人家给咱送了草籽儿了，怕混了，把给咱家吃的都送到冷妮子家了，昨儿个你月儿姨送过来满满两桶草籽儿，够咱吃到春天了。"

雪妮子心里头骂："这些娘们儿，咋这么下贱呢? 一个个儿真会舔大娘的屁股钩子啊。我要点儿当种儿的，她们一粒儿也没给，哼，全是些势利眼! 她要不是大娘，她们也不会给，哼!"她气呼呼地抓了把草籽儿攘到地上。爹看在眼里，心里着急，怕她娘吃到心里去，狠狠地剜了女儿一眼。雪妮子也觉得做过了，就开开门，"咕咕咕咕"叫起鸡来。

三只鸡"咯咯咯咯"跑了进来，她爹把门关上了，仨鸡一会儿啄光了一地的草籽儿。

沟儿说："大娘说送草籽儿，我这才想起来，我这人没记性，忘了给您带来了。往后鸡吃的我包了，仨鸡吃不了多少，我天天儿给它们挖虫儿刨蛐蛐儿，咱就别糟践草籽儿了。"

大娘知道他家里没草籽儿，可是有这份心就够了。瞧人家孩子，多知情达理儿，还不是瞧不下去她这么瞎糟害草籽儿! 一个外人，都这么替家里打算，她可倒好，一赌气就大把大把攘，大娘越想越气得慌。

雪妮子出去撵鸡去了，听得外头"咕咕咯咯"乱叫。俩公鸡为了追母鸡一天到晚掐过来掐过去，仨鸡倒比先前一大群鸡都热闹了。

大娘说："我去给牛添把草。"起来走了。

剩下沟儿跟雪妮子爹俩男人家，沟儿说："俩女人，都是坳子里顶能干儿顶机灵的，舅舅好福气啊!"

雪妮子爹说："俩女人，一个火气赛老虎，一个像个大公鸡。从前俩人儿一直好好的，这半年也不知道是咋啦，老是别别扭扭的。娘说妮子变得不是她的妮子了，妮子说娘变得不是她的娘了，好在都还知道有过好的时候。唉，我也闹不清娘们儿家的事儿，随她们去吧!"

"舅，我觉得大娘挺不容易的，您还得多说说雪妮子。"

"嗨，这妮子刚才是太不像话啦，脾气比谁都大，哼! 我倒是不怕她娘儿俩饿饿，就怕俩人都不说话。她娘不是不说话的人，这么闷着，非闷出病来不行。雪妮子平常不说话，说出一句来能噎死人，她往后吃亏准是吃在嘴上。恶语伤人心，连亲娘都受不了，别人咋受啊?"

大娘回来了，沟儿想安慰她两句，还没想好咋说。大娘慌里慌张说："牛一会儿一尿，一会儿一尿，说不定今儿黑夜要下犊儿了，我得守着去了。"顺手拃了根儿绳儿，拽了块手巾，又拿了把薄薄的石头刀，就又走了。俩男人起来跟着去了。

仨人刚走一会儿，雪妮子回来了，正纳闷这人都哪儿去了，就听见长长的一声叫"哞儿——"，叫得人心都裂了。她啥也顾不得了，冲出门奔了牛窑儿。

她一进去，大娘就说："你来得正好儿，快关严了门，过来搭把手儿!"

母牛卧着，小牛儿已经露出来了，俩腿儿夹着脑袋。大娘满头是汗，喘着气说："谢天谢地，是正着下来的!"大娘拴住小牛儿露出来的俩前腿儿，把绳子给了爹和沟儿，说："你们往外拽！轻着点儿！"又叫雪妮子俩手护住那窟窿："手围紧了，出来的时候拿虎口那儿给搓着点儿，往外顺顺，别叫撑破了！"她自个儿把胳膊伸了进去，从里头掰着往外拉。雪妮子俩手围着，俩眼盯着小牛儿脑袋出来了。大娘说："慢着点儿拉，别把肚子拽出来！"大娘紧紧地捂着小牛儿的肚子，肚子上拽着一根血哧糊啦的肉条子，捂了一会儿，才把那肉条子拉折了。这时候，她才瞧见肚脐下头的四个小疙瘩儿，欣喜得说："嘿，是头小母牛儿！她爹，啥时候再牵回头公牛来啊。""行，上回那公牛太凶，叫它跑了，没良心的，也不回来瞧瞧老伴儿！"

小牛犊儿比人还沉，大娘把它放到干草上，一条腿儿跪着，给它抠出嘴里和鼻子里黏黏糊糊的东西，小牛儿呼哧呼哧喘开了气儿。大娘正要给小牛儿擦擦，母牛扎挣起来了，伸着粉红的大舌头舔小牛儿，把小牛儿身上粘呼呼的水水舔干净了。大娘说："比我擦的可干净多了。"母牛没舔到脚，娘抱起小牛儿的脚，想给擦干净，小蹄儿软了吧唧的，一掰就掉。雪妮子急得直叫："干吗把小牛儿蹄子掰了呀？"娘说："里头还有一层儿呢，掉了的许是没用的，软了吧唧，一碰就掉了。"大娘也是头回见小牛儿，也不知道该咋摆治，好在接过羊羔儿，就按照个大模样儿办了。

小牛犊儿跟它娘一样，一身焦红的毛儿，只是俩眼当间儿竖着一绺儿白毛儿，像长了三只眼。牛犊儿鼻子、眼睛、耳朵、身子、尾巴、腿儿，啥啥都长全了，腿踢腾了两下，舒舒服服卧在干草上。母牛已经站起来了，伸着嘴去拱小牛犊儿，一下儿，一下儿，一下儿……硬是拱得小牛犊儿站了起来。小牛犊的腿太软了，晃悠了几下儿，"扑通"，又摔下了。母牛不甘心，又伸着嘴拱它。母牛还真有耐性儿，拱了十好几下，硬是把小牛犊儿又拱起来了。小牛犊儿还是站不住，"扑通"又摔下了，母牛又把它拱起来，刚拱起来，小牛犊儿又摔下了，母牛又拱。这么着拱起来，摔倒下，拱起来，摔倒下……谁都没见过这事儿，新奇极了，四个人不错眼珠儿瞅着瞅着，嘿，小牛犊儿终于站住了，还迈开了步儿。

雪妮子起初还怨那母牛，嫌它老跟小牛犊儿捣乱，小牛犊儿刚来到世上，你就不能让它歇会儿？等看到小牛犊儿站着动来动去不倒了，她才体会到母牛的心。

娘端着一盆冒气儿的水进来了，雪妮子接过来，端到母牛跟前儿，母牛咕嘟咕嘟喝起来，小牛犊儿也凑了过来，一会儿一盆热水就喝光了，小牛犊儿就舔盆子底儿，舔干了，又舔雪妮子的手背。小牛儿的舌头热乎乎的，雪妮子手背痒痒的。大娘说："妮子，再去端一盆水来，不用烧得太热，温乎儿了就行了。"雪妮子答应着去了。

沟儿问："大娘您水里搁了啥好东西了？""啥也没搁，就搁了一撮儿盐。"雪妮子说："我说呢，它干吗老舔我的手？闹了半天是想吃咸的啦！"她爹说："你娘经的事儿多了，妮子，往后多跟娘学着点儿！"雪妮子脆生生地答应着："哎！"沟儿瞧瞧她爹，伸了伸大拇哥。她爹也正往沟儿这儿看，四只眼一对，硌挤了一下儿，嘴角儿都挂上了笑。

母牛累出了一大身汗，卧下了，一会儿又立起来，干草上多了一块血哧糊啦的东西。大娘说："胎囊下来了，好了，好了，呼！"出了一口长长的气，拍拍牛背，牛乖乖儿卧下了。大娘捏了捏牛的奶头儿，一股白水儿滋了出来，窑里添了一股香甜的奶味儿。大娘俩手去接，手给滋成了白的，她赶紧都舔了。

雪妮子端来了温乎儿水，大娘先撩着水洗了洗手，又蘸着水给牛挨个儿涮了涮四个奶头儿，一边儿洗一边儿拨捻。受了一场大罪的母牛这会儿静静儿卧着，大眼睛眯了起来，柔和的光透过白眼睫毛儿摩挲着小牛儿湿漉漉的身子。

庖牺

　　小牛犊儿蛄踊着凑了上来，拱到它娘肚皮底下，叼住一个奶头儿。母牛突然站起来，把小牛犊儿甩了。小牛犊儿吃不成了，也站了起来，它的脑袋比它娘肚皮高，只能歪着脖子把脑袋伸到娘肚皮底下，吧嗒吧嗒吃几嘴，撤出脑袋来，活动活动脖子，又伸进脑袋去，吃几嘴又得撤出来活动活动脖子。母牛一直站着，小牛犊儿也站稳了。

# 第十四回

## 犟妮子偏逢犟业畜
## 憨沟儿巧遇憨冤家

母牛四个大奶胀得鼓鼓的，足够两头小牛儿吃的，牛犊儿吃不过来，母牛老是胀得难受。小牛儿一不吃奶，母牛就贴着墙蹭奶头儿。大娘知道奶胀的难受滋味儿，她那时候儿奶水儿足，抱了冷妮子来帮着吃，才不那么胀了。雪妮子不懂得这些个。大娘每天下山前都先给母牛挤了奶，收工回来也是先跑去牛窖儿，把奶给挤了。她嘱咐雪妮子晌午给牛挤挤奶，可是说了两天，她都没记住，也搭上喂鸡赶鸭搓麻织布伍的，七事儿八事儿够她一人儿忙活的了。

大娘一赌气不靠她了，天天儿晌午跑回来，老远就听见牛窖儿里头低一声高一声的"哞儿哞儿"叫。她听得懂是娘儿俩在说话儿，母牛说："来，再吃娘几口奶。"小牛儿说："吃饱了。"母牛说："没吃饱，没吃饱。"小牛儿说："吃饱了，吃饱了！"大娘三步两步跑进牛窖儿，顾不得找座儿，圪蹴一条腿跪一条腿，刚摩挲两下儿，牛奶就滴了出来。她喊里喀喳给牛挤完了奶，喊了声："该给牛拌草添水啦！"一路小跑儿又下山了。

雪妮子试了两回挤奶，牛不是踢就是叫，咋也弄不成。她只好对娘说："娘啊，不是我不愿意挤奶，是这牛势利，不认我。"大娘说："算啦算啦，你不挤，牛还少受点儿罪。"雪妮子本来就一肚子委屈，一听这话，眼里涌上来两股酸水儿，叨叨了一句："指不定谁受罪呢！"大娘说："受罪还不是怨自个儿笨？好好瞧着点儿咋伺候牛！"

大娘挤奶可讲究啦，先给牛全身梳一个过儿，为这还专门儿抠饬了一把大竹梳子。梳完了又拿布蘸着清水给牛擦奶头儿，连尾巴跟屁股都给洗了。娘叫她瞧着学着点儿，说往后自个儿有了孩子也用得着。雪妮子咋也学不出来娘的耐心劲儿，其实硬学哪有练不出来的？是她的心不放在这些小事儿上头，眼下手里一大堆活儿不说，心还盘算着种草、种麻、改腰机的大事儿，哪儿还顾得上给牛刮毛洗屁股啊。娘嫌她粗，说她不配伺候牛，她索性不管了，嘴上不说，心里可是一百个瞧不上："姥娘活着的时候也没见你这么给梳过一回洗过一回，这会儿弄个牛当祖宗似地伺候，犯得着吗？嗷！"娘瞧得出来她心里头嘀咕个啥，就说她："等你当了娘，那时候就明白是咋回事儿了。"

等大娘把牛脾气伺候好了，雪妮子才敢圪蹴下，想试试挤奶。大娘叫她把左腿的磕膝盖儿顶住牛后腿的膝窝儿，左胳膊横起来，防备叫牛踢了。她照着娘刚才的样儿摆弄了半天，一滴奶也没挤出来，气得骂牛"势利眼"，手底下也没轻没重了。大娘瞅着生气，说："你这不是成心折腾牛吗，你这哪儿是挤奶啊？起开起开，一边儿站着，好好瞧着咋挤奶！"

大娘把一个木桶翻倒了，放在牛后腿半边儿前头，坐在上头，俩手揉揉搓搓，等到四个奶子胀得鼓鼓的，又拉过来一只桶，夹在俩腿当间儿，俩手六根儿指头不停地动，牛奶一阵儿一阵儿滋到桶里。

雪妮子光顾着瞧娘的手指头了，咋这么快呢？瞧都瞧不过来了。瞧了一阵儿，她想试试，娘站起来给她腾开了地方儿。她往木桶上一坐，学着娘的样儿，俩虎口扣住俩奶子，六根儿手指头动起来，牛奶一股儿一股儿往外滋，滋到桶外头了，她把桶往里踢了踢，对准了奶头儿。突然，牛撒尿了，奶桶上头溅得都是。雪妮子赶紧把桶撤出来，溅了一脸尿，气得骂道："死尿畜生忒不是东西了！"一脚端在母牛肚子上。牛后腿儿一蹾老高，"哞儿哞儿"直叫。小牛照着雪妮子顶过来，大娘眼快，一把推开她，同时拖紧了小牛儿的缰绳。小牛大牛高一声低一声拖着长音儿"哞儿哞儿"叫，把个雪妮子气得爬起来抬脚又要端。

娘立眉竖眼吼道："你这是干吗啊？欺负俩哑巴畜生算你的本事？"雪妮子顶得噌噌的："娘就惯这畜生吧，惯得赶往人头上撒尿啦！哼！""谁叫你往它肚子底下钻啦？"娘说着，一边儿把奶桶上头那一层往外撤。雪妮子说："我要不钻，全尿桶里啦，还说呢！"娘说："管天管地还能管住畜生不叫撒尿？哼！你就没见我挤奶的时候儿俩腿夹住桶来着？到时候一挪不就躲开了？还犯得上往牛肚子底下钻？不说自个儿笨，还怨畜生！"雪妮子说："我知道自个儿笨，天生的，没法子。"娘说："呵，活儿干不了一点儿，顶嘴倒是顶得噌噌的，有理了你？"

雪妮子想，哼，谁有理啊？天下的理还不都是当娘的？雷泽的理还不都是她当大娘的？"我哪儿有理啊？我啥时候有过理？不就伺候个牛？伺候不了不伺候还不行！"雪妮子高声甩下话儿，气哼哼地走了，丢下她娘一人生气。

本来喂牛是雪妮子的活儿，她这一气索性不管了。大娘也不求她，第二天下山牵着两头牛，提溜了一个桶，桶里有个瓢，众人自然抢着牵牛提溜桶。雪妮子冷眼瞅着，气一个劲往上冒，心里说："这不是成心寒碜我吗？"人们路上总是说这说那，今儿个，哼，还不得嚼咕她一道儿？

人不痛快，牛可是开心了，尤其小牛犊儿，跑得那叫快，拽都拽不住，人们只好追着跑，一会儿就下了山。打鱼的时候牛就在河边儿吃草，吃饱了，娘儿俩卧那儿说话儿，长一声短一声"哞儿哞儿"叫。晌午大娘挤了奶，分给筏子上的人喝。人多奶少，一人也就抿上一口儿。东西少了，越发珍奇，人们都说："咱可得多弄来些牛养着。"大娘说："我也是这么盘算着，往后叫女人们在家里顺带着养牛，公的大了杀肉吃，母的留着下犊子挤奶。眼下两头母牛，缺公牛啊。牛这东西少见，早就叫雪妮子她爹留着点儿心，到这咱还没遇见一头。"硬硬说："咱天天儿带上牛来河边儿吃草，说不定能引过一头公牛来。"浑浑说："热天这么着行，可眼瞅着天儿一天一天凉了，再过几天就没草吃了。"

一句话给大娘提了醒儿，冬天牛吃啥呀？俩牛一天嚼的够个草山了，一窑儿草也就够吃六七天。她眼珠儿一转，嗨，有啦，"冬天牛出不来了，这会儿趁早儿备下干草，赶明儿谁家想喝牛奶，就拿干草来换。"人们七嘴八舌头问开了："咋换啊？""多少草换一碗奶啊？"大娘说："不论碗，论桶换，这会儿一天能落下这么一桶奶，往后一天挤不了三回了，兴许少点儿。这么着吧，回回儿挤了奶趁新鲜换，有多少算多少，一回换两捆干草。要奶的人要是不多，就几家儿轮着换，要奶的人要是多了，咱就还照老例儿，结绳疙瘩。"

浑浑说："要是人人都想尝尝儿，八九百家儿，一年才轮着一回，干脆，咱筏子上包了牛吃的草得了。"人们都说这主意好，大娘说："你们这可是叫我作难了，不依吧，得罪你们；依了，要是别人知道了，该说不均了，这可是犯大忌的啊。"硬硬说："就一头牛出奶，啥均不均的，非要均，那就一人一口轮着尝。再说啦，咱又不是白要，他们谁要是眼气，也拿草换不就得了？"浑浑说："咱都别往外说就行了，要是谁见了问起来，就说是草换来的，也没蒙他就是了。"大娘说："我也巴不得这么着省点儿心，就照浑浑说的，大伙儿就成全了我啦。打明儿起，按着住处儿远近轮，一家儿半桶奶多了喝不了坏了，一早儿一晚儿两家儿两家儿地来换。晌午挤的，咱就挨这儿一人儿喝一口儿解渴了。"浑浑说："要这么着，那咱也不能白喝晌午这口奶，一人儿捎回去一把草，搁牛窑儿里。"大娘说："那我可赚了。"硬硬说："赚啥呀？还不是赚个辛苦？你家里又不吃草，还不是给牛留着？"

沟儿回来得早，赶着猪过来瞧见两头牛，就知道大娘又跟雪妮子治气了，过去说："大娘，明儿把牛借给我使使吧！"大娘说："呵呵，一群猪还不够你放的？咋又惦记上我的牛了？"沟儿说："大娘啊，我脚底下长了疔疮，一走道儿就疼，把牛借给我骑骑吧！"大娘乐了："沟儿，你别逗啦！没听说脚底下长疔疮的，更没听说过骑牛的。"沟儿赶紧改嘴："呵呵，说错了，不是疔疮，是鸡眼。"大娘说："鸡眼？哈哈！脚上能长出鸡眼来，手上还不长出翅膀儿来？"打鱼的人都跟着哈哈哈哈笑起来。沟儿说："嗨，瞧你们笑的！鸡眼就是脚垫儿啊，你们说，长的像不像小鸡儿眼？"他这一说，人们才明白过来。人娘说："沟儿你可真会起名儿啊，别说，还真像。不过，长个鸡眼也不至于走不了道儿啊。"沟儿一脸的可怜，说："大娘啊，哪是一个啊，光一个脚趾头上就密密麻麻一大堆。"说着脱了鞋，举着黑黢黢的脚丫子。大娘一瞧，还真是的，就跟众人说："我还没见过这样儿的脚，难为他一天走那么多道儿。"硬硬说："沟儿，你骑个牛给咱瞧瞧，它要是认你，你就牵走。"大娘连忙制止："别胡闹！这牛脾气犟得厉害，连雪妮子都叫它踢了，说是伺候不了了，我这才牵了出来。"

沟儿说："我就知道是雪妮子又犯了脾气，她要是犟起来，比牛还拧，怨不得挨踢。"听他这么说，大娘越发心疼他了："沟儿啊，你一个生人，别说骑牛了，连牛跟前都近不了，可别让你硬硬舅把你谖起来。"沟儿呵呵笑了，说："大娘，我咋成了生人了？它下犊子那阵儿我还帮忙儿来着。"说着慢慢儿靠近牛。牛瞅着它，眼睛瞪得有娃娃拳头大。沟儿拽了一把草，递到牛嘴跟前儿。牛吃了，舔舔他的手。沟儿说："瞧，它没把我当生人儿，呵呵，有门儿！"一边儿说，俩手一边儿摩挲牛头。牛使劲儿甩甩尾巴，吓得他往后退了好几步儿。

人们哗地大笑，大娘说："你跑个啥呀？牛甩尾巴是跟你好，傻小子！"沟儿脸红了，壮了壮胆儿，伸出手去摩挲牛背，牛又甩了甩尾巴。沟儿牵过缰绳走了几步儿，牛真的跟着他走了。沟儿心里这个喜欢呀，把缰绳在腕子上挽了几圈儿，提起来紧了紧，瞅着牛没在意，"噌"地一下骑到牛背上。这下儿牛不干了，又尥蹶子又打转转，非要把背上的东西掀下来。人们乱了，大娘大声儿叫："沟儿，拽紧了缰绳，夹住牛肚子，别怕！"

沟儿紧紧攥住缰绳，掰住牛犄角，俩腿夹住牛肚子。牛折腾了一会儿就没事儿了，沟儿赶紧给它摩挲摩挲颈子，牛又甩起尾巴来。大娘过来，接住缰绳，说："见好就收吧，快下来！"

沟儿跳下来，拍拍牛背，圪蹴下拽了一把草，送到牛嘴里，一边儿瞅着牛吃，一边儿说："硬舅儿说的我做到了，大娘，这牛归我放啦！"大娘说："你愿意放就放吧，其实也放不了几天儿了，眼瞅着快长冻了。"沟儿说："能放几天儿算几天儿，明儿我就牵下来。"大娘说："干吗牵下来呀？你脚上不是长了一大堆鸡眼吗？再牵两头牛走道儿，不是找罪受吗？"沟儿知道说走了嘴，挺不好意思，说："哪儿敢头一天就骑它呀？要把我尥下来，还不顺着山叽里咕噜往下滚？嘿嘿，骑不骑的，往后再说吧。"大娘说："晌午还得把牛送过来挤奶，你这不是自找麻烦吗？"沟儿说："不麻烦，我先瞧瞧大娘咋挤奶，往后我再带个桶出来，自个儿挤。"

人们一听，都说不行。沟儿"嗤"了一声儿，说："有啥不行的，把奶挤出来不就得了？"硬硬说："不行就是不行，挤奶是女人家的活儿，男人挤不出来。"沟儿瞅了一眼泛着白圈儿的空桶，明白了，就说："到晌午你们都过来瞧我挤得出来挤不出来，要是挤不出来，我就不放牛了；要是挤出奶来，天天儿晌午请你们过来喝奶，省得我顾了送牛顾不了猪。"这孩子善解人意，大娘又待见又心疼他，一拍手说："行，就这么定了，明儿晌午沟儿要是不叫大伙儿喝上奶，咱就把牛牵回来。"

第二天沟儿早早起来，割了一捆鲜草，背到牛窑儿，给娘儿俩喂上草，提起桶去了清水溪。等他回来，大娘也来了，正给母牛梳毛儿呢。沟儿学着样儿，挓挲着十个指头给小牛儿梳起来。"给你这个。"大娘把大竹梳子递过来，"牛皮厚，毛儿硬，这个使得上劲，梳着牛才好受。"俩牛沙沙吃完了草，凑过来"咕咚咕咚"喝起水来。沟儿吃惊地问："一大捆草，这么一会儿就都吃完了？"大娘说："牛没虎牙，好歹嚼两下就咽下去了，在肚子里泡软了又倒回嘴里慢慢儿嚼，且磨叽呢。"沟儿跟岨儿放过羊，知道羊倒嚼，嘿嘿乐了，说："敢情牛跟羊一样啊，虎牙全变成犄角啦，呵呵，脑袋上有了劲儿，嘴里可使不上劲儿了。"

大娘拿布蘸着温乎儿水给母牛擦四个奶子，一边儿擦，一边儿揉，擦完了揉够了，翻了个木桶坐下，准备挤奶。沟儿在旁边儿不错眼珠儿地瞅着。大娘一边儿动着一边儿给他讲："我先挤这边儿俩奶，待会儿你转过去挤那一边儿的俩。"说着俩手捉住俩奶，"你瞧，大拇哥跟二拇哥攥住上头，不叫奶往回流。这牛奶头儿长，剩下三根指头挨个儿攥住奶头儿，往外挤。"大娘一使劲儿，两股儿奶水滋到桶里。"挤奶的时候，俩腿夹住桶，万一牛撒尿拉屎了，一夹就撒出来了。"沟儿"嗯嗯"答应着。大娘又说："刚才揉擦了一阵子，把奶吊上来了，这会儿挤开了就不能住手儿，一定得一口气儿挤完了。"快挤完了，奶不多了，大娘又揉搓了几下儿，把奶挤净了。

轮到沟儿挤那半边儿了，他学着大娘的样儿先揉搓了一阵儿，头一回碰奶子，手里心里都怪怪的。那牛一动儿不动儿，他放心了，俩手攥紧了奶根儿，六根指头动起来。他劲头儿大，两股儿奶水像两根白棍儿插到桶里。大娘直夸："不错，不错，就这么挤，别住手儿。挤完了，把奶头儿擦干净。我去给咱弄点儿吃的。"

大娘还没出门儿，雪妮子进来了，见沟儿坐那儿挤奶，说了声儿："饭好了！"扭头就走了。

正吃着饭，拴拴和顺儿一人背着一捆草来了，还提溜着个桶。大娘提起奶桶来倒进他们桶里，俩人欢欢喜喜走了。大娘往桶里倒了半锅热水，涮了涮，倒进四个碗里，说："往后没奶喝了，对凑喝了吧。"又对雪妮子说："吃了饭你把草摊开晒晒，干了挪牛窑儿里去，后晌还有两家儿来换奶的。"她爹说："你娘这招儿高，人有奶喝，牛有草吃。"大娘说："奶不多，先给筏子上的人分了，出去就甭跟人说了。"雪妮子爹说："也是，等再捉住几头牛，养起来，奶多了就好了。"

雪妮子是真佩服娘的能干儿，一天工夫儿，挤奶的、打草的都有了，她觉得前天做得过分了，就说："娘，今儿甭牵着牛下山了，晌午我先对付着把奶给挤了。"娘为难了，说："昨儿个沟儿当着众人死缠活磨，把放牛的活儿包下来了。"沟儿赶紧说："我昨儿是跟打鱼的那帮人争来的，他们又放牛又喝奶，合着没咱的事儿了？妮子愿意管就接茬儿管，等你忙不开了，说一声儿，我帮你放牛。"大娘这才明白过来，说："咦，你不是说脚疼得走不了道儿，要骑牛吗？闹了半天是糊弄我啊！"

雪妮子非要瞧瞧沟儿骑牛，叫他今儿个就骑下山去。沟儿说："我要是今儿个骑下去了，晌午挤的奶可就全甜糊了那一帮儿人了。他们喝上一回，可就没完了，一回喝不上，就该埋怨了，一口是恩，十口是仇嘛。我说，不如叫他们趁早儿断了这个念头儿。

过几天他们忘了这事儿，我再骑牛下山，呵呵。"大娘说："沟儿说得对，待会儿我跟他们打个招呼儿，把这茬儿接过去就得了，留够咱喝的，后晌叫三家儿来换奶，他们也就没得说了。"雪妮子说："行，留下牛，我也琢磨琢磨咋喂才好。沟儿你放猪的时候留着点儿神，啥时候再牵回头牛来。"沟儿赶紧说："没说的，我天天儿盯着呢，牵回头大公牛，不叫母牛守寡了，呵呵。"

白天雪妮子在门口儿摆开腰机织布，把牛吃的草和水桶也摆在外头，捎带着看着鸡鸭。牛吃了草，还把一地的鸡屎鸭粪全舔干净了，倒嚼的时候一嘴鸡屎味儿，磨叽来磨叽去，津津有味儿。牛咋爱吃这东西呢？雪妮子琢磨了半天，拿了把草籽儿喂牛，牛伸出粉红的大舌头一下子就舔光了。牛爱吃草籽儿，可是哪儿有那么多草籽儿喂它们呀？她又捉了虫虫儿喂牛，牛瞅都不瞅，到底儿是吃素的！雪妮子琢磨出来个法子：她把鸡屎鸭粪全都收起来，晒干了，捡净了，砸碎了，倒桶里，拌上草籽儿壳儿，撒上盐，加上水，压瓷实了，上头压块石头，抹上泥。过了十几天，桶里钻出来一股酸乎乎的香味儿，打开一瞅，吓啊，黄黄的一桶，香喷喷的，要不说，谁也想不到是鸡屎鸭粪。每回喂完了草，再给俩牛一把掺和着谷子和鸡屎鸭粪的干草末末儿，牛一边儿吃一边儿甩尾巴。打这以后，小牛儿噌噌噌长起来了。

小牛儿一天天长大了，母牛的奶少了，一天挤两回就行了。沟儿跟雪妮子商量："这两天见了牛了，可是牛不上近前来，我捉不住。我想把它们娘儿俩牵下去放几天，说不定能招来一两头公的。你看咋样儿？"雪妮子说："行啊，天儿冷了，牛老囚在窑里，不活动不好，该日头底下好好儿晒晒啦。你骑上下山吧，嘿，我早就想瞧你骑牛呢。"沟儿乐了："嘿嘿，当着人面儿叫牛甩下来，不成了野猪下山滚蛋啦？那帮人非得笑疼了肚子不行。"雪妮子想起打探野猪的时候儿沟儿说的野猪下山的笑话儿，也乐了，说："那你就等他们走了再骑，摔下来我也好扶你一把。"沟儿说："哼，不怀好意，咋就盼着我摔下来啊？"

沟儿牵着牛赶着猪顺着清水河往下走，猪都认道儿了，不用他操心，两头牛可一点儿也不安生，尤其是小牛儿，头一回放出来，见啥都新鲜，走着走着四条腿儿就往后蹭开了，"噌"一下子扬起蹄子蹿出去。沟儿把它拖回来，它就瞪着俩眼"呼哧呼哧"喘粗气，随时准备再跑。沟儿本来打算放开绳，让它们自由自在吃一天草，暖暖和和儿晒晒，一瞅这劲儿，哪还敢呀，只好紧紧地攥住绳。一路上跟牛较劲儿，沟儿挣出了一大身汗，还得不停抡鞭子吆喝那群猪，这份儿罪受的！

老这么着哪儿行啊？沟儿找着一块儿草密的地方儿，挽着母牛的缰绳，把小牛儿拴到河边儿一棵树上。它倒也乖，低头儿吃起来，母牛却"哞儿哞儿"叫开了，吓得猪群乱跑。沟儿赶紧把它也拴到不远儿一棵树上，小牛儿能够得上吃奶。拴好了，沟儿又去撵猪，"嘞嘞嘞嘞嘞嘞……"叫着，鞭子甩得天响，惊起河边儿苇子丛里几只野鸭子。要是在平日，沟儿早就逮去了，这会儿他只顾追四处乱跑的猪了。

追出去老远，好容易把猪群拢起来了，他不敢再往远处儿走了，后头还有那两头牛呢，他心里头埋怨自个儿："嗨，谁叫你揽这么些活儿呢？放着自在不自在，找罪受真是活该！"

他惦记着牛，想回去看看，又怕猪跑了。这块地儿前几天就吃过了，猪刨了半天也拱不出几个橡子儿来，饿得拉着长声儿"嗷嗷儿"叫唤。那头留种儿的大公猪把一棵小橡树儿拱倒了，一群猪拥过来，翻出来的树坑里猪头蹭着猪头，拱得咬起来，"嗷嗷儿"乱叫。

沟儿给猪叫得心烦，抽了几鞭子，打起猪群往前走。猪饿得慌，却不肯快跑，赖不唧唧往前磨蹭，一边儿磨蹭，一边儿撒着欢儿叫唤。沟儿气得挥着鞭子骂："没出息的孬种！叫！叫！回去把你们全宰了！"

　　磨蹭到快晌午了，到了一片橡树林子，地下掉得满是橡子儿，这下儿猪不叫唤了，只顾低头儿吃了。沟儿心里不踏实，怕那俩牛吃不着草了，又怕它们挣断绳跑了，一急，甩下猪往回紧跑。

　　他嫌手里赶猪的鞭子碍事儿，扔了。跑啊，跑啊，一跤绊倒了。他赶紧往起立，左边儿一条腿却动不了了，俩手咋掰饬也掰饬不开。嘿，这事儿，磕膝盖儿夹住动不了了！前头两头牛，后头一群猪，自个儿给夹在当间儿不能动，这可不行啊！咋办啊？咋办啊？这时候儿只能求告燧娘娘了。

　　沟儿定了定心，把右边儿那一条腿也跪下，双腿一跪，只听左边儿那一条腿"咯叽儿"一声儿轻轻的响，嘿，能动了！他立起来，又朝东北跪下，给燧娘娘磕了仨头，这才又站起来，往回走了几步儿，试试没事儿了，接茬儿跑起来。

　　远远儿看见牛了，俩牛粘在一块儿，亲近呢。沟儿放心了，累劲儿像一摊泥，从头上糊下来，脚底下跑不动了。走着走着，越瞧越不对劲儿，他紧着跑了几步儿，揉了揉眼睛，俩牛头顶着头，四只角插成了一朵大花儿。不对，小牛儿没这么大个儿呀，怪了！他一急，又紧着跑了几步儿。

　　这下瞅清了，俩都不是他的牛，一头黑的，一头黄的，是俩野牛干架呢！他顾不得瞧这个，四下里找他的牛。听得后头"哞儿哞儿"几声叫，回过头来，原来已经跑过了，刚才没往河边儿瞧。母牛舒舒服服卧着，来回甩搭着尾巴赶虫子，上嘴唇儿跟下嘴唇儿磨来磨去倒嚼呢。小牛犊儿在啃秃了的地上舔盐花花儿。见沟儿过来，四只大牛眼翻翻着，好像在问他："这大半天你都干吗去啦？"沟儿长出了一口气，摇摇摆摆跑过去，圪蹴下，先抱着母牛脑袋蹭蹭脸，母牛把大眼睛眯成了两道儿长长的缝儿，一股自得满足劲儿。沟儿又起来，过去抱着小牛犊儿的脑袋蹭蹭脸，蹭了一脸黏黏糊糊的，也不知道是唾沫还是鼻涕。

　　沟儿回过头来瞧那两头野牛，嘿，还那儿顶着呢，安安静静，看都往不这边儿看一眼。畜生,咋这傻呢?莫非是两口子闹着玩儿呢?沟儿这才往牛肚子上看,俩肚子上都蹶蹶着一撮儿朝下的毛儿,跟山羊胡子似的。嗨,闹了归齐俩全是公的!

俩公牛就这么实实在在顶着,一声儿不叫,要不说牛打架死顶呢。脖埂子上隆起俩小山样儿的大肉疙瘩,屁股绷得滚圆,后腿夹住尾巴,四只前蹄子铿铿地刨,扬起呼呼的干土,脚底下刨出了四个坑,越刨越深。

沟儿想起扔了的鞭子,后悔得不行,撅了根儿树枝子扔过去,俩牛瞅都不瞅,他又撅了根树枝子,走到跟前,牛不理他。他把树枝扬起来,抽下去,牛还是不理他。他想把它们分开,可是没用,他爽性抽到牛身上,一边儿一下儿,俩牛一动儿不动儿。他干脆上去拽黄牛的尾巴,尾巴夹得那叫紧,俩腿当间儿连缝儿都没有,手哪儿插得进去啊!拽不了尾巴,他就去掰牛犄角,黑牛的犄角又弯又粗又长,沟儿手插进去,使足了劲,坑吃了半天,咋也掰不开。牛鼻子里噗噗喷着湿气,拌着刨起来的土花花溅到他脸上手上。

沟儿没劲儿了,躲开俩犟牛,卸下背篓儿,拿出两根当缰绳的粗绳子,看好了顶架的牛两边儿离得不远儿的两棵树,一左一右,一棵树上拴了一根绳子。他拄紧了一根儿,捋到黑牛跟前儿,轻轻儿绕住两条前腿根儿,在脊梁上套了个松松的结儿。黑牛死劲儿顶着黄牛,俩腿带着绳子刨土,直到系紧了扣儿,那牛都没瞅他一眼。沟儿出了口长气,又把另一根儿绳拄紧了,捋到黄牛跟前儿,也是先松松拢住俩前腿儿,再绕到脊梁系上扣儿。等他都干完了,俩牛还挨那儿死死顶着。

沟儿解下母牛和牛犊儿,牵着它们朝老榆树桥那头儿走了。走到半道儿,忽然听见后头山崩地裂一阵轰响,小牛犊儿吓得蹿出去老远。沟儿回过头去,可是清水河拐了弯儿,只瞧见了扬到半天的黄土。他又怕又急,牵着牛越走越快,远远儿瞧见筏子上的人了，就可着嗓子喊叫："大娘哎！大娘哎！"前头的人听见了，几个人一块堆儿往这头儿跑，一边儿跑，一边儿喊："沟儿！出啥事儿啦？"沟儿拽住牛立住了，等着人们过来，扯着嗓子喊："过来几个人，快点儿！"

等人们跑过来，他急着说："那边儿牛打架，快去几个人捉牛！"说完把两根缰绳交到大娘手里，扭头就往回跑。大娘把牛交给了硬硬，带着人在后头喊："沟儿，咱一块儿走，等等！""不行啊，那群猪还在前头扔着呢！"

两头牛交给了本主儿，沟儿这会儿啥也顾不得，只想着那群猪，跑得飞快，一会儿就听不见后头的人声了。他跑啊跑啊，跑过牛顶架的地方都不知道。等瞧见了猪群，沟儿一下子没了力气，"嘞嘞嘞嘞"吆喝着，腿迈不动了，一屁股摔到地上。猛然想起鞭子，他又起来四下里找。找着鞭子，使足了劲儿，甩到半空里。猪听见鞭子响，都过来了。

刚才跑得急，沟儿身上起了火，嘴里干得冒烟儿，就趴到河边儿，脑袋扎进水里，"咕咚咕咚"喝了一气。猪"噼里啪啦"跳进河里，乱扑腾。身上再热，这日子他也不敢跟着下河，他又抡开鞭子，把猪赶上来了。

大娘带着几个人在半道儿等他，人们老远地就喊开了："沟儿，快过来瞧啊！"沟儿问："捉住牛了？""捉住了，你快过来瞧啊！"沟儿到地方儿一看，俩牛都在地上卧着呢，刚才的威风劲儿全没了，黑牛脸上豁了条血口子，"呼哧呼哧"喘粗气；黄牛折了一根犄角，俩大鼓眼瞪得溜圆，腮帮子一鼓一鼓的。

大娘说："沟儿啊，可真有你的！叫两头牛一头背一棵连根儿拔起来的树，河里一头，岸上一头！"

沟儿一听，嘴张了半天才说出来："牛顶架有这么大的劲儿？我牵着牛找你们的时候，听见'轰隆隆'一阵响，没顾上回来瞧。好厉害啊！"他又想起离开这里时俩牛较劲儿的样儿，往后，准是黑牛把黄牛的犄角顶折了，还不依不饶，直到把黄牛顶到河里，绳子把树拽到了，连根儿拔起来。黑牛拴着的树却是他自个儿拽倒的，多大的牛劲儿啊！

浑浑问沟儿："沟儿啊，你咋挑着两头牛打起架来了？"沟儿苦笑着说："浑舅儿真逗，我能的，还会挑着牛打架，嘿。"浑浑纳闷儿，问："那绳子不是你拴的？""绳子倒是我拴的，可那是它们顶起来以后才拴的。"浑浑接着问："那你说说，这俩为啥顶起来的？"沟儿说："我也没瞧见咋起来的，许是这俩公的争咱那母牛吧。我过来的时候它俩就顶上了，母牛卧着悠悠呵呵倒嚼瞧热闹儿。我费了老大的劲也没把屌尿的分开。"

大娘吓得叫起来："我的老天儿啊！你还敢分开顶架的牛？沟儿你不要命啦？"沟儿憨憨地笑着，说："瞧把大娘吓得！人家俩牛根本没答理我，我这才想起把它们拴树上，好跑回来喊你们。今儿个乱了，全乱了，我又管牛，又管猪，还得给牛劝架，顾了这头儿顾不了那头儿，可把我累死了！"硬硬说："嘿咦，赶明儿你小子把打鱼的活儿也揽过去得了！"大娘笑呵呵看着沟儿说："能的你！"

"阿嚏！"沟儿一激灵，抬头瞧见日头只剩下一弯灰白的眉毛。人们都觉到凉了，于是拽起两头牛来往回走。黄牛又支起了架势，朝黑牛伸过只剩一只犄角的脑袋来，大鼓眼里呼呼冒着火苗儿。黑牛也不示弱，立定了，好像说："有种的你就上来！"大娘担心了，说："这一对儿活冤家，又要顶架啦，快牵上回吧！"沟儿说："大娘怕也没用，回去了俩畜生也少不了顶架，您说，黄牛哪儿能咽下这口气啊？"浑浑嘻嘻笑着说："可不是嘛，母牛再撩拨两下儿，就更热闹啦，天天儿能瞧上牛顶架了，可有瞧头啦，呵呵。"人们嘻嘻哈哈笑着，牵着牛赶着猪，跟着沉下去的日头往回走。

# 第十五回

## 未开化不更男女事
## 合阴阳方悟人之初

硬是雷泽最强的男人，他娘生他那天赶上鱼汛，女人们叉的鱼格外多，桶里盛不下了，他娘在清水河边儿挖存鱼的水沟儿，生下他来就给起了个"水沟儿"的名儿。"硬硬"是他长大了才叫起来的野名儿，是说他命根子硬，后来野名儿叫开了，正名儿倒被人忘干净了。人们说，硬硬的种儿多了去。硬硬年轻的时候相好儿多，女人们图的是他的种儿好。到后来硬硬支不住了，就留下雪妮子娘一个非支应不可的，前半宿在家里睡，守着他那一辈儿里最好看的女人，后半宿挪地儿，伺候雷泽最强的女人，硬硬知足得不得了。

雪妮子爹也有相好儿，早早儿就给硬硬腾出地来了。硬硬白天不敢一人儿走道儿，怕叫哪个等着的女人拉到树棵子里头。夜里没人儿等他，都知道他后半夜是大娘的人。

坳子里两头儿睡觉的也不就是硬硬跟雪妮子爹，家家儿都这样儿，男人半夜出来找相好儿的，女人在家里等相好儿的。谁也说不清打啥时候兴的这规矩，可都知道比老辈子有娘没爹的乱配野合强多了去了。男人女人睡一块堆儿，也不就是撒野，尤其是碍着孩子，都顾忌。男人女人到一块堆儿，说话儿的时候比干事儿的时候多，说的是大人孩子过日子的事儿，见天儿见了说说，误不了事儿。哪一个男人都担着两家的活儿，自个儿家的活儿有别人担着一半儿。相好儿是帮着过日子的，有事儿帮忙儿，就跟最近的亲戚一样儿，孩子们管娘的相好儿叫"舅"，管爹的相好儿叫"姨姨"，对外人说"我舅"、"我姨姨"。很少有为相好儿争风儿打架的，骚儿爹身子骨儿差，没找相好儿，骚儿娘跟大愣、二愣哥儿俩过着，十几年了，仨男人连句嘴都没拌过，日子过得挺旺。骚儿娘逢人爱说："这个家得亏有他俩舅帮衬着，要不，日子还真过不下去哩。"话里也显摆自个儿后半夜的本事比别的女人强。

硬硬当家的穗子一共生养了九个，可惜只活了最后一个，是个妮子，一下生儿就落下个"剩儿"的名儿。

剩儿长大了，出落得跟棵春天里憋足了骨朵儿的桃树似的，哪儿哪儿都那么鼓粒粉嫩，谁见了都忍不住多看两眼。

有日子了，剩儿一到天黑就往外跑。穗子跟硬硬商量："妮子大了，再跟咱睡一块儿不合适，挖口新窑吧！"硬硬说："家家儿都这样儿，妮子是自个儿的，一块儿睡有啥不合适的？"她娘说："你动静儿太大，妮子人大了，听见不好。"硬硬说："我跟雪妮子娘也是这么大动静儿，也没听见她说挖新窑。"女人说："吹羊皮吧，我就不信你在她跟前敢。"硬硬鼻子里哼哼着笑了："有啥不敢的？她还不就图我那物件儿硬？动静儿大？哼，撒野能没动静儿吗？就你事儿多！"女人有股子蘑菇劲儿，非得把他说过来不行："还是再挖一口窑吧！你瞧不见妮子天一黑就往外头跑？人大了，老跟小子扎树棵子，不叫事儿。妮子该招人儿了，挖新窑也是早晚儿的事儿。"硬硬点了头:"嗨,明儿我跟雪妮子娘说说,你也跟她杆子舅儿说说,趁着土还没上冻把窑给挖了。"

说干就干,硬硬挖窑了。雪妮子娘叫雪妮子爹来帮忙儿,剩儿娘的相好儿杆子也来了,仨男人,挖了几个早晚儿,把窑挖成了。新窑太湿,得吹一个冬天才能住人。

剩儿可没扎树棵子,她有自个儿的去处儿。剩儿瞧上了身高树大的大个儿。大个儿没爹没娘,一人儿住着一口破窑。天黑了,剩儿摸到大个儿窑里,俩人儿地下坐着说话儿,坐累了就靠墙歪着,从小儿说到大,说不完的话儿。

"剩儿,人们都待见你哩。"

"谁们啊?"

"小子们呗,他们给妮子们都起了野名儿,属你的好听,叫'桃花儿'。"

"呵呵,你们给别人都起了啥野名儿啊?"

"雪妮子叫杏花儿,冷妮子叫梨花儿,雨儿叫云彩,霜儿叫老鸹窝,辣妮儿叫酸枣儿,疙瘩妞儿叫烂桃儿……"

剩儿不叫他说了:"行了行了,你们这群小了全是些烂古头,没一个儿好人儿!"

"吆呵,没一个儿好人儿,那,我是啥人哪?"

"你啊,木头人儿!"

大个儿咂磨着这话的味儿,问:"你是不是想叫我干啥呀?"

"嗨,还不是根儿整木头,有救儿。"剩儿捉住大个儿的手搁到自个儿胸脯儿上。

过了会儿,大个儿说:"嗨,你那心突突跳哩。"

剩儿把他的手捏得生疼,问:"你这手是木头的?"

"木头的还知道疼啊?剩儿,你想叫我干吗?"

"抓!使劲儿抓两把!"

大个儿那只手攥了两把,剩儿疼得好受,一把搂过他的脑袋来，搋到胸脯儿上，说："吃！"

大个儿支棱起脑袋来说："别瞎闹！我又不是娃娃，咋能吃你的咂儿？"

剩儿气得把他扒拉开，搋到地上，趴上去。

"剩儿，你想干吗呀？"

"咱闹腾一回吧！"剩儿嘴里出来的气烫人。

"好好地，别瞎闹腾！"大个儿还是轻言慢语儿。

"就瞎闹腾！今儿我要瞧你个木头人儿会不会撒野。"

"咱好好躺着说说话儿，别瞎想！"

"是个人大了，都得撒野，莫非你不是人？"

大个儿突然翻了个个儿，滚烫的身子把剩儿点着了，一起一起地动，憋了半天的大个儿再也把不住了。剩儿疼地尖叫一声，吓得大个儿止住了，慌地说："坏了！"剩儿嘴里"咝咝"地吸溜儿，大个儿轻轻问："行吗你？"剩儿紧紧抱住他说："没事儿，只要你行！"

风平浪静，大个儿心疼地说："受罪了吧？"

"分咋说了，呀，都是你的？热嘟嘟的。"

大个儿点了根儿松明子一照，心疼地说："我对不起你，没想到你是个红籽儿红瓤儿的，嗨！瞧这事儿闹的！"

"你把我想成啥啦？"

"不是，我是说，谁没个相好儿呢？你长得这么好，那么多人待见你。"

"莫非你是黑籽儿黑瓤儿的？"

"我？"大个儿呵呵儿笑了，"你咋问开这个了？"

"原来以为你是个木头人儿，闹了半天你啥都会啊。"

"会啥啊？这个不用教，到时候儿知道奔哪儿去，嘿嘿。"

"大个儿，你有相好儿的了吧？"

"我？甭逗了！谁瞧得上我啊？"

"我不是瞧上你了？"

"傻妮子，你可是图我个啥啊？除了个大傻个子，要嘛儿没嘛儿。"

"图的就是这个傻，傻配傻，一对傻。"

"得，养下的孩子非傻不行了。"

"别造孽了！傻一辈儿还不够？还要辈儿辈儿傻？"

"不造孽，不傻，不傻，咱孩子准是个人精子。"

"美得你！越说越傻了。"

"剩儿，咱都到这份上了，你就实话实说吧：到底儿图得我个啥呀？"

"这不明摆着的吗？三千多口子里属你个儿大，身大力不亏，有力气谁都瞧得起，我先抢过来，嘻嘻！"

"嘿呐，这么个傻大个儿还用抢？白给还不知道有没人要呢。剩儿，你抢我这么个木头人儿，不是跌份儿吗？"

"跌份儿？这可是你说的。既然跌了份儿，大个儿，往后你可得依我一条儿，让我找补回来！"

"十条儿也依你，啥？你就说吧！"

"我说了，你可得依，要不依，我就不要你！"

"那还有不依的？你就快说吧！"

"大个儿，咱俩要一块儿过日子，就一块儿守一辈子。"

"就这呀？我当你要叫我给你摘星星抓月亮呢。剩儿，这还用说啊？"

"我是说，咱俩谁也不许找相好儿的。"

剩儿睡觉轻，一有动静儿就醒，醒了半天睡不着。长到十二三岁上，听着娘跟爹噼里啪啦、跟舅儿蛄蛹来蛄蛹去，就反胃，肠子肚子往上翻。她心疼娘，叫这个压上一阵儿，叫那个揉上一阵儿，到最后哼呀嗨地，图个嘛呀？她想不明白，娘干吗一宿一宿找这罪受啊？她跟娘说过："挖口新窑，咱娘儿俩住吧，省得老受男人欺负。"娘不说话，红着脸"咯咯儿"笑，还把她这话传给爹，爹听了搂着娘偷偷乐。后半宿娘又说给杆子舅听，杆子舅压着娘笑得喘不过气来，说："不行了，我不行了！"说不行了，却"吭哧吭哧"喘着粗气把娘欺负了个够，娘到后来连气儿都喘不上来了。两人累得睡死过去了，一股腥气熏得剩儿倒背气，她爬起来，跑出去吐啊吐的，连苦胆都吐出来了。打这，剩儿瞧不起娘了，一个女人，咋这么不取贵哩？活该叫男人折腾！

大个儿一听剩儿说不许找相好，就乐了："你跟我说还不是白说？就算我想找相好儿的，也得有人跟我啊。我说剩儿啊，你这不是治你自个儿吗？"

"治咱俩，咱得发血誓。"剩儿拿起石头片儿就要拉自个手指头。大个儿劈手夺过来，说："等等，要是都没相好儿，家里遇上事儿没个帮忙的，不行！还是我一人儿发血誓吧。"说着拉破了手指头，血涌了出来，剩儿捉住含进嘴里，一劲儿嗺。大个儿另一只手指着窑顶子说："我大个儿一生一世就跟剩儿一个女人过，啥时候有了相好儿，天打五雷轰！"剩儿趁这工夫儿拉了自个儿的指头，放进大个儿嘴里，也指天发誓："我剩儿一生一世就跟大个儿一人儿过，啥时候儿有了相好儿，天打五雷轰！"把个大个儿心疼地泪都掉下来了。

大个儿家里没人，搬新窑那天，自个儿卷了草垫子跟两块皮子过来了。他把老窑给了浑浑家，浑浑两口子抱着几张好皮子跟了过来，算是陪送的。到了天黑，浑浑家的大小子清水找了一群小子来闹窑，给大个儿找足了面子。

妮子们知道得晚了一宿，第二天去雷泽围着大个儿狠着折腾了一回，数辣妮儿能闹，逼着大个儿往剩儿大腿底下钻，一边儿钻还得一边儿叫娘，引得人们笑个没够。剩儿恨得牙痒痒，又不好发作。后来大娘出来说情了："够了够了，闹过了头儿，剩儿可就没面子了。"妮子们这才收了，拉上剩儿去了火麻地。

剩下大个儿，成了猎人们打趣的话头儿，只是当着大娘的面儿，舌头底下还算留情儿。

等大娘往筏子上一走，蛋蛋、二顺儿几个就商量着咋整治大个儿。到了歇晌的时候，几个人找了个僻静地方，狠着拾掇了大个儿一顿儿，要他细细地说昨儿黑夜咋过的。大个儿说："累了一大天，躺下就睡着了。"二顺儿说："蒙谁啊？把哥们儿当小孩儿耍啊？"蛋蛋说："屙屎的干柴烈火，还有个点不着的？"棒尖儿说："快说，咋点着的!"大个儿红着脸抿嘴儿乐，蛋蛋说："让你小子乐个够! 棒尖儿，顺儿，小五儿，摁住他! 瞧他说不说!"几个人把大个儿摁到地上，蛋蛋在他俩胳肢窝里下了手，治得他缩声了，连咳嗽带喘地央告："别，别闹了!"蛋蛋说："你老老实实说，就不闹了。"大个儿说："你们起来，我就说。"人们住了手儿，大个儿坐起来"呼哧呼哧"喘开了气。

小五儿说："这小子耍咱哩，蛋蛋，还得胳肢他!"大个儿忙说："我说，喘过气儿来就说。"蛋蛋挖挲着手说："不快说，我可又下手了。"

大个儿清了清嗓子说："我说啦，都好好听着!"二顺儿说："快说吧! 事儿都干了，害啥臊啊?"大个儿闭起眼，运足了气，晃着脑袋，拉着长声儿说："美啊!"棒尖儿说："废话，谁不知道美啊?"几个人一块儿问："咋个美? 快说!"大个儿睁开眼睛，慢条儿斯理地说："急啥呀? 好好儿听我慢慢地细细地说给你们。"说着又闭起眼来，"这美，光听听不出来，得闭着眼咂磨，才能咂磨出味儿来。我闭着眼说，你们闭着眼听，听我细细说来。"他打眼缝里瞧着几个人，慢慢地说下去："刚才谁说干柴烈火，还真是这么回事儿，嘿嘿。"大个儿说着，悄悄起来，突然大步跑了。等几个人明白过来起来追，咋也追不上了。

大个儿冲着雪妮子爹喊："石头舅儿，还不起歇儿啊?"雪妮子爹瞧着后头追过来的蛋蛋他们，呵呵直乐，说："追人家干吗啊？想那啥了，自个儿找当家的啊。"

妮子们规矩多了，悄悄儿在麻地里说着私房话儿，各说各的人儿，各说各的事儿。雪妮子问辣妮儿："蛋蛋啥时候搬过来呀？"辣妮儿说："不急，还没挖窑哩。"冷妮子问疙瘩妞儿："你家早就挖好了新窑，清水该过来了吧？"疙瘩妞儿说："新窑我仨哥住着，等他们一个个走了才行哩。"雨儿说："呦，那得等到哪辈子啊？"剩儿说："这事儿说慢也慢，说快也快，到时候儿说走就走了，留也留不住。"冷妮子说："听剩儿的，没错儿。看人家大个儿，说来就来了。你们俩真行，一点动静儿都没有，蔫不出溜就过一块堆儿了，嗨！"剩儿的脸腾地红了，想骂冷妮子，一时找不着话。雪妮子说："小巫婆儿，你准是蔫不出溜儿地跟哪个小子好上了吧？"剩儿拍着手笑，说："我嘴笨，自有为我说话的。"冷妮子说："小狐狸说不到点儿上，我要是跟谁好上了，连树上的老鸹都知道了，还瞒得住你？"

剩儿长得好，也知道好，头发老是篦得干干净净，梳得齐齐整整，一甩脑袋刮过一阵云。前头两绺碎头发拿水抿了，手指头卷了，散成松松的花儿，衬得眉眼儿一团喜气。

剩儿越变越好看了，脸蛋儿光溜儿了，胸脯儿鼓粒儿了，整个儿人像个熟了的桃儿。妮子们都问她吃了啥好东西了。剩儿脸一红，越发好看了。疙瘩妞儿说："人家那也叫脸，咱这也叫脸，瞧瞧人家那脸，比比自个儿的，嗨，干脆跳清水河得了！"剩儿说："我也长过粉刺疙瘩儿，甭急！到时候就没了。"冷妮子说："剩儿，说说呀，吃了啥好的了，使了啥好的了？"剩儿说："我说了，你们也不信。"雪妮子说："你还没说，咋就知道我们不信了？说吧！"

剩儿想了想说："得了，还是不说了。"妮子们都急着要听，剩儿说："往后再说吧！"

　　日子打指头缝里出溜儿，转眼儿收火麻了，转眼儿又种火麻了。剩儿挺着个大肚子，松土弯不下腰儿。雪妮子说："剩儿，甭费劲了，地头儿上坐着歇会儿吧！"剩儿就坐地头上，松边儿上的土。松完了一块儿换地儿，却起不来了，只好扭着屁股慢慢儿挪。雪妮子看她这么难，就说："剩儿姐，身子这么重了，明儿就甭来了。"剩儿笑着说："跟你们一块堆儿不闷得慌，嗨，越来越笨了。"大伙儿都劝别来了，她说："我娘说：'活动着点儿好，下生儿痛快。'能来还是来吧。"冷妮子吓唬她："大肚子来麻地里不好。"剩儿笑着问："我倒要听听咋不好，麻还能因为我这肚子出不来芽儿了？呵呵。"冷妮子说："麻倒没事儿，对你不好。"剩问："咋不好？莫非来了麻地就养活妖怪？哈哈哈哈……"剩儿捧着大肚子笑，看不见手脚胳膊腿儿。冷妮子说："麻叶儿长出来熏孩子，养活下来缺胳膊短腿儿。"剩儿笑得厉害了，妮子们跟着笑，麻地里一片笑声。

　　挺到火麻开了花儿，剩儿挺不下去了。歇晌儿的时候还好好儿地，又说又笑，后晌就支不住了，还是咬牙挺着。雪妮子见她头上大汗粒子下来了，就叫冷妮子跟雨儿送她回去。剩儿强笑着说："一阵儿就过去了，没那么娇贵。"雪妮子急了，说："今儿个咱都娇贵一回，收工了，都回去！"剩儿赔着笑说："你这是何必呢？本来咱人手儿就少，可别为了我治气啊！"雪妮子急赤白脸嚷嚷："回，回，说回就回，谁不走，我跟谁急，往后麻地里没她这人！"冷妮子跟雨儿搀上剩儿，人们拥着回了。

　　雪妮子走在最后头，弯到筏子上，娘不在，就问硬硬："舅，我穗儿姨在家吗？"硬硬问："有事儿吗？""剩儿怕是要养活了。"硬硬急着问："真的？"雪妮子说："嗨，瞧着快了。冷妮子她们送她回去了。"硬硬说："我这就去雷泽喊大个儿回去。"雪妮子说："我待会儿叫上瞎姥娘，一块儿过去。"

　　雪妮子去接瞎姥娘，说："姥娘，我看剩儿过不了今儿个了。

姥娘吃了没？"瞎姥娘说："事儿急先办事儿，走吧！"雪妮子搀上瞎姥娘，送到剩儿家里，冷妮子跟雨儿都在，硬硬两口子跟大个儿还没回来。雪妮子说："你们都别走，我回去好歹弄点儿吃的，一会儿就过来。"

家里有簸净了的狼尾巴草籽儿，雪妮子抓了几把煮了焖上；等熟了，端起锅去了剩儿家。半道儿碰上冷妮子跟雨儿，冷妮子说："她家里人都回来了，窑里站不下，碍手碍脚的，我们就出来了。"雪妮子问："剩儿没事儿吧？"雨儿说："先是肚子疼了一阵儿，瞎姥娘给摆治得不疼了。"

雪妮子把锅送到剩儿家里，瞧着地方小人多，自个儿一个妮子家在这儿不合适，就拉着剩儿的手说："姐，我先回了。养活了，好好儿挨家歇两天儿，别急着去麻地里。"剩儿说："养活了就没事儿了，我背上孩子去地里，干不了巧活儿就干点粗活儿。"雪妮子笑着说："呵呵，刚下生儿的孩子就跟着你伺候麻去，你这当娘的也忒狠了。"大个儿说："剩儿说了，养活个妮子叫麻花儿，养活个小子叫麻秆儿，甭管妮子小子，都是你们麻地里的人。呵呵。"雪妮子眼里一热，说："我得走了，剩儿好好的啊！吃了饭我娘我爹再过来瞧你。"

吃了饭，雪妮子娘说："她爹，你去也帮不上个啥，没的给人家添乱。我一人儿过去就行了，一会儿就回来了。"

没等到娘回来，雪妮子就睡着了。

一阵凄裂的哭喊把雪妮子惊醒了，爹也醒了，说："是你穗儿姨，后半宿了，你娘还没回来，我过去瞧瞧。"雪妮子隐隐觉得，剩儿出事儿了，说："我也去。"爹说："穗儿姨两口子这会儿见了你更难受，你还是别去了。"

雪妮子一人儿在家等着，穗儿姨的哭声时断时续，一截儿一截儿地传过来，剁在心上，没完没了地疼。

快天亮了，娘才回来。爹没回来，帮着硬硬舅跟大个儿去山下葬剩儿去了。雪妮子说："您不陪着穗儿姨，行吗？"娘说："你杆子舅儿陪着她哩。我挨那儿不合适，就送了瞎姥娘回来了。"

"娘，剩儿就那么没了？"雪妮子突然感到凉，透心儿的凉。

"嗨，那妮子遭了罪了，孩子屁股先下来的，瞎姥娘就知道保不住剩儿的命儿了。好容易把孩子拽出来了，嗨，你舅家这是遭了啥罪了啊！"

雪妮子急着问："孩子也没了？"

"嗨，没了倒好了！剩儿白搭上了一条命儿，嗨！"

娘一个劲儿嗨呀嗨地，把雪妮子给嗨糊涂了，她咋也想不过来孩子咋就"没了倒好了"，就问："那孩子咋了？"

娘说："那哪儿是孩子啊，分明是个妖精，来要剩儿的命来了。"

雪妮子吓得问："咋是个妖精？长啥样儿？有鼻子有眼吗？"

娘说："鼻子跟眼倒是长齐全了，小脸儿也是个人样儿。"

雪妮子问："长尾巴长鳞了？"

娘说："嗨，你没见，就别瞎猜了！我跟你说了，你别出去说去。那孩子是个骷雏儿，没胳膊，肩膀头儿出来俩小手儿，屁股下头不到半截儿腿。我一见不是人样儿，就叫掐死，瞎姥娘也这么说，可这一家子就是要留下这骷雏儿。你姨说，没这孩子，她家就绝后了。你舅说，不能叫她追剩儿去，不能叫剩儿死了再吓死一回。你舅，我瞧他也糊涂了，说的话着三不着四的。那么帅的个人，一下子老了十几岁，嗨！"娘心疼的是这个舅舅。

雪妮子关心的是大个儿，问："孩子爹咋说的？"

"大个儿？他说了，这是剩儿留给他的，他不能对不起剩儿，他得把这孩子养活大。"

雪妮子说："嗨，倒也是个有情有义的人，剩儿不枉跟他过了一场。"

娘说："这会儿是这么说，谁知道往后咋样儿呢？往后他再找了人家儿，你舅你姨姨不能硬叫他带这么个骷髅儿过去啊。"

雪妮子说："娘，他既有这话，就不会再找人家儿了。想想，在他心里头，还有谁能跟剩儿比啊？"

娘说："说不准，他好像连个相好儿都没有，没见有谁过来。怪了，剩儿也没有？俩小人儿真不虑事啊，有了事儿，瞧瞧，连个帮忙的人都没有。"

雪妮子说："人家小两口儿好得跟一人似的，还没顾上找相好儿呢。唉，可怜的大个儿！这辈子就守着这孩子了！说了半天，娘还没说那孩子是小子是妮子哩。"

娘叹了口气说："是个妮子，嗨，管她妮子小子哩，反正都是个骷髅儿！"

雪妮子想起剩儿的话来，说："往后别叫'骷髅儿'了，她娘早就给她起下名儿了，叫'麻花儿'。"说着鼻子酸了，使劲儿抽了几下儿，泪却收不住了。娘说："你也甭难受了，这都怨剩儿命儿不好。嗨，这一家子，且熬煎哩。那骷髅儿，啊不，麻花儿，咋长大啊？长大了，也顾不住自个儿啊！谁跟这么个骷髅儿啊？你姨姨你舅这不是给自个儿找罪受吗？这妮子这么活着也遭罪啊！"

雪妮子说："待会儿起来，我瞧瞧麻花儿去。"她娘说："可不能去啊，人家不愿意叫人知道，这孩子这辈子恐怕都难见人了。嗨！这叫嘛事儿啊？你今儿见了麻地里的妮子们，可记着，千万不能提这事儿啊！"

到了地里，先来的几个妮子早就说开了，念着剩儿的种种好儿，说着大个儿命苦。原来冷妮子一早儿就要过去看剩儿，半道儿碰见才送走了剩儿回来的大个儿，大个儿告诉她，剩儿夜里走了。

雨儿问；"那个要命的东西是个妮子还是小子？"

冷妮子说："大个儿一门心思全在剩儿身上，没提孩子的事儿。嗨，我也忘了问问。"

正说着，杆子家的二闺女苣儿来了，问："是说剩儿吧？你们咋都知道了?"说着瞅了雪妮子一眼。

冷妮子说:"我早起碰见大个儿,听他说的。可是忘了问养活的是个妮子还是小子。"

苎儿说:"我爹见了,是个不带把儿的妖怪,没胳膊短腿儿,小手儿……"

冷妮子的脸刷地白了,霜打了似的。雪妮子瞅见,紧着打住:"苎儿,别说了,往后谁都别再提这事儿,也别跟别人说了。"她知道这事儿包不住了,就算苎儿不说,也包不住。那妮子,嗨,能养得大吗?

妮子们全蔫儿了,谁也没心再说啥问啥。

冷妮子嘴唇儿咬得没了血色儿,下巴颏儿都青了,突然"噼里啪啦"照着自个儿腮帮子抽起来。雪妮子夺过她两只发疯的手,问:"大个儿跟你说了没,剩儿埋哪儿了?"冷妮子这才冷静下来,抽着鼻子说:"在南山根儿……"没说完,就哽咽得止不住了。

雪妮子对众人说:"走,就一座新坟,好找,咱过去给剩儿磕个头去!"　路儿上劝冷妮子:"你别瞎想那么多了,没的糟践自个儿。"冷妮子的脸跟灰似的,张了张嘴,啥也没说。

妮子们挖了一棵最壮的雌火麻,栽到剩儿坟头前边儿,浇了水,拍实了坟上的土,一个个儿给剩儿磕了头。冷妮子磕得一头一脸的黄土,眼泪在脸上冲成了道道儿。

雪妮子说:"她要给咱麻地里添个人儿来的,自个儿却早早儿走了,唉,说走就走了。"人人心里都不好受,想着昨儿这时候,剩儿还挺着个大肚子跟她们一块堆儿提溜着桶去河边儿打水,浇麻,后晌动不了了,还坐地头儿松土,这会儿却隔了厚厚的黄土,孤零零一人儿在地里头躺着,忍不住抱在一堆儿哭了一场。

# 第十六回

# 大意爹丧命凶豺口
# 小心女夺生恶兽窝

老天爷冷呵呵地缩着手，风夹着雪糁儿，往雷泽里攘下一层稀薄的白，稀稀拉拉的冰凌碴儿遮不住两山之间这块湿润的草地，空透着老天爷刻薄小气。

吃罢前晌饭，猎人们照例到了雷泽里，畜生慢慢认识陷坑了，都不往那块儿去了。远远儿望见雪地上一堆东西，近了，才瞅清了是一匹马卧在那儿，是个小驹儿，身上飘落了零星的雪，掩不住枣红色的皮毛。雪妮子爹朝人们压压手，人们停下了。他自个儿蹑手蹑脚挨近那畜生，箭搭上了弓弦，瞄了一阵儿，又放下了。那马一动不动，仿佛睡熟了。他又往跟前挪了挪，一股热嘟嘟的血腥直往鼻子里撞。闹了半天是一匹死马！雪落在马身上就散了，瞧这样儿才死不大工夫儿。他纳闷儿，马从头到脚不见伤，咋就死了呢？圪蹴下一瞧，好瘆得慌：马的屁眼儿掏了个大窟窿，露着烂哇哇的肉。

雪妮子爹眉毛拧成了疙瘩，压着翻上来的恶心四下里搜觅。雪遮住了凶犯的足迹，但是掩盖不住周围刨得乱七八糟的草地，洇了血的地方分外扎眼。他招了招手，人们呼啦啦围了上来，一见这情状，七嘴八舌喳喳起来："呀呀，才死不大会儿啊！""可怜见儿的小马驹儿！""嘿，还是个公的呢！老马咋就舍得甩下孩儿自个儿跑了？""瞧你说的，遭了豺了，不跑能行吗？""这么大个马愣让小豺子给咬死了，真笨啊！""一个小马驹儿叫一群豺围住，它咋跑得了啊？唉！可怜哪可怜！""屙尿的豺，捅屁眼子扒沟子吃下水的东西，噢！要多下作有多下作！""刚灭了狼种，这又闹起豺来了，我说，咱还得多留神。""这就怕了？豺成群咱也成群，只有怕咱的，没有咱怕豺的。豺也就黑腾半夜出来扒屁眼子，大天白日它不敢，窝儿里缩着，想找它都找不着。""充啥大头鬼呀你？大天白日咋了？这马驹子不是天亮了才叫弄死的？跟你说：小心没大差，还是留神点儿好！"

雪妮子爹叫四个人把马抬回坳子里，好趁天黑前把马肉分了，剩下的人在雷泽里接着找寻。

大娘叫人把马平仰着放在石头台子上，"噌噌"几下子磨快了刀，"噗！"一刀子朝马肚子捅去。当大娘的就得有这股劲儿，说话辛辣似姜，干事明快如火。大娘攥着刀子把儿，皱了皱眉，还没碰见过这样儿好进的畜生，唉，可怜见儿的小马驹儿，这么虚！雪妮子在旁边儿瞧着，心里头也不好受，想着要是猎人们救了小马驹儿，活着牵回来，这会儿正活蹦乱跳哩。

剖开马肚子，里头敢情啥也没有，肠子肚子、五脏六腑全都给吃空了，血里糊啦的鲜肉上粘着不少黄毛儿、红毛儿。雪妮子纳闷儿，问："娘，这是咋闹得呀？"娘说："马皮硬，豺咬不动，就从屁眼儿下嘴。嗨，下流脏种，顶不是东西了，不管糟害什么，都是先咬烂屁眼儿，掏个窟窿往肚里拱。"雪妮子说："这回豺不多啊，要不咋没吃马肉呢？娘说是吧？"娘说："豺这东西是一家子一群，五六只，七八只。五脏下水就够它们吃上一气了。马肉嚼起来费劲儿，它干脆钻到肚里把心肝儿肺吃了。"马驹儿的屁眼儿烂得有拳头大，能钻进一只小骨头尖脑袋的豺去了。这世界大了去了，雪妮子今儿才知道，啥下作畜生都有。

大娘剔剔透透剥下马皮来，喊里喀喳卸了四条腿儿，割了脑袋，剔了肋骨、腔骨，把马肉分了二百来份儿，忙乎了大半天，总算让二百多家后晌饭能吃上顿马肉了。

一连几天，天天儿有叫豺掏空了肚子的大牲口抬回来，有时候是匹马，有时候是头牛，少的日子一件儿，多的日子两件儿三件儿，最多的一回抬回来十七头驴，三十几个女人抬掇了一整天，坳子里家家分了驴肉。大娘天天剥牲口皮、剔骨头、分肉，累得腰酸腿疼。

雪妮子想再多养几头牛，还想再养上些驴呀马的，就跟爹商量："爹，咱要是能灭了豺，帮着牛群、马群活下来多好呀！"爹说："你没见这些牛呀马的都是后半夜给咬死的？豺多滑头啊，咋能叫人逮住呢？甭瞎想了，妮子，先把家里四头牛喂好了，等啥时候儿赶上了，爹再给你牵回来，碰上牛牵牛，碰上马牵马，碰上驴牵驴。"

"要能碰上，那敢情好。"

"等着瞧瞧吧，这会儿就只当是豺帮咱打猎了，总算还有现成儿的马肉吃？"

"爹，我是说，这会儿没了老虎、狮子、豹子、熊，吃肉的就剩下豺和狼了，说不定哪天窜上山来祸害。早点儿灭了豺狼，剩下的都是吃草的，日子就好过了。"

"没事儿，咱坳子口上点着长明火把，豺跟狼怕火怕光，不敢上来。"

"爹天天儿跟豺狼打交道，就不怕出事儿？"

"笑话！出啥事儿啊？只有屙屎的怕咱，还有咱怕屙屎的？"

"爹不怕，我可老是怕出事儿。爹，您可别把豺狼不当会事儿，真的！"

"呵呵，小孩子家家管起大人来了，呵呵，过来，给爹挠挠痒痒儿！"

爹身上一刺闹，就叫雪妮子给抓脊梁。雪妮子抓了几下，然后捏脊梁骨，从下头一节儿一节儿往上推，推一节儿就捏捏拽拽。这手艺还是姥娘教给她的，她学会了就给姥娘推脊梁。姥娘说："往后好好儿伺候你娘吧！你娘那腰疼的病就是养活你落下的。"娘怕痒痒，不叫她伺候，可是爹给娘捏捏抓抓，娘从来也不说痒痒。姥娘走了，她见天儿晚上给爹抓脊梁，推推捏捏。累了一天的爹闭起眼来，神仙似的，嘴里拐着弯儿"嗯嗯啊啊"哼调调儿。娘说："大人占小孩儿的便宜，没出息！"爹说："我占的便宜还不是都还到你的腰上去了？"

雪妮子说："爹，咱不说吃亏占便宜了，我还是要说，爹别把豺狼不当回事儿……"

爹说："又来啦！"

爹不把闺女的话放在心上，娘却觉得有道理："她爹，妮子说的是正事儿，啥时候小心都没大差。你可别认死了豺就是后半夜出来，它要是饿了，咋就不能前半夜出来？娘在的时候，豺大天白日就上清水河叼鱼吃来了，冷妮子的小舅不就是叫豺咬死的吗？"爹不以为然："那是上辈子的事儿了，现如今豺狼怕猎人，白天哪还敢露头儿？"娘说："就你这样儿，早晚要出事儿！别说豺狼啦，就是老虎狮子豹也不能说都灭了，说不定啥时候赶上叫吃了，哼！"爹还是不在乎："哼啥呀？女人家没打过猎，说话不着边儿！"娘警告爹："嗤！你也甭嘴硬，到时候吃了亏可就晚了！"

听着俩大人斗嘴，雪妮子心里怕怕的，夜里梦见后头有人撵她，"噼里啪啦"越来越近，回头一瞧，是一群豺，全都吐着血红的舌头，露着尖尖的白牙。她吓得跑啊喊啊……

"妮子，醒醒儿，醒醒儿！"爹把她摇醒了，攥着她的手，说："做怕梦了吧？又踢又蹬又喊叫的，别把手搁胸脯上就不做怕梦了。"雪妮子想起梦里的事儿，还是怕，说："爹，在雷泽里干活儿留神点儿！"爹说："爹没事儿，瞧把你吓得，出了这一脑袋凉汗！"雪妮子一会儿又做开了梦，梦见小马驹儿拱在它娘肚子底下吃奶。爹听着她嘴里"吧嗒吧嗒"，说："真是个馋妮子，做梦都吃得没个样儿！"

前晌雪妮子爹叫人抬回来两匹死马，大娘忙活了整整一天，收拾了，分完了肉，结了绳疙瘩，人就累趴下了。雪妮子做中了后响饭，沟儿拎回来一只野公鸡，摔在地下，烧了水要拔毛儿，那鸡扑棱了两下翅膀儿，活过来了，雪妮子说："今儿个我们家分了马肉，这鸡先养起来吧。"沟儿把鸡翅膀儿绑了起来，说："我今儿黑上不想吃东西，先回去歇了。"雪妮子问："咋啦？累了一大长天了，咋能不吃东西呢？饭做好了，也甭等我爹了，你先好歹垫补垫补。"沟儿说："妮子，我今儿个跑了一天肚，这会儿肚里还难受呢，空上一顿儿就好了。我先回了，这只鸡是养是宰你瞧着办。回头你跟大娘、石头舅说一声儿，吃饭甭等我。"雪妮子也就不相强，说："肚里不好受，你就回吧！给你留下一份炖马肉，明儿再吃。""甭留了，妮子，马肉太紧，我吃不惯。"沟儿走了。大娘爬起来喊他："沟儿，回来！不想吃饭就拿上点，夜里饿了吃。"沟儿说："不啦，大娘，你们先吃吧！"沟儿答着，肚里又急起来，顾不得多说了，脚底下紧跑起来。

沟儿走了一阵子了，雪妮子爹还没回来，她娘心里慢慢儿不踏实了，叫雪妮子："你去瞧瞧有根儿舅回来没有。都这会儿了，你爹这是咋啦？"雪妮子正解那只鸡，要送鸡窝去，听娘一说，想起叫豺掏了的马驹儿，心里也怕起来，答应一声就慌里慌张跑了。鸡也扑棱了两下儿翅膀儿，飞了。她娘在后头喊。"妮子，别急，慢点儿走!"天黑,瞧不见道儿,雪妮子没走多远就绊了个跟头,爬起来又跑。

没多大工夫儿,冷妮子爹跟着雪妮子来了,后头跟着一大溜人,举着火把。大娘心里头"咯噔"一下子紧了,眼前一黑,赶紧闭上眼,让气一点儿一点儿往下走。冷妮子爹也急,说话跟着了火似的:"石头白天跑肚,大伙儿早就叫他回来歇了,他硬说没事儿。要回来时,他又跑上了,大伙儿等他,他不叫等。唉,这会儿先不说这个了,还是找人要紧。"说完领着人们奔山下跑去。

娘拉上雪妮子跟着往下跑。冷妮子爹回过头来喊:"雪妮子,劝住你娘,不要跟着来!我们一会儿就回来了。"雪妮子一阵心慌,拽住娘的胳膊,娘狠狠地一甩,义无反顾追上去。雪妮子心更慌了,仿佛就要给夺去两个亲人了,失声叫着"娘!娘!"没命地追去。

过老榆树桥,娘一脚踩了个空,雪妮子一把拽住她,才没掉下去。娘一下子老了,靠着她,像一座山重重地压过来。雪妮子只觉得脚下踩着云彩,轻飘飘地,娘的身了越来越重,她咬紧牙使劲儿撑着,撑着自个儿,撑着娘。

不知啥时候天上飘起了雪,雪越来越大,压得火把忽明忽灭,怪瘆得慌的。雪片子在风里翻上翻下,肆无忌惮往人脖子里头钻,一粘上肉就化了,凉冰冰的,像蚂蟥一样出溜儿出溜儿往下爬,吱溜儿吱溜儿吸噬着人们的心。

雷泽里的风卷着一股刺鼻的臊臭,摇曳的火把伸着血一样的舌头,"呲呲"舔着乌黑的夜,地上的幢幢人影儿哆嗦成一片,像一群挣扎的鬼。雪妮子娘儿俩追上了人群,踩着被火把扭得没了人型儿的人影儿,大娘感到瘆人的阴气从脚心钻进来,直直凉到顶心,磕膝盖软软地弯下去。雪妮子赶紧搀起娘来,心里一阵慌懜,脖子像给什么东西掐住了。她深深吸了一口夜气,凉得鼻子里头疼得慌。她是个瞎鼻子，打五岁上就闻不见味儿了，多腥多臭都闻不见。娘揉了揉鼻子头儿，闻见空气里有血腥，身上一激灵，只觉得汗毛一根儿根儿竖起来，头皮一阵麻，脑袋里全空了，说声"不好！"就歪在雪妮子身上了。雪妮子扶住娘，问："娘，您哪儿不好受？"娘突然一下子甩了她，疯了似的往前跑。

最怕的事儿到底儿来了，火把下一堆血唬糊啦的白骨，血泊里一张没有拉开的弓、三根散乱的箭、几块撕烂了的羊皮、一根绳子。"哇！"一声惨烈的尖叫扎到人们凉透了的心上，人们反应过来时，大娘已经扑在地上。男人们把她扶起来。她手上托着一团模糊的血肉，指头缝里滴答着血，手瑟瑟地抖。

雪妮子眼前一黑，又瞧见了烂了屁眼儿的马，拽出来的肠子肚子，心一阵一阵往上涌，挤到了嗓子眼儿，肚里翻江倒海一阵折腾，"哇"地吐了，吐得没完没了，直到勾出了苦胆，才觉得清凉些了，抹了抹眼泪擦了擦嘴。有只大手一直一下一下给她捶着脊梁，黑夜里瞅不清是谁。

男人们倒替着把大娘背回家里，硬硬、大个儿来了，陪着雪妮子娘，一族的男女老少都来了，沟儿、岨儿、冷妮子，好几个妮子、小子跟雪妮子说话儿，劝她想开了。冷妮子爹泣不成声："我、我该死，丢下石头他、他一人儿，叫他、他遭了屄尿的豺……"

雪妮子娘眼泪往嘴里流，嘴歪了，哈啊哈啊说不出话来。硬硬一只手捉着她哆哆嗦嗦的手，一只手给她抹去一脸的泪。雪妮子知道娘想说什么，这也是她想说的："都怨我，不该咒爹，说要出事儿，可巧儿就出事儿了。"她一边儿说，一边儿抽自己嘴巴。娘一只手捶着胸脯啊啊叫起来，眼泪像清水河开了口子，断脸横颜收不住了。硬硬说："哭吧，哭个痛快也好！"窑里窑外一片抽抽搭搭，星星跟着难受，一直在眨眼；月亮捂住了脸，只剩下一条细细的黄眉毛。

娘的半个身子瘫了，嘴只会"啊啊"。硬硬跟雪妮子不离身地伺候，冷妮子娘和好些女人都在，瞎姥娘一个劲地摆治，娘闭着眼，嘴角儿不停地往外溢白沫子。

天亮了，大娘昏昏沉沉睡着了。雪妮子劝人们也回去歇会儿。人们说了些安慰的话，走了。一会儿，冷妮子来了，见雪妮子娘儿俩睡了，就轻轻儿起了火，烧水做饭。

嗷嗷儿的猪叫把雪妮子吵醒了。冷妮子说："猪沟儿哪儿去了？这时候了还不赶猪，真邪门儿！顿顿在人这儿吃饭，也不过来瞧瞧，哼！"雪妮子说："他身上不好，跑肚哩。"冷妮子说："饭好了，你先吃上些儿。"

猪越叫越欢，沟儿也不来。冷妮子说："沟儿今儿是咋了？我去他窑里瞧瞧去。"她是生气了，一个跑肚拉稀，有啥了不起的！世上还有这么寡恩的东西，她非得骂他一顿给雪妮子家出气儿不行。沟儿的窑儿靠山顶儿，冷妮子心里有气，跌跌撞撞往上爬，大老远就喊："猪沟儿！猪沟儿！"一直喊到窑门口儿，越喊越气："猪沟儿，你死啦？龟孙子你出来！"这小子真行，硬是不搭腔儿。冷妮子一脚踹开门，举着火把，定定儿立住。窑儿里一点儿声都没有。冷妮子二乎起来，举着火把往里照，屁股大个窑儿，一下就照透了，沟儿不在里头。

冷妮子掉头往回走，骂自个儿莽撞。她娘已经来了，瞎姥娘、硬硬舅也来了。一见回来，她娘就埋怨："这老半天，你上哪儿去啦？""我找猪沟儿去了。"她娘问："你找的人呢？"冷妮子见这里也没有，急了："咦，他没在这儿？窑儿里也没有啊，莫不是也遭了豺啦？"她娘骂她："别瞎说！你这破嘴光惹事儿！"

"噫噫噫噫……"雪妮子娘睁开了眼，嘴里颤颤悠悠"噫噫"着，嘴角儿溢出白沫子。硬硬给她抹了，又流出来。瞎姥娘叫道："过来了，过来了！哎呀，瞧这趟阴过的！"冷妮子娘捧过一碗热水，递到雪妮子娘嘴边儿。她喝了两口，含糊地念叨："沟儿，噢、噢、噢、噢……沟儿噢噢、沟儿噢噢……"声儿哆嗦得像风里的一片儿蜘蛛网,雪妮子凑到娘耳朵上说:"娘,您别瞎急。沟儿他没事儿,放猪去了。"偏偏这时候猪号得越发欢实了,娘下巴朝洞口儿动动,雪妮子朝娘挤出一个笑来,说:"哎,我去瞧瞧沟儿干吗呢。"又对冷妮子娘小声儿说:"月儿姨,麻烦您了。"冷妮子娘也小声儿说:"这儿有我们,你去吧,可世界找找,冷妮子你也跟上去再找找。"

冷妮子跟着出来,急赤白脸问:"他能上哪儿呢?昨儿黑间不是还来这儿跟咱说话来着吗?"

雪妮子找了几个半大小子,叫他们去给猪找些橡果儿、松球儿伍的先喂上,又嘱咐别忘了叫猪喝上水,这才跟冷妮子下了山去找沟儿。

问了清水河里打鱼的人,都说没见,只瞧见岨儿赶着羊群去西头儿了,没见着沟儿跟他的猪群。俩人过了老榆树桥,往雷泽去了,越走近雷泽,雪妮子心越慌,嘴里干得冒火星子,只觉得一阵天旋地转,赶紧攥住冷妮子的手。冷妮子扶住她,说:"你要是怕,咱不去那地方了。"冷妮子爹前天夜里回来说了石头舅遭了豺的事儿,太吓人了。雪妮子缓过一口气来,说:"没事儿,咱去那儿找找吧!都找遍了,就剩那儿了。"

雷泽里起了一个新坟包儿,湿土上插着三根儿箭,那只大弓镶在土里。雷泽里高高低低到处是这样儿的坟包儿,千百年来被豺狼虎豹吃了的猎人们的坟包儿。野兽们知道里头埋的是它们啃剩下的人骨头,也就不再糟害。雪妮子跪在新坟前头,把土拍实了,又把镶大弓的湿土一点儿一点儿捏瓷实了,像是在给爹推脊梁骨。猎人们围了上来,七嘴八舌劝她,问她娘好些了没有。雪妮子啥也没听进去,泪吧嗒嗒嗒砸在湿土上,洇成一个个黑点儿。

冷妮子问她爹见沟儿没,她爹一愣怔,反问道:"咋?沟儿没去赶猪?"冷妮子说:"没,他窑里也没人,筏子上的也没见着他。”“糟了，这傻小子能上哪儿去呢？莫不是找豺拼命去了？”冷妮子爹一急，扯着嗓子喊起来：“沟儿，沟儿……”众人一起喊起“沟儿”来，像叫魂儿，叫得雪妮子心一揪一扽地疼。

雪妮子回来，哄她娘：“沟儿肚子疼得厉害，回他窑儿里了。刚才冷妮子去，他正好出去拉肚子。”她娘还是“噫噫啊啊”说不清话儿，雪妮子知道她是惦记着沟儿。

一族的人可世界找，找了八天，也没找见沟儿，生不见人，死不见尸。雪妮子在雷泽里爹的坟旁边堆了一个土包儿，上头插了一根儿竹竿儿羊皮条儿新鞭子，算是沟儿的坟头。在两个亲人的坟前，她已经没了泪，只是鼻子抽抽搭搭，“呲呲呵呵”一气儿吸半天气，又哼地一长声倒出来，鼻洼里勾勒出前生今世的苦难。

大娘慢慢缓过来了，能说话了，右边儿半拉身子却不是自个儿的了。大娘一只手笨笨地把脖子上的宝贝串儿摘下来，挂到女儿脖子上。雪妮子跪下，砰、砰、砰给娘磕了仨头。娘瞅着她，断断续续说：“妮子，家里没、没、没——”咳儿喽喘上半天，“咯儿咯儿”咳上好几口，才说完半句话，“没一个男、男人了！”雪妮子说：“娘，有燧娘娘保佑着，没有过不去的沟沟坎坎。家里有我呐，再说还有我舅哩。娘您别瞎着急，好好儿将养着，早点儿好了才是正事儿，咱雷泽三千多口子全仗着您呢。”娘想笑，嘴咧了咧，跟哭似的，嘴角儿的沫沫儿越堆越多，使劲儿咽了两口水，说：“娘是靠、靠不得了，往后就、就瞧你了。”

雪妮子一下子成了大人，成了雷泽人的大娘。她才十七岁，人们不好开口叫她大娘，又不好再叫雪妮子。不知谁开的头儿，管她叫“庖牺”，这名儿里包含着她对雷泽人的贡献，一下子就叫开了。庖牺对大伙儿说：“咱都是庖牺，庖牺族，庖牺人，咱雷泽氏就是庖牺。”

找不着沟儿，庖牺就把猪群分了。一百多口猪差不多都是母猪和小猪儿，十家分一口大猪，五家分一口小猪儿，剩下的几头留种儿的公猪仍旧养在她家旁边儿，谁家配种就牵走喂一两天，娘一条胳膊也能喂个猪，倒也不让她费心。

这些天也不知道是咋啦，接二连三老是出事儿，猪沟儿没影儿了，水性最好的硬硬淹死了。那天渔网在水里缠住了，硬硬跳下水去解网，一个猛子扎下去，腿转了筋儿，在水里头动不了了。筏子上的人起头儿都没当回事儿，等了半天不见人上来，才急了，跳下去好几个。硬硬一条腿缠在渔网上，把网坠到了河底。

这事儿，大伙儿都瞒着雪妮子娘，却瞒不住剩儿娘。剩儿娘一急，得了跟雪妮子娘一样儿的病儿。雪妮子来看她，说："我娘动不了，叫我来伺候姨姨。"那些日子，雪妮子白天管着几下子人干活儿，晚上挤了牛奶给麻花儿送过来，来回伺候俩瘫子，还得听着她们埋怨，娘嫌硬硬心狠，最难的时候儿撒手不管了，穗儿姨嫌她娘薄情，这时候连面儿都不露。雪妮子只能两头儿瞒，两头儿传好话儿。

大个儿瞧看在眼里，他知道，雪妮子是为他来的，一个瘫娘，一个残废闺女，白天有瞎老娘照应着，晚上他一人儿还真忙呼不过来。不过，大个儿心宽，瞧得开，谁家都保不齐有个三灾两难的，摊上了，就得顶着。他五岁那年，娘和爹脚跟脚儿走了，他不也长这么大了？好在他家还有三口人，坳子里还有不如他的呐，还有一天里头一家子死绝了的，人抗不住天，伤残病死是常事儿，他认命知足。

祸不单行，羊岨儿跟憨小儿又遭了蛇咬。憨小儿咬在大腿上，没离地儿就死了。岨儿为了救憨小儿，拿石头去砸蛇，蛇死了，死之前咬了他的脚后根儿。筏子上的人把他背到瞎姥娘窑里，瞎老娘怕毒性往上走，拿麻绳儿把小腿儿勒紧了，上头抹了一堆白糊糊，叫众人帮着，硬是把半条腿给拧下来了。

指望岨儿放羊，一时半会儿是不行了，庖牺爽性把羊也分了，有愿意一块儿放的，就几家儿把羊赶到一块儿。省了杀猪宰羊的活儿，庖牺有工夫做她想做和该做的事了。

庖牺要做的事很多，当紧的是灭豺。

这一天，猎人们没去雷泽，在家里准备松明火把，削箭磨簇，磨骨头哨儿，准备好了就睡大觉。

吃了后晌饭，飘起了雪，雪越下越大。冷妮子爹来问庖牺："这么大雪，咱还去吗？"庖牺毅然道："去！雪地里能顺着蹄子印儿追到它老窝儿里。舅，您让大伙儿都穿暖和点儿，头上和脚上都包严实了，一会儿就过来吧！"

来了一百五十多人，都是天天儿在雷泽里打猎的。庖牺分了分，五十个射得准的到时候专管射箭，每人一张弓，腰里别个羊皮箭袋子；五十个预备的，一个肩膀儿上挎弓，一个肩膀儿上挎着粗的细的绳子圈儿，腰里绑一箭袋子；剩下的人点火把，一人一背篓松明子、两把石刀、一把石斧。人人脖子上挂着个骨头哨儿，腰里掖根棍子。庖牺没忘了找几个蛤蜊壳儿，跟瞎姥娘要了些菊花、蒜、姜和土鳖熬成的管跌打的糊糊抹在里头。瞎姥娘又给了她一袋子炒槐树花儿，嘱咐她："万一谁叫豺抓破了咬破了，用这东西堵住口子，一会儿血就不流了。"庖牺缝了一个羊皮口袋，把炒槐树花儿和盛跌打糊糊的蛤蜊都装了进去，又撕了几条麻布、搓了一大把细麻绳儿，全都装在羊皮口袋里头，最后又抓了两块火石带上。

猎人们悄悄儿下山了，就庖牺一人儿手里点了一根儿火把当火种儿。过了老榆树桥，庖牺叫人们停下，自己掩着火把，藏在桥根儿背风儿的地方儿。人们闲得抓起雪，攥成蛋蛋填到嘴里，嚼得咯吱咯吱响。一根儿火把烧完了，续上的一根儿又烧完了，人们的脚冻麻了，庖牺说："大伙儿都活动着点儿脚，别冻僵了，一会儿还要追豺呐。"

刚活动了一会儿，就有了动静儿，"扑塌儿扑塌儿"由远而近，住了。"是一群牛，有七、八头。"猎人的耳朵分得出来各种野兽的蹄声。雷泽夹在俩山当间儿，冬天草也活着，吃草的都奔这儿来。大牲口喜吃夜草，虽然屡遭豺狼袭击，可是这是唯一能活命的地界儿，不来不行啊。这群牛也算机灵的了，愣是扛到后半夜才出来。

牛群刚住下来，哄的就乱了，"哞儿哞儿"的惨叫被豺群嗷嗷地嗥声压住了，"呼啦啦"乱跑，"吭哧吭哧"啃噬，尖厉的长号儿……原来豺在猎人下来以前就等在雷泽里了！

庖牺仿佛看见了爹，几只豺扑上来，听见了爹的惨叫……她抽根松明子点着了，递给旁边儿的人，径自举着火把冲出去，像一只射出去的箭。在她身后，一片松明火把熊熊燃烧，顿时照亮了雷泽。弓箭手们疾步跑到前头，搜寻射杀的对象。突然传来一声沉闷的长嗥，接着是一片忒儿嗒忒儿嗒的奔跑……

赶到了，火把下，几头牛痛苦不堪地扭动着，肠子肚子全都拽了出来。豺早跑得没了影儿。庖牺断定豺群绝不止七八只，至少有五六十只。她把人又调了调，叫预备的把身上的东西都交给背松明的，只留一张弓和一袋箭，又叫出八个背松明子的来："你们几个伺候伺候可怜的畜生，先把肠子肚子塞进去，再用绳子系住。"说着脱下外面披的羊皮，叫背篓里有刀的人拉成八块儿兜住牛屁股，等牛能走了就先牵回去。

雪地里的蹄子印儿乱成一片，最后却都往西北去了，蹄子印儿像五个圆圆的黑花瓣儿，上面四瓣儿小，底下一瓣儿大的坐实了，当中捏起一个白星星，人们都说："没错儿，就是豺。"可是冷妮子爹说："我咋瞧着都比豺的脚印儿大。"有谁说："不是豺的，那就是狼的了。"冷妮子爹嘴里磨唧着："说是豺的吧，瞧着大了点儿，说是狼的吧，瞧着又小了点儿。"

风旋着雪片子呼呼地乱攘，庖牺说："甭管是狼是豺，咱都灭了它！大伙儿快追上去，一会儿雪盖住脚印儿了，就找不着了。"

冷妮子爹说："再留神找找，别有猫起来的豺。"

确定了附近没有藏起来的豺，庖牺便领着人顺着蹄子印儿追去。蹄子印儿离了雷泽，去了花石山，印儿越来越浅，庖牺带着人们紧着跑，快到花石山时还是跑丢了，眼前只剩下白茫茫的雪。

庖牺请人们辨辨气味儿："风是打西北刮过来的，你们有鼻子的，你们都好好儿闻闻。谁鼻子好谁带道儿，我跟着你们。"一时间人们都"吁吁吁吁"地嗅起来，最后确定了方向。射箭的里头根儿鼻子最尖，要过一根火把举着，走在头里。

根儿把人们引到一条沟口儿，两边儿是石头峭壁，豺特有的臊臭全窝在了沟里，呛得人们直背气。沟挺窄，只能并排走二十几个人。庖牺叫松明火把贴两边，弓箭走当间儿，她自个儿头一个举着火把进了沟。

石头沟曲里拐弯儿，越往里走越臭。突然听见了"忒儿嗒忒儿嗒"的蹄声和"嗷嗷"的嗥叫，越来越近，真没想到豺群扑了回来，庖牺带头吹响了哨子，"嘟儿嘟儿"的哨声在石沟里撞来撞去，仿佛成千上万只哨儿在吹。庖牺带着人们举着火把吹着哨子往里冲，"忒儿嗒忒儿嗒"的豺蹄子又掉头远去，伴着凄惨惨的"嗷嗷儿"嗥叫。庖牺纳闷儿，狡猾的豺群怎么会如此躁乱，带着人们更是紧追不舍。哨儿吹得更响，火把烧得更明，苦了弓箭，石沟儿弯弯，只听见"嗷嗷"豺嗥，瞧不见豺影儿。一长一短两声沉闷的嗥叫压倒了惊慌的乱嗥，然后就听不见豺群的声音了。

那两声闷号跟先前雷泽里的那声长长的闷嗥一样的阴森，庖牺断定那是一只豺群的首领发出的命令，它要同猎人们决一死战了，庖牺声喊："乡亲们，这是道死沟儿，只管往里逼它，逼到头儿乱箭齐射，一个不剩灭了它！"

往里走，弯儿少了，百十根儿箭上了弦。石沟儿渐渐变直了，看见豺群的尾巴了，最后头那只大肚子豺退着走，绿幽幽的眼睛盯着追上来的猎人。举着弓的紧步逼上去，庖牺说："慢，先不要发箭，多点上些松明子，一人举俩火把，哨儿使足了劲儿吹！"

瞧见豺群了，满满挤了一沟儿。突然，庖牺看见了石头沟儿那一头儿有火，火越来越大，熊熊大火封住了石头沟，她喜极而大叫："燧娘娘显灵啦！燧娘娘显灵啦！乡亲们上啊！弓箭上啊！"举着弓的早就成了弦上的箭，这时挤开两旁的松明火把，呼啦啦跑过去。沟儿太窄了，摆不开阵势，庖牺喊："前头的圪蹴下，后头的站着，轮不着的先别射，留神伤着人！"

一时间几十只箭"嗖嗖嗖嗖"飞出去，那只退着走的大肚子母豺首当其冲，居然没有中箭，豺群里发出一声声凄厉尖绝的悲嗥，"呼啦啦"倒下几只，豺群又乱了。只见那只大肚子母豺嘴贴到地上，发出一声长长的闷嗥，接着是两声短促的闷嗥，豺群听到命令一样不顾一切背对猎人朝前头奔去。前头熊熊大火封住了沟儿，绿眼睛母豺显然认定了那道火是虚的恐吓，而猎人们才是实的威胁。

猎人们轮换着射箭，不断有中箭的豺倒下，大肚子母豺狡诈的绿眼睛一眨不眨盯着猎人的箭，左躲右闪，冷不丁趴下，肚皮贴着地往后退，竟然没着一箭。庖牺暗里佩服这畜生的厉害，为遇到一个高明的对手而得意。

豺群越来越小，退到大火跟前只剩下十来只。绿眼母豺回过头去一声闷嗥，豺群不动了，一只只随着箭倒下。庖牺下令："抄棍子，上！照着腰里抡！"自个儿先抢着棍子上来找那只绿眼睛母豺，前头的猎人们跟着上来。那绿眼睛母豺头上插着两只箭，仰巴脚躺在地上，却死不瞑目，幽幽的绿眼睛望着头上的一线天。庖牺笑道："嘿嘿，畜生不服气哩！"

突然一声急促的闷嗥，大肚子母豺噌地跳起来老高，幽绿的眼睛对着庖牺的眼睛，射出阴森的凶光，前爪收缩了，照着她的眼睛扒过来。与此同时，倒在地上的豺全都跳了起来，朝着猎人猛扑。

　　人们全都愣了，庖牺后退几步，嘴里喊着："抢腰!"一棍子打到母豺腰上。它极其痛苦地叫了一声倒下了，叫声尖得能剖腹剜心。庖牺掏出石刀，照着母豺咽喉捅去，跟着冒出一股腥热的血，喷得庖牺一头一脸。

　　猎人们听得庖牺喊"抢腰"，也都打过棍子去。豺和狼都是石头石尾烂泥腰，打到腰上，它就活不成了。后面的猎人们也上来了，一阵棍子，把豺全抢倒了。

# 第十七回

## 豺狼沟巧遇迷失客
## 杂种洞偶拾沦落羔

"啊呀，呵呵呵呵，啊呀……"地上躺着一个人，捂着脸直打滚儿。是根儿，脸上被抓下一条子肉来，血从指缝间呼呼流出。庖牺叫他脸朝上躺着，把那条翻翻的肉贴平了，从随身带的羊皮口袋里抓了一把炒槐树花儿，敷住血口子。血泅湿了干槐树花儿，就再敷上一把，蒙上一条麻布，缠了两圈儿，系住了。根儿捂着脸往起扎挣，庖牺按住他说："快躺下，仰着脸儿躺一会儿，叫血固住了。"根儿又躺下了，嘴咧着"咝哈咝哈"吸凉气。

庖牺站起来，叫把死豺捆起来抬回去，朝后头喊："后头的往回走啦，地下的豺，通通照腰里抡几棍子再捆！"人们"噼里啪啦"一阵抡，"喊里喀喳"捆了，"呼啦呼啦"往回撤。

临撤，庖牺又往火前走了走，这才瞧清了，原来不只一道火障，而是十二三道，前头的十来道烧成了灰儿，后头的两道也快烧尽了。庖牺扑通跪在火前，谢燧娘娘显灵相助。

突然，她仿佛听见了豺号，若有若无，号声似乎来自火障后面。她站起来，踩着灰烬过去，隔着最后的火障望过去，可不是，前头有好几只豺呢，还都伸着后腿儿坐着！她赶紧喊弓箭过来："还有呢，瞧见了没？""瞧见了！"人们瞄好了，几十只箭"嗖嗖嗖嗖"射中了目标，"嘎巴嘎巴"全折了。怪了，那几只豺依然坐在那儿。庖牺下令："接着射，射趴下算！"箭"嗖嗖嗖嗖"射过去，又"嘎巴嘎巴"全折了，砸起一片火星子，可是豺依旧不动。

远处出现了火光，庖牺喜得喊："燧娘娘又显灵了，燧娘娘又显灵了，燧娘娘快灭了这些豺怪豺！"

火光跳着过来了，是一只火把。

火把喊起来了："妮子哎……""哎"音儿拖得老长，跟着火把往前悠，在石沟里荡来荡去。

庖牺大叫一声："沟儿！"喜得"呵哈呵哈"大喘气。人们轰地拥上来瞧那人，"是沟儿！是沟儿！""沟儿！""沟儿！"石沟儿里全是"沟儿！沟儿！"的喊叫，伴着惊喜、感激、不可思议和一大串儿疑问。

火把越来越近，庖牺突然大喊："沟儿，别过来！前头有豺！"喊声震得石头峭壁嗡嗡的。

沟儿仿佛没听见，仍旧往前走。人们惊叫起来："快别走啦，看不见前头蹲着坐着好几只豺？那是箭都射不死的妖怪！"沟儿"哈哈哈哈"笑起来，震到石头峭壁上，石头也笑起来，"哈哈哈哈"，像一群人在笑。庖牺急得嚷嚷："短命鬼，你不要命啦？"沟儿依旧"哈哈哈哈"笑着往前走。

庖牺奋不顾身一脚迈进火里，两条腿一下子着了火，火呼呼往上着。庖牺全都不顾了，抢着大棍子朝坐着的豺奔去，"咔嚓"一声，棍子折成两段儿，豺依旧坐着。沟儿急步跑过来，把庖牺推到地上，声儿都变了："滚，快打滚儿！使劲儿滚！"地上滚着一个火人儿，滚过来滚过去。火滚灭了，沟儿把庖牺拽起来，摁到一只豺身上坐下。人们愣愣怔怔瞅着，惊得合不上嘴。

庖牺"哈哈"大笑起来，沟儿也跟着笑了，笑得人们莫名其妙，他们更纳闷儿，那豺咋那么老实，一动不动呢？庖牺笑得快岔气儿了，才站起来，喘着说："是几块大石头！"轰地一下，一百五六十人全笑了，差点儿把石头沟儿笑炸了。

沟儿问："你们是追着杂种过来的吧？"庖牺莫名其妙，问："啥杂种？"沟乐了："呵呵，白狼黄豺黑杂种啊！咱这儿有年头儿不闹狼了，豺也灭了两三年了，留下小命儿的豺跟狼瞎尿配，下出来的就是屙尿的黑杂种，也不全是黑的，还有黑白花儿的，黑黄花儿的。"

人们纷纷说："就是，就是。"冷妮子爹说："我就说嘛，那蹄子印儿既不像狼的，也不像豺的，比豺大，比狼小。"

沟儿拿棍子扒拉火障，从当间儿扒出一个口子，人们都上来帮着扒。火扒得贴到两边儿峭壁上，腾出一块宽绰地儿来。人们"呼啦啦"过来了，把个沟儿团团围住。

庖牺睁着老大的眼睛，问沟儿："沟儿，这十几堆火都是你设的？""是啊，妮子，除了我，这山里再没一个两条腿儿的了。"冷妮子爹说："沟儿啊，往后可别再妮子妮子地叫啦，这是咱雷泽的新大娘。"沟儿脸上窘窘地说："那咋，还得叫她大娘啊？"人们哗地笑了，冷妮子爹说："我们都叫她庖牺，你也这么叫吧！"庖牺笑着说："叫啥都行，要说庖牺，咱都是炖肉烧肉吃的庖牺人嘛，咱雷泽氏就是庖牺，呵呵。"

"噢，庖啊、啊牺，"沟儿叫着怪别扭的，"你刚才问我啥来着？""我问你，这些火堆是不是你设的？""呵呵，除了我还能有谁啊？不过，我设的可不只这一堆火，呵呵。"人们松了的弓弦又紧上了，庖牺也紧张起来，问："哪儿还有？""你们进来那头儿也设了一堆，这会儿早灭了。原先以为是啥东西追着跟这一群屙尿的杂种较劲儿来了，哈哈。"庖牺说："能得你！一人儿东奔西跑煽风点火，真有你的！"沟儿说："我一个人可忙活不过来，有个好帮手。"庖牺和人们都奇了："咦？谁帮你的？"

沟儿说："是条杂种。"人们更奇了："啥？啥杂种？就是眼前这样的杂种？"庖牺说："瞎扯了不是？""没瞎扯，是真的。"沟儿一脸认真，对庖牺说，"你不是老想着养豺养狼吗？我这帮手儿养了五个杂种羔儿，你要还想养，就抱回去吧。"

庖牺不信，"嗯？我倒是想过养来着，可是这么阴毒下作的东西，扒屁眼儿掏肠子肚子，装死要人命的东西，你养活得了？"

沟儿说："养活得了！"

庖牺说："这可不是说着玩儿的，得真养活啊。"

沟儿说："不是说着玩儿的，我真养活了，先养活了一对儿黑白花儿的杂种羔了，后来把它们俩托给了一只母杂种，母杂种才下了仨小杂种羔儿，这会儿一块儿奶着五只杂种羔儿。我管着母杂种吃的，它就跟我熟了。母杂种从脑袋到尾巴一身黑炭儿，我叫它黑妮儿，它就是我说的帮手儿。这一沟儿屙尿的杂种就是黑妮儿找着的，它把我领到这儿来，我才设了这些柴火垛子。"

庖牺半信半疑，问："沟儿，到底儿咋回事儿啊？你这些日子都干啥来着？你是咋碰上这个黑杂种的？"人们也都想知道沟儿养的杂种和杂种羔儿："沟儿，黑杂种儿这会儿在哪儿呢？杂种羔儿在哪儿呢？""沟儿，你打哪儿弄来的杂种羔儿啊？""沟儿，你跟杂种住一块儿啊？杂种不咬你啊？""沟儿，你说你先养了俩杂种羔儿，你弄走了杂种羔儿，那老杂种呢？是叫你灭了吧？"

这个问了那个问，一个问题接着一个问题，沟儿不知道该答哪一个好了。人们一个劲儿追："说呀，沟儿你倒是说呀！到底咋回事儿啊？"沟儿好容易能插进嘴了，赶紧说："行，等你们不问了，我就说。"人们都说："不问了，谁也别问了，都听沟儿说！"

雪妮子爹出事儿那天，沟儿赶上闹肚子，他放猪回来去雪妮子家说了句"不吃后晌饭了"，就回去睡了；睡也睡不着，肚子拧着疼揪着疼，刚躺下又得起来，一会儿一起，又吐又拉。折腾来折腾去，沟儿给这病拿得散了架，迷迷糊糊睡着了。

"沟儿，沟儿，出事儿啦，出大事儿啦！"沟儿才迷糊着了，岨儿就风风火火跑来叫了。沟儿一激灵蹦起来了，急着问："出啥事儿了？""石头舅遭了豺啦，大伙儿才从雷泽找人回来，人叫豺撕扯没了。雪妮子娘都不会说话了，雪妮子也够呛。走，快起来去瞧瞧去，有啥活儿咱给干了。"沟儿起来就走，也顾不得肚子疼，跟着岨儿深一脚浅一脚跑到雪妮子家。

一天一世，早起还好好的一家人，这会儿就剩下孤儿寡母了。瞧见雪妮子娘儿俩惶惶，沟儿恨自个儿，只觉得愧对人家，白在人家吃了这么多日子饭，一点儿忙也没帮上。这家没了男人，这个时候该他挺身而出了，他想，还待在这儿干吗？一跺脚走了，连个招呼也没打。当时雪妮子家里里外外全是人，乱哄哄的，谁也没注意到沟儿，雪妮子忙着照顾中风的娘，也没顾上他，连岨儿都没瞧见他走。

沟儿回去拾掇了拾掇，身上绑扎得厚厚实实，背上弓，别上箭，又带上一篓子粗细绳子、斧子、刀、棍子、火石和引火的松明子，连夜下了山。他没带一点儿吃食，一来肚子闹得吃不下去，二来也背不动，饿了再说吧，走哪儿吃哪儿，逮啥吃啥。

一路上只恨破肚子不争气，围着肚脐眼儿一阵儿一阵儿拧着疼，一疼就要拉，好男人架不住三泡稀，力气都跟着拉出去了。后来拉得肚里啥啥都没了，肠子肚子还是往下坠，像是非把杂碎全拉出来不行。越拉越虚，沟儿立起来俩眼冒黄星星儿，走起来像踩着云彩，整个人跟柳条儿似的飘飘忽忽，风一吹就悠起来了。

要说，他这时候该好好回去睡一觉才对，等睡起来有了精神，想干吗再干吗，可是他着了魔怔了，眼里血痕糊啦的，睁眼闭眼都瞧见雪妮子爹跟豺打架，一群豺撕扯着一个大活人，撕一嘴吃一嘴……他沟儿好歹也算这家的半拉人，他得做点儿啥，给死了的和活着的做点儿啥。

沟儿晃晃悠悠先去了雷泽，猫到一堆树棵子后头，一屁股坐下。坐下就起不来了，磕膝盖儿又别住了，他赶紧跪下求告，"嘎巴儿！"过来了。他扎争着起来，只觉得天也转地也转，赶紧闭上眼睛定定神儿，长长地出气儿，吸气儿，老老实实求告燧娘娘，千万别趴下，这时候趴下就是喂豺，找撕。他想到肠子肚子叫畜生们拽出来，屁眼儿坠得又要拉稀。

沟儿心里全乱了，七上八下翻腾，赶紧闭上眼，定定神儿，啥也不敢想。定了一会儿，气儿顺了，心静了，耳朵也好使了。这雷泽里活物儿还真不少哩，地里一阵儿阵儿沙沙响动……出溜儿的田鼠儿窜过来窜过去……河边儿苇子棵子里扑棱棱飞起只野鸭子来……四五只鹿一跃而过，准是一家子……一颗星星从天上掉下来，拖着长长的亮亮的尾巴……沟儿又虚又累，坐着坐着就睡着了。

"咿啊咿啊……"一阵尖厉的长叫把他扯醒了，他想站起来，可是屁股像被叫啥给拽住了，俩手咋撑也动不，头皮发麻，头发根儿都竖了起来。是驴遭了豺了，驴群给冲散了，直着嗓子叫唤的就是那条没跑了的笨驴。驴"咿啊咿啊"的惨叫快把他的脑袋扎烂了，驴叫得越来越弱，到后来就不叫了。能听见豺"吭哧吭哧"掏驴心驴肺，"咯吱咯吱"啃骨头，"吧唧吧唧"嚼杂碎。血腥和臊臭借着夜风往他鼻子里钻，偏偏他鼻子比谁的都尖，肚子里就跟塞满了血痕糊啦的驴下水似的，挤得自个儿的五脏都没地方待了，一阵阵恶心往上拱，又不敢吐，眼里都憋出泪来了。畜生们吃饱了，又哗哗尿开了，难闻的尿臊和屁臭把沟儿肚里的东西勾到嘴里，又苦又辣。

几只豿"嗷儿嗷儿……"对着叫，那是吃饱了满足的噱。最后领头儿的一声闷门的"呼呜呜呜呜"，然后"忒儿嗒忒儿嗒"全跑了。月亮地儿里，沟儿瞅清了，一共是八只豿，都吃得肥嘟嘟儿的。等豿群走远了，沟儿这才敢吐出来，肚里没东西，干呕了半天，吐出来几口苦水，肚里除了苦胆啥都没了。吐够了，精神一松，身子往下一出溜儿，啥都不知道了。

头上的黏汗让夜风一吹，沟儿又活过来了，脑袋好受多了。他撑着立起来，身子直打晃儿，脑袋晕晕乎乎儿，出气儿多，进气儿少。闭了会儿眼，缓过来点儿，鼻子嗅嗅，还能闻见远去的臊臭的豿味儿。他伸了伸腿，腿麻酥酥的，慢慢挪了两步儿，还好没栽了！试试能走了，沟儿就顶着风循着臊味儿去了。

厌劲儿过去了，肚子不闹了，脚不软了，走道儿也稳当了。世上的事儿就是这样儿，坏到了头儿，也就好过来了，最难受的那一瞬沟儿以为自个儿死了，这会活过来了。他肚里有事儿，脚底下慢慢有了劲儿，越走越快了，到后来居然望见前头的豿群了！他不敢快走了，远远儿瞄着，跟着。好在他是顶着风走，豿群在前他在后，豿闻不见人味儿，要不然，他也跟刚才那条驴一样了。

沟儿跟着臭气走进花石山，上山的道儿是畜生走的，脚底下的石头带棱儿带尖儿，扎进脚心儿，就一直扎到肚里、心里，疼得不能动，坐下一摸，手上黏糊糊的。扎烂了的脚还得接着跟石头较劲儿，后来疼得受不了了，他只好像畜生一样爬，十根手指头在前头摸石头，避开棱角儿。

豿群早就没影儿了，沟儿还在摸摸索索，一指头、两指头地往前爬。全仗着灵得出奇的鼻子，他找到了这群豿的老窝儿，是个石头洞。这时候，乏透了的畜生已经睡死过去了。沟儿却来了劲儿，在窝的前后左右上下转了好几圈，认准了这疙瘩就这一窝儿畜生，就去找树砍枝子。他蹑手蹑脚在杂种洞前后左右上上下下跑了五六十趟，在洞口堵了一个大柴堆，旁边儿预备续火的树枝子比柴堆里的还多。

风呼呼地吹，沟儿找了块背风的石头，躲在后头擦着火石，一只手捂着点着了松明子，又对着了一根松明子，垂着两只手，瞅着火从下往上慢慢儿着，等松明子着欢了，才挪到畜生洞口，往柴堆底下兑了兑点着了，松明子从左点到右，底下全着了，贴着地蓝幽幽的。沟儿一手一根火把在柴堆上点星星似地点起来，点到哪儿哪儿就着起黄灿灿的火苗儿。他满满当当点了个够，柴堆全着了，他还不解气，把根又粗又大的树枝子插到柴堆底下，挑起来晃悠，风一吹，无数的火苗跳起来，伸着红舌头四处舔。沟儿吐了口唾沫笑了："嘿，屙尿的，好好窝里睡吧，睡吧！"

大火呼呼地燃烧，火苗儿争着往上蹿，火星子噼啪吵着往地上蹦。火真是好东西，沟儿浑身上下给烤得热烘烘的，连脚底下的地都热了，一下子像回到了夏天正晌午。他不住地往火堆里续树枝子，熊熊大火映红了天，他的脸像西天沉下去的日头，在火里一跳一跳的，笑得灿烂极了。

远处传来几声"嗷儿嗷儿"的豺嗥，沟儿身上一激灵，刚才的烘热全没了。他想，准是火光招的，就拿根树杈子把火往里推，这儿推推，那儿推推，又把剩下的柴在洞口围成半拉圈儿，万一豺群来了，就点起来防守。远处嗥了几声儿就听不见了，沟儿支棱起耳朵，四下里转转，瞅瞅，抽着鼻子闻。他心有点儿乱了，东跑跑，西闻闻，跑出去几步又跑回来，远处的一时半会儿过不来，洞里的豺蹿出来可是了不得，得先顾眼前儿，别的到时候再说，反正是沟儿就得过，是坎儿就得跳，没有过不去的。

洞里头传来"咯儿咯儿"的咳嗽，还有细细的"嗷嗷"声儿，接着便炸了窝，火堆晃悠了几下，一只豺怒嗥着往外冲，冲了半截儿没冲出来，先燎着了一身毛儿，"号嗷嗷嗷儿……"尖叫着乱扑腾，越扑腾火越大。沟儿举着根树杈子使足了劲儿往火里拍，拍到畜生头上，听见一声惨叫。他猛地抽回来，又捅进去，说啥也不能叫那畜生拱出来。也不知道哪儿来那么大劲儿，树杈子捅进去直直顶住了那畜生，两头较上了劲儿。他是真拼了，那畜生也拼了，都是为了活命。里头的畜生也跟着往外拱，火堆摇摇晃晃往外退。沟儿扔下树杈子让它着去，又抄了一根，抡圆了，横打竖拍斜刺里抽，抽得畜生鬼哭鬼号吱啦哇啦叫，抽得火疯了似的烘烘地着，张着大黄嘴舔着红舌头哇呀呀呼啦啦冲上前去。沟儿不停地抡着树杈子，抡着了一根再换一根，嘿，这招儿真带劲儿啊，连打畜生带续火。

畜生们不嗥了，一股焦毛糊肉味儿，呛得沟儿"咯儿咯儿"直咳嗽，洞里头也咳咳成一片。沟儿不停地往火堆上头续柴，让烟呛死畜生们！洞里咳嗽声少了，小了，越来越小，小到最后没了。

火堆慢慢塌下来，火苗儿越来越小，灰烬里最后剩下几个红点儿。沟儿没有续柴，红点儿闪了几下，灭了。沟儿想把火堆里烧死的豺拽出来，可是黑烟滚滚，呛得睁不开眼。眼辣鼻子疼嗓子干，他躲到一边儿咳嗽去了。烟气渐渐小了，灰白的烟云在洞口盘旋。沟儿试了试进去，"轰"地被熏回来，眼睛涨，脑袋疼。

灰堆里散着烤肉的香气，这会儿沟儿才瞧见烧黑了的一堆豺，好大的个儿！他扒拉了扒拉，嗨，以为有多少呢，原来就仨！他又累又饿，割了一块肉，吹了吹灰，刚放到嘴边儿，突然觉得洞里头有动静儿，一身的汗毛"噌"地扽挓起来。他抄起棍子拔出刀，顾不得烟熏，跳进洞里。里头啥也瞧不见，眼辣得难受，鼻子呛的难受，他顺手拖出一条热乎乎的杂种来，就着月光照脖子捅了一刀，血喷出来，溅在手上烫了皮。他吸了一口气，憋足了，钻进去又拖出一条来捅了。等到给第五条放了血，他一点儿劲儿也没了，身上跟大雨浇了一样儿，汗水顺着往下流，人瘫在地上，出了一口长长的气。洞里头又有了动静儿，沟儿惊呆了，脊梁骨嗖嗖冒凉气，莫非这群杂种不只八只？还有看家的？他又点着了松明子，垂着火，着旺了，甩进洞里，火忽地灭了。

沟儿还是听着洞里有动静儿，怪了，连火都着不了，咋能有活物儿？他找了根长树杈子，打算伸进去探探，洞口挡着一堆死畜生，不搬开碍事儿，搬开又怕里头真有活着的蹿出来。他思磨了一会儿，还是搬开了俩最挡道儿的，把树杈子一点儿一点儿伸进洞里，从左往右拨拉，拨到右边儿，往里伸伸树杈子，再往左边儿拨拉。扒拉到最里头，手攥到了树枝子根儿上了，树枝子碰到了啥东西，软乎乎儿的。果然有看家的！沟儿抽回树杈子，狠狠地戳进去，再往外猛地一抽，树枝子比刚才沉了。沟儿肚子里像揣了个猪崽儿，抓抓挠挠突突地跳，攥着树枝子的手哆嗦成一个儿，不知道该往里戳，还是该往外拽，还是干脆扔了树杈子。

愣了一下儿，他决定拽，量那畜生也没几口气儿了，索性拽出来，叫它死个明白。他铆足了劲儿，"噌"一下子拽出了树杈子，不由怔住了，树杈子"哪"地掉到地上。

树杈子上扒着一个黑乎乎的球球，是个豺羔子，比刚下出来的猪崽儿大不了多少。沟儿一手掐过那东西来，俩手捧住。豺羔子嗷儿地叫了，叫声细得跟耗子似的。沟儿给它吹吹身上的灰，豺羔子紧闭着眼，伸出舌头来舔他的手，舔得手上热乎乎黏糊糊的。沟儿的嘴裂了口子，还是往手心儿里吐了一口唾沫，豺羔儿吧唧两下儿舔了，抬起头来，眼睛睁开了，眼里透亮儿，嗨，才下生儿的，眼珠儿还没长成呢。羔儿"吱吱嗷嗷儿"叫了两声。"嗨，瞧饿得那样儿，把唾沫当它娘的奶了！"

沟儿扒拉扒拉刚才捅死的五只豺，全它娘是公的！他想给羔儿找口奶吃，可是羔儿它娘早烧煳了！它爹跟几个哥哥的血也干了。沟儿拿刀子在一只小豺身上划了一刀子，血渗出来，他抹了一指头，伸到羔嘴里，羔儿"吧嗒吧嗒"舔了。沟儿又去抹了一指头喂它，这东西挺精，舔完了，就爬到它哥身上，舔那道口子。

沟儿从死豹身上拉了条子烤熟了的肉，稀里糊涂吃了，想去找点儿喝的，连烤带咳，他的嗓子着火了。

天亮了，脚下的地还是热的，沟儿往上走走，往下走走，找不着有水的地方儿。他在树根儿上搓了点还没化的雪，抹到嘴里凉丝丝地好受。他顾不得牙碜，一把一把往嘴里填，临了儿又攥了一个大大的雪球球。

回到豹窝儿，小羔儿还在舔血。这还行？这么大点儿也不怕上火！他抱过羔儿来，咬一口雪在嘴里化了，喂给小羔儿，羔儿咕咚咽了，把黑嘴头子伸到他嘴边儿上，还等着喂。就这么一口一口地喂，雪球球啃成了个核桃大，沟儿捏瓷实了，一手托着，给羔儿舔着玩儿。羔儿舔了一下儿雪球儿就不舔了，许是嫌凉，却舔起他的手心来，痒得他"咯咯儿"乐，还没人这么逗他乐过。

小羔儿和那几只死畜生长得都不像豹，那几条小畜生也比豹个儿大，嘴没有豹那么尖。也不像狼。豹的毛儿是黄的，也有不多红的，狼的毛是白的、灰的，这些畜生的毛儿却是黑的，有两只身上有白点子。雷泽里有年头儿不闹豹闹狼了，沟儿想，屌尿的兴许是留下命儿来的狼跟豹的杂种，嘿，说不定还是猪跟豹、狼的杂种哩，毛有黑有白。再一想不对，猪跟它们不是一伙儿，猪不吃肉，顶多叼条鱼儿吓唬个鸟儿的。嗯，就是豹跟狼禽出来的杂种，比它爹娘还狠还猾，敢情畜生种儿能变啊。沟儿瞧着杂种羔儿说："嘿，小杂种儿，我养着你，你可得给我变，往好里变。嗐，你能变好了，这会儿就舔杂种的血当奶吃，大了准能吃了杂种，要是还有豹跟狼，也吃了屌尿的。"

日头出来了，沟儿整整一宿没合眼儿了，这时候俩眼睁不开了，他抱着杂种羔儿说："屌尿的，你也困了，咱俩一块儿睡屌尿会儿吧!"杂种羔儿依在他胳膊肘弯里，眼睛闭着，嘴里头一个劲儿吧嗒，也不知道睡着了没有。洞里不呛了，他抱着小羔儿进去，往墙根儿一靠，啥都不知道了。

沟儿觉着嘴里有个什么东西一动一动的，摸了摸，原来是杂种羔儿，嘴头子湿乎乎地贴在他嘴唇儿上，舌头舔来舔去。呵呵，上这儿找奶来了？咦，不对，咋俩舌头啊？他摸了摸，还真是俩毛乎乎的东西，一边肩膀扒一个，往他嘴里拱呢。他一手掐一个，睁开眼睛一看，嘿，又添了一只，黑毛儿带白点儿的！再瞧瞧洞里还有没有，没了。

沟儿抱着一对杂种羔儿出来，外头比里头亮多了，昏昏沉沉的日头从树梢里探进个脑袋，活像个捣透了的老鸹窝。好嘛，睡到半后晌了。

肚里一阵咕噜，沟儿这才想起来，打昨儿后响到这会儿，还没吃一嘴呢。他拽过一只烤糊了的杂种，剜下一块肉，大口大口嚼起来，好香啊！杂种肉跟羊肉猪肉不一样，不膻不腻一嘴鲜，昨儿夜里火大，油都走了，肉烤得焦黄，越往里头肉越嫩，酥酥松松的，到嘴里就化了，要多香有多香。

杂种羔儿"呜儿呜儿"叫开了，他想把嚼烂了的肉吐给它们，又怕它们肚子太嫩，存住了害病，就在没叫火烧的杂种尸首上划了一刀，里头的血还是湿的。俩小杂种儿趴那儿舔开了，越舔越欢实。沟儿怕它们血吃得多了上火，他自己吃肉吃得也叫水，就去找雪。兴许是昨天夜里的大火烤的，近处儿的雪都化了，他就往远处高处走，还背了个羊皮口袋，打算攥一口袋瓷瓷实实的大雪疙瘩带回来。高处地上白花花的，他就奔高处去了。高处的雪干净，上头一点儿土都没沾，一抓一把，到嘴里甜丝丝的。他吃着不过瘾，就攥成一疙瘩一疙瘩地吃，吃了还想吃，一气吃了个痛快。

他又往高处儿走了走，上头的雪厚，俩手一抄一大把，攥了又攥，瓷实得跟石头蛋蛋似的。攥了几个，一阵风儿刮下来，吹起了一层雪面面。突然，他皱了皱眉毛，使劲儿吸了吸鼻子，闻见一股臊味儿，上头肯定有杂种窝！他打算往上走，先探探，反正风从上头往下刮，杂种在明处儿，他在暗处儿。

沟儿往上走，一路嗅着，慢慢儿能判定气味儿是打左边儿过来的了，他就掉过去斜着往上走。他的判断是对的，臊味儿越来越大。他不敢再走了，杂种肯定就在近处儿。这会儿他精神头儿挺大，睡够了，肚里也有了食儿，只是有点儿惦记那俩杂种羔儿，舔了那么多血，这会儿准叫水呢。他想把羊皮口袋里的雪球儿送回去再来，嗯，既然送一趟，索性攥满一袋子，就又抄起雪攥开了球球儿。

日头西沉了，临走在天边儿放了一把火，腾地烧红了。日头一走，火也慢慢儿灭了。天一点儿一点儿暗下来，一层儿一层儿往山上压，山慢慢儿全黑了，上头的天却亮了，一颗特别亮的星星一眨一眨地看着地上，就是太远了。

沟儿望着天上，天冷呵呵的，灰得像张耗子皮，星星的眼睛像冰凌渣儿。夜风吹来，他打了个寒颤，想起那俩杂种羔儿，也不知道会不会爬到洞里去暖和暖和。他得回去看看，给俩小杂种喂点儿雪水儿，等它们睡了，再回来，羊皮口袋里装上斧子、刀、火石、松明子再回来，像昨天夜里一样烧一窝杂种。

羊皮口袋里装满了雪球球，沟儿起来往下走。才下去没几步，就被一声沉闷的嗥叫拽住了，是打头儿的母杂种的嗥叫，是给杂群下的命令。沟儿赶紧躲到一棵大树后头，趴到雪地上。雪地上一阵沙沙声，一群杂种下来了，离他十几步远儿，打头儿的鼻子左闻右闻，住了脚闻来闻去。沟儿俩手往地里抠，恨不得从地里遁了。没用，遁不了，他只能老老实实求告燧娘娘了："燧娘娘快显显灵！燧娘娘快显显灵！别叫杂种瞧见我！别叫杂种吃了我！"有个杂种还翘起一条后腿儿撒了泡尿，臊气扑面而来，呛得他把头埋进雪里。嘿，尿臊把他给盖住了！母杂种嗅了嗅，嘴贴到雪地上嗥了一声，领着它的杂种们下去了。一群杂种呼啸而去，沙沙声远了，听不见了。沟儿爬起来，手指头僵了，脚麻了，身上全是黏汗，风从脖子肚子钻进去，把前胸后背抓挠得凉哇哇的，他赶紧勒了勒腰里的绳子。

道边儿一棵张牙舞爪的不知道啥树，枝枝杈杈横伸着，天知道是霸道还是显摆，沟儿看着它就是找死，"嘎巴！"撅了它根杈子。他想刮成根短棍子，可是没带斧子刀，好歹掰扯掰扯，撅成了一根儿胳膊长的棍子；循着臊味儿找到了杂种窝，离他刚才躲的地方很近，杂种儿步就蹿过来了，阴差阳错，真它娘的悬哪！他前后左右转了一圈儿，嘿，就这独一窝儿，齐啦！他离杂种窝近了点儿，没啥动静儿；再往近处儿挪挪，还是听不见动静儿；最后，到了洞口上，把耳朵贴在石壁上，啥也听不见。他圪蹴下拾起一块儿石头子儿，扔进去。石头子儿乒的一声儿掉到地上，就没声儿了。好像没留看家的，连个杂种羔子都没有。

沟儿弯腰摸进洞里，哪！迎头挨了一闷棍，疼得他直跳，哪！又是一棍子，打在顶心上，打得他一个跟头摔在地上，疼得呲呲哈哈吸凉气。心上一激灵，他顾不得疼了，赶紧猫着腰，抡着棍子抽过去，杂种躲得快。沟儿抽了个空，看来他还不是这杂种的个儿，索性抡圆了棍子先护住自个儿再说。"呼呼呼呼"抡了一阵子，杂种果然不敢近前来，沟儿挺起腰来，刚想吸口长气，哪！又是一下子，砸在头上，疼得邪乎。沟儿嘴里"呲啦呲啦"，脑袋里却明白透了，它娘的，撞着脑袋啦，这杂种洞太低了，只能猫着腰儿！

在洞里憋了一会儿，沟儿的眼睛能瞧见了，里头啥也没有。这洞虽然矮，洞口儿也小，可是里头扩出来，遮风避雨，臊味也特别大，窝住了出不去。沟儿憋着一口气，憋得受不了了，钻出来，长长地吐了一口气，又吸了一口凉凉的夜气，舒坦多了。

沟儿避开杂种们回来的路，斜刺里匆匆下来，走了一段儿，见了几棵小树儿，就扳倒了拽到一堆儿，做个记号儿。

# 第十八回

## 施厚爱沟儿哺幼崽
## 报深恩杂种赶狼群

沟儿回到前晌歇过的杂种窝儿，洞口儿乱七八糟趴着几条杂种，一动不动，分不出来死的活的。他擦着了火石，呼哧呼哧吹着了松明子，没照见活着的小杂种儿。他有点儿着急，别不是爬出去了，叫啥东西吃了？他举着火把钻进洞里，这洞比上头的杂种洞高多了，没碰着脑袋。想起在上头杂种洞里碰头的事儿，沟儿"呵呵呵呵"苦笑起来，"屌尿的！真傻，碰了一回两回不够，非碰三回，才知道猫起腰来！"

俩小杂种儿在旮旯儿里，一个蜷着身子卧着，俩眼儿紧闭，黑嘴头子"吧嗒儿吧嗒儿"空嘬得挺带劲儿；另一个趴在这个身上，嘴头子拱在俩后腿儿当间儿，也吧嗒着。嘿，真会过干瘾。沟儿圪蹴下，手指头捅捅这个脊梁，敲敲那个脑壳儿。俩杂种儿都不理他，尽着一个劲儿吧嗒嘴。"噢，吧嗒睡着啦？嘿，冷不冷啊？"

沟儿出去找柴火，黑咕影儿里跑了好几趟，搬进来一堆树枝子，点着了。火堆一烧起来，洞里顿时亮堂了，哪儿哪儿都是红的黄的火焰色儿，一会儿就暖和起来了。沟儿打死杂种身上拉了一条子烤熟了的肉，刀叉着，在火上转了转，热了，嚼了两嘴，腥了吧唧的，又死又涩，嚼不烂，咽不下。他"噗"一口吐了，又拉了一块儿放了血的鲜肉，叉着烤。一会儿肉"吱吱"叫起来，油滴答下来，馋人的香味儿也跟着散出来了，直往鼻子里钻，逗着肚里的馋虫往上爬。

在外头跑了半天，沟儿这会儿饿极了，大口大口吃起来，就着雪疙瘩嚼烂了，"咕咚咕咚"咽了。"嗷儿嗷！""嗷儿嗷！"不知啥时候儿俩小杂种儿凑了过来，爬到他腿上，吧嗒着黑嘴头子。"屙屎的，我说，你们啥工夫儿才能不吧嗒嘴儿啊？烦不烦啊？"俩小杂种儿吧嗒得更响了，眼睛却不睁开。嘿，瞎摸合眼啥也瞧不见，鼻子倒是挺尖！

沟儿拿舌头把嚼烂了的肉往后压，把拌着雪水儿跟唾沫的肉汁抿到嘴唇上，抱起俩杂种羔儿，这个黑嘴头子里抿一口，那个黑嘴头子里吐一口。俩黑嘴头子紧吧嗒，又快又响。沟儿一张嘴嚼供着三张嘴吃，紧着嚼，可把一根儿舌头忙活坏了，一边儿往后扒拉帮沟儿咽下去，一边儿往前抿着两头儿喂杂种羔儿。那俩东西也不懂事儿，偏偏叼住沟儿的舌头尖儿就不放，"吧嗒儿吧嗒儿"使劲儿嗑。"嗨，屙屎的把这块儿肉当成咂儿了！"沟儿连嚼带咽，还捎带着喂俩小杂种儿，还得从杂种嘴里往回拽舌头，虽然不算重活儿，也折腾出一脑门子汗来。

沟儿吃饱了，那俩东西也吃饱了，沟儿在嘴里化了雪水儿，含温乎儿了，一递一嘴儿喂它们俩。到后来人跟畜生都吃饱了喝足了，沟儿逗着小杂种羔儿玩了一会儿，俩东西困了，趴在他腿上睡着了，嘴头子一直"吧嗒吧嗒"不识闲儿。沟儿把它俩放到离火堆远点儿的石头地上，找出石头刀来，打算从死杂种身上剥下一块皮子来，好给它俩垫底下。

昨儿砍树枝子把刃儿砍秃了，刀钝得离不动皮子。沟儿蘸着雪，就着洞里的石头地磨了磨刀，把斧子也磨了，反正一会儿都得用。他剥了两张皮，俩手抻着烘干了离下来的那一面儿，双着铺到地上，把俩杂种羔儿抱到上头。那俩东西也没醒，只是一个劲儿吧嗒嘴头子。沟儿一手胡噜一个，一边儿撸一边儿乐："屌屎的，呵呵，没时没晌儿啦这是？呵呵，饿了几辈子啦？"

沟儿躺了一会儿，心里有事儿醒了，估摸上头那群杂种该回来了。他瞧了瞧地上，找了个石头洼儿，把羊皮口袋里剩下的雪球球倒进去，也化得差不多了；又收拾收拾，斧子、刀和该带的家伙全装进羊皮口袋，走了。他临走把火堆灭了，对俩小杂种说："嘿咿，屌屎的，你们俩好好儿睡尿吧！我待会儿还有一人堆活儿呢，弄不好得干尿到天亮才能回来呢。"俩小杂种儿不知道听见没听见，只是不停地吧嗒嘴儿。

沟儿沿着昨儿傍黑下来的道儿往上走，时不时跟星星点点头儿，星星虽然远，虽然冷，到底儿肯在这么清冷的夜里跟他做伴儿。碰着挓挲的树枝子，能撅就撅，走一段儿就堆起一堆树枝子来，等到了作记号的一堆扳倒的小树儿跟前，沿路已经堆起十好几堆树枝子，够烧杂种窝用的了。他又返回来运一堆一堆的树枝子，先运远处儿的，后运近处儿的，都运完了，堆起一个小山儿来。

沟儿歇了一气，听听，瞧瞧，闻闻，然后悄悄往杂种窝走去，越走越臭，还没到洞口儿，就呛得受不了了。洞里"呼噜呼噜"响成一片，又腥又臭又臊。沟儿拔起脚来赶紧跑，骂自个儿的鼻子咋这么尖。

　　他把当柴火的树枝子一把一把抱到杂种窝旁边儿，还不敢堵住洞口儿，怕万一哪条杂种出来撒尿。都运到了，又准备了几根利索的棍子，长的，短的，全放在洞口儿边儿上得手的地方儿，又备了一堆干松的引柴，两块火石和松明子就掖在腰里，万一杂种出来，发现了他，就点着了，先把杂种吓唬住再说。瞧瞧都齐全了，沟儿这才轻轻地往洞口儿堵柴堆。这个洞口儿又窄又矮，没用多少柴就堵了个严严实实。

　　沟儿"噌噌"两下打着了火石，吹着了松明子，从柴堆底下点着了引柴。引柴往上烧，上头的柴慢慢儿烧着了，腾地跳起一堆火苗儿。沟儿续上了柴，支着棍子往洞里推火堆，这边儿推推，那边儿推推，外头的火也着起来了。他一边儿续一边儿往里推，干过一回了，这回再干利索多了。

　　洞里"咯儿咯儿"咳嗽起来，咳成一片，像毛栗子在火堆里爆。咳了一阵儿就没声儿了。沟儿还有得是柴火，尽管往火里续，把火堆往洞里推。到后来推不动了，就推上头，把火挑进去。上头空了，赶紧往上续，累得他呼哧呼哧喘气。

　　柴火堆越烧越旺，后来闻见燎毛味儿了，难闻得呛人。沟儿把上头的火往里推，烧着的木头"噼里啪啦"砸下去，冒上来呼呼的黑烟，"吱吱"响着炼油，香味儿出来了。沟儿咕咚咽了一口唾沫，接着堆柴续柴。他不敢相信，里头的畜生这么会儿工夫儿就全死了，提着心吊着胆，手里攥着一根大粗棍子。

　　备下的柴烧完了，火熄了，留下一堆白灰，一洞黑烟。黑烟久久不散，这个洞太憋气了，怨不得杂种们死得这么快，敢情全是呛死的。

　　等了半天，烟还是散不尽，里头呛得不行。其实他回去就行了，可是还有点儿活儿没干完，他得趁热儿给杂种们放了血，要不肉又腥又硬没法儿吃了。他想着把花石山里的杂种全灭了，再回去叫人来抬肉，所以不能留下没放血的死杂种。

沟儿拽出一条离洞口儿最近的杂种来，这条已经烧黑了。他先往脖子捅了一刀，嗨，肉都烧熟了，放不出血来了。他爽性拉下一刀来，刮了皮，吃起来。干了这么多活儿，又累又饿又渴，他一边儿吃着肉，一边儿去找雪，好在四处全有雪，夜里显亮亮地白，不用走远了。

沟儿靠着一棵树，抓一把雪，就着肉，吃得那叫香。抬起头来，星星远远地望着他，沟儿朝天上举举手里的肉，说："就不招呼你了，我自个儿吃了，呵呵。"星星像是啥也没听见，眨着眼睛，望着他吃。沟儿嚼了两口咽了，冲天上说："嗨，你那儿太远了，够不着啊，眼馋就瞧着我吃吧！"

吃饱了，沟儿又钻进杂种窝里，洞里烟少多了，可还是呛得不行，赶紧跑出来。沟儿在外头憋了一大口气，又猫腰儿钻进去，扯住什么就往外拽，拽出来捅一刀，撂下；再憋一口气钻进去，拽出来，捅一刀……吃饱了有劲儿，嘁里咔嚓一会儿全捅了，晾在外头。他又吸了一口长长的气，钻进去踢腾了一圈儿，确实没找着什么，才出来，"噗"地吐出嘴里憋着的浊气，深深地补上一口凉丝丝的夜气。

临走，沟又拉了一条子烤肉，一边儿走一边儿吃，时不时圪蹴下抓把雪，当水就着嚼。今儿个太痛快了，没费啥事儿就灭了一窝杂种。吃完了，一路小跑儿往下赶。自打姥娘没了，他一个人过日子，吃饱了一家子不饿，从来没惦记过家。这会儿他只想快点儿回去，回下边儿的杂种窝去，就跟回一个家似的，其实他在那儿啥也没有，不过歇了一前晌、小半夜儿。

回到洞里，火灭了，他抱了几把昨天备下的柴，点着了。火一会儿就烧起来了，火光里，俩小杂种儿你扒着我，我扒着你，嘴里"吧嗒儿吧嗒儿"嘬一阵儿，"咕咚咕咚"咽两口，逗得沟儿"咯咯儿"笑个不停。

他不想搬动它们俩，他还有劲儿，磨快了刀，剥了两张杂种皮,烘干了,铺在地下,舒舒服服躺在上头。"啥叫报仇雪恨?这就是报仇雪恨,嘿!吃了屌尿的肉,再躺在屌尿的皮上睡大觉,这才过瘾呢!"瞧着俩小杂种儿那寒碜样儿,他到底儿忍不住,把它们抱了过来。他把剩下那两块皮子卷成了个枕头,枕着两块,铺着两块,胳膊弯儿里搂着俩小杂种儿,暖暖和和儿呼儿呼儿睡了。

沟儿睡得正香,突然心口咝咝啦啦疼起来,一阵儿一阵儿隐隐地疼。他困极了,翻了个身,又睡着了。没睡多大工夫儿,胸口又疼起来,揪着疼,他又翻了个身儿。过不了多会又疼开了。疼得不厉害,只是拽得难受,还挺痒痒,他又翻了个身。就这么来回折腾,一会儿一疼,一会儿一翻身,困劲儿跟疼劲儿、痒劲儿较劲儿,搅得沟儿翻来覆去,睡不踏实了。

疼劲儿和痒劲儿到了儿还是比困劲儿大,沟儿半睡不醒,眉头纵了个大疙瘩。后半夜儿才灭了一窝杂种,那可不是轻活儿,砍树枝子、运柴火,提着胆吊着心堵杂种洞、点火堆、续火,随时准备跟一窝杂种拼命,最后还得给一条一条死杂种放血,就他一人儿,一人儿对一窝才吃饱了的杂种,能不累吗?刚睡一会儿,累还没歇过来呢,肚子才好了,胸口又添了毛病。沟儿迷迷糊糊求告起燧娘娘来:"燧娘娘,您就体恤体恤我吧!叫我好歹再睡一会儿吧!燧娘娘保佑,叫我清清静静睡上一会吧!"

燧娘娘好像不体恤他,胸口依旧拽着疼,胳肢窝还挺痒痒。沟儿不明白了,回回儿他求燧娘娘,燧娘娘都应了他,这回是咋啦?噢,知道了,是刚才求燧娘娘的心不诚,有怨气,沟儿啊,你是闹觉儿闹糊涂了,睡不好觉咋能怨燧娘娘呢?

困劲儿全没了,沟儿揉揉眼,睁开一瞧,噢!鼻子气得冒出一对泡儿来,嘴里却"咯咯儿"乐了。眼前儿的事儿叫他没法儿不气,没法儿不乐:俩杂种羔儿扒在他胸脯儿上,黑的叼着他左边儿胸脯上的疙瘩儿,花的叼着他右边儿胸脯上的疙瘩儿,前爪子扒住，后腿儿在胳肢窝那儿蹬踏。这么左拖右拽，沟儿困劲儿再大也睡不成了。

"好嘛，把我当娘了，这儿吃咂儿来啦！起来起来！去！去！一边儿去！黑儿，去你的，去去！"他扒拉扒拉左边儿的，"花儿，去你的，去去！"又扒拉扒拉右边儿的。这俩哪儿是能轰得走的？他只好掰开一个的嘴头子，从羔儿嘴里夺咂儿不比从豺狼嘴里夺命容易，都是一回事儿：豺狼吃人为了生存，杂种羔儿吃咂儿也是为了求生，把个假咂儿当成了命根儿，它咋会轻易松嘴呢？除非你拿啥来跟它换。

沟儿想了想，有啦！他把手指头伸进嘴里，转着舔了一圈儿，先拿这根儿指头糊弄黑儿。黑儿果然放了他那滑稽的咂儿，来撮他的指头。哈哈，上当啦！沟儿抽出指头，又去蒙花儿，总算解脱了当杂种娘的尴尬。他把杂种羔儿四脚八叉放在皮子上，瞧着它俩蛄蛹着翻过身来，爬到一块儿，化儿叼住黑儿的耳朵就嘬，黑儿叼着花儿的尾巴紧着吧嗒。

昨儿存在石洼儿里的雪球儿全化成了水，沟儿趴地上捧着喝了几口，嘴里清爽了，又掬了两手心儿，捧给黑儿和花儿。虽然只是雪水儿，总比嘬干咂儿强多了，俩杂种儿吧嗒吧嗒，一会儿就喝干了，添得沟儿手心儿痒痒。

"嗨，你们俩好好儿待着，我出去找点儿柴火，找点儿水，等我回来了，咱仨就吃饭。听见了？啊？"俩杂种羔儿一个劲儿吧嗒嘴儿，眼也不睁一下儿。沟儿乐了，背上羊皮口袋出去了。

正晌午的日头晒化了树根儿的积雪，沟儿就往高处儿走，去昨儿瞧见的雪多的地界儿，他惦记着上头的几条死杂种，还打算拉上一块鲜肉带回来。

还没到地方儿，一股刺鼻的尿臊味儿就冲过来了，差点儿把沟儿呛了个跟头。他心里嘀咕开了，咋这么臭啊？到了一瞧，沟儿可吓坏了，昨儿熏死的几条杂种尸首全被撕扯没了，剩下一地血哧糊啦的骨头和呲出来的脏东西，把沟儿恶心得肚里吊了个儿。他捂着嘴闻了一鼻子，没错儿，是杂种干的，心里骤然一紧，头皮发麻，想："这得多大一群杂种啊？十个啃一个，少说也有七八十啊！"

沟儿掉头就朝下跑，脑袋里咣里咣当全是杂种呲的秽物儿，一路儿吐了好几回。他呼哧呼哧赶到住的杂种窝，圪蹴下吐出了一大口秽气。谢天谢地，这儿的死杂种都还在！他拽起死杂种两条腿就往洞里拖，紧着忙活了一阵子，把洞口儿那块儿腾利落了，心里还是扑腾扑腾消停不了。他跪下，"砰砰砰砰"磕了好几个头，这才求告燧娘娘："燧娘娘，燧娘娘，赶快刮风大下雪吧，可别叫杂种群闻见这儿的味儿啊！"

燧娘娘听见了，后响天儿就有那么点儿意思了，日头像个散了的蛋，不明不白的，后来干脆连这么个脸儿都不露了，扔下个灰不哧哧的天。瞧这样儿，燧娘娘快显灵了。沟儿吊着的心往下落了落，趁下雪之前还得去弄些柴火来，烧块肉吃，打睡醒了起来还没吃啥呐。

沟儿砍了一堆树枝子杈子，出了一大身汗，身上嗖嗖地凉，一气儿打了仨喷嚏，他不由得紧了紧腰里的绳子。起风了，零零星星的雪片片被风卷起来，在半空里打转转半天落不下来。沟儿急得仰着脑袋求告："燧娘娘，快下吧！下场大雪吧！下得杂种们出不了窝儿！"燧娘娘像是听见了，让雪片儿掉进他眼里，钻进他嘴里，出溜儿进他脖子里。沟儿就这么仰着脑袋，享受着上天给的清凉洁净。

密密实实的雪片儿一层一层压下来，压得瞧不见天，瞧不见树，瞧不见世界了，地上也铺白了，白色一统的混沌之间是不断坠落的白。哪儿哪儿都是清新纯净的雪味儿，吸一鼻子，深深清到心里，浑身立时麻酥酥好受。地上的雪越来越厚，腥味儿、臊味儿、臭味儿，烟熏火燎味，所有不好闻的味儿，所有的坏味儿、怪味儿全都给埋住了。

燧娘娘真真切切听见了沟儿的求告，真真切切显灵了。天上真真切切有个燧娘娘！沟儿一颗吊着的心跟着大雪落了下来，落在实实在在的雪地上。他趴在雪上，舔一嘴雪，打了个滚儿，沾一身雪，爽得由着性滚下去，把自个儿融到这白色的混沌里。

连骨碌带爬到家了，家也成了白的，雪在洞口挂了一张白帘子。沟儿拍打净了一身的雪，跺干净了脚，才钻进去。他先点着树枝子，一会儿火就烘烘着起来了，石洼里的水蒸起来，洞里头热气腾腾。

烤肉吱吱叫着，油滴答到火堆里，火更旺了。沟儿拿两根儿树枝儿夹出肉来，吹吹灰，咬了一口，嚼两下，啧啧，真香！饿了吃东西香，心静下来慢慢儿品味，就更香了。出来三天啦，沟儿还没有踏踏实实有滋有味儿地吃顿饭。他一边儿嚼一边儿喂黑儿跟花儿，两天两宿工夫儿，他们仨成了一家子。它俩打生下来兴许还没吃过娘的奶呢，要不给啥都吧嗒吧嗒吃？沟儿想："屙屎的母杂种也不容易，扔下崽儿就出去找食儿去了。得，我养你的崽儿吧，谁叫我宰了你呢！我也是没法子，不宰了你，你就会吃了我，不吃了我，也会吃别人。得，还是我吃你吧，顺带也拿你屙屎的肉喂喂你下的崽儿！"

吃饱了，沟儿撩着石洼儿里的水给黑儿和花儿洗了洗。它们身上不好闻，屁股臭乎乎的。沟儿怨自个儿的鼻子太尖了，啥怪味儿都上鼻子。刚洗清爽了，俩东西努起了架势，小脸儿憋了半天，最后拉了两泡黑屎。原来才下生儿的杂种羔儿还不会拉屎，非得它娘给舔干净了屁股它才拉，拉了，它娘就舔吃了。这屎还是胎粪呢，要多臭有多臭。沟儿捏着鼻子，拿树枝子夹了两堆儿臭屎，甩到外头雪地里，骂自个儿犯贱，"好好的跑这儿伺候起杂种羔子来了！"

洞口的雪化了，冒着灰白的气儿。外头的雪已经盖住脚了，瞧燧娘娘这阵势，非得把天戳个底儿透，有多少雪全都攘下来。沟儿抓了一把雪搁嘴里，清甜清甜的。他攥了个大雪疙瘩，回到洞里，坐在火边儿，嘴里化了雪水儿，嘴对着嘴喂俩小杂种儿。"屙屎的，肉吃多了火大，给点儿雪水儿清清火儿。"俩小杂种儿湿了吧唧的黑嘴头子对着他的嘴唇儿，舌头舔来舔去，嘬得吧嗒吧嗒响，这个舔了那个舔，这个嘬了那个嘬。活这么大，他还没跟谁这么近乎过，也许吃奶的时候跟娘这么亲过。

雪把天下黑了，沟儿出不去了，就着火光把捡来的片石磨成了两把刀，刀把儿缠上麻绳儿，又把斧子磨快了，眼皮子就打起架来了。沟儿这些天没睡过一个囫囵觉，几天的乏全攒一块儿了，这会儿趁着燧娘娘显灵，正好歇上一宿，好好儿找补找补。他早早儿搂着黑儿跟花儿睡了，胡噜着软乎乎儿的绒毛儿，一会儿就做开了梦。

他带着黑儿跟花儿下了山，在雷泽里碰见岨儿跟憨小儿赶着羊群吃草。岨儿问他："你这些年跑哪儿去啦？"沟儿说："能跑哪儿去啊？我是打花石山回来的。"岨儿说："你可好，说走就走，连个招呼儿都不打，害得大伙儿可世界找你。"沟儿说："屙毯的，你们咋把羊赶这儿来啦？"岨儿说："这儿的草好，羊就爱吃雷泽里的草。"沟儿问："猎人们呢？"憨小儿说："早就不打猎了，哪儿还有猎人？"沟儿问："不打猎了，人都去哪儿了？"岨儿说："有的打鱼去了，有的去白石山开石头去了。"沟儿还是不明白："不打猎，坳子里的人吃屎呀？"岨儿说："你才吃屎哩！我们这儿可没人吃屎，嘿嘿。"沟儿问："那吃啥呀？"岨儿说："能吃的都养起来了，牛、马、猪、羊、鸡、鸭，现吃现杀，连蛋都有的吃了，就是没有屎，哈哈！"

　　狗儿听着邪乎，就问："咦，啥时候养了牛、马、鸡、鸭了，我咋一点儿不知道啊？"岨儿说："呵呵，你一走好几年，当然不知道了。"沟儿急着问："我那群屎尿猪还在吗？"岨儿说："早分屎的了，这会儿家家都养着几口猪。"沟儿不敢信这话："啊？猪比人还多了？"憨小儿说："可不是吗，猪肉都吃不过来了。你还说屎的打猎，傻不傻呀？"说着，自个儿先傻笑起来。

　　沟儿没搭理他，心里算着：自个儿走了好几年，一口母猪一年下八九十来个崽儿，崽儿又下崽儿，紧着杀也吃不过来呀，就问："大娘杀猪杀得过来吗？"岨儿说："大娘早就不管杀猪的活儿了。"沟儿问："那谁管杀猪呀？"岨儿说："谁家吃谁家杀呗，是个当家儿的就会杀猪。嘿嘿，你小子吃不上猪肉喽，赶快找人儿吧。"沟儿听着直挠头，说："敢情你们有个会杀猪的娘，可惜了我那一大群猪了！尽点子没良心的，白吃了我的猪肉了。"憨小儿说："沟儿你这是打哪个傻地方儿回来的啊？咋光说傻话呀？"别人没笑，憨小儿自个儿嘻哈嘻哈笑起来没完了。沟儿说："屎！没见过你这样儿的傻屄，嗤！"

　　他们仨光顾着说话，没防备打哪儿冲进来一群狼，羊群顿时大乱，"咩咩"叫着四散奔逃。狼也散了群四处跑着去追羊。岨儿抢着棍子咋呼了一气，羊不跑了，狼也愣怔了，可是狼只愣了一下儿，又冲了上来。憨小儿吓得哇哇大哭，岨儿骂他捣乱。沟儿还记得搭箭拉弓，只是射不出去，狼跟羊混在一块儿，想不伤着羊单射狼，太难了。

　　正急得上火，突然"呜汪！呜汪！""呜汪！呜汪！"一阵狂叫，狼和羊都愣怔了。黑儿和花儿尾巴打着旋儿蹿了过去，黑儿一嘴咬住一根奔拉着的狼尾巴，那狼"噭儿"地一声尖嗓儿，疼得又蹦又踢，黑儿死活不撒嘴。"嘎嘣"，狼尾巴折了，那狼狂嗥着跑了，血滴答了一溜儿。沟儿跟着补上一箭，狼倒在地上，抽搐了几下，爬不起来了。一条大白狼追上了一只羊羔儿，花儿"噌"地扑上去，爪子抠住了大白狼的眼眶子，"欻啦"豁了。大白狼疯了似地惨叫，摔到地下蹦起来，蹦起来又摔下去，倒把羊羔儿吓呆了。憨小儿还知道抱起羊羔儿来，羊羔儿半天才"咩嘚嘚"叫出声儿来。岨儿照着大白狼腰里抡了一棍子，大白狼叫不出声来了。黑儿跟花儿还在追跑了的狼，沟儿怕它俩吃亏，急着喊叫："黑儿回来！花儿回来！"

俩小杂种儿把一群狼赶走了，憨小儿跟岨儿都瞧呆了，岨儿结结巴巴问沟儿："你这是俩啥神神怪怪呀？"沟儿自豪地说："嘿嘿，啥神啥怪也不是，告你说吧，这是杂种。屄屎的爹是狼，娘是豺，豺狼都不是杂种的个儿，哈哈！"憨儿问："咋不能它娘是狼它爹是豺呢？"沟儿说："啥爹啥娘都屎一样儿，反正是杂种。"岨儿巴结地说："沟儿，咱俩是哥们儿，你让给我一条杂种行吗？"沟儿挺舍不得，说："我就这俩，还有屄屎的别的用处儿。赶明儿花儿下了羔儿，我准给你一只。"岨儿说："屎！那得等到哪一天啊？瞧在咱这群羊的份儿上，你先借给我一条杂种儿吧！再遇见狼也好抵挡一阵子。今儿要不是俩杂种，羊群就完啦！"沟儿是实在舍不得，可是瞧着这群羊也着实需要一条杂种壮胆儿，就把花儿借给了岨儿。

沟儿带着黑儿回了南山，谁见了都说："沟儿，你咋弄回只豺来？"沟儿一遍又一遍地解释：黑儿不是豺，是杂种，杂种是豺跟狼配出来的，倒成了豺狼的对头。人们全都不信，全躲着他和黑儿，只有岨儿跟他好。他索性把黑儿也借给了岨儿，人图个心知，畜生也得给知道它的分量的人使唤才有用。岨儿自是喜欢，千谢万谢的。

黑儿和花儿又赶了几回狼，人们才知道了这俩杂种的本事，对它们另眼相看了。雷泽里闹起了獐子，人们又得打猎去了，猎人们带上了黑儿跟花儿。俩杂种真争气，头一天就一气儿咬死了仨獐子。后来，獐子一见这俩杂种，掉头儿就跑，豺、狼、獐子都不敢来雷泽捣乱了。

黑儿和花儿的名气越来越大，连远处的狮子、老虎、豹都知道了，狮子和豹不愿意招惹俩杂种，老虎却不服气，成群结队走了好几天，来到雷泽，倒要瞧瞧远近闻名的杂种有多大本事。猎人们几年没打猎了，见绝迹多年的老虎成群地来了，心里没了底儿，就跟岨儿求来黑儿跟花儿，放出去咬老虎。两只杂种儿哪儿是一群老虎的个儿呀？被老虎团团围住，生吃活剥了。

沟儿知道了，带着弓箭跑到雷泽里，老虎早没影儿了。他跟猎人们打了一架，把老虎吃剩下的一堆骨头收了，给花儿和黑儿在雷泽里立了个坟头儿，拍瓷实了，趴在坟上放声大哭，一直哭到没了声。

沟儿哭醒了，俩小杂种正扒在他脸上舔泪儿，脸上湿乎乎地痒痒。沟儿乐了："还以为屌尿的死了呢，嘿嘿！"说着破涕为笑，抱住它俩好一通儿亲，凉泪热鼻涕糊了俩杂种儿一身。

## 第十九回
## 连天雪夺食杂种战
## 卷地风送肉野人情

沟儿痛定思梦，一阵遗憾震得心尖儿直打战，咋就没梦见雪妮子跟大娘呢？石头舅没了，也不知道她娘儿俩这会儿咋过这日子，大娘的病好了吗？大娘成了这样儿，坳子里的事儿咋办啊？大娘要是老不好，谁管坳子里的事儿啊？按说该是雪妮子，自打拉网打鱼头一天，人们就瞧好了她是雷泽人未来的大娘，后来又是罘网又是弓箭，养羊养猪全是她的功劳，凭着这些，雪妮子当大娘没说的。可是，她才十七岁呀，家里没了爹，娘又成了半拉人，她一个小妮子顶得住吗？

沟儿想回去瞧瞧，他是想告诉雪妮子，眼前最要紧的是灭杂种，保住一族人和畜生的安全。他想回去跟雪妮子商量商量，带上人进花石山灭杂种。

沟儿拾掇了一羊皮袋子家什：斧子、刀、火石、绳子、松明子，他老是带着这些东西，脖子上挂着骨头哨儿。临走，他烤了一大块肉，喂足了那俩吃起来永远没够的杂种伴儿，自个儿也吃得直打饱嗝儿。

洞口的雪都没脚脖子了，外头的积雪更深，一脚踏下去没了半条腿。风卷着雪劈头盖脸砸过来，人从头上到脚底下打透了，浑身就跟光着一样儿。沟儿回去找了两张杂种皮，一张苫住后脊梁，打俩肩膀儿上披下来，又一张裹在腰里，拿绳子紧紧地捆起来，这才又出来。

大雪封了山，世界一片白，瞧不见哪儿是道儿。沟儿咬定了往下走，下了山就好找了，奔着清水河走迷不了道儿。他深一脚浅一脚踏着雪，脚底下碰着了啥东西，绊了个跟头。"屄尿的！"沟儿爬起来，一脚又踩在绊它的东西上，差点儿又摔。挺大一块，正挡着道儿，踢也踢不动，他弯下腰来扒拉，手冻得生疼，扒出一块儿花皮，是只鹿！要是仔细点儿，本该瞧见这儿埋了个鼓包，只是一片白把他眼迷糊了。他闭了一会眼，睁开后辨出好几个这样儿的鼓包。扒拉开，果然都是鹿，瞧这样儿是一家子出来找食，迷了道转不回去，冻死在雪地里了。"真够笨的，怨不得管屄尿的叫傻鹿！"

沟儿怕这几条死鹿会招来一群饿了好几天的杂种，打算先把它们拖回洞里，等回去叫了人来，再一块儿抬回去。这天儿可真不是干活儿的天儿，抓住死鹿两条僵直的后腿儿，拖上一会儿，手就冻得生疼，捂住嘴哈上一阵子，再搓上一阵子，手才暖和过来点儿，接着拖！

五条鹿，来来回回折腾了半后晌，才都拖到洞里。眼瞅着天黑了下来，沟儿没劲了，有劲儿也不敢回坳子里去了，他怕迷了道儿，跟这五只鹿一样冻死在冰天雪地里。

洞里的柴快烧完了，沟儿拿上斧子、绳子，趁着天还没全黑下来，出去找柴火。往上走的树杈子都叫他砍得差不多了，他出来就叉着两腿雪往下头走。雪把树枝子压弯了，倒是好砍了。他先晃晃枝子上的雪再砍，这一晃，倒晃下两只小老鸹来，栽地上就不动了。沟儿捡起来一看，早冻硬了，嘴张得老大，跟个红布袋似的。也不知道是风把老鸹窝掀了，还是雪把老鸹窝压烂了，这俩笨鸟儿飞不动，也许还没学会飞，就活活儿冻死了。

天更冷了，出来一会儿手脚就僵了，沟儿胡乱砍了些树枝子，绑了一捆拉回洞里来。得省着点烧了，要是大雪封住洞口，想出去砍柴都不行了。他把死老鸹埋在热灰里煨着，省了点火。谁知道这场雪还下多少天呢？杂种们能憋在窝里睡觉装死，不吃不喝，有硬皮厚毛护着，冻不着，睡一冬天都没事。他可不行，这俩小杂种也受不了饥冻，哪一天就跟那一对死老鸹一样了。

几只冻僵的鹿把洞里的热乎气儿全吸走了，里头跟外头一样冷，石洼里的雪水冻得硬硬的。俩小杂种儿不傻，卧在烧尽的火堆边儿上温乎的炭灰里，你靠着我，我靠着你。沟儿吸溜着清鼻涕，又是搓手又是跳脚儿，不活动活动，血就僵了。稍微暖和了暖和，沟儿又出去找柴了，他得出去，要不今儿黑夜非冻死不行。

这回沟儿换了个方向，斜刺里往下走，一只脚踏下去，费老大劲拔出来，再踏下去一只脚。好容易找着棵树，手一攥树枝，就给死死粘住了，贪婪的木头恨不得粘下他手心一层皮来。他一拽，树枝子一动，抖落了一头一身雪。雪顺着脖子往里钻，碰着热身子就化了，雪水流到腰里，让拦腰的绳子截住了，一会儿成了一道儿水箍儿，腰里冰得生疼，跟扎进根儿石扦子似的。身上的热气给拔出来，又变成了冷气往肉里、骨头里扎，人就跟躺在冰上似的一个劲儿打战。沟儿猛一振作，发狠地抡起斧子，喊哩喀喳砍上一气，身上热了。只是脚底下忘了动弹，等他砍够一堆柴，捆好了，两只脚已经不是他的了。

回来的路上，沟儿啥也瞧不见，只瞅见自己嘴里冒出来的白气。他跟着这团白气回到洞里，十个手指头弯弯着，僵得半天伸不直。没有火，只能来回搓手，搓半天不管用，就捂在嘴前头，使劲儿哈气，哈了半天，手指头还是直不过来，干脆搁肚子上焐暖和了得了。

沟儿才这么一想，"呜汪！呜汪！""呜汪！呜汪！"俩小杂种儿闻见他的味儿了。沟儿刚要抱它们，手碰到温暖的毛儿又缩回手来了，他不愿意占小杂种儿的便宜，让它俩给自个儿焐手，就贴到肚皮上焐，焐了手背焐手心，拿出来又使劲儿搓，直到搓热了，才喊："屌屎的，过来抱抱！"挀挈着手胡噜胡噜这个胡噜胡噜那个。俩小杂种儿舒坦得"呜汪！呜汪！"直叫。

等缓过来了，沟儿就去点火，这堆火说啥也省不得了，为了黑儿跟花儿，也得让洞里暖和点儿。他先扒灰堆，使劲儿吹里头的炭，吹着了火星儿，就着红炭再吹柴火。湿柴吹不着，湿气倒把红炭压灭了。他只好对着了剩下的一根儿松明子，再去引最细的树枝儿。柴得一根儿一根儿省着续，一根儿快着完了，再续下一根儿，一根枝子挑着死老鸹在火上转着烤。

烧了几根儿树枝子，两只老鸹烤熟了，洞里也暖和起来了，沟儿的脚后跟儿却痒痒起来，痒得钻心，他顾不得吃老鸹，去抓脚，一抓就破了，先流水水，后出血。疼比痒还难受，他忍住不抓了。一家三口吃上了烧老鸹肉，黑儿跟花儿嘴头子吧嗒得山响。他一下子续了两根树枝子，让火烧得旺点儿，尽情享受跟黑儿和花儿在一块儿的好光景儿。

吃了喝了，沟儿就去剥鹿皮，冷天皮子是好东西，是铺，是盖，是披，是裹，咋使唤都行。死鹿不那么僵了，沟儿先给一条母鹿捅了一刀放血。血早凉了，放不出来，一点儿一点儿往外渗。渗出来的鹿血挺新鲜，能叫黑儿跟花儿好好舔舔。这俩东西虽然啥也看不见，但是知道往母鹿的奶头儿那儿拱，四个奶头儿，专拣屁股底下的俩吃，叼住就不放，"吧嗒儿吧嗒儿"嚅得津津有味儿。这是只母鹿，兴许家里有崽儿呢。

　　沟儿给黑儿和花儿留着这条母鹿，把那四只鹿的皮剥了，反摊在火边儿烘着。还剩下一只死杂种的皮也剥了，剩下烧煳了焦了的，不能使唤，就算了。

　　一宿起来，大雪封住了下半截洞口儿，好在存下了些柴火，洞里有吃有喝。沟儿伺候黑儿和花儿吃了喝了，拾掇拾掇就下山了，今儿个说啥也得回去一趟。他两条腿都裹了杂种皮，绳子缠了几遭儿，一块杂种皮撕成两半儿包住了脚，打了绑腿上来，昨儿剥出来的四张鹿皮全上了身，一块拦腰，一块围胸，一块披肩，一层搭一层紧紧捆住，要不这样儿，出去就跟身上没东西似的。最后一块鹿皮包住了脑袋，在脖子里系住，浑身上下包裹得严严实实，就露着两只手。他夸上弓，箭袋子里插满了箭系到腰上，背起预备好了的羊皮口袋，想了想又放下了，拿出刀来，拉了一大块鹿肉，点着了火，烤起来。肉烤熟了，咬了一口，挺香，比杂种肉好吃多了。他把肉放进袋子里，才背上出了洞口儿。

　　地上的雪没了磕膝盖儿，天上的雪还在不住地往下攘，风夹着雪直往脸上拽，砸得脑门子生疼。沟儿换了个背风儿的方向，斜着往下走，稍微好些，脸不挨打了。可是风砸得脊梁又凉又疼，吹得人趔趔趄趄。脚底下啥也瞧不见，一脚一脚地瞎趟，摔得跟头就没数了。

　　风在耳边呼啸，尖得跟杂种噪叫似的。叫声越来越大，就像是无数的杂种在风里比赛嗓门儿。沟儿一个跟头摔在雪里，差点儿叫雪给埋了。好容易爬起来，风又把他脑袋上裹的鹿皮掀下来半拉。耳朵一露出来，听见了真的杂种的噪叫，他一惊，浑身的汗毛全都挓挲起来了。

　　沟儿捂着一只耳朵仔细听，真的是杂种，是无数杂种的噪叫，"嗷呜嗷呜"惊天动地。他觉得堕入了一个杂种的世界，瘆极了，这下儿糟了，被一大群杂种围住了。他连急带吓，一屁股跌在雪里。寡不敌众，他一个人无论如何对付不了几百只杂种，只能认了，趴在地上，让雪埋住身子。这一趴下，倒听清了，杂种们似乎没有冲着他过来。他耳朵贴着地，仔细听了一会儿，才听出来是一大堆杂种打群架，都在他的右边儿，他根本没被围住，刚才是给吓糊涂了。他的兴头儿又来了，转身往右边爬过去，想瞧瞧有多少杂种，想知道杂种窝在哪儿。

在雪里爬比走容易，又避风又摔不着，尤其是脚后跟儿的冻疮，走道儿一使劲就疼，爬着好受多了。

越来越近了，杂种的嗥叫震得人脑仁儿疼，"嗷呜呜呜呜……""嗷呜呜呜呜……"嗥声充满周天，借上风越发嚣张。沟儿感到一种从来没过的彻骨彻髓的尖寒冷，五脏六腑给冰凌划着刺着。拼命的号叫、要命的狂嗥、没了命的尖厉凄绝的嘶鸣、沉闷悲壮的咆哮，稚嫩的、青壮的、苍老的、威严的、短促的、昂长的……

近了，瞧见了白雪地上白树之间影影绰绰一片黑点子，越来越大，成了一堆黑影儿，扭在一起纠缠不清的黑影儿。更近了，瞧见了黑影儿们趴踏出来的一片杀场，一大群杂种，黄毛儿的、黑毛儿的杂种，少说也有一百多只。沟儿还没见过这样的场面：俩俩纠着扭着的，俩仨撕扯一个的，几个围住一个撕掳的，咬住鼻子的，咬住脖子的，逃的，追的，倒在血泊里的，雪白的尖牙，不见底儿的黑嘴，血红的舌头，呼哧呼哧奈拉着的舌头，来来回回舔着鼻头儿的舌头，张狂翘起来的尾巴，愤怒忽摇的尾巴，上头紧紧夹着，下头来回拨拉。

沟儿一动不动地趴在雪里，眼珠儿不错地瞧着杂种之间这场殊死拼争，脑袋里不停地问："到底儿争的啥呀？"

一只肚子快贴着地的黑毛儿母杂种特别显眼，只见它把脑袋拱到雪里，雪里传出愤怒的闷长嗥叫，"呵哦呜呜呜呜呜呜呜……"这嗥叫像是一种信号，沟儿想："莫非是一群公的争这个母的？不对啊，这冻死寒鸦的天儿也不是发情的季节啊。"

母杂种的嗥叫果然是信号，十几只黄毛儿杂种朝这只母杂种猛扑过来，一圈儿撅起来的尾巴翻成了一朵巨大的黄毛花。被围的、被追的、被撕掳的，所有还没断气儿的杂种，听到那声长嗥，全都跳起来，反扑那些逼迫欺压它们的杂种，争着去解救围在大尾巴花儿里的母杂种。

沟儿瞧出了点眉目，是两群杂种在掐架，黄的一群，黑的一群，黄的好像比黑的厉害。

撕咬越来越残忍，站着的生吞活剥倒在地下的，茹毛饮血啃骨头，"咯吱咯吱"，"吧唧吧唧"……沟儿闭上眼，头皮像是给揭了起来，全身冻僵了，他觉得要死了，杂种们就要跑过来撕掳他了。

日头快落了，变得血红。架也掐得差不离了，收场了，黄的赢了，黑的全完了。

血淹没的落日里，活着的叼着一块块死了的同类的肉下山去了，沟儿瞧见了几只鹿，跟他昨天拖回洞里的一样儿的僵鹿，只是撕扯得稀烂了，两只杂种叼着一只鹿，艰难地往下蹦。它们争的原来是这个！

雪地上留下一堆血咻糊啦的骨头和一只死杂种，那杂种四蹄八叉仰巴躺着，翻着肥大的肚皮，要不是杂种的脑袋和地上的一圈儿黑，根本分不出哪是肚皮哪是雪来。沟儿记得，这正是刚才被围的那只黑毛儿母杂种，想不到今儿个白捡一条杂种，可惜就一条囫囵的。沟儿心里头这个乐呀，"雪地里冻了半天，值了！"他活动活动僵了的身子，左半条腿又别住了，嗨，咋添了这么个毛病儿！他赶紧跪下求告燧娘娘。"嘎巴"一声儿，腿能动了，沟儿吃力地爬起来，要去拖那死杂种。

一爬起来，眼里全是黄星星儿，身子晃晃悠悠，脑袋空了。沟儿赶紧扶住旁边一棵树，手就给吸住了，粘在树上掰不下来。过了一会儿上头缓过来了，下头仍是僵的，又僵又麻，成了两根棍子，迈不开步儿。沟儿反正没事儿，心里不急，就慢慢儿活动起腿脚来。圪蹴惯了的人，这会儿膝盖儿却不会弯了，沟儿嘴里求告着燧娘娘，两只手捂住膝盖儿使劲儿揉。过了会儿，好多了，两条腿能屈能伸了。他站起来，又活动了活动，就慢慢儿往那边儿走，去拖那死杂种。

"咦？那杂种没了，嘿呀！怪了怪了！啥时候那帮黄毛儿杂种又回来了？"沟儿往下看，哪儿有个杂种影儿啊！"屙屎的不能跑这么快吧？"往上一望，老天爷！那死杂种又活啦，一瘸一拐往上爬呢！白天白地里一条黑杂种，眼神儿再不行也瞧得见。沟儿赶快拿下弓来，搭上箭，瞄准儿了那艰难地踽踽而行的黑黑的身子，慢慢儿拉开了弓……

箭没有射出去，沟儿松了弦儿，收了箭。箭就要飞出去那一瞬间，他突然想到，这杂种往上走，上头准有杂种窝，他不能为了要一只死杂种而放了一窝甚至好几窝活杂种。这么一想，拉弓的手就松了。又一想，不对，瞧这样儿，刚才撕咬拼杀的该是住在上头的和住在下头的两群杂种，下头的灭了上头的，上头不会再有沾着的了，不能白白放了这最后一只，他又拉开了弦。刚拉了半截儿，脑袋里出现一个疑团：下头那群杂种为啥没把它吃了呢？本来都把它围住了，后来咋饶了它？

沟儿想了半天也琢磨不透，瞧这杂种厮杀时候的样儿，好像是上头这群杂种的头头儿，呜呜一叫都听它的，一群杂种全死了，就剩下它一个儿。"哼，贪生怕死的东西，你的仇家放过了你，我可是饶不了你老贱屄！"沟儿重新瞄准了那畜生，慢慢拉开了弓，稍微往前对了对，嗖！箭飞了出去。

谁知那畜生身子一歪倒下了，箭从它身上飞过去了。它睁大了眼睛，惊恐万状往这边儿瞧，瞅见了沟儿，眼里的惊恐顿时变成了仇恨的凶光。它前腿儿趴下去，腰一拱一拱的，拱了几下就倒在雪里了。沟儿瞧着它那惨样儿，心想：生不如死，何必呢？

受了那么大屈辱，到头儿来还是个死，多活这么一会儿，唉，真真何必呢！沟儿收起了弓，打算把那畜生拖回来。才走了几步，畜生慢慢儿爬起来了，打了个晃儿，又栽倒了，身子一抽一抽的。沟儿立住了，心里浮起一丝丝怜悯。

那畜生蛄蛹了一阵子，坐起来了，瞧都不瞧沟儿一眼，艰难地窝过脑袋来，伸出舌头，一下儿一下儿舔后腿上的伤口。沟儿这才瞧见，那条腿上撕掉了一条子肉。畜生舔了一会儿，又扭过脸来瞧着沟儿。沟儿被它瞧住了，忘了再搭上一支箭。畜生慢慢儿挪了挪身子，挣扎着晃晃悠悠又起来了，拱了几下腰，站稳了，又一瘸一拐朝上走去，肚皮擦着厚厚的雪，留下一溜道子。

沟儿瞧愣了，他不得不佩服这畜生了，这样艰难，还要活下去，还硬要回到自己的窝里去，它图个嘛呀？望着那一大道子肚皮擦出来的雪痕，他猛然明白了：这畜生怀着杂种羔呢！它要把它们养活下来，延续种族啊。沟儿实在不忍心射死它了，从羊皮口袋里拿出烤鹿肉来，拉下一块儿来，朝畜生扔过去。肉"吧嗒"掉在母杂种眼皮儿底下。畜生闻了闻，伸出舌头舔了舔鼻子头儿，没理那块儿肉，接茬儿朝前走，头都没歪过来瞅沟儿一眼。

沟儿走过去拾那块肉。杂种猛地转过身来，前腿趴下，腰拱起来，全身的毛竖了起来，尾巴直直地耷拉下来，耳朵使劲儿往后贴，眼睛斜着往上吊，射出凶狠的绿光，龇牙咧嘴，嗓子里"咕噜咕噜"，瞧那样儿是要拼老命了。沟儿立定了，又拉了一刀肉，自个儿先咬了一嘴。母杂种瞧着他，眼珠子转来转去闪烁不定。沟儿把手里的肉块儿扔过去，它居然张嘴接了，前爪子踩着，叼着撕成小块儿吞了，嚼也不嚼，吃了，眼睛"吧嗒儿吧嗒儿"瞅着沟儿。沟儿拉一小块儿肉扔过去，它接住就吞了下去。沟儿一口一口喂它，它一口一口接过来咽了。沟儿怕它吃撑着了，就不再接着喂它。它等了等，见没有了，径自一瘸一拐走了。沟儿把剩下的肉都拉成了小碎块儿，放在羊皮口袋里头，等它走出一段儿，才远远尾随着，不敢走快了。

母杂种走走歇歇，一会儿舔舔后腿儿，一会儿舔舔胸脯儿，一会儿舔舔前腿儿，它身上叫黄毛儿杂种咬得处处是伤。狂风抢着雪，甩刀子一样乱砍乱扎。母杂种越走越艰难，后来干脆爬了，大肚子在白雪上划出一道沟来，留下沥沥拉拉的血，洇在白雪上艳艳地红。等它爬到山顶，已经满天星星了。山顶上有好几个洞，畜生进了最后头那个洞。

沟儿悄悄跟过来，鼻子嗅着，听不见一点儿声音，闻着也不像有活物儿。生怕踩雪出声儿，就贴着边儿走，走到离最后那个洞口不远儿了，听听，有呼哧呼哧的喘气声，他想就是刚才的母杂种，连个伴儿也没了，唉！他从羊皮口袋里掏出剩下的肉来，摆到洞口儿，就跑了。

月光像雪一样冷，风从山上呼啸而下，贴着地卷起雪来攘到天上，跟天上的雪混在一块儿压下来。沟儿给风和雪推着打着砸着往下走，叽里咕噜一个跟头接着一个跟头，还没爬起来又摔倒了。露在外头的手和脸成了火石，给树皮擦，地皮蹭，划破一道子一道子的口子，血一流出来就固住了。肚里的肠子也不瞧是啥时候，竟打起架来，"咕噜咕噜"又叫又闹。

回到洞里，俩小杂种儿闻见了味儿，一声接一声叫唤。"屌尿的，饿着啦？"沟儿心痛它们，赶紧烘大了火，拉了条鹿肉，拿树枝子挑着烧。香味儿一出来，俩小杂种儿爬了过来，叫得更欢了。"屌尿的，这么不耐饥不耐渴还行？我也一天没吃没喝了。"沟儿咬了一口鹿肉，嚼了嚼，先吐给它俩。肚子不干了，咕噜咕噜大声叫唤。沟儿赶紧把嘴里剩下的咽了，刚咬了一口，还没嚼，俩杂种儿就等不及了，呜呜叫着拱到他嘴边儿上。"嘿，屌尿的，也得让我嚼烂了啊，别叫啦！"

吃饱了，一觉睡到天亮。沟儿往外一瞧，雪停了。他却不打算回坳子里了，一来是惦记着山顶那只母杂种，二来他想探明山下头那一群杂种的窝。前晌他去砍柴，洞里塞满了柴，够烧几天的。后晌他就着火堆烧鹿肉，拉成小小的块儿，削了根儿扦子串着烧，比大块的拷得香，也好嚼。嘿，早咋就没想到这么吃呢？要不是昨天瞧见那母杂种吃肉不嚼，他也想不到串起肉块儿来烤着吃。

吃饱了，也喂饱了黑儿跟花儿，他装了少半袋子烤肉块儿上山了。山上下来的风撮起地上的雪往他身上乱拽，拽到脖子里跟搅和刀子似的。也不知道摔了多少跟头，总算到了地方，蹭到母杂种那洞口旁边儿一瞧，昨天搁的那块肉没了，沟儿心里暗喜，探过身子去，捏着半截羊皮口袋，把烤肉块儿轻轻倒在洞口，扭过身子走了。

见天儿早起和半后晌，沟儿都顶着风上山，给母杂种送两顿烤鹿肉块儿。风攘起冻了的雪渣儿，拽得人睁不开眼，好在沟儿包得严严实实。他把肉放在洞口就走，回来的路上风不打脸了，走多了惯了，跟头摔得也少了。就这么一连送了四天，也没见那母杂种的面儿，可是他知道畜生活着，因为他每次来，洞口的肉块儿都不见了。

第五天头儿上，沟儿老远就瞧见母畜生在洞口儿卧着。畜生也看见了他，立起来，慢慢儿迎过来，它的肚子大得走不动道儿了。沟儿迟疑了一下，杂种的尾巴翘到了后脊梁上，朝他一个劲儿摇，脑袋仰起来，耳朵耷拉着，嘴巴微张开，呵呵喘气，鼻子上蹙起一堆皱纹儿，眼光柔和地看着他。沟儿走过去，把一只手背伸到它嘴边儿，它舔了舔。沟儿胡噜它脊梁，它就扭扭身子，尾巴摇得更欢了，嘴里头还哼哼儿着。沟儿拿下羊皮口袋来，杂种一下子就叼住了，一颠儿一颠儿往回走，到了洞口儿，就松了嘴，口袋掉在地上。杂种就往口袋里拱，叼出一块肉，咕咚咽了，又叼出一块儿，咕咚咽了，一会儿就把袋子里的肉吃干净了。吃完了，还知道叼起口袋来，送到沟儿手里。它脊梁上的毛黑得发亮，沟儿一边儿胡噜一边儿"黑妮儿黑妮儿"地嘟囔着。杂种的脸在沟儿腿上蹭来蹭去，嘴张着，牙被黑毛儿衬得格外白，嗓子里"呜噜呜噜"不知说些啥。

后晌，沟儿带了烤肉和一卷鹿皮来，这皮原是他包脑袋的，一下子没了，脑袋就跟进了刀子阵一样儿。黑妮儿迎过来，瞧见卷着的鹿皮，目光闪烁不定。沟儿就把鹿皮卷儿打开，它嗅了嗅，叼上进了洞。沟儿走到洞口，放下羊皮口袋。黑妮儿把袋子拱进去，一块儿一块儿叼着吃了，眼定定地瞅着沟儿。沟儿圪蹴下胡噜胡噜它脊梁上光滑乌黑的毛儿，捏了捏脊梁，俩手抱着它的脑袋往怀里搂了搂，然后放开它，起来走了。

夜里，沟儿梦见了黑妮儿，那畜生被一群黄毛儿杂种围着咬，沟儿用火吓跑了黄毛儿杂种。黑妮儿也吓得黑毛儿倒竖，见了沟儿，浑身哆嗦，眼里潮乎乎的　层雾。沟儿起紧灭了手里的火把，抱住它。黑妮儿被黄毛儿杂种咬得浑身没一块好皮，沟儿想胡噜胡噜它，又怕它痛。突然黑妮儿身子一歪不动弹了，眼也闭上了，沟儿的胳膊越来越沉。他便幼儿掰开黑妮儿的嘴，对着往里吹气儿，可是晚了，咋吹也救不回来了。

沟儿没睡好觉，天不亮就起来了，点火，磨刀，拉肉，烤肉串儿。他喂了黑儿跟花儿，草草地吃了些，就去给黑妮儿送吃的去了。到了，没见黑妮儿迎出来，他心慌了，又觉得自个儿糊涂，这么早来，杂种还没睡醒呢。他走到洞口，拿下羊皮口袋来，听得洞里呜呜两声叫。洞口很低，他圪蹴下来，往里瞧，里头黑洞洞的，啥也瞧不见。洞里又呜呜叫了两声，他弓着腰走进去，一片黑暗里，两颗亮晶晶的眼睛朝他忽闪。他闭了一会儿眼，睁开能看见了：黑妮儿半边身子卧在鹿皮上，脸颊在肩膀儿上来回地蹭，肚子底下趴着三只不够脚丫大的黑杂种羔儿，嘴里不住地"吧嗒吧嗒"。沟儿凑过去，圪蹴下，掏出肉来。黑妮儿张着嘴，

第十九回　连天雪夺食杂种战　卷地风送肉野人情

一块儿一块儿把肉接过来。

后晌儿，沟儿给黑妮儿送肉块儿的时候又带来一张鹿皮，是护肩膀的那块，怀里鼓鼓囔囔的，贴肉揣着黑儿跟花儿。黑妮儿正半拉身子卧着喂奶，朝着沟儿"呜呜呜呜"叫了几声儿。沟儿叫了声"黑妮儿!"从怀里掏出黑儿跟花儿来，"黑妮儿，叫俩屙屎的也吃口奶吧!"黑妮儿吸了吸鼻子，探过脑袋，一嘴叼住黑儿，仰起脖子，拨棱过来拨棱过去乱甩，黑儿"呜呜"叫唤，它也不管，还是叼着来回拨棱。

这下可把沟儿吓坏了，他咋就没想到杂种不认同类啊!眼前闪过几天前那场惊天动地的厮杀，他身上一阵凉。黑妮儿嘴里"呜呜呜呜"，挺过瘾的样儿。黑儿这么大点儿，还不够这母杂种一顿饭呢。沟儿咬着牙，上去掰黑妮儿的嘴。不等他手到，黑妮儿就把黑儿放下了，拱了两下，把黑儿翻了两过儿，又叼起了花儿，嘴里"呜呜"着，叼了一会儿也放下了。沟儿一颗心扑通落了下来，闹了半天它是逗俩小杂种儿玩呢。

黑妮儿又卧下了，黑儿跟花儿钻到黑妮儿肚皮底下，跟那仨小点儿的一块儿拱起来，吧嗒成一片。四个奶头儿五个杂种羔儿，花儿最后拱过来，没叼着，就去舔黑妮儿的屁股，跟逮着了啥宝贝似的，"吧嗒儿吧嗒儿"往下咽。黑妮儿身上的肉一颤一颤的，嘴里"呜呜"着，眼睛眯起来，脑门儿上漾起一层一层的皱纹。

# 第二十回

## 报深仇斧砍花石树
## 雪大恨火烧杂种沟

北风呼呼号了一宿，天亮了还不见有消停的意思，天上又飘起了雪，风把雪片片刮得疯了似的满天乱舞。

沟儿吃了，拾掇好了，熄了火，照例去给黑妮儿送吃的。风得厉害，他包住了头和脖子，脚底下没东西包了，好在这两天风大，把雪吹散了，不至于湿半条腿了。

一出来，沟儿吓了一跳，黑妮儿不知道啥时候来了，在洞口儿坐着，脑袋、脊梁上披了一层薄薄的雪。这畜生怕火，不敢进去，就这么在外头干等着。沟儿给它掸掸雪，心想："它这么早跑过来巴巴等着，别是黑儿跟花儿出了啥事吧？黑妮儿瞧了瞧沟儿，往洞里望了望，心一沉进去了，两条前腿儿在余灰里刨，一边儿刨，一边儿呜汪呜汪叫。"

沟儿明白了："噢，闹了归齐是饿了，等不及啦！嘿！"就掏出打算给它送去的肉块儿来，喂到它嘴里。黑妮儿连嚼都没嚼，一嘴咽了，还是呜汪呜汪叫，不停地刨。沟儿想：“灰里没尿啥啊，它这是找啥呢?”黑妮儿只顾叫着刨着，沟儿越发纳闷儿，今儿这畜生是咋啦？也不怕烫了爪子！黑妮儿刨了一会儿，扭身出了洞。沟儿也琢磨出来了：准是昨儿黑间风大，上头洞里冷，黑妮儿来叫他去给暖和暖和。可是咋暖和呢？它见不得火，这儿连一点能叫畜生们暖和过来的物件儿也没有，只好再从身上扒块皮子了。他想这会儿不能解下来，一道儿上风太大，到上头再解下来给它们留下。

黑妮儿没往山上窝里去，却往下头跑。这是去哪儿啊？沟儿琢磨不透它什么意思了。山上下来的风跟鞭子似的，抽得脊梁、脖子生疼。沟儿走在黑妮儿后头，多少替它挨了几鞭子。他一路上纳闷儿，这畜生今儿到底儿要干吗呀？黑妮儿踉踉跄跄在前头走，走几步儿回过头来望望沟儿，它的眼睛潮乎乎的。沟儿突然醒悟过来，它准是带着他去找那天掐架的仇家！他上前把它脊梁上的雪掸了，胡噜胡噜黑炭似的毛儿。黑妮儿扭回头来望着他，眼睛亮了，尾巴一蹶一摇地又往前走了。

越往下走，石头越多，到了底下，瞧不见树了，全是大块的石头。沟儿跟着黑妮儿一直走到花石山底下，进了一道夹壁沟里。西头儿刮来的穿堂风儿拥着呼呼的臭气扑过来，能把人熏一大跟头。黑妮儿噌地闪了回来，撞在沟儿身上。这一闪之间，他瞧见了一条干黄的大尾巴，是杂种！他心里一紧，赶紧躲到石头后面。黑妮儿仰起头，潮湿的眼睛吧嗒吧嗒瞧着他。他点点头儿，弯下身来，左手抱住它的肚子，右手从脖颈子往后胡噜，一边儿胡噜一边儿轻轻捏几下。黑妮儿尾巴摇得转起圈儿来，畜生也知道叫人伺候着舒坦。

这儿太悬了，沟儿拍拍它的脑袋，站起来了。黑妮儿识趣儿，摇着尾巴带着沟儿往上走，没走多远又掉了向，绕着山走。沟儿想，大概是去又一群杂种的老窝，就紧紧跟着它走。走了挺远，黑妮儿又掉了向往下走了，走不远停下。沟儿看清了，这是刚才那条石头沟儿的另一头儿。黑妮儿折身进了石头沟儿里，耷拉下来的在两条腿中间不安地晃荡。沟儿觉得太悬了，就搂住它的脖子转过来，胡噜胡噜它的脊梁，指指上头。黑妮儿似乎明白了他的意思，便跟着他折回来了。

回来的道儿难走多了，风卷着雪，像个披头散发的疯婆子，照着人脸又抓又打。沟儿让黑妮儿在自己身子后头，不时从背上的口袋里掏出块儿肉来，手心攥背在后头喂它吃。走一会儿，黑妮儿就连呼哧带喘了，可怜的畜生，还在月子里头呢。

走到半山腰，黑妮儿停住了。沟儿左瞅右瞅，啥也没有。黑妮儿前腿儿瞎刨了一阵儿，沟儿还是不明白啥意思，黑妮儿就折转往左走。沟儿这才恍然大悟，前边儿就是他住的洞啊，黑妮儿是不叫他再往上送了，哈哈！

沟儿有了活儿干了，除了吃饭，他见天儿不停地砍树，风雪无阻，从住的地方儿一路往下砍，拢起一个个柴堆。砍树不是活儿，前两回烧杂种窝，他砍的都是树枝子，这回要烧的是一条杂种沟，树枝了禁不住烧，得实打实地砍树，要砍老多老多树。好在他不用送饭了，黑妮儿到时候儿就来了，吃了就往下跑。起初，沟儿也跟着跑，黑妮儿就前腿儿刨地，不叫他去。他就不跟着了，一心一意砍树。

这一天天黑了，沟儿睡下了，听见"呜汪呜汪呜汪"的叫声，就在洞外头，他赶紧起来，点起松明子，有火，杂种就不敢近前来。到洞口儿一瞧，原来是黑妮儿，那畜生怕火光，不敢进来。他扔了火把出来，黑妮儿带上他就往下跑，道儿挺滑，害得他摔了好几个跟头。到了山下石头沟口上，黑妮儿一直跑进去。沟儿提心吊胆，可是见黑妮儿不怕，也就壮着胆子跟进去了。这一进去，把里头瞧了个够，这条沟的两面夹着石壁，走了一段儿，瞧见了杂种窝，背山一面一溜儿八个石头洞，里头空的，全出去找食儿去了。再往里走，曲里拐弯儿老长老长的，最后通出来了，到了那天见的石头沟口儿。黑妮儿折回头来又跑，沟儿跟着跑，一直从进来的东口儿跑出去，沟儿跟着跑，又仔仔细细瞧了一遍。

沟儿心里有了数，八窝杂种，就算六七十吧；石头沟又细又长，两头儿点起两堆大火，一个也跑不出来。他心里一阵喜，抱住黑妮儿的脑袋直亲，这畜生太顶事儿了。等要回去时，黑妮儿却说啥也不走了。他只好陪着黑妮儿在石头沟里来回溜达，不能歇脚儿，一停下来，人就会冻僵了。溜达了半宿，三星儿偏西了，黑妮儿才往回走，才走了不远儿，就听见杂乱的"忒儿嗒忒儿嗒"声儿，时不时冒出来一两声难听的嗷嗷儿嗥叫。杂种们吃饱了回来了，西风刮过来阵阵血腥和臊臭，熏得沟儿想吐。黑妮儿早就闻见了，它的鼻子比沟儿的还灵。

快到家时，黑妮儿拿脑袋蹭了蹭他的腿，没叫一声儿，朝上跑了。

回到洞里，沟儿把火烧旺了，吃了点儿东西，砍了一堆粗枝子细杆，在火边儿摆了一圈儿焙着，就躺下了。一躺下，却睡不着了，他就盘算起怎么干来。不能像前两次那样趁杂种睡着了时点火，那得点八堆，一个洞口儿一堆，惊动了一个杂种就全完了。他得趁杂种们不在的时候先点起里头来，火堆设在从里头数最后一个洞后面，让杂种进不了窝；等杂种们都进了沟，再在石头沟那头点上一堆大火，两头儿堵。这活儿不好干，石头沟儿太长，又透着天儿，别想熏死杂种们，烧死也不容易。他就光杆儿一人儿，两头儿放火行了，两头儿看着续火就难了，只能顾一头儿。他决定把里头那堆柴先点上，那是能足够烧上一宿的柴，不用续；等杂种们进了沟，瞧不见了，再往外头沟口上运柴，点着了就不停地续，一直往里头推，最后把杂种堵死逼死，其实就是折腾它们一宿，把它们吓死累死。前头那堆火还不能点得太早，得估摸杂种们快要回来的时候再点。

沟儿越想越细，越想心里越没底儿，"这活儿真不是一人儿干得过来的，顾了这一头儿顾不了那一头儿。要不，回去叫人吧？叫人也得先把柴火预备足了，早早儿进来一大堆人味儿太大，弄不好喂了屎尿的杂种。不行，不能叫人。预备柴火得好几天的工夫儿，连砍带运，还不能叫杂种瞧出来。这活儿急不得，急不得……"沟儿心里有了点儿底儿，慢慢儿睡着了。

一觉醒来，黑妮儿早来了，正"呜囔呜囔"撕肉吃。洞里的火早灭了，还是没火好，省着黑妮儿在外头冻着不敢进来。沟儿切了两片肉，薄薄的大大的片儿，拿麻绳儿穿起来，挂在黑妮儿脖子上，省着它后晌再颠儿颠儿地跑下来了。这畜生辛苦了半宿，还得喂五个杂种羔儿，甭叫它来回跑了。黑妮儿摇摇尾巴走了，沟儿才烧火，对付自个儿的肚子。

沟儿吃饱了就去砍柴，今儿个天儿好，大大的日头，风也住了。他一气儿干到后晌，肚里叫了才回来弄吃的，吃了就困得不行了，沟儿有这本事，甭管啥时候儿短了觉，一定要找补回来。

才睡下没多大会儿，黑妮儿来了，呜汪呜汪大声叫。沟儿翻了个身儿，没醒。黑妮儿又呜汪呜汪叫了好几声，一声儿比一声儿高，可还是叫不醒他，就伸出大肉片子舌头舔他的脸。沟儿抹了抹黏糊糊的脸，眼都没睁一下儿。黑妮儿又去舔鼻子、舔手、舔脚丫子，什么都试过了。回回沟儿都是蛄蛹两下儿，又呼噜呼噜睡了。黑妮儿撮起舌头来，往他耳朵眼里转。沟儿只听得打起了响雷，脑袋震得快炸开了，噌地坐起来，睁开眼一看，原来是黑妮儿捣乱，他气得咕哝了一声儿又躺下了。

这下黑妮儿不干了，咬住他身上裹着的皮子使劲儿拽。沟儿骂起来："你睡了一天，老子干了一天活儿，没工夫儿跟你闹着玩儿。去你的！去！去！该哪儿哪儿去！"一把推开了黑妮儿。黑妮儿又去咬他绑腿的皮子，这下沟儿火了，一脚踹到黑妮儿肚子上，径自睡自己的去了。沟儿这人打小儿就护觉，大了也没改了这毛病，甭管是谁，只要吵了他的觉，他就跟谁急。黑妮儿哪儿知道他有这毛病啊，一肚子委屈，"呜汪呜汪"大叫两声，扭过身子气哼哼走了。

沟儿的觉全没了，气得骂骂咧咧："整个儿叫屙尿的给搅和了！畜生就是畜生，蹬鼻子上脸拽耳朵的，就是不能惯。"他想着怎么治治它，饿它一天，瞧它还捣不捣乱了！

等到彻底醒过来了，沟儿重重地砸了脑门子两拳头，起来就往外头跑，忽然想起什么，又跑回来，抄了根棍子，拿了两根儿焙干了的枝子，掖在腰里当松明子，带了一对火石，一路朝山下追去。远远看见了晃晃悠悠的黑点儿，更加快了脚步，黑点儿越来越大，渐渐成了黑妮儿蹒跚的背影儿，沟儿心里酸酸的，是涌上来的惭愧。近了，快追上了，黑妮儿突然转过身，迎着他跑过来，扑到他身上。他一把抱住它的脑袋，紧紧搂到怀里，又是揉脖子又是捏脊梁，尽量让它好受点儿。黑妮儿知道他的好，没叫唤，哼哼呜呜地在他身上蹭，舔他伸过来的手，舔了手背舔手心。这畜生真好，一点儿也不记恨，越是这样儿，他越悔恨刚才踹它那一脚，吸溜了几下酸上来的鼻子。

快到石头沟儿东口了，沟儿和黑妮儿都放慢了脚步，咻咻嗅着，一到沟口上，臭气呛得鼻子难受，他赶紧闪了。黑妮儿倒不在乎，前腿儿先撑直了，后腿儿一曲，干脆坐在风口里了，毛茸茸的尾巴拨拉拨拉扫起地来。沟儿又急又心疼，一个劲儿朝它招手。黑妮儿瞧也不瞧，俩眼儿直直盯着沟里头，那眼睛，就像天上掉下来一对儿熠熠的星星，镶在黑妮儿黑黢黢的脸上，两道瘆人的光直穿杂种沟儿，要多冷有多冷。

天上有了亮儿，三星儿出来了，天上那个老狼远远地瞄着，一会儿满天都是星星了，一闪一闪地说起了悄悄话儿。黑妮儿噌地闪过来，站到沟儿身边儿，耳朵挓挲着，尾巴奔拉着，一动不动。沟儿也警觉起来。

一阵杂乱的"忒儿嗒忒儿嗒"惊了天上的悄悄话儿，"忒儿嗒"了一阵子走远了，慢慢儿听不见了。黑妮儿蹿进石头沟里，一路嗅着，悄悄儿走到第一个洞口，停停又往前走。沟儿跟在后头，紧紧攥着棍子。过了一溜杂种窝，黑妮儿奔跑起来，一拐弯儿就没影儿了。沟儿紧跑也赶不上，累得呼哧呼哧喘大气。黑妮儿跑回来了，吐着舌头喘气。到底儿是畜生腿儿快，这么会儿工夫跑到头儿又回来了。

月亮撒下一层薄薄的霜儿，沟儿和黑妮儿慢悠悠地往回走，黑妮儿时不时地蹭着沟儿的腿，沟儿时不时地胡噜胡噜它的脑袋，拍拍它的脊梁。这畜生心思太细了，要不是今儿黑夜出来等着，沟儿哪儿知道杂种们啥时候出去找食呢？

一回不准，第二天沟儿早早出来往山下去，打算再探一回。没走多远儿，黑妮儿就追上来了。真难为了这畜生！今儿个等的时候比昨儿长多了，他们来得太早了。杂种们走得不早不晚，还是三星儿出来的时候"忒儿嗒忒儿嗒"走的。

又一天，还是一样儿，到了三星儿出来的时候，杂种沟里就呼啦呼啦乱起来，杂种们"忒儿嗒忒儿嗒"走了。事不过三，看来就是这时候了，沟儿记下了。

柴预备得差不离了，沟儿一把一把往下抱，一根儿一根儿往下拖。黑妮儿老是跟着，还往前头跑，嘴里衔着一根树枝子，拨棱拨棱横挡着道儿。应名帮忙儿，其实真碍事儿。沟儿一说它，它倒耍起了嘴里叼的棍子，甩出去老远，又衔回来，嘴里头轻轻呜呜着。许是它才发现自个儿有这本事吧，要不能这么得意？沟儿索性扔出去一根树枝子，扔得远远的，让它追去，省得它老在跟前碍事儿。黑妮儿放下嘴里的，去追那枝子，追上了，摇头晃脑衔回来，放到沟儿脚底下，弄得沟儿哭不得笑不得。

在坳子里，沟儿是个出了名的慢性子，碰到天大的事儿也不着急，谁催也不赶碌。他做啥就要做好了，慢工出好活儿，一赶碌就做不好了，弄不好还会出差子。慢慢悠悠地，柴都运下去了，运到杂种沟儿东边和西边儿，散着藏在树棵子里头。活儿干得倍儿漂亮，一点儿没露馅儿。

引柴、干柴、松明子全都预备好了，沟儿求告起燧娘娘来："燧娘娘，燧娘娘，下一场大雪吧！冻死杂种们，让坳子里的人过上好日子。"

沟儿天天儿求告，求到第六天头儿上，一早起，东边儿的天就红得好看，燧娘娘要显灵了！沟儿早早就给黑妮儿烤好了一天吃的肉片儿，他喜欢得跟小杂种羔似的，闭着眼摇摇脑袋，伸伸脑袋，一会儿跑出去瞧瞧，一会儿跑出去瞧瞧。

黑妮儿来了，黑妮儿走了。

沟儿等到半晌午，也没见下雪。到了后晌，天上飘下稀稀拉拉的雪花儿来。沟儿仰起脑袋，张着大嘴，雪花儿落到舌头上，凉丝丝的，舌头尖儿抿抿，甜丝丝的，咽一口，一直甜到心里，麻酥酥地好受。

雪花儿刚刚湿了舌头尖儿，就没了，沟儿支着脑袋等着，等到脖子酸了，也没再下来一片儿雪花儿。沟儿那么想念前些日子的大雪，甚至想念劈头盖脸抽打他的暴风雪，他不停地求告："燧娘娘，下一场大雪吧，哪怕把我冻死了，我沟儿也认了。燧娘娘，发发狠，叫天冷下来吧，能多冷就多冷，把杂种们冻死在外头。"

天不明不阴的，日头像从灰堆里滚出来的一样，绷着个灰灰脸，藏藏躲躲，说走不走，说来不来。沟儿急得直冒汗，今儿个这天儿是咋啦？燧娘娘早起明明脸红了，啥时候才显灵啊？

日头走了，天也黑了。今儿个是不行了，沟儿心里不痛快，直直仰了一天脑袋，这会儿昏昏沉沉的，早早儿睡了。睡也睡不着，心烦意乱，一会儿想起雪妮子来，也不知道她娘儿俩咋过呢，一会儿想到自个儿那群猪，也不知道有没有人管；一会儿想到黑儿跟花儿，好几天没顾上看看它俩，也不知道长了点儿没有……想着想着迷迷瞪瞪睡着了。

沟儿刚睡着，黑妮儿就来了，呜汪呜汪叫了几声，上来把他拱醒了。正闷得慌呢，来了个做伴儿的，沟儿挪挪身子，把热乎地儿让给黑妮儿。黑妮儿扑上去，扒扒沟儿的胸脯儿，扒得肉皮又凉又湿。黑妮儿见不得火光，起来走了。沟儿跟着起来，出来一瞧，地上已经落了薄薄的一层白。他喜得返回洞里，背上早几天就预备好了的羊皮口袋，跟着黑妮儿连蹦带跳下了山。雪花儿像燧娘娘的手，摸摸他的脸，揉揉他的手。沟儿舒服极了，仰起头来，仿佛看见了燧娘娘慈祥的笑，笑声吹着雪花，"沙沙沙沙"传到他耳朵里，凉地痒痒，像小时候姥娘给他掏完耳碎拿根儿鸟毛儿转耳朵眼儿。

还没走到杂种沟口上，就听见了熟悉的"忒儿喀忒儿喀"声，等到听不见了，黑妮儿悄悄闪了进去，沟儿在后头蹑手蹑脚跟着，一个洞口一个洞口查过，先在外头闻，后来黑妮儿钻进去又出来沟儿这才放心了。黑妮儿像往常一样，顺着杂种沟跑远去了。

沟儿没跟它跑，掉头跑回来，紧着把藏在树棵子里头的树干树枝子扒出来，往杂种沟里拖，都堆在最里头那个洞旁边儿，把杂种回窝的道儿给断了。柴堆越来越高，越来越厚。他给黑妮儿留着个口，可是那畜生老不回来，他心上毛了，就顺着杂种沟跑过去。快跑到了，脚底下叫什么东西绊住了，往前一扑摔倒了，起来才瞧见是一堆树枝子。黑妮儿横叼着根树枝子跑来了，树枝子长，它侧着身子跑。沟儿又好气又好笑，拾起一根枝子，往回扔过去。黑妮儿嘴里一松，放下衔着的枝子，就去追。沟儿把地上的枝子拢了拢，抱起来跟着它走了。

黑妮儿叼起沟儿扔的枝子，颠颠地跑回来，沟儿横抱着的柴把它挡住了。黑妮儿好像明白了他的意思，就叼着那根枝子往前跑了。一见那高高的柴堆，黑妮儿松了嘴里的枝子，"呜啊呜啊"叫着跑回来迎沟儿，等沟儿放下抱着的柴火，就扑上去，后腿儿立起，尾巴一个劲儿忽摇，前腿爪在他胸脯儿乱刨了，拱着凉呼呼的嘴头子，亲得他一脸黏了吧唧的。沟儿胡噜胡噜它的脑袋，拍了两下放下来，领着它从留的豁口儿出来。

柴火堆下头是枝子，往上压小树儿，还没用了一半儿，已经堆起个大垛子。沟儿爬上柴火垛，往下一瞧，觉着不行，这么密密实实的一大堆，哪儿禁得住烧啊？他跳到里头，推翻了重新倒腾，抱起树枝子往前挪了五十几步，打下底子，堆起一个柴火垛来，靠石沟壁留个豁口儿，进去，隔开老远再堆一道，靠另一边儿再留个豁口儿……等里头外头的树枝子、树干全用完了，一共堆起来十三道火垛子，两边儿插花留出大豁口子，等一道快烧完时再从豁口儿过来点着下一道。沟儿估摸着，要是慢慢地烧，这十三堆木头足够烧到明天前晌了。

他忙完了这头儿又去忙那头儿，西头儿沟口还不能堵，只能把藏着的柴扒出来，运到离沟口不远的地方。

都拾掇好了，雪纷纷扬扬越下越大，沟儿怕一会儿雪太大了点不着火，就指指地下，叫黑妮儿在这儿等着，自己进了石头沟，去东头儿点火。黑妮儿也不知道是没懂他的意思，还是不愿意自个儿在这儿干等着，不但跟着跑，跑着跑着还跑到他前头去了，到了柴火垛跟前，进了豁口儿，一道一道串过去又串回来，欢喜得跳起来往沟儿身上扑，尾巴转着圈儿摇。沟儿这会儿顾不得哄它，摁着它的黑脑袋揉了两下，拍拍手，往后一指："傻妮儿，快回去！我要点火啦！"

沟儿从豁口那儿柴垛底下点着了，刮了几天风，柴火都吹干了，一会儿就着起来了，顺着往上着，贴地往里着。上头的雪也越来越厚了，底下着，上头压，太棒了！沟儿打心眼里感激燧娘娘。这雪下得真是时候呀，不早不晚，太早了，地上厚厚的雪，树枝子堆在上头去全湿了；太晚了，火着疯了，一会儿就烧完了。沟儿看着火着得不紧不慢，又想起什么来，转到下一道柴垛豁口，从上头扯下两根枝子来扔到地下，十二道柴跺，每个豁口都扔下两根柴。

沟儿想起了黑妮儿，就绕着柴垛往回走。火一点起来，黑妮儿就过不来了。这畜生准是躲到西口去了，可是沟儿找到西头也没见它，就出了杂种沟儿，四下里找，哪儿有个影啊！他想，黑妮儿怕火，许是从外头去杂种沟西头儿了，就顺着他俩前几天走过的道儿往西找回去，一边儿走，一边儿轻轻唤着"黑妮儿！喷喷喷喷，黑妮儿！喷喷喷喷……"一直找到东头儿沟口，也没找着，里头的火垛子熊熊着起来了，他绕进去，走了十道就进不去了。不行，这样着得太快了，等不到杂种们回来就全燎着了。他赶紧拿脚把连接俩柴火垛的引柴拨拉回去，心里惦记着黑妮儿，又转身出来，一路唤着往西找过去。

找到西头儿，还是没有黑妮儿的影子，沟儿真着急了，这畜生能上哪儿了呢？哪儿哪儿都找到了啊，莫非它不放心家里的杂种羔儿，回去喂奶去了？要是这样儿，就用不着急了。沟儿放下心来，往底下走了走，远远瞧着，等瞧见杂种们的影儿，好搬柴火封沟。

远远的过来个黑影儿，沟儿心里一震，闪到一堆树棵子里头，眼珠儿不转地盯住了那个黑影儿。近了，大了，是条杂种。他从肩上摘弓，弓叫羊皮口袋绊住了，怎么也摘不下来。那杂种更近了，直奔他跑过来。情急之下，沟儿拔出一支箭，攥在手里，等再近点儿，能使上劲了，就照着杂种脑袋拽出去。

越来越近了，是下手的时候了，沟儿伸出胳膊，抡圆了。突然"呜汪！呜汪！"两声轻轻的叫唤，原来是黑妮儿！好悬哪！沟儿肩膀儿上直冒凉汗，他从树棵子里跳出来，抱住黑妮儿脑袋，心还通通跳。黑妮儿没有像往常那样撒欢儿，两条前腿儿使劲儿刨。沟儿知道有事儿，顾不得黑妮儿一身湿漉漉的冷雪热汗，紧紧搂住它，不叫它再出声。

远处儿传来一片"忒儿嗒忒儿嗒……"声，杂种们蹚着雪回来了。沟儿的心蹦到了嗓子眼，黑妮儿的眼里着起了火，嘴里呼哧呼哧吐着烫人的湿气。沟儿一手捂住它的嘴，一手攥住它一条前腿儿，支起耳朵听着。

等杂种们都进了沟，"忒儿嗒忒儿嗒"走远了，沟儿才放开手。可是黑妮儿既不叫也不动，尾巴耷拉着来回晃。沟儿立起来，该搬柴了。黑妮儿把脑袋摁在他脚上，叫他动不得。他踢开黑妮儿的爪子，叨叨："起来，起来！死畜生，你真不知道工夫有多紧。再不快点儿把柴火搬到沟里去，杂种们就跑出来了！"黑妮儿咬住了他绑腿的皮子，他还是迈不开步。

沟儿正急得不知道咋好，突然听见了一阵窸窸窣窣声，越来越响，越来越多，零零乱乱像是在跑，雪地里辨不出是啥畜生的脚步声。沟儿憋住不敢出气儿，听着声音进了杂种沟，渐渐远了，赶紧去搬柴火。黑妮儿也跟着忙活，叼着根杈子紧跑。堆起了一垛柴火，沟儿先点上了，他怕这时候有杂种什么的跑出来，工夫儿紧啊。一见火光黑妮儿吓得赶紧蹿了，不敢再来帮忙儿。

沟里的杂种狂叫起来，乱成一团，叫声中夹着哨儿声。沟儿喜得抱住黑妮儿，是猎人来了，堵住了杂种们，用不着搬柴点火了。黑妮儿吓得浑身哆嗦，呼哧呼哧紧着喘气儿。沟儿咋胡噜安慰都不管用，只好抱着哆嗦成一疙瘩的黑妮儿，躲远点儿。可是石头沟里的声音太大了，百十来只惊恐不堪的杂种嗷儿嗷儿尖叫，哨子好像有成千上万只，比着赛着吹，一个赛一个地尖厉，连沟儿得脑袋都快给叫炸了，何况黑妮儿！

沟儿抱着它，左手搂住它的前腿儿和肚子，右手抱着后腿儿和屁股。黑妮儿一声儿接一声儿地叫唤，叫得就跟要死了似的。到了杂种沟东头儿，沟儿要把它放下来。黑妮儿转过身来，扒住沟儿的脖子，就跟扒住它自个儿的命似的，咋也不肯下来，一声声叫唤得好惨。沟儿只好抱着它进了杂种沟，他得去给柴火垛之间接上火儿，让几道柴垛全烧起来，好配合猎人们逼死杂种们。越往里走，黑妮儿哆嗦得越厉害，巨大尖烈的哨子声简直要把两边儿的石壁扎裂了，加上浓浓的烟气，这都是它最怕的，可是它又不肯下来，就像一离开沟儿它就得死似的，那模样儿着实可怜，嗷嗷的叫声哆哆嗦嗦，像一根儿要折不折的细绳儿，穿在沟儿的心尖儿上，叫一声拖一下儿。

到了最外头一道柴火垛前头，沟儿圪蹴下来。底下烟气小多了，黑妮儿哆嗦得稍微好了点儿，还是一惊一乍地叫。沟儿赶紧掰开它的前腿儿，褪出脑袋，站起来，一头钻进了柴火垛。一进去才知道瞎操心，风已经把火引过来了，眼看就着到最后两道了。呛得他的眼睛都睁不开，嗓子眼儿辣得咯儿咯儿咳嗽，他赶紧钻出来，抱起吓瘫了的黑妮儿往山上跑去。可怜的黑妮儿不能再在这儿待着了，他得把它送回去。

黑妮儿的身子凉得吓人。沟儿啥都顾不得了，倒着抱起它来，左手搂住它的脊梁，使劲儿往怀里搋，让自个儿的胸脯给它暖和着；右手和胳膊压在它的俩耳朵，下巴颏儿顶住它湿淋淋的脑袋，尽量让它听不见闻不见。他感到自个儿的心通通跳，黑妮儿的心跳得又快又弱，他不住叫着："黑妮儿！黑妮儿……"平时一个人上山都够累的，这会儿他不知道哪儿来的这么大的劲儿，"噌噌噌噌"往上跑，他只想快点儿离开黑妮儿受不了的烟火和哨声。可怜的畜生，本来它可以亲眼瞧着人咋灭了它的仇敌，可是，仇家还不知怎样了，自个儿先成了这副模样儿！

黑妮儿的身子一个劲往下坠，前腿儿松开了。沟儿赶快腾出右手来，托住它的屁股，沉得就跟抱着两条杂种似的，迈一步喘上半天。突然，沟儿觉得右手里热乎乎的，黑妮儿拉了他一手，湿乎乎热嘟嘟的，要多臭有多臭。沟儿蹲下，把着畜生的后腿叫它拉。稠的过了是喷泻的稀水，泄完了，黑妮儿出了一身凉汗，整个儿垮了，歪在沟儿怀里像一摊泥。沟儿雪里搓净了手，在身上擦干了，搓热乎了，才抱起黑妮儿来，一只手捂住它那做了病的屁股，不叫受了风，又吭哧吭哧往上爬。

到了山顶上黑妮儿的窝儿里，沟儿浑身汗出得跟从清水河里捞出来似的，一屁股坐下，呼哧呼哧大口大口喘粗气，手里依旧抱着黑妮儿。黑妮儿倒是缓过来了，眼睛亮了，出气儿也匀了，从沟儿怀里下来，往地上铺的皮子上一卧。几只不睁眼的小杂种儿跟着就拱过来了，"吧嗒儿吧嗒儿"嘬起咂儿来。黑妮儿伸着脖子，一个个儿给它们舔屁股，吞屎咽尿，胸脯一鼓一鼓地起伏。沟儿瞧着想："唉，当个娘不容易啊！"

沟儿惦记着底下的事儿，西口的火不知道着得啥样儿了。瞧着这儿没事儿了，就下去了。一出来，扑面又是风又是雪，把一身汗全激没了。他冻得上牙打下牙，身子直打晃儿，扶住石头墙根儿，人就跟没了似的。

好容易缓过来了，他就晃晃悠悠往山下走。天黑眼也黑，他哆哆嗦嗦擦着了火石，点起一根儿松明子。人影儿叫火燎得一会儿长一会儿短，跟个野魂儿似的在雪地里飘悠。沟儿心里一阵儿明白，一阵儿糊涂，好好的，呼地一下上来，就糊涂了。明白的时候还好过，糊涂起来像是一群饿杂种扑上来，撕扯着，咬着，难受得他死去活来。

这会儿又明白过来了，他把脑袋埋进雪地里，抓了两把雪，使劲儿擦后脖子梗，一直擦到耳朵根儿；抬起脑袋来，又抓了两把雪搓脸，搓了脸又搓脑门子。这么折腾了一阵子，脑袋好受多了。他又攥了雪球儿，咯吱咯吱地嚼。嚼了一会儿，心里清亮了，脚底下也有劲儿了，越往下走得越快。

到了杂种沟西头，柴火垛子都快烧光了，只剩下俩半截的了。一个熟悉的声音传过来，他喜得晃着火把，惊叫起来："妮子哎……"

# 第二十一回

# 闻奇功争睹千缘兽
# 见病状强留孤命人

**雪**纷纷扬扬下，火噼里啪啦烧，烤肉吱吱流着油。跟杂种整整折腾了一宿的猎人们，嚼着香喷喷的肉，就着燧娘娘送来的甜丝丝的雪，听沟儿说这些日子花石山里的故事，又歇乏又过瘾。后半夜都抬着死杂种回坳子里去了，剩下十几个人，正好烤火说话。

天慢慢儿亮了，雪渐渐小了，地上的火快烧尽了，沟儿的故事也说完了。人们意犹未尽，都想亲眼瞧瞧沟儿说的这个黑妮儿。沟儿说："想瞧我们黑妮儿？行啊。正好儿，上头还有几只剥了皮的死杂种和马鹿，你们跟着我上去，一块儿抬回去得了。"累到头儿的人们一听这个，精神头儿又来了。"走，走，上去瞧瞧！""瞧瞧给咱雷泽立了大功的黑妮儿去！"

沟儿说："我说，有句话得先说在前头，我这黑妮儿可是认生，脾气不好，见了生人叫唤得厉害，待会儿大伙儿还得多担待些儿。"跟沟儿岁数差不多的蛋蛋嘻嘻笑了："嗨，大伙儿听听沟儿说话多有意思，就跟说他当家的似的，是屙屎的吧？"人们"轰"地笑开了。沟儿说："我说蛋蛋，你是想当家的想魔怔了吧？你要是不挑拣，就把你配给黑妮儿啦！不过，我还是把丑话说到头里，咱蛋蛋这当家的脾气不好，往后大伙还得多将就点儿，呵呵。"庖牺也呵呵笑了，说："得亏辣妮儿不在，瞧你们闹得还真跟回事似的。再咋说它也是条畜，又是个生的，还能让它跟咱人一样懂规矩？这就挺不容易了，大伙儿别难为它了！"人们哄哄着："没说的，实在不行，就叫蛋蛋管着他当家的点儿。""走啦走啦，瞧蛋蛋的新当家的去啦！"打这儿起，黑妮儿又多了个"蛋蛋当家的"的野名儿。

人们嘻嘻哈哈哄着往上走，沟儿突然拍掌笑道："正说呢，蛋蛋当家的就来了，蛋蛋，提防着点儿，别叫当家的抓了咬了，哈哈……"沟儿说得好好儿的，猛地眼一黑，笑声嘎住了，打了一个晃便一头栽到了雪地里。

人们一下子乱了手脚，蛋蛋急得声儿都变了："沟儿，沟儿，你这是咋啦？沟儿，你倒是睁开眼啊！"庖牺趴到沟儿心口上听了听，眉毛拧成了黑疙瘩。冷妮子爹拉起沟儿的手，摸摸腕子，说："他这是累过了头儿，人太虚了。"说着去拽沟儿的两只手，要背他起来。突然，黑妮儿蹿到人们跟前，两只愤怒的眼斜吊起来，咆哮着向冷妮子爹扑过来，一蹿老高。旁边的蛋蛋眼快，赶紧侧身遮住冷妮子爹，自个儿却正撞到黑妮儿爪子尖儿上，脸上立时抓了几个血道子。

好厉害的畜生！人们手忙脚乱围上去，把它摁住，喊哧喀嚓捆住了四条腿。黑妮儿哪儿受过这个啊？挣着闹着，"呜呜哇哇"叫着，五脏六腑的愤怒全都喷发出来。蛋蛋捂着脸："死杂种，叫！叫！叫你娘个屁！要不是沟儿先说给了，老子早要了你的小命了！"他这一说，招来一顿嘻嘻哈哈的取笑："蛋蛋当家的好厉害呀，一见面儿就抓破了男人的嫩脸儿。""蛋蛋真是个屄包，惹不起当家的，就会瞎屄诈唬。"庖牺也嘻嘻地凑着说他："这可是蛋蛋自个儿找的，生怕大伙儿忘了这茬儿。"她嘴上涮着蛋蛋，心上却为沟儿着急。沟儿的脸白得像翻起来的鱼肚子，气息如风里颤悠儿的蛛丝儿。她想起瞎姥娘的招数儿，就一条腿圪蹴下，一条腿跪下，手放在沟儿鼻子底下，大拇哥的指甲照着当间儿使劲掐下去。

黑妮儿朝着庖牺可着劲儿大叫起来，好像叫也能吃人似的。它没吃了庖牺，却把沟儿叫回来了。沟儿睁开眼睛，瞧见黑妮儿给捆着，眼里露出困惑。庖牺告诉他："这黑妮儿以为我们要害你，就跳起来抓人，这不，先在蛋蛋脸上抓了几道子。要不是捆起来了，这黑杂种还要吃人哩！"

沟儿想起来给黑妮儿解绳子，可是磕膝盖儿又别住了，还好每回一跪一求告，燧娘娘就给开了。庖牺问："沟儿你咋啦？""没啥，这一条腿动不动就别住，动不了，我就跪下求告燧娘娘，回回儿都灵。"蛋蛋欣喜地说："真的？我爹也有这毛病，一别住就瞎摆治，对住了一会儿就过来了，有时候半天摆治不过来了。我回去告诉他你这招。"沟儿说："灵着呢，听见'嘎巴'一下就没事儿了。"说着就起来去给黑妮儿解绳子。

庖牺急着说："你放了它，它又要咬人了！"沟儿也不理她，只顾解绳子。解开了，黑妮儿一骨碌跳起来，"呜汪呜汪"叫着往沟儿身上扑，差点儿把沟儿扑个跟头。黑妮儿又是拱又是舔的，众人哪儿见过这个呀，蛋蛋说："谁说屄屎的是我当家的？瞧人家两口子亲热的！我这脸上好嘛常儿地挨了几道子，算个啥事儿啊？"说得人们哗哗笑了。黑妮儿朝着人们叫起来，俩眼吊着，射出凶光。沟儿喊了声，"黑妮儿，趴下！"黑妮儿瞅着沟儿，不情愿地往后一屈，坐后腿儿上了，前爪子哆嗦着，随时准备起来扑人咬人。沟儿圪蹴着，胡噜胡噜它的脖子，捏捏前腿，黑妮儿俩抓子才不那么较劲了。

庖牺跟沟儿商量："要不，叫谁背着你上去吧？"沟儿鼻子里冷冷一笑，说："笑话！我没长腿咋地？"庖牺连忙解释："不是这么说，不是这么说。"冷妮子爹说："沟儿，你这些天累坏了，人都有个三灾儿两病的，只要不累过头儿，就能缓过来。你这会儿已经累到头儿了，再过去就不行了。来，舅舅背你一截儿！"蛋蛋说："还是我来吧！"人们都争着要背沟儿，沟儿说："谁也别碰我，待会儿黑妮儿又该跟你们没完了。"黑妮儿果然"呜汪呜汪"叫起来，人们只好算了。

沟儿扎挣着领着人们上去了，黑妮儿一步也不离开他的身子，一会儿跳到左边儿，一会儿跑到右边儿。谁要是挨近了，它就吊起俩眼叫唤一通儿。蛋蛋学着沟儿的样儿，去胡噜它的脖子，黑妮儿扭过头来咬住了他的手。沟儿厉声喊道："黑妮儿！屄尿的敢咬人！"它还是不松嘴。沟儿硬是把它的嘴给掰开了，这回使了大劲儿，一屁股坐到地上，半天才缓过来。

蛋蛋说："我是怕了它了，再也不敢招惹它了。畜生就是畜生，哪能知道好歹！"沟儿说："不说你自个不对，还埋怨当家的，哪有你这样的？畜生最怕生人碰它的身子，咬手是它的防身之术。你要想碰它，得先伸出手来，让它闻闻，知道你是谁。"蛋蛋一听有理，张着手往黑妮儿鼻子跟前伸过去。黑妮儿一嘴咬住了。沟儿急得喊："黑妮儿！"又去掰它的嘴。蛋蛋说："这回你还说啥？"沟儿着气，半天才缓过来，说："哪有你这么伸手的？屄尿的以为你要抓它呢，得伸手背。"蛋蛋又小心翼翼伸过手背去，黑妮儿闻了闻，又翻过来舔他手心。沟儿说："你这会再胡噜胡噜它的脖子试试。"蛋蛋试了试，黑妮儿果然没叫也没动，还拱到蛋蛋怀里蹭嘴头子。

人们瞧着这么好玩，都照沟儿说的样伸过手背来。黑妮儿解除了戒备，跟人们玩起来。沟儿说："谁撅根树枝子，往下头扔，瞧瞧黑妮儿的本事！"庖牺撅了根树枝子扔下去，黑妮儿跳着去追，一会儿就叼住了，横着树枝子摇摇摆摆走回来，仰着头递给庖牺。庖牺接过来，圪蹴下，搂着黑妮儿脖子蹭了半天脸，黑妮儿也蹭过来蹭过去。

庖牺胡噜胡噜黑妮儿的脑袋夸赞："这畜生真行啊！"沟儿说："谁要是愿意，下去的时候一路扔着棍子把它引到杂种沟儿去，叫屌尿的瞧瞧咱们一宿干的活儿。"庖牺说："对了，你说的灭了黑妮儿全族的仇家，不就是下头沟里的杂种吗？咱帮它报了深仇大恨了，是得带它瞧瞧去。蛋蛋你带它去吧，咋说也是你当家的啊，呵呵。"蛋蛋说："行啊，你们可得等着我啊！"沟儿呵呵笑了："你可真是个笨蛋蛋啊，有你当家的领着，还怕尿找不着人？快去吧，屌尿的等着呢！"

蛋蛋把树枝子扔得老远，兴冲冲地跟着黑妮儿下山去了。沟儿领着人们接茬儿往上爬，庖牺时不时问问："沟儿，行吗？"问得沟儿挺不好意思，他恨自个儿的身子不争气，咋娇气成这样了？歇了好几起儿，总算到了他住的洞口儿。沟儿说："这儿就是了，原先是个杂种窝，挺矬，能进去四五个人，别人在外头等等，进去的受点儿委屈，低头弯腰。嘿嘿，还有比这更矬的洞哩，进去了都直不起腰来，我才来的时候吃过亏，脑袋哪唧哪唧光挨碰了。"

庖牺、冷妮子爹和大顺儿、二顺儿哥儿俩跟着沟儿钻进去了。里头黑咕隆咚啥也瞧不见，仨人闭了一会儿眼才看清了地上的柴灰、几只堆起来的剥了皮的死杂种和鹿。沟儿说："弯着腰累得慌，凑合着圪蹴会儿坐会儿吧！"大顺儿哥儿俩圪蹴下，庖牺坐到一张杂种皮上，奇怪地问："你把杂种皮、鹿皮都弄哪儿去了？"

沟儿指指身上，庖牺说："就这么两张皮？"沟儿说："都给黑妮儿它们送去了，它们那洞在山顶上，风大。黑妮儿见不得火，五个杂种羔儿才这么大，"他俩手比了两拃多长，"全靠几块皮子暖和着了。有话咱往后再说，先抬杂种吧，一会儿带回去。"

几个人往外连抬带拖，三下两下就拾掇干净了。沟儿叫留下半扇子鹿，庖牺问："留着干吗呀？"沟儿说："留着吃呀。"庖牺不解，问："咦，还留给谁吃呀？""我吃，黑妮儿吃，它还得奶五个杂种羔。"二顺儿问："咋？你还不回去呀？""我在这儿歇个一半天儿，有了劲儿，再带上黑妮儿和五个小杂种儿回去。"庖牺说："不行，一会儿跟我们一块儿回去，二顺儿背你下山。"冷妮子爹知道沟儿太虚了，但凡还有最后一点儿劲儿，他也不至于说这样儿的话，就说："大伙儿都折腾了一宿了，都先歇会儿。待会儿沟儿要是缓过点儿来了，二顺儿就背上你一块儿走，大伙儿倒替着把你背回去。要是还不行，我跟你 块儿留下。"

沟儿说："不光是我，还有黑妮儿呢，还有几个小杂种儿呢。我在这儿，能顾着它们点儿，走的时候也带上它们，回去养大了是咱个帮手儿。"庖牺说："都带上，一块儿回去。出来这么些天了，没叫杂种吃了，算你捡了条命。可别最后一两天出了事儿，你不知道家里咋惦记你呢！"她想起了在雷泽里给沟儿堆的坟头儿，又想起了爹，眼圈儿红了。沟儿感动了，嘴松了："等黑妮儿上来了再说吧。"

正说着，黑妮儿闪了进来，冲着沟儿过来，摇着尾巴呜呜叫。后头跟着蛋蛋，哪当撞了脑袋。沟儿说："都怨我，没说给你，这是杂种洞，太矬，得低头弯腰才能进来。"蛋蛋捂着脑袋冲后头说："听见啦？低头！"后头跟进来个人，腰弯得像只烹熟了的大虾。庖牺朝那人说："大个儿，你咋跑上来了？"

大个儿说："到早起你们都没回去，大伙儿不放心，又上昨天那石头沟找来了。有的把剩下的死畜抬走了，有的回雷泽干活儿去了，还有七八个人跟着蛋蛋上来抬畜生来了。"蛋蛋说："还说呢，要不是我护着，这帮屄人就把黑妮儿给黑啦！"大个儿说："我们哪儿知道它是黑妮儿白妮儿啊？见一条豺跟着蛋蛋，可不都拔箭拉弓嘛。你们猜人家蛋蛋咋说来着？"沟儿逗笑说："说不许你们碰他当家的，是吧？""嗨，还真叫沟儿说着啦，人家蛋蛋护住畜生，冲我们嚷嚷：'都收起来！这是我当家的，哪个伤了它，我要他的命！'这畜生又叫又跳，可是蛋蛋这么说，谁还敢碰它呀？"沟儿切着肉喂黑妮儿，蛋蛋说："你别喂它了，刚才它在杂种沟里吃得够不够的啦。"沟儿瞅着蛋蛋，眯起眼儿乐，问他："蛋蛋你真那么护着当家的来？"蛋蛋说："我要是不那么说，他能饶了黑妮儿吗？"洞里洞外的人都哈哈大笑起来。黑妮儿不知道出了啥事，狠着一通叫唤，恨不得把石头洞震塌了。

大个儿说："我就怵这畜生叫唤，怵瘆得慌。"

沟儿说："厉害吧？有几个黑妮儿跟着咱出来打鱼、打猎、放羊、赶猪，就不怕豺狼、杂种、老虎、豹了。"庖牺又想起了爹，说："把黑妮儿带回去，先带上它打猎。小杂种儿养起来，大了给咱帮忙儿。再多下几窝就好了。"沟儿说："黑妮儿就是为了不叫绝了种儿，才忍着屈辱活下来。咱说啥也得把它的仨孩子还有黑儿跟花儿拉扯大了，"蛋蛋说："刚才在杂种沟儿里，它瞧见那么多死杂种，又是呜汪呜汪叫唤，又是跳着撒欢儿。一个畜生也知道报仇出气啊。"

庖牺跟沟儿商量。"又来了这么多人，都是歇过来的，让大个儿先背上你走吧？"大个儿背过身圪蹴到沟儿跟前儿，说："来！"沟儿说："来啥呀来！让我碰脑壳护着你啊？"大个儿这才明白过来，这个洞口儿一个人进出都得低头弯腰，哪儿还能背个人啊？沟儿说："谁跟上我和黑妮儿，咱上去试乎试乎，瞧它叫不叫抱走它的崽儿。"大个儿说："我背你去。"蛋蛋说："我也去，黑妮儿跟我熟了。"沟儿说："我们仨上去，别人搬上肉先回吧！"庖牺不放心，说："还是一块儿回吧，人多遇上事儿不怕。"

沟儿死活不让大个儿背，说："大个儿你千万别拉拉扯扯，黑妮儿会以为你要害我，跟你没完。"大个儿说："行啊，你们俩都跟黑妮儿是亲戚，它就敢欺负我。"说着扔了一根树枝子，远远地扔上去。黑妮儿撒着欢儿跑上去，叼住了，摇摇摆摆给大个儿送了回来。沟儿说："呦呵，大个儿也会了？"大个儿说："蛋蛋教给的，都会了，告你说吧，这会儿都成了黑妮儿家亲戚啦，哈哈！"说着胡噜胡噜黑妮儿的脖子。沟儿说："这我就放心啦！当初，黑妮儿好几回差点儿死在我手里头。我花了好几天工夫，才跟它套上了亲戚。待会儿你们瞧见俩大点的杂种羔，一个是黑儿，一个是花儿，我跟它俩先成的亲戚，后来才跟黑妮儿成的亲戚，它就把我这俩亲戚给带起来了，也叫它们吃它的奶。"大个儿问："那你给它俩吃啥来着？""嗨，别提啦，那俩屙尿的跟着我可是受了大委屈了，我吃肉，把唾沫汁儿吐给它们。就这么着委屈了好几天，直到黑妮儿下了崽儿，俩羔子才有了奶吃。"

黑妮儿一回去，五个杂种羔儿就拱过来了，吧嗒吧嗒吃起来。瞅得大个儿和蛋蛋愣住了，原来小杂种儿是这样啊！吃完了，仨人逗着小杂种儿玩了一会儿，沟儿抱起黑儿和花儿来，俩小东西在他怀里拱来拱去。瞧着黑妮儿没闹，大个儿抱起一个来，蛋蛋把剩下的俩也抱起来了。黑妮儿闭着眼养神儿，它跑了这半天，累了。沟儿说："咱在这儿耍一会儿吧，等它歇过来再走。"

过了会儿，见黑妮儿没啥动静，沟儿叫它："黑妮儿，起来！咱回家啦！"黑妮儿起来了。沟儿把手里的黑儿跟花儿递给大个儿，拿起一块皮子绑在腰里，成了个兜兜，要过大个儿手里大小仨杂种儿，放在皮兜兜里，圪蹴下，让黑妮儿闻闻。大个儿也捡起块皮子来，依样儿绑了个兜兜，要过蛋蛋手里的俩小崽子，也让黑妮儿闻了闻，放进兜兜里头。蛋蛋捡起最后一块皮子，也绑了个兜兜，沟儿给他放进一个杂种羔儿，让黑妮儿闻了闻。黑妮儿莫名其妙瞧瞧闻闻，沟儿拍拍它的脑袋说："黑妮儿，走啦！"这句话它懂，就出来了，一边儿走，一边儿回头瞧他们仨干吗呢。

小杂种儿们又吧嗒上嘴儿了，仨大人低着头，"喷儿喷儿"逗它们玩儿。黑妮儿放心了，一路上听着吧嗒声儿和喷喷声儿，没再回头儿。

快到山根儿了，沟儿说："咱再打那杂种沟儿过一回吧！"庖牺说："行啊，再瞧一眼沟儿跟大伙儿昨天夜里灭杂种的地方儿，瞧瞧黑妮儿报仇的地方。"

一进了杂种沟，黑妮儿就撒起欢儿来，又跳又叫，还时不时打个滚儿。沟儿说："那天，我亲眼瞧着底下这群黄毛儿杂种咋个生生灭了黑妮儿它们那一群黑毛儿杂种，那叫一个惨！六七十个黑毛儿杂种死得就剩下黑妮儿一个儿了，一群黄毛儿围了上来，就要把它撕扯零叨了，你们猜它咋逃出一条命来？"

人们都猜不出来，一条杂种咋能从七八十杂种的重重包围中逃出命来，催着沟儿快说。

沟儿说："我瞧了黑妮儿好几天，它从来不把肚皮露出来，别说黑妮儿了，几个小杂种儿也都是趴着或者卧着，没有仰八脚儿躺着的时候。你们想啊，杂种身子是扁的，要仰八脚儿躺地下实在太难了，难得就跟咱人拿大顶一样。可是那一天，它四仰八叉躺地上亮了肚皮，黄毛儿杂种就扔下它走了。我琢磨了好几天，亮肚皮许是求饶的表示。黑妮儿是百十只黑杂种的头，这样的表示咋说也比死还要屈辱，所以仇家才饶了它。等黄毛杂种走远了，它才爬起来，腿上掉着一条子肉，拖着个大肚子一瘸一拐往回走。它这么艰难屈辱活下来，就是为了有一天能报了仇啊！"人们听了，无不感慨这畜生的灵性儿。蛋蛋说："得亏沟儿告诉咱了，赶明儿逗黑妮儿玩，可别动它肚皮。"

沟儿又说了他这些天跟黑妮儿咋准备灭杂种，黑妮儿咋带着他找到了杂种沟儿，咋探明了杂种们啥时候出去，啥时候回来，直到昨天半夜还下去探情况，回来告诉他杂种们回来了，他才把火烧旺了。人们都夸黑妮儿通人性，说它真该跟咱人一块过日子。

沟儿说："黑妮儿在咱人手里也是九死一生了，回去后就怕有人不知道，把它当成豺给害了。大伙儿见人就说说黑妮儿的事儿，它不是咱的仇家，是咱亲戚。"说着瞅了一眼蛋蛋，嘿嘿笑了。蛋蛋识要，说："没事儿，你们逢人就说它是蛋蛋新找的当家的吧。我当家的脾气不好，你们教人们别招惹它，要答理它得先伸给它手背，叫它闻闻，知道你是谁。谁要乱来，我这当家的咬了他活该。"沟儿说："蛋蛋嘱咐得对，知道了蛋蛋当家的脾气秉性，就成了蛋蛋家亲戚了。"

出了杂种沟，庖牺问沟儿："你行吗？要不叫大个儿背你一段儿？"沟儿说："没事儿，我要不行就留在山上了。"大个儿和大顺儿、二顺儿都张罗背他，他说："当着蛋蛋当家的，可别拉拉扯扯，它急了可不管你是谁，上来就咬。"这时候大伙儿才发现不见了蛋蛋，二顺儿说："蛋蛋跟咱一块儿进的杂种沟儿呀，咋走着走着就没影儿了？"冷妮子爹说："刚才不是还在这儿说他当家的这那的吗？"庖牺说："对呀，叫咱逢人就说黑妮儿是他当家的，叫人们别招惹他当家的伍的。这么一会儿工夫，他能跑哪儿去？"

沟儿一拍脑袋，说："我知道他哪儿去了！"人们都急着知道，催他快说。沟儿说："你们想想，他能去哪儿啊？谁见他回去啦？"人们都说没见，他一直在前头来着。沟儿又问："不至于叫杂种吃了吧？"冷妮子爹说："你胡说个啥呀？这儿除了黑妮儿，哪儿还有杂种啊？"沟儿说："那他还能去哪儿呢？"庖牺明白了，说："你是说蛋蛋跑到雷泽报信儿去了？"人们都说："对呀，准是跑到头里说他当家的这那的去了。""蛋蛋就是亲当家的，生怕当家的受了委屈。""对了，沟儿叫见人就说黑妮儿来着，蛋蛋听了就跑到头里说去了。"

庖牺心里有个疙瘩，就是她在雷泽里给沟儿立的那个坟头，也不知道蛋蛋有没有这心眼儿，万一沟儿问起来多尴尬！

到了雷泽，庖牺先找爹的坟头，爹的坟头儿旁边儿那个假坟头没了，庖牺给爹磕了个头，说："爹，害您的畜生是豺跟狼的杂种，大伙儿都给灭了，给您报了仇了。"

庖牺心里念着蛋蛋的好，却不见蛋蛋，就问："蛋蛋来了吗？"人们朝她眨眨眼，告诉她："蛋蛋先来这儿报了信儿了，说你们就过来了，还有个啥黑妮儿。这会儿又去前头报信儿去了。"见了黑妮儿，人们都问："这就是黑妮儿吧？"一个个伸出手背来。黑妮儿闻闻这个，闻闻那个。这个胡噜胡噜它的脖子，那个胡噜胡噜它的脊梁，喜欢得黑妮儿一个劲儿地摇尾巴。大个儿说："咋？蛋蛋告诉你们这是他当家的啦？"猎人们哄然大笑，说："这倒没说，只说这个黑妮儿脾气不好，叫别招惹它。要说蛋蛋这周到劲儿，可真比待当家的还亲。"

人们一直围着黑妮儿转，这才想起沟儿来，又拉住他问这问那。沟儿这一出去十好几天，见了雷泽都觉得新鲜，见了人们觉得好亲，只是这时候儿身上不好，话不多。庖牺说："沟儿病着，打昨儿早起直到这会儿还没合一会儿眼，等他好了，再给大伙儿好好说个够。"沟儿也说："我先回去歇歇儿，歇过来了咱好好说个够。"人们都嘱咐他好好将养几天，又劝庖牺、冷妮子爹他们几个耗到这咱的也早些回去歇了。

到了清水河边儿，刨冰打鱼的人老远就迎过来。浑浑拉住沟儿的手说："沟儿，你这气色不好啊！"沟儿说："累尿的，累成这样儿啦。浑浑舅，这会儿只想躺下睡觉，睡上三天三宿。"庖牺说："他病了好几天了，为了灭杂种，两天一宿没合眼，这会先让他回去歇了，等好了再给大伙儿好好地说说他那故事。"人们赶紧劝他快回去歇了。

人们预备了小鱼儿，给黑妮儿吃。黑子先叫它闻闻手背，然后把小鱼儿往天上扬，黑妮儿跳起来张开嘴接住，忒儿喽就咽了。

黑子胡噜胡噜黑妮儿的头，捏捏脖子，夸它："挺精啊，怕刺儿扎着，囫囵吞了。"

黑妮儿好像听懂了人家在夸它，显摆开了，"噌"地蹿到冰上，嘴拱了拱，前腿儿跳起来往下砸，跳了几回，硬是把冰砸开了，刨了个窟窿，脑袋拱进去，半天不出来；出来的时候，嘴里叼了一条大鱼，甩嗒甩嗒跑到岸上，把鱼放在黑子脚上。人们直着眼都看愣了。

黑子一拍手说："嘿咻，吃了条小鱼儿，叼这么大一条来报答，屙尿的有良心！沟儿，这畜生归我啦！"沟儿笑了，说："咱瞧瞧它愿意跟谁。"说完就往前走，黑妮儿在后头颠颠地跟着。人们"啧儿啧儿"称赞，都说没见过这样有灵性的畜生。

沟儿左瞧右瞧，没瞧见硬硬，就问："咋没见硬舅呢？"大个儿抽了下鼻子，说："没了。"沟儿一惊，问："遭了杂种了？"大个儿说："下到水里腿抽开了筋，缠在网上淹死了。"沟儿心里一沉，想着这家人太惨了。黑妮儿在旁边儿蹭蹭他，嘴头子拱拱他的手，把他从沉思里叫了回来。

过老榆树桥，黑妮儿噌噌几下就蹿过去了，身子那叫灵！

过了老榆树桥，沟儿左看右看，问："咋没见妞儿跟憨小儿呢？"庖牺叹了口气说："你还不知道呢，俩人都遭了毒蛇咬，憨小儿没离地儿就死了，妞儿给抬到瞎姥娘家，捡了条命，丢了半条腿。"沟儿心里疼得直揪，脑门子冒出一层细细的汗粒儿，半天才问："那群羊呢？"庖牺说："分了，家家都分了羊，自个儿养着，有愿意一块儿放的，白天把几家的羊合起来，交给一个半大小子放，也不敢出了南山，晚上羊各回各家圈里。"

沟儿又问："我那群猪谁给放着呢？"庖牺说："早分到各家各户儿养着了！"沟儿大吃一惊，想想也没法儿，只有唉声叹气："唉，我还惦记着带着黑妮儿放猪呢，这回可好，整个儿没我嘛尿事儿了。"

庖牺也知道这事儿做得对不起沟儿，人家是为了给她爹报仇，为了给雷泽人除害，才不顾命一个人出去找豺找杂种去了，自个儿当时要是咬咬牙，也能放这群猪，可是谁知道他命这么大呀？只好说："唉，你一出去这么些天，猪等得了吗？"沟儿一想，也是，就说："没了屙尿的也好，我想去雷泽里打猎去，顺带着养杂种、驯杂种。"庖牺说："你要愿意，就这么着吧。"

到了庖牺家里，人们都散了。庖牺她娘一只胳膊还是不能动，一只手攥住沟儿的手，一个劲儿哆嗦，沟儿叫她攥得也跟着哆嗦起来，问她："大娘，您好些了吧？"庖牺娘说："不是大娘了，往后叫姨吧！难为你还惦记着我呢，我好多了，顶不了大事儿了，给牛添把草喂个猪伍的还行。"沟儿听她话说得又利索又多，心里踏实多了，笑着说："叫惯了大娘了，改不过嘴来，叫声大娘我心里觉得踏实，您还是咱雷泽三千口子的主心骨儿啊。"庖牺娘说："他们也还是大娘大娘地叫，可我不是大娘了啊，慢慢还是改过来吧，喂牛喂猪算个啥大娘啊？""大娘您好好儿将养着，喂牛喂猪有我呢。"庖牺娘说："沟儿啊，你这一回来可好多了，可是，我瞧你这脸色儿怪吓人的，添病了吧？"沟儿身上虚得不行，就直说了："大娘，我这身子骨儿不争气，回去先歇了，起来再过来跟您说话。"

沟儿刚要走，突然想起啥来，告诉庖牺："大个儿把俩小杂种儿带走了，蛋蛋那儿还有一个，小杂种儿得跟着黑妮儿，你叫他们都送我那儿去吧！"庖牺说："大个儿也是，还顾得上养杂种儿！"沟儿说："许是为了给麻花儿做伴儿。"庖牺她娘说："沟儿啊，你回去也是一人儿，先在这儿养两天吧，大娘伺候你。"沟儿说："大娘，我好了，回去睡睡就没事儿了，睡起来就过来跟您说话。"

　　庖牺娘拽搭着一根胳膊挪过来，摸了摸他的脑门子，叫道："都烧成这样儿了，还说没事儿！妮子，你咋这么不知道心疼人呢？"庖牺心里一慌，脸腾地红了，说："大个儿、蛋蛋他们好几个人要背他回来，他死活不干。"沟儿有气无力地说："大娘，没事儿，比昨儿强多了。我先回去了，妮子你记着叫他俩把小杂种儿给我送过去啊！"庖牺娘急了："没见过这么把命不当命的，今儿个你说啥也不能走，这就给我躺这儿！"庖牺娘发开了当大娘时候的威风，还真把沟儿给镇唬住了。他乖乖躺到铺好了的豹皮上，身子顿时成了一摊泥。

　　黑妮儿叫了两声，提醒人们它的存在。庖牺娘连忙按照蛋蛋嘱咐的，伸出手背来。黑妮儿不叫了，在庖牺娘身上这儿闻闻，那儿闻闻。庖牺娘说："怪瘆得慌的，蛋蛋说是个杂种，是啥杂种啊？"庖牺信口说："沟儿说是豺跟狼配出来的杂种，杂种是沟儿找着的，就叫'沟儿杂种'吧。"她娘给了黑妮儿一根儿猪骨头，说："沟儿杂种，给你个好吃的，别往我身上蹭了！"黑妮儿叼骨头起来在地下啃着。沟儿迷迷糊糊听见叫"沟儿杂种"，嘴里呜呜嘟嘟跟着叫："沟儿杂种，沟儿杂种，沟儿……沟儿……"

　　大娘烧了姜汤，一只手哆哆嗦嗦端过来，突然大叫："沟儿脸上扒着个啥东西？"庖牺一瞧，沟儿早睡死过去了，兜兜里的俩杂种羔儿爬了出来，正吧嗒吧嗒舔沟儿的嘴呢，忍不住笑起来："瞧把娘吓的，这就是沟儿养的俩小'沟儿'，这个是黑儿，那个是花儿。"娘说："蛋蛋没说还有小沟儿啊！这会儿出来一个黑沟儿，一个花沟儿，嘿咿，咋这么多杂种啊？"黑妮儿过来把花儿叼出来，放到地下，又把黑儿叼出来，放到地下。俩"小沟儿"拱到它肚子底下，叼住了，吧嗒吧嗒嚷起来。

　　蛋蛋来了，瞧见黑儿跟花儿吃奶，就从兜兜里掏出一个杂种崽儿来，放到黑妮儿身边，接着又掏出两个来。庖牺娘说："蛋蛋你咋没告我说还有这么多小沟儿啊！""嘿，瞧大娘真会起名儿，小沟儿，比叫杂种好听多了。""不是我起的，沟儿说的，是沟儿杂种，叫沟儿。"庖牺这个乐呀，心想，娘真是的，把人沟儿说的胡话当真事儿说。蛋蛋说："甭管谁起的，'沟儿'这名儿好听，我待见这名儿。"

蛋蛋说着，圪蹴下摸了摸沟儿的脑门子，沾了一手黏糊糊的凉汗，他给沟儿擦了擦脸。庖牺娘说："刚发出汗儿来，人病成了这样儿，还跟着你们打花石山走回坳子里来，真没见过这么皮实的。可怜见儿的一个人，这么些日子在深山老岭里头转悠，拿条黑沟儿当伴儿。唉！"

蛋蛋说："大娘，沟儿病成了这样儿，我把黑妮儿跟小沟儿领走，先喂几天吧。"庖牺娘说："你娘胆儿小，别叫大沟儿小沟儿吓住了。""沟儿这两天不是住您这儿吗？我把大沟儿小沟儿都送到他家洞里，沟儿这东西钻洞，得跟人住一块儿，不像猪羊，拴到外头就行了。我先在沟儿那儿跟几条沟儿做两天伴儿，等沟儿好了回来了，我就出来，沟儿给他留下。"说着，自个儿也觉着别扭，就说："不好，沟儿来沟儿去的，都不知道哪个是人，哪个是杂种了，干脆，叫'狗'得了，好歹跟沟儿分开。"

庖牺说："娘，叫蛋蛋把他狗当家的领走吧，咱这儿太窄卡了。"她娘笑了："哈哈，领就领吧，咋又成了蛋蛋的狗当家的啦？"蛋蛋说："他们瞎取笑玩儿呗，要说，这黑妮儿是沟儿的当家的才对，人家两口子相依为命过了那么些日子。等沟儿好了，我把他当家的再还给他，呵呵。"庖牺娘问："大的小的全领走啊？不留下俩小的？"蛋蛋说："要领就全领走，带一条狗是带，带一窝狗也是带，省着黑妮儿来回跑着喂奶。"庖牺娘说："那，妮子你抱上两条小狗儿给蛋蛋送过去。"蛋蛋说："不用了，五个肉蛋子，我一兜就全兜走了，嘿嘿！"庖牺娘说："蛋蛋你也支了两天一宿了，回去歇了吧！"

蛋蛋前脚儿走，庖牺后脚儿就跟出来了。她娘急得喊："你又干啥去？还不歇了！""我倒是想歇，那七八十条死杂种都堆在咱这儿，不行啊。我去叫各家的女人来，二十家一条，领回去自个儿分了。""就不能等到明儿啦？这么冷的天，在外头多搁一宿又臭不了。明儿一早我去挨家挨户喊人，等人都到齐了，静下心来慢慢分。这分肉的事儿，不怕少，就怕分不匀，你多了我少了闹是非。明儿吃了前晌饭，把男人们都叫来，死杂种一顺儿摆开了，大的小的肥的瘦的，叫人们都瞧仔细了，大的多少家一条，小的多少家一条，让众人说，省得这几家多了那几家儿少了。"

娘到底儿经得事儿多，说得句句在理儿，众人的事儿众人管吧，省得自个儿费心费事，又不落埋怨。庖牺想开了，眼皮子打起架来，倒头睡下了。娘说："饿了一天了，先吃点儿东西再睡，锅里有草籽儿粥，我给你盛去，火上烧着俩猪蹄儿，就着吃。""不吃啦，天亮才在花石山里吃了一大堆烤肉，一点儿都不饿，就是想睡觉。娘，吃后晌饭也别叫我啊，睡到啥时候算啥时候。"

娘瞧着庖牺，心疼地摇头，恨自个儿顶不起事来，早早儿把过于沉重的胆子撂给了女儿。她嘴里咸乎乎的，那是往肚里流的泪。"她爹，妮子他们给你报了仇了，你要是记挂我们娘儿俩，今儿黑夜就回来托个梦吧！走了这么些日子啦，回家来看看吧！"

# 第二十二回
## 破天荒开地种麻谷
## 解人怨赔情了是非

天转暖和了，空气里弥漫着催生的湿土味儿，小草小花儿跟娃娃长牙似的往外拱，桃树的枝枝杈杈上憋满了小指头肚儿大的粉刺疙瘩，迎春的条子噌噌噌往上蹿，啄满了一对对的嫩黄芽儿，像是才嘘出壳儿来的小鸡嘴儿。雏鸟儿先探出个头儿来，跟着整个儿身子慢慢儿爬出来，羞羞涩涩拍拍翅膀儿，扑啦啦冲入春的怀抱，"吱吱吱吱"叫，显摆它来了。有那会撒娇的鸟儿，拉长了声儿吱吱扭扭叫出了花儿来，把那光会直着嗓子"吱吱吱"叫的比下去了。立刻就有更厉害的来镇它了，喉结儿咕噜儿咕噜儿颤悠儿，拐着弯儿颤悠儿，就像清水溪在石头上冲出来的水花儿，又像是谁家的娘胳肢得娃娃咯咯儿地笑。那光会吱扭儿的鸟儿哪儿还敢再出声儿啊！一山之中，一天之下，就听见那巧嘴鸟儿亮嗓子了，一阵儿高一阵儿低，细一听，嘿，人家原来是一对儿，一递一答唱着说话儿哩。

女人们从冬天的土窑里走出来，深深吸上一口潮湿清新的空气，奶子鼓了起来，配上粉不噜嘟的脸儿，像是吃了啥滋补的好东西。她们拿着粗石头刀，扛着削尖的棍子，提溜着木头桶，一路"啧啧"学着鸟儿叫，"唧唧嘎嘎"笑着，踩着春天的脚步下山了。

庖牺领着女人们来到清水河南岸，要开地种火麻跟狼尾巴草了。她去年就想种狼尾巴来，可是娘一直梗着不叫种，妮子们攒的种都是拨捻熟了的草籽儿，种下去没出来几棵苗儿，细得跟头发似的，没几天儿全死了。如今她是大娘了，一开春就来种地。

庖牺站定了，挥手指出一片地，交代活计："今儿个咱就这儿啦，咱先把草拔了，新草旧草全都连根儿拔了，拔不动就拿刀连根儿挖了。"

一句话交代了，真干起来可就没那么容易了，千年的草根儿比树根子还深，盘沿错综，挖几下就下不去刀了，切，切不断，撬，撬不动。女人们手上磨起了泡，泡破了，露出粉红的鲜肉儿。头一回跟大地打交道，人知道了，这孕育万物的厚土原来是这样坚硬严酷。

冷妮子说："庖牺啊，这得刨哪辈子去呀？咱不能还去火麻地里，抠个坑埋个籽儿得了。"

庖牺说："那块地儿我瞧了，种不了东西了，连火麻也种不好了。种了两年火麻，草闻惯了火麻味儿，早就不怕麻熏了，下一场雨，草就蹿得比麻还高，三天两头光薅草了，去年咱在那块地里费的劲比这会儿开地可大多了。今年咱要种，就好好开一块地，干干净净种麻种狼尾巴草，火麻到了新地里劲儿冲，压得住草，省大事儿了。"

妮子们是在火麻地里干过来的，大热天钻进麻地里薅草，憋得人透不过气儿来，蚊子叮虫子咬，想想那份罪受的，都说："今年可别再跟草较劲了。"肉疙瘩儿娘说："都是些干草，放把火烧了多省事儿！"疙瘩妞儿跟着说："这主意好，烧吧！"雨儿嗔了她一眼说："你知道个啥？就会跟着瞎起哄！可惜了儿的干草，留着当引柴、垫身子，干吗烧呀？"冷妮子娘说："烧了草烧不了根儿，还得挖。再说干草底下还有新菜呢，不能乱烧。"

人们七嘴八舌都说不能烧，庖牺也说烧不得："水火不留情，大火着起来了，可就管不住了，河沿儿一大片树啊草的就全完了。这会儿野狼尾巴草还没出来呢，咱有的是工夫儿，不急！挖不动的先别挖，今儿个咱先割干草，割不完还有明儿呢，啥时候割完了啥时候算。干草割完了，再把才出来的新草拔了，能吃的各家带回去，不能吃的都扔南山跟儿去。利索一点儿算一点儿，剩下的旧草老根，我这就想法子，总能挖出来的。"

女人们干活儿细致，讲究慢工细活儿，就怕赶罗，干不成的硬干，听庖牺这么一说，她们心里头踏实了。坳子里人都知道，庖牺一说要想啥法子，那就准能成了事儿，她想出来的准是好法子，以前结渔网，造弓箭，养猪养羊，还不都是庖牺想出来的法子！女人们不再跟草根儿较劲儿，只管去一把一把地割干草，手下的干草一片一片倒下了。

日头正了，日头偏了，日头落了。庖牺一只手撑着又酸又疼的腰，"嘟儿嘟儿"吹起了小哨儿，可着嗓子喊："歇啦歇啦都歇啦！今儿可够啦。咱把草拾掇拾掇背回去，明儿还来这儿接茬儿干。"喊完了，弯下腰收拾一地的干草，腰就跟不是自个儿的似的。别的女人也一样儿，上点儿岁数的干脆跪着扒拉。

女人们把一堆一堆的干草拢起来，人人勒好了一大捆干草，蹲下来俩胳膊往后一穿，背起小山儿似的一大捆草，上到山上就像一条倒流的清水河，一起一伏地往上爬。

庖牺领着女人们风风火火干了两天，修出来一大片齐整的地。吹完收工哨儿，庖牺交代："明儿都记着背上篓子，扛上篮子，拿上刀，剜春菜啦。"累得耷拉了脑袋的女人家一听剜新菜，兴头儿都来了，雨儿忘不了损肉疙瘩娘一句："依你都烧了，明儿剜个屁呀！"肉疙瘩儿娘那嘴哪儿吃得了亏呀，立即"呸"了回来："不是没依吗？你还嗔咄个屁呀？"冷妮子娘说她们："我瞧你们俩不累是吧？屁呀屁的没完啦？"肉疙瘩儿娘说："雨儿骂屁的时候你咋不吭气儿呢？"庖牺腻歪死这个女人了，说了一句："就你话多，没人把你当哑巴，省省吧！"肉疙瘩娘气哼哼地说："又来了个拉偏架的！"冷妮子娘朝庖牺使了个眼色，庖牺也就没再说话儿。

第二天，女人们都背着篓子扛着大篮子来了。剜菜是她们的拿手活儿，今儿个算是歇上一天缓缓劲儿。才出地皮儿的新草好剜多了，她们把吃了多少年的马齿儿菜、刺儿菜、苣荬菜搁篮子里，别的草认不得，没吃过，全都扔到了南山根儿底下。剜了一天，到收工的时候人人背了瓷瓷实实一篓子、扛了满满一篮子菜，足够一家子吃卜三四天了。

庖牺一直在琢磨挖老根儿的家什，她砍了一棵树，一边儿琢磨，一边儿抠饬，下头抠饬成了一片斜饧的木头，上头削成了一根弯曲棍了，刚好握在手里。她把卜头边上磨薄了，磨出了刀一样的刃儿。手握着弯把儿，把木头刃儿插进地里，不太费劲儿就能把土翻松了，可是抠饬这东西差点儿没把庖牺给累死。

冷妮子娘瞧了半天瞧出点道道来，拿过来往地里一插，一压弯把儿，撬起一疙瘩土来，又插了一回，这回深了，连草根儿都撬起来了。冷妮子娘喜得说："庖牺你可真能琢磨啊，这东西挺好使，就是瞧着怪怪的，有个名儿没有呀？"庖牺说："有啊，月儿姨，这东西样儿怪，名儿也怪，这东西啊，就叫'累死'，上头的弯把儿叫'累'，下头的斜刀叫'死'。咱省了劲儿，累死它，哈哈！"女人们哈哈哈哈笑了个够，霜儿问庖牺："给咱说说，这'累死'咋做啊？"

庖牺说："嘿呻，我这人甭提多笨啦，抱着一棵树费死劲抠饬，把一棵整树抠饬成了个'累死'，我也差点儿没给累死，嘿嘿。咱再做的时候就用不着这么累死了，把粗木头破开做'死'，细木头在火上烤烤，弯成'累'，然后把'累'下头劈开，卡到'死'上头，卡的这块'死'先削薄了。卡好了，跟底下磨平了，再凿透三层窟窿眼儿，削个楔子卯起来就成了！"肉疙瘩娘说："这么麻烦，还得砍那么多树，到时候真累死咱们了。还是叫打猎的男人家干吧！他们雷泽里活儿反正也不多。"人们都说，这活儿是该叫男人家干。庖牺说："行啊，那就叫男人家给咱抠饬吧。咱再往前开一块地，还是先割干草，再剜新菜，等男人家给咱把'累死'都抠饬好了，咱再翻地。"

清水河边儿榆树长疯了，庖牺叫冷妮子爹领着男人们砍树，隔两棵砍一棵。男人们在清水河边儿砍了三天树，女人们掰枝子撸榆钱儿。砍够了百十棵树，庖牺交代给他们咋抠饬"累死"。男人们劈了粗木头做"死"，烤弯了细木头做"累"，拿石扦子凿了窟窿眼儿，卯成了"累死"。

女人们把"累死"往地里一插，嘿，有了前头的累，就知道这个好使了。她们风风火火干起来，一棵棵草棵子翻了上来，人们拽吧拽吧扯断了千年的老根儿，扔到山根儿晒着。

地翻好了，庖牺望着清水河南岸一片干净的地，发话了："嘿咿，女人家干活儿就是利落！这会儿把地松松，碰到硬的地方儿拿刀往下挖挖，软的地方儿拿棍子扎个窝儿就行了。咱一边儿拾掇地一边儿下种儿，一棵狼尾巴草一棵麻，隔着种。籽儿省着点儿放，狼尾巴草五六个一撮儿，火麻籽儿一坑里俩仁就成了，留着多种几片地。"去年吃鱼吃肉多了，家家隔剩的狼尾巴草籽儿不少。庖牺一家一捧要来了，趁着地气转暖和了，埋进土里。

脚下的地滋润得像初为人母的少妇，攥一把能挤出黑油儿来。女人们干活儿细致，一人身边儿一桶水仨瓢，一个瓢里是狼尾巴草籽儿，一个瓢里是火麻籽儿，一个空瓢舀水。先挖一个窝儿，再数着下籽儿，然后盖上土拍实了，舀上半瓢水，浇出一个殷殷的圆印儿，种好了一坑儿，再种下一个坑儿。再种下一个坑儿女人们眼里拱出了芽儿，长成了苗儿，开出一串儿密密碎碎的小花儿，打了籽儿，狼尾巴穗儿夺拉下来，火麻秆儿蹿上去……狼尾巴草一撸一大把，揉搓两下儿，轻轻一吹，手里留下一把白生生的草籽儿，个个儿撑得饱饱的，散着甜丝丝的香味儿……

日头转到头顶儿上，干活儿的人出透了汗，衣裳、身上全是一圈儿一圈儿白碱花儿，再一晒，身上热得刺闹。日头不起眼儿地动着，等人们觉得身上不热了，日头已经偏到西边儿了。后来天真冷下来了，风一吹，人们身上的汗全没了。日头在西天烧起了火，骨头哨儿"嘟儿嘟儿"响了，庖牺喊着："歇啦！歇啦！到时候儿啦，都回啦！明儿又是个响晴天儿，明儿再接着种。"

女人们可不像早起来的时候精神了，一个个儿跟没睡醒似的，脑袋撑不起来，腰直不起来，腿抬不起来，脚"忒了嗒啦"蹭着地，踢得两腿黄土。

女人们回了，留下清水河边儿一大片洇湿平整的地。

庖牺一回家就躺下了，两条腿圪蹴了一天，跟坠了两块大石头似的，一抽一抽直哆嗦，俩磕膝盖儿肿得发亮，只觉得又酸又疼，小腿儿灌足了三年也歇不过来的累。她想，这种地的活儿比打猎、打鱼可累多了，种了地再换打猎打鱼的活儿，还不就跟闹着玩儿似的？

过了会儿沟儿也回来了，老远就喊："娘，妮子回来了吗？"庖牺娘答应着："回来啦，今儿个累趴下啦。饭这就熟了，你去叫她起来先吃饭，吃了再睡，睡个囫囵觉。"接着又长吁短叹："唉，种地真不是女人们干的活儿啊！"沟儿进窑叫他当家的去了，没听见娘自说自道。

自打沟儿冬天病着从花石山回来，庖牺娘扣下他就没再让他走。那时候儿她跟闺女商量："妮子，你也不小了，我瞧沟儿人不错，又有本事，就他吧？"庖牺嫌沟儿比自个儿小，觉着别扭，一口回绝了："不行，他太小。男人多了去了，您咋给我挑了这么个娃娃？"

"岨儿人也不错，就是少了一条腿，唉，可惜了的！大个儿又守着个骷雏儿，嗨！"

"娘说的叫啥跟啥呀？有这么急吗？"

"娘说的是正事儿，妮子，急呀，咱家里不能没个男人啊。"

"猪沟儿比我还小呢，也算个男人？要了他，这辈子老得哄着他了。"

"妮子，话不能这么说，我瞅着人家可比你老成。你瞧这回进花石山灭杂种，他多有主意呀，愣是一人儿在山里待了十好几天，谁能吃得了这么大的苦啊？"

"我最受不了他这股二愣子劲儿，一人儿想干吗就干吗，连个招呼也不打。坞子里三千多口子要都照他这样儿，我这大娘还咋当啊？"

"妮子，人可不能没良心，人家沟儿是为了给你爹报仇才孤身一人进山去的。再说啦，他走的时候，你还不是大娘呢，我那时候连话都说不出来，你让他跟谁打招呼去？就算他打了招呼，谁又敢叫他一人儿走啊？依我看，你们后来一百多人进山也就才顶上他一个。可惜了他是个小子，要不这大娘的宝贝串儿就传给他了。"

庖牺心里头还是挺待见沟儿的，只是不愿意跌了女人的身价儿，就说："娘，这可是您上赶着给我招这么个人，跌我的份儿了。""妮子，是我上赶着找的，是我跌份儿了，你没跌份儿。其实人家沟儿是怕你，不敢脸儿对脸儿跟你说，求上我找你说的。我说，你也就别端着个大骨头架子充硬气啦，能跟这么个实心人儿过日子，是你的福气。就这么着了，见了沟儿我就说了啊。咱这儿还富余着一孔窑，你们俩住。我跟花儿住这边儿。"

娘说的那孔富余的窑还是爹在的时候给从豺嘴里救出来的几头牛掏的，原来的牛窑住不下这么多牛，可惜伺候了几天一头也没活下来，那孔新窑一直闲着。沟儿从花石山带回来的四只小狗儿和黑妮儿都让人抢着领走了，只有花儿还留在沟儿身边儿。

自打姥娘没了，沟儿就没人儿疼了，这会儿有了一个身为一族之首的当家的，又有了一个知冷知热的亲娘，美得他做梦都咧着嘴儿乐。这不，还没进家就喊着娘问当家的。沟儿知道心疼人，庖牺操着三千多口子的心，不能让她再操家里的心了。娘拽拉着一条胳膊，腿脚又不利落，沟儿前晌下山之前，总是先把猪和羊喂了；后晌背回来半篓子橡子儿什么的，喂了猪，上清水溪提溜一桶水来，才吃饭。

一家三口一边儿吃饭一边儿说话儿，一天两顿饭是一家人说话的时候。今儿个说的是种狼尾巴草，娘瞅着庖牺手上、腕子上一道道血印子，心疼地说："唉，干吗都不易，瞧你这两只手，跟叫狼抓了似的。"庖牺嘿嘿地乐："娘，这可比叫狼抓了好受多了！"沟儿恨不得抓过庖牺的手，把那些血道子一个一个舔一过儿，可是碍着娘，做不出来，只说："我今儿回来的时候瞧见你们种的狼尾巴草地了。"庖牺说："不光狼尾草巴，还有火麻呐，一棵狼尾巴草地了。""妮子，真有你的！这一大片，秋天得收多少啊！""傻小子，刚下了种儿就想收秋啦？美得你！"庖牺跟沟儿说话老爱端出个长辈儿的架子来，沟儿听惯了，也不在乎，"嘿嘿"一乐。

娘说："咱家里还有两桶没搓的狼尾巴草籽儿，改天你都拿去种了吧！"自打没了爹，娘整个儿变了，女儿兴的事儿，她都支持。庖牺说："娘真快性，都种了，咱一家子吃啥呀？"娘说："我想的是春上下一把籽儿，秋后收回一大桶来，咋说也值。"这回倒是庖牺持稳，说话做事留着富裕："娘，头一回种，还不知道成不成呢。娘，说实话，我心里没底儿，只敢一家要两把籽儿，就算出不来，也不至于落多大埋怨。"沟儿一向佩服当家的，说："你兴的事儿，从来没败过。这回要是出不来，咱就再种。娘那两桶没搓过的狼尾巴草籽儿先留着，到时候儿出来出不来都能派上用场。"娘说："还是沟儿想得周到，我这性子倒比你们年轻人快了，呵呵，争竞了大半辈子了，改不了啦。"娘老是这样儿，同样的意思，闺女说出来，她不以为然，沟儿说出来的就准是好的。

庖牺是真累了，吃了饭早早躺下了。沟儿给她揉腿、搓脚、捏脊梁，紧着忙活。这一套早就是沟儿每天睡前必做的活计了，今儿庖牺觉得特别受用，腿叫捏了捏、捋了捋，不那么酸胀难受了，虽然早就累得散了架，可还是觉得欠沟儿的，就问："傻小子，想撒野吗？""嘿，那还有不想？""想，就叫声儿好听的，往后不许妮子妮子地瞎叫啦，听见没有？""听见啦，不叫妮子就直着叫当家的也好。""一边儿待着去吧！当家的是对外人说的，不是自个儿叫的。""那叫姐姐行了吧？""嗨，还差点儿。""亲姐姐！好姐姐！亲亲的好姐姐……"这一声声的，是块石头也叫酥了，庖牺给叫得浑身都化了。

事毕一身汗，庖牺说："不是自个儿夸我待你好，敢说，今儿个在清水河边儿种地的女人全算上，除了你亲姐姐，不会有第二个由着男人撒野的啦。""早就知道姐姐待我好，要不还不跟你呢，嘿嘿！一族人里头，谁还能比我有福气呢？""嗨，傻小子有傻福气。可是我跟你说，往后可不能想撒野就撒野啦。""咋啦？"庖牺趴他耳朵上小声说："我怕是有啦！""真的？当家的，啊不，亲姐姐，你真行啊，这么快就叫咱种上啦！"说着一把抱住当家的，亲了又亲，又把耳朵贴在她肚子上听。"这能听见啊？""嘘！别说话！"听了一阵儿，说："嘿咦，有动静儿了。我说当家的啊，亲姐姐啊，赶明儿别圪蹴着干活儿了，怕肚里的娃娃往下坠，不好。"庖牺扑哧乐了："嗷，说得就跟你真懂似的。"

第二天起来，沟儿怕忘了，先跑到冷妮子家，找着冷妮子娘，红着脸说："月儿姨，庖牺有了，干活儿的时候您别叫她太使劲了，让她少圪蹴着点儿。"冷妮子娘喜得问："啥时候有的？""不知道，肚里有动静儿了。""那都仨月了吧？咋这咱才说啊？昨儿她直直圪蹴了一天，这哪儿行啊？连我都累得腿酸腰疼的。""月儿姨，您可千万别说是我告诉您的啊！她知道了准生气。""沟儿你就放心吧！回头告你娘一声，叫她给闺女做上些好吃的。""哎！"沟儿答应着去了。

吃了前晌饭，沟儿去喂猪，喂了猪又一桶一桶提溜水，磨蹭着等庖牺走了，嘴再也兜不住了，把这天大的喜事儿告诉了娘，然后一溜儿小跑儿下山了。

女人们里头啥也藏不住，还没走到清水河，就全知道了庖牺的好事儿，又全都装着啥也不知道。只要庖牺一圪蹴下，就有人找个茬儿让她非站起来不行："庖牺，你过来瞧瞧，这么深的坑儿行不行？""庖牺，我这棍子不好使，你过来瞧瞧是咋闹的！""庖牺，你瞧瞧这狼尾巴草籽儿是不是太瘪啦？""庖牺，你给瞄瞄这行直不直。"一会儿这儿叫庖牺，一会儿那儿喊庖牺，她纳闷儿："今儿这是咋啦？全都支使起我来了？"女人们偷偷儿吃吃笑，冷妮子娘说："都没种过地，不会才问你嘛。"庖牺说："问我？我问谁去？自个儿瞧着行了就行了。"说着圪蹴下去扒拉地。

冷妮子娘正着急不知道找什么茬儿，蛋蛋在河对岸喊叫："庖牺，有根儿舅让我喊你过去一下儿。"冷妮子娘在家嘱咐好了的，让他到时候找个事由儿把庖牺调过去。庖牺问："叫我啥事儿啊？"蛋蛋俩手乱比划一气，说："是这么着，刚才套住了一头小马驹儿，你来给瞧瞧，是捅死啊还是留下。"庖牺说："套住了活的就别捅死啊。"蛋蛋还是磨唧："是啊，可是咋把屌屎的弄回去呀？马又不比猪啦羊啦狗啦的，几个人也抬不动，屌屎的踢腾得厉害，庖牺你过来给拿个主意吧！"庖牺叨唠着："一群没用的！

这点儿事都办不了！"冷妮子娘劝她："你就过去瞧瞧吧，这儿的活儿我给你顶着。"

庖牺一走，女人们手底下干着，嘴上却嗐开了，有说准是个妮子，也有说是小子的。冷妮子娘说："都是瞎扯，这么早哪儿瞧得出来呀？"蛋蛋娘说："脸上身上是还看不出来，可是我记得怀大妮子、二妮子的时候身上犯懒，怀蛋蛋、臭臭的时候儿勤快，不知道你们怀小子跟怀妮子的时候一样不一样。"

她这一说，人们都想起自个儿那时候儿来了，好像是那么回事儿，庖牺这么勤快，想着准是个带把儿的了。也有说庖牺一向就不懒的，这会儿咱老是调着她做这做那的，哪还能瞧出勤快懒的来？蛋蛋娘说："再过些日子就上脸了，要是红扑扑地好看，就是小子；要是鼻子两边儿出了脏兮兮的蝴蝶点子，就是妮子了。"冷妮子娘笑着说："水姐儿，你这个可就不准了，我怀冷妮子的时候儿脸上挺干净的，呵呵。"蛋蛋娘说："月儿说得对，人跟人不一样儿，呵呵。我再说一个：怀娃的肚子尖，怀妮子的肚子扁。你说这个准不准？"冷妮子娘说："嗯，倒是都这么说来着。"

根儿娘说："其实啊，还得瞧肚子上那道道直不直，直的是小子；还有，小子脚丫儿往下踢，妮子往上倒着踢的，小子闹，妮子翘。"根儿姥娘帮着瞎姥娘收了十几年生，她围女说出话来就是叫人信服。蛋蛋娘说："毛儿姐说的这个我信，怀蛋蛋的时候，我老是小肚子疼来着。"根儿娘接过来说："是吧？所以说妮子好生，小子要是先出脚丫子就麻烦了。听我娘说，那年沟儿他娘养活就是先出的脚丫子，孩子脑袋咋也下不来，活活儿憋死了，娘也没活成，唉，可怜见儿的！那小子要是活在世上，也十五六了。养活小子不易啊，养不好把命都搭给小子了。"冷妮子娘说："毛儿姐说得是，要不咱雷泽人世世代代的头领都是女人，就是因为女人豁着命给咱雷泽人传宗接代的。"

"哟，庖牺啥时候回来的呀？"冷妮子突然嚷了一嗓子。庖牺说："你大呼小叫干吗呀？咋说起这个来了？"冷妮子嘻着嘴说；"嘻，老娘们到一块儿，啥不说呀？嘻嘻。"庖牺觉得冷妮子笑得怪怪的，莫非是自个儿身上脸上显出啥来了？冷妮子又问："我爹找你啥事儿啊？"庖牺觉得今天冷妮子一家子都怪怪的，没事儿找事儿，就说："你不是听见蛋蛋说了吗？还问！"冷妮子说："噢，是说那小马驹儿来着，后来咋啦？"庖牺说："你们刚才没见大顺儿、二顺儿牵着过去啦？"冷妮子说："没有啊。"庖牺说："哼，光顾着说闲话儿听闲话儿啦！"冷妮子嘻嘻笑着说："庖牺，人家说得挺有意思的，你也该听听的。"庖牺脸腾地红了，骂道："好个不要脸的死妮子，还没招人就着急养娃娃了！"冷妮子伸伸舌头，捂住嘴不敢笑。

沟儿按照娘嘱咐的，挖橡子儿的时候顺带挖了一把蒜。后晌饭吃得黍子糊糊烧羊肉，庖牺吃了不少蒜，娘看着庖牺抿着嘴儿乐，沟儿看着娘乐也跟着乐，说："妮子爱吃蒜，我天天刨回来一把，雷泽里头一堆一堆的。"吃了饭，娘偷偷儿告诉沟儿："酸儿辣女，是个妮子。好好保着吧，千万别出事儿！"

庖牺娘跟沟儿的心全在庖牺身上，庖牺的心却全在下了种儿的地里，天天盼着狼尾巴草籽儿火麻籽儿出芽儿，那份心比盼着养活孩子还殷切呢。

野的狼尾巴草都出芽儿了，种的草籽儿却迟迟不出来，连火麻都没出来。女人们心里不踏实了，说啥话的都有了："瞧瞧，不行吧？好好的草籽儿全糟践了。""祖宗世世代代吃野狼尾巴草籽儿也过来了，往后还是采野的吃吧，老天爷给啥咱吃啥，别瞎动心思啦！""怕是燧娘娘生了大气了，罚咱了，看，连火麻都长不出来了！往后可不敢瞎种啥了。""净瞎说！这哪儿是燧娘娘的事呀？籽儿埋在地里头，还不是叫土地娘娘吃了？""那去年的火麻籽儿咋出来了？""说不清，神神的事儿，咱人哪儿知道啊？""不知道就别瞎种种，种这种那折腾人，哼！"肉疙瘩儿娘这话一出，别人都不说了，怕掺和进去出事儿。

女人们瞎七瞎八地埋怨，叨叨得庖牺闹心，唉，这些老娘们儿，咋啥都知道呢？真不如男人们，当初领着男人们去花石山里灭杂种，她说啥是啥，一百多人，没一个碎嘴叨舌的，那活儿干得叫一个痛快！她今儿个叫这帮娘们儿气坏了，吹起了小哨儿，嚷道："回吧回吧都回去吧！"日头还老高呢，女人们莫名其妙，你瞅我，我瞅你。庖牺长眼瞪成了圆眼，一劲儿喊："还愣着干吗？回！回！都回去！打明儿起，你们全都留在家里弄瓦，给打鱼打猎的男人们结网。这也不是祖宗传下来神神教给的，噢！"

女人们快快地走了，剩下几个妮子。庖牺说："你们也回吧！"霜儿说："庖牺你干吗生这么大气呀？跟肉疙瘩儿娘这样儿的人犯得上吗？"庖牺说："跟她一个人，当然犯不上了，都跟着起哄，不愿意干算了！"芑儿说："我们可没说啥呀！"臭妮儿劝她："算了算了！别生闲气了！我们还跟你一块儿，你说咋干就咋干。"疙瘩妞儿也说："庖牺，咱还跟前两年种火麻那样儿干法儿，别着急，没有出不来的苗儿。"庖牺鼻子酸了，点了点头。冷妮子一直攥着庖牺的手，这会儿说："你先消消气儿，别上那么上火儿！"说着拿眼瞟了一下庖牺的肚子。辣妮儿跟雨儿她们一劲劝，庖牺说："你们的情儿我领了，你们也回吧！让我一人挨这儿清静一会儿！"

妮子们走了，庖牺娘来了，庖牺一惊，赶紧迎过去："娘，您咋来了？"

"你月儿姨回去跟我说了，出了这么大的事儿，我能不下来瞧瞧吗？"

"娘，其实没啥事儿。"

"这还没事儿，咋才算有事儿啊？妮子，娘问你：干得了干不了？干不了，咱让给别人。"

"咦？这又是哪个传的闲话？谁说我干不了了？"

"人家谁也没说你干不了，是娘怕你干不了，咱人要紧，要是太累太烦，伤了身子不如不干。"

"娘，没事儿，我干得了。"

"妮子，这可不是个容易活儿。"

"我知道，娘。"

"你还不知道有多么不容易，我刚当大娘的时候脾气急，你姥娘说给我，从前雷泽有过一个大娘，没干两年儿就叫人给掀下来了，后来上来的那个人还不如她，又贪又懒，可是拢住了一干人，给她的人多分东西，克扣别人的。后来族里打了起来，死了不少人。再后来人们才把你姥娘推举出来了，你姥娘一辈子小心，没敢说过一句重话。我永远记着你姥娘说的：'当大娘，一要有别人没有的本事，二要有别人没有的肚量，啥话都咽得下去，当不起三孙子，别想当大娘。'我脾气也不好，可我只跟自个儿家里人生气，轻易不生外人的气，要是啥人啥话都当真，早气出病来了，凭啥听别人的瞎说八道来罚自个儿坐病啊？"

"娘说得是，要是早跟我说这一番话……"

"这个是怨我，我早该说到前头。妮子你本事是有，这谁都知道，可是这肚量还不够当大娘的肚量。咱娘儿俩咋生气都没个啥，跟外人可不能动真招儿，当大娘先得自个儿不生气，也不惹别人生气。妮子，还有气吗？"

"不气了，娘，我真没出息！"

"不气了就好，可人家要是还有气，你咋办啊？"

"我挨门挨户儿给人家赔不是去。"说着起来搀上娘就走。

"这就对了，人肚里有气消不了，就会变成仇儿，仇儿变成恨就会毁人坏事儿。给人家消气儿，其实是保护咱自个儿。不惹人家生气是上，惹出了气赶紧消气儿是中，治气是下。说话行事先要管住自个儿，不要嘴打人结仇怨。"

庖牺静静儿听着，娘今儿个这番话，比宝贝串儿还宝贝，够她一辈子受用的了。

娘又说："还有，疑心生暗鬼，别乱猜疑，把人家想歪了，闹误会。误会不好，伤人心。你瞧，我跟你穗儿姨那场误会，闹得多不好啊。得亏解开了，要不她恨我，我恨她，瞎恨一辈子。"庖牺听着一劲点头儿。

到了坳口儿，庖牺说："娘先回吧，我这就一家一家跟人家说去。"

"你咋跟人家说啊？先说给娘听听！"

"我就说，今儿个是我的不是，为出不来苗儿着急，把气儿撒大伙儿身上了。大伙儿这些日子受了大累了，先歇两天儿，把家里的活儿干干。等两天看看苗儿出来出不来，啥时候下地我再来叫。您瞧这么说行吗？"

"嗨，挺好的，就是后头那个'大伙儿'得改改，该叫姨姨叫姨姨，该叫姐叫姐。末了儿再添一句：往后您多说着我点儿，把咱雷泽的事儿办好。"

"行！"

"妮子，要是碰见跟你捣乱的呢？"

"娘，先不生气，再跟她说理儿。"

"要是理说不通呢？"

"那就笑笑走了，自个儿不生气，也不惹她生气。"

"妮子，还得添一句：'我再想想。'搭个桥，让人家过得去，自个儿也有个退路儿，有时候保不齐是自个儿错了。当大娘就得磨自个儿的脾气，改自个儿的性子，说话行事要往后看，出自性情就会一时爽快百日难受。"

"嗨，记住啦，娘，今儿个就算我去磨脾气改性子啦。"

"去吧！我也去瞧瞧瞎姥娘去，多少日子没过来瞧瞧了。"

# 第二十三回

## 开农机播种种遭窃
## 辟谷地移苗苗遇劫

庖牺叫女人们先留在家里操持，她自个儿每天去雷泽里转转，上渔筏子上瞧瞧，剩下的工夫儿全在清水河南岸新开的地里，不是薅草，就是浇水。

自打狼尾巴草籽儿、火麻籽儿种到地里，庖牺就天天儿盼娃娃似的盼着地里出芽儿。七八天过去了，地里没出一个芽儿，连天上的日头都快没了，不死不活的天，分不出早起、晌午、后晌，日头也有怯的时候，怯得就像个混沌的蛋，偶尔露一小脸儿，阴脸的云彩跟着就冲过来，后来连那个稀里糊涂的蛋都瞧不见了，冷呵呵得没趣。

天不死不活阴了一天多，阴出来一场腻腻歪歪的雨，稀稀拉拉没完没了。

雨沥沥拉拉下了三天，正晌午住了。日头出来了，一点儿也不怯了，鲜亮鲜亮的。庖牺跑到河边儿地里，终于瞧见了绿色儿，紧靠着河边儿出来两三溜绿芽儿。她扑通跪下了，"咚咚咚咚"给燧娘娘磕了好几个响头。

芽儿一出来就长快了，一天一个样儿，分开两叶儿了，仨了，单倍儿粗壮的是火麻，一撮撮细茸茸的是狼尾巴草。可是，那一大片地却一直秃着，浇了多少水也没用，啥也没长出来。庖牺纳了闷儿，扒开土一瞧，日了鬼了，地里啥也没有！她连着扒了一片地，也没找着一粒籽儿。埋得好好的狼尾巴籽儿、火麻籽儿都哪儿去了呢？火麻籽儿还好说，种的时候使得省俭，剩的还不少；狼尾巴草籽儿可是人们嘴里省出来的啊！庖牺根本不信土地娘娘吃这籽儿那籽儿的瞎说，哪儿去了呢？莫非是叫风吹跑了？可是河边儿的咋没吹跑呢？好模样儿的就没了！

她想啊想啊，想疼了脑壳儿也想不出个因由来，只好找了多半桶火麻籽儿，又跟娘要了少半桶草籽儿，打算把没了的籽儿补上。娘千叮咛万嘱咐别圪蹴着干活儿。

"娘，我不干，我瞧着人家干。"

"人不都在家里弄瓦吗？"

"娘，还有男人家呢。"

"不是跟人家说得好好的嘛？咋又换男人家啦？"

"男人家省心。"

"妮子，可别这么着，都是姨姨、姐姐的，你把人甩了，得罪人哪。"

"娘啊，跟您说实话吧，我就是受不了这些姨姨、姐姐。自个儿眼斜，瞧这也不是，那也不是，还个个都跟神神娘娘似的，噢！跟男人共事省心多了。"

"妮子，这可就是你的不是了。你是三千多雷泽人的大娘，不光是男人们的大娘。"娘唉唉地直叹气。

"娘啊，您是不知道，女人里尽是些个上了火的烂舌头，光会拱火儿，躲开她们，先图个心静。"

"我咋不知道呢？只怕比你知道的还多呢。我当年捏泥巴烧盆儿烧碗儿那时候，耳朵里灌进来的咸话淡话比清水溪的水还多呢。嘴长在人家身上，人家爱说爱骂由不得咱。骂又不疼，说又不痒，谁愿意说啥说啥，是好话有用的话就听，瞎说的听它干啥！妮子啊，甭把啥话都当话听，实在难听的，就当是个没夹住的屁，说这话的嘴就当是个兜不住屁的屁眼儿。"

庖牺"扑哧"笑了，心上好受多了，说："娘，今儿就算了，都过晌午了，明儿再叫上她们一块儿下去。"娘说："叫上你月儿姨跟冷妮子，帮你把草籽儿桶抬下去！"庖牺说："没的耽误人家织布，我赶上四头牛下去吃草，牛驮着桶，多省事儿！"娘说："能得你，还赶四头牛咧！母牛听说，牵上母牛去吧。"庖牺找了条布，把俩桶拴好了，搭在母牛背上，牵着牛下了山。

娘在后头嘱咐："慢点儿走，千万别一人儿治气逞能啊！叫上筏子上的男人家！"

"嗯，知道啦，我就是不叫，筏子上的见了也会过来。"

"我就是怕你执拗，记住，到啥时候也不能亏着身子泼上命，何况你这会儿身上两条命呢。"

"知道了，娘！我啥也不干，站那儿就动动嘴儿支使人。"

山道儿两边儿的树搭起了凉棚，日头出出进进，撒下一路碎花儿，染成了一匹长长的花布，白底儿衬着黑叶儿，缭得庖牺眼都花了。母牛不迷日头花儿，恋上了道边儿油亮的青青草，一头扎进去，不能自拔，走走停停，吃了一道儿。要不是庖牺一路儿吆喝着赶着，到天黑也下不来山。

庖牺赶着牛去了清水河边儿，把牛拴到山根儿一棵杜梨树上，解开桶，提溜到地边儿上。跟娘说了叫人，她可谁也没找，这么点儿活儿，叫一大堆人来，还不够添乱的。圪蹴不行她就单腿儿跪着，扒开一疙瘩儿土，放进一粒籽儿，再盖上土，拍平了，踩瓷实了，浇上水。她低头跪着一个坑儿一个坑儿地挨着种，跟钻出来的两溜苗苗平着，从西往东挪，一会儿种了一大溜儿。

转过身子回过头，该种下一溜儿了，她这才顾上抬起头来擦把汗。得亏这一转身一抬头，好家伙，身后跟着一溜儿黑雀儿，一溜儿红嘴儿正啄她才种下的籽儿呢，屁股一撅一撅的，一会儿显黑，一会儿露白，真成了一道景儿了！

庖牺忽地一下全明白了，种到地里的籽儿原来全叫这一群天贼偷吃了！河边儿上白天有渔筏子，夜里有鱼，动静儿大，黑雀儿贼没敢过来偷吃，才保下两溜种子出了苗儿。她气得站起来，挓挲起俩胳膊紧着呼煽，一边儿呼煽一边儿"呜呜呜呜"叫着。雀儿蹦开了，抬起头来瞧瞧庖牺，又扎下头儿啄起来。这下她可从头到脚都给燎火啦，一弯腰捡起一块石头，朝它们砸过去。一群黑家伙扑啦啦飞了，那特别坏的，甩下一泡屎来，"啪嗒"！正砸她脸上。气得她朝天上"呸"了好几口，跳着脚儿骂："日娘雀儿，忒可恶了，哼！等着掉下来摔烂了屌尿的！"骂够了，庖牺擦了把脸，俩手在嘴上拢个筒筒儿，拉长了声儿朝清水河下头筏子上的人喊开了："嗨咿！"下头的人没听见，牛听见了，"哞儿哞儿"叫了好几声。筏子上的人听见了牛叫，往这边儿张望。庖牺举起俩胳膊一个劲儿晃悠，下头瞧见了，把筏子往上撑了一段儿，庖牺能听见喊了："嗨咿，啥事儿呀？"庖牺扯着嗓子喊："过来几个人！快点儿！""知道啦！"

筏子撑上来，靠了岸，上来十五六个人，打头儿的浑浑也在，问："够了吗？"庖牺说："浑舅儿，咱先干着瞧瞧，不够了再叫人来。"浑浑问："干吗呀？"庖牺说："埋籽儿，草籽跟火麻籽儿一递一挨着埋。"浑浑不解："不是才埋了没几天儿吗？咋又埋？"跟他说话费劲，庖牺只好从头解释："是这么回事儿：埋的草籽儿全叫黑家贼偷吃了，还得再埋一个过儿，一拃远儿埋一粒儿，一粒儿火麻籽儿，一粒儿狼尾巴草籽，花插着埋，从河边儿揼着往外埋。这不，我才埋了一溜儿。挨着往外埋就行了。"浑浑还没说话，人们都说："知道啦。"

肉疙瘩儿娘的兄弟叫臭臭儿，跟他姐一毛病，爱张罗事儿，显摆他比众人能干。臭臭儿问庖牺："上回你们女人家埋的籽儿咋没出来呢?"这小子缺心眼儿，冷妮子的兄弟黑子说他："你没长耳朵啊？才不是说了嘛，都叫黑雀儿贼啄吃啦。要不叫咱过来干吗?"庖牺说："刚才这一大群黑贼，撵都撵不走。"臭臭儿说："嘿，庖牺我给你出个好主意：你一吹哨儿，准把它们都吓跑了。"庖牺"扑哧儿"笑了。黑子说臭臭儿："闹了半天你明知故问啊，你真是要多机灵有多机灵，要多傻有多傻！一吹哨儿，人们还以为收工了呢，哼！刚才庖牺喊咱听不见，都没敢吹哨儿。你啥也不知道，还爱管这管那!"人们哗地都笑了，臭臭儿脸上红一阵儿白一阵儿地不自在。

庖牺拍拍手吆喝了一嗓子，把话儿岔开了："我回去一下，一会儿就回来。大伙儿一边儿种，一边儿瞧着点儿，别再叫黑贼过来。"臭臭赶紧说："行，你去吧，我们瞧着哩。"黑子鼻子里头"嗷嗷"骂了声："屎！就你那耗子屌还想尿高了?"

庖牺刚要走，牛又"哞儿哞儿"叫起来，她给牛换了棵树拴住，一路上了山，走了老远还听见下头隐隐的笑声。准是臭臭又说啥了，丑人多作怪，馊饭多就菜。

到了家，娘不在窑里，庖牺可着嗓子喊开了："娘！娘!"。花儿"汪汪"叫着从牛窑里跑过来，踮着俩后腿儿往她身上扑，又是拱又是亲。

娘也从牛窑里出来了，问："有事儿啊?"

庖牺说："嗯，娘，把花儿借给我使唤使唤!"

娘问："花儿？它能干吗呀?"

庖牺说："看地呀。娘，上回埋的狼尾巴草籽儿火麻籽儿没出来，您猜咋回事儿?"

娘问："咋回事儿啊?"

庖牺说:"嘿咻,闹了半天全让黑雀儿啄吃了!"

娘也突然明白过来了:"有这事儿?我这些天也琢磨呢,可没往这上头想,还以为又是籽儿太熟了。弄清楚了就好!"

庖牺说:"娘,您是没见,成群搭伙儿的,撵都撵不走,我这才想起来叫上花儿去吓唬它们。"

娘点了下头说:"白天花儿看着倒行,天黑了咋办啊?"

庖牺说:"轮着看啊,领了狗的都轮着看地。我今儿后晌回来得晚,别等我吃饭。吃了后晌饭叫蛋蛋领着他家小臊儿来替我,二顺儿领着炭儿接蛋蛋顶前半夜,大个儿领着疙瘩嘴儿后半夜接二顺,头早起是黑子跟黑妮儿,白天是我跟花儿。嘿咻,这不全轮过来了?"

这话还得往回说说才能听明白:沟儿从花石沟领回来一条母狗五条小狗儿。他回来就病得啥都不知道了,蛋蛋把大狗小狗儿全领走了。等小狗儿大了点儿,庖牺娘做主把狗分了:她家要了花儿,小臊儿留给蛋蛋,疙瘩嘴儿给了大个儿,炭儿给了二顺儿,黑儿给了瞎姥娘,黑妮儿归了岨儿。本来蛋蛋和沟儿都想要黑妮儿,后来干脆给了一条腿的岨儿,这是沟儿的主意,以后黑妮儿就成了岨儿的腿。岨儿跟了冷妮子,把黑妮儿也带过去了。

娘说:"行,你领着花儿去吧!我回头就去告诉那几家养狗的。"

庖牺说:"娘,不用了,有的家里也没人,我在地里跟他们几个说说就行了。您有工夫儿把剩下的能当种儿的草籽儿都倒腾出来,再装满一桶火麻籽儿,我叫上冷妮子一人儿一桶提溜下去。"

娘说:"咋不赶上牛去啊?"

庖牺说:"娘,牛走不动道儿,一道儿上光顾着吃草了。"

娘说:"那就多叫上几个女人吧!"

庖牺说:"用不着,下头有十几个男人。"

娘说："十几个就够啦？当初不是下去百十个女人来着？"

庖牺说："娘，当初刨地花了不少工夫儿，这会儿地都松了，就着原来的坑儿往里头埋种儿，省事儿多了。去上一帮娘们、妮子还不够添乱的呢。"

娘说："妮子，这么说可不对啊，你这会儿忙，我就不多说了，可是你得听娘一句话，去叫冷妮子的时候，把你月儿姨姨也叫上，一块儿过来抬桶，听话，啊！"娘跟冷妮子娘打小就在一块儿耍，冷妮子娘看庖牺也亲，庖牺就答应了。

不大一会儿，冷妮子娘儿俩就跟着庖牺过来了，娘装好了半桶草籽儿，一桶火麻籽儿，预备下一根粗棍子。冷妮子娘拿起棍子，叫她闺女跟她抬上。庖牺要棍子说："我小人儿在，哪能叫月儿姨抬呀？"冷妮子娘说啥也不给。庖牺娘说："妮子，承你姨姨的情儿，你就别争竞啦！"

到了地里，黑子一见他娘跟他姐抬来两桶籽儿，就说："咋不多带上些人下来啊？这一个坑一个籽地埋，得干到哪辈子去呀？"庖牺说："从筏子上再叫上些人来不就行了？"黑子说："这两天正赶上过鱼群，哪能都上这儿来呀？"庖牺脸腾地红了，他娘瞪了他一眼，转过来跟庖牺商量："你看，要不要叫冷妮子回去喊她们下来？"庖牺说："不用啦，姨姨，还不够上山下山来回折腾的！黑子，你去雷泽里喊上三四十人过来就行啦。"他娘添了一句："庖牺啊，雷泽里的活儿要是不急，干脆叫他爹把人都先拉过来，就不用黑子他们了，你看行不？今儿个多来上些人，帮着喊里咔喳种上，也省得再往回折腾种子啦。"这下庖牺答应得挺痛快："行，人多干活儿快，就叫舅舅把人都带过来吧！"黑子应了一声，转眼没影儿了。

忽然听见天上一阵呱啦呱啦的叫，一群黑雀儿在人们头上转悠，人们不知道出了啥事儿。"哈！"庖牺大声笑了说："这畜生真管用！"原来是花儿逮住了一只黑雀儿，叼着拨棱着脑袋正得意呢。花儿玩儿够了，三嘴两嘴吃了，撒着欢儿一会儿跑到东，一会儿跑到西，惊得雀儿们满天飞，不敢落下来。冷妮子娘说："叫狗看雀儿，嘿，这可是好主意！"庖牺说："月儿姨，您不知道这黑贼多可恶，我刚种下去，一回头儿，好嘛，全给啄出来啦，合着我这儿逗它们玩儿、喂它们吃了。"说着捡起块石头子儿，朝天上扔过去。盘桓的黑雀儿们吓得飞得远远的了。

冷妮子娘又想出个点子来："庖牺啊，我琢磨着，咱要是挖上些野蒜来栽到地里，雀儿受不了那味儿，兴许就不来偷吃了。"

庖牺高兴地说："嘿咦，月儿姨，真有您的！又护住了狼尾巴草跟火麻，又种成了蒜，行，就这么办啦，种完了狼尾巴草跟火麻，咱就栽蒜！"

冷妮子娘说："干吗非等种完了才栽啊？这就叫冷妮子回去，叫家里的人全都绕世界挖野蒜去，挖了都送这儿来，就势儿栽上不好嘛？"

庖牺说："好啊，我这脑子一时还真不够使唤的咧，得亏有月儿姨，呵呵。"

冷妮子娘说："我也就是提个醒儿。你操得心比我们多，难免有想不到的地方儿。"

庖牺说："嗨，还是脑子不够使唤啊，月儿姨，您就多替我想着点儿。"

冷妮子娘说："嗨，有那出不了门儿的，就在家扎草人儿，明儿咱拿下来插地里头，也能吓唬雀儿。种地是个大事儿，男女老少谁能干了啥就干啥。"

庖牺说："月儿姨说得是，别的活儿耽误两天还不碍事儿，这狼尾巴草、火麻已经叫黑贼给误了，得赶紧补上，要不，到秋天就收不成了。"

冷妮子刚走，她爹领着猎人们就来了。庖牺叫这一百六七十人排开了，挖沟儿，隔半胳膊挖一道沟儿。人多，喊里喀喳一会儿就挖好了。该埋种子了，冷妮子爹看着河边儿出来的稀稀拉拉的苗儿说："庖牺，这不行啊，狼尾巴草、火麻不是树，尤其这狼尾巴草，等长高了，风一吹，一根儿一根儿全倒了。野草都是一堆一堆的，秀了穗儿，你靠我我靠你抱成一堆儿，就倒不了了。"

庖牺猛地拍了一下儿脑门子，自个儿光顾着省籽儿了，没想到狼尾巴草秆儿那么细，连忙说："舅舅说得对，那就十个八个籽儿一撮一撮地撒到沟里头吧，隔一拃下一撮儿。出苗儿的地方儿和刚才种的这几溜儿也得补上。嗨，瞧我这活儿干的！"

不等日头落火麻籽儿、狼尾巴草籽儿全都种上了，只是没有先前种得片儿大了。女人们挎着篮子送来了野蒜头，大伙儿掰饬掰饬，一会儿就把蒜瓣儿全摁进土里栽上了。庖牺怕黑贼又来啄种儿吃，让大伙儿把埋了种子和蒜的沟儿踩瓷实了。冷妮子爹对庖牺说："我看，过两天还得再踩踩。"庖牺点了点头，骨头哨儿嘟儿嘟儿一吹，说："今儿个人多，活儿干得利索。明儿打猎的还回雷泽去，刨蒜的还刨蒜。过两天，舅舅领着人再来给踩踩。没事儿了，都回吧！那谁，蛋蛋、二顺儿、大个儿、拴拴，还有冷妮子，你们几个等会儿再走，咱说说看地的事儿。"沟儿说："我也等会吧。"

庖牺对留下的四个人说："上回埋的籽儿，全叫黑贼啄吃了，这回咱得看好了，咱们几个轮开了领着狗来看地，直到苗儿出来。白天是我跟花儿，吃了后晌饭蛋蛋领上小臊儿接班儿，二顺儿领着炭儿顶前半夜，大个儿你把疙瘩嘴儿借给拴拴，拴拴顶后半夜，冷妮子跟黑子商量商量，你们俩谁头早起跟黑妮儿下来接大个儿。就这，你们瞧行不行？"

大伙儿都说行，大个儿说："我跟疙瘩嘴儿来就行了，甭麻烦拴拴了。"庖牺问："你家里离得了吗？"大个儿说："行，我娘能走动了，麻花儿挺乖，夜里一点儿也不闹。"庖牺说："要是这样儿，拴拴就不用来了。"

拴拴说:"大个儿跟疙瘩嘴儿都不用来了,我去瞎姥娘那儿把黑儿借出来。"

庖牺说:"也行,大个儿你就别来了,不是便宜你,是让穗儿姨轻省点儿。"

大个儿领了情儿,没再争竞。

冷妮子说:"黑子他们筏子上这两天正忙,早起就我吧。"蛋蛋说:"二顺儿跟瞎姥娘的狗太尿,值夜怕是难了点儿,不如跟我小臊儿换了吧,三星儿出来到天亮算我们俩的。"二顺儿说:"蛋蛋你得了吧,敢说炭儿尿?哪天让小臊儿跟炭儿掐一架,瞧瞧到底哪个尿!"拴拴也说:"瞎姥娘的黑儿可不尿,咬住就不放。蛋蛋你敢试乎试乎?"蛋蛋赶紧说:"我可不是这意思,我是说几条狗里就我们小臊儿是公的,炭儿跟我们小臊儿好过,说不定有了呢。母的歇着,夜里就我们小臊儿吧。"二顺儿骂他:"扯鸡巴蛋!没见杂种群儿都是母的打头儿?母的比公的厉害。你跟你们小臊儿歇着去吧!"拴拴也说:"蛋蛋尽扯尿蛋,黑儿也是有屌有尿,咋成了就你们小臊儿一条公的啦?"二顺儿说:"就是,拴拴要不说,还忘了这茬儿啦。"

庖牺问蛋蛋:"整整儿一宿?小臊儿受得了,你受得了吗?"蛋蛋说:"白天睡足了,夜里看星星,又不累,有啥不行的?"几个人都说蛋蛋太辛苦了,要值夜也得匀开了,掐头去尾,晚来会儿,早走会儿。蛋蛋说:"背着抱着一边儿沉,我是想夜里凑个整儿,白天也歇个整儿,省着几个人都半睡不醒的。"庖牺说:"那就这样儿吧,辛苦蛋蛋了。夜里是蛋蛋的,白天是我的,我就占个便宜啦,呵呵。"

冷妮子问庖牺:"剩下的咋分?"庖牺说:"剩下一早儿一晚儿,早上还是冷妮子吧,晚上二顺儿跟拴拴分了。"拴拴说:"二顺儿你前半儿,我后半儿,天黑下来我接你。"二顺儿说:"时候不大，干脆我跟炭儿包了算了。"庖牺说："你们俩一递一天，今儿个二顺儿，明儿拴拴。就这啦，都回吧，一会儿二顺吃了饭下来换我。"沟儿对庖牺说："你也跟着回吧，省着娘不放心。我跟花儿先在这儿看着。"

回到家，娘焖好了羊肉，盛在草籽儿饭碗里。她听冷妮子娘说都去河边儿种地了，就问庖牺："沟儿咋还没回来？"

庖牺说："他领着花儿看地呢，待会儿二顺儿换他。"

娘问："今儿个活儿干得咋样儿？都种上啦？"

庖牺说："都种上啦，三百来人，种了狼尾巴草跟火麻，还连带把蒜也栽了。"

娘听说去了三百来人，问："女人们也去了？"

庖牺说："嗯，去了一百多。"

娘又问："你说栽了啥蒜？"

庖牺说："是月儿姨出的主意，说是黑贼怕蒜味儿。"

娘一听冷妮子娘把女人们又招下去了，心里踏实了，出了口长气儿，说："噢，是这么回事儿啊！我说今儿个女人们都挎着篮子干吗去了呢。"

庖牺说："娘，明儿个她们还刨蒜栽蒜。等蒜出了芽儿，我想再刨些菜根儿伍的种过来，好好浇水，看它们长得比野菜是不是好点儿、快点儿。"

娘就待见女儿这股琢磨劲儿，说："妮子，你的主意多，也好，这个，咱雷泽的人都知道，皆为这个，娘才把宝贝串儿给了你。打从燧娘娘起，世世代代靠着有人琢磨出新样儿来，人们才吃好了，住好了，日子过好了。"娘瞧着女儿得意的笑脸儿，又说："主意光琢磨出来没用，还得做出来，再好的主意也得大伙儿帮着把它做出来。只要是好主意，大伙儿准能帮你做出来。"庖牺听着，牙一下一下咬着嘴唇儿，娘说得太对了，她真离不开人，不光是要人做事干活儿，就是安排活儿她也还差得远，要不是月儿姨姨帮她出这主意那主意，今儿个她还真招呼不过来咧。

岨儿一条腿儿蹦着，领着黑妮儿来了，对庖牺说："看地的活儿，我跟黑妮儿包了，天天儿快收工的时候我们俩下去接你们，到前晌大伙儿都来了我们俩再回来。"庖牺说："你一条腿行吗？"岨儿说："不就看个雀儿嘛？"娘帮他说话："我瞧行了，就叫岨儿看吧。"庖牺说："今儿先试试，不行了咱再换。我这就告诉蛋蛋他们去。"岨儿说："不用了，我跟蛋蛋、二顺儿和拴拴都说好了，这就下去接沟儿。"说完吆喝上黑妮儿，一蹦一蹦下山了。

一天累过了劲儿，庖牺两口子躺下一宿没动窝儿，直直睡到大天亮，早起来一进娘住的窑儿，就闻见草籽儿的香味儿。娘做好了草籽儿干饭，地下放着两桶黄澄澄的草籽儿。庖牺奇怪地问："咦，娘你倒腾出这么多草籽儿来干吗呀？""哪是我倒腾出来的呀，是坳子里的人攒的，一大早儿你月儿姨跟冷妮子就给送过来了。"庖牺眼里蒙起一层雾，说："嗨，这可是干吗呢！"娘说："你月儿姨说，大伙儿不落忍叫咱一家出草种儿。都是雷泽人，还是你爹那句老话：亲不亲，打折骨头连着筋。"庖牺咽了一口，嘴里涩了吧唧的。

没几天儿，埋的蒜瓣儿出了芽儿，早起还蜷着腰儿，后晌儿就直起来了，一天往上蹿一大截子。蒜苗儿由着性长，地里弥漫着辣味儿，受不了的直打嚏喷，黑雀儿更不敢来了。庖牺见天儿掐上一篮子蒜苗儿，娘分成一撮儿一撮儿的，淅上水，放在她家门口。支棱棱的绿蒜苗成了她家门前一景儿，一早儿一晚儿来拿蒜苗儿的人都跟族里的老大娘拉扯几句家常儿，常常是夸庖牺如何如何能干。娘总是说："妮子年轻，啥都不懂，脾气又急，大伙儿还得帮着她，有她顾不到的地方儿，大伙儿多指点给她，多担待些儿。"

又下了一场雨，清水河边儿绿了一大片，小芽儿全出来了，顶着大壳儿的是火麻，顶着小壳儿的是狼尾巴草，壳儿一进，两片小叶儿张开了，火麻三根儿两根儿地挺着，狼尾巴草一撮儿一撮儿挤着靠着，跟羊胡子似的。庖牺觉得不对劲儿，这么挤着怕长不好。野草倒是一堆一堆抱在一块儿的，也许正因为这样儿才长不好呢。她找了冷妮子爹来，在地里商量："舅舅，我觉摸着，这苗儿一拃一拃挨着就够密了，这么一撮儿一堆儿挤到一块儿怕长不好，舅舅您说呢？"

冷妮子爹琢磨了琢磨，说："嗯，还是你说得对，当初不该听我的馊主意，这，这，还得把多的苗儿拔了才行。嗨，这叫嘛事儿啊！都怪我瞎出主意，看，看，误事儿了！"

"舅舅您可别这么说，要是一粒儿一粒儿种，赶上出不来的，就缺一棵苗儿。这样儿好，保住了哪儿都有一棵。"

"唉，庖牺你就别哄我啦，好个嘛呀？又糟践了种子又费了工夫儿！"

"舅舅，我可不是哄您，我这是跟您商量呢。您瞧这么着行不行：咱再开一片儿地，挖出沟儿来，把多下来的狼尾巴草苗儿分出来，栽到新挖的沟儿里。火麻就算了，一坑里留一棵壮的，剩下的拿回家晾干儿抽吧。"

冷妮子爹一听乐了："咋不行呢？我一会儿就把人拉过来，挖沟的挖沟，分苗儿的分苗儿。"

"行，舅舅您那儿包了挖沟儿分苗儿，栽苗儿的活儿女人们包了，咱就这么定啦。"

三百来男人、女人忙活了一大天，移出一块地儿来，还没移出一半儿狼尾巴草苗儿。女人们心细，侍弄小苗儿跟侍弄娃娃似的，怕漏了风，土拍得瓷瓷实实的；怕渴着了，水浇得足足的。刚移出来的苗儿绿绿的，支支棱棱地庆祝有了新家。到后晌收工时，先移的那片苗儿全蔫儿。庖牺一瞧，从顶心凉到了脚心。冷妮子爹小声儿问她："明儿不用这么多人了吧？"庖牺知道他是想说，明儿把苗儿分分就得了，不用移了。她咬了咬嘴唇儿说："明儿还是都过来，先瞧瞧再说。”

吃了后晌饭，庖牺说下去瞧瞧，沟儿陪着她下了山。山脚下有沟儿帮岨儿支的窝棚，野猪窝似的。这些日子岨儿就睡在那里头。黑妮儿眼尖鼻子尖，远远瞧见俩人影儿，闻出了味儿，“呜汪呜汪”一通儿叫唤，颠颠地朝他们跑过来，扑到沟儿身上，呼噜呼噜亲热得没个够。岨儿喊：“谁呀？”沟儿说：“我！”庖牺也说：“我！”岨儿问：“这么晚了，你们俩下来有嘛事儿啊？”沟儿说：“想你啦，瞧瞧你，也瞧瞧苗儿。”岨儿一听就说：“我没个瞧头儿，这苗儿可是咋了？我一来就瞧见这边儿一地谷子苗儿全蔫儿吧唧的，没顾上问。那边儿的倒是支支棱棱的，这会儿支棱的越发支棱了，蔫的越发蔫了，一边儿仰着脸儿，一边儿低着头儿，就跟一群豺一群狼才掐完架似的。我这儿也正琢磨呢，咋有这怪事儿？”

庖牺心里咯噔一下子，月亮地里，也能分清两块地里的苗儿，一块地里的支棱着向上，一块地里的全耷拉着脑袋，跟害了热病似的。沟儿抱住扑过来的黑儿，对岨儿说：“就为这个才下来的，蔫了的是今儿移过来的。”走近了，庖牺说：“岨儿，你跟上沟儿回吧，把黑妮儿给我留下，我今儿个就住这儿了。”岨儿乐了：“嘿嘿，瞧上我这窝棚啦？两口子没闹别扭吧？”沟儿攥了一下庖牺的手，小声儿说：“不行，要住也得我住啊。咱家的根儿在你身上，你可不能胡来。”岨儿听得真切，哈哈笑了：“嗨，还是咱沟儿心疼人儿！我说，你们俩都快回吧！有啥烦事儿两口子躺下慢慢儿说去！”庖牺也笑了，笑得很无奈：“岨儿，那我们就回啦，你经着点儿心。”岨儿说：“回吧！回吧！别想不开，好好歇一宿，明儿苗儿也许都支棱起来了。”

庖牺这会儿听上这么句话，心里好受了点儿，对沟儿说：“那咱就回吧！”沟儿答应着：“嗯，回啦回啦！岨儿，我们走啦！”岨儿呵呵笑着说：“走吧走吧！路上搀着你当家的点儿！别磕着碰着了！"

沟儿一路上攥着庖牺的手，自打今年侍弄上狼尾巴草苗儿、火麻苗儿，这双手糙得像粘了一层细细的沙子。沟儿来回磨着当家的粗糙的手，劝她："妮子，别着急，还没到明儿。岨儿说的，明儿也许都支棱起了。再说，就是明儿真的全死了，不是还有一片活了的吗？何况当时也不是你要种这么密实的。"

"沟儿，你可不能这么说！我这会儿就怕有舅舅落埋怨哩，要是还有人跟你似的这么说，舅舅受得了吗？大伙儿要埋怨就埋怨我得了，我受得够不够的了，皮实。舅舅是个老实人，月儿姨又是个厉害人，这会儿准在家里埋怨他呢。"

沟儿说："唉，我这当家的是好人，这时候了还怕人家落埋怨。"

庖牺说："说这有嘛用？唉，烦死啦！"

沟儿劝她："光烦有嘛用啊？妮子，快回去歇了吧，明儿还得拿主意。三千口子全都瞧着你呢，睡不好觉会出差池。"

庖牺说："沟儿，我就是心里烦，想一个人清清静静上会儿，看着星星跟燧娘娘说会话儿。你先回去吧，我一会儿就回去。"

沟儿说："又说傻话啦不是？黑咕隆咚的，哪儿能把你一个人撇半道儿上啊？妮子，有啥话，回去跟燧娘娘说吧！今儿夜里我不烦你，你静静说个够。走，快回吧！娘这老半天看不见咱俩，指不定多着急呢。"

俩人手拉着手往回走，走到坳子口儿，汪汪两声狗叫，吓了俩人一跳。定住一看，是花儿，后头跟着娘，拽搭着不利落的胳膊腿儿，冷妮子娘搀着她。沟儿赶紧喊了声："娘！月儿姨！"冷妮子娘说："我说没事儿，是吧？俩大人，这不回来了？"庖牺娘嗔怪说："黑灯瞎火的，你们俩这是干吗呀？急死人了！"沟儿说："叫娘着急了，嗨，今儿移的苗儿全打蔫，我跟妮子瞧瞧这会儿支棱起来没有。"娘问："支棱起来了？""还没呢。"沟儿和庖牺一块儿回答，跟商量好了似的，谁都没多说半句话。

冷妮子娘气哼哼地说："都是听了我那死鬼的馊主意坏的事！我说他了，往后再不许他知道不知道地瞎指点了。"

沟儿说："瞧瞧，刚才庖牺还跟我说怕舅舅落埋怨呢，月儿姨还真就埋怨上了。"

冷妮子娘说："啊？死鬼惹出这么大的事儿来，还不能说他两句？"

庖牺说："姨，您可不能这么说啊，舅舅的主意一点儿也没错儿，狼尾巴草跟火麻不一样儿，火麻能一个籽儿出一棵苗儿，狼尾巴草可保不住，要想长出一棵狼尾巴草苗儿来，就得多下几粒儿籽儿。我正怕旁人不懂瞎埋怨呢，您倒先埋怨起舅舅来了。往后还指望着舅舅给我出主意呢，我这就给舅舅赔不是去。"

冷妮子娘赶紧说："庖牺你可别这么着，他坏了你的事，你给他赔的哪门子不是？"

庖牺说："姨姨，移苗儿是我的主意，苗儿蔫了，我让舅舅落了埋怨，他心上不好受，我还不该赔个不是？"

庖牺娘这时才听明白了，呵呵笑了："闹了半天就为这呀？我还当是出了多大的事儿呢。"

冷妮子娘说："这事可不小啦，几桶种子没了，几百人几天工夫扔了，看孩子都急成啥啦？他个死鬼躲家里任嘛儿不管了，哼！"

庖牺着急地说："不是说了是我的不是了吗？姨姨咋还一劲埋怨舅舅啊？"

冷妮子娘说："庖牺啊，你就别护着他了，谁不知道是他瞎指点的？"

庖牺见她咋说都没用，急得直跳脚儿。

庖牺娘说："哎，我说你们这些急性子啊，娃娃断个奶还要哭闹几天呢，小苗儿换了生土，一时支棱不起来，就至于都急成这样儿！不才一天工夫儿吗？你们就不能等到明儿个？就算明儿出不来，不还有后儿吗？人有个肠胃不合还闹两天病呢，撒种儿移苗儿，都是开天辟地头一遭儿，谁也没干过，出点儿差池算不得啥。退一步说，就算苗儿全死了，咱不就扔了两把草籽儿嘛？少吃一顿草籽儿饭，又饿不死人。这事儿是我擅掇的，谁也没你们的事儿。她姨姨，你回去劝劝她舅，可别犯小心眼啊。听我的，回去啥也甭想，都好好睡觉。一宿露水，明儿一早儿起来，你们去地里瞧吧，苗儿说不定都拃拏起来了呢。"

　　这女人还是大娘的气度，拿得起放得下。仨人听她这么一说，有了根主心骨儿，心里好受多了，各自回去睡了。

# 第二十四回

## 求娘娘无奈生濒死
## 靠自个终能死复生

庖牺心里装着事儿，睡不踏实，后半宿一直大睁着眼，天刚有一抹亮儿，就轻轻起来了。沟儿陪着她说了半宿话儿，这会儿睡得正沉，她娘也还没起来，牛窑儿和鸡鸭窝里头都没动静儿，连最警醒的花儿都还睡着。

庖牺悄悄儿下山了，路上遇见四只找食的鹿，两只小的匆匆吃草，两只大的东闻闻西嗅嗅。这山道儿和清水溪边儿的林子白天是人的，从黄昏到黎明是鹿呀、松鼠儿呀、兔子伍的世界，人畜不见面儿，相安无事。这家子鹿想不到这么早有人出来，吓得噌地蹿开了，跑在后头的那只小鹿惊慌中不是抽了筋儿就是崴了脚，一瘸一点的，倒叫庖牺有了愧。

快到山根儿了，庖牺在心里不停地求告燧娘娘："大圣大验的燧娘娘，快显显灵吧！让苗苗儿全活了吧！快显显灵吧！让苗苗儿全活了吧！"

快到地里了，还瞧不清是个啥样儿，庖牺也不敢瞧，闭起俩眼，一脚高一脚低探着往前走。估摸着到了，她双腿一曲，双手摁地跪下了，磕膝盖儿、腿、脚和脑门子涸得凉丝丝的，清香的湿土味儿钻进鼻子里头，刚才淘空了的脑袋里顿时清清爽爽。她就这样儿跪着，啥也不去想，没了燧娘娘，没了男人、女人们，没了狼尾巴草苗儿、火麻苗儿，啥啥都没了。她真愿意就这么跪着不起来，享受难得的空空荡荡的清净。

也不知道过了多大工夫儿，庖牺睁开了眼睛，不禁呆住了，灰蒙蒙里能瞧见的苗儿全扑塌下了，两片蔫了吧唧的小叶儿抽抽着粘在地上，一宿的露水打湿了半截儿腿，却没让贴地的苗儿缓过来。庖牺轻轻扶起一棵苗儿来，手里一丝无奈的凉，就跟嘛儿都没有一样儿。她手一松，没了筋骨的小苗儿软不塌塌的又趴下了。庖牺不信，"就这么没救儿了？"

天慢慢儿亮了，光明一点儿一点儿吞噬着朦胧中的希望，庖牺眼里趴下的苗儿越来越多。天全亮了，昨儿个移的一大片苗儿全趴下了，唉，死了，死了，全死了，带着活命儿的露水死了，死得透透的了！碰哪儿都是凉的，凉从指头尖儿钻进去，浑身上下乱窜，人从顶心一直凉到脚心，磕膝盖儿往下都不是自个儿的了，要不是跪在地上，她非一头栽了。

过了老半天，庖牺才回过神儿来，燧娘娘撒手了，这会儿只能自个儿想想咋办了。她立起来，脑袋一下子空了，俩眼发黑，晃晃悠悠半天才站定。她从河边儿查起，一陇一陇一直查到山根儿，也没见一棵移过来的苗儿挺着。她不信有根儿的苗儿就这么死了，死得一棵不剩。她想，狼尾巴草苗儿跟月娃儿差不多，月娃儿不吃奶活不了，苗儿离不了水，甭管是死是活，都得接着浇水。

开地的时候扔在山根儿的新草却都活着，而且又蹿了一截儿。有一种贴着地长的纤纤小草儿，蓬蓬着小小的圆叶儿，竟然抽了茓子，开出白色的小碎花儿来。这小草儿可世界都是，庖牺贴根儿拔起一棵来，闻闻，清香清香的。她又拔了一棵没开花儿的，凑到鼻子底下吸两下儿，一样儿清香，搁嘴里嚼嚼，又嫩又香，还带着一丝甜味儿。肚子里头咕噜咕噜响起来，告诉她该吃饭了。她拔了一堆贴地的小草儿，捧到河边儿洗净了，慢慢儿嚼起来，连根儿都嚼吃了。根儿其实比叶儿还好吃，肉嘟嘟的，跟吃草籽儿饭似的。

日头醒了，怯怯地打山后头爬上来，青山薄雾里透出两抹羞答答的红。远远儿过来了个人影儿，近了，庖牺才瞧出是沟儿来。沟儿也瞧见了她，紧跑几步赶过来了，放下背上的篓子，拿出尖尖一碗草籽儿饭来，连同一双细竹竿儿刮的筷子，一块儿递给她，又拿出半碗马齿儿菜，上头有十几瓣儿她顶爱吃的腌蒜。庖牺折腾了一宿，着实饿了，啥也不说，端起碗来，呼噜呼噜往嘴里紧扒拉。沟儿又打地里拔了两棵青蒜，去河边儿涮了涮，咬了一口，脆生生地辣，递给庖牺说："你尝尝这个，比那些野蒜个儿又大，又好吃。"庖牺嘎嘣咬了一口，蒜汁儿辣得眼泪都出来了，她直嘬舌头，说："嗯，好吃，真好吃！等收了蒜瓣儿，下回咱再多栽点儿。"

沟儿去河边儿舀来一碗清水，庖牺吃完了，端着咕嘟咕嘟喝了。沟儿瞧着一地打了蔫的苗儿，又瞅瞅庖牺的脸，心疼得一劲摇头叹气。庖牺秀气的眼底下起了俩大泡，嘴唇儿像一对滚水里捞出来的细猪肠儿，满是燎泡，说话可挺冲："你呀，大早起来唉呀嗨的，干吗呀这是？人们还没来，你快回去一趟，先去冷妮子家，告诉月儿姨和舅舅，叫雷泽的男人们带上家伙都来接茬儿开地；女人们都带上水桶、家伙，来河边儿接着移苗儿、浇地。然后你们分头挨家挨户儿叫人去。"

日头出了山，不羞不怯了，洒洒落落转到天上，射得人不敢正眼往上看。沟儿大睁着眼睛瞅他当家的，一句话也说不出来。

庖牺说："傻样儿！还不快去，愣着干吗？""嗨！"沟儿无奈地叹了口气，"我说妮子，待会儿人们来了，一瞧这一地的死苗儿，你想想，还能有人听你的去移苗儿开地吗？""咦，你咋说这片苗儿死了呢？都活着呢，见水儿就支棱起来。你快回去叫人去吧！"沟儿说："我不去！"

庖牺奇怪了，沟儿平时百依百顺的，今儿个这是咋啦？她气哼哼地说："你不去我去！"

"唉！"沟儿摇着头又叹起气来，"妮子，你是魔怔了，自个儿还不知道呢。不行的事儿别硬干下去，听我一句：该收就收，早收早好儿，越晚，搭进去的越多，到最后全都白搭。妮子啊，别跟地较劲啦！别尽着折腾啦！咱折腾得起自个儿，折腾不起坳子里三千多口子啊！就连咱娘也跟着折腾不起了。你不知道，娘起来见你不在都急成啥了。唉，你呀你，叫人着多大的急啊！"

"沟儿，我这不正是为了坳子里三千多口了吗。"

"妮子，你叫人家接茬儿开地，咱先说说，再开出地来，种啥呀？"

"还种狼尾巴草。"

"拿啥种呀？"

"把咱家里的草籽儿全拿出来种了。"

"行啊，咱一家三口儿吃肉喝西北风啦。"

"嘿咿，这哪儿行啊？光吃肉上火，西北风儿也不能喝啊。沟儿你瞧，咱就吃这个，"庖牺说着递给沟儿一棵洗净了的贴地小草儿，"你先尝尝好吃不好吃。"

沟儿搁嘴里尝了尝，问："这是啥啊？倒是挺好吃的，以前咋没吃过呢？"

"嘿咿，这菜没名儿，就叫翠儿菜吧。这菜太小，叫别的菜盖着，瞧不见，等瞧见了，就已经老得嚼不动了。狼尾巴草收下来之前，咱就吃翠儿菜了。你说，那菜根儿不比草籽儿饭的味儿还好？"

沟儿嚼着说："嗯，有股奶味儿，叫奶菜吧！"

庖牺说："奶菜？不好，不对味儿。"

沟儿俩手一拍："我想出来个好名儿，叫雀雀儿菜，多好！"

庖牺气得直骂："好个屁！你是怕雀儿不来吃草苗儿是吧？"

这个沟儿还真没想到，连忙说："那就叫磕头儿菜吧，妮子你可别生气啊！"

庖牺说："你就想不出个好名儿来！"

沟儿说："叫田儿菜吧！你瞧这个名儿好吧？嘿嘿，咋就跟给咱得孩子起名儿似的啊？"

沟儿这一说，庖牺认真起来，得把这菜名儿叫对了："田儿菜这名不对，又不是咱种的，咋能叫田儿菜呢？干脆就叫地菜得了。地菜是咱的护生草啊。我见天儿扰回一篮子洗净了的地菜，够咱吃的了。"

沟儿说："那好，我回去叫人去啦。"

人们带着家什来了，瞧见一地趴着的蔫狼尾巴草苗儿，都愣住了，好些眼睛狠狠地剜着冷妮子爹的脸，人们心里头骂："都是你这老东西的馊主意坏的事儿！好好的草籽儿全扔了不算，还白搭进一天的工夫儿。"有那管不住嘴的，说开了闲话儿："我说，咱昨儿个撕了一天秆儿，图了个嘛啊？"跟着就有搭腔儿的："要是能图了个嘛，敢情好了，哼！""麻都没有，你瞎撕个啥啊？"冷妮子爹蹲在地上，脑袋恨不得钻进地里去，冷妮子娘脸上一阵白一阵红的，上牙咬白了下嘴唇。

庖牺听不下去了，说人们："得了得了，别尽着舌头拌唾沫，说点子没味儿的闲话，你们当这苗儿都死了？"肉疙瘩儿娘捏着尖嗓儿问："哟，听庖牺这口气，是说这一地趴着的苗儿还活着啊？"庖牺没管理她，举着一棵地菜说："这是咱开地的时候一疙瘩一块带着土扔到山根儿的，那时候家家都捆了干草背回去，谁也瞧不见这不起眼儿的新草儿。大伙儿还记得前几天的样儿吧，山根全是趴着的蔫草，可这会儿，你看，都开花儿了。"人们顺着她的手指往山根儿看去，果然一片绿草，夹杂着黄的、白的、蓝的和粉红的小花儿。

庖牺接着说："苗儿就跟这地菜一样儿，离了老土总得难受几天，打不起精神来。地菜经了一场雨，这不全活了？咱今儿个帮老天爷下一场雨，给苗儿浇浇水，过几天儿就全支棱起来了。男人们都跟着有根儿舅接茬儿开地，把草都拔了。我刚才尝了尝这地菜，挺好吃的，拔起来别往山根儿拽了，就着河水涮涮土，带回家去吃吧！"

冷妮子爹听庖牺让他带人开地，眼里起了水，心里头着实佩服这妮子，当大娘就是跟常人不一样啊！他立起来，吆喝上男人们去开地了。

女人把篮子给了男人，男人拔草。拔完了草，露出一地的地菜。这东西不怕挖绝了，倒怕长老了，开花儿打籽儿，风一吹遍地都是，几天儿又钻出来一片翠生生的绿。

女人们一桶一桶从河里拎水浇地，狼尾巴草喝上了水，过了会慢慢儿支棱起来了。女人们喊喊喳喳："瞧，瞧！活啦，活啦！""真的，都活啦！""唉，真不易啊，总算活过来了！""庖牺不是说了嘛，咱这苗儿本来就没死，还瞎喳喳个嘛呀！"

庖牺说："瞧你们喜欢的！哪儿那么容易啊？你们想呢，一把没根儿没叶儿的干花儿，在水里泡一会儿还能支棱起来，何况是有根儿的苗儿呢。这会儿支棱起来了不算，到后半晌儿没准儿又蔫了。我看，苗儿要真挺腰儿起来，还得四五天工夫儿，心急不得啊。种狼尾巴是开天辟地的事儿，祖宗没种过，谁都俩眼儿一抹儿黑，咱也是瞎摸合眼给子孙后代趟条道儿，磕磕碰碰免不了，最后种成了就行了。"

这话说到女人们心里了，可不，还真是这么回事儿。想想自个儿是第一代种狼尾巴草的人，女人们挺得意，一个个儿眉也开了，眼也笑了，嘴里冒出来的话也喜庆了。

骨头哨儿"嘟儿嘟儿"响了，人们一瞧浇了一天的地，哭也不是，笑也不是，先浇的苗儿又都趴下了，后浇的也耷拉了脑袋，真让庖牺说中了，瞧这样儿，真得等几天呢。冷妮子娘说："庖牺啊，你咋就这么灵呢？"庖牺只是笑，心里头说："我要是不那么说，你们这会儿还不把我撕了？"其实她何尝不盼着草苗儿能挺住啊？眼前的衰败多少抽了她些底气，万一都活不了……她不敢往下想，却说："草木也有情的，咱这么待承它，它总不能太刻薄寡恩了，总得给咱挺起来吧？以心换心，哪能没良心啊，呵呵。等着吧，让人家先缓上几天儿。回啦，回啦，都回啦！"叫人们回，她自个儿却跑到山根儿底下挖地菜去了。

女人们把满篓子的地菜搋了又搋，把篮子里头的地菜硬塞到篓子里，男人们抱上篓子，背起捆好了的干草走了。女人们扛上空篮子也去了山根儿底下。冷妮子娘说："我说啊，咱也别忒下作了，开花儿的留着打籽儿吧。"庖牺笑起来："月儿姨，这东西可世界都是，这块儿挖完了，咱再换地儿，都挖了，肚子里头打籽儿去吧，呵呵。"

地菜瞧着不起眼儿，可是真出数儿，一棵挨一棵挤着，一层一层盖着压着，不用挪窝儿，就装满了篮子，篮子装满了又往木头桶里放。实在没地方放了，人们就扛着抱着去了河边儿，篮子里桶里的全倒在地上，一根儿一根儿在河里漂净了，又装满了篮子装满了桶，腰都直不起来了，才扛起篮子抱上桶，撅着屁股弯着腰晃晃悠悠回家去了。

地菜搁开水锅里一抄，绿得更鲜嫩了，捞出来撒上点儿盐，耗上点儿猪油拌拌，那叫一个香，叫人吃了还想吃。娘说："咱就知道吃刺儿菜、马齿菜，从来没吃过这地菜，嘿，真比啥都好吃呢，一点儿苦味都没有。"庖牺说："娘愿意吃，我天天儿给您挖回一篮子一桶来。"沟儿说："还一篮子一桶呢，不用你，啰唆死了。这活儿我包了，天天儿给咱背回瓷瓷实实一篓子来，要是还不够，妮子就再给我编个大大的贼篓子。"娘垂着下巴乐，说话傻傻的："那敢情好啦，天天有地菜吃了。"庖牺跟上一句："娘，天天儿吃地菜，省出来的草籽儿给我吧，地里缺种儿呢。"娘还是笑，说："闹了半天在这儿等着我呢！家里还有多少草籽儿，你都拿去种了吧，反正没有吃的就找你俩要呗。"沟儿说："娘真不容易啊，瞧那些女人们埋怨天埋怨地的，跟咱娘真不能比。"娘说："别夸我啦，我还不是为了妮子？她要是生在别人家，那家儿的娘也会这么做的，哪有一家人不向着一家人的？"恐怕没有人比庖牺更知道家的好了，她今儿个敢叫男人们开地，就是依仗着这个家啊，就是知道娘再咋难也会给她草籽儿当种儿的啊。

地拾掇好了，该开沟撒种儿了，又用上了"累死"。这回男人们干，握着"累"，弯着腰往下踩"死"，过了一阵子瘾，一个个儿累得呼哧呼哧喘粗气。大个儿人高，身子弓得像只滚水里氽熟了的大虾，一边儿干，一边儿叨叨："嗨，要不叫'累死'呢，真活活儿累死人！"

"累死"这家什是矬了点儿，女人家使唤还凑合，难为了这些身高树大的男人家。看着他们一个个儿汗流浃背，庖牺觉着真比自个儿干还累，俩手往嘴上撮了个筒筒儿喊起来："嗨咿嗨，都歇歇啦，都歇歇啦，歇会儿再干！"

人们直起了腰，大个儿说："嘿咿，这会儿可知道啥叫站着说话儿不腰疼了！这一阵儿委曲的，把个腰都快窝折啦。"老实人说老实话，逗得人们嘻嘻哈哈一阵子笑。肉疙瘩儿娘说："也不知道长这么个傻大个儿有个啥好，往后多长点儿心眼吧！"大个儿说："我倒是想跟你借俩心眼儿呢。"那女人呸了一口，道："你爹找你娘撒野太猴急了，忘了给你种个心眼儿，这会儿找我借，嘻嘻！"人们都嫌她刻薄，一个个儿直撇嘴。黑子说："啥人啊，说个耍话都这么损，你就不怕舌头底下长疔疮？"肉疙瘩儿娘朝着他呸了一口，对他娘说："月儿姨，瞧您惯出来的好儿子！您能管保他舌头底下不长疔疮？"冷妮子娘没答理她，冷妮子却瞪圆了眼，庖牺剜了她一眼不叫她掺和进来，又说肉疙瘩儿娘："没人把你当哑巴，你就省省吧！"那女人鼻子里哼哼了两声儿，嘴里叨叨着："邀三伙四的，这是干吗呀？还让好人说话儿吗？"庖牺假装儿没听见，人们却忍不住哗哗大笑起来。

二顺儿突然喊起来："快瞧哎，又顶上牛啦！"人们顺着二顺手指的方向，朝山跟看去：黑牛跟黄牛顶起来了，大母牛卧在地上倒嚼，小母牛儿低着头儿吃草。庖牺刚才听见母牛叫来着，准是哪头公牛追它来着，这不，顶起来了。自打俩公牛来了，庖牺就盼着母牛再怀上犊子，可是俩公牛老为这顶架，你不让我，我不让你，结果哪个也上不成母牛。

自打俩公牛来了，看顶牛成了雷泽人一大乐子。一听顶起来了，大人孩子呼啦就都跑过来了，有为黄牛鼓劲儿的，有为黑牛加油儿的，热闹上半天。这会儿正赶上庖牺叫歇，人们都围了过去。

地里就剩下庖牺一人，她拿起一个"累死"，从杜梨儿树上撅了两根粗杈子，比划过来，比划过去。沟儿看了一会儿顶牛，过来提醒她："都啥时候啦，歇起来没完啦？""啊？累了就歇呗。"沟儿听她说话着三不着两的，就问："眯眯瞪瞪的，又琢磨啥啦？""你背篓儿里有绳儿吗？""有啊，要粗的细的？""都拿过来吧！"

沟儿把绳儿给了庖牺。庖牺先把一根树杈绑在"累"把儿上头，把儿高了，不用弯腰扶了；又把一根儿粗绳双起来套在"累"把儿下头，粗绳子两头儿拴住另一根树杈子，都拴好了，把"死"插进地里，自个扶住"累"把儿，叫沟儿把树杈子架在后脖颈子上，俩胳膊拷住往前拉，拉出一道沟儿来。

那边儿俩牛还死顶着，冷妮子爹说："歇得工夫儿不小了，庖牺两口子都干开了，咱也过去吧！"人们跟着他过来了，都来瞧他们两口子摆治的这东西。沟儿不拉了，庖牺住了手问："你们谁把那两头牛弄过来？"大个儿跟二顺儿过去了，费了死劲也没把俩牛给分开。沟儿走过去，吆喝了两嗓子，牛就分开了。俩人瞧着沟儿，都说："你咋这么行哩。"沟儿笑了："呵呵，我天天儿喂屎尿的，我说啥屎尿的能听懂了。"二顺儿嗔怪："闹了半天庖牺是为了叫你露一手，拿我们俩当托儿啊！"沟儿说："她也不知道牛这听我的，连我自个儿都没想到，一吆喝它们就不顶了，许是顶得没劲了，呵呵，你们一人一头过去牵吧！"

庖牺把沟儿背的树杈子架到俩牛背上，套好了。俩牛不干，尥着蹶子往两边儿挣，庖牺牢牢握住"累"把儿，使劲儿往下压着往前走。沟儿怕庖牺有闪失，上去接过"累"把儿来，也使劲儿往下压着，嘴里"嚯嚯"吆喝着。牛拉着费劲了，老实多了，两头牛一个人连拉带压，开出了一道深深的沟儿。到了地头儿，沟儿吆喝住了牛，又开了一道，打了个来回儿。

人们看呆了，冷妮子爹问庖牺："这新家什叫啥呀？"庖牺说："这叫二牛抬杠，我瞧着它们俩顶架那么有劲，就想叫它们帮咱干点儿活儿，哈哈！"人们跟着笑，都要试试二牛抬杠。庖牺说："这俩牛脾气犟着呢，你们压不住，待会儿跑了牛，摔了人，就不好收拾了。谁要试，就试着去前头替牛拉'累死'。"

这人们也愿意，拉就拉！于是俩一对俩一对地试开了。前头拉的觉得树杈子碍事儿，干脆把绳子夸肩膀儿上拉，拉一会儿肩膀儿就勒得受不了了，又架起树杈子来。

小哨儿"嘟儿嘟儿"响了，庖牺对众人说："今儿不干了，回去都照着这样儿，把'累死'改改，拉的杠子也抠饬光乎了。明儿咱开沟儿，男人在头里拉'死'，女人在后头压'累'。"

吃饭的时候，沟儿说起二牛抬杠来，娘问庖牺："你是要呢还是当真?"庖牺瞧娘脸上不太好看,就说:"耍哩,我是怕它俩顶得伤着了,才叫二顺儿他们硬给分开了;又怕扫了人们的兴,才想出这么个耍头儿来。"

娘又问:"你拿母牛跟小牛儿耍了没?"

"没,没,人娘儿俩老老实实吃草,干吗耍人家啊?"

"拿黑牛、黄牛耍了就算了,你可不能打那娘儿俩的主意,往后还指望着它们给下犊子呢。"

"娘,我也是这么想的,母牛老不发情,白让黑牛、黄牛为它顶了好几场。"

"妮子,黑牛、黄牛也不是叫耍的,更不是干活儿的。"

"娘,那您说,咱养牛干吗呀?就为了伺候它解闷儿?"庖牺压不住脾气了。沟儿从下头偷偷儿踹了她一脚,她才不说了。娘说:"母牛挤奶,公的,等养多了,留头种牛,别的隔三差五杀了吃肉。"庖牺一听就乐了:"娘想得挺好,可是哪儿找那么多牛养啊?"沟儿呛了她一句:"慢慢儿找呗,母牛还不是山里找来的?公牛还不是清水河边儿找来的?我瞧牛这么壮,赶明儿人吃了牛肉没准儿也壮。我喝了牛奶就觉得身上有劲儿。"庖牺鼻子里哼了一声儿说:"你啥时候喝过一碗奶啊?"这是实话,一家三口天天儿喝点儿涮桶的奶水,就这,沟儿还老尽着庖牺娘儿俩,自个儿很少尝一口。

娘说:"明儿别带着牛下山了,山上有的是草吃。"庖牺说:"呵呵,娘起早睡晚喂的牛,就是心疼牛。我耍了一回,就不叫带了。娘一人儿又是鸡又是鸭又是牛的,还有个小马驹儿,忙活得过来吗?"

"再多几头牲口我也忙活得过来。"

"娘,那就让小马驹儿跟着去地里,您瞧行吧?,您轻省一点儿是一点儿。"

"你愿意带上就带上吧,甭拿我说事儿!"

庖牺刚要张嘴，脚叫沟儿狠狠地踩了两下子，她也怕抬起杠来连马驹儿也要不成了，就没再说啥。

吃了饭，沟儿就去抠饬"累死"。他不想改现成儿的"累"把儿，重做了一套"累死"，"死"比先前的大了，下头特别尖特别薄；又粗又长的"累"把儿齐胸高，就着树杈子弯出来个把儿。打理好了"累死"，沟儿又抠饬出一根圆弧儿杠子来，可总觉得拉杠子累赘，又硌得慌，就把它撇了，两根绳子拴住"死"，挽了俩绳子套儿，垫上碎麻头子，缠了布，往俩胳膊上一套，挺好。

躺下半天，庖牺翻过来掉过去睡不着。沟儿问："还跟娘治气呢？""可不是！咋给她垫道儿都不走，好好的事儿硬是给搅黄了。唉！人越糊涂越爱管事儿，我老了可别这么讨厌啊。"

沟儿生气了，说她："你这叫啥话？娘有娘的心思，你有你的心思，你说娘把你的事儿搅黄了，娘也许还怨你把她的事儿搅黄了呢，这事儿分咋想啦。"

"哼，她那心思，不就是吃牛肉、喝牛奶吗？放着牛不用，叫人受累受罪，哪一年雷泽人才能吃上牛肉啊？一桶奶三十多人分，顶个屁！伺候牛一辈子，到死也不准能吃上一口牛肉，折腾活人呗。"

"妮子，话儿可不能这么说啊！咱养鸡养鸭子开头儿不也是留着蛋孵小的，留着公的传后吗？等牛养多了，自然就有多出来的肉吃，多出来的奶喝了。其实你这么干才是杀了鸡吃软蛋，不往长处儿看。"

庖牺又翻了个身儿，烦得嗨嗨叹气："听你这么一说，合着我那二牛抬杠是瞎胡闹了？"她也二乎起来了。

"那也不见得，娘不是把小马驹儿让给你了吗？娘这人你还不知道？能让的准让，光家里吃的草籽儿就都让完了，你也不能一点儿不让啊。"

"哈，我还不让？说不叫带牛就不带，还要咋让啊？"

"这就对啦！俩人都让让，娘帮你一把，你也帮娘一把。娘把小马驹儿让给你，这不也给你撑了腰了？等哪天捉住一群马，你再让它们抬杠拉'累死'，娘准不说不让，你就等着瞧吧！呵呵。"

"哼，说得倒好，放着现成的不叫使唤，哪一天才能捉住一群马啊？"

"嗨，心想事儿成嘛，咱在雷泽里下上绊马索子，哪天套住哪天算。再说，小马驹儿下去吃草也许能把它爹娘引过来呢。只要这世上有马，还怕捉不住？你不能着急。"

第二天人们带来了新抠饬出来的"累死"，上头的"累"把儿高了，弯弯得合手，下头的"死"又尖又宽又深。使唤起来后头还是一个人压着，前头有俩人拉的，有一个人拉的。

庖牺家的草籽儿一粒儿不剩全下在地里了。这回种得没那么密，一坑儿一籽儿，省得分苗儿了，庖牺想开了，出不来狼尾巴草儿就往沟里栽蒜，蒜长得块，不管种啥，今年开出地来，明年都省了事儿了。庖牺开了头儿，人们都说总不能三千多口子吃她一家的。再说，有了挖不完的地菜，新鲜好吃能当饭，把陈年野草籽儿比下去了。人们都把自家的草籽儿拿出来下种儿，男人女人们使唤新的"累死"正上瘾，有多少种多少，越多越好，都种完了，还不过瘾，没得种了，又找来火麻籽儿往沟儿里撒。

人们光顾着试乎"累死"了，忘了那一地半死不活的移苗儿。庖牺可没忘，天天儿早早下山来，先去瞧瞧移的草苗儿直起来了没有，一天一天数着。四天过去了，还是那样儿。到了第五天头上，有的起来了，有的还趴着。第六天又起来了一片。第七天草苗儿终于显出了良心，呼啦啦全伸直了腰，在晨曦里等着庖牺，要给她一个惊喜。

庖牺来了，圪蹴下，凑近了瞅，两片叶儿当间儿多出来一个尖儿，小极了的一点点儿，像个露水珠儿，不当心就瞧不见。她眯起一只眼细瞧，那尖儿原来是一对儿扣着的小芽儿。活啦！活啦！全活啦！她"呼"地吐了一口气，浑身都轻省了，蹲着，十个指头给草苗儿松土，土填满了指甲缝儿，撑得生疼，她又琢磨开了松土的家什了。

有了"累死"，松土的家什就容易做了，庖牺弯了根儿短短的"累"把儿，下头先削扁了，再削尖了，蹲着翻土、锄草都挺好使。女人们都夸这东西好，管这家什叫"累好"。女人细心，用"累好"把地翻得松松的，修得齐齐整整。用"累好"挖地菜，一撬一棵，女人们带着一把"累好"，走哪儿使哪儿。

不知是谁兴的，往磨得光乎乎的"累好"把儿上刻花儿，刻虫虫草草，刻好了染上色儿，晚上睡了包了香草薰。女人们比着刻，比着染，"累好"成了雷泽女人的随身饰物儿，腰里一别，衬得人倍儿精神。男人看女人，都是先看腰，后看脸儿。有那巴结女人的，也是找块榆木抠饬出把"累好"来，送给他喜欢的女人当信物儿。要是女人瞧不上眼，他就别指望了。

## 第二十五回

# 人无福春种肉胎坠
# 天有报秋收谷穗熟

沟儿起来了，庖牺还没醒，沟儿瞧着天不早了，就推了推她。庖牺翻了个身，又睡着了。这一翻身可把沟儿吓坏了，嗓音儿都变了："啊！妮、妮子，你这是咋、咋啦？啊，啊……"

庖牺叫他吵醒了，一瞧，也吓了一跳：自个儿下半身躺在血泊里，大腿缝儿里全是血，下头的都固住了。她爬起来，抓了块布擦了擦，底下一热，又涌出一股血来，细看是一个血饼子，一半儿固住了。沟儿扶着她往下摁，急赤白脸说："快躺下！快躺下！"庖牺说："你甭管我，快去拿一把麻槌柮儿来！"

沟儿从旮旯里抓过来一把白花花的麻槌柮儿，庖牺底下又涌出来了，跟刚才一样儿的血饼子。沟儿急傻了："掉了？掉了？"庖牺顾不得说话，把底下擦净了，拿了一个麻槌柮儿往里一塞，呼了一口气说："哈！没事儿啦！"

沟儿急得脸红筋跳，嗨呀嗨呀地长吁短叹："掉了，掉了，还是个双生呢！可惜了儿的！"沟儿话没落地儿，庖牺刚塞的麻槺柮儿扑嗒掉在血泊里，里头又拱出一个血饼子来。沟儿赶紧把庖牺俩腿扶高了，嘴里呜哩呜嘟叨叨着："还有？仨呀？快抬起来，抬起来，再抬高点儿！"

庖牺俩手撑着腰举起两条腿了，也说："咋这么多哩？说不定里头还有。"里头又是一热，她把俩腿担到沟儿肩膀儿上，说："还有哩，你推着我的腰，往高里送，使劲儿推！"沟儿抱起她来，轻轻挪到墙根儿，说："妮子你先挺着，我过去叫娘过来。"庖牺急得说："不行！你还叫不叫娘活啦？"沟儿一想，也是，就说："那我去叫瞎姥娘上来看看。"庖牺挺沉得住气："先别去，再等等，瞧瞧还流不流了。"

"啊！"沟儿尖着嗓子倒抽了一口气，庖牺只觉得里头一股一股的热，一瞧，血饼子一个一个正往外冒呢，大腿根儿和肚子上全是血了。她徐徐出了一口气，说："沟儿啊，咱真是俩大傻子啊！"沟儿说："这会儿说这没用，我这就去叫瞎姥娘来，一条命没了，不能再丢一条！"庖牺说："我这儿正说咱傻呢，你还要出去显摆咱的傻，真是傻子掉傻河里，傻透了！"

沟儿俩毛猴子眼瞪得圆圆的，说："都啥时候了，还说这样的傻话！我走啦啊！你先忍忍，一会儿我就回来了。"庖牺一下子坐了起来，血从大腿根儿里呼地冒出来，跟杀了人似的。"你站住！"庖牺猛地一喝，沟儿转过身来，气急败坏跑过来，把她摁倒了，抓了个背心给她擦大腿上的血，血还在汩汩地往外涌。"妮子，真要出人命了，耽误不得了，我背上你，咱这就找瞎姥娘去！"

庖牺拿过沟儿的背心来，堵住那儿，说："越发傻了！沟儿啊，你先别张嘴，先让我把话说完了。""我背着你，一边儿走一边儿说。"沟儿说着背朝当家的圪蹴下了，俩手从后头去够她的胳膊。庖牺不知哪儿来的劲，攥住他的手叫他动不了，说："瞎尿来了！咱弄错了，其实根本没怀上，这会儿是身上来了。你想，哪有一胎怀这么多的？那不成了猪啦？"

"不对，你好几个月没来身上了。"

"所以说弄错了嘛，女人这东西不准，累了，受凉了，就歇俩月不来了，这会儿来了，是好事儿啊，咱瞎着啥急啊？我起来该干啥干啥去了。"

沟儿心里二乎，问："你这会儿身上觉得咋样儿啦？"

庖牺说："咋也不咋，不疼不痒，啥事儿也没有。"

沟儿可比她急："下这么多血总不叫个事儿，这么吧，你先在家歇几天，看看再说。"

庖牺说："没病儿没灾儿，歇个啥呀？女人要都这样儿，一个月歇四五天，成了啥了？沟儿，你可不能老这么着把我当娘娘供着啊，叫外人看出来笑话死咱了！"

沟儿拿她没奈何，只好说："嗨，我也拿不准是咋回事儿，妮子你还是悠着点儿吧！外人笑话不笑话的都扯淡，只要你别有个三长两短就好。"

庖牺说："有啥三长两短啊？你心眼儿咋这么窄啊？沟儿啊，我可跟你说好了：别上外头瞎嘚嘚去，没得叫人笑话咱两口子啥都不知道，你不在乎，我可在乎。还有，千万不能叫娘知道，她盼孙子心切，空欢喜一场，别又中了风！"

沟儿起了疑："这我就不懂了，干吗怕咱娘知道了啊？娘就是知道了没怀上，也不至于中风啊，妮子，你跟我说真的，是不是掉了？你要是蒙我，我可……"

"又来了不是？甭管娘咋想，咱不能招她，她是一点儿意外也经不住了。我听瞎老娘说过，中风不能中两回，留神点儿好。"

"嗨，这事儿闹得！嗨！"

"嗨个啥呀，等身上干净了，叫你撒野撒个够，美美地撒，就怀上了，嘻嘻！"

庖牺横一道竖一道包了两块布，里头兜满了麻榾柮儿，走起道儿来跟夹了个碗似的。她跟沟儿说是身上来了，其实自个儿心里明白，是出了事儿了，好几天了，腰老是疼，身上没劲儿。底下还是不住地流血，麻榾柮儿浸透了，圪蹴着薅草，就跟坐在血盆子上似地，黏糊糊的。

突然肚子一阵阵坠着疼，她圪蹴不住了，抱着肚子一屁股坐到湿地上。

男人们今儿个又去雷泽里打猎，沟儿事先关照了冷妮子娘，说庖牺身上不大好，叫她照看着点儿。下山的时候冷妮子娘就瞧着庖牺的走势不对劲儿，薅草有意圪蹴在她旁边儿，这会儿见她一脑门子大汗珠子，赶紧问："庖牺，哪儿不好啊？"庖牺笑笑，扎挣着把嗓门儿抬起来："月儿姨，没事儿。肚子不好，一会儿就过去了。""能走吗？要不我扶上你去河沿儿上？""嗯，不用啦，一会儿就……"说了半截话，肚子里往上紧着一翻，眼一黑，就啥也不知道了。

等她醒过来，竟是躺在地下，被女人们团团围着，冷妮子娘上身儿光着，攥着她的腕子。庖牺瞧了瞧地下，铺着人家的衣裳，心里一急，一骨碌爬起来，还好，没给人弄脏了。她拿起地下的衣裳递给冷妮子娘，说："月儿姨快穿上！瞧我这孽造的！"冷妮子娘急得扶住她，说："先别起来，再躺会儿吧！""月儿姨，没事儿啦。"女人们七嘴八舌问这问那："庖牺，好些儿了？""庖牺你咋个不好？""庖牺，行吗？……"庖牺扎挣着立起来，说："肚里虫子闹的，瞧这丢人现眼的！这会儿啥事儿也没啦。大伙儿别管我啦，该干吗干吗去吧。"说着又圪蹴下拿起"累好"来。冷妮子娘说："你身子不好，支支嘴儿就行了，别累着了。"庖牺又尴又愧，苦笑道。"唉，不争气呀！月儿姨，您经着点心，我去那边儿控控肚子。"冷妮子娘不放心，问："你一人儿走得了吗？"庖牺笑了笑，嘴咧得却像哭，说："瞧您说得，我成了柳絮儿了，风一吹就飘没啦，呵呵。"身子越虚，她越要多说点儿话，显示自个儿是个好人儿。

庖牺找了个背人的地方圪蹴下，解开下头，眼又黑了，赶紧扶住一棵树。定了半天，才敢睁眼，这一睁眼，她从头顶儿凉到了脚心，血泡着的麻榍杌儿夹着块大拇哥粗的肉掉在地上。庖牺一惊，捡起那血哧糊啦的条子肉来，蘸着唾沫抹拉干净了，能瞧出是个命来了，蜷蜷着，没鼻子没眼儿。她手里像托着一座南山，身子支不住了。倒下的那一瞬她明明白白的：完了！这下儿真的对不起沟儿了！

醒过来时旁边儿没人，瞧这样儿这趟走的工夫儿不大。

庖牺掐了几片杨树叶子，把那小命一层儿一层儿包起来，拿"累好"在杨树下头挖了个深深的坑儿，把包包儿放进去，又掐了一朵儿小白花儿放在包包儿上头，抓起一把土来，捻了又捻，细细撒进坑儿里，又抓起一把来，拨捻着撒进坑儿里……最后拍起一个小小的土包儿来，两大颗泪珠掉到土包儿上，她仰起头来，绷住嘴，"咕咚"咽下余下的泪……

该走了，时候长了月儿姨不放心会找过来。她找了一块尖石头，在杨树腰里一横一竖儿刻了个叉叉，单腿儿跪下，一只手放在土包儿上头，泪又止不住了，点点洒洒洇黑了土包儿……她想起了给沟儿立的假坟头儿，而今，她和沟儿都健在，他们的孩子却真真切切永远睡在这土包儿下面了，还没出世的可怜孩儿，连个名都还没有呢！

晌午，沟儿从雷泽赶过来看了看，庖牺说："啥事儿也没有，别老出出现现的，叫人瞧着邪乎，就跟有多大事儿似的。"

日头还没落，沟儿就跟冷妮子爹打了个招呼，早早来河边儿接当家的来了。人们都瞧出事儿不一般来了，全都劝庖牺早点儿回去。庖牺红着脸说："跑肚拉稀也叫个事儿？没得现眼！"人们还是一劲劝："不行就先歇两天儿，反正地里没啥大不了的活儿。"庖牺一跺脚说："真的啥事儿也没，都别瞎说啦。"说完小哨儿一吹，喊道："收啦，今儿都早点儿回啦！"

回去路上，庖牺故意挺着肚子，大步架架的。

这事儿瞒不过她娘去，娘问她："你是咋个不好？"

"娘，咋也不咋，昨儿喝了一口兀秃水，闹起肚子来了。今儿在地里闹了一阵儿，拉了泡稀，姨姨姐姐们就当成多大的事儿了。这会儿好了，啥事儿也没了。"

"真的没事儿？"

"娘啊，您可真是的！我好好个人能有啥事儿？家里鸡鸭牛马猪羊还不够您忙活的？您就别乱琢磨瞎着急了！"

"妮子，我可不是乱琢磨瞎着急，你这气色可真不好啊。"

"嗨，没睡好觉闹的，歇一宿就过来了。娘，您也悠着点儿，别累着了。"

"我在家里能累着个啥呀？不就几样儿解闷儿的畜类嘛？愿意管它们了多管点儿，不愿意管了就少管点儿。你跟我可不一样儿，三千口子的嚼活压在你肩膀儿上，肚里还有一条命，千万可要当心啊！"

吃饭的时候庖牺端着碗圪蹴着，不敢坐，怕一起来洇下一片血。娘说："地里圪蹴着薅了一天草了，咋还没圪蹴够啊？老圪蹴着，磕膝盖儿转筋就起不来了。"庖牺笑了，说："呵呵，圪蹴上瘾了就不想坐着了，瞧瞧，圪蹴出毛病来了，是吧？"沟儿心疼她，跟着笑了两声，嘴里苦了吧唧的，眼里不好受，抽了两下酸鼻儿，掺和到嗓子眼咽了，肚里说不出是个啥味儿。

临睡前，沟儿端来一盆温乎儿水，叫当家的泡泡脚。庖牺洗了把脸，说："一着热，血怕下得更厉害了。"沟儿说："我也不懂这些个，你不洗洗下头？潲了一天了，黏糊糊的。"庖牺就洗了洗，睡了。

睡下了，沟儿问："还下得厉害？"

"没咋儿个多了，得有三四天儿才能过来，等干净了，就叫你撒野，嘻嘻。"

"都到啥份上了，还有心想这个！妮子，你真没事儿？"

"没事儿，别老瞎疑惑了！累一天了，睡吧！"

沟儿知道当家的是真累了，也就不再说啥，心里感叹，女人真不容易啊。

庖牺直直睡了一宿，连个梦都没做，醒来天已经大亮，沟儿不知啥时候出去了。她起来只觉得人飘飘的，脚底下像踩着云彩。她把下头拾掇干净了，刚要出门儿，沟儿端进来一盆温乎水，说："不再洗洗了？出去又得累上一天，洗洗清爽。"庖牺心里热乎乎的，说："快别这么伺候了，叫娘瞧见了，又瞎着急了。"沟儿说："娘知道你肚子不好，一早就起来炖了鲜姜肘子。""哪儿来的鲜姜啊？""我下去挖回来的。"庖牺鼻子酸酸的，抽了一口气，把要说的话咕咚咽肚里了。

沥沥拉拉下好几天，庖牺身上才止住了。沟儿心疼她，能伺候一点儿算一点儿。庖牺心里越发愧，想快点儿再怀上一个，好对得起沟儿，也好在娘跟前有个交代，身上一干净了，就拽着沟儿那物件儿。沟儿说："干吗呀？"庖牺说："种地呀，等你下种儿呢。"沟儿瞅着她红上来的脸，心疼地说："你这样儿，还想着种地？好好歇上些日子，把身子骨儿将养过来再种吧。"庖牺说："我身子骨儿好好的，就怕你不行！"这一激，沟儿那物件儿一下子就起来了，只是憋得日子长了，没几下就泄了。这会儿种地，庖牺自个儿并不好受，她原是为了沟儿，谁知沟儿不行，倒叫她惋惜："这么快？""唉，今儿个把不住，这物件儿一阵子不使唤，不争气了，几下儿就尿了，嗨！整个儿一尿蛋包！""不怕，先歇歇，说说话，啥时候不尿了，咱再种。""今儿夜里是起不来了，软不塌塌，跟个死雀儿一样儿，妮子，睡吧！明儿有劲儿了，再给你种地。"

燧娘娘有灵，两口子诚心诚意，过了俩月庖牺又怀上了。如愿以偿，也了却了庖牺儿档子亏吃儿：总算对得起人家沟儿了，娘跟前也有的说了，女人们没舌头嚼了。沟儿经了那么一场，想想就后怕，从此倍加珍惜，整天把个当家的当云彩擎着，连口大气儿都不敢哈。

雷泽里一丛丛细长叶儿的辣草开了蓬蓬的碎白花儿，人们年年揪了吃，这草就有了个名儿：揪菜。揪菜娇嫩，叫猎人和畜生一跐踏就长不成了。沟儿看见移的谷苗儿活了，收了工就跟庖牺商量，把揪菜移到清水河边儿来，一来揪菜能长好了，收了籽儿还能一年到头儿揪着吃，二来那辣味儿也能呛住害物，保护种的狼尾巴草苗儿。庖牺一听就答应了："好啊，雷泽里的揪菜全都挖出来，移苗先把种草的地围起来，剩下的再花插着移到地里，等揪菜开花儿打了籽儿，采来留下明年种，家家门前种揪菜，啥害物儿贼鸟儿都不敢来了。我今儿就带上女人们去雷泽挖揪菜去。"

沟儿说："哪儿用得着你们去啊？回头我跟有根儿舅商量商量，打猎的男人们连挖带移，有一天工夫儿全齐了。人们正愁使不上'累死'呢。我说啊，你也悠着点儿，奔着当娘去的人啦，还整天大大咧咧的，真怕你有个啥闪失啊！"

"哎呀，我成了气儿吹起来的了，还没动就闪失了，呵呵。雷泽的女人家哪个不养活孩子啊，要都像我这样儿，还不绝了后？呵呵。"

沟儿的脸刷地阴了，眼神跟鞭子似的："你别蒙我啦，你可是才掉了一个啊，咋就记吃不记打呢？"

庖牺一时没醒过味儿来，要在平日，沟儿哪儿敢这么说当家的啊？这会儿她认了，陪起笑说："打得对！打得好！我本来就是口猪嘛，嘻嘻。"沟儿气得说："嗨，还是一口不怕滚水烫的死猪呢！"庖牺嘻皮笑脸说："骂得对，我就是一口死猪，嘻嘻。"只要沟儿不生气，咋都好说，在这事儿上，她一辈子欠人家的，只想叫他骂狠点儿，骂得越狠就越容易摆平了。

沟儿的脸白了，人跟叫霜打了一样儿。庖牺攥着他的手，懦懦地说："沟儿，我对不起你。"沟儿心里乱得很，静了一阵儿，才说："是我对不起你，叫你受了那么大的罪。"说着撤出手来，攥起拳头捶自个儿脑门子，捶得"咚咚"响。庖牺赶紧夺过他的手来，他一把拽过她来，紧紧抱住。庖牺这才看见沟儿一脸的泪，于是拿自个儿的脸蛋给他擦泪。沟儿的脸紧紧贴在庖牺的脸上，叫了声："亲人！"庖牺送过嘴唇儿来，厚厚地撮起来，就像一包要开不开的花骨朵儿。沟儿却不敢去接，俩手托住了亲人的脸，定定瞧着，像瞧一座山。

雪白的揪菜花儿变成了一蓬蓬碧绿的小疙瘩儿，小疙瘩儿大了，硬了，张开嘴儿了，蹦出来一颗颗黑珠珠儿。黑珠珠儿落到地里，没几天儿就拱出来一撮儿一撮儿嫩黄的苗苗儿。

狼尾巴草秆儿一节儿一节儿往上拔，火麻还没开花儿，草秆儿尖上就抽出了花穗儿。庖牺在门前饭石上刻着数儿，打下种儿，到这会儿，一共在石头上刻了九十六道儿。估摸再有二十来天儿穗子就熟了，要是收了跟着再种一茬儿，再过一百多天就又熟了，还能赶上秋天跟野狼尾巴草一块儿再收一回。

庖牺划算了下一茬儿，又回来划算咋收这一茬儿。清水河南岸一大片地，得收多少草穗子啊！家家窑里除了块睡觉的地方儿，就没啥空地儿了，草穗子收下来往哪儿放啊？堆在外头，一场雨就把穗子泡烂了。

花穗儿上开出来一串串细小的碎黄花儿，野的狼尾巴草子才拔节儿，种的已经包了花儿，黄花儿包成了一疙瘩儿一疙瘩儿的籽粒儿。绿叶儿的河里挺着黄澄澄的狼尾巴，穗子越来越沉，风一吹，呵呵笑弯了腰儿。庖牺可犯了愁，眼瞅着穗子就熟了，还没想出往哪儿搁在哪儿晒呢。这事愁得她一宿一宿睡不好觉，沟儿也没好主意。

平时庖牺就怕满月，一到月亮圆了就睡不好觉。月光从门缝挤进来，又是满月了，庖牺心里本来就有事儿，这就更不能睡了。等沟儿睡着了，她干脆爬起来，出去转悠，瞧瞧哪儿能堆草秆儿晒穗子。

月亮像一碗打散的蛋，莹润的光溢满弯弯曲曲的山道儿，落到清水溪里，清水溪成了一条月亮溪。庖牺跟着月亮溪朝下走，走着走着月光泄了出去，流到旁边的林子里。这是那年伐了病树的空场，后来当了猪圈羊圈，猪羊分了以后一直空着。没了猪羊趴蹑，空地上长出了小树苗儿，在月光里甩下稀稀啦啦的影子。

月光柔柔地洒下来，庖牺仰头看着月亮，直直地看着，一直到眼里的心事被月亮看穿，心上的愁云被月光化散……月亮在她眼里成了日头，正响午当头明晃晃的日头。

回去的路上，庖牺全想好了：明儿雷泽里打猎的男人们全来空场儿，把树根树苗儿统统刨了，再扩出一圈儿来。女人们全留在家里织布，别的啥都不用她们管，一人儿一天至少要织出一机布来。

白天原本寂静的山里热闹起来，家家窑前头拴起了腰机。下头空场儿上，刨出来的树根堆成了小山，点着了，浓烟弥漫，半天才烧起来，火往天上着，烟往山上飘。新伐的大树砍去了枝杈，架在清水溪上，三五步一道桥。

往后的日子更热闹了，从早到晚山上山下响成了一片，腰机上咯咯的砍布声给夯地的号子打着拍子，咯！嗨吆嗨呦！嗨吆嗨呦！咯！嗨吆嗨呦！嗨吆嗨呦！俩人抬一块绳子绑着的石头，喊着号子扬起来，砸下去。有那嘴皮子利索的，一递一答地喊：

"嗨吆嗨呦！"

"嗨吆嗨呦！"

"咱干啥哎？"

"夯大场哎！"

“啥大场哎？”

“晒草场哎！”

“晒啥草哎？”

“种的草哎！”

“谁种草哎？”

“庖牺种哎！”

“庖牺谁哎？”

“咱大娘哎！”

“是妮子哎！”

“是大娘哎！”

“大娘小哎！”

“小大娘哎！”

喊得滑稽的，逗得满场笑。号子越喊越好听，越喊越有韵味儿，有了调调儿，就成了唱。唱着唱着，不知道是谁跑了调儿，把那“晒草场哎”唱成了不沾边儿的“晒谷场哎”，人们哗哗笑了，接着唱的时候就着错儿打趣儿，往下全将错就错了：

“晒啥谷哎？”

“种的谷哎！”

“谁种谷哎？”

“庖牺种哎！”

打这，雷泽人就管种的狼尾巴草叫成“谷子”了。

庖牺山上山下几处儿跑着，瞅瞅女人们织的布够不够密，瞧瞧男人们砸的地够不够平，看看一块一块地里的谷子穗熟到了几成儿，上筏子上去破鱼肚子拉鱼鳔儿，给娘拾掇回去支大锅熬鳔胶。

一机一机的布织出来了，庖牺叫缝到一块儿，接成比窖还大的布。大布卷起来，一捆捆扛到晒谷场上，铺开了刷鳔胶，横着刷一层，横着刷一层，来回来去刷，直到洒上水沁不过去了。

地里的谷子一天一个样儿，跟火麻花插着种的谷子全黄了，谷穗儿垂到了地上。成群的蚂蚱蹦呀飞的，一眼瞧不见，脚底下就踩死好几只。男人们顶着毒花花的日头开刀割谷子，一边儿割，一边儿逮蚂蚱，腰里系条手巾，捏死了蚂蚱往腰里一掖。女人把割了的谷子捆起来，往晒谷场上背，庖牺也跟着背，一趟一趟跑上跑下。晒谷场上留着几个奶娃娃的女人，谷子一背上来，立时打开捆儿晒，不停走着翻个儿。妲儿领着黑妮儿轰雀儿，一群孩子在场上跑来跑去藏猫儿。

滚滚的黑云彩遮住了毒花花的日头，谷场上一下子黑下来，冷风夹着大雨点儿噼里啪啦过来了。背谷子的紧着往场上跑，场上的人赶紧收谷子，拢成几大堆，摞到离地一拃高的条子板儿上，苫上刷了鳔胶的大布，拿绳子拦腰勒紧。大雨哗哗倒下来，漫山遍野都是水，汇到清水溪里，呼啸着往下奔。晒谷场上也全是水，孩子们光着小脚丫儿在水里啪嗒啪嗒跑，喜欢得像一群掉到草籽儿堆里头的小雀儿。

暴雨来得急，去得也快，天晴了，日头倍儿精神，空气里散着湿土的香，晒谷场却湿得不能摊谷子了。庖牺叫渔筏子上的人统统去砍竹子，砍了破成片儿，拿麻绳儿穿起来了，一捆一捆抱到晒谷场上。等地上干松了点儿，人们就铺开竹片板儿，把谷子摊在上头晒。日头一落，谷子拢成堆，竹板儿垫子卷成卷儿，大雨布一苫，捆好了，齐啦。

割谷子的男人们个个儿腰里一条手巾，裹得鼓鼓囊囊的，回家解下，抖出一盆蚂蚱来。当家的烧滚了水一烫，喊里喀喳把翅膀儿大腿掐了，再小火儿干锅焙上。蚂蚱里的水嘶嘶啦啦出来了，蚂蚱嘎巴儿嘎巴儿响，一直焙到焦黄，诱人的香味儿里还有股儿谷子的香，一咬一嘴酥。

吃了后晌饭，庖牺要去晒谷场看看，沟儿说："你先去，我拾掇完了去迎你。"

一过了清水溪，几条狗汪汪叫着朝她跑过来。吓啊，岨儿腿上绑着半根棍子，领着黑妮儿，大个儿领着疙瘩嘴儿，二顺儿领着炭儿，蛋蛋领着小臊儿，都来了，就差她家的花儿和瞎姥娘的黑儿了。"嘿咻，你们几家商量好了？咋不叫上我们花儿呢？"

岨儿说："正要问你呢，咋没带上花儿啊？"

庖牺说："你们又没告我说，我哪儿知道今儿个狗相亲啊？"

蛋蛋说："呵呵，还狗相亲呢，你们花儿不来，我们小臊儿相谁啊？"

庖牺一想，可不是嘛，黑妮儿是它娘，疙瘩嘴儿和炭儿都是它妹子，就说："蛋蛋你一没叫人提亲，二没约我们花儿出来相会，谁知道小臊儿想找当家的啦？"

蛋蛋说："这几家谁也没约谁，还不都来了？就你们家事儿多，还得提亲，还得约，沟儿上你家也没见费这么多事儿，咋轮到小臊儿跟花儿就这啦那啦的一大堆事儿啦？"

人们哈哈大笑起来。沟儿刚好儿带着花儿过来了，就问："啥好事儿啊？一个个喜欢成这样儿！"话音儿没落，黑妮儿就扑上来了，呜噜呜噜好一阵儿亲热，尾巴摇成了一朵大花。花儿的尾巴弯到一边儿，小臊儿蹿过来，一头扎到花儿屁股底下，又是闻又是咬。二顺儿对沟儿说："哈哈，正说你们呢，你们就来了。"沟儿嘿嘿笑着说："几条舌头背后嚼咕我们啥呢？"大个儿笑得憨憨的，说："好事儿嘿，你家花儿的好事儿，呵呵。"沟儿一瞧两条狗那劲头儿，就知道刚才说啥了，也嘿儿嘿儿笑起来："跟蛋蛋结门儿狗亲，哈哈！"

狗见狗亲，追着，扑着，咬着，不咬别处儿，单咬屁股，就是要闻那股臊味儿，数小臊儿闹腾得欢，追了这条追那条，也是，就它一条公狗，四条母狗一条一味儿，把个小臊儿撩成了半疯儿。黑妮儿跟沟儿亲热了一阵儿，就卧下了，眯起眼瞧着四条狗追来追去。庖牺说："人黑妮儿到底儿是大狗，跟这帮儿娃娃狗就是不一样儿。"

岨儿说："是不一样儿，我们黑妮儿有啦，这些日子正犯懒呢，再有俩半月就养活了，哈哈哈。"

几个人一听，又惊奇又高兴，大个儿说："岨儿给咱说说咋有的，叫我们疙瘩嘴儿也学着点儿。"二顺儿跟着说："我也听听，我们炭儿咋就有不了呢？"

岨儿说："看谷苗儿那阵子，我带着黑妮儿见天儿晚上打瞎姥娘门口过，黑儿老在门口等着，见我们来了，老远就扑过来。早起回来，黑儿又在门口等着了。我就跟瞎姥娘商量，叫黑妮儿在她家耍上一天。嘿，就这么有上了。"

二顺儿说："黑儿行呀，有这本事啦。赶明儿我们炭儿也找黑儿耍上一天。"

大个儿说："你多咱耍，先说好了，别跟我们家疙瘩嘴撞上了。"二顺儿说："谁耍呀，你才屙屎的耍哩！"人们这才听出大个儿话里的毛病来，又是一阵大笑。大个儿也嘿嘿笑了："瞧你屙屎的，净想屙啥了！"

沟儿心里感慨，想起火烧杂种洞，救下黑儿跟花儿的时候它俩才一巴掌大，自个儿吃雪水嚼杂种肉，吐出汁儿来喂它俩……一晃儿，黑儿成了大狗了。

蛋蛋问沟儿和庖牺："狗亲家，说好了，咱俩家上哪儿耍？"沟儿还在发呆，庖牺说："明儿早起你就把小膔儿搁我们家吧，我娘准饿不着它。"蛋蛋说："行，就这么定了！"岨儿说："耍吧，耍够了，我把它俩领下来看场，省得它们在大娘跟前淘气。"大个儿说："岨儿，要是用得着我们疙瘩嘴儿看场，你也一块儿带下来吧！"二顺儿跟着说："还有我们炭儿。"岨儿说："行，这俩妮子都交给我吧，我啥时候把俩妮子狗跟黑儿也给操办了。"几个人又是一阵笑，庖牺说："这样儿好！这样儿好！炭儿跟疙瘩嘴儿就撞不上了，省得争风儿冒酸水儿。"

沟儿还在花石山里梦梦，瞅不冷子冒出来一句："黑妮儿娘儿仨都要黑儿，这么大点儿个娃儿，伺候得了仨当家儿的吗？"这话把人们逗得唧嘎唧嘎笑起来，庖牺骂了一句："呆子，又冒傻气啦！"人们笑得更厉害了，大个儿跟二顺儿一个劲儿咳嗽。蛋蛋笑得直哆嗦，呼哧呼哧喘着气说："还是我们小臊儿省心，就花儿一个素当家的。"岨儿呸了蛋蛋一口说："净说浑话，他们花儿素，合着我们黑妮儿成了荤当家的啦？""不荤就有啦？"蛋蛋说完，人们笑得更厉害了。

岨儿说："不跟你这个荤蛋蛋扯素啦，庖牺啊，跟你商量个事儿。"

庖牺好容易忍住笑，问："啥事儿？"

"等黑妮儿下了崽儿，我想带着它还放羊。"

"可是羊都分了啊。"

"这好办，白天各家儿把羊送到我这儿来，我赶着羊群下来，晚上回来，各家儿再上我这儿把他们的羊领回去。"

庖牺说："嘿呀，这倒是个好招儿，像这会儿收谷子，人都出来了，真需要有个人帮着各家放羊赶猪呢。"

沟儿说："猪就算了吧，横竖是圈里养懒了，傻吃闷睡惯了，走不动道儿了，早晚儿好歹喂上两顿儿就行了。羊是吃草的，还是下来吃露草鲜草好。岨儿要是舍不得黑妮儿，我把花儿借给你，你这会儿就能放羊了。"

岨儿说："要是这样儿，我明儿就去各家儿敛羊。我倒不是舍不得黑妮儿，只是怕遇上事儿它跑不动。"

沟儿说："花儿跑得快。"

岨儿说"跑得快还不够，我还得驯驯，遇上豺啊狼的，蹿上去照准脖子咬，才是牧羊狗呢。"

沟儿说："那敢情好，多教我们花儿几招儿啊！"

岨儿得意了，喊："黑妮儿！立起来！"黑妮儿闻声立了起来。"黑妮儿！卧下！"黑妮儿乖乖儿地卧下了。岨儿把鞋脱了，光脚走到沟儿跟前儿喊："黑妮儿，拿鞋来！"黑妮儿叼着一只鞋过来，低下头，放在岨儿脚前头，颠颠跑回去，叼上那只鞋，又颠颠跑过来，放到刚才那只鞋旁边儿。

人们看呆了，半天，蛋蛋才说："行啊黑妮儿，我们小臊儿就会个'卧下'。岨儿，教小臊儿几招儿吧！"二顺儿、大个儿和沟儿也央求岨儿，岨儿说："这都是没事儿解闷儿玩的，我要真教，就教给它们掐架的本事，让豺狼见了它们就逃。"

庖牺说："岨儿行啊，你就这么教吧！不过，你这半条腿赶得了羊吗？"岨儿立起来，一瘸一拐走了半圈儿，甬说，一点儿也不慢。岨儿立定了，拍着木头腿说："这腿，还不怕长虫咬哩！"庖牺说："行，明儿你就领上几条狗去放羊，一边儿放羊一边儿驯狗。这大忙的时候，你可是给我帮了大忙了，家里的人这下都能走出来了。"

岨儿说："咱就这么说好啦，明儿你们几家先把羊和狗都送我这儿来，我先试试，也叫人们看看，谁看着好，就把羊给我送来。庖牺你看行不？"

庖牺说："行啊行啊，我也跟众人说一声儿。还有，别忘了叫上黑儿。"

二顺儿赶紧说："对对，叫上黑儿。"大个儿也跟着说："瞅准了给操办操办！"岨儿嘿嘿笑了："整天在一块儿还用得着我操办？屙屎的自个儿找堆树棵子就办喽。"

蛋蛋冲着沟儿说："咱两家的也办啦，哈哈！花儿养活了我要一只，那是我们小臊儿种的！"沟儿看了庖牺一眼，庖牺脸上绯红。

# 第二十六回
## 贪穗禾贱妇丧独子
## 舍谷米贵人惜二胎

日头发了一天威，临走变得和善了，甚至撩起晚风来亲了亲谷子地里的光屁股蛋儿。几十个朝天蹶着的光屁股蛋儿，全叫日头晒得黑黪黪的，泛着一圈儿圈儿盐花花儿。这群孩子可不是在玩，是干活儿哩，脊梁上背个柳条儿篓子，手里拿个麻绳儿编的笊篱，拣起掉的谷穗儿，放背篓儿里，扣一笊滤蚂蚱，踩上一脚，死蚂蚱也扔背篓儿里。要说扣蚂蚱有一半儿是玩儿，捡谷穗儿可是真干活儿，回家得给爹娘交代。大的八九十来岁，小的有的刚会走道儿，有的还满地爬呢，都是哥哥姐姐背下来的，啥也干不了，坐地上摆弄蚂蚱、抓土玩儿，累了往地上一倒，攥个小拳头儿，大拇哥往嘴里一塞，吧嗒吧嗒唼着，黏糊糊的小眼皮儿有气无力地开合了两三下，粘住了，再咋使劲儿也睁不开了。

天晚了，孩儿们还在兴头儿上，不知道回。小的哇啦哭着要吃，大的只顾拣谷穗儿扣蚂蚱，他们已经会给家里算计了，这会儿多拣一个谷穗儿，多逮一只蚂蚱，回去一家子就能多吃上一嘴。孩子们是饿怕啦。

大人们下来接孩子了，一见地上稀稀拉拉的谷穗儿，蹲下就捡，拣起来就没完了。小的尽管哭尽管闹，大人老是那句话："好孩儿哩，这就回啊，回家给孩儿吃新米粥烤蚂蚱。"人们不再管谷子籽儿叫草籽儿了，而是叫米，小米儿。直到天黑得瞧不见地上的谷穗儿了，大人才抱起睡着了的小的，拉上迈不动步的大的，相跟着回去了。一路儿上，没人儿说话儿，都盘算着回去好歹吃点儿就搓米，能搓多少米，熬粥能吃几顿儿，焖饭又能吃几顿儿，捣成面摊煎饼又能吃几顿儿。

谷子割完了，人们都去了晒谷场，一人儿跟前俩桶，抓一把晒干了的谷子在桶沿儿上抽打，抽打完了揉搓，米搓到一个桶里，谷子皮儿搓到另一个桶里，这就是糠。桶里头的小米儿一点儿一点儿往上长，糠也一点儿一点儿往上长。庖牺留出十几个桶来，盛特别大的谷粒，留着当种儿。

去了壳儿的小米儿露出馋人的奶黄色儿，晶莹剔透的米粒儿圆圆乎乎，脐眼儿小得看不出来，比起吃了多少辈子的苍白的狼尾巴草籽儿来，强到天上去了。冷妮子深深吸了一口气，闭起眼说："好香好香的新米！"

雨儿说："这不是米香，米香不熬不出来，熬粥的时候才闻得见。"

冷妮子笑话她："嗤，你是瞎鼻子，闻不见这香味儿？"

雨儿说："我鼻子才不瞎哩，不过我闻见的不是米味儿。"

庖牺说："我是瞎鼻子，我啥味儿也闻不见。听你们说，到底儿啥好味啊？"

雨儿连说："可怜！可怜！"庖牺说："说可怜也不可怜，香的闻不见，臭的也闻不见。"雨儿说："可也是，不享啥福，不受啥罪。"

冷妮子把话头儿扯了回来："雨儿，你说不是米味儿，那是啥味儿？"

雨儿笑话她："白当了小巫婆儿了，哼，傻姐姐，连日头味儿都不知道！你闻闻这谷子秆儿，没了米还是这味儿，再闻闻你身上，也是这味儿，全都是日头味。你要是还不信，黑间搂着妞儿哥哥闻个够，看是不是还是这味儿，可别把他当米吃了啊！"

冷妮子抢起手里的谷子秆儿朝雨儿脑袋抽过来，嘴里左一个"小妖精儿"右一个"小妖精儿"骂着。雨儿也不躲，猛吸一口说："嗯，好香的日头味儿！"把个庖牺馋得啥似的。

收工了，庖牺提溜着个半桶米，一个米桶一个米桶地查看，多的去点儿，少的添点儿。都匀好了，说："拿吧，一家一桶米，一桶糠。"男人提溜米，女人提溜糠，一家一家提溜走了。

肉疙瘩儿爹提溜了一桶米，肉疙瘩儿娘也提溜了一桶米。庖牺说："大妮子姐，你家有一桶米了。"肉疙瘩儿娘说："知道。"庖牺原以为她没看见男的手里提溜的啥，这才知道她是有意的，就说："大妮子姐，你说说，别人家都是一桶米一桶糠，你家凭啥拿两桶米啊？"

肉疙瘩儿娘说："你问凭啥？凭我们肉疙瘩儿太小，拾不动谷穗儿。"

庖牺眼一瞪说："孩子拾不动谷穗儿，大人就来场上拾米？这可不成！"

肉疙瘩儿娘问："咋就不成？你庖牺这么说可是不公平啊！"

庖牺反问她："咋？你们比人家多拿一桶米就公平？"

肉疙瘩儿娘说："他们拣了谷穗儿拿回家去，比我们多了，我们多拿一桶米就找齐了，自然公平了。"

庖牺冷笑道："呵呵，好一个公平！大伙儿分的米一样多，有孩子的人家紧点儿，人家孩子毒日头底下晒一天，捡把谷穗儿不容易，你个大人还跟孩子争不成？"

肉疙瘩儿娘说："我没跟孩子争竞，要是孩子捡，也就算了，大人也跟着拣，那咱可得争竞争竞了，都是大人，凭啥许他们拣不许我们拣？你庖牺说说，这叫公平？"

庖牺说："不就是天黑了拣了几个穗子吗？"

肉疙瘩儿娘鼻子里哼哼着说："几个穗子？一家子拣一晚上就几个穗子？哄屌去吧！"

庖牺说："能有一桶米？你要是愿意捡，吃了后晌饭也拣去，谁捡回家去都比烂在地里强。"

肉疙瘩儿娘说："行，有你庖牺这句话就行了，咱就瞧瞧谁捡得过谁！"肉疙瘩儿在她脊梁上哇地哭了，她提溜上米桶要走。庖牺说："大妮子姐，回头我系绳子疙瘩，给你少记一桶糠，多记一桶米，下回咱再找齐了。这回两桶米，下回两桶糠，背着抱着一般儿沉，谁也不是傻子。"

肉疙瘩儿娘拽起她孩子爹，一人提溜上一桶米溜，头也不回走了。肉疙瘩儿被颠得有一声儿没一声儿地哭，有气无力，像去了米的谷子壳儿。

人们七嘴八舌头说开了：

"这娘们儿太不知足了，奶着个孩子干不了多少活儿，跟大伙儿一样儿分米，还嫌少了！"

"这娘们儿忒奸，不能惯她这毛病，庖牺说得对，下回给她找齐了。"

"也不知道是奸还是贱，反正是找不待见，哼！"

"一肚子肠子肝花跟人不一样儿，谁知道是个啥屄！"

"羊下出个猪崽子，啥都有。"

"庖牺就该这么治这个贱屄，下回分她家两桶糠，找齐了，哈哈。"

"庖牺，你惹了这条母蝎子，小心她害你呀！"

庖牺笑笑说："我又没借了她谷子还她糠，心里头没病儿，不怕她害。走了走了，咱都回了，吃了饭，谁愿意拣谷穗儿就拣去，烂地里可惜了儿的。"

第二天吃了早起饭，庖牺两口子早早来到晒谷场上，撤了苫谷堆的雨布，把谷子摊开了。人们陆陆续续都来了，就缺肉疙瘩儿家两口子。庖牺问根儿："你见她家人了吗？"根儿跟她家是邻居，只是笑。庖牺又问雨儿，雨儿也只是笑。冷妮子娘说："他们都不愿意说，我说，我们妞儿见着来。妞儿天天儿天不亮就起来拾掇这拾掇那，那两口子打我们门前过，吃前晌饭还没见回来，可怜脊梁上吃奶的娃娃，跟着受这份儿活罪！"人们有的笑，有的骂，都说造孽。

正说着，听见孩子哭喊，冷妮子娘小声说："那娘们儿来了。"人们都住了嘴，哭声儿近了，可怜的肉疙瘩儿，小嗓儿嘶嘶啦啦，哭两声儿喘半天，哭声儿、喘声儿过去了，远了。根儿说："这是回家吃饭去了，嘿，真有这娘们儿的！"女人们可怜那孩子，肉疙瘩儿算遭了罪了，大半夜给折腾起来，睡不成吃不上。

一直到晌午，也没见那一家子的影儿，人们气了，都说："这成了啥事儿啦？想不来就不来！"庖牺说："这事儿怨我，我昨儿个不该说今儿个找齐了。来这儿搓一天米，收工的时候分两桶糠，她才不干呢。嗨，我这人没成色，没做的事先说下，说到做不到，白白叫她家捡了一天便宜！"

有人主张庖牺去谷地里找他们去，有人反对："找来有嘛用啊？孩子哭大人闹，干不了多少活儿，还不够裹乱的。"

东西不在多少，事儿不在大小，怕就怕不公平。不平则鸣，谁都要说自个儿的看法。你一句我一句，一时乱哄哄的，吵得庖牺脑壳都大了，她闭上眼，不再听人们吵吵，静下心来求告燧娘娘，求一个法子。

人们一直吵吵，有人催庖牺："你脖子上挂的串串是叫你主持公平的，你倒是说话呀！"

庖牺睁开眼，问："吵够啦？"

冷妮子娘说："咱雷泽没出过这例儿，这口子要是一开，人们可就都学上样儿了。"

庖牺说："月儿姨，她家既然开了这口子，咱就不能怕人学样儿。我娘老是说：'不怕少，就怕分不匀。'那谁说得对，我脖子上的串串就是叫主持公平的，众人一块儿干活儿，收啥分啥，我得一碗水端平了。"

人们又吵吵开了："说的端平了，咋端平了呀？"

"还端平了呢？早洒了多半碗啦！"

"我们在场上给大伙儿干，她两口子去地里给自个儿捡，这叫一碗水端平了呀？"

庖牺说："问得对呀，大伙儿都在这儿搓米，他们两口子在地里拣了谷穗儿往自己窑里背，你们说，我这叫端平了吗？"

人们哧哧地笑了，有说"不平"的，有说"平"的，有的说："问谁呀？问你自个儿吧！"

庖牺说："要我说，我就说这会儿只能这样儿了：大伙儿全下去，喊里咯喳把谷穗儿拣拾干净，送回家去，早早回来搓米。工夫不等人，眼瞅着火麻就要熟了，场上的活儿也得快点儿了。就这么着了，一家回去一人，背篓子去，剩下的动手，把谷子全都拢起来，米、糠、谷子都苫起来。待会儿会齐了，全都拾谷穗儿去！"

沟儿佩服当家的，说："这才端平啦！"庖牺对他说："他爹你就甭去啦！挨这儿帮着拾掇拾掇！"

女人们起来都往家里跑，男人们七手八脚拾掇好了场上摊的谷子。庖牺叫留了一片谷子，对沟儿说："咱在这儿看着！"

一会儿工夫儿，女人们就回来了，站在清水溪那一边儿等着，男人们拍打拍打身上都过去了。冷妮子家是冷妮子回去拿的篓子，她娘隔着溪水朝她喊："你自个儿去吧！我跟你爹不去了。"庖牺说:"月儿姨干吗不去呀?不拣白不拣啊!"冷妮子娘说:"我们老胳膊儿老腿儿的不利索,拣不了几个穗子,不够来回折腾的。"大个儿说:"我也懒得去。"冷妮子爹对根儿、二顺儿几个说:"你们家要是不缺那几个穗子,也留这儿咱做个伴儿吧!"冷妮子爹是雷泽里猎人的头儿,他一说,好几个人都不走了。

沟儿心里热乎乎的,说:"嗨,我这当家的缺心少肺的,要不是你们几个陪着做个见证,那娘们儿要说我们两口子偷米了,还真说不清哩。"冷妮子娘说:"那屄太难缠,啥话都说得出来,啥事儿也都做得出来。她咬一口疼不到哪儿去,就怕有那糊涂人信了,还是防着点儿好。"庖牺也说:"月儿姨说得对,害人之心不可有,防人之心不可无。"

没多大会儿人们就都回来了,把篓子往地上一撂。庖牺一瞧,哪个篓子里都没几个穗儿,就问:"都捡干净了?"雨儿娘说:"人比谷穗儿还多,早知道这样,我也跟你们留这儿了,没得叫那矬屄娘们儿骂了一气。"冷妮子娘问:"她骂你啥来?"雨儿说:"也不是光骂我娘,矬屄谁都骂了,她一见这么多人下来,就骂来了一群红眼儿狼。一家俩穗儿,就够她家两篓子装的,怨不得她恨成那样儿。"

庖牺说:"宁肯一家俩穗儿,也不能叫她一家两篓子。谁能抢、谁厉害就多得,这个口子咱雷泽可不能开。她人呢?"霜儿说:"我们回来的时候,她还在地里骂呢,这会儿准跟娃娃们抢呢。"庖牺说:"我下去瞧瞧去。"

她心里急,脚底下一溜小跑儿,一到山下,远远儿就听见一群娃娃拉着调儿喊:"矬母猪,想吃谷,吃不着,呜呜呜,大人喊,孩子哭,连滚带爬往前扑……"喊声夹着孩子的哭声和女人的骂声,要多热闹有多热闹。

肉疙瘩儿娘远远儿地看见庖牺,就哭着嗓子喊:"庖牺你快来啊,管管这群狗杂种!"庖牺紧跑几步,近了一瞧,撒了一地的谷穗儿，肉疙瘩儿爹趴在地上紧着胡噜，女人挥着胳膊跳着脚儿骂，挡住想挤过来拣谷穗儿的娃娃们。

庖牺说孩子们："人家拣一篓子谷穗儿不容易，你们咋全给人扣地下了？还攘了！这可是你们的不是了。"大点儿的孩子叫春生，咧着嘴说："谁也没扣，谁也没攘。她追着轰我们，自个儿摔了个大马趴，把篓子撒了。"庖牺说："我听见你们唱调调儿骂人来着。"春生说："我们没骂人，我们骂猪来着。"他兄弟水生跟着说："我们骂矬母猪来着，谁叫她想吃谷来着？"孩子们又拉着调调儿一齐喊开了："矬母猪，想吃谷，吃不着，呜呜呜……"庖牺又气又笑，嚷嚷了一声："都不许唱了！跟我回去！"孩子们不敢吭声了。庖牺临走，朝那两口子说："你们也悠着点儿，众人要都像你们这样儿，还行吗？"肉疙瘩儿娘说："众人不是都来过了吗？也没见你说不行啊？"庖牺说："那是我叫他们来的。你们来得，人家咋就来不得？"肉疙瘩儿娘撇腔儿撇调说："噢，我说呢，闹了半天是你叫来的，噈！这群小杂种儿也是你教的了，怨不得骂得这么花哨！"

庖牺懒得理她，领上孩子们走了。一路上孩子们学说，大人们一走，矬母猪就撵他们也走，她好再拾一遍没拾完的谷穗儿。春生说："大娘您瞧她把水生的胳膊抓的！"庖牺瞧见了，水生胳膊上一溜血印子，小热儿说："大娘，您瞧她把我耳朵拧的，这会儿还疼呢。"庖牺说："你们这些小傻孩儿，招她干吗？往后见了躲着点儿，记住了？"孩子们都说："记住了！"春生说："好人不理猪屎，臭，呸！"孩子们都跟着"呸！""呸！""呸！"往地下呸了个够。

快收工的时候，庖牺觉得下头不对，钻到树棵子后头，褪下裤子来一看，呀，又下了血，不多，透了一片红儿。她身上咯噔一紧，心提了上来，顿时觉得天旋地转，赶紧提溜起裤子，扶住了树。有一阵儿啥也不知道了，回过来时，浑身凉汗，一点儿劲儿也没了。这可是咋啦？刚才下山走得急了点儿，又掉了？她心慌的厉害，定了一会儿才回去。

一到场上，庖牺就嘟儿嘟儿吹开了小哨儿，喊众人："拾掇拾掇吧！"趁人们拾掇的工夫儿，她把米桶、慷桶匀了匀，说："明儿男人家都去地里，带上刨根儿翻地的家什，除了火麻地那块儿留着，别的都翻了，再种一茬儿谷。女人家都来这儿，把剩下的盖搂盖搂。"

人们拢起了谷，苫好了布，提溜起桶回了。回家路上，庖牺闷闷的，别人说笑，她也听不见。

回到窑里，她先去旮旯里找麻榾柮儿，抓了一把，手指头叫啥扎了，一瞧，是一个麻榾柮儿穿起来了的小人儿。她嘶啦着嘴倒吸了一口气儿，从扎了的指头上拔出一根儿圪针来，细一看那小人儿，气得五脏六腑都烧起来了，小人儿屁股下头扎了一堆圪针！这是人干的事儿吗？低头不见抬头见的，真想不到坳子里还有这么下作的！

庖牺把下头拾掇干净了，就拿着那个小人儿出来了。沟儿打水去了，饭还没做好，她找着娘，给娘看那小人儿。她娘脸一下子煞白，劈手夺过来，扔灶火里。火里呼啦啦腾起了大火苗子，嘶嘶叫了一阵儿。娘问她："哪儿来的这东西？"庖牺说："我们窑里，麻榾柮儿堆里头。娘见谁过来过了？"她娘说："后晌打咱家门口儿过的人多了，先是一群捡谷穗儿的孩子，后来是肉疙瘩儿爹，再后来是收工的人。"庖牺问："您没见肉疙瘩儿娘？"娘说："没，我还纳闷来着，男人背俩篓子还抱个孩子，咋不见女人的影儿？那孩子耷拉着脑袋，软不塌塌可怜见儿的。他一个浑人，我没理他。后来我去喂牛，在牛窑待了一阵子。莫非这娘们儿趁这工夫儿……真阴啊！妮子你咋得罪她啦？"

庖牺还没张嘴，沟儿担水回来了，见她娘儿俩一脸重气，问是咋回事儿。庖牺说了那个扎了一堆圪针的小人儿，沟儿要瞧瞧，娘说："不是好东西，我扔灶里烧了。"又问庖牺："你身上没事儿吧？"庖牺说："娘，我没事儿，就是气得慌。"娘说："你们窑里的麻楷柮儿全扔火里烧了吧，要是上头撩了蝎子尿伍的，要掉孩子。我窑里有的是，你拿了用去。"

庖牺一听，脸都变了，说："我正要解手呐。"说着去了娘窑里。沟儿骂道："这尬屄，忒可恶忒下作了！哪天非得叫她知道知道我沟儿是干吗的！"

庖牺一晚上没心思，沟儿也气得哼呀嗨的。

半夜里，一阵尖厉的女人哭喊把庖牺吵醒了，沟儿早醒了，见当家的也醒了，说："嘿，现时现报，燧娘娘显灵啦！"远处儿传来肉疙瘩儿娘一声接一声的哭喊："我的肉儿呀，你咋就不要娘啦？我的肉儿啊，你回来啊……"庖牺说："我去瞧瞧。"说着就要起来。沟儿一把拽住她，说："你去干吗？""去瞧一眼肉疙瘩儿，孩子再小，也是一条命。去了也劝劝他娘。"

沟儿气得说："你真他娘的没心没肺！去那儿找她骂你啊？你想想她那脏心，见了你还不说她肉疙瘩儿是你咒死的？你不去，她兴许还能敬畏燧娘娘，往后不敢再扎小人儿了。"庖牺叹道："肉疙瘩儿招谁惹谁了，嗨，可怜的孩儿！"

肉疙瘩儿娘直直号了一宿，到天亮才住了音儿。

庖牺两口子早早来到地里，男人们陆陆续续来了，都说肉疙瘩儿的事儿：

"尬屄直直儿号了一宿，真够瘆得慌的。"

"唉，可怜那么点儿个孩儿，说死就死了。"

"那孩子死了也好，跟着她没好过过一天，不如早死了早托生个好人家儿。"

根儿说："肉疙瘩儿早就不好了，闹了好几宿了。当爹娘的只顾睡他们的觉，不管孩子，连哄哄都没听见过。"

大伙儿都说："这种东西还配当爹当娘？绝后了好！"

雨儿爹说:"那么大点儿个孩子,毒日头下头一晒一大天儿,大人为几个谷穗儿造孽啊。"有孩子的人就是知道心疼孩子。

冷妮子爹沉着脸说:"唉,这娘们儿这回造孽可是真造大发了,遭了天谴地罚了。"人们不由得都跟着说:"天灵灵,地灵灵,燧娘娘,显大灵。"这是坳子里人嘴里常念叨的话儿,求告的时候念叨,诅咒的时候念叨,见了效验也念叨。

庖牺说:"燧娘娘眼亮,燧娘娘灵啊,害人的都落不下个好儿。唉,可惜了一条小命!孩子托生在她家吃瓜落儿了。"鼻子一酸,转了话儿说:"咱不说她了,快翻地吧,等把地里的谷子茬儿都刨出来了,场上的活儿也利索了,再跟当家的们一块儿拉'累死'开沟儿撒种儿。"

冷妮子爹见庖牺今儿个气色儿不好,就说:"行啊,这活儿春天干过了,都知道咋干。庖牺你就不用管了,去场上看看吧!"翻地不是轻省活儿,人们都心疼庖牺一个女人家,不想叫她跟着干,就都附和:"去吧,去吧!这儿的活儿我们都知道咋干。"沟儿舒了一口气。

到了场上,人们也在说夜里的事儿,女人们心软,都可怜那孩子投错了胎。庖牺闷闷的,一天没说上几句话,快收工的时候,匀好了米桶,对雨儿娘儿俩说:"麻烦你们把这桶米给肉疙瘩儿家捎回去,就说是大伙儿攒的,给肉疙瘩儿的。"雨儿娘不解地问:"给了她家,你们一家子吃啥?"庖牺说:"没种谷子那年头儿不也过了?"冷妮子娘说:"这不行,她啥活儿不干,赚得了一桶米,往后还惯坏了。"冷妮子也说:"她家谷穗儿拾了多少,哪儿缺这点儿米啊?你们家比她家多一口大人,你这犯得上吗?"雨儿说:"我敢说,她得了米也不会说你好,不是说你心里有亏,就是怕了她,顶好了也是说你拿众人的米做人情。"人们都说不能给,庖牺只好说:"那就算了,我原本是可怜那死孩子,嗨!"冷妮子讥她:"死孩子能吃上米?犯啥傻呀你?"

晚上一睡下，庖牺就跟沟儿商量这事儿，沟儿挺痛快，说："行，我这就给她家送去。"

"干吗非这会儿啊，明儿也不迟。"

"还是这会儿送好，没人瞧见，省得人们知道了说三道四，把咱当俩大傻子笑话。"

"嗯，搁门口就回来，别耽搁！"

"嗯，轻轻儿给她推门缝儿里，省得明儿一早邻家的人瞧见。"

沟儿提溜上米桶走了。庖牺感慨起来，还是亲人知己啊，不禁想起沟儿种种好来。

一会儿沟儿就回来了，庖牺问："这么快？"

"啊？嫌我回来快啦？"

"嘻嘻，哪儿啊？正想你呢，你就回来了。"

"这么会儿就想啦？哪儿想啦？"沟儿扑上来，手朝下伸了过来。庖牺攥住他的手，浑身哆嗦成一团儿，哆嗦得沟儿身上跟叫雷打了电击了似的。她的手冰凉，凉气顺着沟儿的手往上蹿。沟儿赶紧抱住她，只觉得凉得瘆人，再一摸，庖牺脑门子上湿乎乎黏糊糊的全是汗。沟儿着急地问："妮子，你这是咋啦？哪儿不好？嗨，是我这破嘴说错了啥了？"说着啪啪给了自个儿两巴掌。

庖牺拽着他的手说："沟儿，不怨你，你啥错儿也没，是我对不起你呀……"话没说完，哇地哭了，一边儿抽答一边儿咯儿咯儿咳嗽。

沟儿一下子吓傻啦，半张着嘴，"是，是"了半天，不敢问下去。

庖牺眼一闭牙一咬，说："是，又掉了！"

"啥时候掉的？"

"昨儿后晌，快收工的时候，回来就叫那个小人身上的圪针扎了手。嗨！沟儿啊，我对不起你呀，我……"

沟儿又是心疼又是气，急得捶胸顿足："出了这么大的事儿，昨儿你还瞒着，瞒着娘，瞒着我！"沟儿爬起来就往外跑，庖牺跟着起来，拽住他，"你干吗去？"

"我宰了她去！"

"宰了她，咱那孩儿也回不来了，你这不是给我惹事吗？"

"我不宰她，我去把咱那桶米提溜回来。"

"既然送去了，就算了，省着大半夜的吵闹，叫人笑话。"

"你也知道人家笑话啊？叫她害了还给她送米，你傻屁猪油闷了心啦？我也傻屎了，哼！要不是为了咱们的孩子，在燧娘娘跟前修个好儿，打死我也不会给矬屄一粒米。"

"沟儿，咱修好儿，燧娘娘有眼。"

"哼！我这会儿要不问，你还不告诉我呢，你可真有主意啊，咱还叫一家人吗？"

"反正是没了，告诉你，还不是空叫你难受？"庖牺说着，鼻子咻咻抽着，泪扑簌簌滚下来。

沟儿拢过当家的，庖牺哆嗦成一个蛋，飕飕凉气直往沟儿心里钻。沟儿紧紧抱住她，脸颊蹭去她一脸的泪水，劝她："唉！别难受了，事情已经这样儿了，哭也哭不回来了，空伤身子瞎伤魂儿的。你身子成了这样，再不将养人就完啦！先好好在家里歇儿天瞧瞧再说吧！"

庖牺还在哆嗦，嘴却不软："歇？哼！为了谷苗儿把咱孩子都搭上了，这节骨眼儿上，我能在家里歇得住？"

"啥节骨眼儿上，也不能不要命呀，搭上了一条小命还不够，非再搭上你一条？妮子，你就不为我想，也得为咱娘想想啊，你要是有个三长两短儿的，娘还能活吗？"

"说啥归说啥，又扯上咱娘干吗呀？嗨，还不如不跟你说呢，沟儿，你可千万别告诉娘啊！"

沟儿气得嚷嚷起来："哼，亏你想得出来！出了这么大的漏子，跟我说了还后悔！妮子啊，你主意也忒大了！再咋说那也是咱俩的骨血，你呀，你也忒不把我当人了！咱还叫两口子吗？"

"别，沟儿你别喊叫啦，看叫谁听见了！"

"谁听见啦？你事儿都做了，还怕人听见？"沟儿依旧愤愤的，脸涨得黑紫，鬓角儿上两根筋突突地跳。

"沟儿，刚才我说得不对，往后我啥事儿都不瞒你了，你可千万千万别跟咱娘说啊！好沟了，亲沟儿，姐姐求你啦，你答应了不说吧！"

"叫我不说，行，可你也得听我的，"

不等沟儿说完，庖牺赶紧答应："哎，我啥都听你的。"

"你听我说，往后不能玩命了。你就是不歇几天儿，也不能再那么狠着干了，虽说是㷟戾害得，可你自个儿也没加小心，天天儿山上山下来回跑，你是个肉人，不是块石头，石头也搁不住这么捧打。你说是不是？"

庖牺唯唯诺诺："你说的是，我是不对，往后再不这样瞎折腾了。往后就听你的，不上上下下跑了。还有啥，你只管说，可别憋肚子里！"

沟儿说："嗨，我说又有啥用啊？还能把孩子说回来？"

庖牺说："唉，说是说不回来了！沟儿，咱日子还长着呢，过几天身上干净了，由着你撒够了野，咱白天种地，黑间种人，种上一对双生，一个闺女儿一个小子。到时候我一定加十二分小心，不叫再出事儿了，明年春上你就当爹了，嘻嘻。"

沟儿叹息一声，说："嗨，等干净了俩仨月再说吧，种得太密了怕又长不住。"

"行，你说咋就咋。"庖牺的声音柔得能把人化了，沟儿紧紧抱住了她，沟儿的身子火烫。

# 第二十七回

## 一场惊且喜珠胎保
## 二茬祸但悲苗种催

**女**人家心细如麻，啥事儿想瞒她们可太难了，庖牺更逃不过她们的眼，避不开她们的嘴：

"她姨姨，我瞧着咱庖牺像是有啥事儿，三天啦，除了吹哨儿说半句话，没见她张过嘴。"

"嗨，我瞧着也是，瞧那小脸儿，灰不剌啦的。嗨，妮子不容易啊！"

"我也瞧出来了，走道儿那样儿不对啊。"

"可惜了儿的，快四个月了吧？"

"可不是吗，四五个月了。"

"嗨，你们说，咋肉疙瘩儿才死，咱庖牺就又掉了？"

"莫不是她恨，咒的吧？"

"哼，这挨千刀儿的下三烂儿！她还得遭报应！"

"不至于吧？要说她咒庖牺，这事儿倒是保不齐的，可是燧娘娘咋能听她的呢？她算个啥东西，能在燧娘娘跟前儿说上话儿？哼！我不信。"

"我也不信，好人不咒人，咒人不是好事儿，咒别人啥，到头来全应在自个儿身上。"

"庖牺到底人还小，不知道心疼身子啊，光顾着干活儿了，把个娃累掉了。唉！也怨咱们，一点儿都不知道体恤人。"

女人们体恤起人来可是不得了，庖牺还没动弹，几个人就上来了，这不叫她动，那不叫她干。

庖牺憋了一肚子火儿，回来全出到沟儿身上了："说了不说不说，这可好，一坲子的人都知道了！这是往外说的事儿吗？你呀你，你就不能给我留下这片脸儿啊？"

沟儿指着大天儿发毒誓："我要是跟谁说了啥，老天爷立时打响雷劈了我，叫我成了炭楜柮儿！"吓得庖牺赶紧去捂他的嘴："好模样儿的，你这是咒啥呀！"沟儿生气地说："你，你去清水溪照照你这张灰不刺啦的脸儿，还嫌人家说，哼！你也忒不会善待自个儿啦！"

庖牺一听也是，赶紧赔不是："得，是我的不是。"说着，拽住沟儿的手，往自个儿脸上抽。沟儿抽出手来，生气地说："干吗啊，这是？打一巴掌揉三揉，哄小孩儿啊你？"庖牺说："沟儿，咱不说了，啊！"沟儿还是没好气儿："这叫啥事儿阿？起事儿也是你，息事儿也是你，往后别没事找事啦！嗨，跟你过日子真累！"

庖牺是个欺软怕硬的主儿，沟儿好言待她，她就有了仗势，动不动闹脾气，沟儿越劝，她闹得越欢；一到沟儿真的急了，她可就软了，大气儿也不敢出了。沟儿天生的好脾气儿，百年不遇发一回脾气，庖牺明白，人家让她九十九回，这一回怎么也该她让让了，何况又是自个儿不对，她只敢求沟儿小声点儿，别叫她娘知道了又是事儿。

打这以后，庖牺走道儿挺起了肚子。她娘瞅着，算着，算到收谷子的时候，也该收孙子了，还特地央求冷妮子娘在外头看住庖牺，可别有个闪失。冷妮子娘说："瞧她那气色，还没见过害娃害得这么厉害的，冷妮子也有了，那气色可比她强多了。"庖牺娘惊喜地问："呀，冷妮子有啦？给月儿姐道喜啊，多少日子了？"

"才怀起来，岨儿拐拉着一条腿，天天儿给她找莓子。"

"哈，咱岨儿要当爹啦！孩子不容易，这回有了盼头儿啦！"

"这孩子真不容易，织布、做饭、喂猪羊、养鸡鸭，女人的活儿他全干了。"

"嗨，岨儿这孩子勤谨，心儿又细，就是招人待见。你家黑子的事儿咋样了？"

"雨儿她娘非叫去她家住去，我舍不得。"

"这就是你的不是了，自古男去女家嘛，何况人家就雨儿一个妮子。"

"嗨，一提这个我就闹心，我是嫌那地界儿不好，守着个坏邻家……"

"月儿姐，你咋这么想呢？为这么个女人，咱孩子还不过日子了不成？"

"嗨，不是女人是男人。"

"月儿姐，那是个浑人，为个浑人，犯得上吗？"

"你还不知道啊？"

庖牺娘问："哟，她家又有啥事儿啦？那浑人那天给我送桶来，说话还好好的呀。"

"那是因为他欠你家的情儿，哼，还不是众人说得他？开头两口子还张扬，说他家肉疙瘩儿上去给燧娘娘当了童儿了，燧娘娘给他家送了一桶米呢。"

庖牺娘说："这倒没啥，沟儿黑灯瞎火给他家送米，就没存心叫人知道。月儿姐，你说他家又出了啥事儿啦？咋不愿意让黑子过去住呢？"

"听雨儿她娘说，他家见天儿黑间跟杀猪似的，女的又哭又叫，男的又打又闹。"

庖牺娘问："因为个啥呀？肉疙瘩儿才死几天儿啊，俩大人这是闹腾个啥呀？嗐！不懂他家的事儿。"

"就是因为肉疙瘩儿呀，男人急着再要个孩子，跟牲口似的要上，女人不叫，男人就又打又骂，哪儿疼往哪儿戳，说她要不把肉疙瘩儿找回来，就得由着他戳打。一宿闹腾好儿回，那女人受不了，回回儿哇啦哇啦叫唤。雨儿她家也是，哪辈子造了孽，摊上这么个畜生邻家！嗨！"

庖牺娘也气了："这哪儿像个大人啊？要孩子也不能这么个要法儿啊。"

"这会儿，我倒可怜起那女人来了，刚没了孩子，又受这份儿罪，唉，命啊，也是她自个儿造下的。"

"月儿姐说的是，报应啊！"

"嗯，我想跟你商量商量，你说这事儿咱能不能管管，卟唬卟唬她男人，叫他别闹了。要是庖牺脸儿嫩，你是老大娘，上去说他一顿，他听你的。"冷妮子娘这才说出来意来。

庖牺娘一听，哈哈哈哈笑了个够，才说："月儿姐啊，你咋管起这事儿来了？我劝你趁早儿别费这份儿心！"

"不是我管，我哪儿管得了啊？我是求你出面儿去说打说打那浑人，别不把女人当人。吓唬他一顿，他就老实了。"冷妮子娘直截了当了。

庖牺娘不愿意管，托辞儿说："老姐姐，我还不清楚他两口子到底儿咋回事儿呢，也许是那女人成心叫唤好让邻家出来说话，恶心她男人呢？为这种事儿大呼小叫的，脸皮儿不算薄了吧？"

冷妮子娘点头儿说："可也是，家丑儿不可外扬嘛。"

庖牺娘劝开了她:"月儿姐,咱先不说他俩哪个好哪个赖,他们两口子睡觉的事儿,真不是咱外人能管得了的,要是我说两句就没事儿了,他们也就闹不起来了。要真管,除非黑间进人家窑里,硬把男人拽下来,劁了。哈哈,管牲口也不能这么管呀。两口子睡觉,是人家自个儿的事儿,过到一块儿了,就过,过不到一块儿了,就散。这跟大人打孩子不一样儿,孩子小,怕打坏了,咱得向着孩子,说他家大人,实在不行,把孩子夺过来都行。两口子过日子,都是大人,谁能欺负得了谁啊?咱插一杠子,人家往后还过不过啦?我当大娘那阵儿,也赶上过这样儿的,女的哭着找我来告她男人太野。我说她窝囊,给女人家丢人,该拿出当家的样儿来,踹那男的一边儿去,再不行就打出去。那女人说她男人就怕我,叫我去熊她男人一顿。我说:'我只管干活儿、分嘴,顶多再管管打架闹事儿的,不管两口子撒野的事儿,想管也管不了。真要熊你男人一顿,怕他更来劲儿了:'叫你有本事往外说!'那女人后来说,我没管算是对了。月儿姐,两口子睡觉的事儿哪是外人能管得了的啊?我说两句,他能听了?回头更恨那女人了,闹得更厉害了。月儿姐,听我一句:过咱自个儿的日子,别操别家的心!"

冷妮子娘掏出了心里话:"你说的也是,因为这,我才不愿意黑子住过去,怕他跟那畜生学坏了。"

"月儿姐呀,你这就犯不上了!再说咱黑子也不是那学坏的人呀。"

冷妮子娘找了个台阶儿:"嗨,也是雨儿她娘非叫我跟你说的,求你给管管。"

庖牺娘笑了:"哈!闹了半天不是为了人家两口子啊!雨儿她娘脸皮儿也忒薄了。邻家的事儿,本来该邻家自个儿了断,你上我这儿绕这么大个圈子,不是瞎掰嘛?!"

冷妮子娘叹开了气:"唉!他两口子要是能自个儿了断了,我还至于费这么大劲?"

庖牺娘乐了,说:"这事儿好办,他家要是闹得太厉害了,你们央上几个人在他门口喊两嗓子:'那谁,你们动静儿太大啦,别人还要睡觉哩!'他知道四邻都听见了,也许臊了就改了。要是还不行,就叫庖牺去说。嘿咦,这叫嘛事儿啊,真是!"

"哎,别说,你这还真是个招儿,回头我告雨儿她娘,叫雨儿她爹和根儿他们几个黑间试试。唉,说得我这老脸都臊了,不说这了,不说了!再回来说说你家庖牺。"

庖牺娘心上一紧,问:"庖牺咋啦?"

冷妮子娘赶紧找补:"瞧你急的,庖牺能咋啦?我是说,她也四五个月了吧?咱得加着点儿意儿啦。我瞧她这两天脸色儿不大好,给你提个醒儿。"

庖牺娘应着说:"嗨,是这么着,她这些日子七事儿八事儿烦的,吃饭也少了。这妮子不知道心疼身子,在外头,我看不见,月姐儿还得护着她点儿啊。"

冷妮子娘说:"我跟你说,地里的我管着,家里的,还得靠你给她调剂调剂,这口了口上,可得好好补补。"

庖牺娘没听出来冷妮子娘话里还有话,说:"是啊,我就知道你叫冷妮子吃得好。"

打这以后,庖牺娘该变着法儿做闺女爱吃的,还留了牛奶,一早儿一晚儿兑到粥里,不离地儿看着她喝了。庖牺心里头这个苦啊,又不能倒出来,亏着心吃,亏着心喝。

庖牺的身子骨慢慢儿补过来了,脸蛋儿上又有了红膏膏儿。她娘算着日子越来越近了,就跟她商量:"妮子,你身子越来越沉了,往后地里的活儿就别管了。"

庖牺怕的事儿到底儿来了,她一咬牙,想着能挺一阵儿就挺一阵儿,到了实在避不开了,再跟娘实话实说,就说:"娘,地里正较劲儿呢,我要不管叫谁管啊?"

"女人这边儿叫你月儿姨先替你管着，男人那边儿叫沟儿先替一阵子，你有根儿舅也能指点指点他。"

"娘，我倒是想着让女人们全都别出去了，女人身上事儿多，万一谁有个闪失，咱一辈子对不起人家。"

"说的也是，唉，女人苦啊，不当娘不知女人苦，"她娘说着连连叹气，"娘怀上你以前，连着掉了俩，可毁身子了，落下个腰疼的病根儿。后来怀上你，没俩月又破了红儿，我还以为又掉了呢，没想到你命硬，长住了。"

庖牺问："娘，啥叫破红儿啊？"

"破红儿就是怀上孩子以后又下血，那时候我也糊涂，也不知道是掉了，还是根本没怀上，身上来了。过了俩月没动静儿，后来你又踢又蹬，我才放心了。"

庖牺突然觉得肚子里头咯噔了一下儿，又觉得自个儿可笑，可是肚里又咯噔了两下儿，肚皮都抻着了，她惊喜得脸都红了，眼也亮了。

她娘瞅着她，接着说下去："养活你的时候娘见了回燧娘娘，你先下来屁股，得亏有瞎老娘，摆治来摆置去总算掉过头来了，娘受的那份儿罪啊，唉！你也不容易，才生出来时一身胎粪，脐带绕着脖子，小脸儿青一块儿紫一块儿，半天哭不出声儿来，要不是瞎老娘一通儿摆治，哪儿还有你啊？"

庖牺听着自个儿不知道的遥远的事儿，就像是听着很快要来的事儿。

"唉，养活你这场大罪受得，娘没死也掉了三层皮！有了你，打死我也不敢再要孩儿了。一家三口儿，把你捧着供着，又怕摔了，又怕碰了。你姥娘一宿一宿看着你，接屎把尿。三岁了，爹还抱着你。树上的果子摘下来，爹舔干净了才给你吃。你吃娘的奶一直吃到七岁儿上才断了，八岁上还搂着娘睡。唉，你这会儿知道为啥娘怕跟你治气了吧？"

庖牺还是头一回听娘说这些话，由不得心上颤动，无限愧意涌了上来，觉得愧对亲娘，不仅愧对亲娘，也愧对坞子里的女人们，她把女人们使唤得太狠了。她想起了剩儿，挺着大肚子跟着在麻地里干到最后一天……她一下一下咬着下嘴唇，肚里骂自个儿没人性。真的不能叫女人们再干地里的活儿了，种地不是女人们干的活儿，她不能再让别的女人小月、腰疼、长黄病了。她要叫女人们留在山上，男人们下山种地。山上除了猪、羊，又养起了牛、马和鸡、狗，六畜就够女人们忙活的了。

娘又说："听你月儿姨说，冷妮子也有了……"

庖牺惊喜地说："真的？这小巫婆儿也不告我一声儿！这我可得经着点儿心了，小巫婆儿干活儿皮实，可别……嗨！嗨！"

娘说："是啊，连母牛养活犊子都不容易，何况是人哩！"

"娘，外头的活儿真不是女人家干的，家里的活儿也不少，我想，还是忙 头吧。就这么定了！"

"可是妮子你得虑到了：这么一来，往后女人可就没势啦！当年把打鱼的活儿交给浑浑他们，我就退了一步儿，这回再退一步，女人就剩你一根秃麻秆儿啦。"

庖牺听出了娘的心思，说："男人咋就不能当大娘呢？"

娘扑哧乐了："那还能叫大娘吗？"

庖牺也笑起来，笑得一颤一颤的："呵呵，可不是嘛，那还能叫大娘吗？哈哈哈……"

娘说："妮子，趁着势儿好说话儿，女人们不去地里了，你也别去了，地里的活儿就叫沟儿先替你管着吧。"

庖牺又乐了："呵呵，我还得去，眼下还用不着他管，我这根儿秃麻秆儿还得戳那儿挺着。"

娘担心："你一个女人在男人群儿里混，那咋行啊？"

庖牺说："娘，这您可说差啦，一个女人在男人群儿里才好混呐！我仗着跟他们不一样儿，啥活儿也不用干，动动嘴儿支支手儿就齐活了。在女人堆儿里，我可只能事事往前跑，还得照顾她们这啦那啦的，可不如在男人群儿里好混。"

娘想想也是，就说："可你得悠着点，都这日子了，千万别有个闪失啊！"

炮牺一脸的喜气，说："到了这日子就闪失不了啦，娘有多少心都放下来吧！是咱家的，他迟早会来咱家。"

她娘变着法儿做好吃的，天天儿后晌早早儿拾掇利落了，就做后晌饭。

空气里飘着新米诱人的香，白汽从木头锅盖的缝儿里钻出来，悠闲地往上飘。石头台上盆里盛着切成片儿的烟熏猪肉，上头浇了一层捣烂了的蒜泥，白花花地粘在黑红的肉上。炮牺最爱吃这个了，又咸又辣，特别下饭。

天不作美，噼里啪啦甩下一阵大雨点子。炮牺娘赶紧收了肉盆子，好在饭快焖熟了，瞧了瞧天儿，想着就乎一会儿就行了，就没端锅。

雨还来劲儿了，直着砸下来。炮牺娘拿了块大片儿的薄石板遮住了锅盖儿，也遮住了下头的炭火。可那白汽受不了憋屈，不顾一切从大石板的边儿上挤了出来，遇到石板上往下淌的雨水，顿时消了不少。

雨一阵儿大，一阵儿小，下了没多大工夫儿就没了兴头儿。雨住了，日头出来了，收工的人们回来了，浑身精湿。日头透过路边儿的树晃在人脸上，忽明忽暗。树稀的空地上蒸起飘忽的霭，人过来像走进了云彩窝里。

炮牺娘拿把谷子秆儿绑的小笤帚儿扫净了石头台儿和石头礅儿上的雨水，圪蹴着把地上的水洼儿也撩干了，就又端出肉盆子来。瞧见山道儿上的人影儿了，她就去下苫锅的石板，石板早叫锅里的热气熏干了，还挺烫手。

揭开锅盖，前头的人也近了，翕着鼻子，好香啊！过来的人跟老大娘打招呼儿，逗笑儿，羡慕庖牺两口子好福气。庖牺娘说："呵呵，这日子口上，谁家锅里都一样儿，累一天了，回去都有好饭吃。"

熟了的小米儿油光发亮儿，到嘴里软软的，有股儿淡淡的甜味儿，配一口香辣的咸肉，叫人咋也吃不够。庖牺吃了两大碗，又盛了一碗。沟儿瞧着，说："今儿咋这能吃呢？"庖牺嘴里吧嗒着说："好吃呗。干吗瞪俩毛猴子眼瞧瞧我吃呀？锅里多着呢，你不会也盛着吃？"沟儿听了呵呵一阵笑，说："傻当家的，我早吃饱了。你比我吃得还多呢，悠着点儿，别撑着了！"娘说沟儿："你一人儿吃，她俩人儿吃，当然得比你多吃点儿啦，你眼气个啥呀？呵呵。"

沟儿心上一阵麻酥酥地疼，干干嘿嘿了两声儿。庖牺剜了他一眼，说："傻不傻啊？"沟儿咧了咧嘴，想笑给娘看，可是笑不出来。

刚才那场雨，激着了草棵子里的蜗牛儿，全爬道儿上来了。一拃长的大蜗牛儿，背上没壳儿，伸着娃娃似的脑袋，傻得啥也瞧不见。花儿叼起一条，摇着头甩打够了，才忒儿喽吞到嘴里，舌头抹拉两下儿咽下去了。后来甩也不甩了，一条一条往嘴里舔，头也不抬一下儿。仨人瞧着好玩儿，沟儿说："花儿今儿个开荤了，吃得没够啦。"娘说："它肚里好几条命儿哩，是得多吃上点儿。蜗牛儿个儿大，没啥肉儿，到肚里就一嘟噜儿水儿，都吃了也撑不着。"沟儿说："才怀上，离养活还早呢，见了肉吃不够，是条馋狗。"

日头在云彩里悠悠闲闲地走，地上一忽儿明，一忽儿暗。花儿不知道出了啥事儿，慌得扑过来扑过去，扑着了蜗牛儿，踩一抓子黄汤儿。它吃饱了，腻了，凑到庖牺娘脚跟前儿卧下了，往人腿上一靠。庖牺娘抱起花儿来，慢慢儿胡噜脊梁，胡噜够了，又一把一把抓起来，小畜生儿麻酥酥地痒痒，闭起眼来享开了福。

等它睁开眼，正碰上走过来的日头，就蹿起来，"汪汪汪汪"一通儿叫唤，吓得日头赶紧藏起来了。花儿得意地望着忽悠忽悠的云彩，尾巴拨棱来拨棱去甩个不住。庖牺娘又一把一把抓开了它的脊梁，把它从云彩里抓回到地上来。

黑间睡下，沟儿嗨嗨叹气。庖牺说："又咋啦？"沟儿说："娘还当你肚里有条命哩，唉！要是还在，该多好啊！咱又没造下孽，咋就这么福薄呢？"庖牺掰着他的脑袋，搁在自个儿肚子上，说："你听听！"沟儿耳朵贴着肚子，半天没吱声儿。庖牺问："听见啥啦？"沟儿没吭气儿，庖牺觉得肚子上凉凉的，手摸到沟儿脸上，粘了一把泪。肚里咯蹬了一下子，又一下子，她赶紧使劲儿摁住沟儿的脑袋，说："好好儿听！听见啥了？"又往下推了推，"觉出来有东西踢你耳朵了没？"

沟儿似乎觉出点儿啥来，又吃不准，就问："妮子，到底儿咋回事儿啊？"

"咋回事儿？俩人儿吃得比一人儿多呗，呵呵，傻小子！连咱孩儿的动静儿都听不出来，就这，还想当爹呢？呵呵。"庖牺笑得直颤，呵呵的笑声像风里的杜梨花儿，散着甜甜的香。

沟儿又喜又疑，问："咦？不是掉了嘛？"

庖牺说："是咱俩傻了，呵呵。娘说，那是'破红儿'，当年娘怀我的时候也破过。"

"娘啥时候跟你说的？"

庖牺想了想说："肉疙瘩儿死了四五天那工夫吧。"

沟儿嗔怪她："你咋早不告我说？空叫我难受了一个多月！"

庖牺实话实说："那时候我也拿不稳，万一真没了，空叫你欢喜一场，到头儿来还不是更难受？后来肚里踢腾开了，才知道没事儿了。这阵子能跟肚里说话儿了，我一拍肚子，说孩儿啊，他就蹬两脚，嘿咿，神啦！咱家这口人这回是长住了，我这才敢跟你说。"

沟儿又把耳朵贴在庖牺肚子上，庖牺说："这会儿一叫，他就来了。"拍了拍肚子说："孩儿啊，来跟你爹说说话儿！"

沟儿贴着肚皮的脸绽开了，眯缝的眼兜不住满心的喜欢，眉毛、眼、鼻子、嘴都往上翘翘。他又听了一阵儿，一下子上到当家的身上。庖牺身上滚烫，下头潮乎乎儿的，忍不住一把搂住沟儿，说："憋了你这么些日子了，好好儿撒回野吧！"沟儿却出溜儿下来了。

庖牺问："咋啦你这是？"

沟儿说："省着点儿吧！"

庖牺吃吃乐："省啥还有省屌的？憋出毛病来也不能找瞎姥娘看。"

沟儿说："不是省我是省你，憋不出毛病来，闹大发了，别又出事儿。"

"都四五个月了，长件了，出不了事儿了。"

"别价，小心没大差。"

"你可真是的，我说了没事儿就没事儿嘛！"庖牺说着，手往沟儿大腿根儿插去，攥住了蛋蛋，捏咕开了。

"妮子，别再燎了！"沟儿抓住了她的手，躲着诱惑。庖牺又伸过一只手来抓那滚烫的物件儿。沟儿跟小孩儿似地，护着自个儿，扒拉开庖牺攥着的手，又扒拉那只，挣出身儿来，一骨碌扎旯兜儿去了。

"你这人，嗨，好容易给你侍候起来了，你倒缩乎儿了。"

"妮子，撒野是为了要孩子。孩子有了，撒不撒的就没啥了。为撒野委屈了孩子，咱就不是人了。妮子，睡吧！啊！咱孩儿也困了，你们好好儿睡吧！"

庖牺拍着自个儿肚皮直叹气："唉！睡吧！孩儿啊，你爹是好人啊……"

一早儿起来，天阴得像一汪儿泪，空气湿得能拧出水儿来。

吃饭的时候才觉出有点儿雨，雨细得看不见，可是一点儿一点儿洇湿了头发，落在密密的树叶儿上，才听出来沙沙沙沙的响声儿。娘说："今儿个过阴天儿了吧？收了谷子种谷子，人们可有日子没歇了。"庖牺说："地里草薅了，才浇了水，没啥活儿，今儿歇了！我下去转转，沟儿待会儿告诉上头的人一声儿。"娘说："我上去说去，叫沟儿跟你一块儿去吧！"说完了，又觉得这话多余，她就是不说，沟儿也会跟着去。沟儿慌里答应一声儿，堵住当家的嘴，省得跟她来回废话。

两口子一路通知各家儿过阴天儿，到了底下，沟儿想起来啥，问："那浑人还咱桶那工夫说的啥，娘跟你说过没？"

"说啥呀？想不起来了。他咋知道是咱家的桶呢？"

"听娘说，那浑人臊不嗒嗒的，叫咱往后少搭理他当家的，甭跟她一般见识。"

"噢，没听说过，娘这人不说两遍话儿，跟你说了的不会再跟我说一遍。不过，自打肉疙瘩儿没了，那女人脾气秉性儿倒是改多了，不那么咋咋呼呼讨人嫌了。"

"妮子，不知道你咋想，我现在是真信燧娘娘了，燧娘娘真是太灵了。"

庖牺说："我一直就信燧娘娘，敬畏燧娘娘。沟儿，只要你心里有神神，神神就成全你。"

"真是这么回事儿，妮子，你跟人不一样儿，有时候能瞧出来，就像有神神在似的。"

这话正说到庖牺心上，她笑着说："还真叫你说着了，好几回瞧着谷苗儿死了，心也死了，凉得透透的，都是靠求告燧娘娘，才又活过来的。等心活过来了，就有仙人指道儿了，知道该咋办了。跟地有了难处儿是这样儿，最后该咋做就咋做，最后对了。跟人有了难处儿，心里冒火儿，最后也是靠求告燧娘娘，才慢慢儿没了脾气。"

"嗨，妮子。说着容易，做起来真难啊。那天黑间要不是你拦着，我就去把他们家砸了。"

"为啥？就为扎小人儿？哈哈哈哈，你瞧，她扎了管啥用呀？咱孩儿不是好好儿长着？越长越结实了！一咒十年旺啊，哈哈……"笑着笑着一只手捂住了肚子，"哎哟，又踢蹬开啦，这小子咋这费呢？在他娘肚里要开把式啦！"

沟儿担心地问："没事儿吧，妮子？"

"没事儿，小子听见说他了，答话儿呢。咱孩儿耳朵好着哩，赶明儿准是个大嗓门儿。呵呵，说着说着又来劲儿啦，他爹，咱孩儿急着要来帮咱种地哩。孩儿啊，快长胳膊快长腿儿，等收了火麻，收了二茬儿谷子，就快接你来咱家了。"

"他娘，你知道孩儿啥时候来咱家？"

庖牺说："嗨，得下了头场雪呢！"

"哈，又是个雪妮子！"沟儿喜得亲了当家的一口。

庖牺说："没准儿是个雪娃子呢，我就想要个带把儿的。"

沟儿说："干吗非要那呀？妮子不挺好的吗？"

庖牺说："不好，妮子太受罪，我下辈子就想当小子。"

沟儿说："哟呵，下辈子不跟我过啦？合着咱就一世冤家啊？你可坑了我喽，早知道就不跟你过这一场啦。"

庖牺说："呵呵，做一世冤家还嫌不够啊？愿意接着做，下辈子你当回妮子，试试就知道女人受的罪了。"

沟儿说："行，叫我当啥都行，只要还跟你过。"沟儿紧紧搂住了当家的。

庖牺说："别这么紧，咱孩儿喘不过气儿来了。

日头出来了，好些个大大小小的日头从树叶儿、树枝儿、树干的缝儿里钻进来，闪得人眼花缭乱。道儿也花了，长一道儿短一道儿粗一道儿细一道儿的树影儿，像一匹铺开的花布。一对儿带哨儿的鸟儿，一递一答咕噜噜噜颤悠悠儿地叫。

山开之处见蓝天，蓝天上，一团团白云大的像狗，小的像鸟儿，还有柳条样儿的云丝丝，满天地飞啊跑啊……

两口子一路说着笑着，一会儿就到地里了。

天啊，可了不得了，一宿工夫儿河边儿一大片地的苗儿全没了，露着白生生的茬子。沟儿的脸白煞煞的，庖牺两条眉毛拧成个解不开的死疙瘩。湿地上留下的蹄子印儿和黑黄粪泄露了祸害谷苗儿的家伙。庖牺"咚咚"凿着脑门子，骂自个儿："我真是个大傻屄！光知道防雀儿，咋就没想到防牲口呢？干吗早早儿撤了看地的啊？我这心叫猪吃啦！屌尿的贼蹄子，全给祸害啦！"

沟儿攥着当家的的手，劝她："别急！妮子，别急！"

庖牺呼天抢地，捶胸顿足，一劲儿叫喊："天呀！毁了，毁了，全毁了！老天爷，你不长眼啊！"

沟儿的脸吓黑了。

老天爷生气了，把日头叫了回去，急慌慌奔跑的云也吓得变了脸儿，黑一块儿灰一块儿的，不知道该咋好了。

# 第二十八回

## 跁踃地蠢驴陷几许
## 守护苗灵犬添八只

庖牺为地里的苗儿叫畜生吃了，急得呼天抢地。沟儿指着地里东一块儿西一块儿残存的苗儿，劝她："别急，没全毁了，妮子你瞧，这儿，那儿，那儿……还有好些戳着的苗儿呢。糟践了的再种上，打今儿起咱看住了，还能有收成。"

庖牺看了看，确实还有不少苗儿，畜生祸害得厉害，这儿吃几嘴，那儿吃几嘴，谷子地秃得一片一片的，像头上长了一疙瘩一疙瘩的癞疮。

沟儿说："多少大灾大难你都挺过来了，先静静心，有燧娘娘在，就没有过不去的沟沟坎坎。这节骨眼儿上，你可千万别急，万一咱孩儿有个好歹……"

"沟儿，说得好好儿的，咋不说了？说吧，这会儿你说啥，我都爱听。你这会儿骂我一顿，我也许还好受点儿，骂吧！捡着狠的骂！"

"嗨，妮子，我是怕你这阵儿正烦。"

"不烦，你说吧，这会儿就想听你说话儿。"

"你要不烦，我就说啦，我想着，咋也不该把打猎的活儿给停了，从前屌屎的哪儿敢过河来呀？"

"说得太对啦！还有呢？"

"就这，没啦。往后我再觉着哪儿不对了，再说。"

"行，啥时候瞧见我错了，啥时候说我。沟儿，你这会儿就回去，告诉人们，今儿个啥都别干啦，全在家里结绊马索子。去冷妮子家告诉舅舅，叫以前打猎的人白天抽空儿歇上一觉，晚上都下来绊马，嗨，还闹不清是马是牛是驴呢，管它是啥呢。待会儿你下来，记着叫上岨儿，把狗全都带下来。我挨这儿看着，你去吧！"

沟儿一路跑着上去，把话交代给冷妮子爹，叫上岨儿，回来了。岨儿拐着半条木头腿，带着他驯的几条狗，说黑妮儿一半天就要养活了，没带它来。

岨儿瞧了瞧跁蹃得乱七八糟的地，对庖牺说："你要是不想再叫糟践剩下的苗儿，我这就叫狗带上咱找畜生去，你看咋好？"庖牺粗粗划算了一下儿，戳着的还有一多半儿苗儿，要是夜里一折腾，又得毁不少苗儿，何况那帮畜生还来不来了也说不定，就说："要是狗能找着贼畜生的去处儿，那敢情好了，就怕走出去太远了，天黑赶不回来。"岨儿想了想说："这么着你瞧行不，把花儿给你留下，我跟沟儿找去。到了晌午我们要是没回来，你就叫上人带上索子找我们去，花儿知道我们去哪儿了，能带道儿。"说完又笑了："其实，我这根木头腿就点出道儿来了。"庖牺也想不出更好的法子来了，就说："行了，不过你们俩留神点儿，别走得太远了，赶黑赶不回来。"

四条狗有往东跑的，有往西跑的。也难怪它们，沿河一大片地整个儿跁蹃了一个过儿，哪儿哪儿都留下了昨儿黑间的味儿。

仨人圪蹴下辨了辨蹄子印儿，挺乱的，看不出哪儿来哪儿去。庖牺说："道儿上的蹄子印儿好认，沟儿你起来往下头走走，瞧瞧是打哪儿来，往哪儿去的。"沟儿起来顺着河往下走了，岨儿也起来了，沿着河边儿往上走了。一会儿俩人回来了，断定是一群过道儿的，打西边儿来，奔东边儿去了。庖牺说："那就往下追去吧！记住，到晌午务必往回走，甭管追上没追上。"

俩人答应着，带着四条狗往东走了。庖牺蹲地里又琢磨开了，瞧那蹄子印儿，不是驴，就是马，这一通儿耙蹚，决不是十个八个的数儿，少说也有四五十，要是逮回来，明年春天开沟儿种地人可就轻省多了。她这么一想，就耐不住了，又不放心沟儿他们，他俩都没带打猎的家什，她就爽性带上花儿回去叫人了。

雨不下了，日头也不露脸儿，天不阴不晴，道儿上湿乎乎的。庖牺一边儿走一边儿盘算，万一到黑间还没追上畜生咋办？回来？一路追下去？还是宿在半道儿？

庖牺娘听沟儿说了地里叫耙蹚了，见闺女儿回来了就说："妮子，甭急，苗儿也不一定就长不出来了，草吃了还又长出来了呢。甭急，回来先歇着，跟娘过阴天儿，咱今儿摊煎饼。"庖牺说："雨住了，还过啥阴天儿啊？娘，我这是上来叫人的，打猎的都去追贼畜生去，省得叫屙屎的再糟践一回谷子地。"说完就往冷妮子家去了。

她娘一听要走远道儿，就去牛窑里牵出马驹儿来，等庖牺回来了，把缰绳递给她说："你身子沉，骑上马驹儿，路上加小心啊！"人们带上弓箭、绳子、松明子和才打好的绊马索子，跟着庖牺下山了。花儿在头里带路儿，其实没有狗，沿着河边儿顺着道儿上的粪蛋儿走，也能找到地儿。庖牺则盯住了岨儿的木头腿戳出来的坑坑走。快到晌午时候，追上了沟儿他们，花儿跑过去，三条狗先朝它们主人扑过来，尾巴摇得一个欢，就跟几辈子没见似的，可着嗓子使劲儿叫。接着四条狗扑打着闹开了，又追又咬，磨脸擦肩，滚着抱着，汪汪乱叫，引得人们看热闹儿。

岨儿说："嘿咻，我们俩这儿正犯难呢，到这会儿还没见个屌尿的影儿，不知道该不该回去。你们来了正好儿，咱接茬儿往前走吧！"

庖牺下了马说："这么着，大个儿，你们几家儿有狗的，带着自个儿的狗在前头走，省得人太多了把屌尿的吓跑了。大伙儿先挨这儿歇一会儿再走，拉开一段儿距离。岨儿，你骑到马上跟我们一块儿走。"

岨儿说："这么多人，我也使不上啥劲儿了，反倒成了大伙儿的累赘。我还是先回去吧。"庖牺说："也好，你回去告给各家儿一声儿，吃后晌饭别等着。我估摸今儿个回去得早不了，叫人们都别惦记就是了。"

岨儿答应一声儿，拐搭着往回去了。庖牺又喊他："岨儿，等等！"说着跑过去。岨儿站住了，问："还有啥事儿交代？"庖牺跟他商量："岨儿，你今儿黑间能不能带着黑妮儿睡到地里窝棚里？""行啊。"庖牺一脸愧意，说："实在麻烦你跟黑妮儿啦，赶到这日子口上，一条狗得顶几条使。"岨儿说了声"没事儿！"就又拐搭着走了。大个儿、二顺儿、蛋蛋和沟儿，已经带着自个儿的狗往前去了。

庖牺跟冷妮子爹商量："舅，待会儿找着了畜生群儿，咱还得把人分开，一拨儿在前，一拨儿在后，一拨儿在山上，就跟那年堵野猪那样儿，把畜生群儿堵在当间儿，才能绊住。"说起堵野猪来，庖牺想起了爹，一闭眼，咽了一口，强压下去涌上来的凄惶。

冷妮子爹说："行，咱这就把人分了，待会儿我带人从山上抄过去，上前头等着。"庖牺说："行，就这么着了。根儿，你先叫出二十个人来。"

根儿点了二十个人。庖牺说："待会儿你们上山上瞄着，甭带索子。"又对众人高声喊道:"剩下的,分成两拨儿,跟我的都靠河边儿走,跟有根儿舅的,都靠山根儿走。"

人们分好了拨儿,一拨儿五六十人,庖牺想了想,又叫二顺儿和蛋蛋牵上狗,去了冷妮子爹那一拨儿。

等前头四个人带着狗走远了,三拨儿人就起身了,庖牺的一拨儿靠河边儿走,冷妮子爹和根儿带的两拨儿都靠山根儿走。

走着走着,前头住了,沟儿往回跑,呼扇着俩胳膊。庖牺叫两拨儿人都先停一下儿。沟儿跑过来说:"看见了,挺大一片,吃草呢,看不清是驴是马,反正不是牛。"庖牺对冷妮子爹和根儿说:"咱分手啦,舅舅在上头瞧着点儿,别拉出去太远了。等下好了索子,"说着摘下脖子上斜挎的牛角,递给冷妮子爹,"下好索子您就吹几声儿,让我这儿跟山上的都知道前头到了,也好把畜生们惊起来。您那儿先甭急着拽索子,等后头的畜生也上了,再拽。根儿,吹牛角要是惊不起来,你们就照准了屁股射上几箭。不过,你的人能不射箭就不射,多留着活的明年种地拉'累死'。"根儿答应:"知道了,没说的。"

冷妮子爹和根儿领着人上了山。庖牺对剩下的人说:"咱就从这儿往前下索子,俩人一根儿,一头儿靠河边儿,一头儿扯到山根儿去。"

人们照她说的,扯开了索子,一路往前扯下去。马驹儿悠悠闲闲地吃开了草。索子一直扯出去,扯到大个儿他们跟前儿还有富余,庖牺让再往前扯,一直到能看清畜生了。是一群长脸秃毛儿的驴,有的懒懒地卧着不动,有的追逐扑闹,有的低头儿吃草,还有闲溜达的。庖牺原来估摸着有四五十头畜生,带了一百五十来人,想着仨人对付一头牲口,打出了富余;这会儿一瞧,这一大片,咋也有二百多头,心里发紧,索子要是不够,还就得上弓箭了。"也不知道根儿到时候能不能变通,不该跟他说少射箭来着,嗨,话多了误事儿!"

近处儿的几头驴伸长了脖子往这边儿望，瞧了一会儿就不瞧了，闲逛的闲逛，吃草的吃草。只有一头白脸儿的驴一直东张西望，直着脖子伸着长嘴，多事儿似的。畜生里头也有这样儿多事儿的，嘿咿！

人们藏在树棵子草棵子里等着，等了好大一阵子，前头传来了号角声，接着是狗叫，这边儿的花儿和疙瘩嘴儿也跟着叫起来。庖牺对沟儿和大个儿说："拽好了狗，别叫牲口过来踩着了。"一拽，狗叫得更欢了，两头儿的狗汪汪乱叫，马驹儿也扬起脖子，"哦儿哦儿"拉长了声儿嘶叫起来，花儿和疙瘩嘴儿一蹿老高，冲驴群咆哮，一声比一声凶。

驴都直起身来，支着又尖又长的耳朵，可没有一个动窝儿的，连叫唤的都没有。庖牺想，笨驴是够笨的了，可是叫驴咋不叫呢？莫非赶上了一群哑巴驴？

那头白脸儿驴先愣怔了一下儿，接着大模大样朝庖牺他们这边儿走过来，走走停停。别的驴都没动窝儿，就跟没瞧见似的，可都直着身子，伸着脑袋。庖牺看着，白脸儿驴显摆啥呀？这一大群驴总不至于个个儿又哑又瞎吧？

白脸儿驴突然猛跑起来，冲过了几道索子，最后给绊住了，扑通倒在地上，又扎挣起来，腿上带着索子吭吭地刨地，叫一嗓子，歇口气又叫一嗓子。别的驴还是没动，也不瞧那白脸儿驴，就跟啥也没发生似的。驴不动，人们也不能动，都攥着绳子头儿，紧张地等着。

突然，从驴群中间传来一头老驴"哦啊哦啊"的叫声，低闷、嘶哑、苍凉，有如一声号角，所有的驴刷地拉成一片，"哦啊哦啊"叫着，那嗡嗡的叫声把天都要震裂了，地也跟裂了似的轰隆轰隆响，驴排着队，齐齐整整奔下河去，噼里啪啦溅起一片排天大浪，清水河开锅了。

人们只顾瞧那白脸儿驴了，咋也想不到这是头哨儿驴，畜生成心把人们的注意力引开，为的是老驴好发逃跑的命令。等人们回过味儿来，驴都快跑光了。

游过河的驴上了岸，向东跑去，踏得地轰隆隆响，腾起冲天的黄尘，飞出一道奇丽的景观，黑色的鬃毛和尾梢儿点缀着一片绵延黄阵，像一道起伏的山梁，伸向远方。一会儿就看不见了，只剩下滚滚黄尘。

根儿带着人从山上冲下来，气急败坏大声喊："还绊啥呀？都闪开，射屁股的！"一箭飞出，剺到一头正要下河的驴的屁股上，那驴尖叫一声栽到岸上。紧跟着刷刷乱箭齐发，岸上一阵阵哦啊哦啊的惨叫。

庖牺高声叫："射得好！"又朝自个儿这一拨儿人喊："咱们也射！追着河里的畜生射！别往前边儿射，看伤着了那边儿过来的人！"一时往河里放开了乱箭，因为离得近，射得准，只可惜下手晚了，放跑了大群的驴。中了箭的驴，但凡能动的，都争扎着往对岸游，追赶同伴儿。爬不上去的，身上插着箭，扑腾起旋转的水柱，裹着卷着，顺着河水漂下去了，水面上留下"哦啊哦啊"的圈圈涟漪，涟漪散了，水平静了，仿佛啥事儿也没发生过。

还没有顾上下河的驴，中了根儿他们的箭，扑到地上，扭动着，立起来，还想往河里奔，却又倒了，"哦啊哦啊"的惨叫高一声低一声，掺和着愤怒的咒骂、痛苦的呻吟、无奈的嗟怨和绝望的呼救。有的竟能举起弯曲的前腿儿，仰起头，发出最后的号叫，声嘶力竭，咕咚倒下，没声儿了。

狗瞅得都愣了，半天没吱声儿，到后来"呜汪呜汪"表示了它们的悲哀。马驹儿瞅着，淌下两行清泪。

山上的人下来了，冷妮子爹他们也围过来了，除了那头白脸儿驴，一头驴也没绊住，光射箭了。庖牺数了数一地趴着的驴，一共四十四头，死了十五头，落下二十九头，连白脸儿驴整三十头。冷妮子爹说："河那边儿还有，有水性的，都跟我过去瞧瞧！"

扑腾扑腾跳下去四五十个，一会儿游到了对岸。过了一会儿，冷妮子爹喊起来："一样一半儿：九头活的，九头死的!"

庖牺算了算，三十九头活驴，二十三头死驴，要不是自个儿瞎指挥，少说也能射住一百头，一半儿活的也能落下五十头了。

拾掇驴可费了事儿，死驴好办，捆住四条腿儿，砍根小树儿，俩人抬上就行了。活着的一肚子仇恨，又倔又犟，三四个人拽不起来，好容易拽起来了，驴撒着欢儿尥蹶子，又踢又撞，脑袋拨拉过来拨拉过去，疯了似的扯着尖嗓子嘶号。

几个人摁住一头驴捆腿。庖牺说："捆个啥呀？捆起来还抬着它们回去呀？不如让它们缓缓，把气儿撒完了，等疼劲儿过去了，再赶上回去，驴少受点儿罪，咱也省点儿劲儿。嗨，套住脖子，拽住缰绳就行了。"

驴折腾够了，没劲儿了，也没声儿了。庖牺说："不行，不能叫它们这儿睡，拽起来走!"

沟儿说："等等，拽醒了，屙屎的还得闹腾。我那时候治野猪，就靠鞭子抽。咱把绳子双起来当鞭子，使劲儿抽几下子，屙屎的就老实了。"人们就先备下了临时"鞭子"，再拽驴，惊了觉的驴脾气更大，踢腾得比刚才还厉害，折腾得箭伤疼起来，叫唤的更厉害了。

人们手里有了鞭子好多了，哪个尥蹶子，就抽哪个。驴老实了，一头站起来，全都站起来了，扭着拐着都能走了。根儿说："把死驴捆活驴脊梁上，叫屙屎的驴驮驴吧!"庖牺说："行，挑几头壮实的，捆紧点儿，抽着走!"

沟儿牵住白脸儿哨驴当头驴，那些伤了残了的也就不再闹腾，跟上头驴走了。

白脸儿驴虽然让人们失了手，打乱了他们的计划，放跑了不少驴，可人们都挺佩服它，一路儿上都"啧啧"夸它："一个畜生知道舍了自个儿，去救驴群，一头驴放跑了一百多头驴，属厉害的了不得啊。""咱一百多人才捉住不到四十头驴，还都是伤的残的。一个畜生，有这样的大智大勇，实在是了不起！了不起！""这驴往后有用，好好儿调教调教，有大用。"

庖牺也挺感慨："驴这东西有灵性儿，赶明儿可别再骂驴是'蠢驴'、'笨驴'啦。白脸儿驴把我都给涮了，扯好的索子愣全没使上劲儿。嗨，这回怨我不行，没盘算好。"根儿说："这事儿谁也盘算不好，瞧着不行赶快变就是了，落下四十来头活驴，不错啦，哪回打猎逮着过这么多活畜生啊？"

等到了老榆树桥，天早黑了，庖牺想瞧瞧地里的苗儿也瞧不见了，只见远处儿有火亮儿，知道妞儿在那儿。驴见了火儿又"哦啊哦啊"叫唤起来，引得黑妮儿"汪汪汪汪"叫了好几声，这边儿四条狗也跟着叫起来。妞儿招呼人们："回来啦？"人们都说："回来啦！"妞儿听见驴叫成一片，问："呵呵，逮着多少驴啊！"好几个人一块儿说："不多，还不到四十头。""三十多头？不少啦！"听得出来妞儿的惊喜。沟儿说："嘻，跑了一百好几十头呢！"黑妮儿也跟着凑热闹儿，"汪汪汪汪"叫个不住。庖牺说："咱快走吧，别招惹黑妮儿了，它今儿黑间说不定要养活了。"人们就狠抽一阵鞭子，把驴拉上山。

到了晒谷场地界儿，庖牺叫人们把驴牵过去，全拴到晒谷场外圈儿的树上。她怕夜里驴叫招来杂种、黄鼠狼伍的祸害它们，就叫沟儿、蛋蛋跟二顺儿仨个人吃了饭还回来，带上狗和家伙来看着，这会儿她跟冷妮子爹和根儿先看会儿。大个儿说："这事儿咋能不要我跟疙瘩嘴儿呢？"庖牺说："你出来一天了，家里撂下俩残废人，你就挨家歇一宿吧！"大个儿说："不当事儿的，麻花儿不累人，有她姥娘看着，没事儿。"庖牺说："那就快回去吃饭吧，吃了饭下来换我们。"

吃了饭，四个人领着狗下来换庖牺几个。好在天热，万一下雨，有大雨布，用不着搭窝棚了。

这一宿，坳子里光听驴叫了，谁家也没睡好觉。

庖牺娘早早儿做好了饭，想着沟儿一宿没回来，这会儿准饿了。庖牺昨儿太累了，还睡着。她娘也没叫醒她，把热粥倒桶里，拿了四个碗搁篮子里，装了几个咸菜疙瘩，又装了几根儿熬汤的猪骨头，残胳膊扛着篮子，一只好手提溜着桶，拽打拽打下去了。

越往下走，驴叫得人越心烦。到了地方，远远儿瞧见哥儿几个四仰八叉躺着，还睡呢。站在清水溪边儿，她犯了难，她怵的是过桥，要是当年，抬腿儿就蹦过去了，可是这会儿拉着一条残腿，又是篮子又是桶地过独木桥，真怕一个闪失栽水里头。

花儿眼尖鼻子尖，"汪汪"叫着跑过来了。沟儿给吵醒了，瞧见娘来了，一骨碌爬起来，也跑了过来，先接过篮子、桶送过去，又回来背人。庖牺娘说："想着过来给你们送点儿吃的，谁知道倒给你找事儿了。老废物了，不中用了！"沟儿说："也就是娘结记着我们，嘀里当啷这一大堆，难为您这么老远咋蛄蛹过来的！"花儿早从篮子里叼了一根儿骨头跑了，三条狗追着它抢。花儿嘴里没了骨头，又跑回来，仨狗也追过来了。庖牺娘说："快放下我来，别叫狗拱翻了粥桶。"

庖牺娘还是头回来晒谷场，瞧着又大又平的场子，心里赞叹闺女儿有见地。沟儿大声儿嚷嚷："快起来，快起来，饭来啦！"仨人全都一激灵坐起来。沟儿说："驴叫不醒，狗叫不醒，一听饭来啦，全醒啦。"

仨人这才明白过来，都挺难为情，大个儿说："我们几个不老不小的，叫大娘给送饭来，这可太那个啦……"庖牺娘说："不那个，等他们吃了下来换你们，肚子早饿瘪啦。没啥好的，凑合着先垫补上点儿，待会儿回家再好好儿吃顿。"沟儿提溜起桶来，给四个碗里倒满了粥。哥儿几个端起碗来，咬一口咸菜，呼噜呼噜吃上了。

驴见人吃东西，叫得更欢了，一声儿接一声儿，不带换气儿的，四十来头驴，要多热闹有多热闹！庖牺娘说："咋逮来这么一大群叫驴啊，瞧饿成啥了，连树皮都啃了。"蛋蛋说："大娘还说呢，这群驴可是没停点儿地吃过来的，清水河边儿的苗儿跟草全叫它们给吃了，要不还找不着它们呢。"二顺儿说："一群倔驴，除了叫唤就是炝蹶子，别的本事没有。赶着不走，拉着后腿，待会儿抽儿鞭子，就全都老实了。"

庖牺娘说："那得拴不少响鞭儿啊，沟儿你那时候赶猪的鞭子拿啥绑的呀？"沟儿说："竹竿儿上绑皮条儿，先是绑的麻绳儿，抽不起来。皮条儿绕着圈儿密密匝匝编起来，编成大拇哥粗，下头留下鞭梢儿，才抽得响。"

正说着呢，庖牺来了，隔着清水溪就嚷嚷："我起来一瞧，家里没人儿了，好嘛，都这儿吃呢。"她娘问她："你吃了没？"庖牺说："没，我怕出了啥事儿，去月儿姨家找娘，没找着您，赶紧就下来了。"沟儿把碗里添满了粥，递给她说："先少吃点儿。"庖牺端起碗来，咬了口咸菜呼噜呼噜喝了两口，又给了沟儿。

她娘说："刚才正说鞭了呢，沟儿说得用竹子杆儿绑皮条儿，绕着圈儿编成大拇哥粗的鞭子。咱家还有几块狼皮，回头全都拉了条儿。"沟儿说："狼皮没猪皮硬。"庖牺娘说："哪儿有猪皮啊，早都炖着吃啦。"庖牺说："娘搭理他呢，他又不是不知道，哪回的大肥肉块子不是尽着他吃了？"蛋蛋说："得，上沟儿肚里掏猪皮吧！"二顺儿就把沟儿摁倒了，叫："大娘快来杀猪啊！"热闹了一阵子。

庖牺娘就待见这半拉儿子的好脾气儿、好人缘儿，说："嘿呦，这才是人善找欺，驹儿善找骑呢，沟儿啊，往后咱也学得厉害着点儿，甭让他们把咱的容让当窝囊。"沟儿说："要不是娘在，他们非把我吃了不行。我说啥来着？我不过是说猪皮硬，抽起来得手。"庖牺说："哼，牛皮更硬，倒是有啊。"

二顺儿说："早就听说大娘疼沟儿，今儿咱可真见着了。唉，咱苦人儿一个，饿了没个人儿给送饭，拌嘴没人儿帮腔儿。"老实头大个儿说："才吃了大娘的饭就说这话，哪个当娘的敢让你这么没良心的小子上门儿啊？"庖牺娘问二顺儿："顺子瞧上谁家妮子了，跟姨说一声儿，姨给你找她娘说去。"

二顺儿小子机灵，赶紧把话头儿改了："瞧，说鞭子说到给我找人儿啦，这可是咋话儿说的？庖牺啊，咱那鞭子还绑不绑啦？"庖牺说："绑啊，咱把这群倔驴请来了，就得伺候啊，先砍竹子绑鞭子，完了还得给掏十几孔窑，唉，驴祸害了咱的苗儿还得敬着伺候屎尿的，这又是咋话儿说的？"

沟儿说："三十几根儿鞭子，少说也得二十张皮，谁家有牛皮先捐出来，实在没有狼皮也凑合啦。啥时候谁家杀猪，先剥下皮来，留着往后绑鞭子。"蛋蛋说他家有两块狼皮，二顺儿家有四五块狼皮，大个儿说回家找找，兴许有七八块。沟儿说："这就齐啦，有料了，就差人手了。"仨人都愿意学编鞭子，都说："赶明儿赶驴，还是使自个儿的鞭子顺手儿。"

庖牺问沟儿："要几个人编啊？人手够了吧？"沟儿说："我们四个尽着快编，一人一天能编出一根儿来就不错了。要想快编出来，人手就得多。大人腾不出手来，给几个半大小子也行，我教给他们。"庖牺说："行了，回头叫三娃子、留孩儿、小四儿、成娃、柱儿、炭条儿还有喜儿几个跟你们编鞭子。"沟儿说："老天爷下三天雨，鞭子就都有了。"

庖牺抬头看了看不明不白的天儿，跟她娘说："娘，您一会儿回去跟有根儿舅说一声儿，种地的人都下来给驴掏窑儿，就在这场子对面儿先开上十二三孔，黑间把驴关起来，省得叫狼啊豺的祸害了，也省得驴叫唤吵人。我下去瞧瞧谷子苗儿去。"她娘说："你就不能先回去把饭吃了？"庖牺说："天还早呢，刚才吃了两口，这会儿不饿了。我去先把姐儿换上来，黑妮儿还不定咋样了呢，昨儿就说要下了。"说完就过溪走了。

地里的苗儿还跟昨儿个一样儿，秃一块有一块的，得亏昨儿黑间岨儿带着黑妮儿守着，没别的畜生来糟害。庖牺划算着，得在东西两头儿挖壕沟，沟里下索子……突然想起昨天过河跑了的驴，嗯，河边儿也得防范，万一打那边儿游过来一群……还有山上窜下来的，干脆，四面儿围起来，等着偷嘴吃的。想好了一拍脑门子，从壕里往上拽套住的畜生，可比大老远地追强多了，嗨，咋早没想到呢？

岨儿老远招呼庖牺，庖牺问："黑妮儿咋样儿啦？"

"叫小狗崽儿吃奶哩。庖牺你猜下了多少条小狗儿？"

"三条？两条？"

"不对，再猜猜！"

"四条？五条？"

"还不对，再猜猜！"

"多啦还是少啦？"

"少啦，嘿嘿！"

"哎哟，下了多少条啊？六条？"

"不对！"

"我的娘哟，七条啊？"

"你也甭瞎猜啦，进来瞧瞧就知道了。"

庖牺一头钻进窝棚，一股血腥扑过来，里头黑咕隆咚，啥也看不见，只听见细细的嗷嗷声和响亮的吧嗒声儿，黑妮儿"汪汪"了两声儿，算是问候庖牺。她闭了一会儿眼睛，再睁开，才瞧见黑妮儿靠墙根儿卧着，肚子上趴满了一拃来长的小物件儿。庖牺跪下一条腿，摸了摸黑妮儿的脑袋。

岨儿说："屙屎的八条！直直折腾了半宿，咱黑妮儿真不容易啊！"

庖牺说："这我知道。一会儿你带它们回去吧，难为了你们了，今儿黑间不用来这儿了。"

岨儿说："别价，你可别轰我们！这儿就挺好的，我们一家十口就住这儿啦，等断了奶再回去。"

庖牺说："嘿咿，岨儿你就不想你当家的啦？"

岨儿说："当家的愿意来也来呗，嘿嘿，我们就一家十一了，哈哈，一大家子啊！"

庖牺说他："啥人呀你？你当家的也三四个月了吧？咋能叫她跟着一群狗睡地里！"

"嗯，她开春儿才养活哩，早哩，先跟黑妮儿学着点儿当娘，不挺好的嘛，嘿嘿。"

"越说越浑了，留神当家的踹了你！走吧你，回去吃饭去！我在这儿看着。"

岨儿说："吃啦，你没见外头盘了灶？"

庖牺说："呦呵，还真在这儿安家啦？回去瞧瞧，报个信儿，别惹着当家的，往后进不了门儿了。"

岨儿说："那就承你的情儿啦，我回去拿点儿东西就下来。"

岨儿拐搭着走了，庖牺坐在黑妮儿旁边儿，胡噜它的脑袋。黑妮儿翻了个身儿，爽性让她给捏捏脊，去去一宿的乏。这会儿庖牺看清了，八只小狗儿一水儿黑，分不出来谁是谁，真是娘黑爹黑一窝儿黑啊。窝棚旮旯儿堆着一只锅，俩桶，一只桶里有米。这个岨儿，还真是挨这儿安家了。男人家粗，连个碗都没有，人跟狗都锅里吃桶里喝。

岨儿走了不大会儿，沟儿来了，一进来就说："八条？我的大天儿！黑妮儿的奶哪儿够啊？我让岨儿跟娘要牛奶去了。"庖牺说："我猜了半天也没猜出这么多来，多是多，可忒小了，还没耗子大，能养得活吗？"沟儿说："上心就能养得活，我在花石山里，啥啥都没有，还把花儿跟黑儿养活了呢。一下子添了八条狗，往后看地看羊追驴撵马都不愁啦，呵呵！"庖牺说："我想着那四十来条驴才有大用呢，去花石山驮石头，白石山驮灰，去黑石沟儿驮黑石头，春上让它们拉'累死'开沟儿……"

沟儿突然想起啥来，说："娘叫你回去吃饭去！"

庖牺这才想起一早起到这会儿就喝了两口粥，肚子像是成心，跟着咕噜咕噜叫唤上了，那小子也踢腾开了，她笑了，拍拍肚皮说："是该吃了，咱孩儿不答应啦。"

# 第二十九回
## 收徒儿唯愿避灾祸
## 救师傅但求保太平

毛儿雨沥沥拉拉下了四天，人们在家里憋了四天，窑洞里起了绿毛，门口长出大片的狗尿苔。狗尿苔喝足了雨水，涨得跟摊鸡蛋似的，小的一个有巴掌大，大的简直成了牛头。这阴天儿要是再过下去，人不得水臌也得发出一身毛儿来。

后半夜儿雨就停了，天亮日头早早儿地出来了。几天儿没见，日头比以前快活多了。天澄地净，一草一木都冲洗得干干净净，明艳醒目。林子里沙沙响，枝枝叶叶还那儿捯饬呢。人也绚活啦，这几天儿家家腰机咯哒咯哒响成一片，趁着阴天儿，男人把家里的活儿干了，女人们腾出身子来，一劲儿地织。这会儿全上身上了，男人家比穿，其实比的是当家的手艺。

沟儿没新衣穿，庖牺娘给他织了块手巾挂脖子上了，这就挺不容易的啦，一个半半人伺候一大家子鸡、鸭、牛、马、猪、羊，愣挤出点儿工夫儿来，不给闺女织也得给女婿织点儿啥。庖牺两口子这几天在家里光顾着编鞭子、搓绳子、打套子了，一点儿也没给娘帮上忙儿。

庖牺一早儿去了地里，打算瞧瞧缺多少苗儿，今儿个好量了种子补种上。赶吃饭她才打地里回来，见她一脸喜气，娘和沟儿都问她地里咋样儿了，想着不至于太坏吧。"嘿咽，都甭着急了，不用补了，驴啃了的苗儿又长出来了，比没啃的还绿。冤枉了驴了，今年就算了，明年叫它们都去地里，好好儿耙踏个够。"娘说："我就说来着嘛，甭着急，准能长得出来。"沟儿说："我早就信娘说的，可是这么好，我可是没想到。"庖牺说："娘啥时候说的都对，到底儿经见得多了，遇上事儿了沉得住气。"又对沟儿说："今儿个你就带上人牵上驴去花石山拉石头去。我跟剩下的人把谷子地四围的绊马沟挖了，外头高点儿，里头低点儿，也能当排水沟使，把地里淤的水引到河里去。"

吃了前晌饭，沟儿搬出来一大摞绳子套子，全搭马驹儿背上了，等到下头接上驴，再给驴搭上。

沟儿赶着白脸儿在头里走，这些日子一直是他跟蛋蛋几个人喂驴，跟白脸儿驴混熟了。这畜生还真是块材料儿，别的驴都敬着它，听它的，它体格儿又壮，身上也没箭伤，自然成了驴里的头驴。沟儿一牵，白脸儿驴就知道往哪儿走了。鞭子杆儿一甩啪啪响，别的驴乖乖地跟着头驴走，鞭子抽不到身上。

到了清水河边儿，沟儿叫驴先吃了一阵儿草，饮足了水。借这工夫儿，他去了地里，想瞧瞧庖牺说的新长出来的谷苗儿是个啥样儿。驴咬的茬口儿里钻出了新芽，也跟狗尿苔似的，长得贼壮。沟儿圪蹴下瞧，起来瞧，瞧出来了，驴除了啃了苗儿、耙踏了地，还拉下了一堆一堆的黑粪蛋儿，雨水一泡都散了，没耙踏的地方儿没粪蛋儿。谁知道驴粪是好东西啊，他跟庖牺说了，庖牺想起春天花儿跑过的地方谷苗儿也是长得壮，说："驴粪狗屎都是好东西，别糟践了。"沟儿说："那就回家背个篓子一道儿拾粪蛋儿，黑间背回来给你搁地里。"庖牺笑了："你呀，天生操心的命儿！我待会儿叫几个半大小子跟着拾过去就行了。"

给驴饮足了水，罐子里全都灌满了水，人和驴浩浩荡荡过了河。到了雷泽里，沟儿又叫歇下，让驴再吃上一阵子露草，等驴吃个撑饱儿再进山去。

自打那回灭了杂种沟的杂种们，沟儿有多半年没来花石山了。人们也是光顾种地了，误了打猎，也没工夫儿找石头。这回出来，跟往常打猎找石头不一样儿了，有了四十来头驴，驮着水灌子和打石头撬石头的家什，有了㕮儿驯出来的四条猎狗。六七十人，腰里插满了箭，肩上挎着弓，吆喝着牲口，威威扬扬进了山。

以往进山，都是拣现成儿的石头块儿背回去，这回也是捡石头，一边儿捡，一边儿往驴背上驮子里头装。装满了，一人牵一头驴，吆喝上回了。沟儿领着剩下的二三十人，钻进杂种沟里，就着废了的杂种洞采石头。从洞顶儿往里头离，打算离出大块石头，驮回去当吃饭的台子。窑前头的石头台子的人家不多，都是在南山找着的，南山的大石头全找光了，好些人家就拉个树墩子当台子。树墩子招虫子蚂蚁，又容易烂，老得换。

离石头是慢工，动手凿石头之前，先得支住石头免得石头掉下来砸着人，又要横着撑住两头儿的石头墙，斜着戗住里头的墙。光砍树就花了四天工夫儿，支一个洞，小的用十几根木头，大的用二三十根，这就要二百多棵树了。砍完了树，还得截齐了，全靠石头斧子石头刀一点儿一点儿抠饬。沟儿跟庖牺商量，这三十来个人就长年干这个得了。庖牺觉得这是个常事，就答应往后不给他们派别的活儿了。

过了些日子干顺了手，三十来人背着抱着，一天下来能出三四块石板，大块儿小块儿的下脚料供给了家里磨家什的。等到收了秋谷和火麻，二百来家有了新石板。三块石头支起来，就成了个台子，做饭、吃饭、摔谷、晒麻全在石头台子上。

　　照这么开下去，还得等多半年，雷泽各家才能全用上新石板。收完秋，庖牺叫筏子上以外的男人们全去开石头、运石头，又添了几个半大小子去打下手儿。她算着，到头场雪下来，家家儿就都能有块石板使了，男人就都在家里歇冬，打磨器具，等天暖和了再去花石山。

　　起头儿的三十来人成了师傅，一人儿带三四个新手儿开一个洞。有五个新来的半大小子没人要，都跟了沟儿。沟儿说："知道人家为啥不愿意要你们吗？"成娃是五个小子里最大的，十四了，个头儿比那四个倒是免了点儿。成娃说："还不是嫌我们人小没劲儿，怕干不出活儿来？"大个子柱儿说："人家许是嫌我们笨吧，怕教我们费劲还耽误活儿。"三娃说："也许是怕我们淘气不听话，怕管不了我们。"喜子跟炭条儿都说想不起别的来了，炭条儿说："实在没人要，我们就还拣驴粪蛋儿去，反正驴不嫌我们这啦那啦。嗨，谁没打这么大儿过过呀？甭把人瞧扁了，咱长大了比他们差不了，哼！"喜子是个豁嘴子，说不清话，不爱张嘴。

　　沟儿呵呵笑了。说："驴粪蛋儿让赶驴的人来来回回捎带手儿就捡了。我可不嫌你们小，不嫌你们笨，也不怕你们淘气，你们知道我怕啥？"五个孩子大眼瞪小眼儿，说不出来，三娃问："师傅您不会怕我们几个齐搭伙儿欺负您吧？"沟儿说："你小子心眼儿不少啊！"成娃赶紧说："不会不会，我们哪儿敢欺负师傅啊？甭听三娃瞎嘚嘚！"

　　沟儿哈哈笑起来，说："我这人走到哪儿都没受过欺负，我不欺负人，也不怕别人欺负我，就你们这样儿的，再有五个也欺负不了我，不信你们就试试。"几个孩子都嗔怪三娃瞎说，三娃说："我哪儿敢说欺负咱师傅啊？师傅问了他怕啥，我也不知道，就瞎尿说了。师傅可别往心里去啊！"沟儿又笑起来，说：

"去屎的吧！瞧着我是往心里去的人？我跟你们说，我最怕的是出啥事儿，咱在洞里干活儿，三块石头夹一块肉，不是闹着玩儿的！这些大人天天儿都有砸了脚碰了手的。我告诉你们，砸了碰了，轻的掉层皮，重的能砸残了，闹不好会要了小命儿！跟着我，不求干活儿多，只求不出事儿，出了事儿，我没法儿跟你们爹娘交代。别人不愿意要你们，就是怕你们出事儿，担待不起。跟着我干活儿，最重要的是小心，不出事儿。话翻过来掉过去地说，就是让你们记住，记得住吗？"五个人齐说："记住了！"

沟儿先教他们磨斧头，凿眼儿，安把儿，安好了把儿，往眼儿里楔木头条儿。"一定要瓷瓷实实的，要不楔瓷实了，一斧子抡出去，斧头飞了，砸脑袋上就开瓢儿啦。这事儿可马虎不得！"五个孩子记下了，斧子把儿楔得结结实实的。

一人儿有了一把快斧头，沟儿带上他们上山砍树去了。砍了树，就地儿去了枝子杈子，一人一趟拖回两棵来。砍了三天树，沟儿说："先使着，不够了再砍。"接着削杠子，支顶子，撑石墙，横撑竖支斜戗忙活完了，沟儿找来一堆下脚料，叫孩子们磨锤子，磨扦子。这活儿人人都会，孩子们打六七岁就磨石头，比扦子更难的都磨过，凿安锤子把儿的眼儿费了点儿难，手稍微重一点儿，就会凿劈了石头。磨好了锤子，安上了把儿，楔结实了，扦子也磨出一大堆来了，孩子们想着，这回该离石头板了，沟儿却叫他们只离两只宽两指厚的石头条儿。

三娃问："师傅，这么窄的石头条干吗使啊？"沟儿说："这个是叫你们先练练手，先学离窄的，再学离宽的。直着凿几下儿，再斜着凿几下儿。先凿短条儿，这一溜儿分成五小截儿，长点儿短点儿都不要紧。"

沟儿拿了块儿尖石头块儿，划出了要凿的上下两道儿，又分了五小截儿，说："锤子轻点儿，把扦子的手往下拿，凿浅点儿，多凿几下儿，石头裂不了，急着一锤子下去，想快点儿，准凿裂了。凿一锤子，就把扦子翘起来抖搂一下儿，勤蘸着点儿水，为的是扦子别太烫了，要是烫手了，就扔桶里泡上，再换一根儿。动手凿吧！别磕着碰着了！"

五个孩子排成一溜儿，开凿了，沟儿自个儿在对面儿也凿起来，锤子扦子叮当叮当响成一片。火星子噼里啪啦四飞乱溅。沟儿凿出来的一溜儿有三指宽三指厚，分成三截儿，每一截儿都比一块石板还长。五个孩子一个也没凿出一整截儿来，成娃心最细，凿出来的也折了两截儿，别的都是折成了四五截儿。四个孩子夸成娃，成娃夸师傅，沟儿说："头一回干，凿成这样儿就不错了。下回心细点儿，手轻点儿，就折得少了。别怕慢，慢工出细活儿，都跟成娃学，别急。"

成娃说："我的也折了，不能用。"沟儿说："咱这儿不出废料，凿出来了，就有用。这会儿换换手，把你们凿出来的全磨成扦子，有多长磨多长。"他自个儿也磨起来。自然成娃那两截儿磨得最快，沟儿说："这回瞧见了吧？慢其实是快。"成娃说："要是不折那一下子，就更快了。"

几个人一会儿磨好了一堆长长短短的扦了。沟儿又画出了制子，这回凿的是竖条儿，从上往下的通条，还是二指厚二指宽。沟儿教给他们，先从左边儿的制子印儿凿，直着凿透二指，通着一直往下凿出一道沟来；再横着拿扦子，从右往左，横凿几下儿，再从上头斜着凿几下儿。几个孩子捡出好使的新扦子，慢条斯理儿凿起来，这回的活儿虽然比刚才的难多了，可是凿起来并不太难，一来有了经验，二来是扦子好使了，精心凿出来的扦子到底儿跟下脚料做的不一样儿，咋使着都顺手儿。沟儿也不给截道道儿了，让他们能凿多长的条子就凿多长。他自个儿还是照着三指厚三指宽凿，也是竖条子。

一天下来，石洞墙上横着竖着凿下来几道沟，磨了一大堆长长短短的扦子。沟儿夸孩子们："今儿个活儿干得不错。来，都伸出手来叫我瞧瞧，要左手！"五只手齐齐儿伸出来，磨破了的水泡露着粉嫩的肉儿，三娃大拇哥肿得跟扦子似的，炭条儿二拇哥的指甲盖儿翻了，哪只手上都有血道子。沟儿看得心疼，说："别沾水，回去跟娘要块儿布，明儿裹住手。炭条儿明儿先别来了，我跟你师娘说说，给你派个别的活儿，等指甲盖儿长出来了再来。"炭条儿嘿嘿笑了："一个指甲盖儿还挡住干活儿了？明儿我裹块布就行了。过几天老帮了就掉了，这会儿撕了怪疼的，嘻嘻。"沟儿说："别价，可别撕，撕了更不要你了。"炭条儿说："那明儿我还来啊。"沟儿说："我是怕回头你娘找我来了……"炭条儿说："嘻嘻，师傅甭怕，我娘准不会跟您要指甲盖儿。我这根指头的指甲盖儿掉了不知道多少回了，师傅放心，没事儿！"

干了两天半，攒了一大堆石头扦子，沟儿叫把长的短的分开，顺好了。石头墙上也能瞧出眉目来了，齐齐整整扣着七块长方石板，两块是沟儿凿出来的，比那五块深。沟儿叫孩子们把石板旁边儿的沟儿再凿深一指，跟他那两块一样儿。

第四天，沟儿提溜了半桶水，叫把短扦子搁桶里，随使随拿。这回真格儿离石板了，沟儿再三嘱咐："别着急，一锤子一锤子慢慢儿凿，要不一块板子毁了，到这会儿的活儿全白干了。咱先把最外头的两块离了，腾出地方来，再往里头离。仨人一块儿，炭条儿和喜子跟我一拨儿。别一块儿下手，一人儿把住一块地儿，你凿几下儿，我再凿几下儿，轮着凿，不停地往石头上湿水，仨人搭配好了。不累。还出活儿。"

这回可知道这几天磨扦子的用处了，开头儿使短的，石板越离越深，使的扦子也越来越长，到最后用的全是沟儿预备下的三指厚三指宽的大长扦子。六个人三天离下两块板儿来，成娃他们那块还缺了个角儿。沟儿说：干脆咱把几个脚儿都磨圆了吧，省得再磕了碰了，搁家里也好使唤。"人们都喜欢圆角儿的石板，说碰不着娃娃磕不了腿。打这儿起，离出来的石板就都先磨光了角儿，再分给各家。

日子一天儿一天儿近了，眼瞅着庖牺的肚子越来越大，大得甚至过了头儿，她娘算的日子也过了，可是还没动静儿。娘平常比谁都沉得住气，这会儿也着急了，咋琢磨都不对。庖牺揣着明白装糊涂，劝她娘："也许记错日子了，是咱家的人，迟早儿要进咱家门儿。"过了几天儿，还没动静儿，娘又不踏实了，问闺女儿是不是觉着哪儿不好。庖牺说："哪儿都好好儿的，没心没肺，能吃能睡，准是个大傻小子。"又过了些日子，还是不见动静儿，娘可真着了大急了。

庖牺哄她："娘，我夜里梦见姥娘了。"

娘问："说话儿了？"

"说了，姥娘问您好吗，我说：'挺好的，就是着急我咋老不养活。'您猜姥娘说啥？"

"快说，姥娘咋说来着？"

"姥娘说：'雪妮子啊，你肚里这小子是个雪娃子，到时候我给送来。叫你娘好好儿等着，给娃絮个羊毛兜肚儿，省得着凉闹肚子。'"

娘出了一口长气，铰了一只老羊的毛，撕得干干净净的，又织了块白布，絮了一个肚兜儿，全预备齐齐了。娘天天儿一起来，就先瞧东边儿的天，盼着燧娘娘显灵。

坳子里全都使上了新石板，就剩庖牺家和跟着沟儿干活儿的几个孩子家还没分到。沟儿他们的活儿是越干越漂亮，他们等着人们都有了，自个儿最后要做工最好的。沟儿更是想着，等庖牺养活了，他送一块最可心的石板当给孩子的礼儿，一冬天叫孩子在上头睡，爬，玩儿。沟儿相中了杂种沟上头一大块黑色儿的石头，有两三个洞长，像个小山儿，石头里头夹着白砂石粒儿，镶着好些个又长又尖的宝贝壳儿，跟号角似地好看。

成娃他们几家儿全都分了可心的石板，他们把板子凿成了圆的，省得四角儿磕着碰着。五个徒弟跟师傅学了八般手艺，这咱凿起扦子来得心应手了，他们商量着把石板就势凿成长圆儿的，再用同样儿的石头凿五个墩子，一个架底下，四个当坐的。商量好了，定出了制子，六个人就分头干起来了。沟儿凿石板，徒弟们凿墩子，先起尖儿。这石头硬得厉害，原先的扦子使不上劲儿，三下两下不是折了就是秃了。沟儿就叫拿起下来的黑石头磨扦子，硬攻硬。

这活儿可是费了大劲了，地方儿比洞里方便了，能抡打开了，可是石头太硬，往常一锤子能凿出来的，这会儿得凿五锤子。沟儿试了几下儿，知道活儿太硬了，就想算了，可是成娃他们不干，说这么好的石头，撂这儿糟践了，石头硬，正好练手。沟儿只好随伙儿，心里慨叹岁数儿不饶人儿，在这几个娃娃跟前，他成了糟老头子了，全没了去年冬天只身进花石山的勇。

石头再硬，也是死的，架不住活人一点儿一点儿抠饬，抠饬得顺了手，活儿越干越快了。五六天下来，墩子都离出来了，沟儿的板子还没下来，几个人趁工夫儿把四个坐的墩子打磨光乎了。石头一光乎儿了，就跟妮子打扮了似的，闪着柔和的光。等板子离出来了，跟墩子一比，显得忒糙了。沟儿说："回去再拾掇吧，连边边沿沿，我回家慢慢儿磨去。"几个人非要打磨光了再往回拉，炭条儿说："既然是师傅给师娘送的礼儿，就该像个礼儿的样儿，毛毛扎扎的叫啥啊？"三娃说："这石板一进窑儿就见不得天日了，咱磨光了拉回去，叫坳子里的人都瞧瞧咱的本事。"成娃说："对，咱露露脸儿，驴驮着也好受点儿。"沟儿说："不好太耽误你们大伙儿的工夫儿，眼瞅着快上冻了，咱还是早点儿回去吧。"炭条儿说："误啥工夫儿呀？别人家的板子全磨过，到师傅这儿咋就耽误工夫儿啦？"沟儿说："别人家谁也没墩子啊。"柱儿说："别人家还先分的呢，咱等了半年才使上，强了点儿，谁也说不出个啥来。再说，也没花他们的工夫儿。"这倒也是，这会儿人们都在家里过冬了，只有他们几个还在花石山里。沟儿拗不过小哥儿几个的好意，好在也就半天儿的活儿，说："行了，我欠你们几个的啦。那就干吧，早完了早回家。"

人多出活儿快，一会儿磨光了面儿，边边沿沿也圆弧儿了，一个鸭蛋形儿的台面儿出来了，沟儿瞧着就跟见了庖牺似的。

出来的虽然只有六个人，却赶了一群驴，为的是叫驴多驮趟石头，来回在雷泽里和清水河边儿吃上一气草，这俩地方冬天的草也绿着。几个人去上头树林子里解下驴来，给每一头驴的驮套里装石头，白脸儿驴劲头儿最大，驮了石板。

临走，沟儿想起庖牺待见有宝贝壳儿的石头，就去凿石板石墩的黑石头那儿搬下脚料，找块带宝贝的给她稍回去。石头缝儿里夹了一块裂了的石头，上头长着两个巴掌大的宝贝壳儿，黑底儿上白得缭眼。沟儿就去掏那块石头，缝儿太窄，掏不出来，他拿了根黑石头扦子撬，撬得石头一点儿一点儿往外走。就这么左边儿撬撬，右边儿撬撬，石头出来了一大块儿，掏得动了。沟儿小心翼翼俩手捏着石头，一点儿一点儿摇晃着往外挪……

老天爷不负工夫人，沟儿到底儿把那块石头掏出来了，这才瞧见石头里面镶满了大大小小的宝贝壳儿。他喜欢得跟个孩子似的，琢磨着回去磨成个啥物件儿给庖牺使唤……

一阵细碎的嗞嗞声，接着是吱吱嘎嘎的响动，沟儿突然警觉，猛地一闪往下跳，只听得轰的一声，饿石头墙的木头折了，天压了下来，一阵撕魂裂魄的疼，把他带走了……

沟儿从疼痛里醒来，只觉得天旋地转，五脏六腑煮开了锅，身子像叫杀一样儿疼，眼里的世界怪怪的，全倒了个儿。剧烈的疼痛使他清醒了，这才发觉自个儿悬空挂着，半条腿被塌下来的大黑石头给夹住了，下头就是杂种沟。他瞧见了跑过来的成娃他们，拼着死命喊："都别过来，瞧砸着你们!"一边儿喊，一边儿俩手使劲抠住底下的洞顶儿，想抻出夹住的腿来，可是不管咋使劲，一点儿也动不了，疼得钻心刺骨。

几个人哪儿听他的啊，几步蹿上来，大个子柱儿踮着脚儿，俩手还够不着。几个人把刚装上驮子的石头墩子卸下来，搬到沟儿跟前扎上去。柱儿托住沟儿的身子，成娃他们四个去撬石头，不管咋撬，石头纹丝儿不动。成娃叫喜子："快跑回去，叫有根儿舅舅带上人跟家伙来！"三娃说："干吗叫个豁嘴子回去报信儿啊？我去！"成娃说："你没喜子跑得快，快撬吧！"沟儿疼得嘶嘶啦啦地说："没用，都没用，这条腿横竖是废了，求求你们，哥儿几个使把劲儿，帮我把压着的半条腿卸下来吧，也叫我少受点儿罪！"

几个半大孩子哪儿见过这个呀，都不知道咋办好了，沟儿疼得骂："都是废物！吃货！没良心的王八蛋！"成娃说："骂吧，骂骂好受师傅就骂吧！"又叫喜子："还不快回去去叫人！"沟儿说："喜子，叫几个大人来就行啦，不能叫你师娘她们知道！嘶，呀，疼死啦！"

几个孩子能做的，就是轮流托着他们的师傅。沟儿说："都起开吧！这地界儿太悬，别再夹住谁了！"

炭条儿说："我们不能搭救师傅就够造孽的了，哪能叫师傅吊着啊？"

沟儿说："你们要是真心疼我，就一斧子把我这条腿砍下来！"

成娃说："师父，下不了手啊！"

沟儿骂道："废物！废话！那年瞎姥娘一个人没有眼都能截了岨儿的腿，你们四个大小子咋就拧不动？拧不动就拿斧子砍！砍得动树，就砍不动根儿骨头？"

柱儿说："瞎姥娘是巫婆儿，啥啥都能。我们连听着都起鸡皮疙瘩，别说动手了。师父您就忍一会儿吧，待会儿人来了，搬开石头，我背上您，跑着去找瞎姥娘。"

　　成娃说："师父您省省劲儿,一会儿人就来了。就算我们拧得动,砍得动,您也受不了啊!"沟儿骂道："瞎尿说!你咋知道我受不了?姐儿那时候咋受来着?只有享不了的福儿,还有受不了的罪?知道个屁!"

　　成娃怕他费气,就不再说话,心里头苦苦求告燧娘娘："大圣大验的燧娘娘,叫我师傅少受点儿罪吧!叫人们快点儿来吧!叫我师父太太平平的吧!师傅可不能没了腿啊!"求告了多少遍,人们还是没来。沟儿骂起人来："今儿个可是求着你们小屌了,早知道是一伙子没胆儿的尿种屄包,当初就不该收你们。你们这伙子没良心的,瞧着我受罪好受是吧?"大个子柱儿说："师傅别急,一会人就来了。"沟儿还是骂："我急顶个尿呀?滚!滚尿的!都滚尿远远儿的!瞅着你们的屄样儿就有气,一窝王八羔子!"四个人想得都一样儿:叫他骂吧,骂两句也许能忘了疼。成娃心里头一个劲儿求告："燧娘娘,叫我替师傅受罪吧!我师傅是好人啊,我是条虫,是条蛆,叫我受这罪吧!"

　　喜子是跑着去的,人们是跑着来的,全都带着撬棍、斧子。冷妮子爹瞧了瞧说："万万不能撬,万一撬裂了石头,压下来人就全完了。"人们都看着他,不撬咋救出人来啊?他说："只能打下头凿,下头塌了,就活泛了,人顶多跟着往下摔,只要砸不着就齐了。成娃,你们把锤子和能用的扦子全找出来,待会儿接茬儿磨扦子,长的短的都要,看见顶子没有,长的得能凿透了才行。"

　　沟儿一听,就说："甭费那劲,舅舅一斧子砍了这半条腿就全结了,大伙儿少受累,我也少受罪。赶明儿姐儿也有个瘸伴儿。就这么着了,砍吧!砍啊!"冷妮子爹苦笑着说："都到这份上了,你还有心逗闷子!你别急呀,人多,一会儿就凿出来了。快,支顶子!完了开凿,就前头这一小条儿,四个人一块儿干,里头俩,外头俩,一顺儿凿。等里头有了空儿,站下一个人豁口儿。"说完点了五个人出来，又叫几个身大力不亏的轮着举着沟儿，叫剩下的人往这儿搬石头，把里头外头的地垫起来。地垫高了，人们不用费劲儿托着沟儿了，抱着省劲儿多了。冷妮子爹盯着上头下头的石头，指挥人下锤子。

开凿的那一条儿石头顶儿比沟儿压着的腿两边儿宽出来，先从底下凿了一个凹槽儿，接着冷妮子爹叫对着凹槽儿凿上头，从外头往里插着凿。

等凿到能插进撬棍了，冷妮子爹叫停了，又叫从上头俩豁槽插进撬棍去，几个力气最大的把住撬棍从下头悠，他自个儿扎在洞里的石头上，一只手托住凹槽儿，一只手捉住下头的顶柱儿。

凹槽儿在撬棍下头咯吱咯吱响，两根撬棍垂下来，撬通了！冷妮子爹叫抱着沟儿的大个儿："大个儿，我要撤石头了，你抱住了，蛋蛋，托住腿！那谁，你们过来撤这根顶柱儿！"

顶柱儿撤了，冷妮子爹俩手掰住凿下来的石头，摇晃了几下儿，石头整个儿离了下来。他刚拿开石头，头上哪当挨了一下子，一瞧，是沟儿的脚。他捉住那只脚，跟着大个儿、蛋蛋他们把沟儿抬出来，叫他俩抬上沟儿赶紧去找瞎姥娘："快，跑着去！一刻不能耽误了！"又叫所有的人赶快撤："都躲远远的！"

人们赶上驴，还没走几步，就听得后头"嘎吒吒"响，紧接着是惊天动地的"轰隆隆"。谁也不敢回头看，想着都后怕。冷妮子爹却站住了，等着轰隆声静了，走过去瞧了瞧，回来说："明儿要是天儿好，咱都来凿石头，这回好凿多啦。"

到了瞎姥娘门口儿，冷妮子爹叫人们先赶着驴上去："把碎石头卸晒谷场上，石板、墩子给庖牺搬窑儿里去，说沟儿随后就到。"他自个儿进了瞎姥娘窑儿里。

只见大个儿抱着沟儿的腰，蛋蛋捂住沟儿的嘴，瞎姥娘掰着沟儿的一条腿摆治，沟儿的脸抽抽得要多难看有多难看，汗跟雨似地往下流。冷妮子爹跪下一条腿，帮着摁住沟儿另一条踢蹬的腿，等瞎姥娘摆治完了，问："这条腿还有救儿吗？"瞎姥娘说："腿没大事儿，错了环儿，摆治过来了。那俩脚趾头死了，我给掰了，要不掰了，血淤住了，半条腿都得死了。一砸了那时候找我来就好了，这会儿晚了，可惜了儿的俩脚趾头，还是吃劲儿的大拇趾跟二拇趾，往后走道儿就不利落了。"冷妮子爹一个劲儿地谢天谢地谢瞎姥娘："多亏了姥娘了，庖牺这两天就养活了，沟儿要是没了腿，还不把她急死了？"

听了瞎姥娘的话，沟儿心里又感激又羞悔，要不是成娃他们几个小人儿，他这条腿就没了。冷妮子爹对他说："我背上你回去吧？"沟儿还没顾上说啥，瞎姥娘说了："沟儿啊，你不如在姥娘这儿囚上一宿，万一疼起来，我好给你摆治。"沟儿说："不就俩脚趾头嘛？没事儿，我自个儿也能走回去。"蛋蛋骂他："才过了河就拆桥啊？走你个屁吧！"又对冷妮子爹说："舅舅先回吧！我跟大个儿再侍候小屌一会儿，嘿嘿，省得庖牺骂我们不知道心疼人。"冷妮子爹说："那就等会儿一块堆儿回去吧！"

瞎姥娘从一个罐里抓住一把白色儿的膏儿来，抹到桦树皮上裹好了，告沟儿说："疼得厉害了，就再抹点儿，吃也行，可别一下子全吃了！"沟儿问："姥娘，这是嘛呀？""白茄花儿熬的膏儿，赶明儿你好了，记着帮姥娘找白茄花儿啊！这东西治伤离不了的。"沟儿说："这会儿药劲儿才上来，不觉得疼。刚才疼得跟杀猪似的。"蛋蛋说："刚才你小子好凶啊，踢蹬得真跟一头挨宰的猪似的。"瞎姥娘呵呵地笑，说："沟儿啊，要是等到这会儿不疼了再摆治，你那一只脚就没了。就是怕你叫唤得让你上头当家的听见，才叫蛋蛋捂住你的嘴来着，叫你受罪了，呵呵。"沟儿脸红了，说："嗨，我也是个屄人。"

瞎老娘说："人还是屄点儿好，我跟你说啊，你这只脚几天吃不住劲儿，能不动就别动，非要走道儿也得拄根棍子，等慢慢儿好了再吃劲儿。忍几天吧，天寒地冻的，反正外头也没活儿，你就好好儿挨家养着吧！"沟儿说："庖牺这就生了，该养的是她，我俩脚趾头还至于事儿似的养啊！"瞎老娘说："俩脚趾头可不是小事儿，要不，就挨我这儿养着吧！"沟儿赶紧说："别价，我回去好好儿养着就是了，姥娘就别操心了。"

# 第三十回

# 花生胎降喜降福祉
# 驴马配添牲添大骡

"妮子，再使点儿劲儿，哎，对，再使点儿劲儿！好，好！"庖牺躺在青石板上头，已经挣扎了半天了，脸倦得像秋天的黄昏，嘴皮子裂了，起了卷儿，泛着白，她俩手紧紧抓着沟儿的胳膊，想从亲人身上借点儿力气。

沟儿的胳膊上青一块紫一块，满是深深的指甲印子。他知道庖牺有多难，攥住她的腕子，想替她使上一把劲儿。瞧着当家的这么受罪，他心上这个悔呀愧呀，骂自个儿不是人。早知道养活孩子是这样儿，打死他也不会拿她撒野。要不是胳膊动不了，他真能抽自个儿几巴掌。女人咋这么苦啊？他趴在当家的耳朵边儿上小声儿说："妮子，我对不起你啊！"

"再使点儿劲儿，好！好啦！孩子露头儿了！"随着娘一声惊喜的叫喊，庖牺看见了日出，羊皮褥子像朵朵红云，自个儿却在日头和云上面，没抓没挠儿的。绷着的弦儿松了，一口气儿泻了，一点儿力量也没了，人悠悠乎乎打天上掉了下来。

沟儿的胳膊松了绑，登时无比轻松，眼光从当家的脸上跳到娘手上，那出生的小日头在娘手上托着，把娘的手都映红了，日头扎挣着越露越多，满天的云朵红了。他使劲儿噙住滚滚的泪，对庖牺说："妮子，你真了不起！"要不是娘在旁边儿，他准会抱住当家的狠狠地亲上一口。

庖牺娘出了一身大汗，总算把孩子拽出来了，"哈啊、哈啊"的哭声把庖牺叫了回来，她攥着沟儿的手问："姥娘来了吗？"沟儿说："来了，满天的大雪。"又问忙着给孩子擦洗的庖牺娘："娘，是妮子还是小子？"娘呵呵笑了："嘿，是个带把儿的！就是小了点儿，叫'白小儿'吧！"沟儿出了一口长气，孩子今生不用像他娘那样儿受罪了！

白小儿只有一只大脚丫子大，可是脑袋上贴满黑头发，嗓门儿倍儿大，娘说："这小子，在娘肚里憋了快一年了，头发都这老长了，咋就没长个儿呢？"沟儿紧着找补："这不出来就要奶吃嘛，呵呵，我们小子一点儿委屈也不受啊。"

娘把白小儿递到庖牺怀里。庖牺瞧着这个枯皱的小东西，眉头拧了个疙瘩："空怀了那么大个肚子，嗨！"眼泪儿哗地下来了，沟儿劝她："哭个啥呀？咱孩儿还长！快叫孩子吃……"

"啊！"庖牺一阵尖利的叫喊，沟儿赶紧接过孩子来。娘吓得转过身来，突然大叫："可不得了了，还有一个呢！"得亏娘眼快手疾，又给这个家里接来了一个小日头："这回是个妮子，哈！叫'白妞儿'吧！"

白妞儿比白小儿还小，脑袋前半拉是秃的，后半拉稀稀拉拉长了几根儿绒毛儿。白妞儿不哭，庖牺娘把俩手指头伸进孩子嘴里，掏出来一团黏糊糊的东西，又嘴对着嘴吸了一阵儿，弹了两下小脚丫儿，"哇哈！"孩子一下子哭响了。白妞儿"啊哈、啊哈"哭，白小儿"哈啊、哈啊"哭，庖牺娘亲了亲白妞儿的小脸儿，乐得闭不上嘴："等了你们一年了，说不来都不来，说来都来了，哈，咱家一下子添了两口人！啵！啵！"

"汪！汪！"花儿拱进来了，它是听见哭声好奇才过来的，它的六个孩子都叫人领走了，庖牺娘一直在这边儿忙活，它一个儿在那边儿窑里也耐不住寂寞了。一时间孩子哭、狗叫，窑洞里要多热闹有多热闹。庖牺抱着白妞儿，沟儿抱着白小儿，庖牺娘跑前跑后紧着忙活，乐得不停地叨叨："得亏他们俩赖到这会儿才来，赶上你们俩都在家里。要是收秋那工夫儿养活了，那才叫我里里外外抓瞎呢！"

沟儿把白小儿给了庖牺，换过白妞儿来，这妮子眉眼儿真像自个儿，嘴跟下巴像她娘。沟儿叹道："嗨，可怜的妮子！没想到你还是来了。"庖牺娘不乐意了，嗔怪道："这叫啥话？妮子咋啦？妮子就不该来咱家啦？"沟儿说："妮子一辈子受罪啊，女人命苦啊！"庖牺娘"扑哧儿"乐了："哼，咱白妞儿赶明儿能当大娘哩，管着白小儿，连你都管着！到时候瞧谁苦吧！"沟儿咧着嘴说："照娘这么说，倒是我们男人命苦喽。白小儿啊，咱天生是受人家治的命儿，咱俩苦啊！"

白小儿张着小嘴儿只顾"哈啊哈啊"哭，不知道日后要受妹妹的治；白妞儿人儿小，可是比她哥哥哭喊的声儿更高，庖牺娘说："听出来了吧？咱白妞儿血里就有了治人的品格儿。"

俩孩子一劲儿哭，沟儿说："可怜见儿的，他娘，叫孩儿吃口奶吧！"庖牺解开怀，娘赶紧说："头一口奶有毒，可不能吃！妮子，挤了！"果然，庖牺挤出来的奶又稠又黄，还带点儿绿。挤了几滴就白了，娘说："行啦，行啦，别挤啦，看糟践啦，两张嘴吃你呢！"

庖牺把俩奶头儿都挤了，两张嘴叼住了，顾不上哭了，不用教，就咕嘟咕嘟吃起来，小鼻子眼儿"呼哧呼哧"帮着使劲儿。沟儿觉得当家的一下子变了，变得从来没有过的慈爱，眼上罩着一层柔和的雾。

　　俩孩子"咕嘟咕嘟"不喘气儿地吃，直吃得"咯儿咯儿"咳嗽起来，小脸儿憋得通红。庖牺娘说："行啦，行啦！再吃就噎着了，咋就跟饿了一辈子似的？"说着抱过一个来，轻轻拍孩子后背，孩子打了个饱嗝儿，溢出一口奶来。庖牺学着样儿抱着另一个拍，她娘说："对了对了，孩子吃了奶，老得拍拍，拍出嗝儿来吐出奶来，就不存食儿了。"

　　娘儿俩一人抱一个孩子，只有沟儿手还闲着。"他爹，给我倒口水！嗓子眼儿干得冒烟儿。"沟儿头一回听当家的这么叫他，这才真切地意识到自个儿当了爹了，俩孩子的爹。他端了水来，把碗凑到庖牺嘴边儿，忍住笑说："他娘，给水。"逗得庖牺娘直笑："呵呵，成了俩大人了，他爹他娘的。"庖牺放下水碗，叫了声"他姥娘！"她娘就说："哪儿有这么叫的啊？你见我这么叫过你姥娘吗？"沟儿说："就是，哪有这么叫自个儿的娘的？咱只能跟白小儿、白妞儿说'你姥娘'。还是当娘的呢，连这都不知道！"庖牺傻傻地笑，一劲儿叨叨"你姥娘，你姥娘"。娘说："得，这下儿魔怔啦！"

　　到了黑间，两口子才知道"他爹"、"他娘"不光是叫着听的。刚睡着了，一激灵给吵醒了，白妞儿"啊哈、啊哈"扯着嗓子哭，庖牺赶紧拿奶头儿塞住小嘴儿。这个一哭，那个也跟着"哈啊、哈啊"闹腾起来，好在有俩奶头儿，再塞一个。底下铺的羊皮垫子尿湿了，一会儿就冰凉冰凉的了，爹娘一人儿抱着一个孩子，拿自个儿的身子把底下鏊干了。庖牺说："他爹，你睡会儿吧！"沟儿心里想着换庖牺睡觉，不敢真睡，眯瞪了一下儿，就说："他娘，你睡会儿吧！"窑儿里点着火麻籽儿，俩人鸡打盹儿似的，一会儿一换，瞧着俩孩子小鼻子儿呼煽呼煽的，天灵盖儿浮哧儿浮哧儿的，才放心睡了。

　　俩孩子一天儿一样儿，没几天儿，脸上的枯皱皮儿就舒展开了，好看得跟一对童儿似的。白妞儿长得小，娘偏她，老是叫她多吃奶。白妞儿"噌噌"地长，追上了白小儿，秃脑袋叫黑头发盖住了，不瞧下头，跟白小儿分不出来。俩孩子一乐，跟一对儿星星似的。俩孩子越来越好侍候，就跟知道心疼大人似的，黑间不吃也不闹。两口子躺下，逗着孩子耍上一气，能一觉睡通了，到天快亮时，孩子才把他们闹醒了，见天儿见，跟鸡打鸣儿似的。

三个月上，孩子会翻身了，黑石板上铺着羊皮，俩孩子骨碌过来骨碌过去，"咯咯儿"乐个不停。赶上过阴天儿，庖牺就绑上腰机，一家五口儿要穿，得趁着闲工夫儿织上一气。孩子姥娘在一旁儿拨捻麻批儿，沟儿在门口儿磨扦子凿锤子，让石头渣滓、火星子往外头溅。

火堆里冒出栗子的香味儿，沟儿抓出俩来，四个指头一挤，捏破了，扔嘴里嚼烂了，抱起白妞儿来喂上一嘴，再抱起白小儿来喂卜一嘴。俩孩子咽了，张着肉嘟嘟的小手儿，嘴里"咽咽"着还要吃。孩子姥娘放下捻了一半儿的瓦，也帮着剥栗子，嚼栗子。庖牺腾不出手来，瞧着娘跟沟儿忙活俩孩子，说："悠着点儿，差不多就行了，看吃撑着了！栗子叫水，待会儿还得吃一气奶呢。"

俩孩子吃饱了喝足了，眼一闭睡着了。外头下着雪，里头火烧得旺旺的，栗子噼里啪啦地爆。仨大人守着孩子，吃着栗子，干着活儿。庖牺娘想起了那一天燧娘娘显灵，一家三口儿也是围着火堆，她爹给雪妮子剥栗子吃……

"咕咚！"一声，把庖牺娘从迷蒙里惊醒了。白小儿骨碌到地上，"哇啦哇啦"号起来，白妞儿被吵醒了，也"吱啦哇啦"跟着哭。仨大人放下了手里的活儿，都来抱白小儿。孩子号得跟杀猪似的，可就是瞧不出碰了哪儿了。

白小儿连着哭了好几天，白天黑夜闹，庖牺只会拿个奶头儿哄他，堵住嘴不哭了，吃饱了又哭。庖牺不知道咋好了，跟娘和沟儿商量，是不是摔坏了哪儿了？娘说："要不，你抱上白小儿叫瞎姥娘给摆治摆治吧。"

孩子见了瞎姥娘就不哭了，瞎姥娘问得挺细，咋摔的？离地儿多高？起头儿咋哭？后来咋闹？吃奶咋样儿？拉屎尿尿咋样儿。都问了，瞎姥娘抱过白小儿来，一点儿一点儿摁肚子，摁得白小儿"咯咯儿"乐；翻过来，又一点儿一点儿捏骨头摩挲肉，白小儿一声儿没闹。瞎姥娘直夸："没见过这么乖的孩子，这么大点儿就知道事儿。"都摩挲完了，又抻抻胳膊拽拽腿儿，白小儿一直乖乖儿的。

庖牺说："闹了四天了，咋一到姥娘手里就啥事儿也没了？这小子会糊弄人了，哈！"瞎姥娘说："到时候该好就好了。你要是昨儿个抱过来，他该闹照样儿闹，今儿个好了，不抱过来他也不闹了。"庖牺听着，半信半疑。

瞎姥娘伸出一根指头在孩子脸前头晃，问："孩子眼咋样儿？"庖牺说："瞧不出咋样儿。"瞎姥娘慢慢地晃指头，问："眼珠儿跟着指头转吗？""转啊。"瞎姥娘又拍了几下手，问："脑袋转了吗？""转了。"瞎姥娘"嗯"了一声儿，说："眼转脑袋转，听得见瞧得见，孩子没事儿。"庖牺求告："姥娘给孩子讨个吉利儿吧！"瞎姥娘就叨念开了："天灵灵，地灵灵，燧娘娘显大灵，保佑白小儿不长病儿，不哭不闹心不惊。"念叨完了说："我没瞧出孩子有啥病来，他啥时候再闹，你再给我抱过来瞧瞧，嗨，瞎说！没眼瞧啥呀？呵呵。"庖牺说："姥娘给瞧了，这我就放心啦。"瞎姥娘笑："说是没眼瞧不见，咋还一劲儿说我给瞧了？瞧也是借你的眼瞧的，呵呵。"庖牺这才咂摸出味儿来，也乐了。

冷妮子跟庖牺脚前脚后也养活了，是个妮子，眉眼儿挺俊，却叫了个"丑妞儿"的名儿。春上，都干活儿去了，庖牺娘看着仁孩子。庖牺娘去喂猪了，仁孩子在地下爬。那只老公鸡早就瞄着孩子了，突然蹿过来，啄到白妞儿脸上。白妞儿"哇"地哭了，白小儿跟丑妞儿也吓哭了，花儿"汪汪汪汪"叫唤着跑过来，把公鸡吓跑了。庖牺娘赶过来，抱起白妞儿，孩子脸上啄下一块儿皮来。她想抱着孩子去找瞎姥娘，可是又放不下白小儿跟丑妞儿，只好抱着白妞儿晃悠，嘴里唱着："嗷嗷，白妞儿乖，嗷嗷，白妞儿乖。姥娘杀了老公鸡，给白妞儿吃好菜……"孩子疼得仍旧"哇啦哇啦"哭，心疼得姥娘磕膝盖儿都软了。

瞎姥娘来了，庖牺娘一见就说："老神仙，您来了！正要找您去呐！"瞎姥娘说："你不是让花儿去叫我了吗？狗亲家，孩子出啥事儿啦？"她一听白妞儿的哭声儿，就知道出事儿了。

"可恶的老公鸡在孩子脸上嗉下一块儿肉来。"

瞎姥娘问得细："嗉的啥地方儿？"

"眼皮子下头，脸蛋子上。"

瞎姥娘又问："嗉了多大一块儿？"

"小指甲盖儿那么大一块儿，嗨，没那么大，比火麻仁儿大点儿，可是一条子。"

"还流血吗？"

"这会儿固住了。"

瞎姥娘说："不流血了就没事儿啦，就是脸蛋子上破了点儿相，越长越显得小，长大了就瞅不出来了。"

孩子姥娘叹气："白妞儿好好个美人儿胎子，唉……"

瞎姥娘开导她："这是好事儿啊，美人儿胎子才是惹祸的根苗儿呢，破了相也就破了灾。瞧人家月儿给妮子起的名儿，听着就能避灾。你家叫得那么'白'干吗啊？这不，白妞儿先叫鸡嗉啦，往后白小儿还得有事儿呢！"

"哟，那，姥娘给孩子改个名儿吧！"

"名儿叫了，就不能改了，一改，惊动了鬼神更不好。"

"姥娘，那咋办呢？"

"你家庖牺再有了，记住叫个丑点儿、脏点儿、赖点儿的名儿，鸡不嘚狼不咬，千万别叫啥白呀俊呀的啦。"

庖牺娘紧着答应，送走了瞎姥娘，她就捉了老公鸡宰了。后晌饭炖鸡肉，庖牺直纳闷儿，娘咋宰了留种儿的老公鸡了？娘说："它嗪了咱白妞儿脸上一块儿肉，留着是个祸害。"庖牺两口子脸都变了，四颗眼珠子齐齐儿掉在白妞儿的脸蛋儿上，孩子脸蛋儿上头结了个血疤痢。庖牺心里发紧，问："妞儿，脸还疼吗？"白妞儿就去抓那疤痢，庖牺赶紧夺过小手儿来，说："她爹，快来把妞儿的指甲给掰了！好容易固住了，再抓破了可就麻烦啦。"沟儿捉住白妞儿的小手儿，一点儿一点儿撕去嫩指甲，撕完一个，就嘬嘬小手指头儿，把原来存在指甲缝儿里的泥嘬干净了。白妞儿把大拇哥对到耳朵根儿上，噌地往下一划，就吃进了嘴里，"吧嗒儿吧嗒儿"嘬起来了。

打这以后，庖牺娘加了十倍的小心，喂猪喂牛的时候，先把孩子抱到窑儿里，关好了门儿。这时候，花儿就在门口儿守着。花儿跟家里的鸡群结了仇儿，一见着就追着叫唤。鸡一见花儿，早早儿就躲了，根本不敢往窑这边儿来。

白妞儿叫鸡嗪了这事儿，惊动了冷妮子，她背着半布袋米，抱着丑妞儿找瞎姥娘来了，放下米就说："姥娘，求您给瞧瞧孩子有啥灾儿没有。"

瞎姥娘呵呵乐了："好嘛常儿的，咋想起问这来了??"

"听姥娘说白小儿还会有啥灾儿，姥娘会瞧，也给我家丑妞儿瞧瞧吧！我知道了好防着点儿。"

瞎姥娘呵呵笑了："我瞎摸合眼能瞧见啥灾儿啊？要不都叫你小巫婆儿呢，合着净琢磨这啦？"

"姥娘这么说了，我也就跟您实说了吧，我是想着跟姥娘学点儿本事，赶明儿也能跟姥娘那样儿治病救人行一辈子好儿。姥娘您就教教我吧！"

"哈，我就知道你比别人多俩心眼儿！想跟我学，好啊，我正

发愁我走了，没人干这活儿呢。"

"姥娘，我给您磕头啦！"冷妮子跪下，把孩子搁一边儿，脑袋碰到地上，"咚咚咚"磕了仨响头，还要磕。瞎姥娘拦住了："行啦行啦！仨头为诚，再磕就是滑头啦！"冷妮子赶紧说："那就不傻磕了。姥娘，您咋瞧出孩子有啥灾儿啥祸来的啊？"

瞎姥娘哈哈哈哈笑起来，笑够了，才说："我连眼都没有，能瞧出个啥来呀？"

冷妮子说："那您说白小儿有灾儿，就光因为他名儿叫得招灾儿惹祸吗？"

瞎姥娘说："这个，你自个儿琢磨去吧！"

"姥娘，我是诚心跟您学本事来的，我人笨心不灵，您可得点拨着点儿。这头一回，您就先点破了吧，我知道道儿了，往后自个儿琢磨。"

瞎姥娘呵呵儿笑了："嗨，你这么个剔透人儿，咋连这都没瞧透？我那不是哄白妞儿她姥娘？她没看好孩子，心里头准难受，我把事由儿归到白妞儿的名儿上，是安慰她，孩子横竖是叫鸡啐了，她再难受坏了，不是瞎难受吗？"

"嘿咿，姥娘您瞧我有多笨！您要不说，我还真琢磨不透。"

"你别把姥娘瞧高了，就琢磨透了，呵呵。"

"姥娘本来就是高人，我只能仰起头来瞧，没法儿瞧低了呀。姥娘，您说白妞儿破了相就免了灾了，那，我们丑妞儿是不是也该早点儿破了相啊？这妮子长得不算难看，我老不放心。"

"没有的事儿！我那么说，是怕孩子爹娘埋怨，这么一说，他们倒想着是好事儿了。没用的胡思乱想，能免就免了。嗨，妮子你咋还是瞧不透这点儿小把戏啊？"

冷妮子这才透了亮儿，又问："那，姥娘，您说白小儿的事儿也是没有的事儿啦？"

"这个可不是，我那是经意儿给她家提醒儿的，上回仁大人看着，还叫白小儿摔了，大人光顾着干活儿啦，心不在孩子身上。我说白小儿有灾儿，这往后，他家大人就会加倍小心。不出事儿最好啦，这正是我的心思，我可不怕人家说我不灵，说我瞎说，呵呵，我本来就是个瞎子嘛，还怕人说？万一白小儿出了啥事儿，他家大人想想我说的，既是命里有这一灾，想逃也逃不过，也就不会太难受空伤身子了。唉，我最怕人家说我灵了，这不是咒人有灾吗？灵个屁！"

"姥娘，您可真神了！"

"神个啥呀？说透了，谁不会呀？呵呵。"

"姥娘，千万不能说透！您给我说透了，是为了教我。我就不能说透了，这话烂肚里啦，除非我老了，临走教徒弟才说。"

"好有心眼儿的小巫婆儿！不过，这些个花招儿只是医心病的，你要真跟我学，还是该学推拿接骨收生伍的。"

"嗯，常有人伤筋动骨，我就跟您学推拿接骨了。"

"妮子，推拿接骨要学，收生也有用啊。"

"姥娘，我知道收生有用，用大了，哪个女人不养活孩子啊？可是，这活儿人人都会，连畜生都能自个儿收了生，我就不学啦。呵呵，姥娘别骂我懒啊！"

"妮子，你说的那都是赶上顺溜儿的啦，要是赶上不顺溜儿的，可就麻烦啦！你想想，多少女人死在养活孩子上啦？这可是跟老天爷说话儿的事儿啊，一句话说不好就要了命！救命跟救跌打损伤比，你说哪个更要紧啊？你要是不学收生，趁早儿也甭学推拿接骨。"

"姥娘，救命更重要，我跟您学收生，学！姥娘，我心笨，您说了才能明白，往后您可要多说打我啊！"

"行，赶不上养活孩子的，哪家儿的猪羊下崽儿，你也过去瞧着点儿，都是命，一样儿的理儿。听说庖牺家马驹儿怀上啦？"那马驹儿早长成母马啦，可人们叫惯了，"马驹儿"成了母马的名儿了。

"姥娘甭听人瞎说，上回逮住的那匹公马驹儿才几个月，咋能叫马驹儿怀上啊？又没别的公马，马驹儿跟驴怀啊？他家驴跟马连在一个窑里都待不了，咋怀呀？哈哈哈哈……"

"妮子，我可是听沟儿说的啊。"

"他那是想下小马驹儿想疯啦，魔怔！哈哈哈哈！"

话是这么说，可母马的肚子还是一天一天大了起来，冷妮子纳闷儿，问庖牺："你家马驹儿是不是长水臌啦？"

"你才长水臌了呢！我家马驹儿有啦！"

"有啦？跟啥有的？"

"能跟啥啊？跟驴呗！"

"咋有的？"

"噘！你问这也不嫌寒碜？"

"咦？问个这，有啥寒碜的？"

"嘻！你问得出来，我可答不出来。小巫婆儿，有脸你问白小儿他爹去！"

"问他又咋啦？哼，别以为离了你我就问不出来了！人沟儿可不跟你似的。"

庖牺抿着嘴儿乐。

冷妮子叫岨儿帮着打问，那马驹儿是不是真怀上了，要是，还得打问清楚了是不是跟驴怀上的，要是，就再问是咋怀上的。岨儿大睁着眼说："你魔怔了吧？啥乱七八糟的！没事儿打问这些个事儿干吗？吃饱了撑的！"

"不是，她爹你听我说，我跟瞎姥娘学本事呢……"

岨儿的命是瞎姥娘救下来的，一听这话，登时认真起来，问："瞎姥娘肯教你？"

"肯，瞎姥娘答应啥都教我，可是要我先学收生，再学推拿接骨。还让我瞧着畜生下崽儿，说这也能学收生，人跟畜生都是命儿，命儿都一样儿。庖牺家马驹儿怀上了的事儿，还是瞎姥娘提起来的，我不信，姥娘说是听沟儿说的。"

"嗨，要这么说，我瞅见沟儿了，给你打问打问。小子可真能日鬼呀！"

妞儿打问清楚了，对当家的说："嘿咿，你还别说，沟儿还真是能耐大了！"

"是有了？"

"嗯，没错儿，是白脸儿驴种下的。"

冷妮子俩眼瞪成了牛眼："啊？真有这事儿？咋能呢？"说着止不住呵呵哈哈笑起来。

"就是能啊，要不说沟儿能耐呢。"

"她爹，你就别装大葱啦，说吧，别等着我问一句逗我下一句啦，说！白脸儿驴是咋给马驹儿种上的？"

"嘿，审开啦？就跟我犯了啥事儿似的。不说啦，想知道自个儿打问去！"

"嘿咿，你这棵葱越装越大了啊，我还偏不拿你炝锅，闷肚里烂了去吧！"

"哟哟，这就火儿啦？我这不是正要说嘛？"

"要说就快说！没人听你磨烦。"

"你听啊，是这么着，沟儿这人真有心，好几个月前瞅见马驹儿掉线儿了，知道畜生成了母马了，就想着给配，费了九牛二虎的力气，逮回来一匹公马，可公马太小了，母马把它当儿子待，配种儿的事儿没门儿，至少还得等一年。沟儿先打开了牛的主意，把黑牛跟母马俩关一个窑儿里，几天啥事儿没有。他又把黄牛跟母马关一个窑儿里，关了几天也是啥事儿没有。关不行，他就把母马跟牛一块儿拉出去放风，黑牛、黄牛只追老母牛跟小母牛儿，跟马驹儿还是啥事儿没有。沟儿这才知道牛跟马之间有不了事儿，沟儿跟我说：'风马牛，瞎扯！'屄尿的啥都知道。"

冷妮子忍不住嘿嘿地乐，岨儿接着说："打这，沟儿才打开了驴的主意。驴是啥都知道的发物儿，可是对母马就是没意思，换了几头叫驴都没啥事儿，母马还特别膈应驴，吃都吃不到一个槽儿里。"

"那后来咋成了呢？"

"急啥哩？你听我说呀，要不说沟儿能耐呢，他给公马驹儿屁眼儿那儿抹了蒜泥儿，杀得畜生发躁，勾得母马掉线儿了，就把母马眼蒙起来，把公驹儿牵出去，换进来蒙着眼罩子的白脸儿驴。母马掉线儿那味儿呛得慌，白脸儿驴受不了了，大屌涨得跟胳膊似的，没命地骑上去啦。母马哪儿受过这份儿罪啊，"呃呃"叫唤起来，连踢带蹬。白脸儿驴觉着不对劲儿了：'日了鬼啦！驴叫都是哦啊哦啊的，这母的咋这么叫唤啊？不对，我日过的母驴多了去啦，哪儿有这么高这么壮的啊？哪儿有不叫日炝蹶子的！屌尿的，上了沟儿的当啦！'等驴咂摸过味儿来，已经晚啦，早就给母马种上啦，哈哈哈哈，她娘，你说沟儿屌尿的能耐不能耐？愣是把白脸儿驴都给蒙了！呵呵！赶明儿白脸儿驴还能听他的？呵呵！"

冷妮子也呵呵笑起来，笑得肚子疼，笑够了，问岨儿："那，你说，到时候养活下来是个啥啊？"说着，又呵呵笑起来没完了。

"你说是个啥？嘿嘿，要我说，那得看长得像啥啦，像驴就是驴，像马就是马呗。"

"要是不像驴也不像马呢？"

"你说非驴非马啊？哈哈，那，那可就是个乐子啦，哈哈哈哈，大乐子啊！沟儿屌尿的，真会闹乐子啊！"

收了秋，母马下了个"大乐子"，还是冷妮子给收的生呢。一生下来，她就纳闷儿，看不出个公母儿来。她起头儿管这怪物叫"大乐子"，人们就跟着叫成"大乐子"了。

　　后来叫着叫着变了味儿，"大乐子"叫成了"大骡子"。再往后就这么叫下去了，凡是马跟驴生的，都叫大骡子。有那较真儿的，管驴爹马娘的叫"马骡子"，管马爹驴娘的叫"驴骡子"，反正都是长耳朵、肥膘子、分不出来公母儿的壮家伙，多咱也不起性，啥畜生也种不了它，它也不给啥畜生种，就会干活儿出傻力气。

# 第三十一回

# 瞎姥娘献命求甘雨
# 冷妮子舍身觅雅香

一　春天没下一滴答雨，清水溪干得翻了底儿，骄横的日头霸
住了白生生的天，容不得一丝丝云彩。日头逞着独发威，
烈焰烧裂了大地，裂口子像要奶的孩子似的张着嘴，树枝儿干了，
叶儿卷了，草焦了，空气冒着烟，一碰就能着起来。

天旱，热得早，还没入夏就热得出不了门儿了，窑洞里到底
儿比外头凉快儿，一里一外整整差着一季。一家子白天黑夜闷在
一个窑里，都捂酸了，挨门口透透气儿，火烤似的，一露头儿就
是一身辣辣的汗。

清水河边儿全开成了地，这几年陆陆续续种上了谷子、火麻、
麦子、老棒子、黄豆、黑豆、绿豆。天不下雨，地全靠人浇了。
开春儿还是隔三差五浇一回，大桶大桶提溜水，这会儿不行了，
昨儿黑夜浇的，今儿晌午就卷叶儿了，天天儿等日头一走，庖牺
就领着人们下来了，清水河成了一道儿浅浅的细沟儿，昔日的河

底成了白花花的沙滩，人们从沟底舀起水来，喂渴了一天的谷子、麦子，颤巍巍地端着瓢，倒油儿似的滴到根儿里。回来时，一家舀上半桶水，算明儿个一天喝的、使的。

人吃不上东西还能挺上些日子，喝不上水立时就蔫了，禁不得热禁不得闷禁不得渴的老人，折腾两三天就完了。最先走的是根儿她娘，老想尿尿，又尿不出来，憋死了。跟着成娃姥娘、柱儿姥娘跟姥舅、蛋蛋姥娘、绳绳姥舅、拴拴娘、喜子爹都前后脚儿走了。老天爷收老人了，三十过半儿的人都保不住了，几天工夫热了一茬儿人。浑浑两口子也没了，筷子上换了清水跟黑子。

孩子们依旧挺实，天不亮就醒了，爬起来趁凉快儿跑出去玩儿上一会儿。日头贼眉鼠眼地在树缝里躲着，一下儿一下儿扎孩子们的眼，得意地偷着乐了一会儿，就威威风风蹿上来，堂堂皇皇造起孽来，喷火吐烟，那架势非把这世界烤成焦土不能罢休。孩子们头顶上跟点着了似的，捂着脑袋赶紧往家里跑。

大长的天儿，谁家孩子也憋不住，回家凉快一会儿，又尽着往外头跑。大人叫不回来，只能一再嘱咐："树荫凉里玩会儿就回来！"树都干了，哪儿还有阴凉儿啊？坳子也好，林子也好，全都晒得褪了色，泛着白花花的光。孩子一晒，比麦子、谷子还惨，身上一身痱子疙瘩，红得莓子似的，刺闹，抓烂了，发了的地方儿流着黄水儿，蒸着臭气，红的黄的肉上画着一圈圈一片片白花花的盐渍。大人瞧着闹心，可又没法儿，往年能在清水溪里泡泡洗洗，今年溪水干了，连个水洼儿都找不着。

丑妞儿比谁家孩子都惨，外头一身痱子，里头一肚子火，好几天拉不下屎来，嘴里起了燎泡，泡破了，成了疮。嘴里头烂，身上刺痒，孩子又疼又躁，难受得光知道哭。这丫头是棵独苗儿，爹、娘、姥娘、姥舅守着她一个，舅舅跟雨儿姨没个孩儿，待她比亲爹亲娘还亲，有点儿啥好吃的，先惦记着她。丫头禁不住宠，三天两头儿闹开了病。这不，又吃顶住了，加上天儿热，整个儿闷住了，里头的火儿越来越大。

冷妮子顶着毒花花的日头，去清水河里舀了半桶水，提溜到瞎姥娘窑里，这日子口上，水比粮食金贵。黑儿吐着大舌头拱水桶，冷妮子瞧着畜生可怜，拿出空瓢来，伸到它嘴边儿上，黑儿"吧嗒吧嗒"舔了外头舔里头。

瞎姥娘嘶啦着哑嗓子，叫冷妮子把水倒在外头。她着急地说："干吗倒了啊？姥娘，这可是活命的水啊，今儿能舀上半桶来，明儿还指不定有没有呢。"瞎姥娘说："我知道，倒了吧，我要求雨啦，这半桶水算是咱给熛娘娘上的供，心不诚求不下来雨。"冷妮子舀了半瓢水，递到瞎姥娘裂了的嘴唇儿跟前，说："姥娘先喝上口儿，多少润润嗓子润润心。"瞎姥娘推开水瓢说："我心里不干，不用润。都倒了吧，一滴答也别剩下！"

冷妮子只好捏捋着水桶，极不情愿地让水慢慢儿流到窑洞门口儿地下，眼瞅着救命的水收不回来了，人就跟打悬崖上往下坠似的，没抓没挠。黑儿拱着地，舌头"吧嗒吧嗒"舔，鼻子"呼哧呼哧"吸。瞎姥娘哑着嗓子吆喝："黑儿，回去！"黑儿恋恋不舍地挪进窑里去了。

半桶水吃进干土面面里就不见了，大日头底下留下一片黑乎乎的洇子，蒸起一层薄薄的汽儿，像烟像雾。

瞎姥娘使劲儿吸了两口潮乎乎的气儿，留着汗油子的脸知足得不行，对冷妮子说："妮子，今儿个你瞧着我咋求雨，往后，天要是再有啥灾儿，就是你的活儿了。"

冷妮子纳闷儿，求雨的孩子挨哪儿呢？听死了的姥娘说，赶上大旱，有那孩子多的人家儿，奉献一个雨孩儿，叫绑起来，在毒日头底下活活儿晒死，天就下雨了。族里感谢这家人，给雨孩儿分一年嘴。最后一个雨孩儿是肉疙瘩儿娘，听说那年十岁了，下头好几个弟弟妹妹。雨孩儿没晒死，天就下雨了，这妮子捡了条命。打那起，就跟家里闹，骂爹娘，打弟妹，瞧族里人都是仇人，啥时候想起来啥时候恨。没几年儿，爹娘气死了，她是老大，却不管弟弟妹妹，一个儿挨一个儿饿死了，就剩下最大的弟弟臭臭，也叫她早早儿就轰出去了，如今俩人见面都不说话。

冷妮子问："姥娘，今年是谁家的雨孩儿啊？"

瞎姥娘说："等到这咱也没一家儿送来。"

冷妮子问："姥娘，没雨孩儿咋求雨啊？"

瞎姥娘说："到时候儿就有雨孩儿了。"

冷妮子说："姥娘咋这么神呢？就知道到时候准有雨孩儿？要是……"

瞎姥娘说："别问了，告诉你到时候有雨孩儿就是有雨孩儿！姥娘啥时候蒙过你？"

冷妮子低下了头不问了。

瞎姥娘说："瞧着我咋做。"

冷妮子答应："哎，姥娘。"

瞎姥娘拢了拢灰白的头发，跪在毒花花的日头底下，垂下眼皮，双手合掌搓了一阵子，又一遍一遍地搓脸，俩手从下巴往上搓，交会到头顶，分开，又从后脑勺儿往下捋到脖颈子，再回到下巴，往上划圈圈儿，划完了，问冷妮子："瞧好了？记下了？""嗯，一共划了十六圈儿。"瞎姥娘说："傻妮子，不在乎多少圈儿，为的是净心，好跟燧娘娘说话儿，心不净说不上话儿，燧娘娘不会答理你。划到心净了，就行了。"

冷妮子这才明白过来，自个儿心是不净，耳朵边儿上老是黑儿"呼哧呼哧"的喘气声儿。她求瞎姥娘："姥娘等等我，我心里还不净。"说完就跪下了，闭上眼睛，照着瞎姥娘的样儿，合掌，搓手，划圈圈儿。俩手一搓，跟燧娘娘钻木取火似的，手心儿要烧出泡来了，火烧到脸上，头顶儿，头发燎着了，灸得疼……划着划着凉下来了，指头尖儿凉了，手心儿凉了，头顶儿凉了……鼻子里进来潮乎乎儿的气儿，心里有了习习凉风儿。她说："姥娘，这会儿心净了。"

瞎姥娘一直跪在那儿，听见冷妮子说话，才说："这会儿咱去见燧娘娘，不要睁眼，你跟着我，我说啥，你说啥。"

呼呼的风把冷妮子刮到天上，她跟着瞎姥娘在厚厚的白云上走，把毒日头踩在脚底下了。俩人叫白云托着，往高处儿升，跟飞似的过了一层天又过一层天，越往上越凉快，到了九天之上的清凉世界，才见着燧娘娘。燧娘娘脖子上挂着宝贝串儿和犀角，宝贝白得晶莹，犀角黑得剔透。

冷妮子跟着瞎姥娘给燧娘娘磕头，跟着瞎姥娘喊："大圣大验的燧娘娘！"听得燧娘娘问："你们不在坳子里给人治病，来天上干吗？"听得瞎姥娘说："大圣大验的燧娘娘！雷泽旱了，草木枯了，人病了，我们来求娘娘给雷泽降雨。"听得燧娘娘问她："你说，是这么回事儿吗？"冷妮子赶紧学着瞎姥娘说："是，大圣大验的燧娘娘！雷泽旱了，草木枯了，人病了，老人死了，孩子们一身的火，我们来求娘娘给雷泽降雨。"燧娘娘说："嗯，我知道了。"瞎姥娘追着求告："清水河就要干了，求娘娘快下雨！"冷妮子也跟着说："清水河就要干了，求娘娘快卜雨！"

燧娘娘笑了，说："清水河还全没干，等全干了就下雨。清水河好几百年没晒了，底下养了水怪。水怪晒死了，就下大雨灌满清水河。你们回吧！回去给人们看病找药。"冷妮子问："燧娘娘，啥是'药'啊？上哪儿找去啊？"燧娘娘笑了，说："药，就是吃了能治病的东西，你去山上河边儿可世界找去吧，草啊叶儿啊花啊果儿啊根儿枝儿啊，见啥都尝尝。"

冷妮子跟着瞎姥娘，站在云彩上，忽悠忽悠往下落，过了一层天又一层天，越走越快，越走越热，忽地落到滚烫的地上，腾起白烟似的干土面面。

"妮子，听见燧娘娘说啥了吧？"

冷妮子睁开了眼，瞧见瞎姥娘头上滴滴答答的汗掉到干土面面上，砸出坑坑儿来，就起来搡她，说："听见了，姥娘，日头忒毒，咱进去吧！"

瞎姥娘却不起来，又问她："你听见燧娘娘说啥来？"

冷妮子说："我听见燧娘娘说：'等清水河干了就下雨。'娘娘说，清水河好几百年没晒了，底下养了水怪。水怪晒死了，就下大雨灌满清水河。"

瞎姥娘叹了口气，问："清水河里还有多少水？"

"姥娘，快干了，水都贴底儿了。姥娘，进去吧，别尽晒着了，看晒脱了！"

冷妮子说着，又去搡瞎姥娘。瞎姥娘人一软，一头栽到地上，灰土粘到脸上，和成了泥道道儿。黑儿蹿出来，围着瞎姥娘转圈儿，"汪汪汪汪"叫，瞎姥娘听不见。冷妮子费了老大劲抱起她来，进到窑里，放在凉地上，眼瞅着瞎姥娘头上渗出了汗粒子，一堆堆汗粒子聚到一块儿，流出水道道儿来。黑儿过来，全给舔了。

瞎姥娘浑身湿漉漉地凉，气儿微得跟没了似的。冷妮子照着跟瞎姥娘学来的招数儿，狠着把大拇哥的指甲掐进姥娘鼻子底下那道沟里。一会儿，瞎姥娘回来了，摸着胳膊上的凉汗说："清水河的水怪伏到我身上了，赶快把我晒死了，燧娘娘就下雨了。"

冷妮子说："姥娘别瞎说，我去把清水河舀干了，燧娘娘就下雨了。"她出来，把门打外头拴死了，提溜起水桶下清水河，她得赶紧打水回来救瞎姥娘的命，出了那么多汗，家里一滴答水都没有，要活活儿渴死人呢！

她扛起水桶往清水河跑，两脚陷在河滩的沙子里，烫得揪心，拔出来，留下一对深深的黑坑儿，立时又盖住了。冷妮子腾腾跑到河底儿水沟儿，趴地下，贴着沟底儿舀水，一回舀不够少半瓢儿，咕嘟咕嘟一口气喝了。水热嘟嘟的，搡着细沙子，留到嘴里要多牙碜有多牙碜，喝到肚里要多舒坦有多舒坦。冷妮子一气儿喝了好几瓢，就往桶里舀，半天没舀够半桶水，想想瞎姥娘奄奄一息的样儿，提溜起桶来赶紧往回走。

毒花花的日头底下，就冷妮子一个人跟她的影儿，除了唧鸟儿不拐弯儿的扎心的叫声儿，啥也听不见，仿佛世上再没了别的生命。冷妮子心急火燎往回奔，进到窑里，啥也瞧不见，放下桶，闭了会儿眼，才瞅见瞎姥娘躺在地上。她圪蹴下来，把手探在姥娘鼻子跟前儿，感到微微的气息，姥娘昏昏沉沉地睡着了。

水桶底儿上一层厚厚的沙子，冷妮子捏捌着桶，黑儿拱了过来。冷妮子叫畜生喝了两口，到底儿忍不住，把它轰开了。她轻轻舀起半瓢水来，手指头蘸着，往瞎姥娘嘴唇儿上抹，嘴唇儿干得起了一层皮儿，皮儿裂了，卷起来，开了花儿。瞎姥娘睡着，舌头贪婪地来回舔嘴唇儿。冷妮子把瞎姥娘的脊梁托起来，一只胳膊抱着她的腰，一只手端着瓢送到她饥渴的嘴边儿。瞎姥娘"咕嘟咕嘟"喝，跟月娃儿抢奶吃似的，呛得"咯儿咯儿"咳嗽，震洒了瓢里的水。

瞎姥娘咳嗽醒了，瞧见冷妮子，问："你今儿个来我这儿有啥事儿吧?"冷妮子这才想起来她是来问病儿的，就问孩子上火咋办。瞎姥娘有了精神，呵呵笑着，清清楚楚地说："这话儿该我问你来着，我又没养活过，咋知道孩子的事儿呢? 你是当娘的人，往后得自个儿琢磨了，谁家孩子都有个三灾两病的，指望我是不行啦，你得自个儿下心了!"冷妮子心上一揪，"唔"了一声儿，又说："燧娘娘叫我找治病的药，让我见啥尝啥。"瞎姥娘说："我眼瞅不见，找不着药，往后就靠你了。"说着，找出一把麻仁儿来，交给她："丑妞儿上火了，先吃点麻仁儿粥下下看，这也算是药了。嘴要是烂了，泡碗青盐水咕嘟咕嘟嘴，甭管孩子咋哭咋闹，你可别舍不得。往后别尽着叫孩子吃了，好东西吃多了也添病儿。"

冷妮子回来给孩子熬了麻仁儿粥，端着锅来回晃悠，嘴里

"噗噗儿"吹,半天也凉不下来。她干脆把锅搁地下,拿雀儿拍子呼扇,又吹又呼煽,凉了才端回去喂孩子吃。孩子嘴里的疮烂了,张开嘴一股臭气,吃了两口就疼得不能吃了。冷妮子好说歹说劝着孩子喝了半碗粥,想起瞎姥娘说的拿青盐水咕嘟嘴,泡好了盐水,刚沾嘴边儿,孩子就吐了,疼得"吱啦哇啦"乱叫。盐水洗疮,大人也受不了啊,冷妮子再也狠不下心去了。

麻仁儿粥管用,孩子后晌就嚷着要拉屎,可是小脸儿努紫了也没拉出来。冷妮子叫孩子撅起屁股来,屁眼儿撑破了,一个黑硬黑硬的球球儿堵在屁股门儿上,怨不得呢!冷妮子拿骨头针一点儿一点儿往外掏,瞅着是一个,其实是好几个,掏出来一个,旁边儿还有一片,后头还有一堆。孩子疼得直哭,冷妮子一边儿掏一边儿揉。最后一堆球儿掏到一半儿,"扑哧"冲下一泡热嘟嘟的稀屎来,溅了她两胳膊,臭得差点儿把她熏一跟头。得亏瞎姥娘给的火麻仁儿,孩子肠子通了!

她把剩下的火麻仁儿给庖牺家送去,叫庖牺娘也给白小儿白妞儿熬点麻仁儿粥下下火。庖牺娘说:"家里麻仁儿多着呢,打么几天就给他们熬锅粥喝,俩孩子平平妥妥的,没上火。"说完抓了一瓢麻仁儿给了冷妮子。冷妮子挺不好意思的,说:"敢情就我们家不知道这招儿啊!"

冷妮子还是觉着麻仁儿劲儿太大了,怕孩子吃多了泻起来,再熬粥的时候就放少了麻仁儿,添了松仁儿、毛桃仁儿、桃仁儿跟杏仁儿,粥有了甜味儿,孩子爱喝,肚子顺畅了。她把这仁儿那仁儿去了皮儿,搁一块儿砸成面面儿,谁家孩子火大不通,就给一把,叫回去熬粥喝。她也学着庖牺娘,打么几天就熬顿五仁粥,大人孩子喝了顺顺肠子。

丑妞儿肠子通了,嘴还烂着。冷妮子舍不得叫孩子拿青盐水咕嘟嘴,唉,没病的时候漱漱还行,防着烂了,真到嘴烂了,孩子咋受得了呢?冷妮子把清水喂到孩子嘴里,说:"妞儿,这水不螯，咕嘟咕嘟吐了，嘴里干净了，就不疼了。"孩子嵌着一口水咕嘟，眼泪儿都憋出来了，小脸儿上全是疼样儿，咕咚把水咽了。

为了孩子的嘴，冷妮子啥法子都想了，不管用，自个儿也急出一嘴泡来。这下儿，她倒高兴了，想起燧娘娘嘱咐的话，就去找药，见啥尝啥，看到底儿啥能下火儿。也没啥好尝的，想尝露水，哪儿还有露水啊？草起了卷儿，树叶儿焦了，花儿干了，不管是啥，一碰就成了面面。苦的干草甜的干花儿，冷妮子都嚼着吃了，哪一样儿也没管了用，倒是好几回上吐下泻，折腾得死去活来。她不死心，还是找。燧娘娘不是叫山上河边儿可世界找药吗？她都找遍了就往山里头走，进了一重山又一重山。

脚底下滑了一跤，一看是踩了一堆揪菜、葱一样儿的叶儿，她认得这是鸡蛋花儿，春上开花儿，这会儿叶儿蔫了。她掐了一根儿，嚼起来，已经没了汁儿，干苦干辣。她拌着唾沫咕咚咽了，想，这下儿可找着你了！就全拔了，搁背篓儿里，又嚼了 嘴，咕咚咕咚地咽，想着这下儿嘴里的泡准好了。

没多大会儿，肚里"呜"地涌上来了，山洪似地打嘴里冲出来，连前晌吃的饭都倒了出来，翻江倒海地吐，吐到后来肠子肚花都翻了上来，吐的是苦得不能再苦的苦胆，绿得像春天石头上的苔。吐净了，一点儿劲儿也没了，人一屁股坐到地下，想："这也好，知道啥能吃，啥不能吃了。一物降一物，我就不信这世上没有降不住口疮的，只是自个儿没找到罢了。"

冷妮子这么想着，把篓子里的鸡蛋花儿的叶子统统扔了，站起来，走，还得找去！

猛地闻到一阵清幽的香气，昏沉沉的脑袋清醒了，她就顺着香气找去。香气越来越浓，远远儿地看见一片紫色的雾，近了，是一棵树，开满了紫色的小花儿。这么旱的天儿，竟有这么泼实的树，却又姿容曼妙，花儿开得这么多这么好，真是奇了！走到跟前看，谦恭的小紫花骨朵儿，豆粒儿般细小，楔子似的，一旦开了，尽张无余，鸡舌头儿似的肥厚的花瓣儿开得翻翻过来，四瓣儿一朵花儿，坦露出深紫的芯儿。小紫花儿挤着擦着，一串串一簇簇，一嘟噜儿上有成千上万朵花儿，聚成紫色儿的云，紫色儿的雾，紫得像一个浓郁的梦。

冷妮子掐了俩花骨朵儿，放嘴里嚼，嘴里辣乎乎的，觉着出气儿都是香的，很纯正的香，香得好受，人跟神仙似的。她又掐了一小串儿，捏了两朵花儿搁嘴里嚼，嚼着嚼着觉得舌头发麻，嘴里不那么疼了。她在紫花儿树下头坐了一会儿，没啥不好受，就拽了一篓子花嘟噜儿，赶回去了。

她先赶回家里，搁下篓子，给丑妞儿嘴里塞了俩花骨朵儿，捧了两嘟噜花儿，就奔瞎姥娘那儿去了。

还没到门口儿，冷妮子就高兴地叫开了："姥娘，我可找着好东西啦！"瞎姥娘没搭茬儿，准是又昏昏沉沉睡着了，人老了好睡，赶上这么热的天儿，能睡是福气。

冷妮子进了窑，眼前黑乎乎的，她一手捏着一嘟噜花儿，轻轻抖着，窑里顿时充满了纯正的香气，她不由得深深吸了一口，圪蹴下来，把花儿往瞎姥娘鼻子跟前儿送。

眼睛能瞧见了，咦，瞎姥娘哪儿去了？嗯，可能解手儿去了。冷妮子等了一会儿，就跑到门口儿喊："姥娘，姥娘！快来看我给你送啥来啦！我找着药啦，吃了嘴里的泡就好了。"喊了半天不见回音儿，冷妮子心里二乎了，这才发现黑儿也不在。她赶紧跑出来，可世界喊着找，可是哪儿哪儿都没有，跑到圪里，问谁都说没看见瞎姥娘上来。

冷妮子找到清水河，河滩的沙子烫脚，打前天河里就没水了，庖牺他们傍黑也不下来了，人们翻山越岭去拎泉水，几个男人守在泉跟前儿，接半桶就换个桶接，白天黑夜时时有桶接着，不让费了一滴水。怕洒了，半桶半桶担回来，一家分一瓢。昨儿个冷妮子给瞎姥娘送来一桶底泉水，省着喝，够一天的了，她家五口人才一瓢水。

冷妮子在干了的河底走，一边儿走一边儿喊，细细的沙子跟烧热了的鏊子似的，恨不得把人心烤熟了。走到老榆树桥底下，有了一丝凉风儿，冷妮子可着嗓子喊："姥——娘！姥——娘……"嗓子眼儿跟着了火似的，又辣又疼。

又往下找了一段儿，冷妮子眼前一震，远远儿瞧见河底有堆黑乎乎的东西。她放开腿跑过去，离近了，却停住脚，闭上了眼，她怕……

最怕的事儿就在眼前，瞎姥娘直挺挺地躺在河底，俩手在胸前合着，黑洞洞的眼窝朝着天上。黑儿趴在她旁边，舌头吊在外头，眼闭着。

冷妮子抱起黑儿来，腾地飞起一片蝇子来。她轰开了蝟在姥娘身上的一层绿头儿苍蝇，苍蝇飞起来成了一片黑云彩。她跪下，轻轻拨拉开姥娘一身的蚂蚁，吃饱了的蚂蚁顺着她胳膊往上爬，咬得跟蒺藜扎了似的疼。她胡噜了蚂蚁，拢了拢黏起来的头发，直直地跪在毒花花的日头底下，闭上眼睛，双手合掌搓了一会儿，一遍一遍地在脸上头上划圈圈，净了心，见着燧娘娘，叫了一声："大圣大验的燧娘娘！"眼窝开了口子，哗啦啦下开了雨。

燧娘娘说："这不是冷妮子嘛？哭啥哩？瞎姥娘咋没来啊？"

冷妮子咽了一口咸了吧唧的泪水，哽咽着说："清水河的水怪伏在瞎姥娘身上了，瞎姥娘就躺在河底叫日头晒，把清水河晒干了，把水怪晒死了。清水河干了，啥啥都干了，山里的泉水都快干了，求娘娘快点儿下雨吧！"

燧娘娘点点头，说："清水河底的水怪晒死了，没伏在瞎姥娘身上，瞎姥娘是当雨孩儿求雨来，我这就召瞎姥娘上天来当雨娘娘。瞎姥娘上来了就下大雨，你回吧！"

冷妮子乘着云彩下来，过了一重天又一重天，从高处儿远远儿看见干了底儿的清水河了，大雨点子噼里啪啦砸下来，听见了瞎姥娘"呵呵"的笑声，雨哗啦哗啦下来了，黑儿"汪汪"叫了两声儿，把她接到地下。

人们一路喊着"姥娘！姥娘！"山洪一样涌过来。

冷妮子抱着瞎姥娘，踩着凉津津的湿沙子朝人们走来，一脸凛气宣告："燧娘娘把瞎姥娘召上去当了雨娘娘，雨娘娘到了天上就下雨。"人们齐齐儿给雨娘娘跪下了，仰起头来，任凭雨水冲着，求告雨娘娘下吧下吧。

坳子里三十往下的人，差不多都是瞎姥娘接到世上来的，好些人的命是瞎姥娘救过来的，好些人的伤是瞎姥娘给治好了的。如今瞎姥娘殉了自个儿的命，给干透了的雷泽带来了甘霖，救活了庄稼救活了人。瞎姥娘的功劳太大了，不能像平常人死了那样儿刨个坑儿埋了。

庖牺领着人们在南山根儿挖了个长方的坑，四面儿和底下砌上石头；又叫人砍了柏木，量着瞎姥娘的身子做了一个家。冷妮子给底下铺好了小紫花儿，瞎姥娘躺进香气浓郁的木头家里，知足地笑着。冷妮子又往瞎姥娘身上洒满了花儿，然后人们才给瞎姥娘的家盖上一扇门，拿细细的木头钉儿钉住。人们把瞎姥娘连人带家搬进石头坑里，立了一个高高的雨娘娘坟，四遭儿拿石头砌起来。

雨娘娘呵呵地笑，清水河哗啦哗啦地流……

冷妮子领着人爬了几道山，把那棵紫花儿树挖出来，拿麻布包住有半截树大的根，几个人抬下山来，栽到雨娘娘坟前头。树叶儿支支棱棱，千结儿万结儿小紫花儿坦着紫红的心，散着纯正浓郁的香气。

过了两天，树叶儿蔫了，又过了一天，花儿也没了精神。冷妮子从清水河里拎了水，含在嘴里，一口一口喷到枝枝叶叶花花朵朵上；一瓢瓢的清水洗净了树，润进枝枝杈杈的芽儿里，流到树根儿里。

　　冷妮子见天儿下来喷花儿浇树，树上的花儿越来越少，树底下铺了一层紫花儿。冷妮子把花儿拾掇到篓子里，背回家去，晒干了，簸净了，收起来。

　　第五天夜里，瞎姥娘回来了，冷妮子扑上去说："姥娘您走了这么多天才回来，想死人了！"瞎姥娘眼圈儿红了，说："姥娘早就想你了，就是一直没找着衣裳穿。呵呵。姥娘瞎摸合眼，做这身儿衣裳可是费了工夫儿啦。"冷妮子这才瞧见瞎姥娘的新衣裳，深浅有致的紫色儿，浅的粉紫，深的紫红，晕晕的蓝，麻麻点点的红，配得就像燧娘娘显灵前早起东边儿的天，那情味儿那韵致绝不是人间的腰机能织出来，巧手儿能染出来的。冷妮子细细瞅，竟然找不出缝的针脚儿，这才知道原来天衣没缝儿。

　　姥娘问起黑儿来，冷妮子说："黑儿在姥娘窑里蜷了三天，不吃不喝。我叫也叫不动，昨儿个带着黑妮儿下去，才把它招上来了。"瞎姥娘说："俺还是把黑儿带走吧！"冷妮子说："姥娘，叫别价！黑儿跟黑妮儿过得好好儿的，坳子里缺狗，都盼着黑妮儿多养活几窝儿哩。姥娘放心吧，我一定好好儿待尝黑儿。"

　　早起醒了，冷妮子就往山下跑，急着去看紫花儿树咋样儿了。没想到雨娘娘坟前早就围满了人，倒是她来晚了。昨儿夜里瞎姥娘回雷泽，人们都梦见瞎姥娘了。紫花儿树支棱起来了，碧绿的叶子上闪着露珠儿。

　　又过了一天，紫花儿树的枝枝条条上憋出了密密麻麻的小米儿疙瘩儿。紫花儿树要开二度花儿了，瞎姥娘要显灵了！一宿工夫儿，小米疙瘩儿变成了千千万万紫花儿骨朵儿，细看就像一根儿根儿小木头钉儿。不知谁起的头儿，管这花儿叫丁香，人们就这么叫开了。

# 第三十二回

## 闻丁香析理辨香味
## 尝莓子砭皮治粉鼻

瞎姥娘坟前的丁香树，柔枝乱结郁郁浓浓，谁过来都掐两三朵儿花骨朵儿，放进嘴里，嚼着清香，念叨瞎姥娘的好儿。

庖牺瞧着人们嚼丁香花骨朵儿那享福的样儿，只有叹气的份儿："唉，我啥也闻不见，白长了个鼻子！"冷妮子知道她是瞎鼻子，就问："你舌头也不知道味儿？"庖牺说："舌头尝得出酸、甜、苦、辣、咸，还有涩，可是尝不出香来，香臭要靠鼻子闻。小巫婆儿，你给我说说，这丁香到底儿是咋个香法儿？跟别的花花草草的香气有啥不一样儿？"

冷妮子说："太不一样儿啦，其实别的花花草草也不一样儿，有香的，有不香的，还有臭的呢。香也有不同的香法儿，有甜甜的香，有素淡的香，有呛人的香，还有塞鼻子的香，香得人脑袋昏沉沉不好受。有的香带着土味儿，有的香带着露水味儿，还有带着奶味儿的。"她一边儿想着各种各样的花花草草，一边儿给庖牺解释，"丁香跟这些香都不一样儿，嗯，这么说吧，丁香不是这地上的香，是天上的香，九天之外的香，香得清，香得纯，香得正，香得雅气。"

庖牺一边儿听一边儿咂摸，还是似懂不懂，遗憾地说："你说得这么好，我还是想不出来丁香是个啥味。嗨，闻不见，就跟没有一样儿。"

冷妮子说："不对。你闻不见，可是香还是在呀，咋说跟没有一样儿呢？"

庖牺说："不对，香是闻出来的，不是自个儿就在的。你说的那个不是香，碰上闻得见味儿的鼻子才成了香哩，碰上我这鼻子就不是香了，啥都不是，跟没有一样儿。要是碰上蛋蛋、芏儿他们那样儿的鼻子，甭说香不香了，鼻涕眼泪全下来了，光剩下难受啦！一样儿的东西碰上不一样儿的鼻子，出来的感觉多不一样儿！"

冷妮子说："香明明儿是好闻的味儿，咋成了感觉了？合着你闻不见，没感觉，这香味儿就没了？"

庖牺说："你鼻子好，不知道鼻子有毛病的苦处儿。你的鼻子闻得见香，我的鼻子闻不见香，香是闻出来的。"

冷妮子说："闻得见香也在，闻不见香也在，黑间没人上这儿闻来，香还是在，香就是香，跟鼻子没关系。"

庖牺说："黑间你在窑里，闻不出丁香花的香来。"

冷妮子说："废话！"

庖牺说："不是废话，你的鼻子在坳子里窑里，丁香花在南山根儿，鼻子离花儿太远了，就闻不出香来了。"

冷妮子说："我闻不出来，香还是在。"

庖牺说："在的不是香，是丁香花，香是闻出来的。就说蛋蛋他们吧，一听见吹收工哨儿，啥都顾不得了，逃命似地往家跑，到了坳子里就好多了。你说这香啊不香伍的是不是都是鼻子闻出来的？"

冷妮子听得直摇头，说："你越说越玄啦，我都不知道你要说啥了，该不是说蛋蛋他们的鼻子是丁香害的吧？"

庖牺说："也不能说他们的鼻子是丁香害的，反正粉鼻儿跟丁香不对付，两下里碰上就闹起来了。"

冷妮子又问："你说丁香碰上你的鼻子就不香了，是啥意思？是说丁香没用？"

庖牺说："咋没用呢？丁香用处儿大了，下火，去疼，去病儿，这个我知道。也知道嚼丁香嘴里好受，甜丝丝带点儿辣，嘴里清爽。就是不知道这个香，你说得那么好，我就是想不出来是咋个香，嗨，谁叫咱瞎鼻子呢！丁香花不走这鼻子，你有本事治治我这瞎鼻子啊！"

妮子说："我要有这本事，燧娘娘早就召我上去当童儿啦，呵呵。"

庖牺说："我这鼻子没救啦，闻见闻不见也没啥，可是蛋蛋还有好几个人，一闻见丁香就嚏喷连天，这个你能给治治也好，要不人家来这儿种地简直成了活受罪了。"说完又自打嘴巴，仰脸朝天说："瞎姥娘，我可不是不恭敬您，也绝不是嫌弃丁香花儿丁香树。"

冷妮子吃吃笑，说："我当你啥都不怕哩，闹了半天你也有一怕啊！"

庖牺说："我怕啥？还不是怕瞎姥娘伤心？偏偏你就找着了这棵丁香树！嗨，啥事儿也难十全十美。蛋蛋他们那毛病绝不是瞎姥娘治他们，是他们的鼻子跟丁香不对劲儿，你瞧，同样儿的丁香花儿，你这样儿有福的鼻子闻着那么香，蛋蛋他们的鼻子闻着却成了罪过儿，所以我说，香，不是天生的，而是碰着了能闻香的鼻子，才成了香。"

冷妮子说："你的圈圈划得太多，我跟着绕不过来。我问你，瞎姥娘瞧不见你，是不是就没你庖牺这个人呢？"

庖牺说："嗨，小巫婆儿就会瞎搅和！我闻不见丁香味儿，可是瞧得见丁香花儿，嚼得出丁香清。瞎姥娘瞧不见我，可是听得见我说话，摸得着我手，咋说瞧不见就没我这人哩？我要是跟瞎姥娘一块儿走，她准知道我在哪儿，因为她听得见我说话儿，摸得着我，还闻得见我的味儿，可是她瞧不见我的样儿，也瞧不见我的影儿，因为她的眼睛关了门儿，我的样儿进不去。顶多能说瞎姥娘眼里没有我的人样儿人影儿，不能说没我这个人。"

冷妮子说："魔怔了！魔怔了！明明儿自个儿瞎搅和，还说人家瞎搅和，嗷！"

庖牺说："你听不懂我说的，就瞎搅和。"

冷妮子说："不知道是谁瞎搅和，谁说的闻不见香就是没这香啊？反正不是我说的。"

庖牺说："我说的，我的鼻子闻不见香，我鼻子里就没香；你知道香，是因为你鼻子好，闻出香来了。香是闻出来的，不是就有的。"说着，一只手捉住冷妮子的手，另一只照着手心儿打了下去，"啪！"

冷妮子说："干吗呀？没理就打人啊？"庖牺说："我这是打个比方，俩巴掌儿碰到一块儿，才有个响儿，我这巴掌抽到半空里，就没响儿。光有人有地长不出庄稼来，得人去种地才行。香也是一样儿，碰着你的鼻子碰出香来，碰着我的鼻子就没出来香，碰着蛋蛋的鼻子……"

冷妮子说："我知道你要说啥了，算你对，香是鼻子闻出来的。"

庖牺说："你听懂了我说的，咱俩就能说话儿了。"

冷妮子说："不过，蛋蛋他们的鼻子不光是跟丁香不对劲儿，以前丁香树还没移过的时候，他们也鼻涕拉撒地闹，一闹就是一

春天，那是吸了百花的粉闹得，所以叫粉鼻儿。他们这个粉鼻儿
是病，我倒是得好好琢磨琢磨。"

庖牺一听，高兴地说："小巫婆儿，好好儿琢磨琢磨！我这瞎
鼻子也是病儿，你也给琢磨琢磨，啊！治好了粉鼻儿治我这瞎
鼻子。"

冷妮子呵呵儿笑了半天才说："你当我是神仙呢？你那病儿没
治啦！除非找瞎姥娘治，我是没这本事。跟你说：这坳子里的人
的毛病儿，有四不治。"

庖牺问："都哪四不治？"

冷妮子说："麻花儿的身子妞儿的腿，庖牺的鼻子喜子的嘴。
不是我推脱，瞧，连我们妞妞爹都没治，你就别高抬我啦！"

庖牺生气地说："你嘴咋这么损啊？气死人不偿命啊？"

冷妮子说："话是不好听，可是是实话。麻花儿跟喜子是天
残，你跟我们妞妞爹是地缺。缺的残的我治不了。"

庖牺说："那你还治啥呀？"

冷妮子说："治病呀。"

庖牺问："啥叫病啊？"

冷妮子说："哪儿不对付了，跟平常不一样了。"

庖牺说："我这鼻子就不对付，跟平常不一样儿。"

冷妮子说："你这鼻子是不对付，是跟平常不一样儿，可是年
代太久了，不对付的成了对付的，不平常的成了平常的，扳不过
来了。"

庖牺的脸凉了。

冷妮子说："你不就是想知道丁香是咋个香吗？我告诉你一句
话，你就知道丁香咋个香了。"庖牺等着，她却不说了。"咦，等
你这一句话呢，巫婆儿咋拿起架势来了？"冷妮子说："嗯，跟你
说吧，丁香的香，就跟你一样儿！"庖牺举起手来："小巫婆儿要
笑人，看不撕了你的嘴！"

冷妮子咯咯笑着跑开了，庖牺紧着追。冷妮子不笑了，说："不闹了，咱商量个正事儿。"

庖牺说："你嘴里还有正事儿？别满嘴跑狐狸啦！"

冷妮子说："我还没说哩，你就知道是跑狐狸？"

庖牺说："那你说吧！"

冷妮子说："我想着，等这一树骨朵儿开了花儿，就留着打籽儿，不叫人们掐着吃了，你瞧行不行？我那儿有晒干了的花儿，谁要就上我那儿拿去。"

庖牺一听种啥就有劲头儿，说："行，我跟人们说说。谁跟你要，给俩仁的就行了，省俭着点儿！"

冷妮子俩胳膊一张，说："赶明儿咱把山根儿这一大片地全种了丁香，就不用这么仨俩地抠儿了，哈哈！"

丑妞儿长了个灵鼻子，爱闻花儿香，特别爱闻丁香花儿，爱嚼丁香花儿，嘴里的疮全好了，还跟娘要晒干了的丁香花儿嚼着玩儿。丑妞儿说话儿、出气儿都带出一股清香来，人们都管她叫"香妞儿"，孩子们都爱找她一块堆儿玩儿，顺带着跟她娘要俩干丁香花儿嚼。

丑妞儿他们家里头外头都是香的，她娘收回来两篓子香花儿，晒干了留着给人治病。可是干花儿不如骨朵儿，光有香味儿，治不了病儿。

树上的丁香花儿座了果儿，嫩绿的骨朵儿戳着个俏皮的尖儿；到了秋天，骨朵儿长成了暗红的荚儿，硬硬的，一捏就张开了两瓣嘴儿，沁人心脾的清香里包着实实在在的紫红的籽儿，带着花把儿，也跟木钉儿似的。

庖牺他们早就在南山根儿开出了一大片地，剥出丁香籽来就地儿种了，种子没使完，又开出山坡儿来往上种。第二年春天就长成了小树苗儿。雨娘娘坟前飘出一条长长的绿带子，给南山根儿镶了边儿，把这地界儿捯饬出来了。

雨娘娘坟前的老丁香树又嵌上了成千上万的花骨朵儿，浓郁的香气招着人们过来。这棵婆婆的大树跟那一片小树苗儿，真像瞎姥娘带着她接到世上的孩子们。谁来大树底下都捏俩花骨朵儿，嚼一嘴清香。

瞎姥娘变成丁香树，还在给人治病，谁过来了都给几个香香的紫花骨朵儿。嘴疼牙疼的不疼了，鼻子塞的不堵了，肚子寒的暖和过来了，吃不下饭的能吃了，反胃的不噎了，恶心的不吐了，心气疼的顺畅了，血亏的补上了，泻肚子的孩子不拉了，吐奶的娃娃不吐了，奶疼的女人不疼了。

丁香花儿盛开时，千朵万朵儿热热闹闹地挤成疙瘩，把一条清水河都熏香了。丁香太好看了，香得太好闻了，谁也舍不得动，好像碰一下儿都是罪过儿似的。人们说，紫色的丁香花儿是巫婆儿的魂儿。巫婆儿的魂儿是香的，靠清正的香气祛邪驱霉。这地界儿没有虫虫蚁蚁，蚊子蝇子远远儿地闻见味儿，就不敢往过飞了，连蜘蛛都不在这儿结网。

冷妮子一直想着蛋蛋的粉鼻儿，这病儿不好治，因为她自个儿没这病儿，家里谁也没这病儿，不能试。要搁着别的病儿，她都拿自个儿试了，治头疼先给自个儿造个头疼，两宿不睡就够了；治伤口先在自个儿胳膊上划个口儿；治跑肚自个儿先喝口阴阳水儿……甭管啥药，在自个儿身上管了用，她才给别人用。

只是这粉鼻儿她造不出来，赶上一回伤风，鼻涕眼泪全来了，喜欢得她就跟拣着宝贝似的。她把烧红的炭放进水里，水刺啦响，滚了，她把水喝了，病好了。她把这招儿教给了芑儿，芑儿鼻涕眼泪照样儿流。后来又试了好些招儿，都不管用。可是，有了新招儿，人们照样试。虽然一直没找着管用的，但是冷妮子知道啥不管用了。

人们有耐心，她也有耐心，见着人就问："今儿鼻子咋样？"有一天问到霜儿娘，霜儿娘鼻子闹得比谁都厉害，不光是闻不得丁香花儿，啥花花草草都闻不得，在坳子里待着也闹，一年就是冬天好过，从春天到秋天，一天到晚跟个泪儿似的。

霜儿娘说："今儿个鼻子倒是没事儿，可是又添了别的麻烦。"冷妮子问："花儿姨，哪儿又不好啦？"霜儿娘说："也不是啥大不了的，切菜切了手，去草地里给俩孩子摘莓子，酸汁儿一杀，疼得钻心，摘了半篮子就回来了。"冷妮子问："切了哪儿了？我瞧瞧碍不碍事儿。"霜儿娘伸过左手大拇哥来，冷妮子掰着瞧了瞧，切得不深，倒是叫莓子染得红得吓人。她放进自个儿嘴里给喂了喂，说："姨，不当紧的，明儿就不疼了。"霜儿娘说："我也知道没啥，就是莓子汁儿一杀生疼。"

冷妮子问："花儿姨，您这鼻子打啥时候不闹了？"霜儿娘："你要不问，我还真想不起来了，好受了一天就忘了难受。打啥时候呢？起来的时候闹来着，下山闹得更厉害了，一下去就受不了了，要不是为了俩孩子，我可不下去受这份儿罪。回来的时候好像没闹，就知道手疼了。一直到这咱，都没咋闹。嘿咿，你要不问，我还真没往鼻子上想，都是这破手闹的！"

冷妮了说："许是您今儿个在下头碰见瞎姥娘了，瞎姥娘把您的鼻子治好了。"

霜儿娘说："哟，瞎姥娘今儿下来了？瞧我多大的福气！百年不遇下去一回，下去就碰见瞎姥娘了。明儿我得给瞎姥娘磕头去，瞎姥娘保佑，明儿可别叫我再闹鼻子了！"

冷妮子要走了，霜儿娘抓了一碗莓子，说："拿回去给咱姐姐尝尝鲜儿！"

冷妮子也不推辞，端着碗去了地里。庖牺一见，喜得说："巫婆儿给咱送莓子来啦！"冷妮子说："就一碗莓子，还不够一人儿一个儿呢！"庖牺说："那是给谁送的呀？"冷妮子说："把你的石头刀拿过来！"庖牺说："哟，不叫吃就算了，也犯不上动刀子啊！"冷妮子说："不说要话，我是来给蛋蛋他们治鼻子来的。"

庖牺高兴地直叫："找着治粉鼻儿的药啦？"冷妮子说："先试试，还不知道管不管用。"

蛋蛋老远就听见了，蹿过来，嚷嚷着鼻子问："咋治？咋治？治好了我给你家姐姐摘一篓子莓子！"说着一连打了好几个嚏喷，鼻涕眼泪稀里哗啦全下来了。

冷妮子舔了舔刀尖儿，扎起一个莓子递给蛋蛋，说："先吃个莓子！"蛋蛋吃了莓子，冷妮子说："把手给我！"蛋蛋乖乖儿伸过两只手来。冷妮子说："一只就够了。"拿刀尖儿在他的大拇哥上轻轻划了个道道儿。蛋蛋不知道咋回事儿，问："这干吗啊？咱俩起血誓啊？"冷妮子说："跟你们拴根儿娘起了血誓还不够呀？你还要跟多少女人起血誓呀？"蛋蛋说："又不起血誓，好好的往我大拇哥上拉道儿干吗呀？"冷妮子说："你皮实，先拿你试试，瞧瞧管不管用。"蛋蛋说："试吧！试吧！还拉哪儿？"说着把后脖颈子伸了过来。庖牺瞧着说："你们这是干吗啊？杀猪呀？"冷妮子拍了拍蛋蛋的脖颈子，说："说你皮实，一点儿不假，早就试完啦！"蛋蛋翻翻眼睛，吸吸鼻子，突然大叫一声："嘿咿！"吓得庖牺赶紧问："蛋蛋你咋啦？"冷妮子也问："蛋蛋，你没事儿吧？"喜子在旁边儿说："魔怔！"

蛋蛋一蹦老高，支抄着俩胳膊喊叫："我好啦！好啦！小巫婆儿，你可真神啦！"

冷妮子不敢相信自个儿的耳朵，恍恍惚惚以为在做梦。

蛋蛋说："鼻子不流啦！"

冷妮子这才醒了过来。

呼啦啦围上来好几个人，都是闹粉鼻儿的，都叫冷妮子给治治。冷妮子想了想，要是划大拇哥管用，别的地方儿说不定也管用。喜子挤在最前头，说："冷姐姐，我把瓮（我）交您手里啦！"后头有人笑他："你冷姐姐家里不缺瓮。呵呵！"冷妮子捏住喜子的手，扎了个莓子递到他嘴里，喜子说："还是冷姐姐好，翁（甬）给他们吃！"冷妮子在喜子手背上划了一道儿。

过了会儿，喜子也又蹦又叫："好啦！好啦！误（不）流为（鼻）涕啦！"

这一招儿真管用，谁试了都灵，划哪儿都管用。冷妮子说："要是鼻子不闹了，你们就去丁香树底下再试试，要是闻了丁香花儿都不闹了，就给瞎姥娘磕个头。"那些人都跑到丁香树底下来，先不敢闻，后来使劲儿闻个够，一点儿事儿也没有，就都磕头谢瞎姥娘在天之灵。

冷妮子也来了，在旁边儿瞧着。人们都问她："这道口能顶多大工夫儿啊？"

冷妮子说："顶事儿的不是那道口儿，你们没见我拉口儿之前拿刀尖儿叉莓子来？人跟人不一样儿，说不准能顶多大工夫儿。啥时候闹起来了，就拿石头刀儿蘸着莓子汁儿，在身上划个口儿，划哪儿都行。"

蛋蛋"咕咚"就给冷妮子跪下了，吓得她赶紧嚷嚷："蛋蛋你这是干吗？你还让不让我活啦？起来！快起来！"蛋蛋说："你要是知道我这些年受的那罪过儿，就知道给你磕个头一点儿都不亏了。"人们也跟着说："妞妞娘，你可是救了我们了，那哪儿是人过的日子啊！""整整一春天，鼻涕眼泪不到头儿，这回好了，咱也是个人了。""再也不闹粉鼻儿喽！再也不闹粉鼻儿喽！"

听着丁香林里这么热闹，外头的人还不知道是咋回事儿。庖牺就告诉他们："妞妞娘把他们的粉鼻儿治好了，这不，都给瞎姥娘磕头去了。"

二顺儿跑过去，找着冷妮子说："妞妞娘，求求你，今儿去我家一趟，给孩子姥娘也治治。"冷妮子说："我就是从你家孩子姥娘那儿学来的，她给了我一碗莓子，就这么治了粉鼻儿。正好儿，你把空碗带回去。"说着把碗里的俩莓子拣出来，把碗给了二顺儿。二顺儿问："这么说，我们孩子姥娘会治自个儿的粉鼻儿啦？"冷妮子说："花儿姨治好了自个儿的病，还不知道。她今儿个切菜切了手，又去给孩子摘莓子，莓子汁儿杀疼了手，可是治好了粉鼻儿。你回去跟她说，啥时候鼻子又闹起来了，就拿石头片儿蘸上莓子汁儿，在身上划个浅道道儿，划哪儿都行。一会儿就不闹了。"

人们从丁香树底下回来了，庖牺说："你们今儿个不用干活儿了，都去草地里采莓子去吧！莓子能治粉鼻儿，还有谁家有闹鼻子闹眼的，也跟着过去采吧，听姐姐娘告诉你们咋摆治。"又对冷妮子说："你这么大的本事，就不能治治我这鼻子？"

冷妮子说："你那鼻子不闹不流，治个啥呀？要不你也试试？"庖牺赶紧说："行啊，咋试都行！"冷妮子刀尖儿扎个莓子递到她嘴里，在她鼻子翅儿上轻轻划了一道儿。庖牺一会儿吸吸鼻子，一会儿吸吸鼻子，还是啥也闻不见，只得说："算了算了！我这的确没治了！"

冷妮子说："这也是老天罚你，不叫你十全十美占全了。世上的好儿，哪能样样儿都给了你呢？不聋、不哑、不瞎、不傻，你就知足吧！"

庖牺说："我不知足！世界上的啥味儿都闻不见，跟瞎子一样儿，缺一块，我能知足吗？"

冷妮子说："缺了的就治不了了，就跟我们姐姐爹的半截腿一样儿，长不出来了。"

庖牺说："不一样儿，他的腿没了，我的鼻子还在。"

冷妮子想了想说："也是。"

庖牺说："原来还有蛋蛋他们跟我做伴儿，这会儿就剩下我一个了。唉，我这鼻子啊！"

冷妮子说："别急！你那鼻子瞎了十几年了，哪能一下子就治好了呢？"

庖牺说："只要你肯给我治，多少年都行！"

入秋，冷妮子背着篓子来收丁香荚儿，回去剥了，抠出丁香籽儿，人们有病就找她来要。瞎姥娘一年就来半个月，给人们送丁香骨朵儿，冷妮子收的丁香籽儿一年到头儿都能要到。人们管瞎姥娘的丁香骨朵儿叫公丁香，管冷妮子的丁香籽儿叫母丁香，不过，母丁香的香味儿比公丁香来淡了些，药力也不如公丁香大。有人说耍话："母的不如公的，小巫婆儿到底儿赶不上老巫婆儿。"庖牺说："甭管公的母的，还不都是人小巫婆儿找着的？再等几年小巫婆儿就起来了，准比瞎姥娘还厉害。"

冷妮子赶紧说："可别瞎说，我咋能跟瞎姥娘比啊？我的本事都是瞎姥娘教的，瞎姥娘走了，还截长补短来梦里点拨我呢。这棵丁香树也有三四十岁啦，可不就是咱瞎姥娘嘛？我呀就跟这小树苗儿一样儿，是瞎姥娘埋的籽儿，还得等好几年才开花儿呢。甭管是公丁香还是母丁香，全是瞎姥娘给咱的。人跟人不一样儿，病儿跟病儿也不一样儿，有的吃了公的好，有的吃了母的好，都念咱瞎姥娘的好儿吧！"

丑妞儿爱上火，不是鼻子流血，就是嘴里起泡。冷妮子就把母丁香捣成面面，冲了水给孩子喝。孩子喝了几回，火下去了。打这，冷妮子隔几天就给孩子熬一回搀了丁香面儿的粥，丑妞儿不上火了。冷妮子又捣了好些个母丁香，把面面儿分给有孩子的人家，叫大人截长补短搀着熬粥给孩子败火。一冬天，坳子里没一个孩子上火。

人们嫌冷妮子给的干花儿不管用，没啥人要了。家里存了那么多干花儿干吗呀？光熏窑了。冷妮子就把花儿捣烂了，石头罐儿底儿留下一层儿油，油比花儿还香。

她一气儿捣了好些个，出来半碗香香的油。她把香油儿灌到蛤蜊壳儿里，给庖牺送来，说："你闻闻这个。"庖牺猛地吸了一鼻子。冷妮子问："闻见啥了？"庖牺说："啥也没闻见，可是，"冷妮子急着问："可是啥？""可是闻了挺好受，脑袋清气了，眼也明了。"冷妮子说:"有门儿!这个给你留下,没事儿就闻闻,抹鼻子下头也行。"庖牺问:"这是啥稀罕物儿呀?"冷妮子说:"这是丁香油儿,从一大堆干花儿里捣出来的。"

过了两天,庖牺碰见冷妮子,说:"嘿咿,你给我那丁香油儿可真是好东西!"冷妮子高兴问:"闻见香味啦?"庖牺说:"一家子都闻见了,说香得不行,就我不知道是咋个香法儿,嗨!"冷妮子说:"说了半天,还是闻不见!又白费劲了。"庖牺说:"没,可没白费劲,我给俩孩子身上抹了点儿了,孩子姥娘不叫多抹,说这是宝贝,叫省着使。就蘸了一指头肚儿,一孩子抹了那么一点儿,嘿咿,蚊子没叮虫子没咬,倒是把俩大人咬了一身包儿。沟儿脚趾头缝里长癣,抹了也好了。嘿。你说这丁香油儿有多好!说不定疥疮癞痢也能抹好了哩。"

冷妮子一脸惊喜,说:"要是这样儿,我还得捣干花儿,把丁香油儿分给坞子里的人。"庖牺说:"那得捣到哪辈子去呀?你把干花分了,让人们自个儿捣去吧!"冷妮子照庖牺说的,把家里的干花儿全分了。一时间坞子里"砰砰砰砰"一片捣石头声儿,清雅的香气缭绕不散。

人们说:"瞎姥娘回坞子里来了。"

# 第三十三回

## 救落水舍生见义犬
## 祛惊风忘我显德巫

风刮过来一阵黑云彩，像一把锅烟了攘进清水溪里，吸足了水，一团一团化开，会儿把整个天都搅和黑了。一拐闪电把乌黑的天划开了道道儿，跟着滚过来一阵嘎吒吒的炸雷，天裂了，雨点子砂子似的攘下来，见啥砸啥。树呼呼地叫，清水溪哇哇地喊，一时间天上地下全是水。

一个小人影儿在风里雨里雷里闪里跑，一边儿跑一边儿喊叫："姥娘，姥娘，你家白妞儿叫大水冲跑啦！你家白妞儿叫大水冲跑啦！"庖牺娘打窑里头抢出来，几步冲过去，一把拽住小人影儿，急赤白脸地问："妞妞，你说啥？""姥娘，姥娘，白妞儿叫大水冲跑啦！我娘跟我姥娘下到溪水里追去啦！"庖牺娘问："白小儿呢？"小人人说："白小儿跟着追去啦。"

庖牺娘拽着孩子，跌跌撞撞跑进窑里，摘下墙上挂着的犀角，对孩子说："妞妞，大水来了，别往外头跑了！在这儿等着！听见啥也别动，听话！姥娘这就去叫人。"说完出来，把门打外头拴住了。

她立在门口儿，举起犀角来，到了嘴边儿，又放下了。她是当过大娘的人，知道吹犀角是咋回事儿，连庖牺爹出事儿那天，她都没动犀角，为沟儿吹过一回，那时他还不是家里人。这会儿为了自个儿家的一个白妞儿惊动众人？要是庖牺，准不这么干。不行，不能兴这个例儿，今儿要是吹了，往后就摆不平了，谁家有事儿都吹犀角，那还不乱了！

她跌跌撞撞奔溪边儿跑了几步，给一棵风刮折了的小树儿绊了一跤，爬起来，一害怕，心里乱了，举起犀角，不管不顾地吹响了。

一阵嘎吒吒的大雷盖住了呜呜的号角声，震得她浑身颤抖。雷过去了，她憋足了气，使出浑身的劲儿又吹起来，角声叫大雨捂住了，呜呜咽咽地挣扎。留在坳子里的人还是听见了这不寻常的声音，纷纷跑出来。庖牺娘撕着嗓子喊："山洪下来了，看住自家的孩子，别出事儿啊！"人们答应着，喊着自家的孩子……

庖牺娘一只胳膊举着犀角，顺着清水溪磕磕碰碰往下走，呜呜的角声像哭。有人出来，她就喊一嗓子："看好各家的孩子！"磕磕碰碰吹着出了坳子。才吹了半截儿，呼啦啦上来一大队人，是地里和筏子上的，她就喊："山洪下来啦！"

庖牺抢上来，挽住她娘，直嗔怪："娘，您何必呢？大水下来了，众人还能不知道？非得您跑下来？"娘极小的声儿炸了一个大爆雷："快往下头找去，白妞儿叫水冲跑了！"庖牺脸像叫闪打了，白得吓人。她扭头冲清水溪奔去，三步两步往下跑，到了溪边儿就可着嗓子喊："妞子！妞子！……"她喊得忒使劲儿，心都快从腔子里蹦出来了，一个趔趄栽了下去，浑身泥水爬起来，扶住一棵树，顾不得喘口气儿又喊："妞子！妞子！……"一边儿喊，一边儿连骨碌带爬往下找。

"妞子！妞子！……"终于有了回音儿："娘！娘……"是白小儿！孩子的声音被风给刮断了，远远儿地，像挂在半天空里。"小儿，挨哪儿呢？妞子呢？"庖牺的声儿颤悠悠儿的，像风里雨里的蛛丝儿。她一边儿喊一边儿磕磕绊绊往下跑。

"哎，都这儿呢！"是冷妮子的声儿。庖牺急得嚷："妞子呢？"冷妮子娘的声音透过风和雨，依然沉稳："庖牺啊，没事儿，俩孩子都好好儿的，你甭着急！慢着点儿，道儿不好走，瞧着点儿，别摔了！"

庖牺呼地吐了一口气，这一口气好沉，吐到地上砸起了水花花。"娘哎、哎、哎、哎……"白妞儿的哭声儿叫雨阻断了，跌跌撞撞地，庖牺心一揪，憋到嗓咳眼儿，挤尖了声儿："娘来啦，妞子不怕，娘来啦！"一边儿连骨碌带爬赶过去。

近了，瞧见四个人在溪边儿晒谷场上，冷妮子搂着白小儿在雨地里站着，月儿姨往起拉坐在泥汤子里的白妞儿，白妞儿抱着条狗呜呜哭。庖牺三步两步跨过木头桥，抱起白妞儿来。孩子像个水鸡子，哆嗦成一个儿，一边儿哭一边儿叫："吓吓吓吓……黑儿啊啊啊啊！吓吓吓吓……黑儿啊啊啊啊！吓吓吓吓……"那畜生儿一身黑毛儿贴在身上，分成了缕儿，露出白生生的肉皮，脑袋耷拉着，一动不动。

冷妮子娘说："妞子舍不得黑儿，一直追到这儿，才捞上来。唉，可怜的畜生儿！"庖牺迷惘了，问白妞儿："妞子，咋回事儿啊？"白妞儿只是哭。

白小儿说："我们俩跟妞妞在溪里玩水，一下子大水就下来了，我跟妞妞跑上去了，妞子叫大水冲跑了。我们就喊，姨姨跟姥娘来了就追，我也追，黑儿跳到水里，跑得比谁都快。妞妞去咱家叫姥娘去了……"

瞧着白小儿说得接不上气儿来了，小孩子家一时说不清这么大的事儿，冷妮子娘就接过话儿来说："黑儿把妞子咬住了，叼到上头，冷妮子追过来拉住白妞儿，黑儿没了劲儿，被大水冲下去了。几个人这就又追黑儿，到这儿总算追上了，是块石头把黑儿绊住了，可是……唉！"庖牺圪蹴下，摩挲着黑儿一身水淋淋的黑毛儿，凉气透过指头尖儿钻进来，像条冰蛇蹿遍全身，脑袋里一下子冻住了，空了。

冷妮子叹了口气说："咱都别难受了，其实这也是黑儿的命，命是抗不住的。瞎姥娘早就说接黑儿上去了，我说就叫它跟着我们吧。瞧瞧，瞎姥娘到底儿放心不下，今儿个还是把黑儿接走了。唉，也是这畜生的福气，黑儿走了，本来是个好事儿，咱就看开了吧，送送它走。"

白小儿眨着眼问："姨，黑儿去哪儿啦？"冷妮子说："黑儿上天了。"白妞儿吸溜着鼻子，仰起头来，朝天上喊："黑儿！黑儿！你听见我喊你了吗？"雨水和着泪水往下流，流进嘴里，孩子呛得咯咯咳嗽。

两家人把黑儿埋在雨娘娘坟前的丁香树底下。

白妞儿病了，四岁个孩子，又惊又吓，风吹雨打凉水泡，受了风寒，连咳嗽带喘，一天到晚迷迷瞪瞪的，身子烫得火炭儿似的，烧得直说胡话，老是喘着喊："黑儿，黑儿，回来！黑儿，黑儿，快回来！"冷妮子送来了她做的丁香丸儿，白妞儿吃了，也没见好儿，喘起来咳儿喽跟个老姥娘似的。

雨下了三天住了，白妞儿还没好。有几块坑洼儿地里淤了水，庄稼全泡了，她爹娘吃了前晌饭就急急忙忙去地里了。姥娘把白妞儿抱到自个儿窑里，不离身儿地伺候，生怕她出啥事儿。这不，刚出来要解个手儿，叫白小儿看着他妹妹，白小儿就喊开了："姥娘，快回来！妞子死啦！"把个姥娘吓得差点儿摔了，慌不迭地跑回来，一瞧，白妞儿脑袋往后仰着，眼珠儿翻翻着一动儿不动儿，脸跟死人似地僵了，胳膊腿儿一下子抽一下子挺的。姥娘心咯噔一下子提到嗓咳眼儿上，火儿上来了骂白小儿："你就会瞎嚷嚷，啥死了死了的！还不快去叫你冷姨过来，就说妞子抽风啦。"她慌地抱起白妞儿来，这才瞅见孩子尿了一地，就包住孩子脑袋，抱着去了庖牺他们窑里。

一会儿就听得外头有了动静儿，白小儿呼哧呼哧地喊："姨，姨，妞子在我姥娘窑里呢。"庖牺娘跑出来，见冷妮子风风火火赶过来了，白小儿在后头追，跑得上气不接下气，就招呼："她姨，妞子挨这儿呢，那边儿她尿湿啦，我刚给抱过来。唉，这会儿抽得厉害。"

冷妮子带着个小白麻布包儿，进了窑里，见孩子躺在地下草垫子上一阵儿一阵儿地抽，牙咬得"嗝嗝"响，就抱起来，放到靠门口儿的大黑石头台子上，把孩子脑袋偏过来，解开孩子脑袋上包着的布，叫透透风儿。她俩手指头撑开孩子嘴，伸进去，掏出来一嘟噜黏糊糊的东西，甩了，又跟庖牺娘要了根竹筷子，掰开孩子嘴，插在上牙跟下牙当间儿。庖牺娘纳闷儿，问她："这干啥啊？"冷妮子说："姨，妞子是急惊风，抽起来不知道事儿，我是怕她咬了舌头，这要是掉下去，堵住嗓子眼儿就麻烦啦。"

庖牺娘"唔"了一声儿，不说话儿了，提溜着心瞅着冷妮子摆治白妞儿。只见她拿过孩子的手来，捏了捏指头，皱起眉来，嘴里叨叨着："咋这么闭呀？"庖牺娘以为问自个儿，就说："烧的，吃了丁香丸儿也没见大好儿。"冷妮子说："嗯，我给错了，丁香丸儿不走她这病儿，孩子不是上火，是寒大了才烧的。"说着打开白麻布包儿，拿出一块儿石头片儿来，捏住孩子的手指头肚儿，靠近指甲那儿轻轻儿一划，挤出一滴血来。孩子也不知道疼，只是一个劲儿抽。十个指头都划了挤了，冷妮子又把大拇哥指甲使劲儿掐进孩子鼻子下头。孩子慢慢儿不抽了，张开嘴呼哧呼哧喘粗气。庖牺娘出了一口长气，提溜着的心总算掉了下来，说："托瞎老娘的福啊，总算过来了！她姨，得亏你来这快就赶过来了，快歇歇儿吧！瞧累得这一身汗！"她自个儿也是一身透汗，门缝儿钻进来的风一吹凉津津的。

冷妮子说："姨，您给我蘸两块湿手巾，越凉越好！""哎，这就来！"庖牺娘答应着，绞了两块凉凉的湿手巾，给了冷妮子。孩子烧得厉害，冷妮子把一块手巾蒙到孩子脑门子上，拿着另一块给她擦脸擦身子，一边儿擦一边儿吹。庖牺娘赶紧又湿了两块凉手巾，递过来说："她姨，你也擦把汗吧！"冷妮子接过手巾，把两块擦热煜热了的给了庖牺娘，说："姨您再给透透，越凉越好。"她把一块新湿过的手巾蒙在白妞儿脑门子上，拿另一块儿给孩子煽风。

摆治得孩子身上不那么烫了，冷妮子又照着瞎姥娘教给的法子给孩子拿了拿脊，捏了捏胳膊推了推腿儿，连推带拽一过儿下来，累得浑身上下都是汗，水洗了似的。庖牺娘摸着白妞儿的手说："她姨，孩子这会儿不烧了，你快歇歇儿吧，看累成啥了！"冷妮子摸了摸白妞儿的脑袋，说："烧退了，就快好了，孩子没大事儿了。唉，小小的人儿，遭这么场大罪！这也是好事儿，一回折腾够了，往后就不大容易害病了。"庖牺娘说："可不是嘛，这一回把十年的病儿都害完了。"

白妞儿不烧了，冷妮子把她抱到草垫子上，叫过白小儿来："小子，趴石头台儿上，姨给你也拿拿。"庖牺娘递过来一碗凉水说："他姨，先喝口水，这大热天儿的！他没灾儿没病儿的，拿啥呀？"白小儿已经趴在石头台儿上，急着说："拿！拿！"他姥娘说他："拿啥呀拿？这孩子咋这么不知道心疼人儿啊？看把你姨累成啥啦？起来！不拿啦，不拿啦！"

冷妮子捂着白小儿身子说："姨拿拿不费啥事儿，捏捏拽拽，百病儿不害。"说着，俩手在白小儿光脊梁上捏起来。白小儿脑袋搭在两胳膊上，闭着眼，浑身好受。他姥娘说："麻仁儿大点儿个人伢子，就知道叫人伺候了！哼，他姨，捏几下儿就行了，别把浑小子惯坏了！"冷妮子嘴里说着"好了好了"，手还是一个劲儿地又捏又拽又推，紧着忙活。

忙完了，冷妮子拍了两下白小的屁股，说："起来吧，小子！"白小儿一个鱼打挺儿蹦儿蹦了起来，他姥娘说："连句好话儿都不会跟姨说，白伺候了你半天啦！花儿还知道朝人摇摇尾巴呢，你这没良心的东西！"白小儿赶紧说："姨真好，赶明儿我给姨捣药。"冷妮子胡噜着白小儿的脑袋说："小儿真懂事！姨不指望你捣药，就怕你害病儿，可不许害病儿啊！你要害病儿可就对不起姨啦！"白小儿赶紧说："我不给姨害病儿。"

冷妮子又嘱咐孩子姥娘："等妞子好点儿了，姨就带她出去玩儿会儿，别老闷在窑儿里。还有，孩子身上亏得厉害，别饿着了，能吃尽着吃。姨，我走啦，这俩孩子，您经着点儿心，有啥事儿赶紧叫我。"

庖牺娘赶紧拦住："她姨别走啊，一会儿庖牺他们就回来了，你这儿看着妞子，我这就奔饭去，咱今儿个摊煎饼。"白小儿一听，跳着脚儿嚷嚷："摊煎饼！摊煎饼！"他姥娘给他抹了抹哈喇子，说："瞧你这份儿出息！"冷妮子说："姨，甭麻烦啦，我得回去了，丑妞儿这两天儿也不好，我回去瞧瞧去。"庖牺娘着急地问："这可咋说的？妞妞咋啦？""没大病儿，闹肚子。孩子打么几天儿泻泻也好，省得上火，姨，我回啦！"说完蹬蹬蹬蹬不回头地走了。

白小儿说："姥娘，妞妞是病了，我去叫姨的时候，见她躺着哩，小脸儿黄不叽啦的。冷姨哄她说，一会儿就回来。这半天才回去，她准得跟姨又哭又闹。"他姥娘气得说："你知道人家孩子有病，还一劲儿叫姨给你拿，你呀你，叫我说你个啥好啊？"白小儿委屈地说："我是怕跟她们俩一样儿害病，害了病儿还得姥娘伺候。要不我才不叫拿哩。"他姥娘气不得笑不得，摁着他脑门子说："你呀，瞧着傻乎乎儿的，贼心眼儿比谁都多！哼，人都说老大憨，你小子往里憨往外奸。"白小儿听不明白，问："姥娘，您说我到底儿是憨啊还是奸啊？"姥娘说："哼，你小子一点儿都不憨，要多奸有多奸！"白小儿更不明白了，问："姥娘，我有那么奸吗？"

庖牺两口子回来了，白小儿问他爹："爹，您说我是憨还是奸呀？"沟儿呵呵笑了，说："老大憨，老二奸，家里有个坏老三，小儿不奸。"白小儿说："姥娘说我要多奸有多奸。"

庖牺娘已经把饭菜摆到门口儿的石头台儿上，听得白小儿又说刚才的事儿，就说："跟你爹跟前儿告你姥娘的状，还说不奸？"沟儿顾不得问他们俩为啥斗嘴，叫了声娘，就往她窑里走。庖牺娘说："妞子在你们窑里，睡着了。"庖牺问："娘，妞子好些儿了没？""嗨，还说呢，今儿烧得都抽风了，得亏她冷姨给摆治了半天，不抽了，烧也退了。人家孩子也病了，扔在家里来伺候咱孩子，这小子不知道心疼人儿，瞅空子也叫他冷姨给拿捏了半天，我这才说他奸的。"

庖牺说："真没瞧出来这小子这么奸，过来！"

白小儿知道要挨打了，乖乖儿把屁股撅了过来。

庖牺娘知道女儿手重，一把拉过白小儿来，说："算啦算啦，我说了他半天了。你去你月儿姨家瞧瞧，顺带给送几张煎饼过去。"庖牺答应一声，端了一盘子煎饼，刚要走，沟儿出来了，听见了娘的话，说："我也一块儿过去谢谢人家。"庖牺娘说："两口子去，这样儿好。既去，就别空手儿，再拿点儿啥。"沟儿说："娘腌的蒜好吃。"庖牺娘就盛了一大碗翠绿的腌蒜给了沟儿。

冷妮子一家子在外头吃后晌饭，庖牺招呼着："才吃啊？"冷妮子娘说："才吃，来，一块儿吃点儿。"沟儿说："月儿姨甭客气，我们吃啦。"说着把蒜碗放到石头饭台上，庖牺也把煎饼放上去了，说："我娘摊了一大堆煎饼，吃不了，给您添点儿味儿，呵呵。"冷妮子说："你娘真是的，谁都有个用得着谁的时候，这是干吗呀？"庖牺说："我娘待见你呗。"妞儿说："还是有人待见好啊，咱也跟着沾光儿，嘿嘿。老远就闻见腌蒜啦，煎饼就蒜，越吃越馋，我顶爱吃这个。"庖牺说："爱吃，明儿拿个盆过来端，我娘腌的多了去啦。"又问："妞妞还不好?"冷妮子爹说："喝了口米汤，早早儿睡了。小孩子闹个肚子，也叫你们一家子惦记。没啥大不了的，睡一宿明儿就好了。"庖牺说："我们惦记没用，还得靠妞妞她她娘，巫婆儿人那才是真本事呢。我们妞子得亏她给摆治过来了，我娘可真佩服她呢。"冷妮子说："得，又来了!别尽着废话，过来尝尝我们家的小米儿粥!"庖牺说："不啦，该回去啦。"

回来吃饭的时候，沟儿说："瞎姥娘走了有两年了吧?"庖牺说："可不是嘛，前年热得要命的时候姥娘豁出身子给咱求雨走的，这会儿丁香苗儿都赶上咱小儿高了。"沟儿说："我觉摸着，咱该给瞎姥娘坟前弄个念心儿了。"庖牺娘说："是啊，就是妞子没病儿，也该上供了。明儿你们帮我宰只羊，再摊上一篮子煎饼。"沟儿说："嗨，我还想着给雨娘娘刻个人形儿，把黑儿也给刻上。"庖牺娘儿俩都说这主意好，她娘说："正好儿也该开窑了，顺带着烧出来。明儿小儿跟我和泥，咱捏泥人儿泥狗。"白小儿喜欢得雀儿似的，立时就撮土去了。

沟儿问："娘，泥人儿能烧成多大?"庖牺娘俩手比了半根儿胳膊长，说："泥胎要是捏结实了，火候儿把握好了，能烧到这么大。"沟儿看了看庖牺，说："这么大，供在家里正好，立在坟前，显小了些儿。"庖牺点点头说："也容易摔坏了，谁家孩子给抱家去也保不齐的。要不，砍一棵大树，刻出瞎姥娘的人型儿来，栽到坟前头?"她娘说这个好。

白小儿这么会儿工夫儿和出来一堆泥，一听大人变了主意，说要刻木头的，就问："姥娘，那咱不捏泥人儿啦?"庖牺娘说："嘿，小儿着急啦?"白小儿说："说得好好儿的，咋又不捏啦?"他姥娘说："泥人儿也捏，小儿，咱先捏俩瞧瞧，要是烧成了，咱还得且捏呐，捏好些个，家家都供奉雨娘娘。"庖牺说："娘这是个好主意，叫人们有个念心儿，家里谁有了病儿有了灾儿的，求告求告瞎姥娘，没吃药先好了三分儿。"她娘说："老天爷哪回不下雨了，大伙儿也好帮着求告雨娘娘。"

白小儿突然问："要是雨娘娘老下雨，清水河里盛不下了咋办啊？"仨大人都笑了，他娘骂道："傻小子，咋想起问这个来了？"白小儿说："我怕冲走了小孩儿。"他娘说："下雨的时候别在水边儿玩儿，不就冲不走了？"白小儿还是问："清水河里盛不下了咋办啊？"他娘说："盛不下了，往下流啊，清水河就是可边儿可沿儿了，也溢不出来！"他爹说："这就是上头的好处儿了，河要占上头，水往低处儿流嘛。"白小儿问："水都冲到下头，那下头咋办啊？"他姥娘说："下头还有大河接着。"白小儿又问："那大河要是满了呢？"他爹说："大河下头还有大大河接着。小人儿管那么多干吗？"白小儿说："我就是怕水大了冲走小孩儿。"他娘说："下头没人住，冲不走小孩儿。"白小儿又问："娘，那，下头有狗吗？"他娘说："娘不知道，问你爹吧！"白小儿又问他爹："爹，下头有狗吗？"他爹说："下头没狗。"白小儿还是不放心，接着问："爹，野狗也没有？"

一句话勾起一家人沉重的记忆，姥娘眼圈儿红了，他娘阴着个脸骂他："你管那么多干吗？连野狗都管！"白小儿不知道问错了啥，俩眼慌慌地乱转，瞅瞅这一个，瞧瞧那一个，最后落到爹脸上。他爹叹了口气说："野狗都在山里，白天住在石头洞里，黑间出来祸害，你姥舅就是在雷泽里叫一群野狗咬死的。往后别问这个了，省得姥娘心里堵得慌。记住了吧？"白小儿怕怕地说："哎，记住了，往后我不问野狗的事儿了。"姥娘一把抱过白小儿来，亲着他的小脸儿说："小儿真懂事儿，小儿是个好孩子。"

沟儿砍了一棵榆树，去了枝枝杈杈，剥了皮，雕起瞎姥娘的人形儿来。一早儿一晚儿抠饬上一阵子，十几天下来，有了个大模样儿，又修起脸儿来，只能一点儿一点儿抠饬，一凿子过了，就全毁了。沟儿有这耐心劲儿，抠饬儿下儿，就问问庖牺娘儿俩像不像，又请了冷妮子过来给看看。冷妮子说了两样儿，一是眼窝要深，二是身上要有丁香花儿。沟儿听了一下子开了窍儿，满心佩服："巫婆儿到底儿跟咱常人不一样儿。跟你们一比，咱整个儿一大俗人。嗨，人比人，气死人啊！"冷妮子嗔道："早知道你是要我，就不说了。"庖牺说："这你可冤枉他了，在他心里，巫婆儿就是半拉娘娘，他哪敢拿娘娘耍着玩儿啊？"冷妮子骂道："行啦，还怕我不知道坏是打你这儿出来的啊？好人也叫你教坏了！"

刻了磨，磨了刻，二十多天抠饬下来，一个活脱脱的瞎姥娘回来了，身上披满了四瓣儿的丁香花儿，慈眉善脸儿，眼光深深地看到每个人心里，谁见了都说比真人还像。

沟儿又找了一棵歪脖儿树，抠饬了一条狗，脑袋仰着，尾巴卷着，下头托着一截了树，留着往地里栽。别说，那狗还真像黑儿。把白妞儿的伤心勾起来了。孩子抱着木头狗，呜呜地哭，蹭得狗脑袋上全是鼻涕眼泪。

瞎姥娘的人形儿和木头狗一块儿竖到了雨娘娘坟前头，成了一块别致的碑。碑前头有丁香树遮着，树上长满了丁香荚，有的长了嘴儿，像是等着瞎姥娘来摘。下地的，打鱼的，一早儿一晚儿都愿意来这儿看看，吸一口清香的气儿。也有来问病儿求药儿的，女人家来得勤，想要孩子的来求瞎姥娘，怀上的来求保胎，养活了的抱着娃娃来看瞎姥娘，求瞎姥娘保佑孩子没灾儿没病儿。

沟儿怕风吹雨打毁了形儿，又搭了个棚子，罩住了木头人和狗。人们都说"妙"，后来就管这供奉、朝拜、求告的地界儿叫成了"瞎老娘庙"。庙里头供着鲜花、香果和清水，冷妮子隔三差五下来拾掇拾掇，扫扫灰土，换去不新鲜了的花果儿，庙里老是干干净净儿的。

白妞儿天天儿缠着爹娘，下地的时候带上她，她惦记着黑儿，想瞧瞧它活得好不好。好天儿庖牺就带上她跟白小儿，叫他俩在瞎老娘庙前头玩儿。白小儿在丁香树底下教给妹妹捏小狗儿玩儿，白妞儿照着木头狗捏，天天儿捏着玩儿，揉了捏，捏了揉，越捏越像了。后来白小儿不叫她揉了，说："你捏得这么好，留着姥娘开窑的时候烧了，分给人们吧。"种地的大人们瞧见白妞儿捏的小狗儿，都跟她要，好带回去晒干了给孩子玩儿。白小儿说："我姥娘快开窑了，到时候把妞子捏的泥狗也放进窑里烧，烧好了再给你们。"

歇晌的时候，白妮儿问大人，黑儿的爹娘在哪儿。蛋蛋说："这可得问你爹了。"沟儿就给白小儿和白妮儿讲他在花石山灭杂种给他们姥舅报仇的故事，说后来咋收留了黑儿跟花儿，咋一口杂种肉一口雪嚼了喂它们俩，咋又抱给黑妮儿儿叫吃它的奶，临了儿对白妮儿说："杂种吃了姥爷，爹灭了杂种。爹救了黑儿一条命儿，如今黑儿又救了你一条儿，这就叫一报还一报。黑儿报了恩，在世上没事儿了，就上天去跟瞎姥娘做伴儿去了，你也别老想着它难受了。家里不还有花儿嘛？"

白妞儿又担心起花儿来："爹说一报还一报，可爹也救过花儿一条命儿啊，花儿哪一天也要拿命儿来报爹，它也要走啊。"说着眼泪儿扑簌簌下来了。沟儿赶紧哄孩子说："傻妞子，谁说花儿一定要走啊？它报我也不非得拿命儿来报啊，给咱看家看地看场不也是报嘛？花儿走不走还不是看咱给不给它找事儿？咱要是没事儿，不用它舍出命儿来救咱，它干吗走啊？"白妞儿脸上好看了，说："这就好，往后我跟哥哥都不淘气了，不给花儿找事儿，说啥也不能再叫花儿走了。"

沟儿觉出来，出了那档子事儿以后，俩孩子突然长大了，懂事儿多了，尤其是白妞儿，小小个人儿有了心事儿，说她啥都听着，知道谢恩知道好儿了。沟儿自个儿也隔不长儿就去给瞎老娘庙里送一桶清水，求姥娘保佑俩孩子平平安安，还偷偷儿求告姥娘，让庖牺再怀上个老三。

每回来庙里跟姥娘说说话儿，沟儿心里总是轻松不少，打庙里出来，就跟跳清水河里洗了个澡似的，浑身好受。慢慢儿地，来庙儿里成了他生活里不能少的事儿了，前晌儿下地老是比人早来一步儿，先给庙儿里换上净水，再跟瞎老娘倒倒肚里的事儿，算是净心。等人们都来了，沟儿也定下心来了，跟人们相处的一天平平和和地开始了。

这天沟儿从庙里出来，人们还没来，庖牺已经浇了一块地，远远儿望着他笑。沟儿走过来说："跟瞎老娘说了说话儿。"庖牺还是笑，点了点头儿。沟儿说："我这人也怪了，哪一天不去庙里，心就憋闷得慌。"庖牺说："是啊，心也有眼儿，也得出气儿吸气儿。"沟儿跟她一递一答地说，就是想叫她也去庙里求拜，接过茬儿说："还别说，瞎老娘就是灵。"庖牺说："求拜这事儿就是这样儿，只要你信，就灵，何况瞎老娘活着的时候儿就灵呢？我见肉疙瘩儿娘也去了好几回了。"沟儿笑着说："准是去求孩子的。"庖牺也笑了，说："求就灵，瞎老娘准让她怀上，明年养活，嘿嘿。自打有了这庙，信瞎老娘的人多起来了，人们有事儿找瞎老娘说话儿，省了我不少心哩。"

沟儿听她说得这么明白，干脆问她："我咋老不见你去庙里呢？"庖牺说："我自个儿求告惯了燧娘娘了，都这么些年了，一时改不过来，也不打算改了。人心里有一个神神就行了，省着多了都不管事儿。你瞧咱妞子，孩子心里的神不就是黑儿吗？啥神神能比得过救过她一条命儿的黑儿呢？谁信啥灵，就叫他信啥吧！甭管信啥，信就比不信强。"

沟儿心里一震，这话太大气了，他还想说啥，见人们陆陆续续来了，知道庖牺也该派活儿了，就没再张嘴，可是心里一直想着刚才的话，心说："这人真是太明白了！多少年后，她必定是雷泽人的神神。"这么想着，心里竟惭愧起来，自个儿有啥啊，能配上这样儿的人物儿！

# 第三十四回

## 寻盗贼花狗裂头脑
## 惩凶手沟儿破肚肠

丑妞儿的姥舅告诉白妞儿："妞子，等我们家黑妮儿养活了，你去挑一条小狗儿来。"她喜得把这好事儿告诉了爹，爹说："黑儿是黑妮儿养活的小狗儿的爹，等着吧，小狗儿生下来长得准像黑儿。"

打这以后，白妞儿天天儿问丑妞儿姥舅："姥舅，黑妮儿养活了没？"丑妞儿姥舅老是呵呵儿笑："妞子，别着急呀，快了。再等几天儿。"等了五天了，白妞儿怕丑妞儿姥舅蒙她，就问："姥舅，到底儿还得等几天呀？"丑妞儿姥舅说："呵呵，跟我要准日子啦？嗯，还得等七天，急也没用，呵呵。"白妞儿不问了。

过了四天，歇晌儿的时候儿丑妞儿姥舅告诉她："昨儿夜里黑妮儿养活了一窝儿小狗儿，一共六条！"白妞儿一听，就往回跑。庖牺喊白小儿："小儿，跟上她回去，别跑丢了！"

丑妞儿在门口正帮她娘捣药，见他俩呼哧呼哧跑上来，就问：

"咦，你们不是在丁香树下头捏小狗儿吗？咋跑回来了？"白妞儿说："姥舅说黑妮儿养活了六条小狗儿，我们瞧黑妮儿的小狗儿来了，在哪儿呐？叫我们瞧瞧吧！"丑妞儿说："瞧吧！都在窑儿里吃奶哩，没听见吧嗒吧嗒地？"俩人一听，可不是嘛，里头小狗儿吧嗒成了一片！黑妮儿偏身儿卧着，肚子上趴了一窝儿小黑狗儿，一堆炭儿似的。白妞儿问："妞妞，小狗儿都是黑的啊？"丑妞儿说："打上头瞧全是黑的，翻过来就不一样儿了，都有白花儿，有的肚子上白，有的脖子上白，没一条全黑的。"白妞儿说："能让我挑一条吗？姥舅早就许给我了。"丑妞儿说："行啊，你要哪一条都行，反正全得送人。"白小儿说："那我也要一条！"丑妞儿她娘说："你们家要那么多狗干吗呀？花儿又不是不能养活。"白小儿说："姨，那我不要了。"白妞儿说："我要，姨，待会儿它们吃饱了，我挑一条长得顶像黑儿的。"丑妞儿问："你干吗非要我们家的小狗儿呀？你们花儿又不是不能养活。"白妞儿说："你们家小狗儿的爹是黑儿，我就要你们家的。"丑妞儿她娘"扑哧儿"乐了："呵呵，妞妞真行，连小狗儿的爹都知道啦，来，过来瞧瞧，要哪一条？"

丑妞儿娘捧过小狗儿来，一条一条给白妞儿看，白妞儿看中了一条浑身全黑的，说："就是它了，嘻嘻。"丑妞儿翻过小狗儿的耳朵，说："这儿可藏着白花儿哩，你还要吗？"白妞儿说："要，这是小黑儿。"说着捧起小狗儿来，亲了脑袋亲脖子，亲了脖子亲肚子，都亲完了，说："姨，我抱走啦。"丑妞儿娘说："妞子，小黑儿这会儿还太小，离不了它娘。等断了奶就让你把小黑儿抱走，那时候儿小狗儿就长出牙来了。"白妞儿问："姨，啥时候儿断奶呀？"丑妞儿娘说："收了地里的谷子，就能断奶了。"

白妞儿天天儿吃后晌饭的时候儿都问大人："明儿收谷子吗？"问了好些好些天，娘终于说了："明儿收谷子。"

夜里，白妞梦见了瞎姥娘跟黑儿。瞎姥娘问了好些个雷泽的事儿，谷子熟了没？火麻收了没？地里还种了些啥？谁家的娃娃口疮好了没？谁谁的腰还疼不……白妞儿有的知道，有的不知道。瞎姥娘又问黑妮儿下了几条小狗儿，都啥色儿的。听白妞儿说起小黑儿来，黑儿喜欢得把尾巴摇成了花儿。

白妞儿早早儿就醒了，跑出去看天儿，懒日头还没起来。她回来推醒了娘："娘起来吧，今儿个收谷子。"她娘还没歇过来，柔着不愿意睁开的眼问："外头天儿好吗？"白妞儿说："好着呢，大好的天儿！"

她娘起来一看，天还没亮呢，就拉着她出来说："天还早哩，别吵啦，叫你爹再睡一会儿。"白妞儿问："娘，今儿收谷子吧？""收，你挨这儿等着，娘去打水。""娘，我去冷姨家抱小黑儿去了。""不行，你冷姨说好了收了谷子给你，这会儿谷子还没收回来呢，去了人家也不给你。"白妞儿扫了兴，说："娘，我去姥娘窑里啦。""去吧，进去就躺下，别吵姥娘睡觉！"

一家人起来时，庖牺已经闷好了饭，说："今儿个收谷子，活儿重，吃干的。"孩子姥娘说："你起这么早干吗呀？""嗨，还不是妞子闹的，她冷姨把小黑儿许给了她，说是收了谷子断了奶叫她抱过来，这不就闹着收谷子收谷子了嘛。"孩子姥娘说："我说咋老问哪天收谷子呢，闹了半天是想要小狗儿了。妞子，今儿个下地你带上花儿试试，看管得住管不住。要是连花儿都管不住，趁早儿别抱啥小黑儿大黑儿的来，家里狗多了添乱，不如叫人家没狗的抱了去。"白妞儿急了："姥娘，把花儿给我，瞧我管得住管不住！"白小儿说："一个妮子家，还要管狗？得啦，还是我给你管吧！"说着就去给花儿拴套儿。白妞儿急得喊："花儿跟我不跟他！"一把夺过套绳儿来。

庖牺说："都甭抢，花儿跟我去晒谷场。"白妞儿说："我也跟娘去晒谷场。"小手儿牢牢攥着套绳儿。白小儿说："我也去。"白妞儿说："你去干吗？""我看着你，省着你又掉清水溪里，把花儿也给搭上。"这话戳到了白妞儿伤心处儿，叫她又想起黑儿来。庖牺拍了拍白小儿脑壳儿："嘿咻，这才像个哥呢！"

女人们难得全聚在一块儿，手不闲嘴不闲，家长里短儿交流起来。岨儿一趟一趟抱苫布，花儿是岨儿训出来的，跟着师傅跑前跑后，招得白小儿、白妞儿也跟着跑过来跑过去，晒谷场上登时热闹起来。

没多大工夫儿，蛋蛋跑上来了，脸涨得通红，呼哧呼哧喘着粗气，嘴里骂骂咧咧要多难听有多难听。冷妮子娘说："蛋蛋，这儿都是女人家，可不兴满嘴跑鸡巴！"庖牺听不出蛋蛋要说啥，就说："多大的事儿，至于急成这样儿？你先喘口气儿，有啥话慢慢儿说！"

蛋蛋还是骂："屙屎的要是人下出来的，屎的娘准是叫畜生了，哼！屙屎的姥舅、老姥舅也不是人！屙屎的祖宗全是屎的畜生！"庖牺说："大早起的，蛋蛋这是跟谁呀？"蛋蛋气呼呼地说："你问我，我问谁呀？"庖牺又好气又好笑："骂了半天祖宗，合着不知道骂谁哩！"女人们先是偷偷儿乐，这下子哗地都笑开了。蛋蛋挠着脑袋说："谁知道哪个日娘的鸡巴干的！黑更半夜起来撸谷穗子，屙屎的！撸了这大一片，庖牺你下去看看吧！"

到这儿人们才听明白了，登时都气得不行，蛋蛋当家的辣妮儿嚷嚷起来："哪个偷了穗子，她自个儿还不知道？干活儿磨蹭，干这一手儿倒利索啊！"

人们不约而同都朝肉疙瘩儿娘看去，那女人腾地站起来，一手叉腰，一手点着蛋蛋跟辣妮儿："嘿咻，大白天亮屙亮屎的，你们两口子不嫌恶心，别人可嫌恶心！把话说清楚啊！嚼鸡巴溅人一身血点子可不行！"辣妮儿嘻嘻笑："你要是没干亏心事儿，干吗这么脸红筋胀啊？"肉疙瘩儿娘左手叉腰，右胳膊伸出去，说："我？哼，老娘指头上站得住人，胳膊上跑得了驴，身不斜影儿不歪。哼，你们才亏心呢！"蛋蛋朝他当家的说："犯不上跟她这号儿人废话！"又催庖牺："咱这就下去吧！人们全都气得不行，等着你看了拿主意哩。"

庖牺冲众人说："该干吗干吗，都别瞎吵吵了，等我看清楚了再断是非。"说完，跟上蛋蛋走了。白妞儿牵着花儿在后头紧紧跟着，急着问："娘，还收不收谷子啦？"庖牺说："收！这就收，有多少收多少！妞子跟你哥在这儿，花儿跟我去！"白妞儿极不情愿地把套绳儿给了她娘。"不用这个！"庖牺把套绳儿解了，花儿扬起脖子瞅着她，庖牺说："花儿，下去！"花儿颠儿颠儿跑头里去了。

到清水河边儿，人们都在老榆树桥西边儿弯着腰儿割开谷子了，庖牺瞧得见人们，人们瞧不见她。蛋蛋指着东边儿说："撸了穗儿的都挨那一头儿，咱先去那一头儿看看？"庖牺就跟着他往东走，没走多远儿就瞧见了一片没了穗子的谷子秆儿，好家伙，真不少，绝不是哪一家儿一宿撸得过来的，可又不是畜生能干得出来的，庖牺心里好生奇怪："乡里乡亲的，还能联手儿偷穗子？"

蛋蛋找着一个湿坑里的脚印儿，指给庖牺看："屌尿的连鞋都没敢穿！这哪儿是人干的事儿啊，他先人叫畜生日了，辈辈不是人！"庖牺瞧了瞧，说："咱再找找，看有多少人。"俩人就顺着撸了穗子的谷子往东找开了，花儿鼻子贴着地，找着个脚印子就汪汪汪叫唤。庖牺跟着它看，都是湿地儿上印的，大的大，小的小，看来是有男有女了，方向挺乱，朝哪边儿的都有。蛋蛋一边儿找一边儿嘟嘟囔囔骂，骂了娘骂姥娘，骂了姥娘骂先人，骂了先人骂祖宗，十八辈儿骂上去还没完没了地骂。雷泽人骂人很少搭上女人，除非是遇上忒出格儿的事儿，不是人干的事儿，动了大气，不能自制了。

一直找到东头地边儿上，前头还有脚印儿，庖牺说："不是咱的人干的。瞧这样儿，人还不少哩，没有百八十人，一宿工夫儿撸不了这么一大片地。"蛋蛋也瞧出来了，问庖牺咋办。

庖牺吹响了哨子，一边儿吹，一边儿往回走。地里的人直起腰来，打鱼的把筏子撑了过来。庖牺说："你过去喊他们过来，割谷子的家什就留地里吧，待会儿我叫筏子上的都去割谷子。"她这么调配，是因为种地的以前都是打猎的，箭法儿准。

筏子上的先过来了，清水问："有人偷谷穗儿了？"庖牺说："嗯，不是咱的人，是野人，还不少。待会儿地里的人都去追野人，今儿河上停一天，把网收了，都去东边儿收谷子，地里有家伙。"

地里的人过来了，庖牺说："我跟蛋蛋瞧了瞧，不是咱的人偷的，是野人，人不少。大伙儿都回家拿上弓箭绳子再下来，一人两张弓，装满一袋子箭，咱找这群野人要回谷穗儿来，防着他们动凶的。对了，记着拿上装穗子的布袋！跟家里说一声儿，今儿回来早不了。"又对沟儿说："给我也拿一套弓箭。"

人们走了，花儿还往前找，庖牺喊它，它就汪汪汪汪叫，让主人跟着它往前走。庖牺走走停停，回头望望，等着人们。花儿往前跑一截儿，就又跑回来叫庖牺。越往前越荒，野草漫到胸口，根本瞧不见脚印儿。等花儿又跑回来了，庖牺怕它再跑了，就抱住它坐下了。

花儿突然朝着西面儿叫起来，庖牺一瞧，是回去拿家伙的人们赶过来了。花儿挣开庖牺，颠儿颠儿跑上去迎接，踮起后抓子扑到沟儿身上。沟儿胡噜胡噜它脑袋，花儿又颠儿颠儿地朝东跑去，沟儿在后头喊："花儿！"花儿回过头来，沟儿指指圪针棵子，指指眼，意思叫它"躲着点儿圪针，看扎了眼！"花儿懂了，朝沟儿叫了两声儿跑了。

庖牺对人们说："咱去找野人要回穗子来，不能惯他们这毛病。他们要是知趣儿，把偷的穗子还给咱，咱也犯不上把他们咋了；要是不知趣，咱也甭拿两条腿儿的畜生当人。想来他们人少不了，光出来偷的，少说也有百八十，咱可不能大意啊！"

人们都气得不行，憋着一口气要逮住这群贼，狠狠地揍上一顿。猎人们跟好的赖的畜生打交道打得够不够的了，有当场射死的，有捉回来杀了的，也有养起来的，养的有杀吃了的，有成了朋友的。跟野人打交道还是头一回，真想不出到时候会是个啥样儿。

野人们耙蹭出来一条道儿，草全踩趴下了。花儿在前头探道儿，跑一截儿，就回来叫一阵儿，来来回回把草又踩下去一层。

日头转到了头顶儿上，清水河泛着白光，人们已经过了那年捉野驴的地方儿，前头还有野人们踩下去的草。日头乏了，偏了，人们也走累了。花儿突然汪汪大声叫唤开了，打算歇歇的人警醒起来。沟儿跑上去抱住花儿，捂住它的嘴。庖牺摘下弓来，人们都跟着摘弓拔箭。

花儿突然不安起来，挣开了沟儿的手，蹿了出去。人们怕它叫唤，都急得不行，沟儿朝大伙儿摆了摆手儿，那是说花儿不会坏事儿，这畜生儿的脑袋只能比野人强。果然，花儿一声儿没叫，轻盈地拱进草丛里。草的动静告诉沟儿，花儿往河边儿去了，他担心出事儿，跟庖牺打了个招呼儿，捏着搭了箭的弓，悄悄儿跟着钻了进去。一会儿就听见了熟悉的啃啥的声儿，接着是熟悉的"吧唧吧唧"声。沟儿舌头绕着嘴唇儿来来回回舔了两圈儿，开心地笑了："哼，馋东西！逮着啥好吃的了？找着骨头找着肉啦？大伙儿都饿着，你可只顾着吃！"

一声沉闷，津津有味儿的"吧唧吧唧"声儿一下子劈了，进出凄厉的尖叫，长长的，直向天上冲去，戛然而止，砸在绿草上，喷出红的、白的点子。

沟儿觉着一下子脑袋崩了，心炸了，一阵恶心，肠子肚子拱到了嗓子眼儿。狂怒像一根拉开的弓弦，把他抻直了，"嗖"地蹦了出去。

　　草丛里冒出一个赤身裸体的人，头发老长，羞处裹了一块儿黑黢黢的啥皮。沟儿举起大弓，瞄都不瞄就朝那人射了一箭。那人"啊呀"一声尖叫，往后摔下去。身后传来一声尖得变了音儿的喊叫："他爹，快闪！"是庖牺叫他。他噌地往右一跳，一块石头擦着头皮飞过去了。草丛里呼啦啦冒出来一群野人，一个个儿举着尖棍子，呜呀呀怪叫着朝他跑来。沟儿朝后大喊一声，像炸了个雷："射呀你们倒是！还等个啥？"他伏下身子，搭上箭，"嗖！"前头跟着一声惨叫，"咕咚"倒了。后面的箭嗖嗖嗖嗖刮风似的从他头上飞过，前头阵阵鬼哭狼号，像清水河里的浪，一阵哭号，倒下一片，又涌上来一片叫喊，有倒下的，有起来的。石头棍子从前头扔过来，箭从后头飞过来，沟儿脑袋上像过飞蝗，箭撞上石头、棍子，噼里啪啦响成一片。

　　两头儿的人越来越近，喊声、哭声、叫声、骂声，像狂风卷起来的沙子，沙沙直往沟儿耳朵里灌。

　　两根棍子同时朝他飞来，他赶紧闪过，却见一块奇异的石头，拖着一根长长的头发，向他飘过来。他恍惚看见一个浪了吧唧的女人，投到他怀里来。他躲避不及，女人一头扎进来，堵得他胸口闷得不行，急得血往上涌，热嘟嘟的。又有块石头飞过来，正砸到他肚子上，他"啊"了一声倒下了……

　　庖牺哇哇叫着，疯了似的冲上来，扶起沟儿。沟儿张着嘴，睁着眼，像要说啥。

　　雷泽人全都喊着叫着冲过来，野人们逃了。人们围过来，庖牺大声吆喝："瞧啥？还不快追野畜生去！不能叫跑了，跑了一个儿都是祸害。"

　　人们蹬蹬跑着追去了，庖牺这才发现沟儿已经没了气儿，只是眼依旧睁着，嘴依旧张着，像要跟她说啥。她把沟儿平放在草地上，一下儿一下儿摁他的胸口，她见过冷妮子就是这么着把断了气儿的雨儿娘给摁活了的。她摁一下儿，沟儿嘴里就喷出一口血来，溅到她脸上黏糊糊儿地热。她不敢再摁了，捏住沟儿的鼻子，对着嘴儿往里吹气儿，这也是看冷妮子吹学来的。一口气儿吹进去，换气儿时却嗝出来一嘴热嘟嘟的血。她咽了下去，又苦又咸，眼对着眼，就跟黑夜两口子说话儿一样儿，说："他爹，你不能就这么走了啊，好歹说句话儿呀！"沟儿瞅着她，眼珠儿不转也不动，眼珠儿上的两黑点儿没了。她又学着冷妮子的样儿掐人中，捏指头，可是咋摆治也不见沟儿喘一口气儿。到切切实实知道亲人走远了，她才给他抹净了脸，合上了嘴，合上了眼。

沟儿的眼闭上了，带走了世界。庖牺眼里空了，心里空了，身上也空了，空到磕膝盖儿，空到脚后跟儿，整个儿人没了根儿，像吹开了的蒲棒在半天里飘，没抓没挠儿的。她张着嘴喊不出声儿来，还是一遍又一遍地喊："他爹，等等我！他爹，等等我！他爹……"

沟儿听不见，没回头儿，跟平日走道儿一样儿，迈着大步咯噔咯噔上去了。天开了一道缝儿，把沟儿攮了进去。庖牺急了，猛跑几步赶上来，伸着胳膊去抓沟儿的手，眼瞅着快够住了，那道缝儿又合上了。她使劲儿拍打灰蒙蒙的天，手心儿碰上去却是空的。她从天上掉了下来，摔散了骨头架子，瘫在耙踏得乱七八糟的草地上。过了半天，才觉得腰底下硌得慌，抽出个硬邦邦的东西来，是沟儿的弓。她摸着使得光乎乎儿的弓，弓身子上还留着亲人的余温。沟儿只带了一张弓，他的弓跟别人的不一样，别人的经不住使，射上十来只箭就折了，他的射多少都没事儿。

人们回来了，扛回来三十几个兽皮缝的大包，里头是找回来的谷穗子。人们一见沟儿躺在草地上，再看满脸是血的庖牺，都吓坏了。冷妮子爹问："这可是咋啦？"说着圪蹴下来，摸摸沟儿的鼻子，也去摁沟儿的胸口，一口血从沟儿闭着的嘴里挤出来，像一朵儿红花儿，扑地开了，喷得可世界鲜红的点子。庖牺说："舅舅，别摁了，他早走远了。"蛋蛋说："刚才还张着嘴来。"庖牺说:"刚才就没气儿了,唉,不知道他要说啥来着。"

炭条儿拾起一个东西来,递给庖牺:"师娘,我师傅是这东西拽死的。"那是一块尖石头,皮条儿挽了个套儿,套住石头,留着老长的条子。野人就是抡圆了皮条儿才甩出石头来的。这东西雷泽人早就不用了,冷妮子爹年轻时候见过,气得骂道:"下流!下作!下贱!靠这个八辈子也起不来,永世当他娘的畜生吧!"炭条儿咬牙切齿发着狠骂:"再犯到咱手里,剥了屌尿的皮,拉成条子,套上石头,拽烂了畜生操的杂种!"

庖牺强忍着愤怒,清点了活着的人,一共死了二十九个,都在眼面前儿。蛋蛋在横七竖八的野人堆里找着了花儿,可怜的畜生儿,脑袋叫石头砸扁了,脑浆子沾着土。庖牺说:"都抬回去吧!也甭叫家里人见了,大伙儿辛苦点儿,回去就埋了,埋在丁香林子里,连咱的花儿。"

西边儿的天起了彩色的云,红的像血,粉红的像痂,还有从来没见过的绿云,毒绿毒绿的,像黏痰,像脓。日头落了,起风了,打西边儿刮过来的,凉飕飕的。庖牺掏出火石来,打起火儿来,点着了一棵枯草。火儿像条红色儿的长虫,咻啦啦串到根儿上,在地上爬,燎着了旁边儿的草根儿,噼里啪啦烧起来,呼啦啦染着了一片,就着风,往东边儿烧,一会儿成了一条火的河,跟清水河并膀儿奔腾而去。

天黑下来了,冷风迎面扑来,人们出来整整一天了,没吃没喝,又抬着人扛着包,脚底下打起晃儿来。庖牺叫歇下,拆开一包谷穗儿,河边儿刨坑儿烧烧,就着水吃了。人一坐下就没劲儿了,吃了喝了,乏劲儿上来了,东倒西歪睡着了。

庖牺迷迷糊糊回了家,娘问:"小儿爹呢?""走了。"娘急了:"走了?不能,沟儿不是说走就走的人,再急也得说一声儿啊,他说啥了没?""没。"娘的眼泪哗地下来了:"多好的一个人,咋就跟了你受这罪!你对不起他啊!"娘呜呜地哭,一边儿哭，一边数说沟儿的好儿，一样儿一样儿，像一把一把盐撒在她烂碎的心上。

俩孩子跟着哭，一会儿要爹，一会儿要花儿。白妞儿说："爹说了，我们不找事儿，花儿就不走，可是，他走了，还把花儿也带走了，呜呜……"白小儿说："爹说，咱平平妥妥的，花儿就不走。都怨娘，没事儿追野人，爹呀！吓吓吓吓吓吓……花儿呀！吓吓吓吓吓吓……"白小儿哭着扑上来拍打她的胸脯儿，白妞儿也扑上来连哭带拍打，她娘也不说孩子，反而跟着哭。一家子把她哭凉了，从顶心凉到脚心，满肚子委屈涌上来，冲口而出："狠心的人呀，为啥不等等我啊？"

一家子黑灯半夜哭，哭得众人都过来了，也有劝的，也有跟着哭的，也有说的，都数落庖牺不该为了几个谷穗儿拿人不当命。还有哭天抢地找庖牺要人的，女人孩子哭肿了脸，哭红了眼。庖牺给众人跪下了，摘下了脖子上的宝贝串儿。她娘一巴掌扇过来，骂道："不成气候的东西！"

庖牺惊醒了，腮帮子枕着一块石头，硌得生疼。她揉了揉脸，看看天上，灰黑的天上没有一条缝儿，月亮捂着半张肿脸，远处儿一个小的快看不见了的星星。庖牺盯着那颗星星，竟然盯得它眨了一下眼。"是你吗？要是你，就再朝我眨一下儿眼吧！"过了半天，那星星又眨了一下眼。

庖牺叹了口气，唉，一下子天人相隔，离得这么远，一句话打个来回儿要这么大工夫儿！她真后悔，沟儿在的时候跟他说的话儿太少了，还都挺厉害的，呼来唤去。好话，甜甜蜜蜜的话，知心的话，这些年加到一块儿也没几句。沟儿的话也不多，可那都是好话，叫她受用不尽的好话，往后得天天儿咂摸滋味儿了。望着星星，她恨起天上那半拉肿脸来了，"把星星比得那么小，你就大啦？你能有多大啊？别以为人都不知道！还不是充起来的？噢！大的时候霸住一个天，小的时候捂住半张脸，拿得起来放不下去的东西！哼，等着吧，过几天儿你就连根儿眉毛都比不上了，过几天儿你就黑天黑地没了一点儿脸了！"

世上最叫人难受的莫过于后悔了，更叫人难受的是，这后悔不能追补，只有永远后悔，永远难受下去。这是天罚，还是人罚呀？不管咋说，庖牺这会儿只有骂自个儿才好受一点儿。

望着星星，她心里踏实了，孩子爹没丢下她，孩子爹跟她在一块儿，就是离得远了点儿，说话儿费点儿事儿。她开始想，回去了咋跟族里的人说，咋跟那些没了亲人的人家说，也想了咋跟她娘说，咋跟俩孩子说。家里一下子少了一口人，一条狗，都是俩孩子最亲的，她真作难了。还有，往后的日子咋过呀？俩寡妇守着俩那么大点儿的孩子……星星好像瞧出了她的心思，又眨了一下儿眼。"他爹，你是说，没有过不去的坎？对，没有什么是过不去的，是沟得跳，是坎儿得过。他爹，你在天上看着我们娘儿几个吧！"星星又眨了眨眼，她看准了，这回是两下儿，好像说："嗯，好好儿过吧！天不早了，该回家了！"

庖牺推推旁边儿的人，说："醒醒！醒醒！"两边儿俩人醒了，迷迷瞪瞪没转过向来。庖牺说："天不早了，咱该上道儿了，叫叫旁边儿的人！"一个叫一个，一会儿都起来了。

庖牺说："歇过点儿来，咱就上道儿了，趁天明赶回去，把死了的人葬了，尤其是破了相的，不能叫家里人瞧见。然后，二十九家，一家给人送一包穗子去。剩下的都搁晒谷场上。"蛋蛋说："还有你家哩？"庖牺叹了口气，说："我家够吃了。"她不敢吃这米，这是沟儿的命换来的。冷妮子爹说："谁家少了一口人都够吃了，依我说，这贼包子就别叫人见了，省着添烦。都送晒谷场上，分米的时候死人那一份儿照分就是了。"庖牺点头说："就这么着了，我也见不得这些贼包子，倒出来拉了做鞭子吧！"说起鞭子，又想起沟儿来，看看天上，小星星不知道啥时候不见了，许是刚才眨了两下儿眼就走了，他说了，天不早了，回家吧！

月亮也走了，天黑得瞅不见道儿，人们撅些树枝子点着了当火把，几个现时不抬不扛的人举着，时不时地换着火把换着肩膀儿。庖牺抱着花儿，沉甸甸的。她先背沟儿来着，人们瞧不下去，硬是换了。

远远儿望见了火儿，庖牺心里一震。越走火越大，近了，瞧见老榆树桥了，清水河边儿烧着好几个大火堆，火光下躺着卧着坐着全是人。坳子里的男人、女人、老人、孩子全出来了，在清水河边儿守了一宿。有那警醒的，瞧见回来的人了，喊着："回来啦！回来啦！"人们慌地爬起来，点着了备好的松明子，举着跑过来，照着，找自个儿的亲人。

庖牺没想到这一层，赶紧吹响了小哨儿。人们静下来，人太多，庖牺只能大声喊："乡亲们，我们把野人灭了，谷穗儿全找回来了。"孩子们哇哇地喊："灭了，灭了，野人灭了！"大人们都不敢出气儿，等着庖牺往下说。

"咱们也有伤的、死的，咱们一共死了三十人，"人们乱了，追着庖牺快说。"我叫谁的名儿，谁过来。"立时死一样儿地静，连孩子也不敢出声儿了。庖牺咬了咬嘴唇儿，叫了一声儿："霜儿！"立时引出一阵尖厉的哭喊："二顺儿啊！"哭的是二顺儿娘，哭声刺破了黑压压的天，也扎着人们的心。霜儿搀着娘过来了，后头跟着二顺儿爹、二顺儿娘和俩孩子。庖牺拉着霜儿的手，一股凉气钻进手心儿，她咽了一口泪，又叫："三姨！"三姨的男人是鹿鹿爹，十来岁儿的鹿鹿"哇"地哭了，一声儿接一声儿喊着"爹呀！爹没啦！"三姨抽着鼻子。庖牺攥住她俩手，小声儿说："三姨，咱两家一样儿。"说完又叫："蒉儿！"蒉儿她娘搀着大肚子的蒉儿，人们唏唏嘘嘘的，给她娘儿俩让出一条道儿。蒉儿哭着喊着："我那苦命儿的成娃啊，咱还没过够一年呢，你没娘没爹，叫咱孩儿也没爹啊……"蒉儿娘劝着女儿，自个儿也是一脸眼泪鼻涕。老实巴交的成娃才有了个家，就撂了，唉！

庖牺叫一个名儿，人群里一阵子哭喊，叫一个名儿，一阵子哭喊，众人都跟着抽泣。人们都怕听见自个儿亲人的名儿，心一阵儿一阵儿给吊起来，脑袋快绷不住了。最后叫到穗姨，庖牺娘攘着麻花儿的姥娘。瞧着俩半半人拽拽搭搭的，人们都辛酸得不行，没了大个儿，这家就完啦！二十九个名儿叫完了，庖牺叫不下去了。谁也不敢出气儿，只听见呼呼的火和哗哗的水。庖牺娘绷不住了，说："是谁你就说了吧，甭叫众人跟着受罪！"

庖牺说了句"还有我们小儿他爹跟我们家花儿……"就说不下去了。她娘虽有预感，到底儿还是顶不住，一口血涌上来，昏了过去，白小儿、白妞儿吓哭了，又喊姥娘又喊爹。人群里乱了，庖牺跑过去，亏得冷妮子娘儿俩就在她娘旁边儿，冷妮子娘一手攥着白小儿的手，一手搂着白妞儿，冷妮子紧着摆治庖牺娘。一会儿人过来了，吐出一口气，拉起女儿的手说："妮子，咱娘儿俩都这命啊！你，你可别学我呀，三四千口子人看着你呢。"庖牺点点头："娘，您自个儿也要顾住自个儿啊！"

白妞儿先不知道是咋回事儿，刚才听见娘说还有爹跟花儿，就问："娘，我爹呢？花儿呢？挨哪儿呢？"白小儿追过来，跟着问："爹跟花儿干吗去啦？都等了一宿啦，咋还不回来啊？"庖牺搂着俩孩子说："爹带着花儿上天找黑儿去了。"白小儿喊："娘哄人！"白妞儿喊："爹哄人，说的花儿不走，不走，都不走！"偌大的天偌大的夜，就听见俩孩子争竞他们知道又不知道的生死之事，时不时谁的鼻子抽几下儿，终竟抽成了一片。

天亮了，坳子里死了……

天黑了，庖牺叫醒俩孩子，说："走，跟娘看爹去！"

窑前头，庖牺指着天边儿的一颗小星星说："小儿，妞子，瞧见爹了吗？爹瞧着咱呢，爹朝咱眨眼哩。"白小儿问："娘，咱说话儿，爹听得见吗？""听得见，爹听见了，就眨一下儿眼，爹要说话儿，也眨一下儿眼。"白小儿朝着天上说："爹，我想你。"

眼定定地望着天上，小星星没眨一下眼。白小儿说："爹不理我。"白妞儿喊："眨了，眨了，爹听见了！"

丁香林里起了三十一个坟包。白妞儿带着一条小黑狗儿来到最小的坟包儿跟前，告诉它："小黑儿，花儿睡在这儿。"又指着旁边儿的大坟包说："我爹睡这儿，爹带着花儿去天上看黑儿去了。黑夜，爹瞧着我们，听我们说话儿，一下儿一下儿眨眼睛哩。"小黑狗儿突然朝着河边儿汪汪汪汪一阵叫唤，就往下跑。白妞儿拽住了黑狗脖子上的套儿，把它拖回来说："黑儿，别瞎叫唤！瞅见野人再叫唤！野人偷咱谷穗子。"小黑狗儿望着她，使劲儿摇起了尾巴。

# 第三十五回

## 造强弓先父功无量
## 毁幼弟遗孤罪有余

**老**榆树桥东边儿的南山根儿戳着一溜草人儿，收秋前它们在地里吓唬雀儿，这会儿搬这儿来给猎人们练箭使了。白打跟野人交过了手，庖牺就加强了地里和坳子里的防范。虽然偷谷穗儿的野人全给灭了，可是保不齐他们族里还有人，说不定哪一天找上来寻冤报仇，谁又知道这儿那儿还有没有别的野人群呢？

收完秋整了地，地里就没啥活儿了，男人们有的进花石山开石头凿碌磲去了，有的抄起弓箭打猎去了。庖牺带着十几个人留在老榆树桥边儿守护山口，不叫野人野兽上去祸害。

天上急慌慌跑过来几片灰云彩，一闪就过去了，后头叫啥追着赶着似的。追上来的还是云彩，灰的黑的呼呼跑过来一大片，也急慌慌跑过去了。云彩跑呀，追呀，一会儿就搅腾黑了半拉天。惊起来的雀儿群晕头转向，朝着云来的方向飞，顿时叫斜着砸过来的雨点子刮散了。庖牺看了看西边儿的天，一团团的黑锅烟子里头透出显亮亮的白，就说："没事儿，一阵儿就过去了，下不起来。咱接着练。"男人们哪儿在乎这点儿雨啊，接茬儿练开了，箭穿过雨往草人儿身上剸过去。

没多大会儿，云彩果然散了，天露出了刚洗过的脸，白净的灰里透着蓝，灰的越来越白，蓝的越来越蓝，像一群羊在海里漂。不大工夫儿，只剩下树梢儿上头缩着的几个云窝窝儿了，湛蓝的天上留下几个浅浅的白道道儿，挥之即去。坡上的树洗得翠嫩，跟天一样儿干净，跟雨后的空气一样儿新鲜。就是那几个草人儿湿漉漉的，身上快剸满了，箭尾巴上的毛儿把草人儿打扮成了草鸡，垂头丧气惨了点儿。离弦的箭嗖嗖飞过去，草人儿身上没了缝，全剸脸上了。

喜子装上箭，刚要拉弦，突然呸了一口，骂道："他娘的怫（破）弓，又折屄的啦！"柱儿问他："你那破弓使了多少日子啦？"喜子说："多少日子？哼，完（还）富（不）到十天哩，为个（何）屄完（全）无经使唤，日了鬼啊！"柱儿说："你这屄忒懒了，四五天就得换一张弓，快十天了都没换，哼，还有脸骂弓呐你？骂你自个儿个懒吧！"喜子急了，冲着庖牺问："师娘您这弓使多少日子为（没）万（换）了？自打收了秋，我就见您使这张弓，您这弓跟房（旁）人的不一样儿，万（换）过为（没）万（换）过我知道，翁（甭）想翁（蒙）我！"庖牺笑了，说："我蒙你干吗啊？干脆我不说了，说了你也不信。"柱儿说："喜子，你也干脆别问了，你瞧瞧师娘那弓跟咱的弓一样儿吗？"

这会儿的弓和箭都是使的人自个儿造的，全都烤成了半个月亮的样儿，有竹子弯成的，也有木头拱成的。庖牺使的弓是沟儿留下来的，一看就跟别的弓不一样儿，弓身子当间儿往里弯，不像半拉月亮，倒像个张开翅膀儿的燕蚂虎儿。柱儿接过来掂了掂，比他的可沉多了，弓身子上了漆，漆底下的光景看不清，反正绝不是一片竹子或一根儿木头条儿弯出来的。喜子说："师娘这弓看着就富（不）一弯（般），得了，我也翁（甭）问您使了多少日子了，您给咱说说这弓是咋造出来的啊，咱也学着样儿造一个，省得四五天就万（换）一张弓了，屎的，整天伺候这个还行？"

庖牺说："喜子啊，我要说这弓使了多少日子了，没准儿你还站得住，我要说这弓造了多少日子，别吓你一跟头。呵呵。"喜子说："师娘可真能小瞧人啊！得，我坐地下，摔误（不）着了，师娘说哇（吧），可别翁（蒙）傻子啊！"庖牺说："行，你坐好了！"柱儿站到喜子身子后头，俩手撑住他的肩膀儿打悠悠儿，说："师娘说吧！我扶着这小子哩，管保摔不着，嘿嘿。"喜子抓住柱儿的胳膊，使了个巧劲儿，把他翻过来，"啪嗒"撂一仰巴脚子，逗得众人一阵大笑。柱儿也不是屉人，就势儿拽住喜子俩脚脖子，"噌"站起来，一抡，把个喜子头朝下提溜起来，在跨巴裆底下悠过来悠过去，人们更是笑得前仰后合拍起巴掌来。喜子脸憋成了茄子，嚷嚷着："贼大个子晃（放）下我，快晃（放）下！要富（不）我跟你为（没）完！"柱儿说："嘿嘿，叫我个爹就放下你小子，叫吧，反正你也钻了我胯巴裆了，哈哈，我儿乖乖的！"

庖牺怕闹过了头儿，打住他们："行啦行啦，不是要听找说这弓吗？"柱儿这才住了手儿，喜子冷不防抄起柱儿一条腿，柱儿摔了个马趴，庖牺说："行啦行啦，你们俩谁也没吃亏，打了个平手儿。再有心劲儿，往草人儿身上使去吧！"炭条儿说："闹腾累了，歇歇儿吧！听师娘说弓。刚才让他们俩给搅和了，师娘再回来说吧！"

众人拔了草人儿身上的箭，靠山根儿一坐，听庖牺说起弓来："这弓打春天使到这咱了，小儿他爹走了我接着使，还没换过，正打算做把新的哩。你们也都瞧瞧这弓结实在哪儿，学着样儿造新弓，省得老换弓了。"她把弓递给蛋蛋，蛋蛋瞅了一阵儿，递给了喜子，喜子瞧够了递给了根儿，根儿琢磨了一阵递给了柱儿，柱儿端详够了递给了炭条儿……人们瞧见的不只是一张不一般的弓，还有一个不一般的人，瞧见了他们的乡亲，那个老是笑呵呵的沟儿。喜子、炭条儿、三娃、柱儿几个想起他们的师傅来，又想起跟师傅一块儿走了的成娃，眼圈儿不由得红了。

才添了白小儿、白妞儿那时候，沟儿就打算造个结实弓了，琢磨了多半年，弯了不知道多少根儿竹子造出的弓都不可心，来回掰几下儿就折了。后来他又抠饬木头的，弯好了的木头弓还是不经掰扯。弓是叫拉的，拉几下子就折了，老得做新弓。后来，弓做得多了，沟儿慢慢儿看出道道儿来了：竹子是几十层薄片儿拼起来的，木头是上百根儿木头丝儿凑起来的，做弓的时候就是把这些竹片儿、木头丝儿掰弯了，靠外头的竹片儿木头丝儿给拉着、拽着、撑着，靠里头的给压弯了，就这么弯出来半拉月亮似的弓。射箭的时候一使劲儿拉弦，本来就伤了的靠外头的竹片儿木头丝儿给狠着往里一拽，伤得更厉害了，里头的也挤得更厉害了，拉拽挤压，外头里头同时受伤，伤一回又一回，伤到受不了了，就从外往里头裂，一层儿一层儿折了。

咋着才能拉弯竹子木头又不让从外头裂开折了呢？沟儿想，先反着弯弯，该拉的先压，该压的先拉，把做弓的材料儿先从当间儿往里弯一下儿，然后再往外弯，瞧着像俩肩膀儿。这样儿弯出来的弓不是半拉月亮了，到拉弓的时候，因为先压了，抵了不少劲儿，弓能经得住的劲儿加大了，轻易拉不折拽不裂了。庖牺那时候夸沟儿："我就一个心眼儿，你比我多俩心眼儿，仁！"沟儿说："再多十个也顶不上你那一个，头一个造出弓来的才是真本事呢，你是真人，我是假小儿，嘿嘿！"自打沟儿走了，庖牺心里老是念叨："他爹啊，你才是真人哩！"

大前年冬天沟儿抠饬出来四片儿竹子的弓身子，搁牛窑里风干着。前年春天打猎捉住几头野牛，一头小公牛儿没活成，抬回来杀了分了肉，沟儿留下了一对儿还没长成的犄角儿，根儿上嫩白当间儿青，他咋瞅咋喜欢，想着使犄角包弓身子外头的竹子股儿，弓准结实，就把犄角泡软了，切成了薄薄的片儿。夏天死了头老牛，分肉之前沟儿把牛筋儿剔了，想着把筋儿也贴在弓身子外头，好让弓更经得住拉。到了秋天，他熬好了鳔胶，先把做弓身子的竹片儿一片儿一片儿粘起来，晾干了，磨光了，再把牛角片儿跟牛筋儿贴在靠外的面儿上，拿麻批儿缠结实了，最后鞣上黑漆，阴干了。这还且没完呢，沟儿又给这弓身子抠饬了一个石头匣子，装进去定形儿。到了去年春天沟儿才给弓装上弦，怕还没长结实，舍不得使，一搁又是一年，庖牺把这茬儿都给忘了。今年春天沟儿拿出弓来一试弓，虽然沉了不少，可是结实多了，从春天使到这咱，都没裂一点儿。

这样儿的耐心法儿庖牺可没有，一张弓耗一年多，她觉得太过了。沟儿可不这么看，说："材料儿好坏，得瞧啥时候使，时候赶对了，材料儿就是上材。冬天抠饬弓身子，竹片儿细密，木丝儿清明光滑，时候对了，别的时候都太湿；春天的牛角儿软乎儿，青白分明，时候也对了，别的时候的犄角太老太硬；夏天抽筋儿，筋儿不乱，别的时候抽出来的筋儿容易缠在一块儿；秋天粘东西紧密结实；冬天定弓形儿，拉弓的时候不变形儿。

听庖牺讲完造弓的故事，蛋蛋张了半天嘴才说："要想使上这么一张弓，前前后后得等上三年啊！到时候还不定有我没我了呢！"三娃他们感慨，师傅在的时候咋就没跟他学一手儿呢？庖牺说："这事儿也是叫我给误了，有一搭没一搭地没太当回事儿。这会儿试出这弓的好儿来了，再做也不晚。咱冬天就抠饬弓身子，能备下多少就备下多少。眼下先拿快活儿凑合凑合，不过弓身子先往里弯一下儿，总比先前的结实点儿。"

头场雪下来的时候，人们就破开竹片儿做弓身子了。春天该削角片儿了，哪儿有那么多牛角啊？正好儿猎了几条鹿，就掰了鹿角，还不够，庖牺叫宰了羊，拿羊角顶上了。

沟儿走了七个月头上，庖牺生下一个胖小子，孩子脑袋太大，撑破了他娘，血柱子蹿到墙上，接生的冷妮子也给溅得一身一脸血。孩子呱呱出来了，胞衣都下来了，庖牺的血却止不住，孩子姥娘吓得问："他冷姨，人还活得成吗？"冷妮子自个儿都没个人样儿了，脸上的汗和着血往下滴答，手里托着血唬呼啦的孩子，说："姨，快烧块儿石头，快！小块儿的就行了，快点儿！"庖牺娘往火堆里扔了块石头，石头烧红了，挟到碗里，碗一下子炸了。冷妮子把孩子给了庖牺娘，解下脖子上的手巾，垫着去拿石头，布烧着了，冷妮子扔地下踩灭了，手碰了下石头，又包着布拿起来，攥着冒烟儿的石头，单腿儿跪到庖牺跟前儿。

"哧啦"一声，庖牺"啊呀！一声大叫，昏了过去。冷妮子说："姨，这儿有白茄花儿熬的膏子，您冲碗水来！刚才撑大发了，这会儿她还不知道疼，待会儿缓过来了疼得厉害。"一边儿说，一边儿拿石头烫着那淌血的口子，血、肉、油吱吱啦啦地烧，窑里一股呛鼻子的难闻的味儿，把个庖牺娘心疼得嘴里咝咝的，牙哆嗦得嘚嘚响。

血止住了，庖牺醒了过来，哈、哈地倒抽气。冷妮子一口儿一口儿喂她，说："唉，可怜人儿，这回可是叫你受了大罪了！喝了这碗茄花儿汤，过一会儿就不疼了。"庖牺娘把孩子洗净了，抱过来，庖牺看见沟儿的眉眼儿，沟儿的鼻子，疼得抽歪了的脸展开了，云彩似地笑了，这场大罪受得值啦！那孩子嘴儿一弯弯也笑了，呵儿呵儿的笑声儿从红红的嘴唇儿里流出来，全叫他娘接过去咕咚咕咚咽了。

冷妮子也笑了，跟庖牺说："这小子开门儿红，怕是命儿太硬了，认给我当干儿子，我也好拢住点儿，省得磕了碰了，也省得他伤人，你看行不？"庖牺娘说："这小子是硬，瞧把他娘折腾成啥了！"又对女儿说："有他冷姨拢着，孩子没病儿没灾儿，就给孩儿认个干娘吧！"药劲儿上来了，庖牺不疼了，瞧着冷妮子笑着说："能给你当干儿，巴不得哩，做干娘的就给我这硬命儿孩儿起个名儿吧！"冷妮子想了想说："嗯，随着他哥叫个黑小儿吧！"庖牺娘说："瞎老娘那时候说过，别叫白呀俊的，黑小儿这名儿好，人嫌狗不待见，不招灾儿不惹祸，好养活。"

养下黑小儿，庖牺多少天没缓过来，头两天喝的水差不多全走了血道，没尿一泡尿。

正赶上春耕，庖牺生下黑小儿第二天就下地了，身子虚得跟口气儿似的，迈步飘飘忽忽。人们劝她回去歇两天儿，她说："没啥，哪个女人不养活孩子啊？没生到地里就够享福的了，还要咋摆谱儿呀？"男人们说不动她，就搬了块石头放地头儿上，叫她坐那儿支支嘴儿，不用动身子骨儿。

庖牺一早儿一晚儿给黑小儿吃奶，她娘在家引着仨孩子，白天给孩子喝牛奶，先含在嘴里，暖和一会儿再喂给黑小儿。白小儿白妞儿也学着样儿喂黑小儿，俩人争起来，白小儿说："黑小儿是我的。"白妞儿说："是我的！你不会喂他，起开！"白小儿说："你起开！黑小儿是我的，连你都是我的，我是大哥！"白妞儿说："我才不是你的呢，咱俩一般儿大，你起开！""你起开！"白小儿把白妞儿推了一大马趴，白妞儿哇地哭了。

姥娘抱起黑小儿，拽起白妞儿，说白小儿："你当哥的咋欺负起妹妹来了？不兴这样儿！你娘知道了，扇你大巴掌！"

晚上庖牺回来了，白妞儿告状说："娘，白小儿欺负我，推我一大马趴，腿这会儿还疼呢。"白小儿气得跑过来，当着娘的面儿把告状的白妞儿推地上了。庖牺抓过白小儿来，摁住屁股打了几巴掌。

过了一天庖牺回来了，白妞儿又告状："娘，白小儿欺负我，还欺负小黑儿，揪我辫子拽小黑儿尾巴。"姥娘说："是小儿不好，我今儿打了他一顿了。"庖牺拽过白妞儿来，摁住屁股，打了几巴掌，一边儿打，一边儿说："这么大点儿个人儿，就会背后给人使坏了，瞧你这告状说小话儿的嘴改了改不了！"白妞儿一边儿哭一边儿叫唤："改了，改了，往后再不给哥哥使坏了。"白小儿跑过来，劝他娘："娘，别打妞子了，打我吧，我揪她头发玩儿来着。"庖牺搂着俩孩子说："都是娘肚子里脚前脚后爬出来的，往后不兴打架告状了！谁欺负人，娘打谁；谁告状，也打谁。记住啦？"俩孩子抢着说："记住啦！"

庖牺娘心疼女儿，怕她黑夜睡不好，就搬过来睡，夜里给黑小儿接屎把尿。五口儿人躺下，挤满了窑，庖牺娘儿俩把黑小儿夹在当间儿，白小儿和白妞儿挤到两边儿墙根儿睡。俩孩子待见黑小儿，老是往当间儿挤。庖牺夜里要给黑小儿喂一回奶，老得把俩孩子抱回边儿上去，可是睡到早起，俩孩子又躺黑小儿两边儿了，仨孩子睡当间儿，把俩大人挤边儿上去了。

庖牺娘说："这窑里太挤了，地下还有条狗，孩子一天比一天大，到时候得撅起来睡了。叫小儿跟妞子去老窑睡吧！"白妞儿不干，白小儿说："姥娘带上娘回老窑儿睡吧，我们跟黑小儿睡，大人睡一个窑儿，孩子睡一个窑儿，多好！"庖牺只好说："再凑合个一年半载吧，眼下还睡得开。"她娘说："要不我抱上黑小儿过去睡吧，夜里给他喂口牛奶吃吃。"庖牺说："娘一人儿过去吧，白天带仨孩子够累的了，黑间我一人儿顾得过来。"

庖牺娘说："都不跟我，我带上小黑儿过去，这儿也宽绰点儿。"白妞儿说啥也不给小黑儿，姥娘一走，白妞儿说："我也给你们腾块地儿。"她抱着小黑儿爬到黑石板上去睡了，地下一下子宽绰多了。

庖牺夜里醒来，要给黑小儿喂奶，身旁却是白小儿，那一边儿没人儿。她把白小儿推开了，才摸着黑小儿，搂过来，把奶头儿往嘴里塞。黑小儿不张嘴，咋也塞不进去。庖牺突然一惊，黑小儿贴着她的身子已经凉了！她一骨碌爬起来，点着了灯碗里的火麻籽儿，端过来一瞧，黑小儿俩眼儿不睁，脸都青了，手伸到鼻子下头，孩子一点儿气儿都没了，这儿那儿摆治，摆治了半天，孩子身子软了，咋摆治还是老样咋样儿。

庖牺一把拽过白小儿来，劈头盖脸抽打。白小儿哇啦哇啦号，小黑儿吓得汪汪汪汪叫。白妞儿给吓醒了，不知道出了啥事儿，抱住小黑儿也哇哇哭起来。瞧见娘疯了似的打白小儿，白妞儿爬过来抓住娘的手央告："娘，娘，别打了！别把哥哥打死了啊！"庖牺搡开女儿，夺过白小儿来，说："今儿打死他算了，留着这孽障干啥？"

"大半夜的，孩子哭大人喊狗叫，这是干吗呀？"庖牺娘举着松明子立在门口儿。庖牺叫得走了音儿："娘啊，黑小儿死啦！"她娘一愣怔，一步扑上来，抱起黑小儿吹气儿。庖牺举过火把来，哆哆嗦嗦问："娘，黑小儿还有救儿没！"她娘摇了摇头："孩子都凉了半宿了，早干吗来着？"庖牺气急败坏地叫喊："娘啊！白小儿把黑小儿压死啦！啊哈哈哈哈……"庖牺哭得接不上气儿来，白妞儿吓得大哭，白小儿却不吱声了。庖牺娘抓住白小儿，举起手来刚要打，又放下了，怔怔地说：瞧看把孩子打成啥啦！

庖牺娘把松明了举过来，庖牺一瞧白小儿的脸，吓呆了。孩子一只眼斜吊着，光见白的不见黑的。庖牺娘嘴贴在孩子脸上，叫："小儿！听得见吗？"白小儿脖子梗了两下儿，哇地哭出来，俩手紧紧捂住了脑袋。庖牺娘抱起他就走。白妞儿瞧见了哥哥的眼，尖着嗓子"啊"了一声，怪怪地喊叫："小儿眼斜啦！娘，小儿眼斜啦！"

庖牺追出来，一把抢过白小儿来，说："娘歇着，我带他去。"她娘说："你快回去瞧着那一死一活的俩孩子去，别叫妞子再出啥事儿！"说完，拽搭拽搭直奔冷妮子家去了。

庖牺抱着没了气儿的黑小儿哭了一气，找出块素白麻布把孩子包裹好了，抱起来往外走。白妞儿喊："娘干吗去啊？""黑小儿反正活不过来了，这么热的天，留着臭了啊？给你参送去！"白妞儿说:"娘,我也去。"庖牺说:"你去干吗?黑灯瞎火的,好好儿家待着!""娘,我去送送黑小儿,瞧瞧爹跟花儿。"

娘儿俩正争竞着,孩子姥娘回来了,后头跟着冷妮子,抱着白小儿。庖牺问:"小冤家还有治没?"她娘说:"孩子摆治得看见黑眼珠儿了,这不,怕他出事儿,急着赶过来了。"

冷妮子问庖牺:"你这是要去哪儿啊?"

庖牺说:"我去发送了黑小儿,他该去哪儿去哪儿吧!"

白小儿说:"我也去。"

白妞儿说:"你去干吗?"

白小儿说:"我去送黑小儿。"

白妞儿狠狠地说:"眼斜心不正的东西,不许你去!"

三大人惊呆了,这话哪儿像五岁儿的孩子嘴里出来的啊!白小儿再没吭声儿。

庖牺娘说女儿:"你是气迷心了吧?这么大点儿个孩子,黑灯瞎火发送个啥?你就容不得他在家里再待半宿啦?"庖牺心里头乱得厉害,急着去跟沟儿说话儿,想把一切的苦都扔在夜里,明儿地里还一大堆活儿一大堆事儿呢。

冷妮子问:"你把黑小儿送哪儿去?"庖牺说:"给他爹送去。"冷妮子说:"我好歹是他干娘,我把他接到世上来的,他走,我说啥也得送送啊。"庖牺说:"孩子干娘,我对不起你呀!"冷妮子说:"这不是你的过,也不是小儿的过,他爹没见过黑小儿,想瞧瞧孩子。明儿一早儿在丁香林里等你,你这会儿去,找不着人儿,明儿一大早儿,趁着人们下山之前,你们一家子去丁香林见见孩子爹去。啊?"庖牺眼里一下子起了大水,泪再也嵌不住了,溅在白麻布上,洇出俩湿点子,一会儿湿了一片,就像黑小儿在哭。

瞧着庖牺静下气儿来了,冷妮子又摆治开了白小儿,黑眼珠儿是给摆治出来了,可是斜了的眼咋也正不过来了。冷妮子一只手捂住白小儿那只好眼，又伸出一根指头来，在斜眼前头晃了晃，问："白小儿，你瞧见啥了没？"白小儿说："瞧见了，瞧见姨的手指头了。"冷妮子吐了一口气，庖牺的泪又刷地下来了，咧着嘴想笑。白小儿怯怯地问："娘哭啥哩？"庖牺真想抱住白小儿大哭一场，可是又不忍撂下怀里的黑小儿，只是问："小儿，你眼还疼吗？""不咋疼了，娘别着急，不要紧的。"

后半宿急急忙忙乱乱哄哄过去了，庖牺娘对冷妮子说："他干娘，你回吧，出来大半宿了，家里该不放心了。"冷妮子说："我出来一宿半宿是常事儿了，赶上养活孩子下不来的，守一天一宿的时候儿也有，家里人横竖也惯了，早就不惦记了。"庖牺说："这儿也没啥事儿了，你回吧，先睡上会儿，说不定啥时候又有人找了。"冷妮子说："行，我这就回。白小儿眼不好，别叫他再哭了，我想叫孩子先跟着我过两天，等你忙过了这阵子，再给你送回来，你看行不？"

庖牺叹了口气说："这样儿的时候，唉，难为你了，这两天就把这冤家托付给你了。"又对白小儿说："你跟冷姨过去住两天，听姨的话！"白小儿答应一声"哎！"又问冷妮了："姨，咱啥时候过去啊？"冷妮子说："这就过去。"白小儿说："不行，我得跟着娘去送黑小儿，还跟我爹说话儿呢。"庖牺抱过白小儿来，眼里的泪嵌不住了。冷妮子说："小儿，爹瞧见你的眼准难受，这回你别去了，等眼好了再去，听姨的话。"庖牺强忍住眼泪说："小儿乖，跟姨过去，要不爹该难受了。"白小儿问："爹要是问我咋没来，娘咋说呢？"冷妮子说："小儿是帮我干活儿去的，挑拣丁香花骨朵儿。"庖牺说："爹要是问小儿咋不来，娘就说你跟着冷姨学本事哩。"白小儿喜得问："姨，您真教我本事啊？"冷妮子点了点头儿。

庖牺抱过黑小儿来，撩开白布，对白小儿说："过来，再瞧你兄弟一眼！嗨，你呀！"白小儿一瞅见黑小儿闭着的眼，哇地哭了。庖牺娘说："别招孩子哭了，眼本来就不好了，再哭出个啥毛病来，她冷姨就不好摆治了。"冷妮子说："我们走了，小黑儿是待窑里，还是也跟我过去？"白妞儿说："小黑儿跟着我，我去哪儿，它去哪儿。"她姥娘说："小黑儿哪儿也不去，挨家里看家。"冷妮子圪蹴下，叫白小儿趴她背上，背起来走了。

庖牺一手抱着黑小儿，一手拿了把木锨，她娘领上白妞儿，一家人下山去了。一路上，庖牺的脸贴着黑小儿的脸，阵阵寒气钻进她脸颊，凉得鼻子酸酸的，一下儿一下儿抽答。

到了丁香林里沟儿的坟上，庖牺挖了个坑儿，从娘手里接过黑小儿来，轻轻放进坑儿里，叫了声儿"苦命儿的孩儿啊！"就瘫在地上了。她娘又捏又拽，白妞儿吓得抱住她"哇哇"大哭。庖牺醒回来哽哽呜呜哭开了。老的小的仁女人粗声细气儿哭成一片，哳啦哳啦把夜扯烂了。

她娘扶起她来说："妮子，已经这样儿了，你就往开里想想儿吧！谁家不死俩仁孩子啊？走得早，牵挂少，咱黑小儿也没受啥多大的罪儿，你就别难受了。把活着的养好了养大了，才是本分，才对得起孩子们的爹。"

娘的声音远远的，像从天外飘过来的。天上挂着半拉上弦月，青白的脸上印着泪痕。白妞儿指着天上说："娘，娘，快瞧！爹在天上朝咱眨眼睛哩！"庖牺顺着白妞儿手指头看去，月亮下头一颗星星一明一灭忽闪着，是沟儿！庖牺说："他爹，我把黑小儿给你送来了。"星星又忽闪了几下儿，庖牺说："白小儿没事儿，跟她冷姨学本事去了，叫你甭惦记他。"白妞儿说："爹，冷姨叫上我哥帮她挑丁香花骨朵儿去了。"星星又忽闪了两下儿，庖牺搂着白妞儿，冲天上说："俩孩子都挺乖，你就放心吧！"又想起了啥，说："你那弓还使着呢，没裂也没辙。大伙儿都学着样儿做哩，都挺有耐性儿的，去年冬天抠饬好了弓身子，春上削好了羊犄角鹿犄角片儿，夏天就能抽筋儿晾腱子了。"

　　天越来越亮了，庖牺娘朝着天上说："他爹，家里都好好儿的，你就放心吧！天不早了，回吧！"

　　庖牺摘了两串儿丁香花儿，给黑小儿坟上放了一串儿，又给沟儿坟上放了一串儿，拉过白妞儿来给她爹坟上磕了几个头，再抬起头时，天上已经没了月亮，也没了星星。庖牺牵着白妞儿招呼娘："娘，咱也回吧！"她是不想叫下地的打鱼的人看见了打问，命啊，再苦也得自个儿抗过去。

　　远处儿传来狗叫，越来越近，白妞儿说："是黑妮儿！"就喊："黑妮儿哎！"黑妮儿摇着尾巴跑过来，一下子扑到白妞儿身上。白妞儿也不躲，抱住了黑妮儿的脑袋，夹在下巴颏儿下头一阵揉搓。黑妮儿好受得嘴里呜噜呜噜叨咕着，白妞儿管这叫狗话，她听得懂狗话，也会说狗话。白妞儿"呜哇呜汪"，黑妮儿也"呜哇呜汪"，一递一答越说越热闹。

　　庖牺娘瞧见了岨儿，招呼他："岨儿，这么早下来干吗呀？"岨儿说："妞妞姥娘叫我下来瞧瞧，接你们回去吃饭。"看着这一家俩寡妇，一个小妮子，岨儿心里挺不是个味儿。庖牺又要顾里头，又要顾外头，人太刚强了，免不了有乱的时候，想起眼斜了的白小儿，岨儿心里一阵酸。

　　庖牺最不能见岨儿，回回儿见了他都没话，回去难受好几天。这会儿瞧见岨儿，庖牺刚刚平静了点儿的心又翻腾开了，件件旧事儿涌上心头……小时候，她老是分不清哪个是岨儿，哪个是沟儿，后来沟儿跟岨儿一块儿放羊，那时候岨儿的腿还好好儿的……后来她叫上沟儿去找野猪……沟儿拿绷子打雁……她给沟儿做了一张弓，沟儿举起来射下一个老鸹窝来……后来岨儿放羊，沟儿放猪，孩子们都眼气羊岨儿猪沟儿……后来爹没了，岨儿没了腿，沟儿进了花石山，后来……

　　庖牺娘对岨儿说："累了他冷姨多半宿了，这会儿又难为你一条腿蹦跶下来，嗨，都是我们家遭了罪过儿，叫你们一家子也跟着受累。"

岨儿说:"姨这话说到哪儿去啦?不算活着的交情,单看死人的情分,我这一条腿也该两头儿蹦跶的,好歹是个男人。你们别太克着自个儿,有啥事儿就叫我一声儿,就当是使唤沟儿啦。"

俩女人一阵伤心,说不出话来。白妞儿一句话把大人逗笑了:"岨儿舅,你们家跟我们家是亲戚,黑妮儿不是小黑儿的娘吗?"

庖牺说:"妞子,咱两家儿不光是狗亲戚,往后,别叫舅了,叫干爹!"白妞儿脆脆地叫了一声儿:"哎,干爹!"

## 第三十六回

# 冷妮子悉心胎位正
# 痴庖牺苦意星光移

夜里刮风打雷下雨，狠着闹腾了一气。早起日头出来了，灰蓝的天上跑着白茅样儿的云，一会儿就跑远了，剩下一丝儿一丝儿的纹儿和一朵儿一朵儿的窝窝儿，像是天在笑，白生生的云丝儿云窝儿衬得天更蓝了。

冷妮子起来先去看了看雨儿，估摸她一半天就要养活了。雨儿这人可真行，都这日子口儿上了还愣说："没事儿，一时半会儿还下不来，吃了饭去给猪割把草去。"冷妮子一听就急了："你可真拿养活孩子不当回事儿啊，把个猪看得比人重了，哼！黑子后晌回来路上还不能捎带上一把猪草？差一顿儿猪就能饿死了？"雨儿娘说："嗨，猪草多得是哩！哪天黑子不背回满满一篓子来啊？她这个人就是闲不住，老得活动着，毛病！这回要不是我管得紧，早就跟去年似的啦，没见过这么记吃不记打的！"雨儿呵呵地笑："娘老骂我是猪，骂吧骂吧！再骂，哼哼哼哼，养出个猪娃儿来，哼哼哼哼！"

雨儿挺着个大肚子噘着嘴学猪哼哼儿，冷妮子气得乐了，说
雨儿："活动没啥不好，可是这日子口儿上了，再活动就多了。我
瞧你今儿个过不了晌午，万一走半道儿养活下来了，旁边儿没抓
没挠儿的，你可咋好啊？算了，还是家待着吧，一会儿我去林子
里挖点儿七片儿叶儿的甜根儿，这东西补血，你这会儿正使得
上。"她娘说："你姐说的都是好话，就这一时半会儿了，可不能
乱动了！"冷妮子给雨儿娘留下几个麻绳儿绑好的干草卷儿，雨儿
娘问："这是干吗的？""烧脚心儿的。姨，不怕用不上，就怕万
一孩子下不来没得用。"

冷妮子回去扛了篮子，领上丑妞儿，过了清水溪，进了林子。
日头也跟着钻进林子里，投下一束束柔和的光柱，裹着薄薄的雾，
给层层绿叶平添了几分仙气。潮乎乎儿的空气里蒸着泥土的清香。
丑妞儿一进林子就挓挲起俩胳膊，跟山雀儿似的蹦蹦跳跳往前奔。
冷妮子见天儿早起扛着竹篮子进林子里寻摸寻摸，吃前晌饭才回
去，扛回一篮子这样儿那样儿的草啊花儿的，有时候也有摘的果
儿、挖的根儿伍的，回去一样样尝过，看有啥用。瞎姥娘在的时
候啥都知道，啥都会，就是眼瞧不见，没尝几样儿草，传给冷妮
子的，除了能压住疼的白茄花儿和顺肠子的火麻仁儿，就没啥别
的了。

冷妮子要找的七片叶儿在下头靠晒谷场那块儿，怕叫野猪祸
害了，插着一圈儿圪针，有四五十棵，除了一棵大的有六个茬儿，
都是今年才出来的，只有一根儿茬儿，上头长着七片儿叶子。这
东西是她去年春上才找着的，那时候一共六棵。雨儿小月，破了
好些血，小脸儿没了人色儿，冷妮子掐了三棵的茬儿，摘了叶，
煮熟了叫雨儿吃了。雨儿倒是见好儿了，那三棵七片叶儿可完了。
冷妮子索性连根儿挖了，那根儿长得挺厚道，像羊肠头儿，瞅着
就补。冷妮子洗净了熬了一锅，叫雨儿吃了，连汤带水儿全喝了。

雨儿可是占了大便宜了，一下子补了起来。后来喜子崴了脚，淤血肿得茄子似的。她把七片叶儿洗净了，叫喜子连根儿带枝儿跟叶儿生吃了，淤血化开了。肉疙瘩儿娘养活孩子大出血，又挖了一棵，剩下一棵，当间儿抽出苔来，顶儿上开了一个白绒绒的花团儿，这棵不能再挖了，得留着打籽儿。后来黑子扭了腰，躺不下坐不住，冷妮子也没舍得挖了那棵，给他摆治了个半月才好了。

冷妮子怕这一棵七片叶儿有个闪失，围了一圈儿土坷垃，土坷垃外头又栽了蒺藜、圪针，见天见过来瞧瞧，从清水溪里舀了水来浇。花儿也有情，虽然只有一根苔一个花球儿，却蓬蓬茂茂挤了百来朵儿小碎花儿。一入秋，花儿打了籽儿，绿的，太嫩，慢慢儿地黄了，黑了，一直等到下头场雪，才长老帮了。

冷妮子采了籽儿，一共三十五粒儿豆粒儿大的籽儿。她怕搁坏了，就势儿刨坑儿埋了，浇足了水，蒙上厚厚的树叶儿。到了春天，轻轻扒拉开树叶儿，底下的苗儿都挺高了。她怕沤烂了，清了树叶，撒了一层灶灰。一春一夏，她像伺候娃娃似的天天儿浇水、捉虫儿。小苗儿出了莛儿，莛儿上长了叶儿，一片儿，两片儿……像一只扣着的手，伸出了七根儿指头，一个个儿龇着细牙。她娘上火牙疼，她拔了一棵七片叶儿，嗨，根儿还没长成哩，只有几根儿须须儿，哪有羊肠头儿啊。这又过了俩月了，她想也许长出根儿来了，怕雨儿生孩子出血，想着挖两棵预备下。

冷妮子正要拔圪针，丑妞儿说："娘，舅舅喊您呢！"小人儿耳朵尖，她一说，冷妮子也听出是黑子在喊"姐！姐！"喊声由远处儿来，听着挺急的。她预感到雨儿有事儿了，大声答应着，抱起丑妞儿就往清水溪边儿跑。黑子冲了下来，远远儿瞧见她娘儿俩，喊："姐你先过来，快，快去！我这就过去接妞妞。"冷妮子跑过去，远远儿一跃过了溪，一边儿往上跑，一边儿问："养活了？"黑子一边儿往下跑一边儿喊："快，快去吧，雨儿不好。"

俩人擦肩而过，冷妮子顾不得再问，疯了似的往上跑，后面传来丑妞儿的哭喊……

一进门儿，却见雨儿娘儿俩扭在一块儿，她娘一只胳膊在下头撑着，汗跟水洗似的，见了冷妮子，喘着粗气说："快接我这手，顶不住了，孩子正着下来啦！"冷妮子心里一惊，接过雨儿娘去堵下头。不好！孩子不光是正着，而且还是坐着下来了，屁股脚丫儿都露出来了！再瞧雨儿，小脸儿灰白，气儿弱得蜘蛛丝儿似的。冷妮子叫她娘："姨，先给她倒口水喝，有羊奶更好！"

雨儿娘给闺女儿喂奶的时候，冷妮子把露着的小脚丫儿慢慢儿往回送。这可不容易，孩子的腿弯着，得俩手指头捏着脚后跟儿一点儿一点儿往上推。雨儿没养活过，下头窄卡，手指头进去都费劲。

雨儿喝了奶跟水，人有了点儿精神。冷妮子问："好些了？""嗨，就是没一点儿劲儿。""喝了那么多还没劲儿？你得给我使劲儿！孩子不正，你使劲儿，我给你转正了。你要是不使劲儿，孩子这么下来，大脑袋就憋死在里头了。不大的事儿，就瞧你啦！"雨儿就使劲儿，可是哪儿有劲儿啊？一点儿动静儿都没有。

冷妮子说："你要是使不上劲儿，可就要受大罪了，我得给你划个口子，把孩子拉出来。"雨儿有气无力地摇了摇头，她娘说："那哪儿成啊？妮子你还是咬牙使劲儿吧！"冷妮子说："姨，点俩草卷儿吧！"雨儿娘点着了草卷儿，拿给冷妮子，草卷儿散出来的臭味呛得仨人直咳嗽。冷妮子吹灭了火苗儿，趴雨儿娘耳朵上小声儿说："熏她脚心儿，顶住了熏，一下儿一下儿地烫！甭怕，烫不坏。"

雨儿"啊"地叫了一声，肚子随着猛地一收。她娘照冷妮子说的，一下儿一下儿点她脚心儿，雨儿倒抽着气，肚子一紧一松动开了。"姨，捉住她手！"这时候黑子回来了，见这阵势儿，跑到雨儿身子后头，一边儿一只，攥住了她两只手，她娘就还点她脚心儿。冷妮子一只手从下头往上推孩子露出来的屁股，一只手摁住雨儿的小肚子，往下转，推几下儿转几下儿，瞧瞧下头，再接茬儿连推带转，连累带担惊受怕，一会儿就是一身大汗。

雨儿肚子动得越来越弱了，冷妮子一个劲儿叫她使劲儿："再使几下子，一会儿就好了。"可是咋说都不行了，她娘咋烫也不顶用了。冷妮子叫黑子："你过去，使大劲捏她俩小脚趾头儿，一下儿一下儿捏，叫肚子动起来。"

这招儿还真管用，雨儿又倒抽开了气，小肚子跟着一紧一松。冷妮子瞪着眼闭着嘴两只手里外上下忙活，汗珠子噼里啪啦砸到雨儿肚子上，顺着大腿根儿往下流。

孩子脑袋终于转下来了，冷妮子说："最后一下儿了，再使一把劲儿，孩子就出来了!"黑子使劲儿捏了两下儿小脚趾头儿，她娘点了两下儿脚心儿，雨儿"啊"地一努，冷妮子把孩子拽了出来，呼哧呼哧喘着气说："好啦! 吓啊，这么大的脑袋! 小鸡儿都憋青了，呼!"

孩子"哈啊哈啊"哭起来，四个大人长长地出了一口气。忽地丑妞儿钻了进来，冷妮子说："妞妞，出去，出去!"雨儿娘拉上孩子出去了，嘴里哄着："姨给你添了个小弟弟，小弟弟着不得风，你身上有风。"

孩子洗净了，冷妮子见雨儿没一点儿劲儿了，就把孩子递给了黑子。黑子说："看把姐累成啥啦，快坐下喘口气儿吧! 得亏你来了，要不她娘儿俩命就没了。"雨儿娘回来了，抓住冷妮子俩手千谢万谢的，又说："黑子不放心，半道儿回来了，要不，我一个人顾了这顾不了那。亏了你们姐儿俩了!"黑子说："娘，一家人，说这干吗?"雨儿娘说："雨儿赶上好人家了，靠我，孩子咋也下不来。黑子跑去叫你那阵儿，我心里一直求告瞎姥娘：可别叫孩子憋死了啊，可别大人有个三长两短儿啊。嗨，多亏了你了，妮子! 大人孩子都平平安安的，不容易呀!"

冷妮子说:"上回肉疙瘩儿娘养活,孩子也是坐着下来的,等我去了,早破了一摊水了,口儿开了,露出半条孩子腿来,又肿又黑,还有一条腿在里头跪着。我跟她男人说:'孩子要活,当娘的得受罪了,要不孩子就憋死了,大人也不一定保得住命。'她男人说:'只要孩子大人都能保住命,咋摆治都行。'我拿石头片片齾了个口子,去拉里头蜷着的那条腿,嘿咻,越拉越往上走。没法子,我又把那只脚往上推,想让孩子跪着下来,可咋也鼓捣不成;拉了拉露出来的那条腿,也不行,真邪了门儿了!我怕把孩子腿拉残了,就托着里头那一只脚,拉外头那一条腿,拉到一半儿,再拉那一只脚。千小心万小心的,等把孩子肩膀儿拉到口儿上,一瞧,嘿咻,脑袋还仰着呢!没法儿,只好探进手去摆治,把孩子下巴颏儿摁下来,让脑袋窝着,才拉出来。呵,小脸儿全憋紫了。我累得没了一点儿劲,总算保住了大人孩子的命儿,她男人千恩万谢的,好话说了好几篓子。"

雨儿娘说:"我说她家好好个妮儿咋叫了个'齾儿'呢。妮子你还真有本事!"冷妮子说:"姨您别说啦,人家齾儿她娘到这会儿还恨我呢,说我经意儿叫她受了那场罪,一辈子落下个齾屄,还咒我养活孩子是个齾嘴子,呵呵。"雨儿气得说:"这女人忒不懂事儿,往后她有病有灾儿,姐甭管她!她再养活,叫你也甭去,她养活蛤蟆养活猪爱养活啥养活啥!"冷妮子说:"我就盼她平平安安,别给我找事儿,真要有了事儿,咱也不能见死不救啊,呵呵。"

雨儿娘对冷妮子说:"咱不管她家的事儿,妮子,孩子的命儿是你给的,给孩子起个名儿吧!"冷妮子说:"姨太抬举我了。雨儿养活,我当姐的能不管吗?名儿还是姥娘起好。"雨儿缓过来了,说:"甭管谁起,叫个好养活的吧。"她娘说:"那就跟着丑妞儿叫个'丑小儿'吧。"黑子说:"可别把我儿子叫丑了啊!"冷妮子说:"这么俊的孩儿,白皮儿大眼的,再叫也丑不了。"雨儿抱着丑小儿，两口子你一口我一口的，这份儿亲呀，亲得丑小儿"哈啊哈啊"又哭又闹腾。

冷妮子说："这孩子嗓门儿真亮，会哭的孩子好养活。我得走了。"雨儿娘说："忙到这咱还没吃饭呢，我这就做饭去，一会儿就得，吃了再走。"冷妮子说："我得给雨儿挖七片叶儿去，雨儿得赶紧补上。"黑子说："你告我哪儿有七片叶儿，我挖去。"冷妮子说："那也行。快到晒谷场那地界儿，我拿圪针圈起来了，你挖回三棵来，明儿吃明儿再挖。别动那棵大的，留着打籽儿的。""嗨，这东西长得啥样儿啊？"冷妮子告诉他："不高儿，大的一共三根儿莛儿，一根儿莛儿上头七片叶儿。"黑子说："这个好记，三根儿莛儿，七片儿叶儿，三根儿，七片，三，七……"冷妮子说："这是那棵大的，小的才出来一根儿莛儿，有的五片儿，有的七片儿。挺大的一片儿，一共三十多棵。"黑子说："好勒，挖三棵小的，不碰大的。姐，我去啦。"

黑子跑着去了，雨儿娘说："你们姐儿俩先这儿说说话儿，饭一会儿就得。"说完也出去了，听见外头丑妞儿直喊饿。

雨儿说："姐，你可真成了巫婆儿啦。呵呵，比瞎姥娘还能干！"

冷妮子说："跟瞎姥娘比，还差得远呢，摘胳膊卸腿儿的活儿还不会呢。"

"嗨，我看，瞎姥娘是瞧着姐起来了才走的，先前老是不放心，不敢走。呵呵。"

"嗨，就是因为姥娘她一甩手儿走了，才逼得我学这学那的，把懒筋给抽了，想不干也不成啦，嘿嘿。"

"不是这么回事儿，瞎姥娘当年这夸你呢，说你比她本事大多了，认得那么多这草那草的。姐，你尝那么多草，就不怕有毒？"

"嗨，又不是当饭吃，尝一点儿毒不死人。"

过了会儿，黑子回来了，篮子里放着三棵带土的七片叶儿。

冷妮子瞧了瞧，说："嗨，还是太小了，去年给雨儿补的多大的根儿呀。"雨儿说："我不用补了，这不带着土的嘛，趁熟儿栽上吧！过两年长大了，用得着的时候再挖。"冷妮子说："也好，说不定还能打籽儿哩。"黑子说："打了籽儿，咱就在上头开块地儿，种个三七园子。"冷妮子和雨儿一下子没明白过来，黑子说："嘿，我说的就是七片儿啊，三根儿莛儿，七片叶儿，嘿嘿。"

黑子栽了三七，又去筷子上了。冷妮子瞧着弟弟的后身儿，说："我们黑子也当上爹啦，我得回家告我娘去！待会儿我娘准过来瞧孙子。"

冷妮子娘还没来，庖牺先到了，她是听黑子说的。老辈子传下来的例儿，谁家添了孩子，都先告诉一族的大娘，庖牺知道了，总是放下手里的活儿，登门儿道喜，记着分东西的时候给这家添上点儿。

庖牺一进门儿就喊："丑小儿来，哪儿呢？叫姨瞧瞧！"雨儿娘慌忙抱过孩子来，说："呵呵，黑子腿儿忒快了。"庖牺接过孩子，举起来看，"嘿咿，跟他爹一模样儿！"又逗弄小鸡鸡，孩子一泡尿滋出来，溅了她一脸。雨儿娘赶紧拿过手巾来给她擦，庖牺呵呵笑着说："小子，我可记下了，回去就给你系个大疙瘩，哼！"雨儿娘儿俩也笑了，雨儿说："我们丑小儿可不是经意儿的啊，大娘不记小人过，就甭给我们系疙瘩啦。"

正说着笑着，冷妮子娘进来了，问："说啥好话儿来？笑成这样儿？"庖牺说："还说呢，您这孙子欺生儿，早不尿晚不尿，一泡尿憋了八个月，全滋我脸上了。"冷妮子娘："要不说是贵人哩，我捧着个瓦罐儿紧赶慢赶跑来了，也没赶上接亲孙子一泡尿。庖牺啊，这胎尿可是好东西哩，拿胎尿擦脸，不长疖子不长疮，肉白皮儿嫩，洗眼能治红眼儿病。"

庖牺还没听说过拿孩子尿擦脸洗眼的，就说："呵呵，月儿姨真会给丑小儿这泡尿找补，我这脸还能肉白皮儿嫩了？哈哈！"雨儿娘本来也不信，可是见冷妮子娘说得认真，还拿了个罐儿，就说："月儿姐这么大岁数啦，我还没见她哄过人哩。这不巴巴儿捧着罐儿来接来啦。"雨儿也说："庖牺啊，占了我们家便宜了，就别嘴硬啦！"

冷妮子风风火火来了，嘴里嚷嚷着："庖牺占咱家啥便宜啦？"庖牺说："啥便宜？叫这小子尿了一脸！这么大点儿个人伢子，一出来就这么坏，都是你这个收生的巫婆儿调唆的，哼！"冷妮子说："好家伙，头一泡尿就让你给抢去啦！怨不得谁家养活了孩子你都先跑过去哩，真能抢呀！"庖牺气不得笑不得，骂道："你才抢哩，怨不得你家家收生哩，喝胎尿养胖了，瞧瞧，白皮儿嫩肉儿的，一掐一嘟噜水儿。"说着在冷妮子脸上拧了一把。冷妮子说："真的，不说耍话，童子尿就是能治病，这可不是我兴的，是瞎姥娘教给我的，我起头儿也不信，今年用了几回，才知道这童子尿真是好东西了。"

她一抬出瞎姥娘来，庖牺不敢不信了，就说："你说说，童子尿能治啥病儿？"冷妮子说："能救人命，昏迷不醒的人，灌一碗童子尿就过来了，瞎姥娘管这叫还原汤。长虫咬了蝎子蜇了，喝碗童子尿能解毒。你抢的那一泡胎尿是最好的童子尿，一个孩子一辈子就尿这一泡啊！"庖牺问："这也是瞎姥娘告诉你的？"冷妮子说："这个是我自个儿品出来的。"庖牺笑了："噢，原来你喝过啦，我说咋没听瞎姥娘说过哩？"冷妮子说："我说的可是实话，孩子在娘肚子里八个月，就是靠胎尿养着，一破了这养命的水，他就不能在娘肚子里待着了。"

雨儿说："这么宝贝的东西，姐咋不早告诉我呢？我也接点儿擦擦这一脸的雀儿屎！"冷妮子说："刚才折腾你那肚子，把我给累糊涂了，回家一想起来，就叫我娘拿着罐来接了，想留一泡救命的胎尿，谁知道叫庖牺抢了个先！"庖牺笑了："呵呵，这么说我还真占了便宜啦。雨儿，赔不了你了。可是我有个去雀儿屎的方儿，你要不要？"雨儿说："啥方儿？快说！"

庖牺说："这雀儿屎还得雀儿屎治，拿雀儿屎洗脸，又白又嫩，啥东西都不长。"

雨儿说："你就哄人吧，哼！"

庖牺说："我说的可是真事儿。信不信在你啦。"

雨儿说："你洗过？"

庖牺说："我脸上又没长雀儿屎，我是听人说的。"

雨儿说："你听谁说的？我就不信，还有像你这样儿糟践人的人！"

庖牺说："瞧瞧，又骂人啦，我还敢告诉你谁说的？好叫你骂人家啊？"

雨儿说："我就知道你变着法儿骂我哩，还反咬一口，说我骂人，哼！"

冷妮子听了一会儿，说话儿了："雨儿啊，庖牺说的兴许有这么回事儿，你瞧，雀儿屎能洗衣裳，连血都能洗掉了。你先试试再说。"

庖牺说："实话告你吧，这方儿是剩儿教给的。"

冷妮子说："有这事儿来，那年在麻地里，咱问剩儿吃了啥好的了，肉皮儿那么嫩，剩儿要说又没说。"

雨儿也想起来了："是有这么档子事儿来，后来庖牺你就套人家去了？"

庖牺说："我们妞子洗了，管用。"

雨儿说："你就没洗过？我不信。瞧你细皮儿嫩肉儿的，试过了吧？这有啥不好说的？我回头试试。我们丑小儿的这泡胎尿换这么个方儿，值了！"

冷妮子说："胎尿就一泡，童子尿见天儿有，可别扔了！接了煮鸡蛋吃，补血着。三七太小，你就多吃几个尿蛋吧！"

庖牺说："吃不了喝不了，也别扔了，留着换方儿，这回雨儿可发啦，嘿嘿。"

雨儿笑着说："姐还有啥好招儿？早点儿说了，省着叫人家把咱丑小儿的宝贝全都抢了去。"

冷妮子说："还有别出去乱跑，好好儿家待着。月子里做下病来，一辈子好不了。"

丑小儿急抓抓哭了，雨儿说："饿啦？"就把奶头儿往孩子嘴里塞。她娘："嗨，不行！先挤了！"雨儿不解，说："好好儿的奶，又没毒，干吗挤了呀？"冷妮子说："你憋了八个月了，头两口奶还能没毒？挤了吧！"

庖牺也说："都是这样儿。"一句话把她拽了回去，她想起了沟儿，想起了白天种地黑夜种人的日子，又想起了黑小儿，想着这爷儿俩咋过呀？

一晃，沟儿走了两年了。白天，庖牺忙得心里没缝儿，一到黑夜，整个儿心里都在沟儿身上。她娘领着白小儿住一口窑，她领着白妞儿住一口窑。白妞儿带着小黑儿睡黑石板上，齐窑的草垫子上就剩下她一个人了。

看了雨儿和才来到世上的丑小儿，庖牺咋也睡不着了。她圪蹴到外头，望着天上，找她的星星。那颗小星星还没出来，她等着，等的发躁，就抓那心上的痂，抓破了，全是血和痛。她想起沟儿的样样好来，想起自个儿来则全都是不是。

那一年冬天，两口子拌嘴，她不叫沟儿进门儿，沟儿在牛窑里圪蹴了三宿。后来娘瞧见了，问沟儿咋回事儿，沟儿说黑牛这几天不好，他心里不踏实。打那，沟儿害上了冻疮的根儿，年年脚后跟儿冻烂了。这些她都记得，就是想不起来为啥拌嘴了。

那年春天，也是不知道为啥拌了嘴，她爬起来就往外跑，一口气跑下山来。月亮像个尖酸的枣核儿，刮耷下半拉冷脸笑话她。天快亮时，沟儿找下来了，捉住她的手照他脸上扇了几巴掌，啥也没说，背上她回家了。回到家里，她还一个劲儿找寻人家，骂没良心的，叫他在外头冻了半宿。沟儿不说话，只是一个劲儿给她摩挲心脯子。她骂："你这个王八壳子，扎一锥子不出脓，攮一锥子不冒血，哼！"沟儿说："我真不知道惹着你了，咱俩拌嘴来着？我光顾睡觉了，醒了瞧不见你，等你不回来，才觉出不对来了。"好嘛，自个儿气了半宿，人家还不知道咋回事儿呢！往后，沟儿总是先问一句："没事儿吧？"才睡。

她脾气不好，沟儿说她："别仗着你是大娘，就欺负人。母老虎，伤人众了没个好儿！你有个啥呀？"别人这么说她行，娘这么说她行，唯独沟儿不能这么说她，只有在沟儿面前她没留一点儿心眼儿。沟儿这么说，把她伤透了。她没闹没跑，三天没理沟儿。沟儿受不了了，委屈了三分说："你至于吗？一句重话都受不了？好歹你比我大两岁哩，就这么不饶人儿？"

夜深人静，她一块儿一块儿地抠饬着心上的痂，过了六年，尽是对不起沟儿的事儿……

悔恨中，沟儿来了，还是笑呵呵的："他娘啊，你这人九十九样儿好，就是脾气这一样儿不好。我老是不放心你这脾气儿，跟你说，这世上你除了跟我，跟谁也不能说使性子就使性子，说发脾气就发脾气。过去跟娘闹过，是你不对。跟孩子，就更不该了，咱小儿的眼睛，嗨，我不说你了，往后可得改改啊！""他爹，你说我吧！小儿的眼，我欠他一辈子，没法儿还啦……"她趴在沟儿肩膀儿上，眼泪扑簌簌的，怕这肩膀儿一离开，这世上再没有靠的了。

沟儿胡噜着她的头发说："他娘，你就哭个痛快吧！"她不哭了，依在沟儿怀里，抹着泪儿说："有个靠头儿，真好！"沟儿笑了，笑得那么苦："要说靠，我还得靠你呢。"她仰起泪花花的眼，瞅着沟儿，瞅了半天，才说："靠我个啥？"沟儿说："他娘，我不顶事儿了，有那心没那力了，小儿跟妞子，就靠你了！"庵牺说："他爹，你放心吧，我绝不再动孩子一指头了。"说着就咬手指头，咬出了血。沟儿赶紧攥住她的手，把那根指头含进嘴里，嘬干净血，轻柔地吹干了，嗔怪她："你这是干吗啊？补一滴血容易嘛？"她这才瞧见沟儿的脸白得跟云彩似的。

沟儿又说："还有，得靠你在咱娘跟前儿替我尽个心儿，娘这辈子太难了，她待我那么好，我还没顾上报答她，就撒手了。"庖牺说："娘跟我一样儿的命，命啊！"沟儿说："他娘，我对不起你啊，原来还可怜人家妲儿，如今，我连半个人都不是了，嗨！枉活了一场，耽误了你。"她赶紧捂住他的嘴："别这么说！你是个最囫囵的人，我心里有你，娘心里有你，俩孩子心里有你，大伙儿心里都有你，你是个囫囵人，有血有肉有心有灵的大囫囵人。"沟儿说："他娘啊，说真格的，我不能老误着你啊，啥时候遇见有情有义的，就叫他住进窑儿里吧！"她急得说："别瞎说了，咱这不过得好好儿地吗？说得好好儿的，下世咱还一块儿过，还是你说的呢，这会儿又啥有情有义的啦，你那心叫杂种掏吃啦？"

沟儿啪啪抽起自个儿人嘴巴来，一边儿抽一边儿骂："叫你瞎说！叫你瞎说！"她赶紧夺了他的手，急得直叫："他爹，好好的你这可是干吗呀？"

沟儿住了手，突然说："不早了，他娘，我得走了。"她慌了，抓住沟儿的大手不放，舌头都不利落了："他爹啊、啊、啊，舍、舍不得你、你走啊，再待、待会儿吧！"沟儿说："别怕，我不走，咱说话儿！"脸蹭着脸，手攥着手，俩人又说了好些话儿，你嘱咐我，我嘱咐你，该嘱咐的都嘱咐到了。

天露出了微光，刷地一下，沟儿本来就白的脸更白了，心乱嘴慌："我得走、走了，我得走、走了，她娘，你、你、你好好儿的啊！好好儿的啊、啊、啊！"她知道留不住了，静静地说："他爹，你也好好儿的！你那儿，我一时半会儿去不了，你就常回来瞧瞧吧！别怕道儿远啊！"攥着的手松了。

沟儿哎哎答应着，人影儿模糊了，化成一口气儿，往上去了，瞧不见了。

她痴痴地朝上望着，一直看到残月旁边儿冒出一颗小星星来，她朝星星点点头儿，星星朝她眨眼睛，一下一下地眨眼睛，远远儿传来天上的话，撞到山上，在坳里回荡："他娘，你好好儿的啊！好好儿的啊！好好儿的啊……"

# 第三十七回

## 念恩师练射十年梦
## 依慈祖守灵半夜情

半夜里下开了大雨，像一大群野驴在外头跑，像大风在林子里呼啸，像清水河打天上下来了，呼呼哗哗往下灌，泡了坳子。庖牺醒了，听得心惊肉跳，听了一阵儿，老是一样儿的呼呼哗哗，倒把人催得迷迷糊糊的，出气儿进气儿跟外面的雨声掺和起来了，匀匀地打开了呼噜儿。庖牺心里头到底儿有事儿，后半夜儿醒了，雨也住了，她不敢再睡。

清水河边儿新种了一大片麦子，明儿要压麦了。喜子、炭条儿他们十几个人在花石山里头忙活了一冬天，剥石头凿碌碡，就是为了春天碾地压种儿。这会儿不比从前了，雷泽人脚能走到的地方儿，全都开出地来了，种的除了麻跟谷子，还有麦子、豆子、高粱跟老棒子，菜什么伍的还不算在里头。

庖牺不睡了，听着白妞儿匀细的鼾声儿，没敢惊动她，披上衣裳，踮着脚儿走到外头。天还阴着，看不见星星月亮。她深一脚浅一脚往下走，道边儿的雨水、露水蹭湿了脚脖子，脚底下时不时"咔嚓"一声儿响，碾碎了哪个贪吃不长眼的蜗牛儿。

到了山下，听见嘶嘶洒洒的动静儿，庖牺就住了脚儿。"嗖！""当！"听着像是有人练射箭。她听了一会儿，判定只有一个人，就咳嗽了两声儿，大着嗓门儿问："那边儿谁呀？黑咕隆咚的，别伤着人了！"

"师娘啊？是我。"答话儿的是炭条儿。那几个当年跟着沟儿在花石山里学开石头的，都管庖牺叫师娘，一晃儿，叫了整整十年了。

"条子，起这么早啊？"庖牺朝着话音儿喊过去。

"这会儿不碍别人的事儿，一人儿想咋就咋，嘿嘿。师娘不也这么早就起来了？"

炭条从河边儿迎过来，背着一颗灰白的晨星儿，不经意儿看不出来，其实月亮也在哩，时不时打灰黑的云彩里露出半张脸来。庖牺说："甭过来了，去山根儿瞧瞧你的箭法儿。"径直朝山根儿的草人儿走去。

蒙眬中一溜儿草人儿，个个儿脸上扎着箭，近了一数，有的扎着一根儿，有的剟着两根儿，也有插了一把的。庖牺惊讶地叫起来："条子，行啊！打啥时候就偷偷儿练上啦？黑咕影儿里说射脑袋就射脑袋，嘿咩，我这双眼你可甭想瞒住，没年头儿练不出这功夫来，练了几年啦？"

炭条儿憨憨地笑了："呵呵，瞒谁也瞒不住师娘的眼啊。打师傅跟成娃没了，我就跟着师娘练开了，那时候一心想着给师傅他们报仇。后来活儿忙，人慢慢儿散了，我就早起来练上一会儿，再回去吃前晌饭。开头儿竹子弓不好使，后来学着师傅的样儿，三年造弓，也练折了好几张弓了。"

庖牺接过炭条儿的大弓来，一下就掂出分量来："好家伙，真够沉的！啥材料儿的啊？"

炭条儿说："柘木的。"

庖牺细细看着，奇怪地问："没用一片儿竹子?"

炭条儿摇摇头，答道："没。"

弓离不了竹子，庖牺纳闷儿了："咋不用竹子呢?"

炭条儿说出了他的道理："弓使得多了，慢慢儿品出来了，啥料做的弓身强，啥料的差。竹子跟木头不一样儿，试了好些木头，也不全一样儿，数柘木结实耐弯，是上材，檍木、柞树也是好材，别的木头就都不能用了。竹子比一般的木头强，可是跟柘木、檍木、柞树比，竹子就是下材了。找着了柘木，这往后我再造弓就不用竹子了。"

庖牺一边儿点头儿，一边儿眯起眼端详那弓，问："条子，你这贴的啥角啊? 这么大的片儿?"

"师娘，这可是牛角哇。为了造弓，掰了家里黄牛的角，把个牛也折腾死了，我这弓值一头牛哩。为这，大娃他娘一直到这咱还跟我闹别扭儿，我许给她了，早晚给她捉头牛回来。这可把自个儿套住了，一天见不着牛，他娘就叨叨一天。我可知道了，许愿就是给自个儿上套儿，做不到就欠下人家的啦，往后再不敢乱许啥了。"庖牺说："可不是吗，我就从来不敢许愿，宁叫做到了没说出来，不叫说出来了做不到。"炭条儿说："是啊，到这会儿，大娃娘人家不说我说到做不到，说我'说了不做，成心冤人玩儿。'师娘您说我冤不冤?"

庖牺嗯嗯应着，心却全在那弓上，捋着身子、弦摸了个够，凑到眼摸前儿反过来掉过去看。要是别的物件儿，瞧着师娘这么喜欢，炭条儿早就送她了，这张弓他可舍不得。

庖牺又问："条子，你拿啥胶粘的?"

"鳔胶，试了多少，鹿胶、狼胶、耗子胶、长虫胶，都不如师娘的老鳔胶粘得结实。筋儿也是我们家黄牛身上的，嗨!"

庖牺只顾摆弄弓，没听见炭条儿的叹惜，把弦抟得砰砰响，问："你这弦是啥的？"

炭条儿得意地说："香花儿木的，要说师娘也许不信：六十四股批儿，来来回回捻了六次才成了这样儿。"

庖牺笑着说："这我信，师娘没吃过猪肉也见过猪跑。"又挑起弦上一个小小的环儿问："这是搭箭的吧？"

炭条儿见师娘看得细，心里一喜欢，越加得意了："嗨，师娘连这么点儿小地方都瞧出来了，哈！是箭扣儿，那地方是双的，一百二十八股儿。"

庖牺惊叹一声："我的娘啊！这么点个扣儿一百多股儿！那得多细的批儿啊？"

炭条儿嘿儿嘿儿乐了："嗨，哪儿是我捻的啊！大娃娘心细指头细，麻批儿擘得跟头发丝儿似的。"

天灰蒙蒙地亮了，庖牺在箭扣儿上搭上一根儿箭，天上飞过来一阵雀儿，叽叽喳喳叫着，蚂蚱似地遮住了天。庖牺瞄了瞄，拉足了弦，斜着射过去。"啪嗒"栽下一只雀儿来，炭条儿叫道："师娘好箭法儿！"跑过去捡起雀儿来。庖牺说："啥好箭法儿啊？一天的雀儿，闭上俩眼也能碰下一只来啊。"炭条儿捏着死雀儿过来，说："师娘，还是只雏儿哩。"庖牺接过雀儿来，叹了一声儿："看这孽造的！傻雀儿，你咋不长眼哩？这么大的天，往哪儿飞不成？非往箭头儿上撞！"炭条儿不以为然，说："嗨，师娘可怜它哩！这一群贼，这么早起来干啥来啦？还不是刨种儿偷吃来了？我在这儿吓唬了它们多少日子了，自打下了种儿，它们见天见来。这会儿要不是咱在这儿，它们早就祸害开啦！过些日子麦苗儿出来了，瞅着吧，还得来糟害，哼！我说，不如叫孩子们拿上绷弓子绷它们，绷下来拿回家烧着吃。"

庖牺待见直肠子的人，何况人家说的句句在理儿，就说："可也是，今儿就拉碌碡子，把地压瓷实了，叫它啃不动！回头你帮我个忙儿，告诉各家，叫孩子们这几天都下来绷雀儿来。"

　　晨星儿不知道啥时候退下去了，日头挣扎出一张模模糊糊的脸，冷得跟月亮似的，没有耀眼的光，倒也挺亮，被灰云彩、黑云彩衬着，越发亮得虚了。炭条儿家的大娃下来了，这孩子不高儿，才到他爹腰里，可是挺懂事儿，见了庖牺先叫了声儿"姥娘"，才对他爹说："爹回吧！娘做好饭了。"炭条儿就跟庖牺说："师娘，不早了，咱回去吃饭吧！有大娃在这儿多少吓唬着点儿，雀儿也不敢偷嘴吃。"

　　庖牺挺待见大娃，笑着跟他搭腔儿："呵呵，跟你爹换着班儿呢？带绷弓子啦？"大娃掏出绷弓子来，大拇哥跟二拇哥叉着转了转，说："全仗着它哩，哪一天也能绷下七八十只的，我们家见天儿后晌吃烧雀儿，全是我绷的，嘿！"孩子掉了门牙，说话漏风，听着滑稽可爱。庖牺说："哟，不知道大娃这么厉害！要不是今儿下来早了，还不知道你们家占了这么大的便宜哩，呵呵。"大娃着急得说："大娘，可不是我没叫他们啊，一个儿比一个儿懒，都不肯来，说啥天黑瞧不见啦，肚里没食儿绷不动啦。"炭条儿说："师娘甭听他的！七岁八岁讨人嫌，这一茬儿孩子里头数他讨厌了。人家烦他还烦不够哩，谁还听他的啊？人早起的，谁跟他下来绷雀儿啊？嗤！"

　　大娃委屈，翻了翻大眼，张了张嘴，没说出话儿来。

　　庖牺瞅着大娃说："瞧你爹把咱娃糟践的！我就知道大娃是孩子头儿，比他们谁都勤谨。打明儿个起，我叫他们都听你的，一早儿一晚儿大人不在的时候，你就带上他们下来看地绷雀儿。谁不来，你就告诉我，我说他们。"炭条儿说："师娘太看重他个人伢子啦，到时候光给他操心了。大娃不是这料，依我说，师娘不如找个大点儿的孩子当头儿，说话也有人听。"大娃嘴噘了起来，庖牺说："有本事不在大小，我就看上大娃了，咱就这么说定了！"大娃喜得雀儿似的，心里乐得憋不住了，直往上冒，嘴唇儿紧紧绷着，大眼睛一眨一眨的，使劲儿夹住笑。他爹见他这样儿，说："美得你！我跟大娘回了，你好好儿看着！"大娃"哎"了一声儿，小嗓儿脆得浪花儿似的。

回去路上，俩人说起拉碌碡的事儿来，庖牺说："见你们凿了些个半截儿碌碡，找不着整石头啦？"炭条儿说："倒也不是，是想着小了也许好使。大碌碡一下子碾俩沟儿，中间一溜儿其实白费，两边儿也压不严实。这回把一个碌碡破成俩了，牲口还是拉那么重，好在两边儿严实了，当间儿用不着压瓷实的地方儿给空出来了。想着先试试，还不知道成不成哩，没敢多凿。"庖牺一听就说："好啊，该多凿些个才是，条子就是有主意！"炭条儿赶紧说："师娘，真不是我一人儿的主意，跟大伙儿商量出来的。"听庖牺嗯了一声儿，才又说："也不敢一下子凿多了，怕废了。要是能使，忙过去这阵子，我们哥儿几个再进山干上几天，多凿上些。小的比大的好剥多了，就是俩碌碡得一般儿粗。"

快到打谷场了，炭条儿说："昨儿晚上几个人把碌碡都倒腾出来了，全挨场上哩。"庖牺说："走，过去瞧瞧！"

场上停了一片大的小的碌碡，大碌碡套在一个四根木头的框子里，俩小碌碡当间儿连了一根木头，严严实实卯进石头当间儿的眼儿里头，打两头儿出来，一点儿也不能转悠。外头再套一个木头框子。大小碌碡两头儿伸出来的木头套进木头框子两头儿挖出来的窟窿里，套绳拴在框子上，牲口拉上，碌碡就转着往前碾过去了。炭条儿指着小碌碡说："瞧着是一根木头，其实是三根，两头儿两截儿，当间儿连着一大截儿，长的那截儿可长可短随便儿换，当然框子的长木头也得跟着换。"庖牺说："这个好，碾麦地短点儿，碾棒子地就长点儿。条子，往后再有啥点子，跟我说一声儿，我好盘算盘算。条子，可别怵窝子啊！"

炭条儿其实也不是怵，就是不愿意有事儿没事儿找大娘，怕人说他巴结，有别的心眼儿，所以宁肯跟一块儿共事的人商量，也不找庖牺。庖牺这么一说，他倒觉得自个儿理亏了，就找补说：

"师娘瞧得起我，我可就瞎尿说啦。我琢磨着师娘那耒耜，咱能不能把那耜尖儿再朝前头出得长点儿？耒把儿下头装个斗子，里头盛种子，下头有个眼儿，往下漏籽儿。"炭条儿说的耒耜，就是"累死"，"累死"不好听，"累"跟"死"分开叫的时候更乱呼儿，不知打啥时候起，"累死"叫成了"耒耜"，"耒"跟"耜"也能分开叫了。

庖牺说："好啊，开出沟儿来，籽儿也种上了，省下一道工。这事儿你慢慢儿琢磨着，反正离下回下种儿还早哩。条子点子就是多，想啥是啥。"

炭条儿不好意思了，说："我哪儿有啥新点子啊？还不都是琢磨师娘现成儿的？"

庖牺说："琢磨现成儿的也不容易啊，有时候比出新点子还费劲呢。就说那弓吧，我花了半天工夫儿，搣把出一根儿弓来，你师傅改了三年，你又改了十来年，我当初搣的弓跟你这弓一比，我那就是个大绷弓子，呵呵，比不得喽。条子啊，往后你就多琢磨吧，管它现成儿的还是新的，有用就成！咱雷泽看重的就是琢磨，咱雷泽有今儿个，就是靠多少人琢磨出来的。"

俩人说着说着，庖牺到家了。她娘做好了饭，见女儿回来了，就喊："小儿，妞子，吃饭啦！"俩孩子一起来就忙活上了，白小儿抠饬鹿角削片片儿，白妞儿织出一大截子条子布来了。

今儿个吃的是解饿的棒渣子，嚼起来一嘴香。庖牺一边儿吃，一边儿夸炭条儿有主意。她娘说："小儿他爹那几个徒弟，个个儿都有主意，不言不语儿，全是好样儿的。那年在花石山里头，要不是哥儿几个主意正，小儿他爹那半条腿就没啦。"庖牺叹息一声，说："那年要是没了那半条腿，他爹也不至于死在野人手里。人间的事儿说不定是福是祸，有时候瞧着是福，其实是祸；有时候瞧着是祸，其实是福，看人家妞妞爹，丢了半条腿，捡了一条命，这会儿一家子团团圆圆的……"

她娘插嘴断住了："哎哎，我越老越糊涂了，好嘛常儿的招你这个干吗！燧娘娘咋就把我给忘了呢？一个个儿都叫上去了，独独忘了我这个老糊涂，嗨！"白妞儿说："姥娘，我就怕听您说这个。"庖牺娘说："姥娘说的是实话呀，给燧娘娘提个醒儿，别忘了地上还有个老妖精，呵呵！"

白小儿不能想象没有姥娘的日子咋过，他自小儿最怕的就是姥娘死了，常常一人儿求告燧娘娘："可别叫我姥娘上去啊！可别叫我姥娘上去啊！"这时他一阵心慌，起来说："姥娘，别瞎想了！娘，我先下去啦！"他娘说："去吧！先去牵条驴，再去场上套碌碡，我瞧着还是小碌碡好，套对小的吧！我挨这儿等着人们过来，一块儿下去。"

一路上白小儿心跳得厉害，姥娘的话叫他真的担心起来，姥娘一年年老了，那一天越来越近了，他不敢想，他不能没有姥娘。可他没有本事留住姥娘，只有求告燧娘娘了："好心的燧娘娘，叫我姥娘再留几年儿，等着我跟她一块儿去吧！燧娘娘，叫我姥娘留下吧！姥娘啥时候走，我也啥时候走……"求到后来，他也不知道是为姥娘求生，还是为自个儿求死了。

男人们吆喝着驴拉了一天碌碡，麦子地全碾瓷实了。大娃带着一帮孩子下来了，庖牺问："你们都吃了？"孩子们说吃了，庖牺说："那我们就回去了，天黑丑妞儿爹下来换你们。绷雀儿的时候，前后左右都看这点儿，别绷着人了！"孩子们答应着散了，地里、坡儿上可世界找雀儿。

吃了后晌饭，跟往常儿一样儿，庖牺下山要去地里转悠转悠，白小儿摆治他的弓，白妞儿绑上腰机，庖牺娘收拾锅碗瓢盆儿。突然庖牺娘磕膝盖儿一软摔了，端着的一摞碗稀里哗啦全砸了。俩孩子放下手里的活儿，赶紧跑过来搀扶姥娘。庖牺娘坐在地上，一只手捂着脸，闭着眼，俩孩子半圪蹴半跪在她跟前儿，抓住她的手，一递一声儿问："姥娘，您没事儿吧？"庖牺娘定了一阵儿，才说："没事儿，甭怕！"声音透着虚。白小儿白天求告，燧娘娘没答应，他觉得出来，姥娘要出大事了，倒沉静下来，趴在姥娘耳边儿说："我去叫娘回来吧？"庖牺娘点了下头，脸灰得吓人，脑门子上渗出了水珠子。白小儿感到嗖嗖凉气，不敢耽误事儿，起来飞也似的跑了。

剩下白妞儿，攥着姥娘的手一个劲儿问："姥娘，没事儿吧？""姥娘，喝水吧？"庖牺娘微微睁开眼，问："你娘还没回来？"白妞儿说："我哥叫去了，娘走不远儿，这就回来了。"

正说着，庖牺急急火火赶回来了，一脚摔进来，扑到她娘身边儿，嗓音儿都变了："娘，哪儿不好？"攥住娘的手，一股寒气透进骨头里。她娘问："小儿呢？""叫他干娘去了。"她娘说："估摸着没事儿，一会儿就过来了。万一有个啥，妮子，你记着，把你爹的骨头刨出来，跟我埋一坑儿里，埋在沟儿跟咱黑小儿旁边儿。还有，你这活儿，往后别交给女人干了。"庖牺感到不详，赶紧扶着娘，叫她躺下。她娘说："我想出去拉泡屎。你们俩扶我起来。"庖牺说："妞子，快给姥娘拿个盆进来！"白妞儿拿了个瓦盆儿来，庖牺给娘解了带子，扶她坐到盆儿上。

这一泡屎泻了底气，要了庖牺娘的命。

白小儿一口气跑到冷妮子家，岨儿说："我回来，家里一人儿也没有，想着她们娘儿俩准是去伺候三七园子去了，饭都做好了，还没回来。"白小儿顾不上说话，掉头就跑，淌过清水溪，直着奔园子去了。一路儿跑，一路儿喊："干娘！妞妞！"等听见回音儿了，他就扯着嗓子叫："干娘，快！快！我姥娘摔了，娘叫您快去瞧瞧！"

等冷妮子气喘吁吁赶来，人都凉了。庖牺骂白小儿："你死去啦？这么近点儿道儿，叫你磨磨蹭蹭把姥娘送上天啦！"白小儿眼前一黑，只觉得天塌下来了，就啥也不知道了。

冷妮子正拉着庖牺娘的手摸脉，庖牺说："晚啦！人都走了半天啦，趁早儿先摆治小冤家儿吧！这个时候尽添乱，嗨！"冷妮子就放下老的，赶紧摆治小的，掐了虎口掐鼻子下头，一边儿摆治，一边儿劝庖牺："你消消火儿！这时候全仗你顶着呢，别急，小儿没大事儿，一会儿就过来了。"

白小儿过来了，浑身又凉又黏的汗，满脸清泪，眼里全是痛苦的怨："干吗把我拽回来啊？"喊了一声儿"姥娘！"一口血喷到冷妮子身上，吓得白妞儿哭了。庖牺又气又急，骂道："哭！哭！瞅着我还没死，哭吧！"回过头来瞧冷妮子忙活白小儿，问："要命吗？嗨，见死见血的，都叫我们家摊上啦！"冷妮子见她心乱神慌，就说："小儿是血闷心，喷出来就好了。今儿个事儿都赶一块儿了，家里乱，你别着急，事儿再多，一样儿一样儿来，都过得去。"

丑妞儿呼哧呼哧跑来了，俩胳膊上挎俩药篮子。冷妮子说："妞妞过来，再瞧一眼姥娘吧！"丑妞儿走到庖牺娘跟前跪下了，叫了一声儿"姥娘！"就哽住了。庖牺明白过来错怪了冷妮子跟儿子，就在丑妞儿身上找补："妞子，甭难受，姥娘活得太老了，燧娘娘叫她去了。"又对冷妮子说："自打月儿姨跟舅舅走了，我娘就没诚心慌儿了，老是说：'一个个儿都走了，剩下我个老妖精干吗啊？'今儿个，她也料到了，把后事都交代了。"冷妮子细细问了问，庖牺一一说了，最后说："我娘走得挺快，一点儿罪也没受。"冷妮子心里难受，说："临了儿姨也没能见我一眼，早知道今儿有事儿，我就不出门儿了。嗨，人的命，攥不住啊！"

庖牺说："那一茬儿人里头，就剩下我娘一人儿了，娘说都叫她去哩，她也念叨我爹了，临走嘱咐把她跟爹葬一块堆儿。"

冷妮子说："姨给咱雷泽的好儿大了，又是咱雷泽寿数儿最高的了，受了几辈儿人的敬重，咱得好好儿送送她，至少也得跟瞎姥娘那样儿，装个木头。"

庖牺说："唉，娘对我们家的好儿也大了去了，这些年要不是娘忙活这个家，拉扯俩孩子，我在外头也干不好。"

白妞儿满脸是泪，抽答着说："我真不是人啊，吃了饭咋就不知道拾掇拾掇呢？姥娘伺候了咱们一辈子，临了儿还伺候咱。"

庖牺这才看见白小儿不在了，心里一急，起来就往外跑，白妞儿也跟着追出来。

大人的话，白小儿一句也没听进耳朵去，躲到他跟姥娘住的窑儿里。白妞儿听见动静儿，小声儿对庖牺说："娘别进去了，回那边儿看着姥娘去吧！我去瞧瞧哥。"

进去一瞧，白妞儿吓坏了：白小儿像一条疯了的狮子，一个劲儿往墙上撞头。白妞儿一把抱住他，哭着说："哥，你这是干吗啊？"白小儿捂着脑袋说："妞子，咱没姥娘啦！"说着就哭得不成声儿了："姥……娘啊，您咋……不等等我啊？姥娘……回来！回来啊！回来……拽上我！"白妞儿抱着哥哥的脑袋，兄妹俩哭成了一团儿。

冷妮子过来了，劝俩孩子："姥娘是喜寿，都别难受了！这个时候，该好好儿服侍你们娘才是。她这会儿硬撑着呢，说垮就垮，身边儿不能没人儿。妞子，你先过去看着你娘，我一会儿也过去商量姥娘的后事咋办！"她是过来人了，知道庖牺这会儿撑着多大的劲儿。

白妞儿去了，冷妮子说白小儿："你先在这儿躺会儿，啥都甭想，好好儿静静心，到时候好送姥娘去。"白小儿管不住眼了，泪像雨似的哗哗地流，哽咽着说："丁娘您过去吧，瞧瞧我娘那儿咋了，我缓缓儿也就过去了。"冷妮子这才宽了宽心，说："小儿真懂事儿！那我就过去了。"

冷妮子走到那边儿窑里，丑妞儿她爹也过来了。他等着冷妮子娘儿俩，老也等不回来，过这边儿来，才知道庖牺娘没了。冷妮子说："她爹，你来得正好儿，眼前没个男人，小儿又犯了病儿。妞妞，去把你舅舅跟姨也叫上来！"丑妞儿答应一声跑了。庖牺想了想，叫白妞儿："妞子，去把你条子哥也叫过来吧！"

等孩子走了，庖牺问冷妮子："小冤家儿没事儿吧？"冷妮子说："事儿倒是没事儿，孩子一下子受不了，动了心气儿，叫他先缓缓儿吧。他倒说了，一会儿就过来。"庖牺说："过来干吗啊？还不够添乱的！"冷妮子本来想说庖牺两句什么，想想不是时候，就把话咽下去了。

一会儿黑子两口子来了，进门儿雨儿就安慰庖牺，黑子问："有啥活儿你就说吧！"接着蛋蛋、根儿、拴拴、清水还有好几个男人都脚前脚后来了，全扛着木头锨、石头镐。庖牺问："条子呢？"人们都说是炭条儿找的他们，怕乱，不叫女人孩子跟过来，这会儿许是又找人去了。白妞儿说："条子哥找人去做木头了，说下头晒谷场棚子里有做碌碡框子剩下的板子跟条子，全是硬材。"

庖牺见喜子、三娃、柱儿几个管她叫师娘的都还没来，想炭条儿准是找他们去了，就说白妞儿："叫你叫人去，你咋叫人家做木头去了？"白妞儿说："我没说，我说干娘说的得给姥娘装个木头。我还说了，姥娘要跟姥舅埋一坑里头。条子哥说，'得做俩木头。'"庖牺叹道："你啊，真会支使人！"冷妮子说："难得妞子说得这么清楚。这么着吧，人都下去吧，一拨儿去取小儿姥舅的尸骨碴，一拨儿去丁香林子挖坑，离小儿他爹近点儿。庖牺你看还有啥交代的？"庖牺说："谢谢大伙儿了！来了这么多人，咱快干快了，明儿地里还有一大堆活儿哩。"

人们走了，岨儿跟庖牺商量："等忙活完了，我跟着送姨，就不回来了，这会儿先不下去了。"庖牺说："差点儿忘了，得亏你给我提了个醒儿。妞子，你这会儿下去一趟，叫大娃领着那群孩子回来吧。"冷妮子问："小孩子家家，在下头干吗呢？"庖牺说："看地打雀儿。"岨儿问："我咋一点儿都不知道哩？"冷妮子嗔道："啥事儿非得你知道？"庖牺说："今儿才兴的，我跟大娃说好了的，天黑了妞妞她爹下去换他们上来。这些日子就这么着了，地里白天黑夜不断人。"

俎儿想起来，问庖牺："你们一家子吃了后晌饭了没？"庖牺说："我娘就是伺候我们吃了，又拾掇锅碗瓢盆儿，一个跟头摔过去了。嗨，瞧我这没心的！妞妞娘儿俩忙乎到这会儿，还没吃哩。你们先回去垫补垫补，我这儿乱哄哄的，改天再请你们跟雨儿两家人来。"

雨儿说："嗨！这会儿还顾得上说这些个！咱快给姨拾掇拾掇吧！穿啥呀？"庖牺说："我娘没件儿像样儿的衣裳。腰机上有不到一个布，是妞子给她姥娘织的，凑合缝缝吧！嗨，我这辈子对不起我娘啊！"

两人拉下布来，庖牺缝上，雨儿缝下。俎儿出去砍松明子。白小儿、白妞儿过来了，庖牺问白小儿："你好些儿啦？"白小儿说："我没事儿。"递给他娘一块儿磨得光乎乎的绿石头，说："姥娘黑间老是攥着这块石头，给姥娘带走吧！"庖牺认出是爹给娘的那块"璋"，叫娘攥得摸得熟了，手上的汗跟油进到石头里，影影绰绰像活物儿。她把石头放到白小儿手里，说："小儿你先拿着，等装木头的时候记着搁姥娘手里。"

白妞儿跪到地下，给姥娘梳头，眼泪像清水溪，止不住地流开了。梳好了头，又湿了手巾给姥娘擦脸，把脖子、颈子、耳根子都擦净了，连耳朵眼儿都拿小手指头儿给转干净了。

都拾掇好了，穿好了，炭条儿、喜子、三娃、柱儿抬着做好了的木头来了。庖牺跟雨儿把人抬起来放进去，白小儿把绿石头搁到姥娘手心儿里，帮着那不会动了的手攥起来。板子盖住了，楔子砸下去，白小儿放声哭起来："姥娘啊啊啊……亲姥娘啊……啊啊啊……"

哭声划破黑夜，在坳里跌跌撞撞转悠。男女老少都来了，给雷泽的老大娘送行，一根根松明子跳着过来，汇成了红花花一片火林子。

岨儿抱来一大捆松明子，分给众人，给下山的老大娘照路儿。起身了，炭条儿、柱儿、三娃、喜子抬着木头，庖牺跟俩孩子扶着，后头跟着一条火的河。火在风中突突地跳，火里风里夹着大人孩子的哭泣。

快到丁香林了，瞧见了通明的火光，白妞儿觉得娘身子筛得厉害，紧紧地搂住娘的胳膊，叫了一声："哥，扶住娘！"白小儿连自个儿都顾不住了，哭得有气儿没了音儿，脑袋空空的，身子打晃儿。

庖牺爹的骨殖已经等在那儿了，黑子上前扶住庖牺，小声儿说："庖牺姐，再看一眼舅舅，就楔上木头了。"木头里一堆白骨，庖牺牵住俩孩子的手，跪在爹的木头跟前，磕了仨头，说："爹，我把娘给您送来了。"板子盖住了，叮当几声楔死了，抬进挖好的大坑里。

庖牺娘的木头也抬进去了，并排儿睡着。庖牺说："爹，娘，在天上看着我们吧！"白小儿突然跳起来，大声叫着："姥娘等等我！""咕咚"扑进坑里。庖牺的心碎了，哭着喊："小儿，你给我回来！"就往坑里爬。白妞儿吓得大哭，哭了姥娘叫娘，叫哥。庖牺像疯了一样儿，央求白小儿。白小又不知道事儿了。人们都跟着哭，不是可怜这家人，而是哭那个再也不回来了的好人。年轻人都知道她的好儿，上岁数儿的更知道她的好，她叫坳子里人使上了锅、碗、瓮、盆儿。

冷妮子抱住没了气儿的白小儿，紧着一通儿摆治。白小儿睁开眼时，姥娘已经黄土盖住了。

夜凉了，庖牺打起精神，谢了众人，说："大伙儿都回吧！明儿地里家里还一大堆活儿哩。我们一家子再待会儿也就回去了。"人们嘱咐了他们保重，陆陆续续都回了。

岨儿留下看地，一劲儿劝庖牺她们回去，说："我这儿给姨守灵了，你们娘儿仨放心回吧！"白小儿要留下一块儿守灵，妞儿说："小儿啊，你可是你自个儿的人啊，得自个儿心疼自个儿啊。打今儿起，你就是大人了，家里就你一个男人，你得撑得起来。回吧，别叫你娘着急！"

白小儿说："娘，妞子，咱回吧！"

白小儿的窑洞里空空荡荡的，这儿从此剩下他一人儿了。后半夜儿白小儿醒了，身边儿有人出气儿。他以为做了一个噩梦，姥娘这不好好儿的吗？姥娘翻了个身儿，白小儿叫了一声"姥娘！"他想告诉姥娘那个吓人的梦。

"哥，我是妞子。咱没姥娘了。"

白小儿彻底醒了，梦是真的，姥娘真的走了。他问妹妹："妞子，你咋不跟娘那儿睡，上这儿干吗来啦?""娘叫我过来的，娘那儿有干娘陪着。哥，别老难受啦，叫人挺不放心的。娘还要管好些事儿，咱别让她着急了。"

白小儿应了声儿："哎，睡吧！"自个儿却咋也睡不着了。听着妹子睡着了，他起来，又下山去了，他要跟姥娘说话儿，八九年了，哪回睡不着了，他都是跟姥娘说话儿，有时候说着说着睡着了，有时候一直说到天亮。

# 第三十八回

## 疗心伤医者施良药
## 患项疾病人获冷言

姥娘回来看白小儿了，两条腿上全是新黄土。白小儿心疼地问："姥娘累了吧？走了那么远的道儿。"

"姥娘不累，小儿，你这两天咋不好好儿吃饭呢？"姥娘挺着急。

"这世上就姥娘一人儿疼我，姥娘一走，我啥心事儿也没了。姥娘，叫我跟着您去吧！"

"别瞎说！你才十六岁，且活呢。"

"姥娘，没有亲人，活着不好。"

"小儿咋这么说话儿啊？你娘不是亲人？妞子不是亲人？你娘生你遭了多大的罪啊，把你养这么大容易啊？你个没良心的！妞子跟你一块儿在娘肚子里长大，一块儿脚前脚后爬出来，疼你就跟疼她自个儿似的，咋就不是亲人了？"

姥娘说得是，娘疼他，妹子疼他，白小儿叨叨着："没良心！

没良心！我没……"突然，娘的巴掌劈头盖脸抽过来，白妞儿的骂声在他脑袋里炸了："眼斜心不正的东西！"白小儿抱着脑袋在地上打起滚儿来。

姥娘知道他又犯病了，慌里问："小儿，脑袋疼啊？来，姥娘给捏捏！"

姥娘两只手扣在他眼窝上，一边儿四个指头并排往两边儿捋，捋了眼窝捋眉骨，捋了一阵儿，白小儿脑袋不那么疼了，睁开了眼。姥娘十根儿指头又在他脑袋上捏起来，从梆儿头捏到顶心，又打顶心捏到后脖颈子。白小儿脑袋顿觉清明，姥娘还在捋耳根子、抻耳朵，白小儿不忍心了，攥住姥娘的手说："头不疼啦，姥娘歇歇儿吧！"

"眼窝还疼吗？"听着咋是干娘问他呢？

白小儿一惊，问："干娘，您咋挨这儿啊？"

"你娘怕你一人儿睡不着觉，让我陪你两宿。小儿，这会儿好点儿了吗？"

姥娘走了两天，白小儿扎过清水溪，跳过清水河，得亏他娘叫白妞儿不离身儿盯着，没敢耽误救了上来。昨儿黑间娘陪他睡的，白小儿白天折腾累了，一宿睡得挺好，可是早起醒来，就不行了，身子一挺，眼翻翻上去，又是抽筋儿又是吐白沫子。他娘叫了冷妮子来，给摆治过来了。冷妮子对庖牺说："孩子叫你吓怕了，你还是别再过去了，今儿黑间我陪他吧。"

冷妮子换了地方睡不着觉，想着白小儿的事儿，见白小儿搂着脑袋翻腾得难受，就给他捏吧捏吧。

白小儿挺不好意思，说："干娘给摆治的，一点儿事儿也没啦，干娘回家吧！"

冷妮子说："呵呵，好了就轰姨走啊？黑更半夜的。"

白小儿不知道说啥好了，他本来就不爱说话，这时候更张不开嘴了，只好假装睡着了。装睡比睡不着更难受，睡不成，又不敢动弹，直想咳嗽，越憋越难受，最后还是咳出声儿来了，装不成了。

冷妮子说："小儿，睡不着，说说话儿吧！"

白小儿"嗨"了一声儿，就没话了。这世上除了姥娘，他再没有一个能说话儿的人，九年了，跟家里没话，外头更没话。庖牺知道对不起儿子，那一巴掌打断打绝了亲情，小儿见了她就怕。白妞儿的一句"眼斜心不正"，像一把锥子，在他心上攮了九年。一块儿玩儿的孩子们都不叫他的名儿，叫他"斜眼儿"，打架急了就骂他"斜眼儿狼"、"害亲兄弟的"、"孽障"。白小儿受不了，再不跟他们玩儿了，话也越来越少了，一天的话都攒到黑间，倒给姥娘听。

"小儿，"还是冷妮子先开口了，"人吃了饭要拉屎，喝了水要撒尿，跟人共事一块儿干活儿要说话，不拉不尿不说会憋出毛病儿来，是吧？"

"嗨。"

"小儿，想啥哩？"

"没想啥。"

"不对，干娘知道你想哩。"

干娘是巫婆儿，白小儿打小儿就敬着干娘，他知道瞒不过这人，就说："没劲，算啦！"

"小儿，啥没劲？啥算啦？"

"我没劲，死了算啦。"

有门儿！冷妮子就怕他不说话，听他说话了，说的是实话，赶紧接茬儿往外引："小儿咋这么想呢？好齐齐个人儿，咋说自个儿没劲呢？"

"嗨！"白小儿叹了一声，又没话了。

"小儿啊，我听过好些人夸你呢。"

白小儿没搭茬儿，他不信会有人夸他。

"小儿，夸你的人多啦，大人说孩子，都爱说：'瞧人家小儿多懂事儿！一天到晚不言不语儿的，就知道干活儿。'大娃娘就当我面儿说过：'瞧人家庖牺多造化，我们大娃要是有人家小儿两分，我就知足了。'丑小儿娘也老提你，叫丑小儿跟你学着点儿，多干活儿，少说话。"

白小儿没说话，他不知道该说啥。

"小儿啊，我还没听见过谁说你不好的，这么多人待见你，你咋说自个儿没劲呢？"

"嗨，就是没劲。"

"咋没劲呢？"

"嗨，我娘那年一巴掌把我打死了就好了，给黑小儿抵了命了。"

"小儿，你咋这么想呢？你又不是成心害死黑小儿的，打死了你，你娘可要背一辈子罪名儿了。小儿，你这么想对不起你娘啊，说得难听点儿，心太狠了。你娘为那一巴掌，后悔了这么多年，啥时候都说起来，都说'我对不起我们小儿他爹。'见谁家大人打孩子，都拿这说事儿。"

"可是小时候，连孩子都骂我是害死亲兄弟的斜眼儿狼。我知道自个儿不是好人，眼斜心不正。"

"小儿，这我可要说你啦，一句话你记了这么多年，人家说你好的话你咋不记呢？"

白小儿想不起自个儿有啥好儿，也不知道人家说过他啥好儿。

"小儿啊，人都有说错话的时候，何况是孩子呢？小时候听了一句话就记到今儿个，说话的人早忘了。就说妞子吧，那是你的半拉啊，待你还不跟待她自个儿一样儿？人前人后护着你，小时候儿为了别人家孩子骂你'斜眼儿'，她可没少跟人干架。小儿啊，不能光听谁说啥，还得看他干啥。妞子可没干对不起你的事儿啊，你真不该记恨她。"

白小儿说："是我对不起妞子。"

冷妮子说："不光是对不起妞子，也对不起你娘，这两天她担惊受怕的，为你操心操大了。这日子口上，本该你为你娘操心的，你想想，你娘容易吗？刚没了你姥娘，你又寻死觅活，她受得了吗？还别说经由着好几千口子的事儿。小儿啊，你也不小啦，往后得多替你娘想想才是。你娘就你们俩亲人了，往后还得靠你们呢，你可得像个大人样儿啊。"

"嗯。"

"小时候的事儿，小时候的话，忘了吧！记着没用，还坏事儿。"

"嗯。"

"多想些个好的，多记些个好的，人的心就那么大，留着装好的。"

"嗯。"

"小儿，干娘能信得过你吗？"

白小儿想了想，"嗯"了一声儿。

"小儿，该干吗干吗，不该干吗不干吗。"

"嗯。"

"不要再想死了，啊。"

"嗯。"

"跟你娘，跟妞子多说说话儿。有话别憋着，心就开了。"

"嗯。"

"小儿，你今年多大了？"

"十六了。"

"你娘跟你这么大的时候，给咱雷泽人造了多少福了，结网罟，造弓箭，养猪羊，种麻谷；你爹跟你这么大的时候，一人儿进山灭了杂种，打这养起了狗。你娘你爹干的都是开天辟地没有过的大事，你是他们的后代，应该更有出息才是。"

白小儿没有再"嗯"，他在想干娘这番话，越想越愧，攥起拳头，"咚咚咚"捶脑门子。

冷妮子知道他开窍儿了，也不劝，放心睡了。

从那以后白小儿饭量长了，几天工夫儿变了个人儿，话虽然还是不多，可是脸上有了光，眼里有了神儿。庖牺嘱咐白妞儿后晌摊一篮子煎饼，说是要谢谢干娘。

收工回来，庖牺顾不上吃饭，扛了捂着盖着的煎饼篮子去了冷妮子家。冷妮子说："你可有日子没上我们家来了，来了就别走了，我这就做饭。"庖牺一掀篮子，煎饼的香味儿蹿了出来，"甭做啦，趁热儿吃。"

岨儿回来了，还没进门儿就喊："好香啊！"冷妮子说："庖牺给咱送煎饼来了。"岨儿见了庖牺，呵呵笑着说："瞧你这一脸喜气，有啥好事儿啊？"庖牺说："他干娘把白小儿摆治好了，我登门儿道谢来了。人好不如命好，你啊，跟着巫婆儿掌等着吃好的吧。呵呵。"岨儿说："她摆治啥啦？人小儿本来就没病嘛，不就是心病嘛？说一篮子话儿，换一篮子煎饼，她那嘴取贵，嘿嘿。"

冷妮子说："我瞧小儿是真有病，不光是心病。我也不知道啥药儿能治他这病，往后还不知道咋样儿哩。"庖牺说："就他这会儿这样儿，我就知足了。得亏有你这个好巫婆儿啊！"冷妮子说："我治了他一时，治不了他一世。小儿也不小了，该找个人儿了，有个说话儿的人儿，他这病儿也许能除了根儿。"

庖牺说："这正是我一块心病儿，小儿嘴闷，跟人说不上话儿，更甭说找妮子了。嗨，当娘的操不完的心！这事儿还得靠你给张罗点儿。"

冷妮子笑了："嘿咿，男人女人的事儿，自古都是自个儿找，咋打你这儿兴开张罗啦？"

庖牺苦笑道："兴是不兴这个，算我求你啦。"

冷妮子没再接话儿，把个庖牺给尴那儿了。还是姐儿给解了围："咱两家儿，还说求啊？咱几个都给小儿经个心。"

庖牺临走问了句："妞妞呢？"冷妮子说："后山采药去了，天黑了也不知道回来，嗨，叫人担惊受怕的。"庖牺一出门儿，正好儿碰上丑妞儿。丑妞儿被背上的药篓子压弯了身子，没瞧见庖牺。庖牺上去帮她卸药篓子，她竟叫了声儿"娘！"庖牺说："姨要是有你这么个闺女儿，那可是造化了！"丑妞儿说："哟，是大娘啊，咋见我来了就走啊？"庖牺说："瞧这妮子这嘴儿，多会说话儿！我见了你还真走不动道儿了呐。"冷妮子说："瞧这一声儿'娘'把你叫得美的！这就走不动道儿了？走不动了就回来，回来吃煎饼！"庖牺说："不啦，家里那俩还等着我回去吃饭哩。"

庖牺到家没见白小儿，心里一紧，问白妞儿："你哥呢？"白妞儿说："我哥卷了张煎饼，拿着大弓找条子哥去了，说条子哥说好了，帮他贴上牛角片儿。"

白妞儿是娘的贴心肉儿，庖牺有啥话都跟她商量，这就把刚才托冷妮子给白小儿张罗的事儿原原本本说了一回，还说："我咋觉得你干娘有点儿躲咱似的，许是觉得你哥不配她家妞妞吧？"白妞儿说："嘿呀，我哥要是跟人家妞妞好，那可是他的大福气啦。干娘躲不躲的没关系，只要妞妞愿意就成。"庖牺说："我出来的时候正碰上妞妞回来，没看清人儿，叫了我一声娘。嘿呀，我心里那叫一个喜欢。"

白妞儿一拍手，说："好兆头儿，娘，这事儿交我啦，我说啥也得叫她家妞妞真管您叫了娘！"

"你能张罗了这事儿，敢情好了！"

"我才不张罗呢。"

"不张罗，你哥那么个肉人咋行？"

"娘，妞妞跟我好，我想法儿叫他们俩说上话儿，一说上话儿就好办了。"

"能得你！娘可就瞧你的啦！你哥出不去，你也别想招人儿进来！"

"娘说着了，我正不想招人儿哩。"

娘儿俩正说着，白小儿回来了。白妞儿问："贴好了?"白小儿说："贴好了，条子哥留了几年的一点儿牛角，全给贴上了，削得那叫一个薄。"庖牺说："锅里给你留着煎饼哩，趁着还热乎儿，快吃吧!""娘，在条子家里吃了。"庖牺说："你也是，非赶上吃饭的时候上人家去，多不懂事儿!"白小儿说："娘，是条子哥专意儿请我的，他们家也摊的煎饼。赶明儿咱也请请人家，有来有往嘛。"庖牺心里一阵热，炭条儿不光是为了贴弓啊，小儿太需要跟人交往了。

庖牺经了一场一场的事，渐渐觉得心不够用的了，到底儿是三十开外的人了，岁数不饶人啊。她记着娘临终的嘱咐："你这活儿，往后别交给女人干了。"这也是她老结记着的事儿，可是像死了的冷妮子爹那样儿的男人还真难找。她试着撒手一些地里的活儿，叫炭条儿经着些心，自个儿暗里看着。沟儿这个徒弟，还真是块料，说跟师娘商量个啥，准准儿跟她想到一块儿去。庖牺越来越撒手了，后来把闲下来打猎的事儿也交给了他管。炭条儿有主意，行事也叫人信服，顶上冷妮子爹在的时候了，庖牺肩膀儿轻了不少。


柱儿一觉醒来，脖子不能动了，肩膀儿也跟鞭子抽了似的，又紧又疼。黑娃娘给摆治了半天，越摆治越疼。柱儿说："算啦，你这手不行，别治聋子治成了哑巴，还是快点儿去接人姐姐娘过来一趟吧！早点儿摆治好了，地里还一大堆活儿等着哩。"黑娃娘对黑娃说："你先挨家伺候你爹，等我回来再走。"

黑娃娘出了门儿，没走多远儿碰见了大娃跟几个半大孩子。大娃问："秋姨，黑娃今儿不来了?"黑娃娘说："他爹落枕了，疼得动不了窝儿，黑娃这会儿在家守着。我去找妞妞娘去，黑娃随后就去。大娃，跟你爹说一声儿，黑娃爹前晌去不了了，去了干不成活儿，倒给添乱，挨家磨石头啦。"

大娃答应了一声，带着孩子们下去了。牛犊儿说："啥了不起的，落个枕就不能动了？"星儿嘿嘿直笑，牛犊儿说："你笑啥？我说的不对是咋的？"星儿说："我笑你不懂人家两口子的事儿，黑娃娘这是真心疼黑娃爹啊，赶明儿咱也找这么个会心疼人儿的当家的。嘻嘻。"

冷妮子来了，给柱儿摆治了一通儿，疼得柱儿龇牙咧嘴的。摆治完了，好受多了，就是脖子还发僵。冷妮子说："且得对付儿天呢，病嘛，来得急，去得慢，好在不碍大事儿了。"柱儿说："得亏冷姨来了，要不，指不定多受罪呢！"黑娃娘非要留冷妮子吃饭，冷妮子说："甭这么着，有事儿叫我一声儿就行了。"

吃了前晌饭，柱儿要去地里。黑娃娘说："直着个脖子，去干吗呀？我叫大娃告他爹了，说你动不了窝儿，前晌在家磨石头。"柱儿说："你也真是的，我成了泥人儿啦！"说着就要走。黑娃娘说："我可是当着一大堆孩子说的，你这一去，叫我把脸往裤裆里放啊？"她这么一说，柱儿只好作罢，抠饬起耒耜来。抠饬了一阵子，瞅个空子溜下山了。

大娃把黑娃娘托的事儿给忘了，炭条儿一见柱儿，眉头皱起来说："都啥时候了才来！"要是别人，炭条儿也许会问问有啥事儿没，跟柱儿就直来直去了。平常这么着惯了，谁也不往心里去。这回柱儿可吃了心了："这是干吗呀？我有病你又不是不知道。"他这么想，可是没说出来，越想越别扭："我直着个脖子下来给你捧场子，你反倒不把我当人了。"越想越气，只是使劲地干活儿，一天也没吭声儿。

到了黑间，柱儿脖子疼得要命，黑娃娘说："叫你在家磨石头，你偏下地去，累着了吧？"柱儿说："明儿打死我也不去了。"

黑娃娘说："就是嘛，我再去接一回妞妞娘。""算了吧，这么晚了，又不是啥大不了的，反正我明儿挨家待着就是了。"

柱儿是地里的壮劳力，他一天不来，还真显山显水的。炭条儿觉出这是冲着他来的，心想这小子真不够哥们儿，瞅我忙得脚不着地的，不说衬着点儿，还成心拆伙，我倒要瞧瞧你能赖几天！收工的时候，喜子跟他商量："条子哥，柱儿身上误（不）好，咱一块儿去瞧瞧他吧？"炭条说："我七事儿八事儿忙不过来，还回不去，你跟三娃先去吧！"

喜子、三娃相跟上来到柱儿家，见柱儿正在门外头磨石头，喜子就问："柱儿哥，好些了啊？"柱儿应了声儿"嗨"。黑娃娘在灶坑边儿忙活，插嘴说："也不知道哪根儿筋儿不对付了，昨儿个疼得动不了，我去请了人妞妞娘，又当着好几个孩子面儿跟大娃说了，叫他告他爹说前晌去不了了，谁知道他不管不顾，直着脖子去了，这不成心叫孩了们笑话我嘛？今儿个他倒不去了，问啥也不说，一张嘴就饯人，这不成心挨家跟我怄气吗？"

三娃说："秋儿姐，柱儿哥哪儿是跟您怄气儿啊，昨去了地里，叫条子呲打了一顿，嗔咄他去晚了。您想想，他那气儿能顺得了吗？搁我今儿也不去，都是娘生爹养的，谁受他这个啊！"黑娃娘说："合着大娃忘了告他爹了，怨不得人家嫌他去晚了。"三娃说："秋儿姐咋这么实诚啊？就算是大娃忘了说，那些个孩子就没一个记着的？"喜子说："孩子文（们）记事儿哪儿靠得住啊？条子哥也许真误（不）知道，要是知道咋能那说话呢？"三娃说："要是不知道，他该问：'柱儿哥，有啥事儿吗？咋这会儿才来呀？'就因为知道，他才敢呲打人呢。"喜子眨巴着眼说："这我可就误（不）明白了，条子要是知道柱儿哥有瓮（病），还不问问咋回事儿，干得了活儿干不误（不）了？"柱儿也愣愣的。

三娃说："你们还当他是先前的条子呢？自打管上了点儿事儿，他还顾咱谁啊？一心就想着讨好师娘了。他哪儿还把柱儿哥的病儿搁心上啊？昨儿对柱儿哥就差说了：'不就是落枕嘛？至于吗？'喜子，别拿谁都当哥们儿啦，人嘛，也有变的时候，你们慢慢忖度吧。"喜子说："误（不）至于吧？条子哥事儿多，一时想误（不）到，说话难听点儿，是有的。咱都是一个师误（傅）教出来的，成娃跟着师傅去了，就剩咱几个了，都卧（勿）疑心了。"黑娃娘也说："三娃多心了，我瞅条子不是那号儿人，往后把话说开了就没事儿了。"

三娃鼻子里哼哼两声儿，说："算我心歪，喜子，我问你，刚才你叫他一块儿来看柱儿哥，他咋说来着？"

喜子说："他说眼下七事儿哇（八）事儿一时脱误（不）开身儿，叫咱俩先过来。"

三娃说："他可没说他随后也过来，我敢打赌，赌两样儿，头一样儿，他小子这会儿准在师娘那儿，不定说啥哩，哼！"柱儿皱了皱眉，问："还有一样儿呢？"三娃眯缝起眼儿来说："还有一样儿我敢赌，他今儿不会来瞧你，不信你就等着。"柱儿呸了一口，说："你当我稀罕他来瞧我哩，哼，不来更好，省着叫人心烦！"

炭条儿确实去了庖牺家，商量收麦的事儿。"师娘，这么一大片麦子地，慢慢儿割人手儿是够了，可是不知道老天爷靠得住靠不住，一场雨下来，可就惨了。"庖牺说："收麦是眼下最大的事儿，误了啥也不能误了收麦。要多少人，你只管说，要啥样儿的，你只管挑。""有师娘这话就行了，开头儿几天用人多，是男人我都要，筷子上能腾出手来的都来吧！有劲儿的妮子们也要，女人们有场上的活儿，我就不要了。"庖牺一听，暗暗叫苦："好小子，把人都要绝了！"可是大话已经说下了，不好改口，就说："这几天人都尽着你用，收了麦，筷子上的回筷子，妮子们回场上。你们紧着再种一茬儿豆子，完了事儿拨给人家筷子上一批人，剩下的都进山开石头。"炭条儿自是一口答应，又跟白小儿说起话儿来。

　　白妞儿做好了饭，招呼炭条儿："没啥好的，条子哥凑合着瞎吃点儿吧！"炭条儿起身说："不啦，回去晚了，家里该惦记了。"是吃后晌饭的时候了，炭条儿肚里直咕噜，紧着朝家走去。

　　炭条儿早上起得早，吃了饭人就乏得不行了，倒头便睡，把要去看柱儿的事儿忘了。

　　柱儿想着炭条儿咋也会过来一趟，吃了饭就跟黑娃娘商量，他来了该咋说。黑娃娘说："今儿不去地里是你没理，你就甭言语了。他来了问起你的病来，我就先把昨儿个的事儿学说一过儿，再提提跟大娃说了的事儿，这咱就知道大娃跟他说过没说。然后我再说你趁我没瞅见下去了，后晌回来就不好受，今儿早上起不来了。原想着一会儿就好了，谁知一天都没过来。就这么说了！"柱儿想着也只能这么说，就说："由你吧！昨儿个他欠我的，今儿个我欠他的，这一来谁也不欠谁了。"黑娃娘说："找齐了就好，往后别使小性子闹别扭儿了。师娘一人儿不容易，条子刚学管事儿，有个不周到的，别往心里去就行了。喜子说得对，成娃跟着帅傅去了，就剩你们四个人了，都别瞎疑心了。男人家，心里没个缝儿还行？"

　　听当家的这么一说，柱儿倒觉得自个儿不是了，想着等炭条儿来了，说两句软话儿和了。谁知左等不来，右等也不来，直等到三星儿都出来了，瞧着不会来了，黑娃娘说："睡啦，不等啦。"

　　柱儿睡不着了，问："他娘，条子这人这么小心眼儿，你说，明儿个我……"

　　黑娃娘说："明儿个咋了？他不给你铺这个坡儿，你还不跳下来了？"

　　柱儿说："这会儿思磨着，三娃的话还是有理，条子这人是不行了，打这儿，他是他，咱是咱。明儿我求求师娘，往后叫我去筏子上得了。"

黑娃娘说："你们哥俩儿闹别扭，找人师娘干吗呀？没得叫师娘笑话。"

"他三天两头儿找师娘也不怕师娘笑话，我百年不遇找一回咋就不行了？"

"你知道他找师娘说啥来？人家商量的是种地的事儿，这会儿活儿正忙，他还顾得上说你们这些破事儿？就算他说了，师娘也不会听，师娘不是听小话儿的人，谁找她说人是非谁倒霉。"

"我又不说谁是非，我就是要换个活儿。"

"师娘那么透亮儿的人，能听不出来话音儿？他爹，咱不干这事儿，别的不取贵，咱这张脸可取贵，别让人瞧不起。嗷，男人家见识浅，光顾鼻子不顾脸。"

第二天，炭条儿照例头一个到了地里，不大会儿，三娃也来了。炭条儿一见他，想起来昨儿个忘了去看柱儿，就问："柱儿哥咋样儿了？今儿个能下来吗？"三娃说："他是前儿个睡落枕了，那天不该急着下来，累了一天，越发厉害了。昨儿动不了，歇了一天，今儿个不好明儿准好，落枕过不了三天。"

喜子惦记着柱儿，吃了前晌饭，就又过来了，见了黑娃娘，问："秋儿姐，柱儿哥今儿个能动万（换）点儿了哇？"黑娃娘笑着说："好了，没事儿了，你们俩相跟上走吧。"喜子说："我就说哇啊，条子一时顾无（不）上，说开了就好了。"柱儿出来了，说："说开了个屁！连他人影儿都没见，人可不能管点事儿，这就鼻子眼儿朝天了，俩眼哪还瞧得见人！"

# 第三十九回

## 为女人反被女人怨
## 救兄弟竟遭兄弟杀

**毒**花花的日头挂在晒谷场上，没有一点儿阴凉，连个人影儿也支不起来。女人们热得扒光了上身儿，汗在黎黑的皮上淌出一道道儿水沟儿。

小哨儿嘟儿嘟儿响了，庖牺喊着："歇会，歇会，都歇会！喝口水再干！"女人们呼啦啦奔到清水溪边儿，捧起清凉的溪水咕嘟咕嘟两口喝了，再捧一捧，喝个没够。有的干脆跳进去，撩着清凉的水搓洗开了。庖牺大着嗓门儿嚷嚷："嗨嗨，把水搅和脏了，别人还咋喝呀？喝的在上头，洗的都往下头去！""下头？下头男人家就瞧见了。"不知道谁说了一句，逗得大伙儿轰地笑了。庖牺说："嗞，又不是妮子了，还怕人瞧？"

雨儿问："嘿咻，还说哩，你把妮子们全都支到下头，也不怕出事儿？"庖牺抹着嘴上的水嘻嘻笑："丑小儿娘净想啥啦？白天大日头底下，能出啥事儿啊？像你这么光溜溜儿地坐到水里头都不怕出事儿，还管人家出不出事儿！嘻嘻，这是给谁瞧呀？"说得雨儿一下子出溜到水底下，只露出半拉脑袋来，引得人们嘻嘻哈哈又是一阵大笑。

雨儿冒出头来，红着脸争竞："一个老娘们儿有啥笑的？没见过是咋的？心眼子不正才老往歪里想！庖牺你说，这群妮子们赶明儿还回来不回来了？"

庖牺拉着长音"哎哟"一声说："谁往歪里想了？谁怕人家妮子们出事儿来着？"

雨儿脸一板，说："不怕燧娘娘拉舌头，你就拣着嘴笨的使劲儿糟践吧！"

庖牺说："呵呵，你嘴笨？嘴笨的里头挑出来的！到时候咱手拉着手儿去见燧娘娘，瞧拉谁的舌头吧！"

雨儿说："嗨，就知道耍贫嘴！问你呢，妮子们到底儿还回来不回来了？"

庖牺反问道："你干吗老问人家回来不回来啊？回来咋着？不回来又咋着？"

雨儿说："我说了，你可别生气啊！"

庖牺说："瞧瞧，只有存心气我才这么说话呢，要是好话干吗怕我生气呀？哈哈，你甭怕，咱雷泽打死人偿命，气死人不偿命，你只管气我，只管说吧！"

雨儿说："我可是认真的，这会儿咱雷泽是你当家，我是想知道，赶明儿咱雷泽是女人当家儿还是男人当家儿？"

庖牺又反问："你先说说，你们家这会儿谁当家儿？赶明儿又是谁当家儿啊？"

雨儿说："我们家这会儿当然是我当家儿，赶明儿还是咱雷泽的老例儿，我们丑妮子当家儿，再往后多少代我们家里也是女人当家，守住老姥娘的根儿。"

庖牺又问别的人家，来的这会儿都是当家的，赶明儿嘛，有闺女的自然是闺女当家儿，没闺女的就说不准了。霜儿说："我就俩小子，赶明儿跟谁好还不知道哩，人家来不来咱家也不知道。嗨，甭管住哪儿，反正是女人给他们当家儿。你们谁家闺女多，舍得送给我一个？"春生娘养了五个儿子，说："谁送闺女？我先要下了，有多少要多少。谁要儿子？五个都白给。"辣妮儿说："白给我要，有多少要多少，想换妮子？没门儿！十个换一个都不行！"庖牺说："瞧你们把儿子贬的！有这，干吗不一下生儿就都掐死啊？"春生娘说："要是早舍得掐死了，还用这会儿着急？"她瞧看旁边儿的肉疙瘩儿娘，说："哎，豁儿她娘，你一天到晚呲打豁儿，这也不是，那也不是，给了我吧！我当宝贝儿疼她。"

肉疙瘩儿娘呸了一口说："我就一个闺女，给了你，我还靠谁？我们豁儿再不好，往后也当得了家。这会儿有我在我当家儿，没了我，我们豁儿当家；没了豁儿，她闺女当家；豁儿要是养不下闺女，就早早儿抱养一个闺女，赶明儿好有个人当家儿，往下传根儿。可不能跟你们似地，儿子都快跟人了，才满世界要闺女。"

庖牺听了半天说："嗨，家里头这会儿都是女人当家儿，赶明儿也说不准能变到哪儿去，只要女人在家里织布种菜喂猪羊，女人就当着家儿。"雨儿说："要叫我说，女人就算啥都不干，单凭生养这一条儿，就当得了家。咱雷泽能有今天靠的啥呀？还不是靠女人生生世世给传下来的根儿？咱们都是生养过的，想想，哪一回不是豁着咱的命去换来孩子的命啊？咱不当家儿谁还配当家儿啊？"

人们一片赞同，都说女人当家儿就跟养活孩子一样儿，是老天爷立下的规矩，不能变。臭妮儿又说出了一条理："虫虫蚁蚁都是母的为王，蜂王，蚁王，畜类也一样儿，狼群的头儿是母狼，羊群头羊也是母羊，但凡成群儿的，都是母头儿。为啥？就是因为母的生养传代。人群儿也不能是男的当家儿，因为孩子后代是咱女人生养的。你们说是不是？"

人们都说："是，太是了！谁养活孩子谁当家！"

庖牺哈哈笑起来，笑够了说："你们呀，越说越不像话啦，做饭、喂猪、织布伍的，女人能干了，就算种地、打猎、捕鱼、开石头的外头活儿，女人努努也能干了。这养活孩子可是俩人的事儿，要是没男人给种下，单靠女人能有了孩子吗？要是把男人都轰出去当野人，咱雷泽还能生生世世往下传吗？"

人们又觉得庖牺这话有理，辣妮儿说："本来嘛，不种哪能养活呀，一片荒地，收个啥呀？"

肉疙瘩儿娘可不这么想，把嘴撇到了耳朵根上，冲辣妮儿说："你是荒地，蛋蛋是来下种的，收了拽根儿收拴根儿，一个女人家整天叨着男人那根儿，这不是犯贱吗？"辣妮儿急了，回她一嘴："嘿嘿，你养的起名儿往屄上叫，还以为天下人都往大腿根儿那儿叫呢？你取贵，见天儿黑间被男人戳打得吱啦哇啦叫唤，也没见你把他轰出去呀！"肉疙瘩儿娘说："嘿，你可真能管闲事儿啊，我咋叫他戳打，你都瞅着啦？快说说，还见着啥来？"一把年纪的辣妮儿竟然臊得说不出话来了，后悔不该惹这个骚货。

庖牺听不下去了，训斥肉疙瘩儿娘："越说越不像话啦，都快四十的人了，在族里也是个长辈儿，咋啥话都能挂嘴边儿上？老了老了还这么不取贵。"肉疙瘩儿娘说："你也甭拿我老了说事儿！我听着你们刚才说的屄那个了，才争竞两句。当个女人咋就这么不取贵呢？巴着男人家来撒野，等着男人家来下种儿，噢！有几个男人撒野是真为了下种儿啊？撒野还不是图个痛快？要不，种了，孩子也有了，干吗还一劲儿撒野啊？家里没撒够，外头又找个，俩还嫌少，捏着那物件儿可世界瞎转悠，哼！种啥啊种，男人不就是比咱多了根儿鸡巴吗？种折了，看他还拿啥种！"

这娘们儿就是这样儿，有点儿理的话打她嘴里出来让人觉得别扭。雨儿说："你也别把男人都说成畜生，甭管家里的地还是外头的地，都不是谁想种就种得成的。女人要是死活不干，男人能撒成了野？哼！"

肉疙瘩儿娘刚要张嘴，冷妮子把话儿抢过来了："要说生养，母猪母狗不也生养吗？生养不是女人的本事，拿生养说事儿，不是把自个儿比成畜生了吗？"

庖牺拍着巴掌叫好儿："对呀！还是咱冷姐姐见识好！要说真本事，去疼、治病、救人命，谁有巫婆儿这本事？还有比救人的命更大的本事吗？"

蕡儿问庖牺："咱冷姐姐凭本事能叫一族的人心服口服，赶明儿咋不能当大娘管大事儿呢？"

冷妮子扑哧儿笑了："傻妹子，庖牺是虑她身后的事儿，我比她还老哩，她还没死我先死了，当个屁呀！我倒是想当大娘管大事儿哩，下辈子吧，呵呵。"

蕡儿说："下辈了？对呀！咱妞妞不是现成儿的当人娘的材料儿吗？"

庖牺说："妞妞娘儿俩当巫婆儿比当大娘更有出息。外头的事儿，我是打算交给个男人管，咱不干外头的活，不种地，不打猎，不打鱼，也不开石头，还咋管男人家种地、打猎、打鱼、开石头的事儿啊？这回妮子们下去帮着割麦，完了事还得回来。常年在外头不叫事，那不是咱女人们干的活。闹了归齐族里赶明还得有个男人管事儿。"

这下儿可热闹起来了，七嘴八舌全是反对的，有说："男人不生养，没有当娘的心肠，不能服人。"有说："男人小肚子鸡肠子，爱斗心眼儿，管不了大事儿。"有说："男人性子野，爱打架，成不了气候。"

这里数鹿鹿当家的俊儿岁数小，养了一对双生，孩子刚会说话。俊儿说："小子打小儿就比妮子费，一个娘养的，一天儿生的，妮子就是懂事儿，小子，哼，一眼瞅不见就惹祸。"

鹿鹿娘，人都管叫"三姨"，说："往后一年儿比一年儿费哩，我可知道，带一个鹿鹿比带仨妮子都费事儿，妮子们一块儿玩儿，玩儿过家家，小子们一块儿玩儿，不是祸害东西就是打群架。这不，辈辈传下来了，俊儿啊，这才开了个头儿，往后小子给你找的麻烦还多哩。"

"嘿咿，"冷妮子说，"瞅人家三姨，没妮子，还不是过得好好儿的？"俊儿家姐妹多，娘又没了，三姨早早儿把俊儿要下了，俊儿她爹也少一个妮子少打一孔窑，自是愿意。春生娘说："我倒想学三姨呢，可是，给五个儿子要妮子，不容易呀，一人儿一口窑，就把我跟他爹难为死了。"

三姨娘儿俩的话倒是叫庖牺动了心，小儿给她添了多少麻烦啊，到头儿来还落个她对不起儿子！要不是有知冷知热的妞子，她可真是没一点儿盼头儿了。

蕢儿的话惊醒了她："庖牺姐，我咋也闹不明白，你干吗非给咱雷泽找个男人管啊？祖祖辈辈的大娘不都管得挺好的吗？"

庖牺说："祖祖辈辈的大娘是都管得挺好的，她们啥活儿都干，啥都会。往后的大娘怕是难做到样样儿干样样儿会了。"

冷妮子说："咱雷泽自古立大娘，看来你是有心想当这最后一茬儿大娘，我问你，你赶明儿立的那个男的头人，大伙儿该管他叫啥呀？总不能还叫大娘吧？"

庖牺还没开口，就有说的啦，有说该叫"大头儿"的，有说该叫"大头人"的，有说该叫"大管事儿"的，有说该叫"大老爷们儿"的。庖牺说："行了行了，这都叫啥跟啥呀！放着现成儿的'庖牺'不叫，瞎叫些个啥呀？数那'大老爷们儿'难听了，合着咱都成了'小嫩娘们儿'啦？"

她要不说，人们还真忘了她的名儿了，庖牺本来就是养六畜庖牺牲的雷泽头人的意思啊，倒是女人男人都能叫得的。

岁数儿最大的三姨说："庖牺啊，男人当头人，这可是要改咱雷泽的古例儿啦，闹不好可要乱啊。"

庖牺说："三姨，我多少还会种地、打猎、捕鱼，往后妮子们都不种地，不打猎，不捕鱼了，女人咋管族里的事儿呢？"

三姨说："大娘的活儿也不光是管种地、打猎、捕鱼呀，还有记事、分东西呢，男人家争强好胜，能分得匀吗？不怕东西少，就怕分不匀，你这会儿凭的是本事，是功劳，是一碗水端平了的心，赶明儿那男的主了事儿，凭力气镇唬人，能长得了吗？咱女人们这都是瞎嘚嘚，成不了事儿，也坏不了事儿。到了男人那儿可就不一样儿了，男人都想当头儿，比啥呀？最后还不是凭力气拼了？这可就乱了套了。"

黑娃娘说："三姨说得是。其实，男人犯野还不算吓人，到底儿是明面儿上的，要是斗起心眼儿来，玩阴儿的，搅和得你猜我，我恨你，咱雷泽的麻烦可就大了，家里的日子也过不好了。"

庖牺听着，想着，没说话儿，一个劲儿点头，她还没有黑娃娘这一层见识。

三姨说："歇得工夫不小了。"庖牺吹起了小哨儿，大着嗓门儿说："干活儿去吧！一边儿干，一边儿吵吵。这事儿，我这会儿说了也不算数儿，大伙儿说吧。今儿说不完，明儿接着说。说到我不行了的那一天，且有说头儿哩。"雨儿说："得了得了，你这不是说大伙儿要把你说死吧？"庖牺说："呵呵，想说死我啊？可没那么容易，我皮厚实着呢，不信你就试乎试乎。你们要是都不说，我到时候也是要死。还是说吧，说出个是非来好。刚才我听着就挺长见识的。"

这一后晌，说得好热闹，说着说着有的吵起来了，吵完了又说。人们嘴不闲手不闲，一后晌也没少干活儿。只有一个人始终没张嘴，那就是大娃娘。

大娃娘回到家里，瞧见大娃，就问："咋还不下去换你爹？"大娃说："冬娃子领着去接了，我肚子疼，不去了。""肚子咋不好？""没事儿，娘。"大娃娘一瞧孩子捂着肚子，脸白不刺啦的，大汗珠子直往下滚，就说："走得了走不了？能走，咱这就去找你冷姥娘去。"大娃说："娘，真的没事儿，拉出去就好了。"

炭条儿回来了，问大娃："又闹肚子啦？说你不听，又是瞎吃野果子了吧？"大娃说："不是，后晌饿得不行，吃了两口剩饭，没多会儿就闹腾开了，肚子拧着……"话没说完，就往树棵子里头跑，还没跑到，就"哇"地吐了。又酸又臭的气味儿直往人鼻子里蹿。他娘跑过去给他捶打脊梁，他爹端起饭锅喂猪去了。

大娃吐完了，清爽多了，就要下去。他娘说："算了吧，今儿甭去了。"说完跟炭条儿学说了一回场上吵吵的事。炭条儿说："我可是没想到师娘有这心，她就是叫我管管地里的活儿，顶多还有开石头的活。"大娃娘说："我就怕你管不了多少事得罪一大堆人，你没得罪谁吧？"炭条儿想不起得罪过谁，说："你甭多心，人们待我都挺好的。"

大娃娘把黑娃娘的话学说了一回，说："我听着秋儿姐这话有来头儿，你好好想想，这些日子得罪过谁没有？"

炭条儿想了想说："你要说秋儿姐的话有来头儿，那就是跟柱儿哥了。前两天他闹落枕来，我不知道，呲打了他。第二天他没来，喜子跟三娃去瞧他，我没顾上去。为这点儿事儿，不至于吧？柱儿哥可不是这么小肚子鸡肠子的人。"

大娃说："那天一早儿碰见秋姨去接冷姥娘，姨倒是让我告爹来着，说柱儿舅前晌去不了了。我把这茬儿给忘了，娘要不说，我还想不起来了哩。"

他爹扇了他一巴掌，他娘气得说："你呀，真是成事儿不足坏事儿有余！他爹，这事儿，人柱儿哥心里能不别扭吗？啥时候找个茬儿跟人说明白了，赔个不是，就解了。人秋儿姐那话是点咱的，这事儿要是叫有心的人掺和上了，造出些个疑心猜忌来，就多了是非了。"

炭条儿说："女人家就是心眼窄，搁不下事儿。谁吃饱了没事儿干了掺和这个啊？"

女人说："你没心没肺的，一点儿也不知道防范，不是管大事的材料儿。我说，这活儿你还是跟师娘推了吧。"

"啥话！"

"实话，这会儿推了，对咱，对师娘，对族里都好，省得赶明儿生出大乱子来。"

"女人家没见识，光想着自个儿家里，你就不能替族里想想？师娘那么大岁数了，容易吗？我咋就不该帮师娘一手儿呢？你哪儿那么多是非啊？"

"行，我就是是非，你不去，我找师娘说去！"

大娃娘说完扭头儿就走，没走多远儿，碰上白小儿来了。"翠儿姐吃啦？""还没呢，小儿吃啦？""嗯，吃啦，我哥在吧？""在哩。"白天白小儿跟炭条儿说好了，今儿晚上跟他学射箭。

大娃娘这才想起，光顾着吵吵了，家里大人孩子还没吃东西哩，又赶紧回来起火做饭。炭条儿问："不去啦？""去，你们俩吃啥啊？"白小儿问："翠儿姐要去哪儿呀？"炭条儿说："找你娘去。"白小儿说："我娘跟姐子去我干娘家了，说不准啥时候回来。翠儿姐有啥话，我待会儿给捎过去。"

大娃娘："没啥，想起来去瞧瞧你娘，不在就算了，你回去给你娘带个好儿！"说完了，自个儿也觉得着三不着两，天天场上见面儿，又是想又是带好的，抽的哪门子疯啊？白小儿倒是答应了："嗯，我回去告我娘说。"大娃娘说："算了，甭说了。我这想起啥来就是啥，你娘还当我咋了哩。"炭条儿说："小儿，甭跟她瞎答话了，说咱的事！坡儿上的草人都烂得不行了，你多咱有工夫了，给扎几个新的。"白小儿答应了。

吃了饭，炭条儿跟白小儿要下去练射箭，大娃也要跟着去。他爹问："你行吗？"大娃说："才吃了两碗饭，有劲儿了，我也跟着学射箭去。"他爹说:"连弓还举不动呢,就想学射箭?拿两年绷弓子再说吧。"大娃说:"我跟着瞧瞧还不行啊?"他爹问:"瞧啥啊?"大娃说:"小儿舅跟爹学射箭,我跟小儿舅学'学射箭'。"他爹说:"小儿舅可是会射箭的,你咋跟人学'学射箭'啊?"白小儿说:"条子哥,就叫大娃跟上去一回吧!瞧着我从头儿跟您学正路子。"炭条儿对大娃说:"行,今儿你先跟着,瞧着小儿舅咋推弓。"大娃欢天喜地跟着下山了。

仨人下来,换了孩子们上去,白小儿就摆开了姿势,身子正对着草人儿,两脚分开站定了。炭条儿说:"正着的你都会了,今儿咱练斜着的。"说着侧面身子对正了一个草人儿,俩脚分到肩膀儿宽,站定了。白小儿跟大娃也学着样儿,侧着身子站定了。

炭条儿过去把大娃俩脚尖儿朝外踢了踢,告诉他:"站的地方对准了你要射的草人儿,歪了就射不准了。"说着打后头踢了大娃膝窝儿一下儿,孩子差点儿摔个跟头。"不行,要射箭,先得站稳了,两条腿分得宽点儿,就站稳了。"大娃照着白小儿的样儿,把腿跨开了,跟肩膀儿差不多宽了,他爹说:"行了,再分大就圪蹴下了。给你个弓,看看举得起来举不起来。"说完连弓带箭都给了他。大娃费得老大劲,才把弓抱起来。他爹说:"算了,一边儿站着,看你小儿舅咋练吧!"说着把弓又要了回来。白小儿说:"大娃,你先比划着,赶明儿舅舅给你做一把轻点儿的小弓。"大娃就掏出绷弓子来比划。炭条儿说:"绷弓子趁早儿收起来,空着手儿比划还好点儿。"

大娃学着白小儿的样儿,比划了个举弓的样儿。他爹把他左胳膊拉直了,又端起自个儿的弓来,比划给他俩看:"胳膊、手、肘子抻平了,跟一根儿箭那么直,这才撑得住弓。"说着过去扶住白小儿的肩膀儿,"肩膀儿不能乱动,全靠肩膀儿定着呢。"又走到白小儿前头,举起弓来,说:"瞧我这只推弓的手!跟肩膀儿举平了,高点儿没事儿,不能低了。就是说,不能端肩膀儿,待会儿射的时候，俩肩膀儿都得往下塌。嗯，这样儿就行了，搭箭吧！"

白小儿把箭尾巴槽插进弦上的箭扣儿里，箭头儿搭到弓把子上。炭条儿扶着他肩膀儿转过去，白小儿跟着把脑袋也转了过去。炭条儿说："上头转，脚别动，一直到射出去才能动。"白小儿答应着，站得定定的。大娃也跟着转过肩膀儿跟脑袋来。

炭条儿把弦靠到脸前头，说："大拇哥扣下来，二拇哥靠在下巴底下，大拇哥跟小拇哥不用，当间儿仨指头勾弦。弦对正鼻子尖儿、嘴唇儿和下巴颏儿。弓把子往起抬抬，箭尖儿对准了草人儿。别小瞧这姿势，待会儿射的时候就是这样儿。小儿，你这会儿推个弓我看看。"

白小儿左手攥满了弓把子，朝前推出去。炭条儿说："甭这么满把满攥的，饶着使不上劲儿，还碍眼，瞄不准。"掐了掐白小儿大拇哥下头的耗子肉，又说，"弓的分量全压在腕子上，手别太吃劲了，别叫弦打着胳膊！眼平着瞅草人，后脖颈子别这么绷着，肩膀别端着，吸气要匀乎儿。哎，对了，左胳膊直着朝前推，右胳膊平着往后拉。"

白小儿挺着胸憋劲，跟棵大树似的。大娃说："小儿舅好威武！"炭条儿摇摇头说："气憋在心里头，外头用不着这么威武。记住：胸不能挺，腰不能弯。别往后仰，别往前探。抬肘塌肩，弯弓拉满。前推后走，飞出好箭。"大娃说："爹也教给我唱调调儿！"炭条儿又念叨了一回，大娃跟着念叨，白小儿一边儿点头儿一边儿改。炭条儿拍拍他的胳膊说："肩膀儿使劲儿，胳膊别太使劲儿，腕子放松点儿，别鼓出来，也别凹下去，弓才撑得平。"等白小儿全都摆好了，炭条儿就教他瞄准儿："眯起一只眼来，睁着的眼珠儿跟当间儿这根儿勾弦的指头、弓把子上搭箭的那一点儿和草人儿的脸当间儿拉平了，竖瞅一根儿线儿，横瞅一个面儿，跟地面直着，不许往上往下歪。瞄好了吗？"

白小儿瞄好了，问："这会儿能射了吗？"

炭条儿说："等等，等等，先别急着射出去。这时候想点儿生气的事儿，气得脸红脖子粗才好，怒气开弓，箭射出去才有劲儿。气憋足了就射"

"嗖！"箭飞了出去。炭条儿说："高啦！"话音儿刚落，就听得草人儿背后坡儿上一声尖叫，要多瘆得慌有多瘆得慌。仨人都吓住了，那可是人的叫声啊！

炭条儿回过神儿来，就往坡儿上跑，白小儿跟大娃在后头跟着跑。到了坡儿上，哪儿有人啊？炭条儿说："我听得真真的，是射住人了，不是畜生的叫声儿。"大娃说："是个大人，疼得'啊呀！'叫了一声儿。"白小儿也听见了，急说："谁这么晚圪蹴这儿干吗呀？别不是大娃你们那拨儿孩子里头的谁吧？跑肚拉稀没跟上回去。"大娃说："我们里头的，我全都听得出来谁是谁，根本不是孩子的声儿。"仨人低头弯腰找了半天，也没找见。炭条儿说："兴许是野人，跑了。咱也回了，明儿再练。"

仨人往回走，没走几步，碰见下来看地的岨儿，白小儿问："干爹，您刚才瞧见有人上去了吗？"岨儿说："没有啊，出啥事儿了？"炭条儿说："刚才小儿射飞了一箭，听见坡儿上有人'啊呀'叫了一声儿，找了半天也没找着人儿，许是射住野人了。"岨儿说："野人？不能就一个吧？赶紧跟庖牺说说，不行得吹犀角了。"炭条儿说："这就去说，舅舅当心点儿！"

走到半道儿，炭条儿站住了，说："你们俩先回去，我再下去找找，中了箭的人不会跑，不定挨哪儿受罪哩。"白小儿说："要回去找咱一块儿回去。"大娃也要跟着爹回去，炭条儿说："你们俩先回家吧，省着家里不放心。小儿给师娘报个信儿，甭管是不是野人，小心没大差。大娃跟娘说一声儿，爹一会儿就回来。"

俩人回家一学说，顿时把俩女人急坏了。大娃娘点上松明子，拉起大娃就走："你领着娘找你爹去！"庖牺也点了根松明子，还夸上了犀角，防备万一真是野人。可她觉着是族里人，一来是野人成群儿，不会派一个人出来打探；二来是麦地在谷里，野人上坡上找啥？一边儿走，一边儿问白小儿："别不是哪个打雀儿的孩子吧？"白小儿说："不会，仨人都听得真真的，是大人的声儿。大娃小耳朵尖，分得出打雀儿的孩子谁是谁来。"

瞧见前头的火把，庖牺喊："前头谁呀？""师娘，是我跟大娃。"庖牺紧赶几步儿，说："翠儿，甭着急啊！"突然，大娃娘尖叫一声，摔倒了，大娃岔了气儿地喊："爹！"

庖牺跟白小儿跑过去，只见炭条儿趴在地上，背上插着一根儿箭。庖牺叫白小儿："快上去喊你干娘，带上箭伤药！"大娃娘要拔那根儿箭，庖牺说："拔不得！拔了人就完了。"大娃娘已泣不成声儿："完……啦，脑壳都……开了！"可不，炭条儿的脑袋都砸烂了，火光下，红花花地吓人。

白小儿没走，拔出那根箭来，惊得说不出话来。庖牺问："小儿你瞧见啥啦？"白小儿哆嗦着说："这是我刚才射出去的那根儿箭，尾巴上一根儿黑毛儿，一根儿白毛儿！"

庖牺摘下犀角，呜呜吹起来。

一会儿工夫儿，满山满坳都是火把，男女老少全跑下来了，岨儿也打地里上来了。先来的人瞧见了炭条儿的尸首，又惊又愤，后来的不知道出了啥事儿。

庖牺问："谁家里有人没来？"一片悄没声儿的。庖牺又问："都来了吗？有没来的，家里人吱个声儿！"

一个女人懦懦地说："我们妞妞她爹崴了脚，动不了窝儿。"

庖牺问："啥时候崴的脚？"

女人说："才崴的，走不了道儿，我把他搀回去了。"依旧懦懦的。

庖牺喊："妞妞娘！"

"啥事儿？"冷妮子应了一声儿。

庖牺说："小儿，搀着你干娘，去给三娃哥瞧瞧脚。"她眼睛扫了扫左右，点道："鹿鹿，喜子，你们也跟上去，给冷姨照着点儿道儿！"又拉住白小儿，趴他耳朵上说了句啥，白小儿眼睛刷地大了，咬着嘴唇儿点了下头儿。

四个人走了，庖牺搂住大娃说："好孩子，不哭！"大娃一劲儿吸溜鼻子。庖牺说："大娃，你这会儿能说话吗？"大娃点了点头儿。庖牺说："你给大伙儿说说，刚才是咋回事儿？"

屺儿说："甭难为孩子啦，我说吧。我刚才下来，正碰上条子爷儿俩跟白小儿往回走。小儿问我下来路上碰见人没有，我挺纳闷儿，就问出了啥事儿了。条子说，刚才小儿射飞了一箭，射中了啥人，听见坡儿上有人疼得叫了一声儿，就上去找，找了半天也没找着，许是射住了个野人，又叫跑了。我想，要真是野人，不能就来一个儿，就叫他们甭找了，赶紧给庖牺报信儿去。后来我就下去了。大娃要是能说话，就说说后来的事儿吧！"

大娃抽抽搭搭说："后来我们就往回走，走到半道儿，爹叫我跟小儿舅先回去，说他再找找去。爹说怕那人挨了箭动不了窝儿，要去救他。谁知道爹倒叫这人害死了，连脑袋都给开了。啥人这么坏呀！"

大娃娘哭着说："真黑呀，从背后放暗箭，拿人脑袋当鱼鳔儿砸，这是人干的吗？野人也不至于这么黑吧？你是人吗？畜生也没这样儿的啊……"大娃娘说着说着背过气去了，庖牺赶紧掐呀搋的，大娃哇哇哭，一声一声地喊娘。人们鼻子抽成了一片。

冷妮子、白小儿回来了。庖牺问："妞妞娘，瞧了？"

冷妮子说："瞧了，他脚没伤着。"

人们一下子静下来，听得见虫子咬树叶儿的沙沙声儿。

庖牺问："有别的病儿吗？"

"有。"冷妮子短促的声音里包着一团火。

"啥病？"庖牺的声音像刀子。

"肩膀儿上才挨了一箭，血还没止住哩。"

人群骚动起来，呼啦啦闪出一条道儿来。五花大绑的三娃耷拉着脑袋过来了，鹿鹿、喜子在后头押着。

庖牺指着炭条儿的尸首问："你干的?"

三娃把头低到了齐腰，脊梁弯成了虾。

庖牺厉声喝道："跪下!"

鹿鹿从后头踢了一脚，三娃"扑通"跪下了。庖牺揪起他乱蓬蓬的头发，问："杀人偿命，你不会不知道吧?"

三娃两眼儿紧闭，哆嗦成一个蛋。

庖牺把他脑袋一甩，问："你还有啥话要说?"

三娃睁开眼，瞧着炭条儿的尸首说："他不配管事儿! 管不了地里的事儿，更管不了族里的事儿。"

庖牺厌恶地吐了一口，点了筷子上几个人："黑子，拴拴，清水，顺儿，臭臭儿，"几个人站了出来，"把他这东西押下去，上筷子，远远儿撑出去，把他脑袋摁清水河里，死了葬水里喂鱼，叫他永世回不了雷泽!"

一个女人放声大哭："别呀，别淹死他呀，师娘呀，看在小儿他爹的份儿上，给他留条儿命吧!"

庖牺鼻子里冷笑一声说："他杀炭条儿的时候，咋就不想想小儿他爹呢? 还有你，嘴真快呀，打场上回去就翻过话儿去了，要不是你，他今儿个还不至于催命送命。场上的话题儿，打今儿个起，都不要再说了，我死的时候，自会安排好了。该谁是谁，争也没用，别学三娃的样儿。"又叫柱儿、喜子、小儿、鹿鹿去丁香林子里刨墓，又找了几个钉板的，对大娃娘说："翠儿啊，大热的天儿，早点儿发送了吧，入土为安，他师傅跟成娃会来接他的。"

大娃娘抹着泪儿说："后响回来，我就要去找师娘说这事儿来着，一个二乎，就误了他的命儿了。师娘，我好后悔呀!"

黑娃娘搂着她的肩膀儿，说："你就别埋怨自个儿了，要说，该我找师娘说来。可是，我把人想得再坏，也没想到他能坏到这份儿上啊！翠儿，往后家里有难处儿，就叫柱儿过去，可记着啊！"庖牺说："还有小儿，得了条子多少好处，翠儿啊，你当他是个兄弟使唤也行，当他是个儿使唤也行。"

# 第四十回

## 阴阳错有情成眷属
## 天地合无意散鸳鸯

丑妞儿的三七园长成了一大片，她娘这两年腿脚越来越不利索了，上山下山费劲，园子里就靠她一人儿操持。白妞儿截长补短儿过来瞧瞧，来了就帮着拔草、松土，去清水溪打了水来浇园子，姐儿俩把个园子侍候得蓬蓬勃勃。

白妞儿待见丑妞儿，也有几分儿是为了她哥，想跟丑妞儿攀个亲戚。其实丑妞儿也不讨厌白小儿，就是嫌他脾气怪，见了自个儿就躲。白小儿就这毛病儿，也不是就躲丑妞儿一个，见了哪个妮子他都脸红心跳，干脆躲远远儿的。

白妞儿跟娘商量："娘，我哥老这么着可不行，一步儿都不迈。人一个妮子家，咋好意思上赶着呢？难死人了！娘，您说说他吧，叫他别不知道好儿。哪儿找妞妞这么好的人去啊？家里又知根知底儿的，多好的事儿啊！"

庖牺唉唉叹气，说："妞子，你哥有病你又不是不知道，娘就是你哥的病根儿啊，娘不说还好，一说，他本来愿意，也不愿意了。算了，娘还是不说好。"

白妞儿急了："您不管，哪儿成啊？一坳子的小子都盯着妞姐呢，好好的事儿，还非叫我哥给拖黄了？"

庖牺说："妞子你先别急，我想起个人儿来，她要跟你哥说，准行！"

白妞儿问："谁呀？娘是说干娘吧？那咋行啊？叫人闺女上赶着还不够，还叫人娘也来求他，也忒抬举他了！"

庖牺说："瞧你急得那样儿！本来是咱求你干娘的事儿，咋能反过来叫干娘求他呢？"

"那，娘说的是谁呀？"

"是你翠儿姐。你条子哥在的时候，小儿听你条子哥的，没了你条子哥，他听你翠儿姐的。瞧不见他一吃了后晌饭就往那边儿跑？看你翠儿姐跟大娃比看咱娘儿俩还亲呢。"

白妞儿说："是这么回事儿，娘啥时候去找翠儿姐说去啊？"

庖牺说："我去找人家不合适，天天儿一块干活儿，低头儿不见抬头儿见的，在外头没法儿说，晚上追人家去，就跟强着人家似地，不好。不如你去找她说说，反正妞妞这一头儿也是你给张罗的，你就好事儿做到底儿吧！"

白妞儿说："行，等我想好了咋说，就找翠儿姐去。"

庖牺说："妞子，你自个儿的事儿也该上心了，老大不小的，别老耗着啦！一年儿一年儿过得快着呢，多少比你小的，这会儿都当娘啦。"

白妞儿说："先送走了我哥，再说我的。反正他占着一口窑谁也挤不进来。"

庖牺笑了："这么说，你哥的事儿更得急着办啦，趁他还没回来，你这会儿就去找你翠儿姐去吧！也该去瞧瞧她过得咋样儿，嗨，孤儿寡母，难处儿一定少不了，看咱能帮上的就帮人一把，你条子哥还不是为了大伙儿的事儿才得罪了三娃那个畜生的！"

白小儿回来了，庖牺说："饿了吧？吃饭吧！"白小儿问："娘，妞子呢？"庖牺说："许是还在姐姐的三七园里，甭等她了，咱先吃。"

吃完饭，白小儿刚要走，白妞儿就回来了。白小儿问："你上哪儿去了？连饭也不吃！"白妞儿不答话儿，抿着嘴儿一劲儿乐。庖牺朝女儿硌挤两下儿眼，说："准是又找姐姐去了吧？"白妞儿还是抿着嘴儿只管乐。

等白小儿一走，庖牺就急着问："你翠儿姐咋说的？"

白妞儿说："翠儿姐说，这事儿包她身上了，还跟您要大礼呢，呵呵。白小儿真赶上好人了！"

"妞子，你瞧她娘儿俩有啥难处儿？"

"瞧不出来，大娃挺争气的，把饭给他娘做好了，就领着孩子们下去看地打雀儿去了，我走的时候还没回来。我还问翠儿姐来着，人家说：'有啥难处儿呀？你哥见天儿来给挑水送柴火，柱儿跟喜子也是三天两头儿过来帮这帮那，告你娘放心吧！再过几年儿大娃就起来了。'这一家子，真是好人呢，唉，可惜了条子哥了，咋就叫那王八蛋给黑了！"

庖牺说："人哪，一张皮罩着，竟憋出这样儿的坏来，三娃这王八蛋也算教训了我了。原来老是以为，'亲不亲，一族人，打折骨头连着筋。'谁知道人要是坏起来，比野人比畜生还不如。前两天跟你秋儿姐说过一回话儿，你秋儿姐说，他还挑拨、撺掇你柱儿哥跟条子闹来着。"

白妞儿还是头回听说，"啊？还想借刀杀人来？王八蛋把人也忒看扁了，以为人人都跟他似的，枉披了一张人皮了，哼！"

庖牺说："你这就比不上你秋儿姐了，还是没把人看透了啊。你秋儿姐说过这话：'疑心是人的恶根儿，疑生恨，一恨起来，可就要害人了。'我这两天一直琢磨，这话把人性看透了啊，你瞧，先疑惑别人要害他，他就有理害别人了。三娃就是挑着柱儿对条子哥起疑，起恨，王八蛋真阴啊！没撺掇成，就自个儿下手了。"

白妞儿说："疑心是条恶根儿，三娃的坏，可不是打疑心起的，他心里啥都明明白白的。"

庖牺说："三娃跟柱儿当然不一样儿，柱儿是气性，三娃是阴谋，是争当头人。他当头人为的啥呀？有杀人之心的人，能为雷泽人办事儿吗？条子还是他兄弟呢，他都敢杀，我要是闭着眼把脖子上的这串东西给了他这样儿的人，往后雷泽人还能过吗？三娃的恶根儿在私上，争权谋私，私坐大了，就害命了。唉，条子他哪儿料到这一层了！他料不到，我不该料不到啊！想想他家孤儿寡母，我心里愧得慌！"

娘儿俩唏嘘了好一阵子，白妞儿说："娘，咱留着点儿心，瞅见好的，给翠儿姐说说。"

庖牺将心比心，说："她呀，未必愿意。旧人在心上，新人进不去。"

听见那边儿有动静儿，白妞儿说："我哥回来了，我过去瞧瞧。"庖牺说："你过去，就说我叫他过来一下儿。"

一会儿，白小儿跟着白妞儿过来了，白小儿阴着个脸，憋着雷鸣电闪，挺吓人的，一进门儿就问："娘叫我有啥事儿？"庖牺没料到他回来会这样儿，把要说的话全咽回去了，只说："明儿去地里问问你蛋蛋舅，还有几天能种完了豆子。"白小儿问："还有别的吗？"庖牺说："别的一时想不起来。你要是还不困，就坐下，咱娘儿仨说说话儿。"白小儿说："没别的我就睡去了。"说完，阴着个脸走了。

白妞儿吓得说："我的亲娘！这可是咋啦？谁又得罪他了？"

庖牺眉头纵成了小山儿，说："准是跟你翠儿姐闹别扭了，这个不知好歹的东西！明儿我见了你翠儿姐问问就知道了，瞧我咋说打他！哼！"

　　第二天在场上见着大娃娘，人家爱答不理儿的。庖牺问："翠儿，家里有难处儿？"人家说："叫师娘惦记啦，两口儿人过日子，有啥难处儿呀？柱儿跟喜子截长补短儿过来瞧瞧就足够了，赶明儿别叫小儿过来了。"

　　庖牺心里一惊，问："小儿招你生气了？"

　　大娃娘说："没有。"

　　庖牺说："他不懂事儿，甭跟他一般见识！你就当他是大娃的兄弟，该咋说就咋说他。"

　　大娃娘说："师娘，你家小儿有病，我治不了，帮不了，怕误了他，师娘还是叫他别过来了。"

　　庖牺心下又一惊，问："你瞧出他有啥病儿了？"

　　大娃娘说："我也说不准，在家师娘跟妞子防着他点儿好，别让他一人儿待着，省得出啥事儿。"

　　庖牺急得问："能出啥事儿？"

　　大娃娘说："出事儿不出事儿，防着点儿好，小心没大差。"

　　庖牺再问，人家不说了，她只好回家盘问白小儿。

　　吃了后响饭，白小儿又要走。庖牺说："你翠儿姐叫我告诉你，不用再过去了。"

　　白小儿一愣，问："她咋说的？是说的今儿个，还是……"说到半截儿顿住了，俩眼直直盯住娘。

　　庖牺说："她说，有你喜子哥跟柱儿哥截长补短儿过去瞧瞧就够了，往后不用过去了。"

　　"她还说啥来着？"

　　"别的也没说啥。我倒要问你，你咋着惹着翠儿姐了？"

　　"我没惹她呀。"

　　"好好儿的，人家就不叫你过去了？你一定是说了啥着三不着两的傻话。好好儿想想，昨儿在那儿都说啥来着？"

　　"我一去，她就使劲儿说妞姐好，这也好，那也好，夸完了，又问我姐姐好不好。我说好，她就说姐姐待见我，叫我去跟姐姐说去。"

庖牺听着挺对头儿，就问："你咋说来着？"

白小儿说："我说啥她也听不懂，老是往姐姐身上扯，姐姐长姐姐短的。"

"你说啥来着？"

"我说：'你咋就不明白呢？'"

"啥不明白啊？"

"后来我直说了，她就把我轰回来了。"

"你说啥来？"

"我说：'我的好姐姐，除了你，我谁都不跟。'她就骂我有病。"

庖牺的脑袋"轰"的一下子大了，这小子真是犯病啦！可这回咋动了这么根筋呢？人丢到外头去了，现大眼啦！

"娘，我说的是真话，我就待见翠儿姐，我话都说了，她要是真不要我，我就一刀剁了这根子。"

庖牺真吓坏了，这小子说得出来就做得出来。她一时急得不知道说啥好，脱口问道："她比你大多少岁，你知道不知道？"

"知道，我问过她，大十二岁。"

"十二岁！都快能给你当娘啦！"

"那又咋着？"

"你是不咋着，人家受得了吗？"

"我又不强求她，她受不了我，我还是那句话：一刀剁了，再也不想了。"

庖牺犯了难，想了想说："你等着，我去找她说去。"

庖牺去了，正好儿大娃还没回来。一说，大娃娘就摇头："不行，这不叫事儿！"

庖牺说："翠儿啊，我也知道不叫事儿，可是，谁叫咱摊上了这么个痴癫的呢?"

大娃娘说:"他痴痴癫癫,我不痴痴癫癫。"

庖牺哀求道:"翠儿啊,师娘求你了,小儿的命根子攥在你手里呢。"

"师娘,我这片儿脸丢不起啊!"

"族里人跟前,师娘给你们说去。师娘脸老皮厚,不怕人戳打。要说就一回说透了,让他们戳打就戳打一回,省着猜来猜去,没完没了地戳打,戳打了这个戳打那个。"

"可是,我咋跟大娃他爹说啊? 他走了还不到半年呢! 这叫啥事儿啊,我不能这么对不起大娃他爹啊!"

"这个,你容容师娘,我回去跟小儿说去,他不是块不通情理的石头。你先别睡,等着,我一会儿就过来回话儿。"

庖牺回来,走到窑门口儿,问:"小儿,睡了?"

"娘,说了?"

庖牺进来,娘儿俩坐在草垫子上,白小儿问:"她咋说?"

"她答应了。"

"真的?"白小儿一下子蹿起来,抓住他娘俩肩膀儿,差点儿把他娘晃个跟头。

"真的,可是她说……"

白小儿那一声叫唤,把白妞儿给招过来了。庖牺说:"妞子你先睡去吧,娘跟你哥说说话儿。"

白妞儿一脸疑惑,说:"大呼小叫的,不怕我听见,这会儿倒背着我了,啥话? 鬼鬼道道的!"

白小儿说:"没背着你,你愿意听就听。"

白妞儿也坐下了。

庖牺说:"妞子,你要听,就别说话,啥也别问,问了也白问,这会儿三句两句跟你说不清楚。"

白小儿问庖牺:"娘,刚才您说,她还说啥来着?"

庖牺说："她说，大娃爹人走了还不到半年，她不知道咋跟大娃爹说。"

白小儿说："她说得对，娘跟她说：我等得了，一年，两年，三年，五年，由她，多少年我都等得了。"

庖牺说："那你可别给人家寻事儿，你痴痴癫癫，人家可是顾脸面的。"

"知道了，多咱也不寻事儿，娘这就说去吧！"

白妞儿俩眼瞪圆了，嘴半张着，想问啥，叫她娘瞪了一眼，又憋回去了。

庖牺说："那，娘就去啦。"

白妞儿跟出来，问："这么晚了，还去哪儿啊？"

庖牺说："你就甭管了。"

白妞儿说："我偏管，我跟娘一块儿去。"

一路上，庖牺总算把事情的来来去去给白妞儿说清楚了。白妞儿听着，一颗心在半天空里打悠悠儿，一会儿悠上去，一会儿甩下来，先是说："我哥真是个怪物！""娘你疯啦？"末了说："我哥算是碰上好人了！"

到了大娃家门口儿，听见里头人家娘儿俩说话儿，庖牺把白妞儿支到一边儿去，咳嗽了一声儿，说："翠儿，睡啦？"

大娃娘赶紧出来了。庖牺小声儿说："他说，他等多少年都行。"大娃娘说："师娘，叫我说啥好哩？"庖牺推着她说："啥也别说了，回去睡吧！"

回家路上，白妞儿说："妞妞那头儿，咋跟人说呢？"

庖牺说："千万不能露这头儿的事儿，事成之前，谁也不能叫知道，要不咱可就对不起人大娃娘了。"

白妞儿说："这我知道，众人的嘴可了不得，能把一个人说死。我就跟妞妞说，我哥又犯病了，不能这么耽误着她了。"

庖牺说："这一头儿，你先说去吧，最后还得我过去赔不是，这事儿，咱对不起你干娘家。"

丑妞儿不吃不喝哭了好几天，把个爹娘心疼得就差掏出心来给闺女炒了吃了。她娘恨得咬牙切齿："她家小儿有病，她当娘的也有病儿？好好儿的妮子叫他们家抻着拽着，拎呀拎呀，拎到半当空，一撒手，啪嗒！没那么宗事儿了！有她这么待人的吗？真把人当小鸡子啦！"

岨儿说："算啦，说这都没用啦。依我看，这是好事儿，省得咱姐姐一辈子侍候这么个痴痴溺溺的人了。咱姐姐又不是找不着人的，有的是人想跟呢，咱好好儿挑，挑一个比她家小儿强一百倍的，眼气死她，后悔死她！"

冷妮子到底儿咽不下去这口气，跟庖牺吵了一顿。庖牺任骂任怨，一劲儿说好话："我知道对不起姐姐，对不起你跟岨儿，可我没本事，做不了儿子的主儿。他这病你也知道，一犯起来，油盐儿不浸，说急了，又怕逼出个三长两短儿来。他那痴痴溺溺的样儿实在也是配不上咱姐姐，这么了了也好。"

冷妮子说："就因为他有这病，才想着叫姐姐给冲冲，嗨，不说了，不说了！"说不出来的全是怨。

庖牺堆起笑脸儿说："说吧，说吧，可别憋着，肚里有啥全倒出来，我接得住。"

冷妮子唉声叹气说："我有地方儿倒去，你也是个苦人儿，叫你接着干吗？"


庖牺娘当家儿那阵儿，筏子上归浑浑和硬硬管。如今他们都走了，筏子上这会儿主事儿的是黑子跟清水，清水是浑浑家的大小子，跟庖牺算是一茬儿人，他当家的是疙瘩妞儿，当年跟庖牺一块儿种麻织布的。清水两口子养了八个孩子，活了仨，大的是个闺女，叫霞，下头俩小子，一个叫大群，一个叫二群。大群有点儿仿白小儿，痴痴溺溺的。二群把他哥的精气神儿全夺了去了，打里头到外头整个儿一人尖子，心灵手巧学啥会啥，身高力大，开得一手好弓。多少妮子的眼珠子盯着二群，他独独瞧上了白妞儿。白妞儿的心思全在她哥身上，一点儿也没觉出来。

二群他们家也有个腾窑的事儿，他们哥儿俩占着一口窑，霞跟老两口挤着。霞比白妞儿还大点儿呐，跟蛋蛋家的拴根儿好了一年多了。她娘急得啥似的，这不，跑来找庖牺了："她姨，妞子都这么大了，你咋一点儿都不操心呢？"

庖牺说："也没见你为你家霞操多大的心啊。"

疙瘩妞儿嘻嘻笑着说："我家霞光靠我操心不管用，还得靠你帮忙儿操心呢。"

庖牺鼻子里笑出声儿来，说："靠我？霞跟拴根儿好得一人儿似的，你叫我拆人家去啊？"

疙瘩妞儿说："你想哪去啦？帮我腾口窑吧，成全咱两家。俩小子你随便儿挑。"

庖牺喜得想都没想，说："那我就要老二啦！"

疙瘩妞儿说："正好儿，我们二群正待见你家妞子哩。"

庖牺说："我要是挑了老大，你也会说：'正好儿，我们大群正待见你家妞子哩。'你这张嘴呀！"

疙瘩妞儿说："实话跟你说吧，我就是为了二群来求你的，他心上只有你家妞子，咱当娘的一块儿做做好事吧！"

庖牺也挺待见二群的，说："我看，咱们甭掺和人家孩子的事儿，一说话人孩子就不爱听，不如叫你家霞跟妞子说说，叫他们俩要要。你说呢？"

疙瘩妞儿满嘴说好，欢天喜地去了。

霞这会儿正经着事儿，自然会来事儿，搬着腰机来找白妞儿，说是给他兄弟织一块手巾，不会提花儿，让白妞儿教教。白妞儿帮她织了几道儿，她嘴里一直不停地说她俩兄弟脾气秉性儿这事儿那事儿，白妞儿有的听进去了，有的没听进去。

过了两天，二群拿着块新手巾，找白妞儿道谢来了。白妞儿说："这点儿事儿，也值得谢？"二群说："往后你要是有用得着我的时候，吱个声儿。"一句话说得白妞儿心里热乎乎的，再瞧这二群，长得还真是招人待见，白妞儿眼珠儿转了一圈儿，说："二群，我还真有事儿求你呢。"二群赶紧问："啥事儿？我这会儿正有工夫儿。"白妞儿说："是姐姐那三七园子，她一人儿顾不过来，冷姨腿脚不灵便，也去不了，我截长补短儿去瞧瞧。你要是有工夫儿，也过去瞧瞧，帮着浇个水拔个草伍的。姐姐那园子也是为咱大伙儿种的，我这才跟你说的。"二群说："这还用说，我以前不知道，往后就常去了。啥时候去，你叫上我。"白妞儿说："这么吧，我先跟姐姐打个招呼儿，明儿吃了后晌饭你过来，咱俩一块儿去。"

白妞儿跟丑妞儿说好了，第二天吃了后晌饭就领上二群去了三七园。二群带着水桶、耒耰，到了圪蹴下就耰草，也不说话，临走浇了好几桶水。丑妞儿过意不去，一劲儿说好话，二群说："这算啥呀，明儿我还来。"

天天儿吃了后晌饭，二群就提溜着水桶来了，叫上白妞儿去三七园。庖牺心里这个喜啊，二群这孩子太可心了，要啥有啥，更难得的是他对妞子那一片心，妞子算是有福气的。

白妞儿去了几回，就说这阵子家里脱不开身儿，就不去了。庖牺问她："是不是跟二群闹别扭儿了？"白妞儿扑哧儿乐了："娘想哪儿去了！我跟他闹哪门子别扭啊？"庖牺问："没闹别扭儿，好好儿的咋说不去就不去了？"白妞儿说："人俩好上了，我还去瞎掺和啥啊？"庖牺眉间堆起黑云彩，鼻子里哼着粗气，"想不到二群是这样！"

白妞儿乐了："娘，您想拧了！我一眼瞧见二群，就想着给妞妞撮合起来。总算没白费心！"

庖牺又是摇头，又是叹气。白妞儿说："娘，我哥那事儿，咱对不起人妞妞！我知道娘待见二群，赶明儿您该叫他干吗就叫他干吗呗。我也看出二群是块料来了，他们俩挺般配的。"

"那你自个儿呢？你就不怕耗成老妮子了？"庖牺眉间的黑云彩一直散不开。

"娘，甭着急！该来的，到时候就来了。"白妞儿的脸像朗月。

"多咱才叫到时候啊？娘还有个指望儿没有啊？"

"有指望儿，有指望儿，快了，娘，咱先把我哥送走。"

庖牺不知道老天爷是咋了，这一档子一档子的，尽是阴差阳错，自个儿想的，全合不上，这俩孩子，真叫人操不够的心！看白妞儿那样儿，像是挺有主意的。白妞儿越有主意，她越是担心："到时候，到时候别又飞出只啥妖蛾子来！"

丁香花儿开的时候，丑妞儿跟二群成了。庖牺娘儿俩给小两口儿送了一个布，白小儿给二群送了一张弓，是早就做好了的。

收秋了，庖牺领着女人们打场。收工的时候，庖牺吹了两声儿哨，清了清嗓子，说："告大伙儿个喜事儿。"人们吵吵开了："啥喜事儿啊？快说，啥喜事儿啊？"庖牺说："我们小儿有了人了。"

冷妮子急不可耐地催她："快说，谁家的妮子？"

庖牺拉过大娃娘来，说："我们小儿找着好人了，今儿晚上，小儿就搬翠儿窑里住去啦。呵呵。"

这话像一把豆子扔进滚油锅里，场上顿时炸了，一会儿又静了，谁也不知道该说啥好，这可真是谁也没想到的啊。庖牺说："都没想到吧？这是缘分啊。我得当大伙儿面儿说清楚了，人家翠儿本来不愿意，是我们小儿单相思。我呢，为了儿子，求翠儿，求了半天，人家才答应了。这事儿，是我们家占人便宜了，呵呵。"

大娃娘红着脸说："嗨，谁占谁的便宜，大伙儿都瞧得见，小儿比我小十几岁，帮我们家砍柴担水，实实在在等了一年多，等到大娃爹走踏实了，今儿才……"她脸上火烫火烫的，叹了口气，"让人家妞子也耽误着。"

庖牺娘瞅着她，眼里全是爱怜和感激，见大伙儿还静着，就说："知道你们没想到，起头儿我也愣了，后来想想，这也是他俩的缘分。"

大娃娘人缘儿本来就好，这会儿人们咋想咋觉得她跟小儿般配，都给她道起喜来。冷妮子拉着翠儿的手说："小儿是我干儿子，我欠你们的礼儿，过两天儿补上。"又说庖牺："都是你这当娘的，包得一点儿风儿都不透，成心寒碜我哩！"庖牺赶紧说："都别提送礼的事儿！道了喜，礼儿就到了。你们可别逼着我杀猪宰羊请客啊！"

地里收工时，白小儿也跟大伙儿打了个招呼儿。有人听见了，有人没听见。蛋蛋问他："小儿说耍话的吧？"白小儿说："不是说耍话，我娘这会儿在场上也说了。今儿吃了后晌饭，我就搬过去了。"蛋蛋好是吃了一惊，半天才回过神儿来，人们叽叽喳喳，喜子说："小儿，我为（没）听清，还有为（没）听见的，你再说一回，大伙儿就都听见了。"

白小儿又说了一回，这回掀起了浪头，你说我说，白小儿听不清都说些个啥，只觉得清水河涌过来了。

喜子一拳头捶过去，说："好你个小儿，在我眼为（皮）子底下捣鬼。"人们呼啦啦上来，把个白小儿摔在地下，又捭胳膊拽腿儿扔到半空，掉下来接住，又扔上去……白小儿吓得一惊一乍的，后来爽性任着人们折腾，在半天空里折跟头玩儿。折腾够了，几个岁数跟他差不多的把他举起来，一直举着上了山。听见场上的人还没走，人们抬着白小儿蹦过清水溪，喜子大着嗓门儿吆喝："嗨嗨，谁是这小子当家的？"

大娃娘大大方方站出来，问："喜子你要干吗？"喜子赶紧冲男人们嚷嚷："当家的花（发）话儿啊，还不把小儿晃（放）下来?"小儿一落地儿,喜子就大呼小喝:"给翠儿姐跟小儿道喜啊!"人们跟着起哄:"道喜啦!道喜啦!小儿有人家啦!"

小儿瞅着大娃娘,抿着嘴儿笑。庖牺抹了抹眼角儿,说:"同喜同喜!回家吃饭去了,都回了!"

一群人拥着大娃娘跟小儿往上走,碰见下来的大娃领着一群孩子。大娃告他娘说:"娘,饭做好了,我吃了。您回去跟小儿舅吃吧!"

喜子说:"呵呵,连小儿舅的换(饭)都做好了?小儿舅吃了你做的换(饭)可就不走啦。"

庖牺一根指头戳打着大娃脑袋说:"好你个大娃!小儿舅最后这一顿饭你都跟姥娘抢啊?"

大娃说:"我跟娘早就盼着小儿舅过来了。姥娘也过来吧!"

人们哄地笑了。大娃娘脸上腾起了霞,说大娃:"别瞎说了!快去吧,早点儿回来!"

自打炭条儿走了,她的心就死了,死得成了霜。有了小儿的事儿,她在死霜般的心里头又挖了一道沟,灌满了水,冻成了冰,预备着对付流言蜚语、冷嘲热讽和人们的轻蔑、疏远。

最后她担心的事儿却一样儿也没发生,真没想到。

# 第四十一回

## 评前尘妞子轻权势
## 虑后事老娘重品德

庖牺跟白妞儿把白小儿送到大娃娘窑里，回来拾掇了拾掇他住的窑，白妞儿搬了过去。

黑间一人儿睡下，庖牺心里空空落落的。虽然只隔了一堵墙，妞子到底儿跟了她十七年了，她猛一下子真还有点儿别不过劲儿来，大睁着眼睡不着，从小到大又过了一回。死了的亲人挨个儿都回来了：瘫了的姥娘，叫杂种吃了的爹，心强命不强的娘，苦命的沟儿，黑小儿也来了，还是那么大点儿，连那个掉了的没成形儿的孩子也来了，一块肉饼子上忽闪着一对黑晶晶的眼，像沟儿在说话儿。跟沟儿总共过了五年，她来来回回温习了十三年，一到夜深人静就哑巴那些火辣辣的日子温湿的夜，痛定思痛，永远的痛成了瘾，伴她入眠，哪天不想，就无法度过冰凉的夜。

这一回亲人都来了，数娘说得多，数落她待小儿不像个亲娘，说小儿没个亲人，还说："小儿跟着你别别扭扭过了十七年，这会儿总算找着亲人儿了，你该为小儿高兴。小儿找的是一个娘，翠儿把你毁了的亲情给小儿找回来了。"

娘说的都对，只是她不明白，咋就毁了亲情，她有这么狠吗？

沟儿说："娘，她太忙了，顾了外头顾不了里头，心里还是亲孩子们的。"还是沟儿知道她的难处儿。

娘说："我也没说她成心毁，可是她误的还少吗？没工夫儿，不管不理也就算了，可是偏又管，连想想儿的工夫儿都舍不得用，就瞎管，一巴掌毁了一个人，十几年找不回来。"

沟儿说："妮子，这就是你的不是了，怨不得娘说你毁了跟小儿的亲情了。一下子毁透了，再修就费劲儿了。"

娘说："她要是费劲儿修了，也不至于到后来那样儿，我一走，小儿连活都活不下去了，可怜的孩儿，来世上一回不容易，你个当娘的这么待他，我瞧不下去。"

听着听着，她也恨起自个儿来了。她毁了的何止是跟小儿的母子情分，跟娘也是一回回闹气，说出来的话能戗人一跟头，她对不起下，对不起上。妞子跟她从来没说过戗人绝情的话，她犯起脾气来，老是妞子让着她。记得她跟妞子这么大的时候，见了娘就烦，能躲就躲；妞子从来没这么待她，倒是没少受她的气。庖牺恨起自个儿来，直觉得亏了亲人，亏待了老人也亏待了孩子。

其实她疼妞子，这会儿心里最大的事儿就是妞子的事儿了，窑腾出来了，妞子该招人儿了。庖牺到如今都可惜妞子跟二群没成了，昨儿个听冷妮子说丑妞儿有了，她心里还酸不唧唧的，就像自个儿的孩子让人偷走了一样儿。

门吱呀响了，"娘，睡啦？"白妞儿出溜儿进来了。

"妞子，有事儿吗？"

"没事儿，就是睡不着，过来跟娘说说话儿。"

庖牺眼潮了，闺女到底儿是贴心的肉！

"妞子，你哥把窑给你腾出来了，啥时候往里头住人啊？"

"该来的到时候就来了。"

"妞子，找上门儿来的不少了，你就没瞧上一个儿?"

"娘，我哥在的时候顾不上啊，这会儿人家都有了，我瞧上了也没用啦。"

"前儿个你雨儿姨又跟我提丑小儿来着，我瞧那孩子不错，人是人，样儿是样儿，干活儿是把好手儿，心也细，知道疼人儿。"

"娘这都是听雨儿姨说的吧?"

"丑小儿是我眼瞅着长大的，知根知底儿。你雨儿姨不说我也知道。"

"我不要他。"

"他咋不好?"

"他哪儿都好，就是跟我不合适。"

"咋不合适?"

"他比我小。"

"哈，这不算，不算，咱雷泽就是兴女大男小，你爹比我小，你岨儿舅比你冷姨小，二群不也比姐姐小好些吗?你哥比翠儿姐更小得多了。还说呢，今儿在场上瞅着人家俩透着的那恩爱，我是真放心了。你哥长这么大，我还是头一回见他那样儿的眼神儿。"

白妞儿不待见丑小儿就因为一个事儿，他管她哥叫"斜眼儿"，一说就是"那斜眼儿"。可这正是娘的心病，她没法儿说出来。

"你凉姨家的大春儿，人也不错。"

"娘快别说凉姨啦，见谁给谁说她家大春儿、小秋儿，说了不下三四十家儿，哪儿还轮得上我啊!"

"得，得，这个算我没说，臭姨家的虎子你看咋样儿?"

"虎子早跟秀儿好上啦!"

"你清儿姨家的大笨挺实在，干活儿也舍得出力气。"

"娘，你摘果子呢？这个捏捏，那个攥攥。再说，大笨还是个孩子呢。"

"娘不是为你着急嘛，你们这一茬妮子，一个个儿都当了家，你还要拖到哪年啊？"

"多跟娘亲热两年儿还不好啊？"

"不好。"

"哟，娘这就嫌弃开我啦。"

"嗤！"

"那您说咋不好呀？"

"娘都这么大岁数了，叫你耽误得还当不上姥娘，唉！"

"娘真逗，这也怨我。当上姥娘了还不知足，大娃不是管您叫姥娘嘛？不也跟咱至亲骨肉一样儿嘛？"

"嗯，大娃是个好孩子，长大了是好材料儿，不比他爹差。"

"要不，跟翠儿姐商量商量，叫大娃过来跟娘住？反正他们三口子一个窑里也够挤的。"

"你甭瞎琢磨！哪个当娘的舍得叫自个儿的孩子跟别人住去呀？何况那是你条子哥的骨血！"

"翠儿姐早晚给您养活个我哥的骨血，娘甭着急，瞅着吧，快了，我给您盯着她的肚子。"

娘扑哧儿乐了："都这么大了，还是要多傻有多傻！"

娘儿俩又说了一阵儿白小儿的事儿，一说起儿子来，庖牺就感慨："这傻小子，可叫我操够了心了！"白妞儿说："娘，我哥可不傻！"庖牺笑了："他要不傻，坳子里就没傻子了。"白妞儿说："他傻，能支使娘给他求翠儿姐去？坳子里还有谁能支使动您呢？谁又敢支使您啊？"庖牺不以为然，说："他那是要挟人，嗷！"白妞儿乐了："知道他那是要挟，您还给他跑腿儿，上人翠儿姐那儿磨嘴皮子？甭管咋说，我哥让您帮他成了他自个儿成不了的事儿，就凭这个，他就不傻。娘败在人手里了，还说人傻，到底儿谁傻呀？嘻嘻。"庖牺一想，可不是么，把他们俩拴一块儿的，正是自个儿啊，要不是她下着脸子求人家翠儿，这事儿根本成不了。

月亮偏了西，后半夜凉下来了，白妞儿说："我不过去了。"她娘说："你一天不当家儿，就跟着娘一天吧，我一人儿住这儿也空空落落的。"白妞儿乐了："您瞧，离不了我，是吧？我就说嘛，娘儿俩多亲热两年有啥不好？反正日子越过越少，亲热一年儿是一年儿，亲热一天儿是一天儿。"

白小儿过去没两天，霞又搬着个腰机来找白妞儿了，还是说给她兄弟织手巾，不会提花儿。白妞儿说："上回不是教给你了吗？你这人，记性叫狗吃啦？"霞呵儿呵儿乐："你不知道我这人笨啊，教一回哪儿记得住啊？"白妞儿说："不就一块儿手巾吗？搁这儿吧！我抽空儿给你织了。"霞嘻着嘴说："那敢情好啦，我兄弟赶明儿可得好好儿过来谢你。"白妞儿说："你不来了就行了，我可不能老给你们家织手巾。"霞还是嘻嘻笑："不来了，就这一回。对啦，妞子，忘了谢你啦。"白妞儿装糊涂："谢我个啥呀？""二群的事儿啊，要不是你给撮合……"白妞儿得意地截过来说："得啦得啦，我还不是心疼你，让二群给你腾地儿？"霞心想，哼！还想占我的便宜？就说："妞子好人，要腾就给腾干净，就瞧你的啦。我这回先谢啦，嘻嘻。"白妞儿也嘻嘻笑："你呀，别蹬鼻子上脸啦！"

手巾织好了，大群自个儿来拿了，还背来一布袋核桃。俩人儿一边儿敲核桃，一边儿说话儿；一布袋核桃敲完了，又一点儿一点儿剥核桃仁儿里头的夹皮儿；全都剔干净了，大群说："妞子姐，我得走了。"白妞儿说："急啥哩？今儿晚上月亮这么好，再说会儿，等我娘回来了再走。"大群问："大娘去哪儿啦？""瞧我哥去了，我哥走了才几天儿，娘就想得不行了。"大群说："嗯，当娘的全都这样儿，二群才过去那时候，我娘也是三天两头往冷姨家跑，弄得二群挺不好意思的。"俩人儿说一阵儿笑一阵儿。

正说着，庖牺回来了，见了大群，一愣，问："哪股风儿把你给吹来了？"大群说："我姐央妞子姐给织了块手巾，叫我来拿。我娘叫给您带个好儿，见着您，我就回了。"庖牺说："回去也给你娘带个好儿。"

大群一走，庖牺看见一地的核桃皮，眉头皱成了疙瘩，问女儿："他啥时候来的？"

"娘刚走，就来了。"

"他有啥大不了的事儿，在这儿泡了整整一晚上！"

"人家刚才不跟您说了吗，给您带好儿来啦，见了您，这不就走了吗？不说您回来得晚了，耽误了人家的工夫儿，还说人挨这儿泡了整整一晚上，哼！"

"跟这么个人，你就有那么多话说？"

"跟别人话倒不一定多，跟这么个人话才多呢。"白妞儿眼里闪着亮儿。

"嗯？又是织手巾啥的，咋没听你跟我说过？"

"不就织块儿手巾嘛，咋啦？又没白织，人给背一布袋核桃来，还剥得干干净净的，这娘就瞧不见啦？干吗跟这么个人生这么大气啊？"

"没法儿不生气，刚送走了个痴痴溺溺的，又来了个痴痴溺溺的，嗨！"

"嘻嘻，我还就待见痴痴溺溺的。他要是真来了，才好呢！"白妞儿笑得挺得意。

白妞儿挑明了，庖牺真急了："傻妞子，这终身大事，你可不能犯糊涂啊！"

"正因为是我的终身大事，我才不糊涂哩。"

"你图他个啥呀？"

"我图他跟我哥一样儿实在，这样儿的一百个里头找不出一个儿来，他要是来了，是我的福气。"

"他连句整装话都不会说，咋过日子啊？"

"谁说他说不了一句整装话？他跟我说了一晚上，连个磕巴儿都没打，刚才跟娘说话儿，不也好好儿的吗？"

"你瞧他这样儿，能端得出去吗？"

"娘说得叫啥啊？他跟我过日子，您把他端出去干吗啊？这是我找人过日子，不是娘找人管族里的事儿，娘别把两下子里的给混了。"

"就你分得清楚，我问你，咱咋就不能找个又能在家里过日子，又能在外头管事儿的人呢？"

"哪儿找去啊？"

"找上门儿来的二群，那么精明，叫你送了人情儿。这么个大群，你非留下。你咋这么傻呢？"

"娘，咱家打我老姥娘起，给族里管了三辈子事儿了，还没管够啊？想想条子哥的下场，您不怕啊？我可是怕。娘，咱家里不能再出管事儿的了。娘瞧好了哪个能人，加意栽培两年儿，赶紧让了吧！回来好好儿过两年日子，比啥都强。别嫌我嘴楞，您还能有几年儿啊？"

"妞子，你可真是小见识啊，远的燧娘娘，近的咱家三辈子人，都是给族人造福的，都像你这么想，人们能使上火吗？能住进窑洞吗？能使上锅碗儿吗？能吃上猪肉、羊肉、小米、麦子吗？能穿上衣裳吗？你呀，眼皮子忒浅！"

"娘说的都对，别的不说，娘教人结网罟、造弓箭、养六畜、种五谷，对族里的贡献大了，百代千代受益不穷。其实谁都会琢磨，都能琢磨出个啥来，咱这会儿使的好几样儿东西，我小时候都没见过，像碾地轧场的碌碡啦，舂米倒面的兑臼啦，都不知道谁先起的头儿了。"

庖牺说："碌碡是养上驴以后才有的，采石头的人琢磨出来的，不是一个人，起头儿又大又沉，后来条子他们改成这会儿这样儿了。兑臼是你干爹先抠饬出来，给你干娘捣药使的，后来家家儿都找块石头抠饬，成了捣米的，个儿也大多了。"

白妞儿说："有了兑臼才有了面，才有了煎饼，这虽然不如您的结网罘庖牺牲，可也是真本事。我最看重真本事，自个儿没大本事，也琢磨出点儿小花样儿，织手巾提个花呀，盐水腌个菜呀伍的，娘不一定瞧得上，可这是先人没想到的，我头一个儿想出来做出来的，别人找我来学，学会了，他也能使上好看的手巾，吃上好吃的咸菜了，我就挺知足，就跟老家的火是我找着了似的。大群跟我说了一晚上，掰扯着手巾上的布丝琢磨咋提花儿，剥着核桃仁就想着从核桃里榨油。这么会儿工夫儿，光琢磨了，往后日子长哩，保不齐他能琢磨出啥有用的东西来。他不是管事儿的料，正好琢磨事儿。娘琢磨的几样儿大事儿，都是没当大娘的时候出来的，后来管上了事儿，整天派活儿、分嘴、调解是非，系疙瘩解疙瘩，哪儿还有心思琢磨啊？连过日子的工夫儿都没有，要不是姥娘管着，我跟哥还不成了野孩子了？我这辈子不想做大事儿管大事儿，只想过好日子，自个儿过好日子，也把我琢磨出来的教给别人，让别人跟着过好日子。娘，您睡着了？"

庖牺一直静静儿听着，这才说话："没。妞子说得这么好，娘不想插嘴。"

"好个啥呀，都是些小见识。嘻嘻。娘，我这眼皮子就是浅，这就打开架了，明儿再……"

白妞儿说了半截儿话，就打起呼噜来了。

庖牺却再也睡不着了，反反复复咂摸女儿的话。这十几年紧忙活，回过头来一看，没啥长进，家不是家，业不是业。她看重条子，就是因为见了他琢磨出来的两扇石头的碌碡和一百二十八股儿弦的大弓，那时候条子还琢磨着改末耙伍的，一管上事儿，啥也顾不上了，得罪了兄弟，埋下了仇人，自个儿一点儿都不知道。翠儿后来跟她说，出事儿那天晚上，原本想来求她，别把条子搁鏊子上烤了。唉，自个儿把管事儿这点儿权看得太重了，误了自个儿，误了别人，她这个后悔呀。

后半夜儿了，庖牺还是睡不着。月光从门缝儿里挤进来，爬到墙上，白花花闪眼。庖牺爬起来看月亮，逮住个脚后跟儿，月亮哧溜儿闪进灰黢黢的云彩里。好厉害的满月，蒙着脸儿都把天映得白朗朗的。

庖牺就怵满月，一到满月就烦得睡不着觉，这会儿倒不烦了，脑袋里清清爽爽好想事儿。她把妞子的话将了俩过儿，条子出事儿那天女人们在场上跟她争竞的话，也跟才说过的一样儿，一句一句将得清清楚楚。

记得那一天起头儿的是雨儿，认认真真问了她好几回："赶明儿雷泽是女人当家儿还是男人当家儿？"赶明儿让男人管事儿，是庖牺娘临死嘱咐的，庖牺记着，挑中了又老实又能琢磨的炭条儿，让他先管着地里的活儿。这回起事儿是因为妮子们都抽下去拔麦子，连筏子上过来帮忙儿的一拨儿人都交给炭条儿管。雨儿瞧出来，条子管的越来越宽了，才这么问的。她当时没把雨儿的话当回事儿，因为雨儿平常嘻嘻哈哈，并不管闲事儿，更没关心过这样儿的大事儿。这会儿想起来，连雨儿这样儿的人都关心起来了，正说明事关一族人的利益啊，她咋就没看出这事儿的重要呢？

后来争竞起来，女人们全都反对男人给族里当家，说女人当家儿就跟养活孩子一样儿，是老天爷立下的规矩，不能变。记不得是谁还说，凡成群儿的畜生都是母儿的头儿，蜂王、蚁王伍的也都是母的。她当时觉得她们啥事都不懂，就只管说她的理儿：地里跟筏子上的活儿，打猎开石头的活儿都是男人干的，女人干家里的活儿，管不了族里的事儿。大伙儿全反对她，七嘴八舌说男人这也不是，那也不是，小肚子鸡肠子啦，性子野啦，打架啦，还说不用女人反对，男人自个儿就得乱起来。

庖牺那时候觉得她们全都是猪油蒙了心，瞎说。可是，就在当天晚上，三娃为了争管事儿对条子下了黑手。她那时怒不可遏，不许人们再说这个话题儿，说到时候她会安排好这个人。这会儿，她开始动摇了，隐隐觉得自个儿好像没理儿。

三姨那天说来着，头人的活儿也不光是管种地、打猎、捕鱼，还有记事、分嘴呢，就怕主事儿的人没有公平心，分不匀。人们争竞得那么厉害，其实不是怕谁管干活儿，而是怕往后主事儿的人分不平。三娃要争的，正是这份儿权力啊。这会儿想想，自个儿错在把派活儿干活儿的事儿跟分嘴的事儿混一块儿了，以往的大娘们又管干活儿又管分嘴，那是因为她们威望大，人们信服。自个儿还凑合能担当，往后谁能让坳子里人信服呢？要是三娃这样儿的当了头人，坳子里还不乱了？

蕡儿那天问过，冷妮子咋就不能主事儿，事情本来挺简单的，人们需要一个信得过的人，要的就是个公平。往后，让族里岁数最大的女人分嘴不就得了嘛？改个啥呀？立个啥呀？再也甭想把权力交给哪一个人了，就是地里的活儿，也不是一个人管得过来的，筏子上清水跟黑子俩人这么多年不是管得挺好嘛？那么多地，咋能叫条子一人儿管啊，真是翠儿说的，把他搁鏊子上烤了。本来能做得轻轻松松的事儿，让她庖牺给搅和难了，还出了人命。

庖牺恨自个儿，当了十几年大娘，临了儿咋干下这么糊涂的事儿！得亏姐子明白大义，不趟这浑水儿。人们都是想过好小日子，只有自个儿这样儿的混蛋才把权势看得比啥都重，引着人争权夺利。"你算个啥东西啊，臭大粪！"

"娘骂谁哩？"白妞儿给吵醒了。

"娘是糊涂蛋，娘是臭大粪。"

白妞儿长这么大，头回听娘这么骂自个儿，就问："娘您咋啦？一宿不睡，瞎想些个啥呀？"

"娘尽干糊涂事儿了，坏就坏在糊涂还自以为是，听不进去大伙儿的话，把你条子哥给毁了。"

"娘说这事儿啊？本来挺容易的事儿，娘想得太多了，倒麻烦了。嗨，该出事儿也躲不开，害过的病儿不再害，出过的事儿不再出，早出比晚出好。"

"唉，白当了十几年大娘了，雷泽出了一百多大娘，传了一百多辈子的宝贝串儿，砸在我手里了！"

"娘，一百多辈子，除了老家的老祖宗燧娘娘，哪个大娘也没您琢磨出来的东西多。我整天使腰机织布，谁琢磨出来的呀？哪个大娘让人们穿上衣裳不当野人啦？您给人们琢磨出来多少好东西啊？"她摸着娘脖子上的光溜溜的宝贝串儿说："戴了一百多辈子，数在您脖子上亮。"

"这是年月磨光的，我知道。琢磨出东西来是为了人，为了过日子。甭管琢磨出多少东西来，毁一个人就完了，毁了人心就全完了！没有一个大娘像我这样儿在人里惹乱子，从前咱雷泽人心多齐啊，这会儿害人杀人……"

"娘可别这么说，从前还没种地呢，跟狮子老虎打交道人心不齐行吗？这会儿种这种那，扑腾出多大一片家业啊？是得多几个人管，一人儿本事再大也胡噜不过来，累死了还招人恨。"

妞子说得多明白啊，其实，人们都这么想的，翠儿不是怕条子招人嫉恨提心吊胆吗？雷泽三四千口子，就自个儿看不透这一层儿！于是就说："我老了，该退了，让给别人管吧。"

"娘，您也不用全退了，别的不管，分嘴的事儿还得盯住了，这事儿，您想不管人们也不会答应，不信您就试试。别的事儿，您给支支招儿就行了。往后，咱雷泽出不来娘这样儿的头人了，也不是我一人儿这么说，大群就说来着，娘这样儿的人，一百辈儿也出不来一个儿。有的事儿，还就得您说了算，三四千口子，人们就服您。一样儿的事儿，一样儿的说法，您说了就行，换个人说了不一定就行。"

"那还行？我也忒霸道了。"

"娘，那叫'信'，人们信您，因为您这么些年的处事没大错儿，叫人放心。争竞得再厉害的事儿，到您这儿就了了，谁也没脾气。"

"人老成妖，燧娘娘也不叫我回去，老挨这儿吓唬人，自个儿也不落忍啊。"

"嘿咿，娘这样儿的妖精哪儿找去呀？就像去年给翠儿姐和三娃家分嘴那事儿，吵成啥了，最后您一给分，哪个不服啊？连三娃女人也没得说了不是？"

去年三娃害死了炭条儿，遭了死罪，两家都没了干活儿的男人。为了给这两家分嘴，人们吵吵了个够。以往族里死了男人，分嘴的时候儿，他们家里都有一份儿，分多分少看家里人口儿，等孩子大了，或者家里有了男人，就没份儿了，沟儿死了以后庖牺家也分了十来年。这些人家要给族里交足一定数量的布，交多交少，看吃的多少，少的十个，多的二十、三十，各家交来的布归在一块儿堆儿，再分给大伙儿。

炭条儿家该分一份儿，没说的。三娃家也要分，大伙儿都不干，谁也不愿意帮杀人的养活，有的说："给他女人孩子留条活命儿就够宽的了，不能叫他家再吃咱！"有的说："罚他女人，她得多交布！"有的说："叫他女人孩子下地干活儿，自个儿挣嘴吃！"

庖牺最后定的是：三娃女人跟翠儿一样交布分嘴，可是罚三娃女人一年给翠儿织五个布，算是替三娃赎罪。大伙儿都说好，多少得罚她一下，给起坏心的人敲敲脑壳儿。三娃女人当面儿认罚，背后不服："杀人偿命，都是人，三娃的命就这么贱？命都给了还抵不了，哼！她凭啥穿我一辈子？"话传到庖牺耳朵里，她气得指着女人的鼻子骂："给脸不要的贱骨头，收了秋你要是不把布给翠儿送过去，下辈子叫你家贱种接茬儿给大娃还。"女人慌忙赔着笑说："我还！我还！三娃欠下了人家的，哪儿能不还呢？"还没到收秋，她就把俩布给翠儿送去了。翠儿瞧都没瞧那布，拿起来去找庖牺。"师娘，我不缺这个，族里罚她有族里的道理，这布搁到别家交来换嘴的布里，给大伙儿均分了吧！"庖牺说："也行，你既不愿意穿她的，你给族里那份儿换嘴的就免了吧。"翠儿说："背着抱着一般儿沉，这不还是白吃嘴吗？条子知道了，准跟我翻扯。"庖牺劝她："人别太刚强了，叫条子也不落忍。"翠儿算是接受了。后来有了白小儿这档子事后，翠儿先提出来："小儿一过来，我们娘儿俩就吃他了，族里那份儿吐了。"庖牺说："你吐了，也不能叫她咽回去。"

白妞儿提起这事儿，庖牺说："这就把那贱人制住了，她不敢教孩子记恨你翠儿姐跟大娃。她是罪人家的，不能跟别人一样，要换嘴，就得交双份儿。我在一天，这规矩就破不了。罚得狠点儿，为的是镇唬人，没人再敢起害人之心。"

"就该罚！翠儿姐才不怕她记恨哩，大娃这会儿都能开小弓了，她家那贱种不是个儿。"

天亮了，庖牺突然想起大黑马要下驹儿了，说："妞子，娘去马圈瞧瞧。"

"娘，大黑马昨儿后晌下驹儿了。"

"你咋知道的？"

"大群说的，拴根儿不是挨马圈帮枣儿舅喂牲口吗？"

"噢，老了，老了，想着这忘了那。拴根儿跟霞也该成了，妞子，再见着大群，跟他商量商量，早点儿搬过来吧，别老耽误着他姐啦。"

白妞儿压着心里直往上冒的喜气，说："您瞧，我说该来的，到时候儿就来了，是吧？"

庖牺长长叹了口气，说："倒个儿了，倒个儿了，我快该管你叫娘了。"

打这以后，庖牺心里头压了事儿，自个儿岁数不小了，保不齐啥时候有个闪失，得早点儿虑下后事，省得到时候抓挠不过来。天天儿睡下就想着族里一个个儿女人，把七八百三十往上的女人将了一个过儿，攥住了十来个儿，又一个个儿来回掰扯，设想她不在了，这个人理事儿会是个啥样儿，能不能服众。三姨岁数最大，阅历多，主意正；冷妮子有当年瞎老娘的品格儿，神仙一般，人人敬重。可是，这俩人都比自个儿大，能活过自个儿吗？接着再将，手里攥着的几个都够格儿，可又都是老人，庖牺犯难了。

白妞儿说："娘甭掰扯啦，再掰扯也是那几个儿。咋就不能往下想想呢？只要人公道，明白，身子骨儿好，不就行了吗？小点儿还更好呢，一气儿多干些年，省得还没干啥哩就又得找后人。"

庖牺一听，说："对啊，你翠儿姐、秋儿姐不都是又公道又明白，身子骨儿又没毛病吗？"

白妞儿说："你趁早儿甭打我翠儿姐的主意，甭给人找麻烦，也甭给自个儿招骂。要是没我哥这层儿，也许还凑合。"

"妞子你多心了，举贤不避亲，是咱雷泽的老规矩，咱家三辈人当大娘，光明正大，没见人说过是非。"

"娘，您愿意举就举去，翠儿姐要是答应了，我从今往后脑袋朝地走道儿。您也不想想，连条子哥她都不愿意让干，这会儿能让您把她搁鏊子上烙？您就算不为翠儿姐想，也该为我哥想想呀。得了，您行行好儿，让人两口子好好儿过日子吧！"

庖牺说："谁都不干，那咋办呀？娘不能死了还贴在鏊子上烙啊。"

白妞儿逗她："您咋知道谁都不干啊？您问问肉疙瘩儿娘，瞧她干不干！"

庖牺鼻子里哼了声儿骂道："说着说着就放开臭屁啦，该干吗干吗去！甭这儿气我！"

大群过来那天后晌，来了两家儿送的，清水跟蛋蛋一人背了一布袋麦子，疙瘩妞儿跟辣妮儿一人抱着一个布。庖牺说辣妮儿两口子："你们走错门了吧？"蛋蛋说："没走错，认得门儿。"庖牺说："我可就一个妞子。"辣妮儿说："知道，早知道你们两家，头两年就送过来了。"庖牺这才明白过来："好啊，你们两口子，逼着大群给你们拴根儿腾窑呢！"辣妮儿说："拴根儿不腾，拽根儿咋办啊？狗子娘那边儿催得紧呢。"狗子姐儿好几个，不能都留家里招人。拽根儿跟狗子好了快三年了，该合到一块儿过日子了。蛋蛋两口子没妮子，早就盼着狗子过来了。

# 第四十二回

## 众妮子山中剥栗子
## 十姥娘窑里挑能人

"娘，妞子呢?"大群一回来准喊这么一嗓子。起头儿庖牺听着挺受用，这孩子懂事儿，回来先叫娘;后来听多了，见天儿这么喊，甭管谁在谁不在，这大群是有毛病儿;日子长了，才知道人家那是借着喊"娘"找妞子呢，是个痴心人!

白小儿一走，庖牺家没了地里人，吃上了换嘴，全仗着妞子没明没夜地弄瓦织布。大群来了以后，用不着换嘴了，妞子也能出去了，家里多了时令儿果菜，日子眼见得好过了。

"娘，妞子呢?"

"大群回来了? 妞子还没回来呢，吃了前晌饭就跟你姐、丑妮子几个去后山栗子沟儿了，整整出去一天了。"

"娘，我迎迎去。"

"大群，甭惦念她，又不是一人儿，好些个人哩。"

"娘，天黑上来了，我还是迎迎去好。"

"饭好了，你吃了再去，又耽误不了啥。"

"回来再吃，娘，我走啦。"

"瞧你急慌慌的，家伙也不撂下，嗨！"

大群出门儿老挎着个弓，背个篓子，就跟别人脖子里围条手巾一样儿。"嘿，娘不说我还忘了。"大群找了个桶，把篓子里的地菜倒进去，这是今年第四茬儿了，开花儿，打籽儿，籽儿进到地里十几天儿新苗就能吃了，稍微挖得晚了点儿，就又开花儿打籽儿老得不能吃了。

秋风撕了一地树叶子，脚底下软乎乎儿颤悠悠儿的。傍黑儿，凉气已经上来了。大群打了个激灵，想着也不知道妞子穿得够不够，一早儿一晚儿别冻着了。

栗子沟儿挺老远的，走了不到一半儿天就黑下来了，尘和暗一层一层压下来，全都沉淀到这片林子里，天上有点儿寒光，星星冷得哆哆嗦嗦，月亮瘪了半拉腮帮子，酸得叫人倒牙。林子里沙沙沙沙响动，一只黑影儿噌地蹿过去，跟着又有几只，畜生出来活动了。要在往常儿，大群早就摘下弓来了，这会儿他顾不上，心里急，脚底下越来越快。

到了栗子沟儿，却不见人，脚底下磕磕绊绊全是毛壳儿，扎一下儿生疼。大群想，来这儿就一条小道儿，不至于走岔了没碰上，就大声吆喝着往深处儿趟。

一股臊味儿拱进鼻子，大群不走了，摘下弓来，猫在一棵栗子树旁边儿。一只松鼠儿吓得蹿上树去，晃下几个栗子毛球儿，砸到大群脑袋上，蹦到地上，他也不敢动窝儿。

终于等着了两只找食儿回来的狐狸，早在弦上待不住了的箭，"嗖"地飞出去，一声瘆人的尖叫，一个影子跟跄了几步儿，栽倒了。大群顾不上管这个，朝着奔逃的影子又是一箭，这一只逃得快，闪进林子溜掉了。忽听得一声声"呜嗷呜嗷"的叫，他回来捡那只中箭的狐狸，两个影子一蹿就跑了。

大群疑惑起来，走到近前，地上仍躺着一只。他提溜起那东西两条后腿儿，照一棵树拽过去，那东西没声儿，这一摔更是死透了。他把死狐狸搁背篓里，接着往前走，空气里臊臭臊臭的，他憋了一口长气，往前跑了一小截儿，猛地站住了。他的耳朵是练出来的，老远就听见脚打地的声音，一会儿出现了朦胧影子，弓背缩肩，看不清是一群啥东西。大群躲进林子里，箭搭在弦上。

那一群怪影奔这边儿来了，"咋这么臊啊？"是霞！别人也都嚷起臊来。大群咳嗽了一声儿，说："别吓着你们了！"他姐说："大群啊？""你干吗来了？"是姐子的声儿！大群这才放下心来，说："这么晚了，真叫人着急！"说着奔过去，要过白妞儿的篓子，嗔道："要是还能装，还不回来哩！"白妞儿说："这么多人，一块儿出来的，人家都不回，我一人儿回算咋回事儿？"说着来换大群的篓子，突然捂着鼻子叫了一声儿："啥东西这么臊啊！"大群说："刚才射住一只臊狐狸。"人们都"啧儿啧儿"羡慕，夸大群箭法儿好。大群说："好啥啊？射住一只，跑了仨，光剩下臊气啦。"

庖牺在家左等不来，右等不来，心上正毛呢，两口子回来了。白妞儿一进门儿就嚷饿，庖牺说："不饿还不回来呢，是吧？哪儿有一走直直一大天的？"大群说："娘，那些人不回来，她一人儿回来也不好，路上碰见啥，更叫人担心。"说着拿出那只死狐狸来，"这个给娘缝个坎肩儿穿。"庖牺耸了耸鼻子，说："我说哪儿来这么大臊气呢，呀，是只上好的银狐儿哩，母的。"大群说："跑了仨，公的先跑了，俩小的还在母的跟前叫了一阵儿，都没捉住。"庖牺说："别不知足啦！黑灯瞎火的，又不是经意儿去的，能捉住一只就不错啦。"

灯影儿里，白妞儿手背上全是血印子，大拇哥跟四个指头捏不到一块堆儿，腿上刮得一道子一道子的。大群心疼死了，问："咋就折腾成这样儿了？"白妞儿说："上树掰毛栗子壳儿，掰够了下来拿石头砸，一个儿一个儿剥出来，几个血道道儿不算啥，难受的是指甲盖儿，离着肉，疼得钻心。"大群说："我瞧瞧！"白妞儿伸过手来，大群捉住一根儿指头噙在嘴里，舌头嗫着指甲缝里的泥儿。白妞儿说："脏不脏呀？"大群吐了一口说："不脏还不管你呢，填了这么多泥儿，能不疼吗？明儿甭去啦！"白妞儿"扑哧儿"乐了："指甲缝儿里有点儿泥儿就不去了，我成啥啦？"

第二天吃了前晌饭，大群给了白妞儿一根长竹竿儿，上头绑着个小小的弓样儿的东西。白妞儿一瞧乐了："这个好，不用上树了。"举起来往门前杜梨儿树上一挂，够下一嘟噜儿来。大群又给了她一块皮子，一根儿麻绳儿。白妞儿没看明白，问："这干吗？"大群说："到时候把皮子绑脚底下，拿脚搓毛栗子壳儿。"白妞儿说："好！好！今儿可别再接去了，省得叫她们笑话。"大群说："行，你可得早点儿回来，留神黑了碰见野猪穿了你！"白妞儿哧哧笑，大群瞅了她一眼，说："别不当回事儿！吃了亏就晚了。"说完背起篓子走了。

庖牺全瞧在眼里，她是越来越待见这半拉儿子了。白妞儿临走，她嘱咐："回来吃后晌饭！别让一家子等着你！估摸看差不多了，就叫上她们一块堆儿回来。"白妞儿满口答应："行，行，今儿都早点儿回来。"说着，霞来了。庖牺又对她说："霞，黑了早点儿叫上她们回来！栗子长着跑不了，今儿个摘不完还有明儿呢。甭太贪了。"霞说："行，早点儿回来。昨儿妞子打树上一劲儿往下扔，拣不完怕夜里叫畜生糟践了。"庖牺说："就知道是她拖累的，今儿个甭听她的！"

白妞儿扛上竿子背起篓子，霞说："这招儿好！我咋没想起来呢？咱叫上人们，先做几根竿子再去吧。"白妞儿说："大群琢磨出来的。"俩人相跟上走了。

兴开了竹竿挂树上的栗子，能出来的女人都去后山打栗子去了。不到三天儿就把树上的毛壳子打光了，人们又回来捡地上还剩的栗子，连头两天收完了的栗子沟儿都又捋了一过儿，捡了个干净。这些人天天儿耗到黑，篓子尖得放不下了才回来，人乏肚子饿，路上歇好几起儿。狐狸不把她们当回事儿，见人近了才闪开。天天儿闻林子里的臊气，女人们到后来也惯了。

秋雨淅淅沥沥下，把天儿下冷了。白妞儿跟大群在窑儿里一个织布，一个琢磨着改腰机，好让织出来的布幅宽些儿。

庖牺煮了一锅栗子，找了几个老姐妹儿，来她窑儿里过阴天儿。来的有三姨、冷妮子、疙瘩妞儿、辣妮儿、臭妮儿、雨儿、霜儿、苎儿、清儿，还有肉疙瘩儿娘。肉疙瘩儿娘是庖牺听了白妞的话添上去的，按岁数儿请，应该有她。

窑里弥漫着栗子的面香，人们来了，揭开锅盖儿抓出栗子来吃，一边儿吃，一边儿啧儿啧儿说好。庖牺说："吃吧，今儿不做饭了，栗子管够，吃不了兜上走。呵呵。"锅旁边儿备着一大桶鼓粒粒的大栗子，她是诚心请客的。

冷妮子说："呵呵，叫了我们来，就为的吃栗子？你咋不早说呢？我好带上一家子过来啊，不吃白不吃。"庖牺说："你啊，占便宜没够，吃亏难受。我这栗子可不是白叫吃的，吃了得干活儿！"三姨说："找我们一堆老帮菜来，干啥活儿啊？先说好了，我可是吃得动干不动。嘿嘿。"

庖牺说："三姨说对了，找的就是你们这些老帮菜。"雨儿说："到这咱才瞧出点儿眉眼儿来：好像坳子里没有比咱更老的菜帮子啦，呵呵！"辣妮儿说："我们蛋蛋比我还老呢，咋没叫上来啊？"肉疙瘩儿娘说："要眼叫出气儿的啊？瞧不见来的都是当家的？"庖牺说："又说对了一样儿。再猜猜，叫你们这些个老当家的来干啥？"

肉疙瘩儿娘说："不说也都知道了，叫我们来帮你管事儿，是吧？"庖牺摇摇头。雨儿说："是在我们几个老妖精里举个管事儿的吧？按岁数数三姨老，谁也不能跟她争。"三姨对庖牺说："丑小儿娘说得不对，是吧？"庖牺说："她说对了一半儿，请你们来吃栗子，是为了帮我挑个人儿，哪天没了我，这人就给咱四千口子分嘴。干吗不打你们里头挑？因为你们也不会比我活得长多少，呵呵。"

冷妮子说："这人得要哪几样儿啊？"

庖牺说："这个，我一人儿说了不算，你们说吧！"

雨儿说："这可是你叫说的，我就先说，头一样儿，这人得是个女的。"说完，瞅瞅庖牺，又瞅瞅看众人。

庖牺说："你甭看我，大伙儿说，今儿个既请了大伙儿来，就是要听听大伙儿咋说。"

雨儿说："这就好，可是大伙儿说了，你听不听呢？"

庖牺说："说得在理儿，我就听。"

雨儿说："我说了不算，你们说吧！"

肉疙瘩儿娘："女人当家儿是老辈子的规矩，改它干吗呀？"

辣妮儿说："我也说该是个女的。理儿嘛，早就说过了：谁养活孩子传宗接代，谁当家儿。"

臭妮儿又说："我还是那年的旧话：蜂王，蚁王，虫虫蚁蚁都是母的王，畜类也是母的为头儿，咱人自然不能叫男人来管，因为孩子后代是咱女人生养的。"

疙瘩妞儿说："上回三娃王八蛋那事儿闹的，还是甭找男人了。多少辈子了，女人当家儿没出过这么大的乱子。庖牺，我可不是说你，我是说男人靠不住，爱争先抢尖儿，这么背后玩儿阴的，咱女人干不出来，生养过的人不杀生。"

大伙儿都说疙瘩妞儿说有理，女人知道生命来得不容易，男人哪儿知道这呀。

霜儿、苎儿、清儿还说，女人当家儿叫人服，男人当家儿镇不住人。

庖牺说:"分嘴的算当家儿,派活儿的算管事儿。男人管事儿还是行,到底干着那活儿的嘛。"

三姨说:"庖牺把分嘴跟派活儿分开了,这就好说了,派活儿是男人的事儿,清水、蛋蛋他们管得挺好的,往后咱女人也管不了。这分嘴的事儿还是女人管着好,省得一人儿啥啥都管。上回三娃个王八蛋闹事儿杀人,争的其实是派活儿和往后分嘴的权。一个人样样儿都管,不是好事儿,除了你庖牺,换上谁这么管也不能叫人服。"

冷妮子说:"庖牺既叫咱们这帮母妖精来,呵呵,我瞧着有这意思了,就是三姨说的:分嘴是咱女人的事儿。我同意雨儿提的头一样儿:这人得是个女人。"

庖牺说:"行,大伙儿都这么说,我也同意这头一样儿,要找个女的。我再添一句:这人得比我小几岁。要不,她刚接了我的手儿,又得找接手儿的了。"

大伙儿都说对对,既找,就找个年轻点儿的。

庖牺说:"行,头一样儿过了,找个年轻点儿的女人。还有几儿,大伙儿说说。"

大伙儿凑了凑,不过是人得精明不糊涂,得干一手好活儿,最重要的,人得公平,先不能有私心,不能光想着往自个儿家里分多点儿,分好的。

臭妮儿提了个秋儿,辣妮儿说:"趁早儿甭打这人的主意,打死她她也不干。连叫柱儿帮着蛋蛋管管地里的活儿,她都不干,她自个儿能出这个头儿?"三姨说:"也是,三娃的事儿把她吓住了,她可不愿意柱儿弄得跟条子一样儿,叫她出来,更不行了。"辣妮儿说:"都怕,就我那不知死的鬼不怕,就是干不了几年儿喽。除了秋儿,就没别人儿啦?"

冷妮子说:"我说一个:翠儿,人能干,又正派。"

庖牺赶紧打住:"翠儿不行!"

冷妮子说："你不是说听我们的吗？就不能等大伙儿说完了你再说？"

庖牺说："这个，我先说到头里，我脖子上这宝贝串儿不传给跟我沾亲带故的。你们提她也白提，不如趁今儿个有工夫儿好好儿说说别人，别等到一锅栗子吃完了，人没找出来。下回再找也行，可是没栗子吃了。"

肉疙瘩儿娘说："也好，我提个，人好，活儿也好。蕡儿这人，你们瞧咋样儿？"

辣妮儿说："蕡儿人是好，就是太软了点儿，到时候怕镇不住事儿。"别人也这么说。

霜儿问："我问问，这个年轻点儿，能年轻到哪儿去？比方妞妞，人是小了点儿，可是别的样样儿够格儿。"辣妮儿说："妞妞人缘儿好，尽做好事儿，就找药看病这一样儿，谁能比得了？"大伙儿都赞成，全摆开了妞妞的好儿。

冷妮子问："还有啥说的？"

霜儿说："嘿呀，你家妞妞的好处多啦，再说两天也说不完。就她啦！"

冷妮子说："没得说了？那我说一句：不行，我们妞妞没工夫儿。因由儿嘛，你们其实都说了，族里除了我，就她一个采药看病的，哪天没了我，她更顾不过来了。这分嘴的活儿她干不了，干也干不好，因为心不在这上头。"

庖牺说："还是叫妞妞瞧病儿采药吧！"

霜儿说："不叫妞妞，那就你们家白妞儿吧，人是人，活儿是活儿，口一份儿，手一份儿，没挑的。"

冷妮子说："霜儿是成心起哄，人庖牺说了，跟她沾亲带故的都不行，你还提白妞儿，找呲打呢！"

庖牺说："你呲打了，我就不呲打了。我们家妞子不行，不是我不叫她干，是她自个儿不干。"

霜儿说："怪了，我刚一说，你咋就知道你家妞子不愿意干了？从前你们谁提过叫妞子干啊？"人们也觉得庖牺没理，都跟着说："我没说过。"庖牺说："你们谁也没说过，是我们妞子说的，我们家干了三辈子了，不能再干了，连我她都不愿意叫干了，催着我快点儿推了。"

冷妮子说："你可不能推啊！要是为这，我们可不来吃你这顿散伙的栗子来。"

庖牺说："今儿咱举的是我身后的人，你们几个都是见证的，今儿咱就把这人定下来，万一我明儿爬不起来了，你们就帮我把这宝贝串儿挂到这人脖子上。"

几个人顿时觉得今儿这事儿不是随便儿说说了，日后她们还要负责的，得好好儿筛筛捡捡。一时间都不说话儿了，庖牺也不追她们，大伙儿只顾剥栗子吃。

最后，还是三姨打破了沉默："我说个人儿，麻花儿……"

三姨话没说完，人们就炸了："啥？那个骷髅儿？""她连道儿都走不了啊！""三姨说耍话的吧？""那么个可怜人儿，三姨咋想起耍笑人家来了？"连庖牺都不解，直直瞅着三姨的脸。

三姨一脸认真，说："我说的是正事儿，你们先别吵吵，听我说完了。"

庖牺说："三姨说吧，都别插嘴！"

这下儿可静下来了，不但没有说话的，连剥栗子吃栗子的都没有了。

三姨咳了两声儿，嗓子清了，就说："不是定好了几样儿了吗？咱一样儿一样儿对对，瞧麻花儿够不够。头一样儿，"

肉疙瘩儿娘插嘴："甭说了，够格儿，女的，比庖牺小。"

人们哗地笑了。

庖牺说："别起哄，让三姨往下说！"

三姨笑着说："过了一样儿了。咱再说二一样儿，人精明不糊涂。"

冷妮子说："那是个人精子，一身肉全长心上了。"大伙儿你一句我一句，都说开了麻花儿的机灵，怕是四千来口子没有能比得过，要么说"瞎明残精"呢，这儿少了，那儿就找补上了。三姨说："这一样儿也过了吧？"人们自个儿都觉得不可思议了，纷纷说："过了，过了。"

三姨说："接着比，这仁一样儿，干活儿好。我不说别的，单问庖牺一句话：麻花儿一年换多少嘴？比别人多还是少？"

这下儿把庖牺问住了，她想了想说："打从开春儿起，她就没换过嘴呀。"她自个儿都觉得没法儿解释，自说自道："是不是这么回事儿啊？她家没人儿啊？不换嘴她吃啥啊？"

自打姥娘死了，麻花儿家里就没人了。人们都挺纳闷儿，肉疙瘩儿娘问："不换嘴，她吃啥呀？"辣妮儿说："我跟她换过嘴，拿一桶米换她一个布，换值了。"三姨说："她的布织得又细又密，好些人拿了米面菜果去换她的布，她都供不过来了。干活儿这一样儿过了吧？"

人们都说："过了过了！"

三姨说："该比最重要的一样儿了：人公道。麻花儿没在众人跟前做过大事，可是她跟好些人家换过嘴，没听人说过她占人便宜，这个算是公道吧？"

冷妮子说："能这么说，麻花儿不坑人。"

肉疙瘩儿娘冲着三姨说："咱刚才说的公道，后头还挂着没私心，不能光想着往自个儿家里分多点儿，分好点儿。这你咋说？"

三姨说："她家就她一人儿，她又不在坳子里分嘴，私心根本沾不上边儿，更说不上多分东西占便宜了。"

人们一下子明白过来了，雨儿说："要这么说，数麻花儿办事叫人放心了。人们也叽叽喳喳说："可不是吗！""她多分了给谁啊？""就算有私心，一人儿撑死能吃多少啊？"

三姨说:"我就记住了这几样儿,还有别的吗?"

肉疙瘩儿娘说:"刚才立的也就这几样儿。我觉得还得添上一样儿:身子骨儿得好。麻花儿样样儿都好,可是这么个骷雏儿,缺胳膊短腿儿的,太不方便了。"

三姨说:"麻花儿是缺胳膊,腿也比人短一大截子,可是该干的活儿都是自个儿干的,不耽误事儿。刚才谁说她连道儿都走不了,可不是这么回事儿,麻花儿走得了道儿,就是走势难看点儿,腿短身子重,肩膀儿上下晃,屁股左右扭,可人哪儿都能去,去山里拾柴,一捆一捆自个儿背回来;去清水溪打水,俩小手儿提溜回来。妮子们成群结伙儿进栗子沟儿之前,麻花儿就给我送过来一篮子栗子了,我纳闷儿,那么高的树,她咋够的呀?"

肉疙瘩儿娘说:"这可有啥难的?猴儿也不高儿,上树比人还灵呢。"

人们都嗔怪这女人说话太损,这要是传人耳朵里,多伤人呢。

肉疙瘩儿娘说:"算我损,咱不说这了,反正挑的也不是上树够栗子。我有一样儿不明白,麻花儿她可一回都没来过场上,将来要是分嘴,咱是不是还得在她门口儿修个场?"

冷妮子说:"嗤!连抬杠都不会抬,还不省省心!人家既能去栗子沟儿,咋就不能走到场上呢?照你这么说,谁当大娘,就得挨她门口儿修个场?说到身子骨儿,我再说两句,人麻花儿可从来没求过我,要不是没病,就是忒要强了,硬撑着万事不求人。"

三姨说:"我住她隔壁儿,确实没见她害过大病,大不了是打俩喷嚏。豁儿娘提的身子骨儿这一样儿,算过了吧?"

人们都说:"过了,过了。"

雨住了,一大锅栗子见了底儿,要找的这人也出来了。庖牺说:"嘿咻,这锅栗子没白吃!不过,明儿我还得跟人麻花儿说说,她点了头儿才算。"

冷妮子说:"除了三姨,谁也没想到咱大伙儿最后会看中麻花儿吧？这个人物儿差点儿叫咱给埋没了，哈！"

三姨说："一开头儿，我也没往她身上想，挑着挑着就挑出来了。人是挑出来的，是人物儿，就埋没不了，到时候就冒出来了，呵呵。"

等人们都走了，白妞儿过来帮着她娘拾掇，问："找出来啦"庖牺说："嗯，找出来啦。"白妞儿问："谁啊？"庖牺抿着嘴儿乐，说："猜猜！"白妞儿说："娘给提个醒儿吧。"庖牺说："女的，比娘小。"白妞儿把刚才人们吃栗子将过的人挨个儿说了一遍，庖牺一直笑着摇头。白妞儿顺着岁数往下将，末了儿把自个儿这一茬儿人挨个儿数了一遍，还是一个也不对。她说："还往下猜？"庖牺说："别猜了，十个姥娘再老糊涂，也不至于挑个十三四的妮子主这么大的事儿。再给你提个醒儿，这人比翠儿姐小，比你大。"

白妞儿说："猜着了，霞！"庖牺摇头笑笑。白妞儿说："我也不猜了，挨个儿。都说完了，还是一个儿也不对。知道了，你们根本没找出人儿来。哼，蒙我瞎猜了半天。"

庖牺说："没蒙你，你都说到了，就忘了她。"

白妞儿喊："大群，来，帮着找个人儿！"

大群问："我要去地里，找谁啊？"

白妞儿说："用不了你多大工夫儿。找十姥娘吃栗子挑出来的将来顶娘的人。这人比翠儿姐小，比我大，四十几个人，全数到了，娘硬说没一个儿对的。"

大群说："闹了半天是这么找人啊，行。你挨个儿再说一遍，我听听落下谁了。"

白妞儿掰着指头又数了一遍，一共四十四个。

大群问庖牺："娘，是麻花儿姐吧？"

庖牺拍着手说："猜对了！还是大群行。"

白妞儿眼珠子快瞪出眼眶子来了，嘴张得闭不上，瞧瞧娘，突然明白了，说："这人埋得这么深，都叫十姥娘给扒出来了，要不说人老成精哩。"又问大群，"你咋就猜着了？"

大群说："我没猜，不过是捡了个漏儿，没你猜得辛苦。我倒要问你，咋就把她漏了呢？麻花儿可是人里头的尖子啊！"

白妞儿脸上起了红，"我可没小瞧麻花儿姐，我是想着缺胳膊短腿儿的，唉……"

大群说："动嘴动心的活儿，往胳膊腿儿上想，真有你的！人给你找着了，我得走了。"

大群走了，给白妞儿糊了个大红脸，连耳朵根子都烧着了。她其实也瞧不起自个儿，气得一劲儿拨棱脑袋，脸颤得像一大朵火红的芍药。她娘说："不至于，不至于，这有个啥啊！"白妞儿朝娘齐齐儿伸出两根大拇哥，连连点头儿："十姥娘有见地，我服了你们了，一个个儿都是能人啊！"

庖牺说："再能也能不过岁数，再说啦，还不知道人麻花儿干不干呢。"

白妞儿说："那您还不赶紧问去？"

庖牺说："明儿再去也不晚，不在乎这么会儿。"

"娘，这会儿去问吧，麻花儿姐一人儿过阴天儿多没意思啊。走，我跟您一块儿去！"白妞儿拽上娘就往外走。

雨后的空气带着湿土的清新，庖牺深深一吸，打了个喷嚏，说："没见过你这么性急的，等等，我回去穿上点儿。"白妞儿一脚迈进去，抻了块银狐儿皮子，披在娘身上。娘纵起鼻子来："这块太腬，且得吹些日子呢，这会儿穿到人家恶心人。"进去换了一块儿鹿皮，披在肩上，腰里煞住。

# 第四十三回

# 麻花女残躯藏智慧
# 大群子拗性露迂痴

麻花儿的窑在坳子西北头，跟三姨家住隔壁儿。三姨在门口儿烧火，瞧见庖牺娘儿俩奔这边儿来了，没说话儿，只是点头儿笑。白妞儿却喊开了："三姥娘，做啥好吃的呢？""哟，妞子，哪阵风儿把你们娘儿俩吹来了？"白妞儿嘻嘻笑，说："闻见三姥娘家的好味儿，就来了。"三姨也乐了："呵呵，妞子，闻见啥好味儿了？我锅里烧的可是白水啊，呵呵。"庖牺说："她就是爱贫嘴。三姨这么早就做饭了？麻花儿在吗？"

"在，在，"三姨就朝隔壁儿窑里喊："花儿啊，快瞧瞧谁来啦。"窑儿里探出来一张秀丽的桃花儿脸，跟当年的剩儿一模一样儿，把庖牺一下子拉回去十八九年，麻地里的剩儿又活了，挺着个大肚子提溜着满满一桶水。那天夜里，剩儿走了没回来，给大个儿留下个没胳膊小短腿儿的麻花儿。后来，剩儿的爹硬硬跟着庖牺爹脚前脚后走了，大个儿又跟着沟儿走了。跟野人打架那年，麻花儿才六岁，跟着半个身子的姥娘过。姥娘没了，这个家就剩下她一人儿了，能长这么大，太不易了。

白妞儿没见过剩儿，没得比，可麻花儿这张脸儿就已经把她震了，鼻子是鼻子眼是眼儿，五官镶得那么是地方儿，颜色儿搭配得那么地道，红是红白是白黑是黑，特别是那对天生带着笑的眼，上头双下头双，当间儿围了两池水，晶莹却不见底儿。白妞儿见娘呆呆地想啥，就说："花儿姐，我娘来跟你说话儿，我冒跟过来，你不在意吧？"

麻花儿迎出来了，有七八岁的孩子高儿，一件大坎肩儿罩住了整个身子，瞧不见腿脚。白妞儿呆呆瞧着，想象坎肩儿底下的样子，心里汪了泪。麻花儿朗朗的笑声把她拽回来了："呵呵，瞧你说的！你们娘儿俩可是贵人哪，请都请不来哩，今儿是哪片儿云彩把你们给带来了？"麻花儿说话儿好听，样儿也好看，一乐，腮帮子上陷出一对迷人的笑窝窝儿，脸蛋儿鼓起来，给下眼皮儿装点起两道儿迷人的景儿：先陷下两道儿黑沟儿，又堆起两道儿带着晕的埂儿，眼角儿翘翘欲飞。白妞儿想不到女人笑起来能好看成这样儿，竟忘了说话儿。

庖牺说："早就该过来瞧瞧你了。"

麻花儿问："大娘找我有事儿？进来说吧，外头湿乎乎的。"

进了窑里，麻花儿说："今儿凉，关上门儿吧！"

门"吱呀"关上了，屋里却不黑。白妞儿好生奇怪，只见门边儿的墙上糊了一块麻布，楔了一圈儿楔子，几束光穿过麻布透了进来。白妞儿纳闷儿，开门出来看是咋回事儿。原来墙上掏了好些个小窟窿，她就叫娘："娘，快出来瞧！"这一喊，三姨先过来了，说："我说这妮子这几天叮了咣当干吗呢！"

庖牺瞧完了进来问麻花儿："这些个窟窿都是你掏的？"麻花点点头儿说："嗯，这些日子老是阴天下雨，里头黑得瞅不见做活儿，我就抠饬开了，上头几个窟窿费了老劲了。"白妞儿说："你咋不叫人帮忙呢?"麻花儿说:"人家别当我是疯了，没事儿在窑上掏窟窿玩儿。呵呵。"白妞儿说:"娘，咱回去也掏几个窟窿，让窑里亮堂点儿。"

麻花儿问:"大娘找我，不是为了这几个窟窿吧?"说着，眼皮儿下头又陷下好看的沟儿，起了好看的埂儿，两汪儿水闪着光。

庖牺说:"今儿要是不来，还不知道你会掏窟窿找亮儿呢。这个，你瞅着，用不了几天儿就传开了，都学着掏起来了。花儿啊，我们是想瞧瞧你织的布。"

麻花儿说:"那您可来晚了，凉姨前几天刚换走了一个布，这几天光抠饬窟窿了，没顾上织，那不，腰机才上了线儿，还没开织呢。"

庖牺呵呵笑着说:"没来晚，是来早了。"说着就圪蹴下，瞧支在窟窿墙下头的腰机，白妞儿也圪蹴下来。

腰机的杼子比平常的宽出四指来，经线排得也比平常的密。庖牺问:"花儿，你这是多少道儿?"麻花儿答道:"一面儿二百二，两面儿四百四。"白妞儿听了直咋舌:"我的娘!整整多出来一倍!你那腰有这么粗?"麻花儿笑了:"我捻的线细，其实没宽出多少来，上腰之前先在腰上缠几匝儿皮子就行了。就是夏天辛苦点儿，腰里一圈儿痱子。"

庖牺说:"怨不得都找你来换布呢。"麻花儿问:"妞子织的布有名儿的好，大娘不至于来换我这破布来吧?"白妞儿先说了:"好啥呀? 跟花儿姐的根本不能比，拿我俩换你一个，你换不换?"麻花儿说:"一个换一个就够抬举我啦。妞子可真会笑话人，得亏我脸皮厚，刮不透，嘻嘻。"

庖牺说:"花儿织的布是真好，不过，我今儿个来不是为了换布，而是跟你商量个事儿。"

麻花儿有点儿疑惑了，一族之长能跟她商量个啥呀? 就说:"啥事儿大娘您就直说吧，可别憋着我! 瞧这么会儿工夫儿绕的，又是窟窿又是布的。我都怕是自个儿犯下啥了，有人告到大娘跟前，今儿个是给我系疙瘩来了。"

庖牺呵呵一阵笑，说："瞧你想哪儿去啦！"

白妞儿说："倒是有人告你，还不止一个人告呢！"

麻花儿说："你们娘儿俩，我该信谁的呢？"

白妞儿说："都信吧！"

麻花儿说："那我先要问问妞子，都告我啥来？"

白妞儿说不上来了，她娘说："左不得告你本事大，不在族里换嘴吃。告你布织得好，上你这儿换布的都排不上了。是这么回事儿吧？"

麻花儿脸蛋儿上落了红霞，越发好看了，逗得白妞儿俩眼直勾勾的。她越瞧，麻花儿脸越红，呼呼地烧着了。

庖牺心上不忍了，说："花儿啊，是这么回事儿，你有没有工夫儿帮我分嘴？"

麻花儿说："分嘴一年到头儿有数儿的几回，占不了多少工夫儿。可是大娘，族里这么多精明的，能干儿的，您干吗非找我这么个连半拉人都够不上的骷雏儿啊？"

庖牺说："谁说你连半拉人都够不上啦？你比整个儿的人还囫囵呢。花儿，我问你，你能走多远？"

麻花儿说："要不是怕人笑话我丑人多作怪，大娘，说真的，走多远都行。"

庖牺问："上坡儿下坡儿行吗？"

麻花儿说："行，咋都行，上树下河也行。"

庖牺一拍巴掌说："齐啦！往后你就帮我分嘴，误的工给你记上，从我的工里扣给你。"

麻花儿说："那大娘可就亏了。"

白妞儿说："我们家不缺这个。"

麻花儿说："我也不缺这个。"

庖牺说："你给族里干了活儿，应当记工。"

麻花儿说："大娘让着我，我自个儿可不能不要脸，明着是您教我本事，抬举我，我咋还能吃您的呢？"

白妞儿说："花儿姐这就傻了，给你就要，打你就跑呗！让个啥呀？"

麻花儿忍着笑说："妞子真逗，赶明儿搬上腰机上我这儿来，咱姐儿俩说说话儿。"

白妞儿说："那敢情好了，我正想跟花儿姐学本事呢。明儿我就搬上机子过来。"她一直琢磨麻花儿身上的大坎肩儿，到了儿忍不住问了句："花儿姐，你这砍肩儿是啥皮子的？上头的云彩花儿真好看。"

麻花儿说："你摸摸，就知道了。"

白妞儿捏了捏肩边儿。拨捻了几下儿，说："这么软，说是小羔儿吧，可又没毛儿。"

麻花儿说："是鱼皮缝的，这东西抗湿，不怕水，这两天才穿上作怪，可巧儿就让你见了，呵呵。"

白妞儿仔细瞧看，才看出来是一块儿一块儿接起来的，横竖缝了好几十道儿，不禁赞叹："好细的做工儿！这是啥线啊？瞅着不像麻线儿。"

麻花儿说："这是鱼皮线，胖头鱼的皮薄，刮了鳞，拿刀儿拉成细丝儿，晒干了，揉搓软了就成了。"

白妞儿来了劲儿，不走了，爽性问到底儿："花儿姐，教教我鱼皮咋揉。"

麻花儿说："这个不难，先把鱼皮剥下来，晒干了，然后拿木头槌儿垫着木头板子来回来去地捶打，鱼皮晾得越干，越好捶。捶够了再来回来去地揉搓，就揉成这样儿了。我嫌皮块儿太碎，就染了色儿，画了云彩，糊弄自个儿俩眼呗。其实还不如不染色儿，本来穿鱼皮是为了防水，这倒好，下雨不敢穿着出去，怕冲了色儿。这不成了自个儿治自个儿吗？呵呵。"

庖牺一直默默听着，着实佩服这妮子的心思和耐性儿。

大群在后山打的银狐儿剥了皮子，白天搭在门上阴着。谁过来见了都忍不住夸好皮子，问哪儿打来的。大群跟庖牺商量："山里臊味儿挺大，估摸着狐狸少不了，这么多人想狐皮，不如进一回山。"庖牺说："行啊，我跟你蛋蛋舅说说。"庖牺跟蛋蛋商量，给大群几十个人，叫他带上去后山打狐狸。蛋蛋说："这会儿正好儿打狐狸，再过些日子狐狸皮就成了老羊皮了。好在雷泽里畜生不多，进花石山采石头的人也够了。给他百十人吧。"想去的人挺多，蛋蛋家的拽根儿跟拴根儿也要去。蛋蛋一看，人太多了，怕摆不平，先把俩儿子抹了下来，哥儿俩挺不痛快。

庖牺跟大群一说，大群说："猛一下子用不了那么多人。"

庖牺问："要多少人，你说吧。"

大群说："我一人儿先去探探。"

庖牺说："一人儿进山哪儿行啊，多少得有几个做伴儿的。"

大群说："人多了乱，惊跑了狐狸，啥也探不出来了。"

白妞儿说："我带上黑崽儿跟你去。"

黑崽儿是小黑儿的女儿，小黑儿死了好几年了，黑崽儿也成了老狗了。狗一岁顶人七岁，黑崽儿合着五十岁了。

大群说："甭带黑崽儿，她一叫唤惊了狐狸就探不成了。"

夜里，两口子合计好了，得早起晚归。早早儿起来，白妞儿做好了吃的，两口子吃饱喝足，大群背上篓子夸上弓，白妞儿跟着上路了。大群篓子里装着吃的、穿的，还有松明、火镰儿。

俩人按照夜里盘算好的，沿着清水溪往上走，天还没亮就出了坳子。快到栗子沟儿了，一股臊气扑鼻而来。白妞儿说："嘿咿，赶上啦，这片儿准有。"说着就往林子里钻，大群拽住她说："狐狸是在外头找食儿，窝不在林子里，这东西离不开水，咱沿着清水溪找它老窝去！”

　　过了栗子沟儿，走着走着溪水分了岔儿，小股儿偏西，大股儿偏东。白妞儿还没出来过这么远，问大群：“还往哪儿走？”大群两边儿往上望了一阵儿，说：“咱先顺着西边儿这股儿细的往上走走。”白妞儿望着打山后头爬上来的日头，问：“干吗不顺着大溪往东走啊？”大群指着西边儿的山说：“上头远远儿的像是岩石，有石头就有洞。小溪总比大溪短，到头儿要是没有，咱再回头奔那边儿去。”

　　好像是这么回事儿，一路上臊味儿没断。大群说：“妞子，天还早，不急，累了就歇歇，喝口儿水。”白妞儿皱着鼻子说：“这儿狐狸撒尿了，再往前走走喝干净的吧。”

　　上头树越来越稀，石头越来越多，溪水跟石头叮叮咚咚地说着细话儿，白妞儿跳到一块大青石上，圪蹴下来，捧起水来洗脸。溪水清凉提神儿，她捧了一捧咕嘟咕嘟喝，水又凉又甜。“大群，你尝尝这水，比咱下头的好喝。”大群捧着喝了一气，连连说：“好喝！好喝！”

　　日头交午了，俩人就着溪水吃了一气，歇够了，又往前走。

　　“大群你瞧！”大群顺着白妞儿的指头看去，前头冒出一片光秃秃的石头山来。

　　俩人吭哧吭哧往上爬，日头没遮没拦直晒着头皮，走热了，汗顺着脊梁往下流。白妞儿拽住大群背上的篓子说：“来，换换！”大群撂下篓子说：“换啥啊？篓子先搁这儿，我背你上去！”说着，把大弓和箭袋子挎到白妞儿肩膀儿上，圪蹴下，抄起白妞儿两腿，背上就走。白妞儿在他背上使劲儿踢蹬，嚷着：“快搁下，快搁下！这哪儿成啊？”大群也不理她，只顾“噌噌”往前走。白妞儿说：“你再不搁下，我可治你啦！”大群还是往前走。白妞儿俩胳膊在大群胸前一叉，左手伸进右胳肢窝，右手伸进左胳肢窝。大群猛地一激灵，胳膊夹住了不老实的手，说：“别尽裹乱!"白妞儿使劲儿胳肢了他两下子,得意地问:"搁下不搁下?"大群赶紧说:"搁下,搁下!""说搁下,咋还一劲儿往前走?"白妞儿说着便不客气了。大群笑得没了劲儿,只好把白妞儿放下了。

白妞儿坐到一块石头上说:"你也坐下歇会儿。一人儿往上爬就够呛了,还背上一个,真傻实傻实的!"大群说:"这不是跟你嘛,搁别人,叫我背我也不背。"白妞儿说:"越说越傻了,人家谁叫你背呀?"

俩人歇了一阵子,大群要回大弓跟箭袋子来,拉上白妞儿的手又往上爬。慢慢儿地能辨出岩石上一个一个的洞了,臊气扑面而来,能把人噎个跟头。白妞儿说:"嘿咿,真叫你说着了,找着它老窝儿啦!"

话音儿没落,前头蹿下来一团黄毛,没等他俩看清是啥,就从他们身边儿闪过去了。大群说:"狐狸!"摘下弓来,忙着搭箭,待要瞄准儿时,那只狐狸早就跑远了。大群气得直骂:"一眼没瞅见,放跑了它娘的。"

那狐狸好像听见骂了,停下不跑了,还回过头来,定定地望着他们俩。大群追了几步,举起弓来瞄准。狐狸伏下身子又跑了,跑得那叫快,跟长了翅膀儿似的。大群知道射不住了,也就不费那劲了。

突然白妞儿喊了声:"它跑不动了!"大群一瞧,可不是吗,那东西卧地下了,扭过脑袋张望。"真它娘贼!瞧你还往哪儿跑!"大群骂着又追上去,刚要瞄准儿,狐狸又飞似的跑了。大群气得骂:"不追你了!"白妞儿说:"不追不行啊,它把咱篓子给翻了。"大群一瞧,可不是吗,畜生踢蹬着他们搁那儿的篓子,篓子往下骨碌,里头吃的穿的还有松明火镰滚了一地。

两口子跑过去归置完了,白妞儿指着前头说:"瞧,那狐狸又冒出来了。"大群一瞧,狐狸果然在前头不远儿的地方儿,装模作样儿东张西望,还支着耳朵听。大群说:"妞子,咱上了这臊尿的当了!"说着拉上白妞儿就往回跑。白妞儿也明白过来了,紧着跑。下头传来狐狸一声声长号儿,大群回过头来骂道:"臊货,还想蒙人啊?滚吧,呸!"

俩人一口气跑到岩洞前头,有十好几个洞。大群听了听,没动静儿,就说:"你在外头等着,我进去瞧瞧。"白妞儿说:"咱俩一块儿进去!"

洞口儿又窄又低,只能一人儿弯着腰钻进去。进到里头可就不一样儿了,又高又宽敞,能站下三四十人。里头臊气冲天,大群点着了松明子,瞧不见一只狐狸,倒是瞧见了还有俩洞口儿。"臊货,趁这工夫儿,全逃了!"俩人出来又看了别的洞,全都一样儿,臊气熏人,一只狐狸也没有。洞有大有小,少说也有百十只狐狸。哪个洞都不是一个口儿,少的俩仨,多的五六个,深深的洞一直开到山后头,出来是悬崖峭壁,石头堆里有一条小道儿,通到山下,半当腰里就是树林子了。

这趟没白来,总算探了个明白。

下山快多了,到家天还早,庖牺还没回来。白妞儿烧了半锅水对大群说:"水开了,你下米,看着别叫溢了。我去找找娘去。"大群说:"上哪儿找去呀?折腾一天了,还没跑够?好好儿在家歇会儿,比啥不强啊?吃了饭,我还得叫明儿打狐狸的人去呢。"白妞儿说:"吃了饭我帮你叫去。叫谁还得跟娘商量,娘准在麻花儿姐那儿,我瞧瞧去。"大群说:"你哪儿是找娘去啊?分明是去瞧麻花儿!"白妞儿说:"算你说对了,我就是待见麻花儿姐。"说完就跑了。

庖牺果然在麻花儿那儿,还带来了一大堆粗的细的绳子,跟她交待分嘴的帐。麻花儿听着,依着样儿系了一大堆绳子疙瘩。庖牺说:"这下儿两套分嘴账了,加上各家儿还系着一套,谁要是信不过,就三头对面查去。"麻花儿说:"谁不凭信大娘啊?只怕是不凭信我,我知道大娘这都是为了我。"

白妞儿一头扎了进来，说："我就知道娘在花儿姐这儿。"

庖牺问："这么早就回来了？"

白妞儿说："这还早？出去整整一大天了。"

庖牺问："探明白了？"

白妞儿说："明白得不能再明白了，找着了它们的老窝。"

庖牺说："呵呵，你们俩真行！在哪儿找着的？"

白妞儿说："过了栗子沟儿还老远哩，清水溪分了岔儿，一条东一条西，沿着西边儿那条一直往上走，找着了一大堆狐狸洞。嘿咿，狐狸这东西真滑头，哪个洞都不是一个口儿，多的好几个口儿，人还没过去，狐狸早就跑光了，连根儿毛儿都没见着。"

麻花儿一脸沉重，问："是要打狐狸吗？"

庖牺说："九月的狐狸十月的狼，这会儿狐狸皮子最好。"

白妞儿说："一会儿我就叫人去，明儿进山打狐狸。"

庖牺娘儿俩起身要走，麻花儿说："大娘，妞子，再坐会儿，听我两句话行吗？"

庖牺说："瞧你说的，有啥行不行的！天还早哩，有啥你就说吧！"

白妞儿也巴不得多待会儿，说："我就爱听花儿姐说话儿，可别就说两句啊！"

麻花儿说："我今儿个冒了，自个儿也知道不该这么说话。对不对的，你们先听下。"

庖牺听出来麻花儿要说认真的事儿了，就说："你说吧，说出来了，行不行咱再商量。"

麻花儿说："明儿咱不打狐狸行不行？"

白妞儿说："行啊，不差这一天两天的。"

麻花儿说："我是说，咱饶了这畜生吧，往后也别打了。"

白妞儿说："哟，花儿姐咋为狐狸求开情儿啦？你可真逗，不叫打，我跟大群跑这一天干吗呀？"

麻花儿说："不就俩人一天吗？我陪你们一个布，够了吗？"

庖牺见麻花儿这么认真，就说："你说说，这狐狸咋就打不得呢？"

麻花儿说："人家没招咱惹咱，没偷鸡摸狗，没祸害咱，都是条命，咱干吗不叫人家活呢？"

白妞儿说："那么明白的人咋说起糊涂话来了？清水河里的鱼没招咱惹咱，没祸害咱，都是条命，咱干吗吃人家呀？"

麻花儿说："鱼就是叫吃的。"

白妞儿说："狐狸皮就是叫穿的，一样儿的理儿呀，花儿姐咋就绕不过来了呢？"

麻花儿说："狐狸跟鱼不一样儿，鱼啥都不知道，捞它宰它，它连叫都不会。狐狸可是有灵性儿的……"

白妞儿气呼呼地说："是有灵性，变着法儿涮人玩儿，嗷！又奸又坏，一肚子坏水。"

庖牺说："妞子，咋说着说着就吵吵起来了？天不早了，花儿也该弄吃的了，妞子，咱也该回了。"

麻花儿问："那明儿还进山打狐狸吗？"

庖牺说："打狐狸是我跟你蛋蛋舅商量定下来的，好些人早就馋狐狸皮了。本来今儿就要让大群带上人进山的，他说先探探。探明白了，明儿就进山了。花儿啊，咱雷泽有个老规矩，你得知道：凡是大伙儿想要干的，族里又定下来的，就不能乱变了。要是谁想变就变，还不乱套了？"

庖牺把话说到这份儿上，麻花儿不能再说啥了。

回家路上，庖牺说："妞子，咱顺道儿分头儿把明儿进山的人都叫上吧，叫他们明儿吃了前晌饭都来咱家门口儿，记着都带上吃的、弓箭、松明和响器。"白妞儿问："吃了前晌饭才走，不晚啊？"庖牺说："不晚，狐狸这东西天黑才出来找食儿，白天躲在洞里头不出来。"白妞儿又问："带响器干吗啊？"庖牺说："狐狸怕响怕震，在洞外头又吹又敲打，狐狸就受不了了，啥心计也使不出来了。"

娘儿俩回来，大群早把饭做好了，直埋怨："饭凉了热，热了凉，跟麻花儿哪有那么多说的？"白妞儿说："麻花儿不叫打狐狸，跟她争竞来着。"大群说："这她也管得着？你们这些日子把她宠得太过了，瞧，蹬鼻子上脸了吧？"庖牺说："谁知道她这人这么死心眼儿呢？一根儿筋儿拧到底儿，跟她共事可真够费劲的。"她后悔不该早早儿地找下这个人，还没干一件事儿，就顶上了，这族里能说"行"的人除了庖牺还有几个，能说"不行"的，就她庖牺一个儿。麻花儿一来就想说"不行"，而且是对她说了"行"的事儿说"不行"，这叫她非常不舒坦。往后这人要老是跟她梗着，她可得再跟十姥娘商量商量了。

吃了饭，大群要去叫明儿进山打狐狸的人。白妞儿说："我跟娘都叫好了，明儿吃了前晌饭都带上家伙、吃的、响器、松明、火镰儿，上咱家门口集合。"大群问："叫了多少人？"庖牺说："一百多，我想着够了。"大群真服了这个娘了，他咋想的，她都给办了，怨不得当大娘呢！那个骷雏儿哪儿有这能耐啊？连娘个脚后跟儿都够不上，哼，趁早儿废了她，省得日后找麻烦坏事。

第二天一大早儿，麻花儿就来了，麻布坎肩儿湿了半截儿，沾着草叶儿土渣儿，一脸的累，挂着俩大眼袋子，衬得眼睛小了一圈儿。白妞儿吓得问："花儿姐这是咋了？"麻花儿堆起笑来，脸上好几个肿坑儿，嘶哑的嗓子一笑就咯儿咯儿咳嗽："呵呵，咯、咯、咯，我又来磨烦来啦，呵呵，咯、咯……可别讨厌我啊！"白妞儿问："花儿姐还是想把打狐狸的事儿给吹了？"麻花儿说："也不一定就吹了，今儿先缓缓，明儿再去行不行？"白妞儿说："花儿姐，听我一句，这事儿你就甭管了。"大群说："管也管不了，人都叫到了，吃了饭就进山。"麻花儿问："不是还没走吗？咱再商量商量。"庖牺给了重话："花儿啊，这不是你管的事儿，甭商量了。"

麻花儿眼圈儿红了，仍旧笑着说："不商量，不商量，我再啰唆两句行吧？听不听由你们，呵呵。"那笑里汪着泪。

白妞儿见她这么可怜又固执，就劝她："花儿姐，你这是何苦呢？为几条狐狸！"

麻花儿还是强笑："不苦不苦。妞子说我为几条狐狸，这话不假。可我这也是为了咱雷泽几千口子啊。咱甭招这畜生，省得给咱惹祸。"

庖牺冷冷笑道："你这心操哪儿去啦？连狐狸报仇都想到了，只听说过有通天通地的，想不到还有通狐狸的！花儿啊，你可真成了大仙啦，呵呵！"

麻花儿赔着笑小声儿说："呵呵，我不是怕狐狸给逼急了祸害咱嘛！"

大群说："祸害不了了，一不做，二不休，今儿人多，一条活的也跑不了，嘿嘿，花儿姐就放心吧！"

麻花儿的脸灰了，俩小手儿直哆嗦，愣了一阵儿，啥也不说了，走了。

一家子吃饭，大群说："这人真逗！"庖牺说："没见过这么认死理儿的！"她心里头埋怨三姨："你眼瞅着她长大的，能不知道她这毛病儿？咋偏偏推举了这么个人呢？这不是成心挟治我吗？"

一顿饭吃得好没意思。刚吃完，人们就陆续来了。大群数着人头儿看都来了没有。

人群乱起来，乱得大群数不下去了。麻花儿从人群里挣出来，大群看着刚才淹没在人群里的这个怪物，又好笑又好气。麻花儿扭到大群跟前说："大群啊，咱能不能捉了活狐狸回来，跟养羊那样儿养起来？我是说，先养着，让它们下崽儿，要穿皮子的时候再杀。大娘当年不也是留下活羊活猪养着来？"

庖牺的脸变了。

大群说："花儿姐没见过狐狸，净说小孩儿话。狐狸这东西比人心眼儿还多呢，甭说养，连逮都逮不着，花儿姐就别替它们打算了。"说完又数起人头儿来。

庖牺说："大群，甭数了，有多少算多少，走吧！"

麻花儿晃悠了两下儿，旁边儿没有能扶的东西，人跟一块石头似地直不楞登摔到地上。

# 第四十四回

## 念山石孤女护狐命
## 识天地大娘让贝权

麻花儿六岁上没了爹，家里就剩下她跟半个身子的姥娘了。她爹是雷泽个了最高的男人，爹在的时候，小孩儿虽然不愿意跟她一块堆儿玩儿，可是没人儿敢欺负她。一没了爹，姥娘一人儿护不住她了，是个人儿都敢欺负她，打她，啐她，骂她是"妖怪骷雏儿"。姥娘只好一天到晚把她关在窑里，说："花儿啊，甭搭理那些臭屎！挨家里听姥娘说故事。"

麻花儿哭着问姥娘："我是妖怪吗？"

姥娘说："谁这么说你，他就连畜生都不如。"

姥娘给她讲了一个故事，是麻花儿自个儿的故事。

"姥娘养活了九个孩子，就剩下你娘一个儿。你娘叫剩儿，谁见了都待见，咱雷泽没有比你娘更好看、更招人待见的女人了。你爹是咱雷泽最有力气、个子最高的男人，谁见了都佩服，都管你爹叫'大个儿'。你娘和你爹都不是妖怪，你也不是妖怪。妖怪养活的才是妖怪呢。

"你一下生儿，你娘就没了。外人为这说你是妖怪，叫弄死你。你爹，你姥舅儿跟姥娘都下不了手。外人叫把你扔到后山去，说留着你是雷泽的祸害，雷泽里打不着猎，清水河里捞不上鱼来。你姥舅儿那时候管着筏子上的事儿，他怕真捞不上鱼来人们没吃的，就背着姥娘跟你爹，偷偷儿抱着你进了后山。你姥舅儿抱着你走啊走啊，直到走不动了，就把你撂到大荒石头地里，狠心的老东西自个儿回来了。

"你爹在雷泽里打猎，回家才知道你姥舅儿把你扔了，急得嘴里起泡，饭也不吃，立刻逼着你姥舅儿带上他去把你找回来。你姥舅儿跟你爹走到半夜才找到扔你的大荒石头地，听见像有人哭，越听越真切，是你，嗓子都哭哑了，等走近了，见仨狐狸围着你，俩大的，一小的。狐狸机灵着呢，眼尖耳朵灵，冲着你爹你姥舅儿叫唤。你爹跑过去，给狐狸作揖磕头，狐狸才闪出开了一点儿。你爹抱上你，弯着腰一路儿退着给狐狸点头儿。

"你在大荒石头地里哭了一天半宿，抱回来却啥事儿没有，身上没半点儿伤，倒比先前活泛了，好看了。你姥舅儿可惨了，没几天儿就在清水河里淹死了，好好儿的就从筏子上掉下去了，脚被网里的鱼咬住了，绊在网上，拔不出来，坠到河底淹死了。你姥舅儿可是全雷泽水性最好的人，要不是造了孽，不至于连清水河的鱼都饶不了他。花儿啊，你瞧，狐狸护着你，鱼也护着你，你不是妖怪，你是大命的贵人！"

麻花儿想去瞧瞧那家保护过她的狐狸，姥娘带着她去过一回，背她一截儿，拉着她走一截儿，抱她一截儿，又走一截儿，背一截儿。姥娘走道儿不利落，天黑去的，半夜才走到栗子沟儿。狐狸也是夜里出来，她们在栗子沟儿碰见了一家三口儿，也是俩大的，一小的。狐狸一蹾跑了，麻花儿说："它们怕咱。"姥娘说："这不是救你的那家，狐狸鼻子尖着呢，闻见过的味儿一辈子也忘不了。"

正说着，一只大狐狸转回来了，俩眼儿直直瞅着麻花儿，麻花儿朝那狐狸走过去，狐狸也朝麻花儿走过来，还冲着她呜呜叫。姥娘以为狐狸要伤孩子，冲着狐狸就跑过去，叫麻花儿快跑。麻花儿没动窝，狐狸一蹿跑了。

麻花儿说："姥娘，您干吗把大狐狸吓跑了啊？大狐狸还记着我哩，小狐狸不认得我了。"姥娘说："傻妮子，记着你的是当年的小狐狸，这会儿都长这么大了。那两只没见过你，不认得你。"麻花儿问："救我的不是一家三口儿吗？还有俩大狐狸呢？"姥娘说："那俩大狐狸早死了，狐狸跟咱人不一样儿，也就能活十一二年。"

麻花儿还想追那只长大了的小狐狸，姥娘说："妮子，咱得回了，回去晚了，撞见人不好，又该说这说那啦。"姥娘背她一截儿，抱她一截儿，路上歇了好几次，才回到坞子里，天刚蒙蒙儿亮，一个人儿也没碰上。

麻花儿八岁时，姥娘没了，她一个亲人儿也没了。她想着山里的狐狸，不知道还在不，黑间一人儿睡不着，起来进了山。还不到栗子沟儿，就闻见了熟悉的味儿，往前走，碰见了好几只狐狸。有俩大的记得她，过来围着她转了两圈儿，别的大狐狸小狐狸远远儿瞧着她。往后，一睡不着了，她就进山找狐狸，也不白去，腰里拴根儿绳子，回来背捆柴。赶上栗子熟了，她天天黑间去，回来挎篮栗子。山里的狐狸都知道这个小人人不伤它们，它们也不伤她，也许皆为她，狐狸从不来坞子里祸害。

昨天后半夜麻花儿又进山了，一直到了大荒石头地，也没见一只狐狸。天快亮了，狐狸都进了洞。她一个洞一个洞串，把狐狸都轰出去，轰到洞后头的半山腰里。

麻花儿赶回来，进山的人还没出发。该说的话她都说了，能做的事她都做了，剩下的就看狐狸跟人谁斗得过谁了。这会儿她深切地感受到，在狐狸那，她简直就是神神，可是在人这儿，她不过是一个废物，没人儿把她当回事儿，没人儿听她的。这个，她倒不在乎，她不在乎人瞧不起她，她在乎的是她没有本事保护那些在乎她的狐狸。

麻花儿病了，浑身冷，牙嘚嘚打战，一阵儿迷瞪一阵儿醒，迷瞪过去跟一群鬼打架，醒过来昏天黑地更难受。黑间，三姨在外头喊："花儿，一天没见你露脸儿，这会儿连灯都没点，是不好受了吧？"她扎挣起来，说："没事儿，让三姥娘惦记了。今儿累了，睡得早。"三姨进来了，把手搁她脑门子上，吓得大叫起来："都烧成火炭儿了，还没事儿！"

冷姨来了，在她身上又捏又拽摆治了半天。冷姨走了，一会儿送来了药，叫熬水喝。她长这么大没叫人这么伺候过，惦念过，想着咋报答人家。

跟鬼打了一宿架，麻花儿浑身酸疼，只觉得累。三姨熬好了药，给她端过来，她才知道又是一天了。她想坐起来，谁知道连这点儿力气都没有，人虚得像一片儿雀儿毛儿。她结记狐狸，问："三姥娘，进山的人回来了？"三姨说："回来了，白跑一趟，一百多人，连根儿狐狸毛儿也没打着。"

吃了药，麻花儿觉着好多了，扎挣起来，打算给冷姨缝一件鱼皮砍肩儿。皮子早就揉搓好了，也连成了片儿，缝缝肩膀儿煞煞棍就齐了。

坎肩儿刚缝好，麻花儿就累出一身汗来。冷姨来了，摸摸她脑袋，说："嗨，出了汗就好，烧得不厉害了。"麻花儿说："吃了冷姨的药，病全好了。没啥东西谢您，给您缝了件鱼皮坎肩儿，这东西不怕水。"

冷姨接过来细细瞧了瞧，说："我的娘呀，这得花多少工夫儿啊？"麻花儿说："比起冷姨给我费的劲来，这点儿小活儿真不值啥。"冷姨说："你这一报还一报，也忒快了。咱今后就不过往了？

花儿，谁都有个用得着谁的时候，你可别这么眼光儿短。"人家不要鱼皮坎肩儿。

麻花儿说："我就是想着今后，才送您这个的。冷姨，我有事儿求您。"

冷姨说："事儿归事儿，别送这么大的礼呀。花儿，啥事儿你就说吧。"

麻花儿说："冷姨不收下，我就不说了。"

冷姨说："你这是非给我不行啊？那我就收下了。行了，这会儿说你的事儿吧！"

麻花儿说："冷姨穿了鱼皮砍肩儿就别穿狐皮的啦。"

冷姨问："这就是你求我的事儿？"

麻花儿说："嗯，还有舅舅跟妞妞他们也别穿狐狸皮。"

冷姨说："这个容易，别说没打回狐狸来，就是打回来了，也且轮不卜我们家分呢。再说，我们家没人儿待见这个，连二群都没跟他哥进山。"

麻花儿："这就好。我还想求求冷姨。"

冷姨说："有啥事儿你就说吧，别老求呀求的。"

麻花儿说："我在坳子里不算个人，说话儿没人听。我想借冷姨的大面子，跟大娘说说，打狐狸的事儿就收了吧。"

冷姨说："晚了！今儿都走了，带着几天的干粮，瞧这样儿，打不着狐狸不回来了。"

麻花儿的脸白了，冷姨攥着她的手，像攥着一块冰。

第四天晌午，白妞儿来了，一见麻花儿，吃惊不少，急着问："花儿姐咋病成这样儿了？"麻花儿强撑着起来，才坐起来，人就虚得不行了，只剩下喘气的份儿，定了半天才问："妞子找我有事儿？"白妞儿说："也没啥事儿，就是过来瞧瞧花儿姐。我能给姐姐做点儿啥？"麻花儿说："前晌冷姨来过了，刚吃了药，三姥娘一天过来好几回。你有事儿忙去吧！"话里凉气飕飕，白妞儿没听出来。

白妞儿走了，一会儿炮牺来了，见了麻花儿的样儿，也是吃惊不小。麻花儿说："刚才妞子来了没说，大娘又来了，是找我有事儿吧？"炮牺说："本来不该这会儿麻烦你，可是又是你份儿内的事儿，不跟你商量不好。"麻花儿苦笑着说："大娘真把我当个人儿了，我份儿内还有啥事儿啊？"炮牺说："大群他们把山里的狐狸灭了，这会儿全堆在我家门口空场上，我是来跟你商量这些皮子咋分的。"

麻花儿强压着心里的悲哀和愤怒，问："一共多少条？"炮牺说："连大带小一共八十三条。要说也不少了，可是狐狸是百年不遇的畜生，这回分不上的，往后也指望不上。八九家分一条也不叫事儿。咱商量个妥帖主意，别落个不均。你先说说。"麻花儿问："去了多少人？"炮牺说："连大群一共八十四个。"麻花儿说："我想不出啥好的来，干脆去的人一人一条，你们家让了吧。"炮牺说："行，我们家反正有一条了。还有，有大有小，咋分？"麻花儿说："摊开了，叫人们捂上眼抓，抓着啥算啥。"炮牺说："行，就照你说的分了。"麻花儿说："早早儿分了吧，别老让一堆死狐狸堵大娘家门口。"炮牺说："哪儿一堆啊，五堆呢！我这就回去分去。"麻花儿说："我就不去了，麻烦大娘把绳子带过去，让妞子帮我把疙瘩系了。"炮牺临走嘱咐："你好好儿养着。"麻花儿说："大娘也好好儿的！"

炮牺回去把麻花儿的主意说了，大群说："这是个大明白人，分着分不着的都没话说。"白妞儿说："人麻花儿姐把咱家摘干净了，又替娘担了责任，共事就得找这样儿的。"大群说："就是咱俩白忙活了好几天。"白妞儿说："多少人念咱的好儿呢，忙活出了人缘儿，可没白忙活。"

五堆狐狸，喝碗水工夫儿，全抓完了。炮牺跟白妞儿把疙瘩也系好了，白妞儿去给麻花儿送绳子。麻花儿瞧着绳子上一大堆疙瘩，说："想不到头一回就赶上一大堆死疙瘩。"白妞儿说："又不是错疙瘩，娘叫系死了。分了这么好的皮子，疙瘩不系死了，到时候人们该不认了。"

好几天了，蛋蛋一直跟大群斗气儿，开头儿还是暗里生闷气，后来明着吵起来。其实蛋蛋的脾气不坏，更不是找寻事儿的人。可这大群式不是东西了，自打灭了狐狸回来，整个儿变了个人，泡工夫儿不干活儿，扎树棵子后头半天不出来。蛋蛋问他："大群，跑肚啦？"大群说："没跑肚，拉不出屎来。"第二天，大群又扎树棵子里了，半天才出来。蛋蛋说："大群啊，天短了，干不出活儿来，别一走半天啦。"大群说："蛋舅儿，我也不愿意啊，跑肚拉稀由不得个自儿啊。"蛋蛋这个气呀，这么多年，甭管打猎，种地还是开石头，他见的人多了，这么捣蛋的，还是头一份儿。

分给大群的活儿，他也干不出来，说身上没劲儿。蛋蛋问他能吃饭吗，他说："能吃，老也吃不饱。"这小子是豁出不要脸了，蛋蛋拿他没办法，只好说："干不了重的干点儿轻的，磨扦子打下手儿吧。"就这，大群都不好好儿干，一前响磨了两根儿，后响一根儿都没磨出来。

蛋蛋有气，回来跟当家的叨叨，辣妮儿说："忍了吧！打狗还得瞧主子呢。"不忍又能咋呢？蛋蛋没有处置人的权力，除非找庖牺，这可不是蛋蛋的为人。

大群越来越不像话了，不光自个儿捣蛋，还拉上他那打狐狸的一伙儿，八九十人全泡上了。蛋蛋不能不说话了："来我这儿的都是干活儿的，"话才开了个头儿，大群就不干了："蛋舅要说谁不干活儿，直说得了，您不是早就瞧我不顺眼吗？您把我摆治了得了！"吓，他还有气呢，不叫说了。他那一伙子也跟着吵吵，恨不得把蛋蛋吃了。人们瞧不下去了，跟他们吵起来："这是干吗呀？打了几条臊狐狸，有了多大功似的。""狐狸皮你们穿了，狐狸肉你们吃了，到干活儿的时候全草鸡啦？"蛋蛋劝，人们更火儿了，又跟蛋蛋吵起来："凭啥他们吃狐狸肉穿狐狸皮，咱们替他们干活儿？"

蛋蛋摆不平，找庖牺评理儿。庖牺说："大群这些日子身上是不大好。"蛋蛋见她护犊子，就挖苦："身上不好，能吃吗？"不知道是没听出来，还是成心，庖牺说："吃倒是能吃，比先前吃得还多哩。"蛋蛋干脆直说了："要不，明儿大群跟他那些人先别跟着干活儿啦，等病好了再说吧。眼不见心不烦，省得众人咽不下这口气去。"庖牺说："也行，都在家让他冷姨给瞧瞧也好。"她心上掠过一片阴云：咋可巧打狐狸的人都病了？莫不是在狐狸洞里待了几天招上啥了？自个儿这几天也不大好，头疼头晕，鼻子、眼睛老是痒痒。

等蛋蛋走了，庖牺就去了丑妞儿家。冷妮子听了心上一紧，想起麻花儿叮咛嘱咐的话来，就说："到底儿是狐狸洞里有啥，还是狐狸肉里有啥，这会儿说不清了，先瞧瞧狐狸皮里有啥不干净的东西没有。"庖牺说："我们家也有一块皮子，熟出来了，味儿不重了。"冷妮子说："我这就去瞧瞧！"

灯影儿里那银狐皮闪着瘆人的白光，手摸摸，有点儿糁儿糁儿。庖牺说："是熟皮子留下的黄面。"冷妮子叫举火把照，火把底下看清了，不是面，是火麻籽儿大的白片儿片儿。藏在毛根儿上，不细瞧还真瞧不出来。冷妮子说："不知道是啥虫虫，反正不是好东西，先扔外头冻着吧。明儿我再瞧几块皮子，看是不是都有这白片片儿。"

第二天大群没跟着进山，可是他那些人都来了。蛋蛋心里这个气呀，骂大群忒懒了，连跑个腿儿告诉一两家儿的活儿都推了，就冲着那些人嚷嚷："你们这些贵人都回吧！"那些人都不敢动，蛋蛋说："又不干活儿，挨这儿现眼啊？回吧，没瞅见大群都没来？"喜子说："回哇（吧）回哇（吧）！卧（勿）瓦（把）孩子养活这儿啊!"大伙儿跟着起哄:"快爬回去养活狐儿子去吧!"那些人占了便宜甩闲话,骂骂咧咧走了。

冷妮子瞧了几块皮子,都挂着白片儿片儿,出来时碰见被蛋蛋轰回来的人,一个个儿没精打采,像一串霜打了的雀儿。蛋蛋天天儿见他们,不觉得啥,冷妮子冷不丁一见,可是吃惊不小,就像见了一溜儿小鬼儿,全都皮包骨头,尖嘴儿猴腮儿。冷妮子叫住他们,问了问咋不好受。人们都说身上没劲儿,吃的全吐了,肚子捣乱,不是拉不出来,就是拉稀。冷妮子说:"狐狸皮上有虫儿,许是吃到肚里了。"立时就有人说:"屁眼儿一阵儿一阵儿痒痒,跟虫儿爬似的。"一个这么说,别的都跟着说屁眼儿痒痒。冷妮子说:"你们回去多吃火麻仁儿,下下肚里的虫儿。记着把那祸害皮子烧了,要不家里人也跟着害病。"

人们回去吃了火麻仁儿,拉出来的屎裹着白片儿片儿。可是没人舍得烧狐皮,有那心眼儿多的,拿到清水溪里洗,皮子干了成了一块硬板儿,就这,还是舍不得扔。

火麻仁儿吃少了不管用,吃多了人受不了,本来就病得虚,经不住没完没了地泄,肚里也不知道长了多少虫儿,老拉老有白片儿片儿。开始死人了,头一个儿是小秋儿,黑间肚子疼得支不住,起来出去拉屎。他哥大春儿跟他睡一间窑,见他老不回来,想着小秋儿这些日子太虚了,走不动道儿,就出去想把他背回来。等找着了,人早没气儿了。人们说是虫子把肠子拱破了,走了气儿。

没两天儿,大春儿也死了。凉姨直直号了一宿,骂了狐狸骂大群。号到后来,人疯了,跑到庖牺家门口儿坐着骂,要烧了大群祭狐仙儿。庖牺咋也劝不住,朝白妞儿他们窑里喊:"大群,你出来!"大群没出来,过了一阵儿,白妞儿出来了,揪住凉姨蓬乱的头发,尖声尖气喊叫:"你把大群咒死啦!你把大群咒死啦!烧了你个老妖精!烧了你个老妖精!"庖牺一口血冒上来,眼一黑,啥都不知道了。凉姨一蹦老高,又拍巴掌儿又蹦高儿,一路儿笑着跑了,"嘎嘎嘎嘎"的笑声在坳子上空飞,像一只大鸟儿撕着嗓子叫:"狐仙儿把大群招去啦!哈哈哈哈!狐仙儿把大群招去啦!哈哈哈哈!狐仙儿把大群……"

坏事一开了头儿,就收不住了,坳子里接二连三死开了人,凉姨一家子死绝了,春生家也没了人儿。白小儿死了,大娃娘哭得没了音儿。死的不光是跟着大群打狐狸的,还有紧邻,坳子里人心慌了。

也有稳得住气的,三姨一家子就是。鹿鹿原本是大群挑出来进山的,那工夫儿麻花儿急出了病,三姨瞧她的时候,她也央求三姨一家别穿狐狸皮。三姨瞧她太难了,就没叫鹿鹿跟着大群去。这会儿一家子过来请麻花儿了。三姨宰了家里的老母鸡炖了,俊儿摊的煎饼,俩孩子剥蒜捣蒜,鹿鹿还专门儿给麻花儿凿了个兑臼。麻花儿从来没叫人这么待偿过,尴得要命,红着脸说:"这可叫我咋受用啊?"三姨说:"咋都受用得起,你救了我们一家子的命,天天儿过来吃都受用得起,往后你就跟我们一锅吃吧!"麻花儿不知道说啥好了,突然抽抽搭搭哭起来。俊儿说:"花儿姐甭难受了,往后咱就是一家子了。"三姨辈儿大,麻花儿管叫姥娘,鹿鹿两口子还是叫她"花儿姐"。

麻花儿抹着泪儿说:"我承你们一家的情儿,我难受的是我没本事,没救了这个坳子,这么下去,坳子里总有死绝了的一天,谁也躲不过去。三姥娘,咱不能等死啊!"三姨说:"我瞧着庖牺也抻不了几天了,咱不如找你冷姨商量商量,也许她有主意。"麻花儿说:"冷姨是巫婆儿,有本事,准能救咱坳子。"三姨叫俊儿:"去叫上你冷姨来,一块儿吃!"

冷姨来了,冷姨就是有主意,说:"其实这病儿能治,人肚里不是长了小虫儿,是大虫,老长老长的大虫子。咱瞧见的白片儿片儿就是大虫子身上掉下来的,一边儿掉一边儿长,就跟掉头发一样儿，旧的去了，新的又长出来了。要想治这病儿，只有吃火麻仁儿、南瓜子儿，把虫子脑袋打下来，就长不住了。"

麻花儿说："就知道冷姨有主意，要是能治，咱坳子就有救儿了。"

冷妮子说："我也是治了这么多日子才知道的。"

麻花儿说："可是这病儿招得快，病人还没治好，好人又招病了。"

三姨说："我怕的也是这个，治得慢，招得快，跟刮风似的，总有一天整个儿坳子都招上了，那可就没救儿了。"

冷妮子说："这病是打嘴里进去的，手不干净，吃的东西不干净，就招上了，吃进去一个虫子籽儿，到肚里就长成一条大虫子。我整天给这些人瞧病，我们家一点儿事儿都没有，就是因为吃东西在乎，手洗得干净，饭菜煮得烂熟。"

仨人又商量了一阵子，决定去庖牺家拿犀角，把众人招出来说事。

庖牺娘儿俩连从草垫子上爬起来的劲儿都没了，白妞儿是过来伺候娘的，自个儿比娘还不如，一只眼肿成了烂桃儿，睁不开一道缝儿。冷妮子天天儿过来，拿她这眼没一点儿法子。白妞儿说："反正没几天儿了，命都不要了，还要眼干吗?"

大娃送饭来了。庖牺说："说了多少回了，告你娘别做了，就是不听! 姥娘早死了也少受点儿罪。"大娃说："姥娘跟姨好好儿养着，我走了。"

三姨说："大娃先别走，听你冷姥娘说几句话，有用。"

冷妮子说："刚才我们一块儿说这病来着，还是有救儿，只要……"

庖牺有了精神，说："快点儿把火麻仁儿、南瓜子儿都给了闹病儿的，这回不吃东西，空着肚子尽着往下打，不怕它虫子脑袋不下来!"冷妮子说："就为这才来找你借犀角的。"庖牺要起来去拿，三姨赶紧扶住她。冷妮子摘下犀角来，庖牺说："擦干净了，拿开水烫烫再吹。"冷妮子说："你们家那块惹祸的皮子挨哪儿？这回收了通通烧成灰儿。"白妞儿说："在我们窑里呢，大群舍不得扔，嗨！"冷妮子说："待会儿妞妞给你们送火麻仁儿、南瓜子儿来，我去吆喝人，就先不过来了。"庖牺说："快忙你们的去吧！"

仨人刚一出来，又听得庖牺有气无力地喊："麻花儿，你回来！"三姨说："花儿，叫你哩。"冷妮子说："花儿先去，我去找那块皮子去！"

麻花儿返身儿进去了，问："大娘叫我有事儿？"

庖牺说："嗨，花儿你过近前来！"

麻花儿走过去，曲一条腿跪一条腿，听庖牺说话儿。

庖牺手里擎着宝贝串儿说："过来，戴上这个！"

麻花儿推让不要，说："大娘，您眼瞅着就好了，打下虫子脑袋来就好了，您等着，不出三五天儿了。"

白妞儿强撑着坐起来说："甭管好了好不了，我娘都干不了了。花儿姐就戴上吧，算是帮我娘的忙儿了。"

庖牺说："花儿，这回我栽了，差点儿叫咱雷泽绝户了，我就是想接茬儿干，燧娘娘跟坳子里的人也不让了。妮子，做人要趁势，这会儿你在高势，人们都信服。待会儿冷姨吹犀角把人们找来，你就势儿亮个相。"

麻花儿接过光滑的宝贝串儿，攥了一会儿，举起来，挂到庖牺脖子上，转身出来了。她急急火火往家走，身子快扭散了。冷妮子在后头喊："嗨，我们这儿等着你呢。"麻花儿说："冷姨，我回去拿样儿东西，一会儿就回来，上头的人我管叫过来。"冷妮子说："叫都来大娘窑前空场上，有皮子的全都带下来！"麻花儿答应着，走得更快了。

呜呜的犀角吹响了，麻花儿沿路儿吆喝："都快去庖牺大娘窑前空场儿上！有狐狸皮的全都带上去烧啊！快去呀，坳子里有救儿啦！都快去庖牺大娘窑前听冷姨姨教咱咋打虫子脑袋，咱的命有救儿啦……"

麻花儿平常深居简出，坳子里好些人没见过她。出了狐狸病以后，多少人把她当成了神仙，特别是那些进了山的人，都后悔没听她的话，遭了罪。人们的转变叫她害怕，她躲在窑里，不敢露面儿了。

这会儿麻花儿一喊，人们都跑出来，为的瞧瞧这个力图挽救坳子的人。有人还是头一回见她，又是惊讶又是感叹："就是跟咱菜人不一样儿，一看就是贵人！""这人能活到今儿个，就是奇迹！""这才是燧娘娘佑护的人呢！"

人们帮着麻花儿传话儿："麻花儿说啦，咱的命有救儿啦！都快去庖牺大娘窑前空场儿上！有狐狸皮的全都带上烧去呀！快去呀！"话越传越神，一会儿就传成了："快去老大娘门口儿，听麻花儿娘娘传燧娘娘的话啦！燧娘娘叫麻花儿娘娘救咱来啦！带上狐狸皮，麻花儿娘娘要烧大火祭狐仙啦，狐狸不跟咱记仇儿就没事儿啦，咱的命有救儿啦！"

麻花儿赶回来时，火已经着起来了，就着风越着越旺，把人群、树林、窑洞、天映得通红。麻花儿抱着一堆绳疙瘩，扔到火堆里，说："烧了这些死疙瘩，烧了这些仇疙瘩！"人们跟着喊："烧了这些死疙瘩，烧了这些仇疙瘩！"

白妞儿扶着庖牺出来了，人们都没注意这娘儿俩。麻花儿赶紧跑过去，说："大娘，妞子，你们咋出来了？外头冷，风大，快回去躺着吧！"白妞儿瞧着麻花儿笑，那只烂眼全粘起来了。

火光里，庖牺从脖子上摘下宝贝串儿，颤颤巍巍挂到麻花儿脖子上。麻花儿眼里含着泪，说："大娘，太沉了！"庖牺说："妮子，我知道你担得起。我在一天，帮你担一天，我不在了，还有十姥娘。"

# 第四十五回
## 收亡魂大冢镇荒野
## 飨存继磨盘奠盛村

狐狸虫灭了，大灾过后，坳子里还剩下不到两千人。雷泽里起了个大冢，下头黄土埋住了多半族人。大坑有二十几孔窑大，两人深，二百多人挖了十几天，死人像小鸡子一样被扔进大坑，撒上黄土，一层土，一层人。全埋住了，又从白石山运灰，几十头驴驮了两天，厚厚的白灰盖住了，又拉碌碡碾，碾瓷实了，拍黄土，又砌了一层石头。这全是冷妮子的主意，叫离坳子和地都远点儿，省得又招上了狐狸虫。

白天来这地界儿都瘆得慌，夜里风一吹，雷泽里呜呜哭，连野兽都不敢来了。雷泽荒芜了，荒草比人还高。

劫后余生，人见了人特别亲。像三姨家和冷妮子家这种原装儿的家不多了，好些家死绝了，有的死了男人，有的死了女人，石头、土坷垃凑到一块儿，日子又过起来了。麻花儿领了个没爹没娘的三岁妮子豆瓣儿，家里外头忙活多了。

庖牺一下子没了仨亲人：大群、白小儿，还有白妞儿肚里的孩子也叫虫子打下来了，白妞儿算是捡回来一条命。庖牺娘儿俩觉得对不起族里人，"好好的咋就想起打狐狸来了？把乡亲们祸害得这么惨！"娘儿俩见谁都心存感激，尤其是对冷妮子和麻花儿，只觉得欠人家太多，下几辈子都还不过来。庖牺更是知道，要不是这俩人救下半族人的命来，雷泽就灭在她手里了。为这，她连白妞儿续人儿的事儿都不敢提，连想都不敢想，大群和狐狸在她心上打了个灰黑的死疙瘩。

死了那么多人，地里人手缺得厉害，做得动的女人都去地里了，白妞儿也在里头。每家至少得有一个分嘴的，就是在地里或筏子上干活儿，不能都吃换嘴，连大娃、黑娃那茬儿孩子都下去干活儿了。打石头磨石头又成了家里活儿，家里老的残的伺候外头干活儿的人使唤的家伙，不分嘴。这都是麻花儿跟庖牺、十姥娘商量好了立下来的。

又到了播种的日子，后响收工时下来一拨儿看雀儿的孩子，天黑了拽根儿带着狗下来换他们，睡在岨儿住过的窝棚里。麻花儿说，岨儿岁数大了，腿脚又不利落，不能再干这活儿了。可是谁都怵这活儿，怵的其实不是看雀儿，而是雷泽里那个大冢。蛋蛋说："没人儿干，我就挑亲的热的了。"这么着叫拽根儿干上了看夜的活儿。拽根儿当家的狗子耷拉了两天脸，辣妮儿给人家赔了一筐一篓子一簸箕好话，狗子始终头不抬眼不睁。麻花儿叫给拽根儿按地里活儿算，看夜也跟着分嘴。

干了两天，拽根儿跟当家的说："他娘你可别在生气了，这是个甜活儿哩，雀儿黑间根本不出来，黑间睡觉挣分嘴，白天给咱家里干活儿，多滋润！"狗子说："甜个屁！就是挣双份儿的，也没人干这黑夜看坟的活儿！"拽根儿说："看坟咋啦？死人又不跟我争竞。鹿鹿他们抢着要看，我还不给呢。"

拽根儿又睡了一宿好觉，后来就被狗吵醒了。他家的狗叫三花儿，非常警醒，三花儿没"汪汪"叫，是把拽根儿咬醒了的。

拽根儿醒了，三花儿就往外跑，拽根儿拿上弓箭跟了出来。外头啥也没有，拽根儿转悠了一会儿回了窝棚，三花儿却不进来。拽根儿刚躺下，三花儿又进来咬他了，拽根儿又出来了，还是啥也没有，啥也瞧不见，啥也听不见。三花儿带着他顺着河边儿往西跑，突然河那边儿传来两声"呜嗷儿呜嗷儿"的叫声，拴根儿搭上了箭，黑乎乎的啥也瞧不见，没法瞄。

三花儿"汪汪"叫起来，拽根儿眼里出现了幽幽的蓝火儿，在河那一边儿，火儿还能动，贴着地往前跑。拽根儿这才想起来，那边儿正是大冢那地界儿，头发根儿"刷"地竖起来，拉上三花儿就往回跑。他不敢再回窝棚睡，一气儿跑回坞子里，没敢惊动狗子娘儿俩，撞进了爹娘住的窑，说话嗓音儿都变了："爹，爹，雷泽里闹鬼了！"

一大早起，蛋蛋就带着拽根儿去了庖牺家，正赶上麻花儿也在。麻花儿隔三差五来给庖牺请安问好儿，说说这事儿那事儿。庖牺见蛋蛋爷儿俩气色不对，就问："你们一大早儿来我这儿，有啥事儿吧？"蛋蛋说："有事儿，是怪事儿哩。拽根儿先说吧！"拽根儿说了一遍他夜里瞧见的，又说，"我爹不信，跟着我和三花儿下去了一趟，也瞧见了蓝火儿。"蛋蛋说："我们可没去雷泽，就在河这边儿瞧了瞧，蓝火儿还不少，一闪一闪，还有会动的火儿，贴着地跑，胆儿小的能吓出毛病儿来。"

庖牺还没遇见过这样的事儿，自然想到了大冢，说："怕是有那不安生的魂儿跑出来作祟了。蛋蛋，别的活儿先放一放，今儿个把种了的地全都碾瓷实了，拽根儿黑间不用去了。"麻花儿嘱咐蛋蛋爷儿俩："这事儿听着挺瘆得慌，先别往外说了，省得闹得人心惶惶。"

夜里，麻花儿等着豆瓣儿睡着了，就拴住门儿，下了山。赶上新月，天地黑得一笼统，麻花儿没点松明子，脚底下磕磕绊绊，出了坳子，下了山，过了桥，直接奔了雷泽，她想看个究竟，想知道那滚动的蓝火儿到底儿是咋回事儿，还有拽根儿说的那"呜嗷儿呜嗷儿"的叫声，她听着耳熟，却想不起来了。她越走越急，想早点儿瞧个究竟。

起风了，麻花儿闻见了熟悉的味儿，心里一震，走得更急了。听见了"呜嗷儿呜嗷儿"的叫声儿，是狐狸！麻花儿奔着叫声跑去，叫声却追着一团滚动的蓝火儿。听见扑住了，又听见一声儿尖叫，像踩了耗子尾巴，蓝火儿不动了。麻花儿走近了，就着蓝火儿瞧见了，果然是一对儿狐狸！狐狸逮住了一只耗子，再瞧那蓝火儿，原来是个牛头骨，耗子在里头藏着，一动就骨碌开了。麻花儿走累了，往地下一坐，狐狸没有跑，吃了耗子，冲着她"呜嗷儿呜嗷儿"叫，是后山的狐狸，认得这个小人人。她那么想胡噜胡噜它们，却忍住了，怕把狐狸虫儿带回坳子里去。她转悠了转悠，除了闪着幽幽蓝火儿的骨头，哈也没见。狐狸领着她瞧了它们的新家，是一座没主儿的荒坟，掏了四个洞口。

找麻花儿换嘴的人排成了串儿，倒不是缺布穿，非换不成，而是图沾麻花儿点儿仙气儿，好避邪免灾儿。麻花儿实在忙不过来，不接活儿了，说等换完了这些人的再收活儿。她把今年定了的十来家找了来，说："你们不用拿粮食换我的布了，在丁香林西边儿帮我挖一口窑吧！一家儿俩布，我先欠着，织出一家的来还一家。"

麻花儿行事儿跟常人不一样儿，就敢带着个孩子独家儿住下头！人们也不问因由儿，知道麻花儿自有她的道理。窑挖出来了，麻花儿也不等出出潮气，就领着豆瓣儿搬了进去。

三姨跟俊儿帮着搬的家，三姨说："花儿，要是我们哪儿得罪了你，你就直说出来，也让我们知道。"麻花儿说："三姥娘想哪儿去啦？我得了你们一家那么多好儿，谢还谢不过来呢。"三姨问："那你干吗舍了住熟了的坳子，急急慌慌搬这儿来呀？"麻花儿说："图个清静，也能吓住个雀儿啥的。"俊儿问："孤零零一家，离大伙这么近，花儿姐黑间不怕呀？"麻花儿笑笑说："三姥娘瞧着我长大的，知道我的底儿。"三姨明白了，说："花儿，我们也搬下来，咱还住邻家吧？"麻花儿哈哈大笑："我野您也跟着野？我疯您也跟着疯？可别价，打两孔窑可不是吹气儿的！我截长补短儿上去瞧你们去，跟好邻家一样儿。"

三姨没搬，帮着麻花儿挖窑的那十来家人可是存了心要跟麻花儿住邻家了，他们商量好了，接着挖，一家一孔窑，留出宽宽的富余来，以后再开新窑。南山根儿挖出来一溜儿新窑，麻花儿有了十来家邻居。

一搬进去，这些家就知道好儿了，下地下河不用下山，收了工不用上山，多出不少工夫儿来挖菜采果子，吃水也方便，连运石头都近了。别的人瞧着好，也都抢地儿开窑，麻花儿劝也劝不住，一下挖到老西头儿去了。来晚了的只好往坡上挪，沿河开出层层窑洞。一住上人，雀儿不敢来祸害庄稼了，地里也肥了。麻花儿跟庖牺商量，在西头儿修一座桥，把清水河谷跟花石山连了起来。桥起来了，好些人不走老榆树桥了，人们管这桥叫"西桥"，老榆树桥也就跟着叫成了"东桥"。

庖牺也搬下来了，她跟麻花儿不一样儿，不是图清静儿，而是耐不住寂寞，离不开人群。来晚了的都在坡上开窑，麻花儿说："我这窑旁边儿还有地儿，大娘和妞子要是不嫌弃，就跟我住邻家吧，往后也省得我找您上山下山跑道儿了。"白妞儿一听就说："娘，麻花儿姐实心实意，咱就别让了！"庖牺说："妞子，咱就是不为你麻花儿姐想想，也得为豆瓣儿想想哇，妮子大了，还往哪儿开窑啊？"麻花儿呵呵笑了："大娘虑得真够远的！没事儿，豆瓣儿还有坳子里的窑呢，这么大的南山，这么长的清水河谷，咋也住得开。"

庖牺娘儿俩住进了新窑，窑挖得挺深，庖牺说："到妞子续人儿的时候，我要是还不死，就因在里头。"麻花儿说："大娘，用不着，到时候您就跟我们娘儿俩一块儿住。"

庖牺家的两块石板也搬下来了，一块是庖牺爹磨的，一块是沟儿跟几个徒弟离的，庖牺舍不得，娘儿俩硬是抬了下来。还有几个墩子，支台面儿的时候，省出来了一个墩子，黑石台原来支的仨墩子，这回用了俩，也够了。

庖牺家一人儿做地里活儿，一人儿挣分嘴，日子倒也好过。还没搬下来的时候，庖牺就琢磨开了，这回真是琢磨，从兑臼回到当年砸狼尾巴草籽儿使的两块圆石头，庖牺把米粒儿夹在两块石头当间儿，来回磨，也把米磨碎了。她想起了炭条儿改的碌碡来，就打上了石头墩子的主意，搬家的时候把大群使过的斧子锤子全带来了。一来就磨开了扦子，抱着墩子抠饬开了。白妞儿也不问干吗，娘又琢磨了，她等着琢磨出来的东西，好惊喜一场。

方墩子抠饬圆了，庖牺开始往下离。庖牺啥活儿都干过，就是没干过打石头的活儿，越往当间儿，越难离，离到快一半儿了，一扦子下去劲儿猛了点，石头裂了。前功尽弃不说，还得把剩下的一多半儿没用的离卜来。庖牺想起了沟儿，"他要在，我何必受这难为呢？"瞅着石头台子，想起了沟儿那年为了给她找块宝贝石头，丢了俩脚趾头，差点儿丢了一条腿，心里凄惶了半天。

白妞儿回来，一见离得乱七八糟的石头墩子，扭身儿就走了。庖牺喊："我一时没顾上做饭，这就做，你早点儿回来！"白妞儿说："天儿还早呢，做啥饭啊？"今儿个地里活儿完得早，蛋蛋叫人们早早儿回了。

白妞儿刚走不大工夫儿，柱儿来了，背着个篓子。庖牺说："哟，柱儿可是稀客啊！"柱儿放下篓子来，说："妞子说师娘要离石头，是哪块？"一边儿说，一边儿从篓子里往外掏家什。庖牺说："这妞子，真是的！她是瞅着我太笨了，把你给请来了，呵呵。"说着指指离碎了的墩子说，"就是离这个，谁知道这么难啊，好容易离了一半儿了，碎了，嗨！"

柱儿瞧了瞧墩子，叮叮当当去离剩下那半扇儿。

没多大工夫儿，白妞儿回来了，后头跟着喜子，提溜着一把锤子和一个塞得满满的布袋。庖牺说："这妞子，还要搬动多少人啊？也不跟我说一声儿就走了，嗨！你可真不把别人的工夫儿当工夫儿呀！"喜子说："师娘，为（没）事儿！正想您跟柱儿哥了呢。"

柱儿离下半扇石头来，喜子说："柱儿哥歇尾（会）儿，我干尾（会）儿。"柱儿问："师娘，还离这么厚吗？"庖牺说："行了，就这么厚。"喜子接过半扇石头，比了个制子，接着凿开了。柱儿问："师娘又琢磨出啥好东西来了？"庖牺说："其实是退回去了，想把老辈子的两块石头砸米变成两块石头磨米，上头一扇儿，下头一扇儿，对着磨。"说着，两手合掌碾了一圈儿。柱儿想了想，问："石头扇上还凿啥不？"

庖牺说："一听就是明白人问的话，两扇当间儿插根柱柱，上头这扇儿得凿通了，下头浅浅地凿个坑儿能叫柱柱蹾住就行了。"说着搬过刚才离下来的半扇石头，指着厚沿儿说，"这儿还得凿个洞洞，插根棍儿，扶着转上头的石头扇儿，就磨起来了。"

柱儿说："师娘就是能琢磨，我咋就没想到呢？"

庖牺说："还没完呢，这上头还得凿个洞洞。"

柱儿不明白了，问："这干吗呢？"

庖牺说："往里头倒米呀。"

柱儿说："我还以为先把米倒在下头这扇上，再扣住哩。"

庖牺说："那太费事儿了，老得掀开，扣上，扣上，掀开。有了这个洞洞，就能不住地往里头倒米倒麦了。"

柱儿说："行，行，师娘先把这几个洞洞的制子做出来，待会儿喜子离下来我就凿。"

庖牺找出早就抠饬好了的立柱儿和摇把儿来，在半扇儿石头上比划着插了插，说："倒米倒麦的窟窿你瞧着凿就行了。"

柱儿说："好勒，回去我就照着样儿给黑娃娘凿一个，赶明儿能见天儿吃煎饼果子啦！"

喜子离下来一扇儿石头，问："师娘，下头的是长着，还是也离了？"

庖牺说："下头的也得离成上头这样儿，我今儿学会了，往后慢慢儿离。这小磨儿搬到哪儿都能使，别人家来借也省得带着个墩子来回搬了。"

喜子照着离下来的一扇在墩子上划了个道道儿，说："这点儿沃（活）儿误（不）值啥，一尾（会）儿就得了。"说着叮叮当当凿起来。

小磨儿凿好了，白妞儿把饭也做好了，焖小米饭炖猪肉。白妞儿端上饭来，盛了五大碗，一小碗儿，摆好了，跑到隔壁窑里喊："花儿姐，豆瓣儿，吃饭了！"

柱儿问："你们两家儿一锅里吃呢？"

庖牺说："我们欠麻花儿太多了，白让给我们这块地儿开窑不算，连工都包了，这不，没明没夜织布帮我们还哩。妞子去地里，没工夫儿织，我那活儿又拿不出手儿来，给人家人家也不要。"

麻花儿领着豆瓣儿过来了，一见柱儿跟喜子，说："今儿好热闹，大娘请客，呵呵，啥喜事儿啊？"

庖牺搬过刚插上立柱儿和摇把儿的小磨儿说："花儿，你快瞧瞧他们哥儿俩做的这东西！"

麻花儿眼一下子亮了，抓住摇把儿转了两圈儿，叫豆瓣儿："去抓碗麦子来！"

庖牺说："还用豆瓣儿去？妞子，抓碗米来！"趁这工夫儿，她把两扇磨摘下来，吹净了石头末末儿，又拿布抹了一遍，倒米的窟窿也擦净了。

黄黄的米倒进石头扇上的窟窿里，麻花儿一圈儿一圈儿转，窟窿里的米往下走，一会儿一碗米倒完了，两扇磨盘的缝儿里钻出黄黄的面来。豆瓣儿捧着一碗麦子来了，麻花儿把麦子倒进窟窿里，说："大娘您试试！"庖牺攥着把手转起来，磨盘缝儿里不住往外钻面，黄的完了是白的。

麻花儿说："你们哥儿俩行啊！了不得！了不得！"

柱儿红着脸说："是师娘琢磨出来的，我们俩就是凿了几下儿石头。"

喜子说："我回去就再凿一个，我敢打赌儿，误（不）出三天，咱谷里家家儿都使上师娘的小卧（磨）儿了。"

麻花儿说："大娘，咱能不能把这俩磨盘凿大点儿，不用胳膊转，一个人走着推？"

庖牺说："咱俩想一道儿了，哈！做俩这么大的磨盘，"说着俩胳膊展开，"下头这扇还得宽出一圈儿来，留着出面。"

麻花儿说："一人儿有点儿忙活不过来了，稍微慢一点儿，面就撒地下了。"

庖牺说："那就安俩推把儿，两口子推磨，当家儿的捎带着添米扫面。男人要是心疼当家的，就一人儿推。"

麻花儿说："五六百家使磨，咱得系磨疙瘩了，一天两三家儿使，排下去。"

庖牺说："得，小磨儿还没兴开，就叫大磨给挤了。"

麻花儿说："没挤，没挤，我这小矬个儿，够不着推大磨，只能摇小磨儿。呵呵。"

柱儿说："小磨儿好啊，磨油，核桃油、火麻油、丁香油。"

大伙儿都说："对啊！"

麻花儿过西桥进了花石山，她是来挑石头的，挑凿磨盘的石头和支磨盘的墩子，挑了两大块结实的黄石头。她还要一块大石头，挑了半天都不满意，块头倒是好找，就是颜色没有合适的，她要的是一块巨大的白石头。

柱儿跟喜子在花石山里凿了七天，把磨盘和墩子都凿好了。本来还能快点儿，可这是师娘的事儿，他俩特别在意，活儿干得特别细，下头磨盘的外圈儿和上头的表面儿都打磨光了。

三头驴驮回来磨盘跟墩子，麻花儿跟庖牺商量："大娘，就支到咱前头行不？谁使磨了咱好系疙瘩。"庖牺说："行，行，赶明儿支个棚子，孬天儿了也能推磨。"柱儿跟喜子卸了石头，在两家儿当间儿往前快到路边儿上那地界儿挖了个坑，把墩子埋了进去。大磨扇底下有个圆槽儿，正好儿套住墩子。柱儿说："师娘，磨盘擦净了，没石头末末儿了，装吧？"庖牺说："等等！"端了盆水来，撩着冲净了磨盘，倒料的窟窿还用湿布转着擦了，才叫扣上去，说："小心没大差，省得吃了肚里扎了。"自打闹了狐狸虫儿，她是事事小心了，病从口入，能防就防。

该插立柱儿和磨杠了，石头是照着制子凿的，木头是照着制子抠饬的，插上去严丝合缝儿。庖牺推了推，说："不行，立柱儿太粗了，磨盘卡住了，转不起来。"又拔出立柱儿来抠饬下一圈儿，磨光乎儿了，再插进去，好推了。

麻花儿俩小手儿捧过来满满一盆麦子，说："先磨点儿面，待会儿我给咱烙大饼。"麻花儿够不着磨杠，庖牺要推，喜子说："我来，我来！"喜子推了几圈儿，汗珠子就掉下来了，柱儿上来换着推。

庖牺瞅着这样儿，想："两家人没一个男人，磨又这么沉，嗨，凄惶的！"

树上拴了仨驴，一个叫，仨都叫开了，"咿啊咿啊""咿啊咿啊""咿啊咿啊"，赛开了嗓门儿。柱儿骂："哪个再瞎尿叫，撅了它的老屌！"

庖牺说："柱儿下来歇歇！"柱儿说："还不累呢，再推几圈儿。我是嫌屌尿的叫得心烦。"庖牺说："你下来，咱把叫驴套上，叫畜生给咱拉磨！"柱儿马上立住了，说："师娘咋不早说啊？"喜子也说："就是啊，害得我替屁尿的推了好几圈儿！"庖牺说："我这不是听见驴叫才想起来的嘛！"

柱儿跟喜子解了条驴，把套拴在磨杠子上，驴站着一动不动，倒是知道扭着脖子舔磨盘上的面。喜子气得骂："屁尿的，奸懒馋猾，好吃不干活儿！"一鞭子抽下去，驴拉着扛直着走，把把磨杠子拽了出来，拖着杠子还往前走。喜子追过去，柱儿直摇头："不会拐弯儿，这哪儿行啊！"

庖牺想起了沟儿哄着白脸儿驴给马配种儿的事儿来，就进窑里找了条手巾，双了几层儿，把驴眼蒙起来。这回再套上驴，驴乖乖儿拉起磨杠转起圈儿来。麻花儿说："待会儿我给缝个眼罩子，拉磨的时候给畜生戴严实了，省得它偷嘴。"

面滋滋地出来了，庖牺端着个空盆，一边儿不停地往盆里扫面，一边儿往窟窿里倒麦子，紧着忙活。麻花儿见有了少半盆面了，就拿了个空盆来，换走了。

麦子磨完了，麻花儿的饭也做好了，支炉烙的大饼，猪肉炖地菜。白妞儿回来了，都不知道说啥了，一会儿"好香！好热闹！"一会儿"哇！好大的石磨啊！"邻家也都回来了，全跑过来看大磨，过道儿的也围过来瞧。

庖牺干脆不吃了，说："喜子，帮我套上驴，蒙上眼罩子！"端了半盆米，拿了笤帚和面盆，给众人演示起来。

众人看了都问："大娘这磨能不能叫我们也使使啊？"

庖牺说："这磨是众人的，驴也是众人的，谁都能使，等麻花儿给排出个先后来，一家半天儿，吃了后晌饭还能使一家儿。"

麻花儿说："驴是众人的，使驴的都要带上驴的嚼谷来。"

众人都说行，问明儿前晌能不能就开磨。

麻花儿说："明儿的排出来了，前晌柱儿家，后晌喜子家，人家没明没黑凿了这些日子，才有了这石磨，应该先使。明儿吃了后响饭谁使？先报名儿的排前头。”

围着的人都争着报名儿，麻花儿搬出十几条绳儿来，给他们定了日子，打了虚疙瘩。人们都庆幸自个儿今儿赶上了，排在前头使了。麻花儿说："你们比好些人早使半年，这便宜不能白占了，你们得干点儿活儿，也好让后头的人说不出话来。"众人说："干啥活儿，你就说吧！"麻花儿说："回去吃饭，吃了就去砍树，今儿晚上就给磨盘搭个棚子，驴黑间也有个待的地方儿。"柱儿叫住根儿："哥回去跟我们两家说一声儿，我们哥儿俩挨师娘这儿吃了，晚上还有活儿。"喜子说："告家里，人多着呢，翁（甭）惦记！"

这拨儿刚散，又来了一拨儿，问这问那。麻花儿说："这是大娘新琢磨出来的磨面的磨，"说着拿起一张饼来，"瞧见了吧？这就是才磨出来的面烙的。"人们问咋磨面，柱儿说："明儿前响我们家磨，后响喜子家磨，吃了后响饭根儿家磨，你们啥时候有工夫儿，过来瞧瞧就会了。"人们又问，他们啥时候才能磨。麻花儿说："排出去十几家了，他们也不占便宜，吃了饭都过来搭棚子。"人们说："我们也过来搭棚子，把我们也排上吧！"麻花儿说："行，再往后来的就排不上了，太多了记不住。你们吃了饭带着家伙过来吧，别忘了一人带一团绳子，赶明儿使驴的时候就不收你们的料了。"这些人欢天喜地走了。

这拨儿走了，又有人围过来了，麻花儿说："这是大娘新琢磨出来的磨面的磨。想知道咋磨的，明儿过来瞧，想磨面的过十来天跟我这儿报名儿来。"人们问："这会儿报名不行啊？"麻花儿说："不行，报名儿的已经有三十来家了，再多了，我这脑袋瓜里就装不下了。"

这拨儿刚打发了，又来了一拨儿。白妞儿说："花儿姐先吃饭吧，我跟他们说。"

陆陆续续打发了好几拨儿，第二拨儿人回来了，有扛着锹的，有扛着镐的，来了都掏出一大团麻绳儿来，放在磨盘上。

柱儿说："砍树的还没回来，咱先挖坑开沟儿吧！四角儿栽四根粗柱子，坑挖深点儿，四面栽枝子，挖四道沟儿就行了。"说完，围着磨盘宽宽地划出个四方块儿来，问庖牺和麻花儿够不够大。庖牺说："转得开驴就够了。"麻花儿说："驴卸了磨待的地方儿够吗？"柱儿说："不如给驴单搭个棚儿，省得拉了尿了味儿不好。"麻花儿说："那就借堵墙吧，省得又占地方儿又费料。"

人多干活儿快，没等天黑，磨棚和驴棚都起来了，磨棚留了仨大框子，里头挺亮堂。喜子还用剩下的一截儿木头给驴挖了个料槽儿，人们都说："这驴享福了。"柱儿说："就怕黑间叫唤得厉害，屙屎的没母驴受得了吗？"根儿说："叫唤就劁了屙屎的！"柱儿说："那干脆换条骡子下来得了。"根儿说："骡子拉磨，有劲儿使不出来，可惜了儿了。"

驴夜里没叫，白天拉磨也老老实实的，还是个驹儿呢。

庖牺家前头热闹起来了，磨面的，等着磨面的，瞧磨面的，天天儿人来人往，过了十几天才消停了点儿，报名排队的又来了。

庖牺多了两样儿活儿：打扫磨棚和喂驴。麻花儿也张罗着干来着，庖牺说："咱都是实在人，说实在话，你织布可比扫粪蛋儿出活儿，这磨棚的事儿你就别管了。"她见天撮一簸箕驴粪埋到前头麦地里，说："明年的麦种儿全在这儿了！"

## 第四十六回

# 穷百草难医不治症
# 抱一园好立有功碑

岁数不饶人，不到五年儿工夫儿，十姥娘走了九个，就剩下冷妮子一个儿了，见了庖牺就说："就剩下咱俩老妖精了，到时候你得送送我。"庖牺说："我不送你，你给咱硬硬朗朗儿活着，咱雷泽没谁也不能没你。"冷妮子说："你也硬硬朗朗儿的啊。"庖牺说："你硬硬朗朗儿的，给人瞧病；我硬硬朗朗儿的，干吗呀?"冷妮子说："你硬硬朗朗儿的，送我呀，我可不愿意走在你后头，瞧着你受罪。"

庖牺本来挺硬朗的，就是两条腿有点儿不得劲儿，没磕着没碰着，好好儿的就不听使唤了，走道儿还行，坐一会儿再起来可费劲了，腿沉，活动活动又过来了。庖牺没在意，知道是挂了老相了。后来越来越不行了，得俩手撑着才能起来，两条腿跟坠了石头似的。一吃了后晌饭，腿就疼得受不了，躺下还是疼。白妞儿说："有病不瞧，越来越糟。我去请干娘来。"庖牺说："可是真有毛病了，得跟她讨点儿药了。"

冷妮子来了，一来就说："到底儿比我年轻，我这两条腿都疼了六七年了，你才跟过来。"庖牺说："就知道是你作祟，这也拽上我！"冷妮子说："这毛病是过去天天儿上山下山落下的，磕膝盖儿走平地儿不吃劲儿，上上下下可就吃劲儿了，奔四十的人十个有九个有这毛病儿。你都四十多了，知足吧！十姥娘全有腿疼的毛病儿，你占了便宜还埋怨，噢！"

冷妮子走了，一会儿妞妞送来了一小布袋研好的药面面儿，叫分成八份儿，一天用一份儿，先泡一阵儿，再煮开了，熏磕膝盖儿，水不烫了就把腿泡进去，洗磕膝盖儿。庖牺问："这得熏多少回啊？"妞妞说："您先熏着，没了我再给您送来。我娘见天儿熏呢。"庖牺说："我的老天儿，一熏多少年！合着离不了了？"妞妞乐了："您算说着了，要不是一熏多少年，哪儿能保住两条老腿啊！我娘还能整天东跑西颠儿的，全靠熏洗了。您先熏几天儿，然后歇两天儿瞧瞧，要是好了就不用熏了。您到底比我娘年轻，刚有点儿小毛病儿，治得早，好得快。"

庖牺熏了八天，冷妮子来瞧了瞧，问："见点儿好了吗？"

庖牺说："还那样儿，我这是不是也得跟你似的，离不了了，得天天儿熏了？"

冷妮子又给了她一袋面面儿，说："我没拽你，这可是你非要跟我做伴儿！你也甭着急，先慢慢儿熏着洗着。用我们家这面面儿的人多了，有熏过七八回管了用的，有熏过十几回管了用的，有熏过二十几回才好了的。人跟人不一样儿，腿跟腿不一样，你先熏着，这布袋使完了我再送过来。"

庖牺问："一份面面儿能多熬几回吗？"

冷妮子说："熬几回都行，可是就能使一天，过了夜就得泼了。药可省不得！"

庖牺说："这也太费了，你说给我，面面儿里头都有啥，我自个儿找去。"

冷妮子说："除了蛤蚧尾巴、老树皮上的骨碎补和杉树上的白脂，都是妞子园子里种的，有活骨的紫草根儿、补骨的绒黄、伸筋草、透骨草、牛膝草根儿。你哪儿找去哇？嘿嘿。我那儿有的是，我们娘儿俩还靠这个换嘴呢，呵呵。"

庖牺说："听都没听说过，甭说找了。这些草全是你们娘儿俩找着的？"

冷妮子说："也不全是，有的是别人用了好，告诉我们的。找着绒黄的是一只小松鼠儿，呵呵。"

庖牺说："说着说着就瞎说啦。"

冷妮子说："是真的，那年我在后山崴了脚，疼得动不了窝儿。一只小松鼠儿叼了一块长着毛儿的黄姜往树上爬，黄姜掉了，我捡起来，嚼了，抹在脚上，过了会儿脚好了。妞子拿这治破血骨伤，可灵了，她干脆管这叫'骨碎补'，就是园子里种不出来，不大好找。"

庖牺熏洗了二十几天，腿没见好儿，更沉了，一宿疼醒好几回，身上还烧得难受。冷妮子着急了，说："你这不是一般的老腿，是有毒了，我给你捉只蜂儿来蜇蜇毒吧。"

庖牺说："不碍事儿，到时候就好了，你也老胳膊老腿儿的了，省着点儿吧，别老往我这儿跑了。"

冷妮子说："你还别嫌我，我老胳膊老腿儿就是干这的。"

冷妮子拿来俩拳头大的紧口儿小罐儿，罐儿口绷着细丝儿大眼儿的冷布，里头有个蜂儿。她把蜂罐儿扣到庖牺磕膝盖儿上，说："挺疼的，你别忍着，使劲儿叫唤吧！"蜂一蜇，庖牺疼得直骂："你就存心害我吧！"冷妮子说："谁害谁呀？你害了两条命还装好人儿哩！可怜的蜂儿，蜇了你，没了刺儿，活不成了！"磕膝盖儿火烧火燎地疼，盖住了原来的酸疼，庖牺说："这招儿管用，明儿再螫一回。"第二天再蜇，庖牺不骂了，可是磕膝盖儿肿成了瓜。

庖牺的腿咋治也不见好儿，倒添了新毛病，有事儿没事儿咳嗽两声儿，跟成心似的。这咳嗽后来还成了真事儿，"咯儿咯儿"咳嗽起来没完了。冷妮子说："我说老东西，你就不能忍着点儿不咳嗽？"庖牺说："越忍越想咳嗽，憋得喘不过气儿来。这添的叫啥毛病儿啊！"

冷妮子端来一碗苦杏仁儿，说："这个治呵儿喽喘，一天吃六七个，剥了皮儿，掐了尖儿，先泡一宿，去了毒去了苦，第二天煮着吃了。"

庖牺吃了两天，好一阵儿坏一阵儿，好起来能说会儿话儿，坏起来喘成一片。她问冷妮子："能不能多吃点儿？刚吃了挺好的，过一阵儿就不行了。"

冷妮子厉声厉色道："可不能多吃，是药三分毒！更不能生吃，生吃多了能毒死人！"

庖牺咳嗽得越来越厉害了，把咳嗽当成了喘气儿，白天还凑合，黑间不能躺着，躺下就喘不上气儿来，又不能坐着，坐一会儿腿就跟折了一样儿。黑间睡不成，白天更难受，靠墙站着，站一会儿拄着棍子磨蹭两步，她已经走不了道儿了。

冷妮子也瞧出来了，这病她治不了，见都没见过这样儿邪性的病，两条腿串着嗓子！

白妞儿成宿伺候，一遍一遍给她娘捏呀拽的。庖牺不忍，连咳嗽带喘说："妞子——睡会儿吧，明儿——还得干活儿呢。"说一句话喘上半天。白妞儿说："娘别说话，一会儿就睡着了，啊。"

冷妮子在外头碰见白妞儿，问她娘黑间能不能睡。白妞儿说："干娘，我娘黑间哪儿是睡觉啊，那是受大罪呢，躺不得，卧不得，坐不得，只能趴着，腿肿得连跪都跪不了。嗨！娘刚强了一世，临了儿遭这样儿的罪，嗨，我瞧着都遭罪！"冷妮子听出了白妞儿话里的话，说："你娘哪儿是受这种罪的人！"白妞儿说：

"不受又能咋呀？娘难受极了，就求燧娘娘：'叫我去吧！叫我去吧！'可是燧娘娘就是不叫她。活受罪！"

白天白妞儿不在，麻花儿不离身地伺候庖牺，那年她为打狐狸的事儿急出一场大病来，冷妮子天天儿给她推拿，她也学会了这招儿。艺多不压人，这会儿用到了庖牺身上。推一会儿，庖牺挺舒坦。冷妮子跟妞姐倒替着来看庖牺，大娃娘三天两头儿过来送些吃的，给洗洗涮涮。只有这时候，麻花儿才能抓空子拾掇拾掇磨棚、驴棚，织布只能在黑间了。

庖牺瘦得就剩下一把骨头了，头发掉得剩不下几根儿，一出汗像个小水鸡子，唯一还有昔日风采的一对细长的大眼，也掉进了俩黑窟窿里。庖牺才吃了煮杏仁儿，喘得轻一些儿了，就跟冷妮子说："她干娘，我不怕死啊，我真怕老这么活着，生不如死啊。"冷妮子还没说话，麻花儿在一旁赶紧打住："大娘别瞎想，有冷姨在，您准能好了。来病如山倒，去病如搓批儿，您别着急！"

冷妮子背地里跟麻花儿说："庖牺这病儿，我怕是治不了了，能使的招儿都使上了。"麻花儿眼泪刷地下来了，攥住冷妮子的手说："冷姨，您可不能撒手啊！"麻花儿的手像冰块儿，冷妮子身上一阵寒栗。麻花儿说："杏仁儿挺管用的，快接不上了，大娘不让跟您要了。我跟您回家拿点儿来吧。"冷妮子问："还够明儿的吗？"麻花儿说："明儿还有，过了明儿就没了。"冷妮子说："行了，我明儿就送过来。"

冷妮子没等到明天，天快黑的时候就送来了一碗苦杏仁儿，拿麦芽儿糖拌了。庖牺喘得说不成话，只是一劲儿摆手。冷妮子说："麻花儿说快没了。"庖牺还是摆手儿。白妞儿说："我娘不想吃了，不愿意活受罪了。"冷妮子问："有泡好了的吗？"白妞儿说："还有明儿煮一回的。"冷妮子说："煮了吧，舒坦一会儿是一会儿。"

白妞儿煮好了，拿凉水冲了，一个个儿放进娘嘴里。庖牺好了些，说："她干娘，这没完没了的，啥时候是个头儿啊？别折腾我了！你送送我吧！"冷妮子说："你的病我一样儿也没治好，鼻子到现在闻不见味儿，腿越治越坏，咳嗽喘也没治好。庖牺，我对不起你呀！"庖牺说："你可别这么想！那年我们家造孽打狐狸，你救了坳子里一半儿人的命，我这命也是你给的。"冷妮子说："可是这回瞧着你受罪，我一点儿招儿也没了。你跟常人不一样儿，连害的病都是没见过的。唉，我拽不住你了！"庖牺说："燧娘娘早就召我了，你硬拽着，能拽得住吗？不过是叫我多受些日子罪。"说着又喘起来。

冷妮子说："麻花儿舍不得你，叫我不能撒手。"

庖牺说："痴妮子，我哪能陪她一辈子呢？她这些年儿干得挺好，主意正，有担待，比我强，我走了放心。"喘上一阵儿，又说："我惦记的是妞子，她干娘，你记着给妞子续个人儿，别让我们家绝了。"

白妞儿给她娘轻轻儿捶着背，说："娘都到啥份儿上了，还记着说这个！"

冷妮子问："除了妞子的事，你还有啥嘱咐的？"

庖牺拉着白妞儿的手说："妞子，记住把我埋在你爹旁边儿，一家子在一块堆儿。"

白妞儿说："娘放心吧，咱家的人都在一块堆儿。"突然想起埋在大冢里的白小儿跟大群，嗓子眼儿咸了。

冷妮子问："想想，还有没嘱咐到的吗？"

庖牺对冷妮子笑笑说："还有，你硬硬朗朗儿的啊。"

冷妮子说："送走了你，我也快了。到底儿叫你占了我的便宜！"说着，捏了一个生杏仁儿，搁到庖牺嘴里。

庖牺猛地想起来冷妮子说过，苦杏仁儿不能生吃，能毒死人，自个儿咋没走这道筋呢？她对冷妮子感激地笑了，也抓了几个杏仁儿，嚼起来，碰到苦的地方直咧嘴。白妞儿问："干娘，杏仁儿不用煮煮了？"冷妮子说："你娘愿意咋吃就咋吃吧，最后一顿了。"白妞儿蓦然，睁大了眼，片刻眼皮奇拉下来，鼻子忍不住抽了两下儿。

庖牺吃了半碗杏仁儿，竟没咳嗽一声儿。冷妮子说："够了，少吃点儿吧！"庖牺的脸红上来了，手也热了，攥着冷妮子的手说："咱俩没白好一场，你到底儿来送我来了！"冷妮子强忍住眼里的水，连着抽了两下儿鼻子，嗓子眼儿又咸又酸又辣。

白妞儿拿出一条裤子、一件坎肩儿，说："娘，换换衣裳吧？"庖牺说："行，干干净净儿的，别叫燧娘娘又轰回来。"

冷妮子说："你要去的是干净地界儿，我给你擦擦身上的汗味儿。"洗了擦了，又跟白妞儿要了梳子，给庖牺把头梳光溜了。

庖牺说："光光鲜鲜去见燧娘娘。"慢慢地说话儿不利落了，出气儿有了杏仁儿的苦味儿。冷妮子搂着她，庖牺嗓子眼儿里咕哝了一声儿"她爹"，突然抽了两下，呼哧呼哧喘了几口气，就不动了。冷妮子一看，眼珠儿已经散了，白妞儿轻轻唤了一声儿"娘！"庖牺没应。

冷妮子放下了庖牺，说："妞子，娘走了。"

庖牺的眼睛还睁着，白妞儿帮娘合上了眼睛，说："娘，好了，不受罪了，好了！"

冷妮子克制不住了，捶着胸脯说："我没本事！我没本事！"脑袋颤得像雨里的小鸡。

白妞儿说："干娘让娘走得这么利落，少受了不少罪。娘在地下也念您的好儿。"

冷妮子说："别叫你麻花儿姐知道！"

白妞儿说："花儿姐都安排好了，前几天叫人做好了木头，就差打墓了。"

冷妮子问："你娘的木头在哪儿？"

白妞儿说:"木头就放在花儿姐窑里。干娘,我还是过去叫她吧?跟她一块儿把木头抬过来。"

冷妮子想了想,说:"等到天亮吧,叫她再睡会儿。"

白妞儿出去了,又回来了,说:"窑里有亮儿,花儿姐还织布哩。"

冷妮子说:"那就叫她过来吧,你守着你娘,我过去跟她说。"

外面白光铺地,天上悬着一轮满月,缀满了闪闪的星星。冷妮子走到麻花儿住的窑跟前儿,咳了一声儿,问:"麻花儿,还没睡呢?"里头颤声儿应道:"冷姨,我,我就开门儿!"门儿开了,冷妮子说:"大娘走了。"麻花儿眼泪扑簌簌滚下来,扑到冷妮子身上,抱住她的腰,像是抱住命运的大树。冷妮子胡噜着她的头发说:"大娘说你活儿干得挺好,主意正,有担待,大娘放心放心才走的。"

窑里地上立着一口木头,躺着一块白石头,石头很长,快占了通窑。冷妮子圪蹴下去抬木头,不禁惊呆了,那石头正是庖牺!麻花儿见她怔着,就问:"冷姨瞧着还像大娘吗?"冷妮子说:"像,像,就跟真人一样儿。"

俩人抬上木头过去了。麻花儿一见庖牺的尸首,就跪下了,任凭眼泪滚滚流淌。冷妮子和白妞儿也都跟着流泪抽泣。

头一声儿鸡叫了,十几只鸡跟着叫起来,一声接一声,上百只鸡叫成一片,叫亮了天,叫醒了谷。

呜呜的犀角声盖住了鸡叫,在谷里回荡。人们都奔麻花儿家跑来,心里揣着不祥。

一见庖牺家石头台上的新木头,人们明白了。白妞儿满面泪水跪在木头跟前,立起来张了半天嘴,终是泣不成声。冷妮子强压着悲痛说:"咱庖牺大娘夜里去了,咱们这辈子得了她多少好儿,大伙儿都来再瞧一眼大娘吧,送送大娘上路儿!"

人们排着队跟庖牺告别,绕着石头台走。一个女人扑通跪下,俩手扒住木头放声痛哭，不能自己。白妞儿劝她："翠儿姐，娘在干娘怀里走的，没受一点儿罪。翠儿姐别太难受了！"翠儿哭着喊叫："老天爷，你叫错了人，该抓了我去的。这么有用的人你叫走了，留下我这样儿的废物干吗呀！"直哭得没了气儿。冷妮子又掐又拽，把她摆治过来了。麻花儿劝她："庖牺大娘是燧娘娘叫走的，到了天上，就成了庖牺娘娘。"翠儿又是一声凄绝的哭喊："大娘啊，庖牺娘娘啊，你回回头睁睁眼啊！"

人群绷不住了，迸出一片哭喊和抽泣。

辣妮儿走了没半年，蛋蛋就追她去了。地里管事儿的这会儿是拴根儿跟鹿鹿，筏子上的清水早就没了，一直是黑子管事儿，黑子岁数也不小了，这会儿续上了春生。麻花儿跟四个人商量了一会儿，定了十几个人打墓；又让柱儿跟喜子挑了四十几个手艺好的人开石头、运石头、刻石头；又说好了这两天后晌收工早点儿，让人们有工夫儿送送庖牺大娘。麻花儿说要几个女人黑间给庖牺大娘守灵，女人们都争着要来，最后还是几家邻居包了下来。

麻花儿盘算着好好儿修个墓，让庖牺在清水河谷有个能挡风避雨的家，也让谷里的人有个念心儿，记住庖牺的种种好儿。她相信庖牺成了娘娘了，在她心里，庖牺一直就是娘娘，只有庖牺娘娘才能把谷里两千多口子拢起来。这事儿她不好一人儿做主儿，就把打墓的事儿跟冷妮子、白妞儿、柱儿、喜子，还有黑子几个管事儿的人说了，想先听听他们咋说。

白妞儿不愿意，说："娘一辈子不愿意显摆，死了这么铺排，娘会不安，何况姥娘跟爹都埋在旁边儿，让娘给压下去了不合适。花儿姐要问我，我的意思就是娘早点儿入土为安，一家人也早点儿团圆，那块儿地里除了我跟因在大冢里的小儿哥和大群，都到齐了。"说着说着眼圈儿红了，嗓子哽着说不下去了。

麻花劝白妞儿："妞子别着急，哪儿能叫大娘老晾着呀？一打出墓来就葬，别的往后再找补。"

冷妮子说："妞子的意思我明白，妞子眼里的庖牺就是她的娘，这会儿只想着娘跟爹、姥娘、兄弟早点儿团圆，入土为安。庖牺她也没把自个儿当成啥了不起的人，临终只嘱咐把她葬在妞子爹旁边儿。庖牺自然要进她家的坟地，这个没说的。可是庖牺不光是一个娘，一个当家的，一个女儿，我算了算，她光当大娘就当了二十年，后来不当大娘了还是给咱两千口子当着家，她给族里做事的时间比给妞子当娘还长。庖牺不是一个普普通通的女人，咱们几辈儿人得她的好处太多了。记得我小时候，一年到头儿吃的是狼尾巴草，哪有米呀面呀？也没吃过豆子跟老棒子，这会儿的庄稼都是庖牺后来领着人种出来的。"

黑子接着说："我们这一茬儿人剩下的没几个儿了，有的事儿不说说后人不知道，慢慢儿就忘了。筏子上使的网就是庖牺教人织出来的，从前打鱼是女人的活儿，没有网，拿棍子叉鱼。庖牺先结了个小网，俩女人拽着捞鱼，后来她又领着一大堆妮子织成了大网，打鱼才成了男人们的活儿，我就是那时候去的筏子上，使了一辈子庖牺的网。再说咱们身上穿的吧，我们小时候没有布，身上裹块皮子。后来庖牺领着我姐、麻花儿的娘、我那死了的当家的，还有十来个妮子种出麻来，擗批儿、捻线织成了布，麻花儿的名儿就是麻地里来的。咱们家家养猪养羊喂鸡喂鸭，都是庖牺兴起来的，庖牺的名儿就是打'养六畜，庖牺牲'这儿来的。没养畜生的时候人们吃的是雷泽里打来的野兽，有一顿儿没一顿儿的。"

黑子平常寡言少语，一下子说了这么多，人们都动了心，念叨起庖牺的种种好来，喜子提起了给野兽下套儿的网、绊马索子和捕雀儿的笭。柱儿说："喜子说到打猎，我又想起了这会儿使的弓箭，也是师娘最先造出来的。这些个晚辈儿都不知道了，这会儿人知道的只有磨盘。师娘的好儿多了去了，咱们应该刻在石头上，叫后人知道。"

人们说啊说啊，直说到白妞儿也愿意了，"娘确实不是一个普普通通的女人，应该立个念心儿，也是纪念老一辈人。"

人们又出了不少主意，最后定下了修一个庖牺娘娘墓园，为了结实，墓里里外外全是石头的。白妞儿坚持娘的墓不能高过姥娘的和爹的，麻花儿说："那么矮个坟包儿，不好留念心儿。"白妞儿说："瞎姥娘成了雨娘娘，不也是那么矮个坟包儿嘛？我爹那时候拿木头刻了个瞎姥娘的人样儿，这会儿还立在雨娘娘庙儿里头，不照样儿是个念心儿？"

冷妮子说："花儿不是也刻了个庖牺的石头人样儿吗？"

麻花儿说："那是大娘拨捻瓦棰儿的样，没有说出别的来，后辈见了，只知道咱这儿有过这么个人，不知道她为后人做了些啥。光这么个石头人儿真的不够当念心儿。"

四年前，麻花儿在花石山里抠出一块白石头来，央柱儿跟几个人刨出来，运回来，抬到窑儿里了。柱儿还记得这事儿，问是不是那块大白石头刻的。麻花儿说："就是那块白石头。抠饬了三年半，才有了点儿样儿。"大伙儿都说先瞧瞧麻花儿刻的石头，再定墓咋做。

几个男人把石头人抬出来，靠墙立住，一个活灵活现的庖牺娘娘站在人们面前。人们嘴里"啧啧"着，不住赞叹。白妞儿说："比真人还像！"冷妮子说："你娘最后瘦得不成样儿了，这个是好时候的庖牺大娘，瞧那眉眼儿，藏着多少机灵劲儿！"

柱儿跟喜子商量了商量，说："墓坑挖得宽大些儿，砌高点儿，上头扣一块大石板，跟石人正配，石板上面能刻不少东西，五谷六畜都能刻上。"

人们都说这主意好，有念心儿，墓又不高。黑子说："要是能把六畜单刻出来，摆在石人儿旁边儿，你们瞧咋样儿？"

众人都说这主意好，麻花儿问柱儿跟喜子："六样儿畜生，刻得出来吗？"柱儿说："你把人都刻出来了，我们这些个人连六个畜生都抠饬不出来，也忒说不过去了。"麻花儿说："要是能这样儿，石板上就能把大娘的主要功劳全刻上去了，真的成了后人的念心儿。"

鹿鹿问："大墓周围要不要种些儿啥？"

人们都说要种，有说种竹子的，有说种松柏的，也有说种五谷的。冷妮子说："竹子和松柏都是好东西，只是栽在丁香林儿里不般配，五谷已经刻在石板上了，咱谷里可世界种的都是五谷，墓地就甭种了。"

麻花儿说："要不冷姨跟妞妞种几样儿药草吧！"

冷妮子说："不好，又不是药草园，我的药没治好庖牺的病，别让她躺底下还犯堵。"

白妞儿说："干娘您说种草好不好？"

冷妮子问："妞子你说种啥草？"

白妞儿说："绿的矮的草，像个垫子。"人们都说好。

冷妮子说："要我说，不如种狼尾巴草。"

白妞儿说："干娘咋想起种这个来了？不好，狼尾巴草太高，衬得娘的墓跟个荒坟冢子似的。"

众人也都说不好。

黑子说："你们这一辈儿人不知道这个，狼尾巴草是先人们一年到头儿一天两顿当饭吃的东西，我姐我们这一辈儿人都是吃狼尾巴草长大的。我姐的意思正是叫人们知道庖牺教人种五谷给人们造了多大的福。后人不知道狼尾巴草，也就不知道米是咋来的。"

听黑子这一说，人们才明白过味儿来。柱儿说："咱把墓板打磨光了，就不像荒坟野冢了，妞子甭怕！"白妞儿说："明白了就不怕了。其实，狼尾巴草更衬出了墓板的光洁。就种狼尾巴草吧，既然姥娘、爹、娘都吃过它，闻见了也不犯味儿。"

人多，干活儿快，三天工夫儿，墓就起来了。墓有半孔窑大。

一水儿磨光了的黑石头，一圈儿宽宽的黑条石围住黑色的墓基，墓基高出围石一个台阶儿。墓基上扣着一大块黑石板，石板跟墓基扣合的八个边儿都磨成了斜角儿，粘合起来浑然一体，不知道的还以为是围石上坐着那么厚一块大石板呢。

石板光滑如洗，四边儿留出一指半的沿儿，微微抹斜了。四角儿刻着庖牺发明的各样物件儿，东北角儿是拉开的渔网，西北角儿是搭上箭的大弓，东南角儿是卷起布来的腰机，西南角儿是一对磨盘。石板当中是一捆庄稼，有麻、谷、麦、玉米、豆子。一块坚实的丰碑稳稳当当盖住了庖牺娘娘的家。

一身洁白的庖牺娘娘站石墓后面，头微微低着，左手托着瓦槌儿，右手拨捻麻批儿。娘娘身边儿围着石头刻的白羊、黑猪、鸡、狗，后头站着一牛一马，都挑的靠色儿的石头，跟真的一般儿大，栩栩如生。

庖牺奉献了一生，成了娘娘却要人服侍供奉了。鸡儿一叫，麻花儿就起来了，拾掇干净了自个儿，就去拾掇墓园，把园里所有的石头擦拭了一遍，然后面对庖牺像跪在北面的围石上，双手放在石板上，合上双眼，默默求告。睁开眼时天已经亮了，她看见石像活了，庖牺娘娘细细的大眼里有了光，厚厚的嘴唇儿微微地一开一合，连捻线的手指头都活动了。庖牺娘娘显灵了！麻花儿惊喜地直哆嗦，一遍又一遍许愿："庖牺娘娘，从今往后，麻花儿天天儿都来侍奉您。"

回来路上碰见白妞儿，端着一碗红花果子去给她娘上坟。麻花儿告诉她："大娘显灵了！"白妞儿愣了一下儿，朝丁香林紧走过去。

白妞儿赶到墓园，里头已经跪了不少人，干娘一家五口儿，大娃娘儿俩，鹿鹿一家四口儿，柱儿家三口儿，喜子家五口儿，紧紧围住了石板，石板上全是供果儿。白妞儿把一碗果子放在石板上，在大娃娘让出来的地上跪下了，碰着石板磕了几个头，这才抬起来看娘。娘身上披了霞，脸红红的，眼里流动着烁烁的光。娘也看见了她，朝着她笑。

白妞儿起来时，墓园里已经跪满了人，外面围着不少人，一时进不来。

清水河谷生生不息，一茬儿人去了，一茬儿人来了。多少代以后，墓园依旧，默默述说着庖牺娘娘的贡献，唤起人们的感激、景仰和信赖。

天天都有来求诉的人，有时候一来一家子，多的时候东、北、西三面围石上全都跪满了人。石阶不平了，石板上也印下了坑坑儿，可是更光滑了。六畜被摸得黑黢黢的，衬得庖牺娘娘身上越加白净。

来找庖牺娘娘求啥诉啥的都有，求子求福求平安，诉病诉苦诉诉心事。庖牺娘娘总是眯起细长的大眼，含笑倾听人们的求诉。心诚的人能看见庖牺娘娘厚嘴唇微微开合，听得见庖牺娘娘跟他说话儿。

一代一代的头人都来这儿寻找力量和睿智，遇到困难来这儿寻求支撑，他们总是能够得到智慧和毅力。这些都藏在庖牺娘娘细长的大眼里，只有娘娘显灵的时候才流露给有心的人。

图书在版编目（CIP）数据

庖牺／王容芬著. —北京：中央编译出版社，2017.3
（太古足音）
ISBN 978−7−5117−3210−1

Ⅰ. ①庖…

Ⅱ. ①王…

Ⅲ. ①长篇历史小说−中国−当代

Ⅳ. ①I247.5

中国版本图书馆 CIP 数据核字（2016）第 320466 号

**庖牺**

| | |
|---|---|
| 出 版 人： | 葛海彦 |
| 出版统筹： | 贾宇琰 |
| 责任编辑： | 盛菊艳 |
| 责任印制： | 尹 珺 |
| 出版发行： | 中央编译出版社 |
| 地 址： | 北京西城区车公庄大街乙 5 号鸿儒大厦 B 座（100044） |
| 电 话： | (010) 52612345（总编室） (010) 52612335（编辑室）|
| | (010) 52612316（发行部） (010) 52612317（网络销售）|
| | (010) 52612346（馆配部） (010) 55626985（读者服务部）|
| 传 真： | (010) 66515838 |
| 经 销： | 全国新华书店 |
| 印 刷： | 河北下花园光华印刷有限责任公司 |
| 开 本： | 880 毫米×1230 毫米 1/32 |
| 字 数： | 530 千字 |
| 印 张： | 21.25 |
| 版 次： | 2017 年 3 月第 1 版第 1 次印刷 |
| 定 价： | 58.00 元 |

| | |
|---|---|
| 网 址： | www.cctphome.com 邮 箱： cctp@cctphome.com |
| 新浪微博： | @中央编译出版社 微 信： 中央编译出版社(ID: cctphome) |
| 淘宝店铺： | 中央编译出版社直销店(http://shop108367160.taobao.com) |
| | (010) 55626985 |

凡有印装质量问题，本社负责调换，电话：(010) 55626985